TWISTED HEATHENS

BLACKWOOD-INSTITUT #1

J ROSE

Für Kristen,

Meine einzig wahre verdorbene Ungläubige.
Das hier ist für dich, Ehefrau.

TRIGGER-WARNUNG

Bei „Verdorbene Ungläubige" handelt es sich um einen Reverse-Harem-Roman, d. h. die Hauptfigur hat mehrere Liebesbeziehungen, zwischen denen sie sich nicht entscheiden muss.

Dieses Buch ist sehr düster und enthält Szenen, die für einige Leserinnen und Leser triggernd sein können. Dazu gehören Selbstverletzung, Suizid, Drogenkonsum und Themen der psychischen Gesundheit – einschließlich Psychosen, Gewaltdarstellungen, Kindesmissbrauch und sexuelle Übergriffe.

Es gibt auch explizite Sprache und sexuelle Szenen, die Blut, Atemkontrolle, zweifelhafte Zustimmung, gegenseitige Selbstverletzung und leichtes BDSM beinhalten.

Wenn du an diesem Inhalt schnell Anstoß nimmst oder er einen Trigger für dich darstellt, lies dieses Buch bitte nicht. Dies ist ein düsterer Liebesroman und daher nichts für schwache Nerven. Außerdem ist dieses Buch zur

Unterhaltung geschrieben und soll nicht die korrekte Behandlung von oder den korrekten Umgang mit psychischen Problemen darstellen.

*»Monster sind real. Geister sind auch real.
Sie leben in uns, und manchmal gewinnen sie.«*

\- Stephen King

Er kommt zu mir in meinen Träumen, eine donnernde Wolke der Sünde. Gesichtslos, namenlos, so schwer fassbar, dass ich seine Gegenwart vergesse, wenn ich aufwache. Ich werde wie ein Kind, ein zusammengerollter Ball, kauernd vor den Monstern in meinem Kopf. Aber es gibt kein Entkommen. Ich kann den Dämonen, die in das Gewebe meiner Seele eingewoben sind, nicht entkommen. Ich kann sie nicht mit blutigen Fingern ausgraben, indem ich mich tiefer und tiefer durch Fleisch und Knochen grabe.

Ich würde mich in Stücke reißen, um dich loszuwerden.

Ich werde mich selbst bis auf das letzte Atom zerfetzen, eine Handvoll Sternenstaub und Asche.

Wenn meine Buße getan ist, werde ich mich wieder aufbauen.

Zentimeter für Zentimeter.

Atemzug für Atemzug.

Lüge für Lüge.

Ich werde wiedergeboren werden.

PROLOG

HAD ENOUGH – MOUTH CULTURE

BROOKLYN

»BROOKLYN?«, schreit Schwester Jackie. »Ich rufe schon seit zehn Minuten nach dir.«

Ich drehe mich auf die Seite und schaue mir den sabbernden Kerl an, der mir gegenüber auf dem Sofa liegt. Verdammter Anfänger. Er hat einfach die Pillen geschluckt und ist ohnmächtig geworden. Was für eine verdammte Verschwendung.

»Und ich ignoriere Sie seit zehn Minuten«, brumme ich.

Sie bleibt am Ende des Sofas stehen und starrt auf mich herab, ihre Geduld am Ende. »Du kannst diesen Ort nicht länger wie einen verdammten Witz behandeln, Brooklyn. Steh auf. Sofort.«

»Warum sollte ich?«

»Der Arzt erwartet dich.«

Ich drehe mich auf den Rücken. »Heute ist nicht mein Therapietag.«

Schwester Jackie verschränkt die Arme. »Sehe ich aus, als ob mich das interessiert, Fräulein? Komm mir nicht mit dieser

Einstellung. Hoch mit dem Hintern oder es gibt ein weiteres Wochenende in Einzelhaft.«

Der Schrecken läuft mir über den Rücken. Ich rappele mich auf und folge ihr, weil ich die Konsequenzen fürchte. Nach dem letzten Mal kann ich nicht mehr dorthin zurückkehren. Selbst der Tod wäre mir lieber.

Sie führt mich zum nahe gelegenen Büro des Psychiaters und lässt mich eintreten, wo ich meinen üblichen Platz einnehme. Der Bürostuhl dreht sich und offenbart Doktor Zimmerman, der gerade sein Telefonat beendet.

»Ja, ich verstehe. Ich danke dir, Augustus. Ich melde mich wieder.«

Das Telefon wird in seine Halterung zurückgelegt. Zimmerman starrt mich von oben herab an, wobei er seine hässliche Brille herunterrutschen lässt, um mir seine volle, unerschütterliche Aufmerksamkeit zu schenken.

Mann, ich würde diese Brille am liebsten unter meinem Stiefel zerquetschen.

Seine Lippen bewegen sich, aber es kommt nichts heraus. Ein Klingeln erfüllt meine Ohren, während ich auf die Wand hinter ihm starre, wo dicke, sirupartige Schatten heruntertropfen und sich auf dem Boden sammeln. Sie flüstern mir zu, und meine Hände zittern in meinem Schoß.

Verdammter Zimmerman, er ist ein Mistkerl.

Nimm den Briefbeschwerer und schlag ihm den Kopf ein.

»Brooklyn? Hörst du mir überhaupt zu?«

Mein Blick schnellt nach oben, und plötzlich sind die Schatten verschwunden, und es bleibt nur eine saubere, strahlend weiße Wand zurück.

»Brooklyn! Ich habe dir Zeit zum Nachdenken gegeben. Ich brauche deine Antwort.«

Ich schaue weg und aus dem vergitterten Fenster. Mit meinem Blick verfolge ich den Weg der fallenden Regentropfen.

Wann habe ich das letzte Mal Regen auf meinem Gesicht

gespürt? Oder den Wind in meinem Haar? Ich lecke mir die Lippen. Atme. Blinzle. Zapple herum. Alles, um diesem Arschloch nicht zu antworten.

»Dieses Verhalten ist nicht nötig. Wir sind hier auf derselben Seite.«

Das Bedürfnis zu lachen steigt in mir auf. Grinsend richte ich meine Aufmerksamkeit auf meine Hände. Meine Fingernägel sind blutig und abgekaut, und meine Knöchel sind geprellt und vernarbt. Das offensichtliche Zittern kommt von meiner hohen Medikamentendosis.

»Du verlässt den Raum nicht, bevor wir dieses Angebot besprochen haben«, teilt er mir mit. »Nimm dir Zeit.«

So sei es.

Ich kann hier den ganzen Tag in Stille sitzen.

Zimmerman seufzt, legt vorsichtig den Stift hin und verschränkt die Finger. Er weigert sich, den Blick von mir abzuwenden oder ein Nein als Antwort zu akzeptieren.

Warum kann er mich nicht einfach aufgeben? Ich bin ein hoffnungsloser Fall. Ich möchte ihm ins Gesicht schreien und ihm sagen, dass er aufhören soll, mich reparieren zu wollen.

»Du wirst für den Rest deines Lebens hier drin verrotten, wenn du das Angebot des Vorstands nicht annimmst. Ich kann nicht genug betonen, wie wertvoll diese Chance ist. Vergeude sie nicht.«

Ich kaue an meinen mitgenommenen Fingernägeln, genieße den Schmerz und den kupfernen Geschmack des Blutes. »Warum sollte ich sie nicht vergeuden?«

Zimmerman schüttelt den Kopf, sichtlich verärgert. »Weil du Potenzial hast. Lass nicht zu, dass die Vergangenheit deine Zukunft bestimmt.«

»Ich habe keine Zukunft«, sage ich. »Das hat das Gericht auch gesagt, als es mich zu Ihnen geschickt hat.«

»Das war vor fast zehn Monaten. Wir kommen hier nicht weiter, also brauchst du vielleicht ein anderes Umfeld.

Deshalb solltest du ernsthaft über das nachdenken, was wir gestern besprochen haben.«

Ich schnaube und ein amüsiertes Lächeln umspielt meine Lippen. »Ich bin bei den anderen Verrückten, nicht wahr? Genau dort, wo ich hingehöre.«

»Nein. Die Menschen hier werden niemals gehen. Vielen wird es nicht einmal besser gehen. Mit der richtigen Behandlung und dem richtigen Management kannst du noch ein Leben haben. Du bist erst einundzwanzig.«

Schließlich begegne ich seinem Blick. Seine Augenbrauen sind zusammengezogen, die Falten in seinem Gesicht sind noch ausgeprägter als sonst. Er ist müde. Erschöpft. Genervt von unseren sinnlosen Therapiesitzungen.

»Und was ist mit meiner Strafe?«

»Wenn du drei Jahre in Blackwood verbringst und nachweist, dass du so weit rehabilitiert bist, dass von dir keine Gefahr mehr ausgeht, kannst du gehen«, erklärt Zimmerman.

»Das war's?«

»Ja, der Auftrag ist bereits von den Behörden unterzeichnet worden. Begreifst du die Gelegenheit, die dir gegeben wurde?«

Gelegenheit.

Ich habe sie nicht verdient.

Ich verdiene nichts, nicht einmal das Leben.

Wenn ich dem Transfer zustimme, werde ich endlich frei sein von der Last der Krankenschwestern, die mich beobachten. Es wird nicht schwer sein, ein Seil zu finden, und ich weiß, wie man eine Schlinge bindet. Oder ich werde meine Pillen verstecken.

Wenn sie nicht jeden Tag unter meiner Zunge nachschauen, wird es nicht lange dauern, um genug für eine Überdosis zu sammeln. Während sich ein verlockender Plan herausbildet, versuche ich, meine beste gehorsame Stimme zu benutzen, um jede Spur von Bitterkeit wegzuwischen. Er darf nicht wissen, was ich vorhabe.

»Was werde ich dort studieren?«, frage ich mit vorgetäuschtem Interesse.

So ist es gut, immer lächeln.

Mit dem Kopf nicken.

Spiel das gute Mädchen, dann kannst du sterben.

»Alles, was du willst. Das Blackwood Institute ist das erste seiner Art – eine hochmoderne, experimentelle Behandlung in Kombination mit Bildung. Die Genesungsrate ist phänomenal. Du kannst dort bequem leben und alles lernen, was dir Spaß macht. Dir ein eigenes Leben aufbauen. Hört sich das nicht gut an?«

»Nun, ich würde mich gern wieder normal fühlen«, biete ich unschuldig an.

Habe ich das richtig gesagt? Ist das überzeugend genug? Ich weiß nicht, wie man kooperiert. Ich habe es noch nie gemacht.

Wenn er ein halbwegs anständiger Arzt wäre, wüsste er, dass ich sowieso lüge. Ich habe nie Normalität gekannt. Keine Sekunde lang. Warum sollte ich sie jetzt wollen?

»Genau. Ich freue mich sehr, dass du interessiert bist. Ich glaube wirklich, dass du dich dort gut entwickeln kannst.«

Zimmerman schiebt das Klemmbrett rüber und hält mir seinen Stift hin. Ich werfe einen Blick auf den Papierkram und betrachte das verschnörkelte Wappen in der oberen rechten Ecke. Die Worte *Ex Malo Bonum* sind in geschwungener Schrift in das Bild eingewoben.

»Genau da.« Er zeigt auf die gepunktete Linie, die auf meine Unterschrift wartet.

Ich fahre mit dem Stift über die Seite. Wenn ich das unterschreibe, werde ich nächste Woche verlegt. Das sind sieben weitere Tage in diesem Höllenloch. Dann: Freiheit. Ein Bild taucht in meinem Kopf auf, eine Erinnerung, die mich jeden wachen Moment heimsucht.

Blut sprudelte aus seinem Mund, als ich seine Kehle aufschlitzte und auf seine hartnäckigen Finger einstach, um ihren erdrückenden Griff zu lösen. Meine Bewegungen waren panisch, während gequälte Schluchzer um mich herum widerhallten und die Wände unter der Last meiner Verbrechen näher rückten.

Wer hätte gedacht, dass der Tod so laut und chaotisch ist?

Als ich meinen Namen geschrieben habe, lege ich den Stift triumphierend nieder. Mein Schicksal liegt in den Händen dieses mysteriösen Ortes, zumindest vorerst. Die Einrichtungen und Programme üben keinen Reiz auf mich aus.

Ich stecke die Broschüren in meine Tasche, ohne sie anzusehen. Ich habe nicht vor, lange dort zu bleiben. Ich werde mein erbärmliches Dasein bei der ersten Gelegenheit beenden.

»Ich bin stolz, dass du diesen Schritt getan hast. Du hast eine große Zukunft vor dir.« Zimmerman strahlt. »Dies ist der Beginn einer ganz neuen Reise für dich.«

KAPITEL 1

BROOKLYN

PHOBIA – NOTHING BUT THIEVES

»AUF GEHT'S. Es ist eine lange Fahrt nach Wales.«

Ich blende die Stimmen der Wärter aus, und das gedankenlose Geplapper wird schnell durch das Motorengeräusch des Lieferwagens ersetzt.

Dieser Schrotthaufen pfeift schon seit dem Tag meiner Ankunft aus dem letzten Loch. Ich nehme an, dass das begrenzte Budget schuld ist an einem fehlenden Ersatz. Die Regierung hat immer Geld für Bomben und Kriege, aber nie für die Orte, die es wirklich brauchen.

Als wir losfahren, werfe ich einen Blick durch die Heckscheibe zurück. Die Clearview Psychiatric Unit wird in der Ferne immer kleiner und verschwindet schließlich im dichten Londoner Smog.

Ich atme einen Seufzer der Erleichterung. Ein Teil von mir hätte nie gedacht, dass ich diesen Ort jemals von außen sehen würde. Die einzige Möglichkeit, die Einrichtung zu verlassen, ist in einem Leichensack, was trotz meiner besten Bemühungen nie passiert ist.

Nach zehn Monaten des Scheiterns scheint es, als hätte der Vorstand endlich aufgegeben. Jetzt bin ich Blackwoods Problem.

Ich lehne meinen Kopf an das kühle Glas und versuche eine bequemere Position zu finden. Die verdammte Nylah hat die ganze Nacht geschrien und mich wach gehalten. Als die Krankenschwestern sie schließlich wegzerrten, ertönte Applaus in der Station.

Sie liebt es, eine Szene zu machen, vor allem, wenn man ihr mit der Magensonde droht. Der Rest von uns will einfach nur schlafen.

Ich frage mich, wie es an diesem Ort sein wird. Zimmerman ließ es protzig klingen, alles privat finanziert und so. Dieses Institut ist das glänzende Juwel der psychiatrischen Gemeinschaft.

Die Worte *revolutionär* und *fortschrittlich* wurden mir die ganze Woche über um die Ohren gehauen. Was kümmert es mich, was diese Leute denken, was sie tun? Es ist immer noch eine Gefängniszelle, egal wie man sie verkleidet.

Aber das ist so oder so egal. Wenn sie mich im November nicht verhaftet hätten, wäre es mir gelungen, mich umzubringen. Das war die nächste Etappe meines Plans.

Der einzige Grund, warum ich noch lebe, sind diese verdammten neugierigen Krankenschwestern in Clearview, die nach dem letzten Vorfall auf eine strenge Überwachung bestanden haben. Meine Finger kriechen automatisch in meinen Ärmel.

Die Narbe ist dick und wulstig unter meinen Fingerspitzen und zieht sich über meinen Unterarm. Ich streiche über die Haut und atme ein, um ich zu beruhigen. Diesmal kann mich niemand aufhalten. Ich weigere mich, auch nur eine Sekunde länger zu leben, als ich es sollte.

Die Stunden vergehen quälend langsam, während wir durch die Landschaft fahren. Die meiste Zeit bin ich völlig weggetreten. Das passiert oft. Es ist schwer, sich zu konzentrieren, wenn man bis zum Umfallen mit Medikamenten vollgepumpt ist, über die ich nicht einmal den Überblick behalten kann.

Einige Zeit später höre ich das Zuschlagen von Türen und zwinge mich, die Augen zu öffnen. Ich werde von dunklen Schatten begrüßt, die den hinteren Teil des Wagens ausfüllen, und ich höre, wie die beiden Wärter kichern, während sie ihre Körper strecken.

»Setzen wir die Schlampe ab und gehen in den Pub auf einen Kurzen.«

»Ich könnte einen Drink für die Rückfahrt gebrauchen. Dieser Ort macht mir eine Gänsehaut. Besonders mit all den toten Augen, die einen beobachten. Erinnert mich an einen Friedhof, nicht an ein verdammtes Krankenhaus.«

»Mach dir nicht in die Hose, Kumpel. Die verrückten Bastarde sind nicht ohne Grund hier eingesperrt.«

Paul, auch bekannt als Arschloch Eins, öffnet die Seitentür und winkt mich nach draußen. Ich springe aus dem Wagen, und er zeigt mir ein Paar der bekannten Handschellen.

»Wirklich?«, schnaube ich.

»Halt die Klappe, Brooke. Du kennst die Regeln.«

»Du hast dich nicht um die Regeln geschert, als dein Schwanz letzte Woche zwischen meinen Lippen war. Und nenn mich verdammt noch mal nicht Brooke. Wie oft habe ich dir schon gesagt, dass du diesen Namen nicht benutzen sollst?«

Er zieht die Handschellen unnötig fest, während seine Augen schmal werden. »Du hältst dein hübsches kleines Maul, sonst muss ich dich verpetzen. Tabletten zu schlucken ist ein schweres Vergehen. Vielleicht erhöht sich dadurch sogar deine Strafe.«

»Du bist derjenige, der sie mir gegeben hat, Wichser«, zische ich.

Er zerrt mich grob über den Parkplatz, während sein Kumpel, Arschloch Zwei, die Nachhut bildet. Die beiden scheinen mich unbedingt loswerden zu wollen. Ich hatte schon immer eine Art, die Wärter zu verärgern, vor allem, weil keiner von ihnen mein freches Mundwerk je zu schätzen wusste.

»Vergesst meine Tasche nicht!«, brülle ich.

»Ich habe sie, du dumme Schlampe. Mann, ich hoffe, ich sehe dich nie wieder.«

»Glaub mir, das beruht auf Gegenseitigkeit, du hässlicher alter Bastard.«

Jeder weitere Streit verstummt schnell, als wir den Parkplatz verlassen und eine Kopfsteinpflasterstraße hinaufgehen, die in dichten Nebel gehüllt ist. Die Temperatur ist zwischen hier und London deutlich gesunken, und schwere Gewitterwolken hängen tief am Himmel.

»Mann, ich hasse die Provinz«, beschwert sich Paul.

Ich rolle mit den Augen. »Setz mich ab und dann kannst du dich wieder verpissen.«

Er schubst mich, seine Finger graben sich in meine Handgelenke, während sie mich durch das Gelände geleiten. Wir erreichen eine riesige Reihe bedrohlicher schmiedeeiserner Tore, die das gotische Monstrum vor uns verbergen.

Paul verlagert sein Gewicht und drückt auf den Knopf der Sprechanlage, um auf sich aufmerksam zu machen. »Clearview-Transfer hier zur Übergabe.«

Als Antwort ertönt ein Summen, gefolgt von einem schweren Klirren, als sich die Tore öffnen.

»Meine Güte«, flüstere ich.

»Willkommen im Paradies, Schätzchen«, spottet Paul.

Das Blackwood Institute ist ein imposanter Anblick. Mit seinen gewundenen Türmen, den leuchtenden Glasmalereien und dem polierten schwarzen Stein liegt es irgendwo zwischen einer prunkvollen Kathedrale und einer alten Universität.

Weidenbäume säumen die Landschaft, und ihre Äste wiegen sich im Wind. Der schnell absteigende Nebel trägt zur gespenstischen Atmosphäre bei und verdunkelt einen Großteil der Szenerie.

Ein unangenehmes Gefühl läuft mir den Rücken hinunter und macht mich sofort nervös. Dieser Ort hat etwas an sich, eine unerklärliche Empfindung, die bei mir die Alarmglocken schrillen lässt. Ich schaue mich nach der Quelle meines Unbehagens um, finde aber nichts.

Vielleicht verliere ich einfach den Verstand.

Ich bin wohl kaum ein Aushängeschild für Zurechnungsfähigkeit.

Nachdem wir dem Weg gefolgt sind, kommen wir unter einem großen Torbogen hindurch. An der Spitze prangt das bekannte verzierte Wappen, das stolz auf das Institut und sein Gründungsdatum hinweist. Nur für den Fall, dass die Leute nicht wussten, dass psychisch labile Straftäter vor ihnen liegen.

Zwei grauhaarige Wachleute bewachen in Kabinen auf beiden Seiten den Haupteingang. Als wir herantreten, bemerke ich die große Anzahl von Überwachungskameras, die in allen Winkeln angebracht sind.

Tote schwarze Augen blinzeln, als unsere Anwesenheit registriert wird. Nach einem kurzen Informationsaustausch werden wir mit Stabdetektoren gescannt und schließlich eingelassen. Sie würdigen mich nicht einmal eines flüchtigen Blickes, während sie überprüfen, dass ich keine Waffen bei mir trage, und mein Gepäck durchsuchen.

Offensichtlich ist das Personal zu sehr daran gewöhnt, dass spät abends Neuankömmlinge in Handschellen vorgeführt werden. Was zum Teufel ist das für ein Ort?

Das sich nähernde Gebäude wirft Licht auf die gepflegten Rasenflächen. Nachdem unsere Ausweise kontrolliert wurden, werden wir in einen warmen Empfangsbereich geführt. Die Decke zieht sich endlos in die Höhe, und die schimmernden Kronleuchter tragen zum Luxus bei.

Ich verliere den Überblick darüber, wie viele Gemälde, dumme Skulpturen und andere Artefakte hier herumstehen. Alles schreit nach Reichtum und Antiquitäten. Ist dies eine Universität, ein Gefängnis oder ein verdammtes Museum?

Paul schlägt auf die Klingel am Empfang und schaut sich spöttisch im Raum um. »Das ist ja wie in einem Fünf-Sterne-Hotel hier drin. Kaum geeignet für eine Kriminelle wie dich, Brooke.«

»Mach dir keine Sorgen. Wenn du mich nicht absetzen würdest, würdest du armer Schlucker einen Ort wie diesen nie sehen«, erwidere ich. »Genieße es, solange du kannst.«

Paul wirft einen kurzen Blick in die Runde und zieht an den Handschellen, um mich näher heranzuholen. Als er mit einer Hand meinen Hintern umfasst und drückt, kämpfe ich gegen den Drang an, zu erschaudern. Diese Genugtuung hat er nicht verdient.

»Kein Grund, unhöflich zu sein. Wir werden uns vielleicht nicht wiedersehen, was schade ist. Auch wenn du eine zugedröhnte Schlampe bist«, seine Lippen streifen mein Ohr, »hast du immerhin eine enge kleine Muschi.«

Jemand klatscht in die Hände und erschreckt ihn. Ich schaffe es, meinen Blick vom Boden zu heben, obwohl meine Wangen von der öffentlichen Demütigung brennen.

»Gibt es hier ein Problem, meine Herren?«

Der Rezeptionist schaut zwischen uns hin und her, seine tiefbraunen Augen fragend. Mein Blick wandert über sein ordentlich gestyltes blondes Haar, das gebügelte Hemd mit der passenden blauen Krawatte und die elegante schwarze Brille.

»Nein«, antwortet Paul süffisant. »Ich bringe nur diese Unruhestifterin für Sie vorbei.«

»Ich bin sicher, dass Sie das tun können, ohne sie zu berühren.«

Murmelnd geht Paul einen Schritt zurück und löst widerwillig die schmerzhaften Handschellen. Ich reibe mir die Handgelenke und recke dann trotzig mein Kinn in die Höhe.

»Also dann. Auf Nimmerwiedersehen.«

Hinter dem Schreibtisch wird ein Lachen unterdrückt, aber ich wende meinen Blick nicht von den Wärtern ab. Noch nicht. Paul muss mich hocherhobenen Hauptes in Erinnerung behalten, nicht niedergetrampelt von seinem Bedürfnis, mich zu brechen. Niemand kommt mehr damit durch.

»Wir sehen uns in der Hölle, Schätzchen«, blafft er.

Beide Männer unterschreiben schnell die Überweisungspapiere und schreiten ohne einen weiteren Blick in die Nacht hinaus. Gut, dass ich ihn los bin.

Der Rezeptionist lacht. »Nun, das war - gelinde gesagt - unangenehm.«

Meine Aufmerksamkeit landet wieder auf ihm, während er mit einem verdammt süßen Lächeln im Gesicht dasteht. Er ist niedlich − wie der Junge von nebenan. Ein bisschen nerdig für meinen Geschmack, aber es ist attraktiv, von jemandem verteidigt zu werden, auch wenn man die Hilfe nicht braucht.

Es wird jedoch wesentlich mehr als das erfordern, um mir ein entsprechendes Lächeln zu entlocken. Freundlichkeit liegt mir nicht im Blut.

»So ist er eben«, biete ich achselzuckend an.

»Sicher. Wärter neigen zu einem Überlegenheitskomplex. Das bringt die Autorität mit sich.« Er rückt seine Brille zurecht. »Wie auch immer, hast du einen Namen?«

Ich starre ihn wortlos an und brauche eine Minute, um zu begreifen, was er von mir will. *Oh, richtig.* Rezeptionist. Hör auf, darauf zu achten, wie eng sein Hemd ist.

»Brooklyn West. Ich wechsle von Clearview hierher.«

Er zieht eine blassblonde Augenbraue hoch, während seine Finger über die Tastatur fliegen. »Hm, von dort kommen nicht viele Leute. Wie hast du das hingekriegt?«

»Geht Sie das etwas an?«

»Ich schätze nicht«, räumt er ein. »Warte kurz, ich muss den stellvertretenden Direktor holen, damit er dich kontrolliert. Er hat dich schon erwartet. Ich bin gleich wieder da.«

Er verschwindet im hinteren Büro, und ich sehe mich um. Ich entdecke mehrere Wärter, die in jeder Ecke stehen. Ihre glänzenden Augen sind auf mich gerichtet, und ihre Hände ruhen auf diskret platzierten Schlagstöcken.

Es ist zermürbend, aber ehrlich gesagt, würde ich von einem Ort wie diesem nichts anderes erwarten. Wir sind nur Kriminelle für sie. Eine gesichtslose Horde, die sie herumkommandieren.

Der Rezeptionist kommt kurz darauf mit einem älteren Mann im Schlepptau zurück. Er trägt einen hässlichen Anzug, sein graues Haar ist nach hinten gekämmt, und sein Bierbauch quillt über seinen Gürtel.

Ich entdecke seinen Ausweis und sehe den Namen *Mike Tramwell* neben einem wenig schmeichelhaften Foto. Hah. Das ist unattraktiv.

»Brooklyn?«, fragt er tonlos.

»Höchstpersönlich.«

»Du bist spät dran. Wir haben dich heute Nachmittag erwartet.«

»Sehen Sie mich nicht so an, ich gehe nur, wenn man es mir sagt.« Ich zucke mit den Schultern, als er die Stirn runzelt. »Diese Idioten von Clearview waren für meinen Transfer verantwortlich.«

»Die verdammten Krankenhäuser haben keinen Respekt vor der Zeit.« Mike mischt Papiere durch und schiebt mir einen Stapel zu. »Unterschreibe das, damit wir es hinter uns bringen können. Ich komme zu spät zum Abendessen. Der Rest der Formalitäten muss bis morgen warten, wenn die Psychiater wieder da sind.«

Ich blättere durch die Formulare und unterschreibe, ohne mir die Mühe zu machen, sie zu lesen. Sein Abendessen ist mir völlig egal, und es ist mir auch egal, was ich unterschreibe. Ich habe nicht die Absicht, lange hierzubleiben, also spielt Papierkram kaum eine Rolle.

Wenigstens hat mich meine Verspätung davor bewahrt, heute Abend noch jemandem gegenüberzustehen. Ärzte und ich kommen nicht gerade gut miteinander aus, vor allem nicht, wenn ich müde bin und mich einen Dreck schere.

Mike legt die unterschriebenen Formulare ab und schnippt nach einem der Wärter. »Kontrolliere sie, und zwar schnell.«

»Ernsthaft?«, stöhne ich und trete einen Schritt zurück. »Ich komme gerade von einem Ort wie diesem. Glauben Sie wirklich, ich habe etwas bei mir?«

Wenn sie mich anfassen, wird die Hölle losbrechen.

»Standardverfahren.   Werden   wir   ein   Problem bekommen?«

Einer der Wärter schnappt sich meine Tasche, öffnet sie und kippt den Inhalt auf den Empfangstresen.

Ich beobachte zähneknirschend, wie er meine spärlichen Besitztümer durchwühlt, ohne Rücksicht auf jeglichen Anschein von Privatsphäre, den ich noch habe. Der andere marschiert auf mich zu und macht sich bereit, mich zu durchsuchen.

»Fass mich nicht an«, warne ich.

Mein Widerstand ist zwecklos, denn ich werde gegen den Tresen gedrückt und mit dem Gesicht an das Holz gepresst. Es ist demütigend, von Händen abgetastet zu werden, die meine Taschen durchsuchen, während der niedliche Rezeptionist angewidert zusieht.

»Schuhe ausziehen«, brummt der Wächter.

»Fick dich«, antworte ich kurz.

Nach einem kurzen Gerangel, bei dem mir die Wangen brennen, wirft er mir meine ramponierten Chucks zurück und erklärt, dass alles in Ordnung ist. Ich fluche leise vor mich hin, während ich sie schnüre.

Eine Hand erscheint, um mir aufzuhelfen. Diese freundlichen   haselnussbraunen   Augen   starren   mich erwartungsvoll an und warten darauf, dass ich das Hilfsangebot annehme.

»Ich bin Kade. Willkommen in Blackwood.«

Was für ein Empfang.

Ich ignoriere ihn, während ich meine Tasche packe und auf die konfiszierten Toilettenartikel starre, die in einem Mülleimer gelandet sind. Die restlichen Sachen werden einfach an der Seite liegen gelassen, damit ich sie sortieren kann.

Meine Finger streifen die Naht am unteren Rand, hinter der sich die Dinge verbergen, die mir wirklich wichtig sind. Zum Glück haben sie nichts bemerkt.

»Sie ist im Oakridge-Wohnheim. Hier ist der vorläufige Pass, bis sie ihren Ausweis hat.« Mike schiebt Kade eine Schlüsselkarte rüber. »Kannst du dich morgen früh um die restlichen Vorbereitungen kümmern?«

»Ich bringe sie jetzt hoch, bevor ich Feierabend mache«, antwortet Kade. »Für einen Rundgang ist es zu spät, aber ich werde das mit den anderen Sachen morgen in meiner Freistunde machen.«

Mike verschwindet im Büro, aber die Wärter beobachten mich immer noch genau. Ich schlurfe mit den Füßen und warte darauf, dass Kade einige Broschüren und seine Jacke holt. Er trifft mich auf der anderen Seite des Tresens.

»Fertig? Los geht's.«

Angstschweiß bricht auf meinen Handflächen aus, als wir zum Ausgang gehen, und in meinem Kopf steigt die Panik vor dem Unbekannten auf. Ich habe so lange gebraucht, um mich an das Leben in Clearview zu gewöhnen.

Jetzt stecke ich in einem Teufelskreis fest, in dem ich alles wiederholen muss. Ich kann es kaum erwarten, frei zu sein und nicht mehr den Gesetzen und der Kontrolle anderer unterworfen zu sein.

Kade geht voran und lässt mich hinter sich zurück. »Du bist drüben in Oakridge. Genau wie ich.«

Ich schiebe meine Angst beiseite und konzentriere mich auf ihn, wobei mein Blick an seinem großen, schlanken Körper und seiner schmalen Taille hängen bleibt. Dort, wo ich gerade herkomme, sehen sie nicht so aus, so viel ist sicher.

Er ist gut in Form. Das blöde Hemd und die Krawatte verbergen definitiv eine feste Brust. Dann registriere ich seine Worte.

»Warte, so wie Sie?«

»Du kannst gern Du zu mir sagen. Du dachtest, ich arbeite hier, nicht wahr?«

Na, verdammt. Preppy ist ein Patient? Oder besser gesagt, ein Gefangener. Dieser Ort sieht beeindruckend aus, aber es gibt genügend Überwachungskameras, die mir etwas anderes sagen. Wir werden bei jedem Schritt genau beobachtet.

»Keine Sorge, das tun die meisten Leute. Ich arbeite einfach jede Woche ein paar Stunden im Büro mit. So bin ich beschäftigt und habe einen guten Ruf bei der Geschäftsleitung. Es macht Spaß, mitzuhelfen.«

»Sicher«, antworte ich sarkastisch.

Spaß? Wirklich?

Was ist das für eine Sicherheitsabteilung, die ihre Häftlinge für sich arbeiten lässt? Ich erhalte keine weitere Erklärung, als er an der Tür seinen Ausweis scannt und mich dann in die dunkle Nacht hinausführt.

Ich ziehe automatisch meine Jacke gegen die Kälte zu. Ich glaube, es ist Herbst, aber wer kann das schon sagen? Die Zeit verliert jede Bedeutung, wenn man von der Realität getrennt ist.

»Welches Datum haben wir?«

Kade wirft mir einen seltsamen Blick zu. »Äh, zehnter September.«

Mist. Wo ist die ganze Zeit geblieben? Beinahe ein Jahr meines Lebens hat sich in Luft aufgelöst. Es ist, als hätte ich über Nacht aufgehört zu leben und wäre für die Welt ein Geist geworden.

Der Jahrestag ist nicht mehr weit – nur noch etwas mehr als zwei Monate. Ich darf diesen Tag nicht mehr erleben. Egal, was es kostet, ich muss vor November tot sein.

»Bei Tageslicht ist es leichter zu erkennen, aber das ist der

Hof«, fährt Kade fort. »Er ist das Zentrum des Instituts. Alles andere umgibt ihn.«

Ich schaue auf die weiten Rasenflächen und perfekten Gärten, die mit Picknicktischen und alten Straßenlaternen gespickt sind, die ein orangefarbenes Licht verbreiten.

Weitere gepflasterte Wege schlängeln sich nach außen und führen zu weiteren alten Gebäuden in der Ferne. Es fühlt sich an, als wären wir ein paar Hundert Jahre in der Zeit zurückgereist. Ich erwarte fast, dass jeden Moment eine Pferdekutsche auftaucht.

»Was ist mit dem Rest?«, frage ich erschöpft.

»Ich zeige dir gleich morgen früh alles. Du musst müde sein.«

Ich nicke und beiße mir auf die Lippe. Warum bin ich überhaupt daran interessiert, es zu sehen? Nichts kann mich auch nur eine Sekunde länger hier halten. Es spielt keine Rolle, wie schön dieser Ort zu sein scheint.

Kade räuspert sich. »Also, was führt dich nach Blackwood?«

Wir gehen den zentralen Weg hinunter und steuern auf ein leuchtendes Gebäude in der Ferne zu. Um das Dach winden sich Türme mit gewölbten Fenstern und kunstvollen Ziegeln. Das Gothic-Noir-Thema scheint hier ein fester Bestandteil zu sein.

»Brooklyn?«, drängt er.

Es hat einen Grund, dass ich nicht geantwortet habe, Klugscheißer.

Mit einem weiteren Seufzer fährt er trotzdem fort. »Nun, ich hoffe, es wird dir hier gefallen. Der Unterricht ist gut, und es gibt viel zu tun. Die drei Jahre werden wie im Flug vergehen, da bin ich mir sicher.«

Hört dieser Typ jemals auf zu reden? Der Unterricht ist mir völlig egal. Drei Jahre werde ich sicher nicht überleben. Seine honigsüße Stimme geht mir langsam auf die Nerven. Ich bin eher auf Schweigen konditioniert als auf ein lockeres Gespräch.

»Ich bin jetzt seit achtzehn Monaten hier. Es ist wirklich nicht schlecht.«

»Hör zu«, unterbreche ich ihn. »Sosehr ich den Gedanken auch schätze, können wir vielleicht nicht reden?«

»Oh. Sicher.«

»Clearview war scheiße, und dieser Ort wird es auch sein. Eure Wärter haben mich für eine Nacht schon genug gedemütigt. Es gibt nichts mehr zu sagen, also zeig mir einfach mein Zimmer und verpiss dich, ja?«

Reiß dich zusammen.

Du kannst im Privaten durchdrehen.

Atme weiter.

»Sicher«, murmelt er.

Wir steigen die Stufen zu den Schlafsälen hinauf, und als wir das Gebäude betreten, werden wir von Wärme umgeben. Polierte karierte Böden, getäfelte Wände und weitere hässliche Gemälde umgeben mich.

Zugegeben, es ist ziemlich schön, ein bisschen wie ein Herrenhaus oder so. Es ist weit entfernt von den weißen Wänden und Linoleumböden meines letzten Gefängnisses – *Krankenhauses, meine ich.*

Kade hält inne, um den Papierkram zu prüfen. »Sieht aus, als wärst du im vierten Stock. Zimmer zwanzig.«

»Schlüsselkarte?« Ich strecke meine Handfläche aus.

Haselnussbraune Augen, die wie Tiefen aus geschmolzenem Karamell mit grünen Sprenkeln aussehen, starren mich an. Schließlich händigt Kade die Schlüsselkarte und eine Sammlung von Informationsbroschüren aus.

»Du musst ein Foto für deinen Ausweis machen.«

»Morgen, richtig? Ich werde da sein«, versichere ich ihm.

Meine Haut spannt und kribbelt, ein sicheres Warnzeichen dafür, dass ich allein sein muss. Ich hatte heute mehr Kontakt als in meinen zehn Monaten in Clearview. Mein Gehirn kann das alles nicht verarbeiten. Das Bedürfnis, mich zu verstecken, nimmt zu, und meine Finger verkrampfen sich.

»Du hast keine Fragen? Nichts?«

»Nö. Nacht, Kade.«

Ich drehe mich abweisend um, schnappe mir meine einzige Tasche und eile die nahe gelegene Treppe hinauf, wobei ich zwei Stufen auf einmal nehme.

Schneller, beweg dich. Lass ihn nicht sehen, wie du zusammenbrichst. Das ist privat, niemand darf deine Verwundbarkeit sehen. Schwäche ist an Orten wie diesem gleichbedeutend mit Ausbeutung.

Als ich um die Ecke biege, ist Kades verärgertes Gesicht verschwunden. Erleichterung macht meine Brust frei und das Atmen fällt mir etwas leichter. Ich sprinte weiter nach oben und wühle mich dabei durch den Papierkram.

Zimmer zwanzig.

Einzelbelegung, Gott sei Dank.

Ein Mitbewohner würde die Sache nur verkomplizieren, wenn ich meine Pläne durchsetzen will. Als ich meine Tür erreiche, keuche ich und werfe einen Blick auf den Korridor, der von traditionellen Wandlampen auf dunkler Brokat-Tapete beleuchtet wird.

Irgendwo in der Ferne dröhnt wütende Rap-Musik. Hinter einer der Türen ertönt Geschrei, gefolgt von einem heftigen Knall.

»Verpiss dich, sofort!«, brüllt eine tiefe Stimme.

Als eine halb nackte Blondine aus dem Raum geschubst wird, wird ihr die Tür schnell vor der Nase zugeschlagen.

»Du bist ein kranker Bastard, Hudson!«, kreischt sie und tritt frustriert gegen das Holz. »Fick dich!«

Ich fummle mit der Schlüsselkarte herum und versuche, die Tür aufzuschließen. Es dauert zu lange, und ich spüre ihren Blick auf mir, als sie sich umdreht und die zu ihren Füßen geworfenen Kleider einsammelt. Es ist ein Fehler, aufzuschauen. Der finstere Blick, den sie mir zuwirft, brennt wie Säure.

»Was zum Teufel glotzt du so? Freak.«

Normalerweise würde ich bleiben und sie zu meiner Unterhaltung weiter reizen, aber das Zittern in meinen Händen wird immer schlimmer. Mir läuft die Zeit davon.

Klick.

Als ich endlich die Tür aufbekomme, schlüpfe ich ohne ein weiteres Wort hinein. Meine Stirn sinkt auf das Holz, und meine Augen fallen zu. Mein Herzschlag hämmert in meinen Ohren und ich erlaube dem Schluchzen, sich endlich aus meinem Mund zu lösen.

Rot blinkt hinter meinen Lidern, Blutlachen sammeln sich schnell, während sich das Bild formt. Egal wie sehr ich meinen Kopf schüttle, ich werde ihn nicht los – den Albtraum, der mich verfolgt.

Ich sehe den zerbrochenen und umgestürzten Lampenschirm auf dem Boden. Eine zerbrochene Bierflasche in Scherben um uns herum. Kühler Stahl liegt in meiner Hand, während ich durch Rinnsale von Blut gleite.

Die Schatten umgaben mich an diesem Tag, stählten mein Rückgrat und heizten meine Wut an. Sie flüsterten ihre tödlichen Befehle.

Töten ist einfach, Brooklyn.

Du musst nur den Mut dazu haben.

Ich öffne meine Tasche und lehne mich gegen die Tür, ohne mir die Mühe zu machen, das Licht einzuschalten. Das Mondlicht erhellt den Raum so weit, dass ich sehen kann, was ich tue. Mein Finger gleitet an den Nähten am Boden entlang, bis ich mein geheimes Versteck finde und mit dem Finger die Kante einer versteckten Klinge betaste.

Paul einen zu blasen hatte seine Vorteile. Ein Mädchen muss tun, was nötig ist, um zu überleben. Zumindest für einige Dinge war er gut. Die Pillen, die er mir besorgt hat, und diese wertvolle Schmuggelware waren die Erniedrigung wert. Zumindest rede ich mir das ein.

Ich ziehe meine Jacke aus, kremple den Ärmel meines

Pullovers hoch und streiche über die blasse Haut meines Arms. Perlmuttfarbene Narben treffen auf meine Fingerspitzen, die holprigen Rillen eine Verewigung meiner Sünden.

Es geht nur um Bestrafung. Niemand sollte mit dem, was ich getan habe, davonkommen. Als die Rasierklinge auf mein Fleisch trifft, verschafft mir der heiße Schmerz sofortige Befriedigung. Ich drücke fest zu, beiße mir auf die Lippe und genieße das entstehende Brennen.

Die Nässe breitet sich aus und läuft bis zu meinem Ellbogen hinunter. Ich werfe einen Blick darauf, und der Anblick der dunklen Spuren lässt mein Herz härter pochen, während mir das Wasser im Mund zusammenläuft. *So verdammt schön.*

Drei gezackte Schnitte, und ich bin fertig.

Nur drei.

Kontrolle ist notwendig. Wenn man zu viele macht, nimmt der Nervenkitzel ab. Vergnügen entsteht durch Präzision, nicht durch Verzweiflung.

Ich war nicht immer so. Die meisten machen andere für ihre Dämonen verantwortlich. Wir sind doch alle auf die eine oder andere Weise Opfer, oder? Aber ich nicht. Es gibt niemanden, dem ich die Schuld geben kann. Ich bin ganz allein so geworden.

Ich bin das verdammte Monster in dieser Geschichte.

KAPITEL 2
KADE

JAWS – SLEEP TOKEN

ALS ICH SEHE, wie sie die Treppe hinaufrennt, bleibe ich wie erstarrt stehen. Meine Kinnlade fällt vor Schock und Empörung herunter. Ich sollte an die Unhöflichkeit an diesem Ort gewöhnt sein – Manieren und geistige Gesundheit vertragen sich einfach nicht.

Es geschieht mir recht, nachdem ich der nette Kerl war. Nicht jeder will, dass man ihm hilft. Kopfschüttelnd mache ich mich selbst auf den Weg in den vierten Stock.

Meine Brust brennt bei jedem Schritt, und die Empörung, die ich spüre, lässt meinen Kiefer verkrampfen. Sie ist ein Niemand. Nur ein weiterer hoffnungsloser Fall, den dieses Höllenloch für sich beansprucht.

Ich habe die Hälfte des Programms hinter mir und nur noch achtzehn Monate vor mir. Ich kann es kaum erwarten, hier rauszukommen und nie wieder zurückzuschauen. Als ich die Tür aufschließe, werde ich von meinem brüllenden Mitbewohner begrüßt, der wie ein Hooligan Computerspiele spielt.

Ich schlendere hinein und lege meinen Mantel samt Schlüsselkarte ab. »Kumpel, es ist sieben Stunden her. Spielst du immer noch dieses blöde Spiel?«

Phoenix ruckt mit dem Kinn und weigert sich, den Blick vom Bildschirm zu lösen. »Es ist Sonntag. Lass mich in Ruhe, Kade.«

»Ganz genau. Du musst morgen einen Aufsatz abgeben, richtig?«

Er zuckt lässig mit den Schultern und deutet auf das andere Bett.

»Ich habe es im Griff.«

Ich werfe einen Blick auf mein eigenes Bett. Eli hockt in der Ecke mit einem übergroßen Kapuzenpulli, der seine wilden braunen Locken bedeckt und die Welt ausblendet. Ich kann von hier aus sehen, wie seine Hände über die Tastatur fliegen und den Aufsatz tippen, ohne dass er auch nur einmal Luft holt.

Der Kerl ist wie eine Maschine, wenn es um Wissenschaft geht. Irgendwo unter seinem schweigsamen Äußeren muss ein unglaublicher Verstand verborgen sein.

»Eli kann nicht all deine Hausaufgaben für dich erledigen.«

»Warum nicht?«, fragt Phoenix. »Er macht es gern.«

»Bist du deshalb in den Geschichtskurs gewechselt? Nur weil er ihn auch nimmt?«

Ein selbstsicheres Grinsen huscht über sein Gesicht. »Darauf kannst du wetten. Meine Noten waren noch nie besser.«

Erwischt. Er ist nur vier Jahre jünger als ich, aber er benimmt sich eher wie ein Zwölfjähriger als wie ein erwachsener Mann von neunzehn Jahren. Mit einem geschlagenen Seufzer lasse ich mich auf mein Bett fallen. Eli bewegt sich und streckt eine blasse Hand aus, um mein Haar zu streicheln.

Das ist seine Art, mich zu begrüßen, ohne ein Wort zu sagen. Ich genieße den Kontakt mit geschlossenen Augen. So oder so, diese beiden sind meine Familie. Unser Band ist tiefer, als Blut es je sein könnte.

»Du bist heute besonders mürrisch. Was hat dich denn so aufgeregt?«, fragt Phoenix.

Das Mädchen flackert wieder durch meinen Kopf. *Brooklyn.* Lange Beine, glattes blondes Haar und große, tote Augen. Was hat sie an sich, das mich so reizbar macht? Normalerweise sind mir alle anderen als die Jungs völlig egal.

»Wir haben einen Neuzugang. Sie hat einen ordentlichen Eindruck hinterlassen.«

Die Geräusche von Schüssen und rasenden Motoren verstummen, als Phoenix das Spiel abrupt unterbricht. »Ein Mädchen? Ist sie heiß?«

»Ich schätze schon. Von einem Ort namens Clearview.«

Die Hand, die durch mein Haar fährt, erstarrt plötzlich. Ich schaue in Elis geweitete Augen. Mist. Dort habe ich den Namen schon mal gehört.

Als wir Freunde wurden, habe ich natürlich die Akten dieser Jungs überprüft. Ich bin manchmal ein Kontrollfreak. Nun, immer.

»Tut mir leid, Mann«, entschuldige ich mich.

Kopfschüttelnd zieht Eli seine Hand zurück und kehrt zu dem Aufsatz zurück. Er vergräbt sich tiefer in den Kapuzenpulli, um zu entkommen. Ich bin wie ein Vollidiot ins Fettnäpfchen getreten.

Phoenix grinst. »So etwas fällt dir normalerweise nicht auf.«

»Was?«

»Ob ein Mädchen heiß ist oder nicht.«

Ich verdrehe die Augen, lockere meine Krawatte und öffne ein paar Hemdknöpfe. »Halt die Klappe, Phoen. Es ist nur eine Beobachtung.«

»Klingt, als hättest du sie sehr … *begeistert* beobachtet.«

Nachdem ich einen meiner Schuhe ausgezogen habe, werfe ich ihn quer durch den Raum. Der darauffolgende Schmerzensschrei bringt mich zum Lächeln.

»Sie ist nichts. Lass uns über etwas anderes reden, ja?«

Phoenix brummt zustimmend, wirft den Schuh zur Seite und reibt sich den Kopf. Ich ziehe mein Handy aus der Tasche und überprüfe, ob Hudson meine Anrufe schon beantwortet hat. Aber das hat er natürlich nicht.

»Hast du Hudson heute gesehen?«

»Das letzte Mal, als ich ihn gesehen habe, war er wieder unterwegs, um Britt zu vögeln.«

Was zum Teufel treibt er da? Allein die Vorstellung, dass diese Schlampe mich anfasst, ist ekelhaft. Es gibt keinen Kerl in Blackwood, mit dem sie es nicht mindestens einmal versucht hat.

»Gut. Ich gehe jetzt duschen.«

»Lass dir nicht zu viel Zeit«, erwidert Phoenix. »In einer halben Stunde spielen wir mit Rio Fußball.«

»Müssen wir das? Er ist ein Arschloch.«

»Stimmt, aber ich schulde ihm noch etwas für das Bier und die Zigaretten. Wir müssen spielen.«

Ich gehe zum Gemeinschaftsbad und schlage die Tür zu. Ich kann Rio und sein idiotisches Gefolge nicht ausstehen. All diese Arschlöcher treiben mich in den Wahnsinn – als wäre es eine Voraussetzung, ein hochnäsiger Mistkerl zu sein. Heutzutage braucht es nicht viel, um sich wie ein anständiger Mensch zu benehmen.

Ich lege meine Brille und meine Kleidung ab, steige unter die Dusche und drehe die Temperatur auf Maximum. Die Anspannung kribbelt unter meiner Haut. Brooklyns Sarkasmus hat mich in diese miese Stimmung gebracht.

Hier spricht niemand so mit mir. Die meisten betrachten mich als unantastbar. Ich bin der Einzige, der im Büro arbeiten darf, und diese Position verschafft mir ein gewisses Maß an Respekt und Immunität.

Die Art und Weise, wie sie das so geflissentlich ignoriert hat … verdammt, wenn mich das nicht ein wenig anmacht. Aber ich muss mich zusammenreißen. Keine Anhaftungen, keine Ablenkungen. Das war die Abmachung.

Ich bin nur aus einem einzigen Grund hier, und nichts darf mich davon ablenken. Doch ihre leeren, leblosen Augen kommen mir wieder in den Sinn.

Der Blick der beschämten Wut auf ihrem Gesicht, als dieser Widerling sie begrapscht hat, ließ mein Blut vor Wut kochen. Doch trotz des verräterischen Zitterns in ihrem Körper schlug sie mit scharfer Zunge zurück.

Verdammt, das war ein schöner Anblick. Meine Hand umschließt meinen harten Schwanz. Ich verknalle mich nicht, aber ich will einfach nur an ihre Tür klopfen, bis sie aufmacht, sie in meine Arme nehmen und ihr den Blick der Verzweiflung rauben, der sich so deutlich in ihren Augen festgesetzt hat.

Mit der anderen Hand stütze ich mich an der Wand ab und bearbeite meinen Schaft fast wütend, frustriert von meinem eigenen irrationalen Verlangen. Ich stelle mir vor, wie der Schlabberpulli von ihrem Körper fällt und cremeweiße Haut zum Vorschein kommt, und küsse mich in meiner Fantasie ihren Bauch, ihre Brust und ihren Hals hinauf. Als unsere Lippen sich treffen, keucht sie in meinen Mund, während ich sie dort berühre, wo sie es will.

Es dauert nicht lange, bis ich meine Erlösung hinausstöhne. Sie ist nur die Neue. Mehr ist das hier nicht. Bald werde ich sie vergessen, und sie wird in den Hintergrund treten wie der Rest der Versager in diesem Laden. Unbedeutend und unwichtig. Niemand beansprucht meine Aufmerksamkeit über längere Zeit, nicht hier.

Noch achtzehn Monate.

Verdammt, es kann gar nicht schnell genug gehen.

KAPITEL 3
BROOKLYN

I WANT OUT – LOWBORN

DAS SONNENLICHT TAUCHT mich in Wärme. Orange, Rosa und Rot färbt den Himmel in Streifen, während die Dunkelheit der Nacht nachlässt. Ich schließe meine trägen Augen und genieße das seltsame Gefühl. Es ist schon zu lange her, dass ich einen Sonnenaufgang gesehen habe, der nicht hinter Metallgittern stattfand.

Als ich ein Kind war, zerrte mich meine Mutter immer aus dem Bett, um ihn mit ihr anzusehen. Egal wie das Wetter war, sie bestand darauf, dass wir ihn uns ansahen, und es wurde für den größten Teil meiner Kindheit zu einem täglichen Ritual. Selbst als sie psychisch schwer krank und für die blauen Flecke auf meiner Haut verantwortlich war, war es die einzige Konstante, auf die ich zählen konnte.

Komm schon, Brooke.

Stell dich der Schönheit in den Weg.

Ein weiteres Gähnen bahnt sich seinen Weg. Ich bin erschöpft. Nachdem ich mit meiner Hand über jeden Zentimeter des winzigen Zimmers, das mir zugewiesen wurde, gestrichen hatte, war es schon nach Mitternacht gewesen. Aber man muss immer nachsehen, das habe ich in Clearview schnell gelernt.

Als die Ärzte in Clearview mich zum ersten Mal in Einzelhaft steckten, entdeckte ich in einem zerbrochenen Backstein einen Vorrat an Pillen. Angesichts des komatösen Zustands, in dem ich mich nach meiner Überdosis befunden hatte, müssen es jemandes Medikamente gewesen sein, der sie nicht wirklich geschluckt und für schlechte Zeiten aufgehoben hatte.

Solche Geschenke wurden mir hier nicht hinterlassen.

Ich muss es selbst tun.

In der Nähe durchbrechen Schritte meine kostbare Einsamkeit. Ich schaue mich um, und mein Blick fällt auf einen frühmorgendlichen Jogger. Anscheinend bin ich nicht die Einzige, die nicht schlafen kann.

Er ist schlaksig, mit langen Gliedmaßen und einem Hauch von Skaterboy. Selbst von hier aus kann ich die dichten Locken sehen, die unter seiner Mütze herausragen. Meine Aufmerksamkeit richtet sich auf die harten Muskeln seiner Waden. Er ist so durchtrainiert, dass man meinen könnte, er würde regelmäßig trainieren.

Er bemerkt meine Anwesenheit nicht und läuft weiter, was mir ganz recht ist, denn ich bin wirklich nicht auf ein Gespräch aus. Ich habe die ganze Nacht wach gelegen und mich hin und her gewälzt, während die Wände über mich lachten.

Allein der Gedanke an meine bevorstehende morgendliche Führung lässt meinen Mund trocken werden. Kade, dieser adrette Nerd, soll das wohl übernehmen. Ich brauche keine Führung. Sobald ich den Psychiater sehe, kann ich den Ball ins Rollen bringen.

Es wird nicht lange dauern, bis ein netter kleiner Drogencocktail zusammengestellt ist − genug, um mein Herz zum Stillstand zu bringen und mich zu ersticken. Das ist kein schöner Tod, aber in der Not frisst der Teufel Fliegen. Die Privatsphäre, die ich an diesem Ort habe, ist unglaublich.

In Clearview muss man mit offener Tür scheißen, also ist

das ein verdammter Traum für mich. Der Doc hatte recht damit, was für eine Gelegenheit Blackwood ist, und ich habe die feste Absicht, sie zu nutzen.

Ich laufe durch den Hof und versuche, die Menschenmassen zu vermeiden. Ich werde nur Frischfleisch sein, das sie zerpflücken und schikanieren können. Ich erinnere mich noch an meinen ersten Tag in Clearview.

Die Wärter hatten mich in den Aufenthaltsraum geführt und zu den anderen Lebenslänglichen gesetzt. Sie tauschten Diagnosen aus, als wäre es eine Pyjamaparty, und maßen sich miteinander. Scheiß drauf.

Ich bin fassungslos, als sich die Eingangstür zum Wohnheim nicht öffnen lässt. Nicht einmal ein bisschen. Fluchend trete ich gegen das blöde Ding. Als sie sich immer noch nicht rührt, ramme ich meinen Körper dagegen und genieße den Schmerz, der dabei entsteht.

Natürlich.

Ich habe noch keinen verdammten Ausweis. Ich bin gestern Abend mit Kade reingekommen und habe den vorläufigen Ausweis benutzt. Ein hoher Piepton ertönt und die Tür schwingt auf, woraufhin ich stolpere.

Ich stoße mit dem Rücken an etwas Hartes, aber es ist zu warm und wohlriechend, um eine Wand zu sein. Ich drehe meinen Kopf und sehe in die hellgrünen Augen des Joggers. Er starrt mich ausdruckslos an und sieht dann fast schockiert aus. Er umklammert meine Arme, um zu verhindern, dass ich stürze.

»Äh, d-danke«, stottere ich.

Er schaut mich weiterhin direkt an, seine smaragdgrünen Augen strahlen Intelligenz aus. Kein Wort kommt über seine Lippen, während er mich studiert, bevor er schließlich seinen eisernen Griff lockert.

Ich beobachte, wie er im Gebäude verschwindet und mich zurücklässt, während ich wie eine Idiotin auf seinen Rücken starre. Offensichtlich bin ich nicht die Einzige, die keinen

Small Talk mag. Aber mit so einem knackigen Hintern braucht er eigentlich kein Wort zu sagen.

Wieder in meinem kleinen Schlafzimmer angekommen, bereite ich mich auf den Tag vor. So schlimm ist es hier gar nicht. Mit einem überraschend bequemen Bett, weißen Laken und flauschigen Kissen ist es besser als das klumpige Feldbett, das ich vorher hatte.

Der Raum hat graue Wände und einen eingebauten Mahagonischreibtisch sowie ein stark vergittertes Fenster. Nicht gerade schäbig. Ich schätze, die privaten Sponsoren für dieses experimentelle Programm zahlen gut.

Ich hebe meine Tasche hoch und stelle fest, dass nach der Durchsuchung in der letzten Nacht alles durcheinander ist. Meine Habseligkeiten sind spärlich. Vier T-Shirts, zwei Pullover, eine Lederjacke und zwei Paar Jeans.

Ich habe ein Tagebuch, in dem einige alte Fotos versteckt sind, und zwei Paar Schuhe – meine dreckigen Chucks und ein Paar alte Doc Martens. Unter den Nähten befinden sich eine halb leere Zigarettenschachtel, ein Feuerzeug und zwei weitere Rasierklingen, die alle in einem Geheimfach verstaut sind.

Ich besitze nicht viel. Als die Polizei mich einholte, war der Inhalt dieser Tasche mein ganzes Leben. Ich hatte Glück, dass ich alles behalten konnte, vor allem die geknickten, abgegriffenen Polaroid-Fotos. Ich hatte vorgehabt, mich mit ihnen in der Hand vor den Zug zu werfen, war aber stattdessen verhaftet worden.

Ich wähle meine Lieblingsjeans mit Acid-Waschung und ein abgetragenes *Nirvana*-Shirt und ziehe mich schweigend an. Mein Verstand tickt unruhig vor sich hin, selbst als ich meine neonpinken Doc Martens schnüre. Ich frage mich, was mit der Tasche passieren wird, wenn ich weg bin.

Werden sie sie wegwerfen? Mein Zeug ist wertlos. Das Tagebuch sollte ich jedoch selbst loswerden. Jemandem wird es nur Spaß machen, es zu lesen und so zu tun, als wüsste er, warum ich mir das Leben genommen habe.

Scheiß drauf. Dieser Moment würde mir gehören. Ich werde zu meinen Bedingungen sterben, auf meine Art und Weise und wann ich es will.

Nicht so wie er. Das hast du ihm genommen, flüstert eine Stimme vom anderen Ende des Raumes. Ich reiße den Kopf hoch und schaue mich um, aber ich bin allein, nicht einmal ein Schatten verhöhnt mich.

Jemand klopft an meine Tür und holt mich in die Realität zurück, während ich die Luft wieder in meine verkrampfte Lunge zwinge.

»Brooklyn? Bist du da?«

Ich setze meinen besten ausdruckslosen Blick auf und schnappe mir meine Zigarettenschachtel und meine Lederjacke, bevor ich die Tür öffne.

»Guten Morgen«, grüßt Kade mich.

Er ist wieder perfekt gekleidet, mit einem blassblauen Hemd und einer marineblauen Krawatte. Mit seiner schwarz umrandeten Brille und seinem glatten blonden Haar ist er wahrscheinlich der Traum vieler weiblicher Patienten hier.

»Mh-hm«, murmle ich.

Mit deinem strahlenden Lächeln kannst du mich nicht täuschen, Schönling.

»Gut geschlafen?«, erkundigt er sich, während er die Treppe hinuntergeht.

»Sicher.«

Wir gehen nach draußen, und ich lasse mein Haar locker um mein Gesicht fallen, um mich vor unerwünschter Aufmerksamkeit zu schützen. Wenn jemand versucht, sich mit mir anzufreunden, schlage ich ihm einfach ins Gesicht. Das sollte alle weiteren Versuche der Interaktion abwehren.

»Lass uns den Rest des langweiligen Krams erledigen und dann zeige ich dir alles, ja?«, bietet Kade an.

»Wie auch immer. Du bist der Boss.«

Ich spüre, wie er mich ansieht, aber ich reagiere nicht.

Er wird es noch früh genug lernen.

Auf dem Hof ist etwas mehr los, ein paar Patienten tummeln sich dort. Als wir zurück zum Hauptgebäude kommen, haben mindestens drei Leute Kade begrüßt. Scheint so, als hätte Mr Beliebt hier drüben eine Menge Freunde. Ich muss ihn unbedingt loswerden.

Kade meldet sich am Computer an der Rezeption an, während ich unbeholfen herumstehe. Er kommt einfach rein, als gehöre ihm der Laden und zuckt nicht einmal mit der Wimper. Wer zum Teufel ist dieser Typ? Er verhält sich überhaupt nicht wie ein Patient.

»Gut«, beginnt er fröhlich. »Also, es gibt noch einen Haufen anderer Formulare, die du ausfüllen und abgeben musst. Tut mir leid, du weißt sicher, wie kompliziert diese ganze Transfersache ist.«

Kade versucht, mit den Augen zu rollen, aber ich weigere mich zu lachen. Er starrt mich eine lange Sekunde an, bevor er den Blick abwendet.

»Es sieht so aus, als hättest du heute um fünfzehn Uhr einen Termin bei Doktor Ashley für deine psychologische Untersuchung und Einweisung.« Er sammelt den notwendigen Papierkram ein. »Gib ihr das alles, und sie kann es im Büro abgeben.«

»Verstanden.«

»Jetzt müssen wir nur noch ein Foto von dir machen, und schon kann es losgehen. Hattest du gestern Abend die Möglichkeit, alles zu lesen, um deine Auswahl zu treffen?«

»Meine … Auswahl?«

Kade wirft mir einen verärgerten Blick zu. »Die Fächer, die du studieren willst? In den Broschüren, die ich dir gegeben habe?«

Oh, die, die ich ohne einen weiteren Blick weggeworfen habe.

»Nicht so sehr, nein.«

»Nun, woran hast du Spaß?«

Ich starre ihn ausdruckslos an. »Woran ich Spaß habe?«

Das Stirnrunzeln, das ich daraufhin ernte, trägt nicht dazu bei, meine Stimmung zu verbessern. Mit geballten Fäusten schaue ich weg. Nachdem ich eine Sekunde lang die Wand angestarrt habe, betrachte ich meine Schuhe. Spaß? Konzentrieren? Studieren? Es ist, als spräche er eine ganz andere Sprache.

»Komm schon, es muss doch etwas geben. Was hast du in der Schule gemacht?«

Zu viel getrunken und den heißen Lehrassistenten für ein Gramm Gras gefickt. Ich presse meine Lippen zusammen und halte die Wahrheit zurück. Das ist ein bisschen zu peinlich, um es laut auszusprechen.

»Brooklyn?«

Seine Stimme klingt weit weg, während ich in eine Abwärtsspirale gerate und die Panik mich einholt. Ich weiß es nicht. Es gibt keine Antwort. Es gibt nichts, was mir verdammten Spaß bereitet, und das ist schon seit langer Zeit so.

Wann habe ich das letzte Mal etwas zum Vergnügen getan? Nicht mehr, seit die Krankheit in mir Wurzeln geschlagen und mein ganzes Leben ruiniert hat.

»N-nichts. Ich habe nichts gemacht.«

»Warum willst du es mir nicht sagen?«

Ich atme scharf ein und schlage mit den Händen auf den Empfangstresen. Ein Bleistifttopf fällt um und kracht auf den Boden. Kade zuckt zurück, seine Augen vor Überraschung weit aufgerissen.

»Bist du taub, verdammt? Mir macht nichts Spaß«, schreie ich ihn an. »Ich will nichts studieren. Und ich will nicht hier sein oder mit dir reden. Verstanden, Arschloch?«

Wir starren einander an, keiner von uns bereit, klein beizugeben. Ich überlege kurz, ob ich nach seiner Krawatte greifen soll, um ihn damit zu erwürgen. Die Verlockung ist so groß, dass meine Finger zucken.

»Ich melde dich einfach für Schnupperkurse an«, beschließt Kade.

»Was?« Ich sehe ihn stirnrunzelnd an.

»Du wirst ein paar Tage lang verschiedene Kurse besuchen, um ein Gefühl für alles zu bekommen.«

Meine Zähne knirschen. Es ist nicht die beste Idee, ihm die perfekt gerade Nase zu brechen, so verlockend der Gedanke auch ist. Ich kann fast hören, wie der Knochen unter meiner Faust knackt.

»Gut. Schnupperkurse also.«

Nach weiterem Tippen auf der Tastatur und Papierkram bekomme ich einen Stundenplan, der morgen beginnt und zwei Tage dauert. Die Vielfalt der Kurse lässt mich erschaudern. Das wird die reinste Folter. Zum Teufel, wenn die denken, dass ich Sport mache.

»Gut, Zeit für ein Foto.«

Kade verschwindet in einem Hinterzimmer und kommt eine Minute später mit einer Digitalkamera zurück. Ich stehe gerade und zwinge mich zu einem kleinen Lächeln. Der Akt tut mir körperlich weh. Er hebt die Kamera, bereit, das Foto zu machen, aber er zögert.

»Warte mal …«

Bevor ich mich bewegen oder seine Hand wegschlagen kann, kommt Kade näher und streicht mir eine verirrte Haarsträhne hinters Ohr. Seine Finger streifen meine Wange, was mein Herz zum Stottern bringt. Er beobachtet mich mit aufmerksamen Augen, und es sieht so aus, als wolle er noch mehr sagen, aber dann zieht er sich zurück.

»Perfekt.«

Das Objektiv klickt, als ein paar Aufnahmen entstehen, dann dreht er sich um. Ich atme die angehaltene Luft nicht aus, bis er sich wieder in das hintere Büro zurückzieht. Habe ich mir das nur eingebildet? Als Kade wieder auftaucht, zwinge ich mich, ungerührt zu bleiben.

»Dein Ausweis sollte in ein paar Stunden fertig sein«, erklärt er. »Dann kannst du die Gebäude betreten und deine Anwesenheit registrieren.«

»Verstanden.«

»Er ist auch für die Cafeteria. Drei Mahlzeiten am Tag und Snacks sind für dich vorgesehen. Es sei denn, du bist eine der Magersüchtigen – die haben eine andere Regelung.«

»Nö, das bin ich nicht.«

»Gut zu wissen. Lass uns gehen, ich habe nicht den ganzen Tag Zeit.«

KAPITEL 4

ELI

SAIL – AWOLNATION

»DER VERDAMMTE HITZKOPF hätte mir fast den Knöchel gebrochen!«, beschwert sich Phoenix und sticht mit der Gabel auf sein Rührei ein. »Was ist daraus geworden, zum Spaß zu spielen und Dampf abzulassen?«

Ich hebe eine Schulter und lasse sie in einem halbherzigen Achselzucken fallen.

»Ich schätze, du hast recht. Es hat keinen Sinn, sich damit aufzuhalten«, fügt er hinzu.

Ich deute auf seinen halb vollen Teller und wippe mit dem Kopf.

»Entspann dich, Eli. Ich hasse den Unterricht am Montagmorgen. Es ist zu früh.«

Ich hasse jede Sekunde des Tages, der Woche und des Monats. Aber man hört mich nicht darüber meckern. Zur Hölle, man hört mich überhaupt nicht reden. Nicht, wenn mein Gehirn voller Aromen und Verwirrung ist. Einfach nur zu funktionieren ist schwer genug.

Meine Zunge wurde mir schon vor langer Zeit gestohlen. Worte kommen mir nur noch alle Jubeljahre über die Lippen, weil ich zu sehr mit der ständigen Reizüberflutung beschäftigt bin.

Sprechen verschlimmert nur meine Synästhesie. Jedes Wort und jede Emotion bringt neue Geschmäcker und Düfte mit sich, und das ist einfach zu viel.

»Erde an Eli. Das wirst du dir ansehen wollen.«

Er deutet auf etwas hinter mir. Ich neige den Kopf und lasse meinen Blick durch den Raum wandern, während ich bekannte, gefühllose Gesichter abtaste, einige lebendiger als andere.

Wir sind hier eine Kakofonie von Versagern. Einige sind schlimmer als andere, aber wir sind alle verdammt kaputt. Wir sind die Ausgestoßenen der Gesellschaft, die in einem kaputten System feststecken, und das alles im Namen des Experimentierens.

Kade teilt die Menge, als er hereinschreitet. Noch mehr Köpfe drehen sich, als sie bemerken, dass er nicht allein ist. Alles bleibt stehen, als mein Blick auf dem vertrauten Gesicht landet, das ihm folgt und das mich nach meiner Joggingrunde heute Morgen völlig überrascht hat.

Als sie in ihren knallpinken Stiefeln und mit geballten Fäusten in den Raum stapft, kann ich sehen, dass sich ihre Laune nicht geändert hat. Selbst von hier aus erkenne ich, dass ihr kantiger Kiefer verkrampft und ihr perfektes Elfengesicht von einer erbitterten Grimasse verzerrt ist. Ihre Wut schmeckt wie verbrannter Toast, beißend und bitter auf meinem Gaumen.

»Meinst du, das ist sie?«

Ich nicke als Antwort.

Brooklyn.

Ihr Name hat sich in mein Gedächtnis eingebrannt. Ich bin dem Geist, der Kade so sehr verärgert hat, schon begegnet, bevor ich nach Blackwood kam, aber ich hätte nie erwartet, sie wiederzusehen.

Sie sieht noch schlimmer aus als zuvor, mit hervorstehenden Knochen, blasser Haut und diesem verdammten leeren Gesicht, als wüsste sie nicht, wie man lächelt. Trotzdem ist sie auf eine himmlische Art schön.

»Sie ist heiß, aber das arme Mädchen sieht halb tot aus.«

Der finstere Blick, den ich Phoenix zuwerfe, fällt mir leicht. Seine große Klappe wird ihn eines Tages in ernsthafte Schwierigkeiten bringen. Ich habe das Gefühl, auf Asche zu kauen, während die Wut in mir aufsteigt. Ich atme tief durch, mache meinen Kopf frei und spüle den Geschmack weg. Er ist nicht echt.

»Sie kommen hierher«, flüstert Phoenix.

Mein Herz klopft. Ich kenne Brooklyn zwar schon, aber wir sind uns nie offiziell vorgestellt worden. Ich habe es immer vorgezogen, sie aus der Ferne zu beobachten, ohne je mit ihr sprechen zu können. Was, wenn sie sich an mich erinnert? Was, wenn sie merkt, wer ich bin?

»Morgen, meine Herren«, grüßt Kade.

Er stellt sein Frühstück zu meiner Linken ab und lässt den Platz gegenüber frei. Verdammte Scheiße. Warum hat er das getan? Verbrannte Waffeln. Loderndes Feuer. Zigarettenasche.

Beruhige dich und reiß dich zusammen, Eli.

Es ist nicht real, verdammt.

»Setz dich. Wir beißen nicht«, lädt Phoenix sie ein.

Ich kann spüren, wie Brooklyn hinter mir zögert. Sie seufzt so hörbar, dass ich lachen möchte. Mir geht es genauso.

Schließlich schlurft sie vorbei und stellt einen Apfel und eine Flasche Wasser hin. Das Erste, was ich erkenne, ist ihr ausgefranstes Band-Shirt. Es ist dasselbe, das sie in Clearview getragen hat.

»Leute, das ist Brooklyn. Sie ist neu hier.«

Phoenix rückt sofort näher. »Ich bin Phoenix.«

Er streckt erwartungsvoll seine Hand aus. Sie beäugt ihn misstrauisch und weigert sich, sie zu schütteln.

»Hallo«, sagt sie tonlos.

Er erholt sich schnell, zieht seine Hand zurück und streicht sich stattdessen durch sein mitternachtsblaues Haar.

Der Schwätzer hier ist es nicht gewohnt, abgewiesen zu werden. Unsere Blicke treffen sich und er schaut finster drein, woraufhin sich meine Lippen zu einem winzigen Lächeln verziehen. Geschieht ihm recht.

Zuckerwatte und zuckrige Cola.

Belustigung ist ein guter Geschmack.

»Brooklyn macht ab morgen zwei Tage lang Schnupperkurse. Vielleicht könnt ihr beide sie morgen früh zum Geschichtsunterricht begleiten?«, schlägt Kade vor.

Er ist frustriert. Ich kann es mühelos sehen. Das schmeckt wie verdorbene, saure Milch. Negativität in anderen Menschen ist nie angenehm, daher meide ich so ziemlich jeden, außer den Jungs. Reden ist allerdings völlig tabu, selbst mit denen, denen ich vertraue.

»Es wird schön sein, mal etwas andere Gesellschaft als diese Quasselstrippe zu haben«, sagt Phoenix.

Ich zeige ihm automatisch den Mittelfinger und errege damit Brooklyns Aufmerksamkeit. Ihr Blick brennt, weidet mich aus, bis ich aufschaue und seltenen Augenkontakt herstelle. Blassgraue Tiefen starren zurück, eingerahmt von langen Wimpern.

Ihre Nase ist klein und spitz, und ihre Lippen sind rissig und rot, nachdem sie zu viel darauf gekaut hat. Sie erkennt mich noch von heute Morgen, als ich vor Schreck fast umgefallen wäre, nachdem ich merkte, dass sie es war.

»Das ist Eli. Er redet nicht viel«, erklärt Kade.

Ich hasse es, bemerkt und beurteilt zu werden, ich hasse es, *gesehen* zu werden. Unsichtbarkeit ist mein Freund und Beschützer. Ihr Verstand muss rasen, während sie sich fragt, warum ich mich nicht vorstelle.

Ich ziehe meine Kapuze hoch und verkrieche mich in der schützenden Blase meines *Bring Me The Horizon*-Kapuzenpullis. Breche den Blickkontakt ab. Neige mein Kinn nach unten. Alles, um zu entkommen.

»Schön, dich kennenzulernen«, murmelt sie so leise, dass ich es fast überhöre.

Brooklyn sieht mehr von mir, als mir lieb ist. Sie sieht mich viel zu leicht. Viel zu tief. Panik überflutet meinen Geist, scharf und sauer wie eine Grapefruit, so stark, dass es fast schmerzhaft ist.

»Also, was willst du hier studieren?«, wirft Phoenix ein.

»Sie weiß es noch nicht«, antwortet Kade.

»Das kann sie selbst beantworten, vielen Dank.«

Ihre Stimme ist heiser und tief, nicht wie das überwältigende Gejammer der anderen Mädchen. Es ist Musik in meinen Ohren. Ich hasse die Kreischer, die überfordern mich am meisten. Hudson zieht oft solch weibliches Interesse auf sich, und das macht mich verrückt.

Kade räuspert sich. »Bitte sehr.«

»Ich bin mir noch nicht sicher. Das ist alles«, gibt sie zu.

»Nun, im Geschichtskurs ist viel Platz«, plappert Phoenix, der verzweifelt versucht, die Stille zu füllen. »Es ist verdammt langweilig und die Lektüre ist lang, aber es gibt Schlimmeres zu tun. Mathe? Naturwissenschaften?«

»Kein Mathe«, schnauzt Brooklyn.

»Naturwissenschaften?«

»Nein.«

»Äh, Englisch?«

Keine unmittelbare Reaktion. Jetzt hat er ihre Aufmerksamkeit.

»Es ist eine beliebte Wahl«, stellt Kade klar.

Ich kann ihre nervöse Energie praktisch von hier aus spüren. Sie ist dickflüssig wie dieser furchtbare Hustensaft, den man als Kind bekommt. Die Ängste anderer Menschen sind ein echtes Problem für mich. Ich habe genügend eigene, mit denen ich umgehen muss.

»Ich weiß es nicht. Wie oft muss ich das noch sagen? Lass mich einfach in Ruhe.«

Ihre Stimme ist hoch und abwehrend, und sie stößt mich

über den Abgrund. Ich lasse meinen Kopf auf den Tisch sinken und kämpfe gegen die aufkommenden Empfindungen an. Sie ist ein Ball aus Wut und Hass. Mir wird übel davon. Zu viele Gefühle, zu viele Geschmäcker. Ich will einfach nur in Ruhe gelassen werden. Ich kann damit nicht umgehen.

Kade reibt mir sanft den Rücken, um mir Trost zu spenden. Er ist der Einzige, der mich beruhigen kann. Kühl und gelassen – wie ein beruhigender Balsam auf verbrannter Haut. Mein Lieblingsmensch.

Die anderen beiden sind schwieriger zu ertragen, vor allem wenn Phoenix eine manische Phase hat. Brooklyn ist ein unstabiles Element in dieser vorprogrammierten Katastrophe. Es bringt mich jetzt schon aus dem Gleichgewicht.

»Ist schon gut, Kumpel«, murmelt Kade. »Wir lassen es jetzt gut sein. Einfach durchatmen.«

»Geht es ihm gut?«, fragt Brooklyn.

»Es ist irgendwie schwer zu erklären. Eli?«

Ich wippe mit dem Kopf, um mein Einverständnis zu erklären. Sobald sie es weiß, wird es einfacher sein. Sie wird vor Angst weglaufen, und das war's dann. Ich kann mich wieder in den Hintergrund schleichen, wo ich hingehöre, und sie still und leise beobachten, so wie früher. Sie wird es nicht einmal merken.

»Eli hat eine seltene Krankheit, die sich lexikalisch-gustatorische Synästhesie nennt«, beginnt Kade. »Im Wesentlichen bedeutet das, dass er … Emotionen schmecken kann.«

»Emotionen schmecken?«, wiederholt sie.

»Besonders starke. Sie lösen in ihm Empfindungen aus, die er nicht kontrollieren kann. Das ist überwältigend und beängstigend. Aus diesem Grund versuchen wir, in seiner Nähe nicht zu streiten oder zu diskutieren.«

Zeit für Abscheu und Verurteilung.

»Ich verstehe.«

Etwas berührt meine Kapuze, dann meine Hand. Es sind

ihre Finger, die zaghaft darüberstreichen. Ich hebe den Kopf und wage einen flüchtigen Blick. Sie runzelt weder die Stirn, noch lacht sie, und es gibt keinen grausamen Spott oder Scherz.

Das ist etwas anderes. Die Emotion schmeckt kühl und erfrischend wie ein Glas eisgekühltes Wasser an einem brütend heißen Tag.

»Es tut mir leid. Das wusste ich nicht.«

Sie entschuldigt sich?

Ist das ... ein Lächeln?

»Ein eigenartiges Gehirn zu haben, ist nicht immer etwas Schlechtes, Eli.«

Mit diesen Worten wendet sie sich ab und greift nach ihrem Apfel, um hineinzubeißen. Auch die anderen starren sie an, schockiert über ihre Reaktion. Niemand außerhalb der Gruppe behandelt mich so. Ich bin für sie alle ein Freak, die Zielscheibe vieler Witze. Aber sie nimmt es einfach hin.

Ich lecke mir über die Lippen und verdränge den exotischen Geschmack der Überraschung aus meinem Mund. Ich bereite mich vor. Sammle Kraft. Sammle Mut. *Komm schon, Eli. Lass es endlich raus, verdammt. Das Mädchen wartet.* Aber es kommen keine Worte, so wie immer.

Sie stecken in meiner Kehle fest und weigern sich, an die Oberfläche zu kommen, da die Angst meine Stimmbänder umschlingt. Stattdessen bringe ich ein kleines Lächeln zustande, in der Hoffnung, meine Dankbarkeit auszudrücken.

Zur Antwort schenkt sie mir ebenfalls ein Lächeln, das mir den Atem raubt. Sie ist wunderschön, wenn sie so ist. Verdammt noch mal, ich muss dieses Lächeln wieder sehen. Es schmeckt verdammt gut. Seltene Freude. Wie frisch gemähtes Gras oder kürzlich gefallener Regen.

Wir verfallen in Schweigen, abgesehen vom Knacken des Apfels, den sie isst. Die beiden anderen führen eine Art wortloses Gespräch mit Blicken.

Eine fremde Stimme unterbricht die Ruhe. »Yo, Phoen. Du warst echt beschissen letzte Nacht, Mann.«

Phoenix schmollt. »Verpiss dich, Rio. Du spielst schmutzig, und das ist nicht fair.«

Der anmaßende Idiot und sein Trio von Arschlöchern umkreisen den Tisch. Ich schaue weg. Sie sind viel zu ungestüm, als dass ich mit ihnen umgehen könnte. Rio hat hier unter den Patienten das Sagen, also versucht er oft, mich zu verarschen.

Ich kann sehen, wie Brooklyn mich beobachtet, und ich spanne mich in dem Wissen an, dass sie mich jetzt noch besser durchschauen kann. Das ist verdammt unangenehm.

»Wer ist das?«, spottet Rio und tritt dicht an sie heran. »Ist schon eine Weile her, dass wir hier eine neue Muschi hatten.«

Mein Blut kocht, als ich sehe, wie sie zittert, und der schreckliche Geschmack von Rauch ist wieder in meinem Mund, als ich Asche schlucke. *Lass sie in Ruhe, Arschloch.* Wenn ich ihm das nur ins Gesicht schreien oder tatsächlich etwas tun könnte. Ich sitze hier wie ein verängstigtes Kind, unfähig, sie zu verteidigen.

»Hallo, heiße Braut. Mein Name ist Rio. Zimmer siebenunddreißig, falls du Interesse hast.«

»Habe ich nicht.«

Ihre Stimme peitscht wie ein Blitzschlag. Sie ist unerschütterlich vor Wut und hat Kraft unter ihrem schwachen, zitternden Äußeren. Das gefällt mir.

»Kein Grund, so unhöflich zu sein. Ich bin nur freundlich«, entgegnete Rio süffisant. »Du wirst schon noch merken, dass ich hier eine große Nummer bin, also hör besser auf, dich so aufzuführen. Außerdem wirkst du bei diesen Außenseitern fehl am Platz. Besonders bei diesem hier.«

Er deutet mit einem Finger in meine Richtung. Am liebsten würde ich ihn abschneiden und ihm in den Hals schieben, bis er erstickt. Was für ein verlockender Gedanke.

»Setz dich zu uns an den Tisch und wir werden dir zeigen, was Spaß ist, ja?«

»Nein«, antwortet Brooklyn.

»Wie bitte?«

Rio ist ein Arschloch, aber mit ihm ist nicht zu spaßen. An Orten wie diesem geht es um Respekt und Gefälligkeiten – der Kodex der inhaftierten Patienten.

Phoenix und Hudson haben das in der Vergangenheit mit vielen blauen Augen bewiesen. Aber Brooklyn ist das egal, als sie ihn mit kaltem Blick ansieht.

»Ich sagte Nein, Arschgesicht. Hau ab, bevor ich unfreundlich werde.«

Rios Lachen ist amüsiert, als würde er den Kampf genießen. Ich verstehe den Reiz; sie gibt Kontra und niemand bietet ihm mehr die Stirn. Er hat alle in Angst und Schrecken versetzt.

»Ich sagte, komm und setz dich zu uns. Welchen Teil davon verstehst du nicht?«

Als er ihr Kinn fester umklammert, sehe ich rot. Bevor ich mich über den Tisch stürzen und ihm das verdammte Licht ausknipsen kann, nimmt Brooklyn die Sache selbst in die Hand.

Ihre Faust schnellt verschwommen durch die Luft, dann ertönt ein nachhallendes Knacken. Sie hat einen fiesen rechten Haken.

Peinlicherweise ist es äußerst erregend, wie sie sich über Rio beugt, den Raum beherrscht und ihn vor der ganzen Cafeteria demütigt.

»Lerne, ein Nein als Antwort zu akzeptieren, du Stück Scheiße«, zischt Brooklyn ihn an. »Und jetzt verschwinde hier, bevor ich dich noch mehr blamiere. Gott weiß, dass dein Ruf nicht noch einen solchen Schlag ertragen kann.«

Rio schafft es aufzustehen, eine Hand auf sein blutendes Gesicht gelegt. »Du bist eine verdammte Psychopathin! Was zur Hölle? Blöde Schlampe.«

Brooklyn grinst. Es ist ganz anders als das schüchterne Lächeln, das sie mir geschenkt hat. Dieses ist dunkel und bedrohlich, mit zusammengekniffenen Augen und verdunkelten Pupillen. Jetzt steht jemand völlig anderes vor uns, eine Seite von ihr, die ich noch nie gesehen habe.

»Darauf kannst du wetten. Vergiss es nicht. Wenn du mich noch einmal ärgerst, breche ich dir ein verdammtes Bein.«

Rio und seine Verstärkung machen sich aus dem Staub, bevor die Wärter Wind davon bekommen, was passiert ist, und uns alle bestrafen. Die ganze Cafeteria starrt sie an, aber sie zieht nicht den Kopf ein und gibt nicht nach.

Dieses Mädchen ist unglaublich. Sie hat ein brutales Alter Ego unter der verletzlichen Oberfläche. Ich bin mehr als fasziniert, und mein Schwanz ist allein vom Zuschauen verdammt hart.

»Was glotzt ihr denn alle so?«, brüllt Brooklyn.

Die Leute wenden den Blick ab und sie hält ihren Kopf hoch, bis die Gespräche wieder aufgenommen werden. Ich rutsche unbehaglich umher, während mein Schwanz in seinem Jeansgefängnis schmerzt. Das Feuer in ihren Augen und der Stahl in ihrem Rückgrat sind unglaublich.

»Verdammt, ich glaube, du könntest mein neuer Liebling sein«, keucht Phoenix.

Sie lacht und kehrt zu ihrem halb gegessenen Apfel zurück, als wäre nichts passiert. Sie wird uns Ärger bringen.

KAPITEL 5

BROOKLYN
I FALL APART – POST MALONE

»DEN FLUR ENTLANG, zweite Tür links.«

Ich nicke der Rezeptionistin dankend zu und gehe in die angewiesene Richtung, während ich mich mental auf die bevorstehende Tortur vorbereite. Ich hasse Psychiater. Sie sind anmaßende, überhebliche Arschlöcher.

Ich habe noch nie einen getroffen, der sich nicht wie ein aufgeblasener Trottel benommen hat, der mir mithilfe von Zertifikaten und Qualifikationen sagt, dass ich mental im Arsch bin. Danke, als wüsste ich das nicht schon. Wie nett von ihnen, mein Versagen hervorzuheben.

Ich erreiche die zweite Tür am Ende des mit dickem Teppich ausgelegten Flurs und fahre mit dem Finger über das eingravierte Namensschild. Doktor Mariam Ashley. *Denk daran, mitzuspielen. Du weißt, was du sagen musst.*

Ja, Doktor, ich will mich verbessern.

Nein, ich will nicht sterben.

Ja, ich nehme meine Medikamente.

Gewichtsverlust? Nur mein Stoffwechsel.

Ich setze mich für meine Genesung ein, wissen Sie.

Eine Stimme ruft mir zu, ich solle eintreten, und ich

schlüpfe hinein. Es ist ein geräumiger Raum mit hohen Bücherregalen und sanfter Beleuchtung.

Es gibt das Standardsofa, zwei Sessel und einen Couchtisch. Die Taschentücher stehen natürlich in der Mitte. Ich brauche nicht auf die Wand zu schauen, um die Reihen gerahmter Abschlüsse zu sehen.

Das Blinken einer Überwachungskamera in der Ecke überrascht mich. Ich sehe sie überall, unauffällig versteckt, aber dennoch beobachtend. Dutzende sind in jedem Raum, sogar mehr als die wenigen, die sie in Clearview hatten.

»Ah, du musst Brooklyn sein. Bitte, setz dich.«

Doktor Ashley steht auf, umrundet den Schreibtisch und kommt zu mir. Sie hat leicht ergrautes Haar und trägt einen praktischen Hosenanzug mit einer knallroten Brille. Ich würde sagen, sie ist mittleren Alters, aber sie altert in Würde.

Das enthusiastische Lächeln auf ihrem Gesicht lässt sich nicht kritisieren, auch wenn sie leicht verstört aussieht. Keiner ist so glücklich.

»Hallo. Ja, das bin ich«, stoße ich hervor.

Ich umgehe das Sofa und nehme stattdessen einen der Sessel. Sie nimmt den anderen, überkreuzt anmutig ihre Beine und schwingt Stift und Notizblock.

»Also gut. Es ist mir ein Vergnügen, dich kennenzulernen. Bitte nenn mich Mariam. Wir halten es hier gern angenehm und entspannt. Ich möchte, dass du dich bei mir wohlfühlst.«

Ich starre sie ungläubig an. Entspannt? Wohlfühlen? Das ist etwas anderes als die Beruhigungsmittel und Gummizellen der letzten zehn Monate, und das macht mir Angst. Ich kenne gern den Status quo, und dieser Ort widerspricht bisher allen Erwartungen. Experimentell trifft es nicht einmal ansatzweise.

»Ich wurde von Doktor Zimmerman über deine Vorgeschichte und Behandlung informiert. Ich stimme mit seiner Einschätzung überein, dass dieser Ort für dich von Nutzen sein könnte.«

»Wirklich?«

»So viel Respekt ich auch vor seiner Amtszeit habe, manche verlieren sich im System von Clearview und kommen nie wieder heraus.«

»Vielleicht gibt es dafür einen Grund«, bemerke ich.

»Und der wäre?«

Sie lehnt sich zurück und sieht mich erwartungsvoll an.

»Ich bin wohl kaum unschuldig.«

»Glaubst du, dass du eine Strafe verdient hast?«

Ich kralle meine Fingernägel in meine Handflächen. »Du nicht?«

Seufzend nimmt Mariam ihre Brille ab. »Brooklyn, du hast dich in einer tiefen psychotischen Episode befunden, als du dein Verbrechen begangen hast. Schizophrenie ist eine belastende Krankheit, wenn sie nicht richtig behandelt wird. Deine Strafe wurde in diesem Sinne gefällt. Du hast eine Krankheit.«

Geisteskrank. Ich hasse dieses Wort, weil es impliziert, dass ich jemals gesund war.

»Warum bin ich dann hier? Warum bin ich nicht eingesperrt?«, frage ich trotzig. »*Gefährlich verstört und bösartig*, so nannte mich der Richter. Das weißt du doch, oder? Ich bin sicher, es steht in meiner Akte.«

»Ja, das stimmt. Die Antwort ist einfach. Wir sind die am besten ausgestattete Einrichtung für junge Erwachsene wie dich, deren Leben durch eine psychische Erkrankung aus den Fugen geraten ist.«

Sie lässt es so unschuldig klingen, als wäre die Krankheit, die durch meine Adern fließt, nicht für all das Blut verantwortlich, das ich vergossen habe.

»Das Ethos unseres experimentellen Programms konzentriert sich auf Rehabilitation, nicht auf Bestrafung«, fährt sie fort. »Dies ist kein Gefängnis, sondern eine Behandlungseinrichtung. Du bist hier Patientin, keine Gefangene.«

»Ich kann gehen?«, werfe ich ein.

Und von einer Brücke springen, flüstert etwas im Geiste.

»Nein. Du wurdest hierher transferiert und nicht wie andere freiwillig aufgenommen«, antwortet sie entschieden.

Mein Herz sinkt. »Richtig.«

»Du bist nach dem Gesetz immer noch untergebracht, bis du stabil bist. Beende das Programm, und dann kannst du wieder in die Gemeinschaft zurückkehren. Dort wirst du weiterhin überwacht werden, wie ich hinzufügen möchte.«

Ihre hochtrabende Sprache täuscht mich nicht. Dieser Ort ist nur ein weiteres Gefängnis, das für die Welt attraktiver aussehen soll.

»Hör zu, ich will ehrlich mit dir sein«, beginnt Mariam.

Ich zucke mit den Schultern und fordere sie auf, fortzufahren.

»Du bist eine harte Nuss, die es zu knacken gilt. Habe ich recht?«

Ich öffne meinen Mund leicht, bevor ich ihn wieder schließe.

»Deine Geschichte ist komplex und umfangreich«, stellt sie klar. »Das wird kein einfacher Prozess sein. Clearview hat nicht funktioniert, also sind wir die andere Option.«

»Du klingst zuversichtlich.«

»Ich glaube an das einzigartige System, das wir hier aufgebaut haben, mit Ausbildung, Therapie und Rehabilitation gleichermaßen. Ohne die Hilfe aller drei kannst du nicht genesen. Ehrlich gesagt, wenn dieser Ort dich nicht stabilisieren kann, dann kann es niemand.«

»Was schlägst du vor?«, stoße ich hervor.

»Zweimal pro Woche Einzeltherapie bei mir. Wir haben auch eine Gruppensitzung, zu der ich dich einladen möchte. Außerdem möchte ich auch deine Medikation ändern.«

Das weckt mein Interesse. »Oh?«

»Es gibt einige Möglichkeiten für die Behandlung deines Zustands, die noch nicht erforscht worden sind. Wir werden einige neue experimentelle Medikamente einführen, um zu sehen, ob das die Dinge in Bewegung bringt.«

So muss sich Gewinnen anfühlen. Noch mehr Drogen? Ja, Doktor. Mehr verdammte Munition, die ich benutzen kann. Was für ein gottverdammter Sieg. Ich blende den anderen Scheiß einfach aus. Es spielt für mich sowieso keine große Rolle. Ich habe bekommen, was ich wollte.

»Das klingt gut. Ich möchte wirklich, dass es mir besser geht.«

Scheiße, ich bin gut. Ich glaube mir fast selbst.

»Eine weitere Sache, an der ich arbeiten möchte, ist, dass du das System hier akzeptierst«, sagt Mariam. »Wir agieren mit eiserner Faust und haben einen straffen Zeitplan, aber manchmal ist das das Beste für dich.«

Ich lächle unschuldig. »Was soll ich denn tun?«

»Such dir ein Studienfach aus und stürze dich in eine Routine. Vielleicht findest du sogar ein paar Freunde. Es wird dir guttun, etwas Normalität und Disziplin zu erfahren.«

»Das kann ich tun«, lüge ich mühelos.

Sie fummelt an ihrer Brille herum. »Kein Krankenhausleben mehr für dich. Betrachte es als einen Neuanfang für dich, um die Vergangenheit hinter dir zu lassen.«

Ich muss mein Herz daran erinnern, dass dies nicht real ist. Das anfängliche Aufblühen der Hoffnung ist sinnlos. Sie wird schnell zerschlagen. Ich kann niemals ein normales Leben führen, ganz gleich, wie zuversichtlich sie sonst ist.

So funktionieren die Dinge nicht. Die Welt vergibt und vergisst nicht einfach. Ich verdiene meine Strafe. Ich verdiene es, allein zu sterben.

»Klingt nach einem Plan«, gebe ich zu.

Mariam schreibt ein paar Sekunden lang aggressiv, während sie vor sich hin nickt. »Fabelhaft. Ich werde dir alle relevanten Informationen zukommen lassen. Ich freue mich darauf, dich zu unserer Einzelsitzung zu sehen. Da wäre noch eine Sache …«

Sie kehrt zum Schreibtisch zurück und beginnt, sich durch Papierstapel zu wühlen. Ich trommle mit den Fingern auf meinem gekreuzten Bein, als meine Ungeduld zurückkehrt. *Gib mir einfach das Rezept und lass mich gehen*, möchte ich schreien. Ihr ganzes enthusiastisches Auftreten ist ermüdend.

»Ah, hier. Doktor Zimmerman hat das für dich geschickt. Es scheint ein Bündel von Briefen zu sein, die einige Monate zurückdatiert sind. Er hat offenbar die Entscheidung getroffen, sie nicht mit dir zu teilen, solange deine Genesung noch so labil ist.«

Wer würde mir schreiben? Und was für ein faschistisches Arschloch bewahrt die persönliche Korrespondenz eines Patienten auf? Die Fragen häufen sich, während meine Gefühle außer Kontrolle geraten. Ich zittere vor Wut und kann sie kaum zurückhalten, während sich meine Hände zu Fäusten ballen.

»Warum?«, bringe ich schließlich hervor.

Mariam schüttelt den Kopf. »Wie ich schon sagte, wir sind nicht Clearview. Wir machen die Dinge hier anders. Du solltest deine Kommunikation selbst in der Hand haben, unabhängig von deinem geistigen Zustand.«

Sie schenkt mir ein versöhnliches Lächeln, als sie mir das Bündel überreicht, aber ich erwidere es nicht. Die Briefe sind schwer in meiner Hand, und die Last drückt mich sofort nieder. Ich habe niemanden, buchstäblich niemanden. Woher kommen all diese unbeantworteten Briefe?

»Ich lasse dich früher gehen, damit du gleich loslegen kannst. Jemand wartet wahrscheinlich ungeduldig auf deine Antwort.«

Sie klingt so eifrig, dass es ärgerlich ist.

»Familie vielleicht?«, fragt sie. »Du solltest sie wissen lassen, wie du vorankommst.«

»Mh-hm. Vielleicht.«

Ich habe keine Familie, aber ich würde alles sagen, um hier rauszukommen. Nachdem ich den Papierkram abgegeben habe, bin ich endlich frei. Die Medikamente werden offenbar nach dem Abendessen serviert, also gehört der Rest des Nachmittags mir.

Ich betaste die abgenutzten Umschläge, während mein Blick über die krakelige Schrift schweift. Ich ziehe den ersten Brief aus dem Bündel und drehe ihn um, um nach einem Absender zu suchen. Auf der Rückseite des Umschlags ist er in eiliger Handschrift notiert.

Allison Brunel.

Ein Schauer überläuft mich und durchflutet jeden Zentimeter meines Körpers, während ein unkontrollierbares Zittern einsetzt. Nein. Nein. Das darf nicht wahr sein. Das müssen Dutzende von Briefen sein. Sind die alle von ihr? Verdammt noch mal. Ich kann das nicht tun.

Du hast das getan.

Jetzt wirst du den Preis dafür zahlen.

Ich wusste nicht, dass eine Stimme so viel Gift enthalten kann, bis zu dem Tag, an dem sie das sagte. Kopfschüttelnd versuche ich, die ekelhafte Erinnerung an die Anschuldigungen, die mir entgegengeschleudert wurden, an die grausamen Beleidigungen und bösartigen Worte, die ich jeden verdammten Tag mit mir herumtrage, zu verdrängen.

Es ist zu roh, zu real. Alles, was ich fühle, ist Schuld. Meine Finger zucken mit dem Bedürfnis zu schneiden. Loszulassen. Ich muss es rauslassen, und das ist der einzige Weg, den ich kenne. Scheiß auf die Therapie, sie bringt sowieso nichts.

Nur eine Sache hilft. Ich verdiene es nicht besser. Nur Schmerz. Ich stecke das gefürchtete Bündel in meine Tasche und laufe den Korridor entlang. In meinem Kopf zähle ich jeden Schritt und atme im Rhythmus mit.

Medikamente heute Abend.

Das sind drei Dosen. In ein oder zwei Wochen sollte ich genug haben. Diesmal keine Fehler. Keine zweiten Chancen oder Wiederholungen. Kein Aufwachen in einem Krankenhausbett.

Ich muss verdammt noch mal sterben.

KAPITEL 6
PHOENIX

KISS – LIL PEEP

ICH RAMME meinen Schwanz tief in seine Kehle, und meine Augen rollen vor Vergnügen zurück. Tyler nimmt ihn immer tief. Sein geschickter Mund macht seine unerträgliche Persönlichkeit fast wieder wett. Fast.

Ich greife in sein Haar und stoße schneller zu. Härter. Gröber. Ich stecke meine ganze Frustration und Erregung in die Bewegungen. Er macht klaglos weiter, ohne auch nur mit der Wimper zu zucken.

Das ist die Sache mit dem Ficken von Männern.

Es ist so viel einfacher. Weniger Ärger.

Es gibt ein Mädchen, das meine Aufmerksamkeit erregt hat. Eine besondere Schönheit mit genügend Frechheit und Wildheit, um sogar mich zu faszinieren. Bisexuell zu sein ist nicht immer linear. Die Anziehungskraft ist nicht gleich.

Ich lasse mich einfach treiben und achte nicht so sehr darauf. Aber in letzter Zeit hat mich nichts auch nur im Entferntesten gereizt. Tyler zu vögeln ist nur ein Mittel zum Zweck, um meine manische Energie loszuwerden, bevor sie mich zerstört.

Ich bin ganz aufgeregt, seit Brooklyn zugeschlagen und

Rio den Arsch aufgerissen hat, ohne auch nur einmal Luft zu holen. Monate der Langeweile endeten in diesem Moment.

Ich wollte mich einfach nur vorbeugen und das Blut von ihren geprellten Knöcheln lecken und sie dann so hart ficken, dass sie eine Woche lang nicht mehr geradeaus gehen konnte.

Stöhnend jage ich meine Ladung in Tylers Kehle. Er wird langsamer und schluckt gehorsam. Verdammt, ich stelle mir Brooklyn da unten auf den Knien vor, mit ihren vollen Lippen an meinem Schaft und meiner Hand in ihrem langen Haar.

Ich würde sie gern fesseln und dazu bringen, sich mir zu unterwerfen, und das mit dem Wissen um die wilde Frau, die sich unter der Oberfläche verbirgt. Das würde ihre Unterwerfung noch süßer machen.

»Phoen?«

Tyler starrt erwartungsvoll zu mir hoch, aber ich spüre nur Abscheu. Warum bin ich so ein Arschloch? Leute zu benutzen ist nicht cool. Das weiß ich, und doch kann ich nicht anders.

»Ja, danke.«

Ich schließe den Reißverschluss meiner zerrissenen schwarzen Jeans und drehe ihm den Rücken zu.

»Das war's?«

»Was willst du noch von mir?«

Tyler packt mich an den Schultern. »Ich will, dass es dich verdammt noch mal interessiert. Dass du ausnahmsweise mal so tust, als wäre ich dir nicht egal.«

Unwahrscheinlich. Gefühle sind nicht wirklich mein Ding.

»Das wird nicht passieren. Du weißt, dass es uns nicht darum geht«, antworte ich emotionslos. »Wir haben uns auf eine zwanglose Sache geeinigt.«

Tränen füllen seine Augen. Großartig. Ein weiterer Zusammenbruch.

»Du bist ein Mistkerl, weißt du das?«

Ich zucke mit den Schultern. »Ja, das ist mir bewusst.«

»Ich bin nur eine weitere Dröhnung für dich, richtig? Du

bekommst keine wertvollen Drogen, mit denen du dich umbringen kannst, also verarschst du stattdessen Menschen.«

Tyler dreht sich um, um zu gehen, und wischt sich wütend die Tränen aus dem roten Gesicht, aber ich kann mich nicht dazu durchringen, mich darum zu scheren. Nicht wirklich. Ich weiß, wie beschissen das ist. Aber ehrlich gesagt, bedeutet er mir nichts. Das ist alles nur oberflächlich.

Ja, ich bin ein verdammter Junkie. Da hat er recht. Ich bin süchtig danach, andere zu meinem eigenen Vergnügen zu ruinieren.

Er sieht mich an. »Ich bin fertig, Phoen. Diesmal hast du mich zu weit getrieben.«

Ich gestikuliere zur Tür. »Gut, dann verpiss dich. Komm nicht wieder.«

Seine Kinnlade fällt herunter und er ballt die Hände zu Fäusten. »Wie kannst du mich so behandeln?«

Ich umklammere sein Gesicht und neige es nach oben, um meine Dominanz zu demonstrieren. Der Anblick von Angst und Scham in seinen Augen bringt mich zum Lächeln. Oh ja, ich hoffe, es tut verdammt weh. Das ist mein wahres Ich.

Hinter dem Lächeln und den Scherzen verbirgt sich etwas sehr viel Dunkleres. Ich bin gut darin, in der Öffentlichkeit den Spaßvogel zu spielen und Witze zu reißen. Aber im Privaten? Nicht so sehr.

»Hör zu, Tyler. Du bist nichts weiter als eine Bettgeschichte für mich. Hast du das verstanden? Du hast deinen Zweck erfüllt. Ich bin gelangweilt. Wenn ich dir also sage, dass du gehen sollst«, ich beiße so fest in seine Unterlippe, dass er blutet, »dann meine ich das verdammt noch mal auch so.«

Ich lecke mir über die Lippen und stoße ihn weg. Diesmal zögert er nicht. Er verschwindet ohne ein weiteres Wort durch die Tür.

Ich schäme mich nicht, zuzugeben, dass mich sein

Herzschmerz erregt. Tyler ist ein guter Fick, aber ihn zu verarschen ist noch besser.

Ich lasse mich auf das Bett fallen, löse einen losen Putzbrocken aus der Wand, greife mir eine meiner versteckten Pillen und schlucke sie trocken hinunter.

Ich spüre, wie die Hysterie in meinem Kopf hochkocht. Ich bin nicht in der Stimmung, drei Tage lang aufzubleiben, bis sie verpufft. Meine letzte Episode endete für alle schlecht.

Ich scrolle ziellos auf meinem Handy, um mich abzulenken. Scheiße, ich hätte gern Brooklyns Telefonnummer. Sie geht mir nicht mehr aus dem Kopf. Ich frage mich, was sie jetzt gerade macht.

Kade stürmte davon, als sie das Abendessen geschwänzt hat. Der Kerl hat einen ernsthaften Retterkomplex. Er macht sich immer Sorgen um andere, selbst wenn sie sich einen Dreck um ihn scheren.

Deshalb hat er aufgehört, sich zu kümmern, und konzentriert sich nur noch auf unsere kleine, verkorkste Familie. Wir achten aufeinander. Diese Brooklyn? Sie würde ihn in einer Sekunde niederwalzen, wenn sie wüsste, wie besitzergreifend er ist.

Stöhnend lege ich das Handy zur Seite. Ich stelle mir vor, wie sie auf meinem Bett ausgestreckt liegt, die Beine weit gespreizt und mit einer von Kades Krawatten an das Gestell gefesselt.

Ich würde ihre Muschi lecken, während sie schreit, und sie versohlen, bis sie blutet. Die Tür wird aufgestoßen und prallt mit einem lauten Knallen an der Wand ab.

»Keine Antwort. Was zum Teufel treibt sie da?« Kade stürmt herein.

Ich beobachte, wie er seine gelockerte Krawatte auszieht und sie wütend an die Wand wirft. Mein Mund wird trocken, als ich sie betrachte und meine schmutzige Fantasie beiseiteschiebe. Mein Blick wandert an Kades Körper entlang.

Ja, wir sind beste Freunde und Mitbewohner, aber das bedeutet nicht, dass ich ihn nicht anhimmeln kann. Vor allem, wenn er so wütend und aggressiv ist.

»Beruhige dich, Mann. Warum kümmert dich das überhaupt?«

»Darum!«, ruft er aus.

Ich ziehe eine Augenbraue hoch und verärgere ihn mit meinem selbstgefälligen Lächeln noch mehr. »Willst du das etwas genauer erläutern?«

»Weil es mein Job ist«, stöhnt Kade.

»Ja, klar. Wie du meinst.«

»Fick dich, Phoen. Wo ist eigentlich Tyler?«

»Er ist weg. Das ständige Gejammer hat mich gelangweilt.«

Kade nickt nachdenklich und fährt sich mit der Hand durch seine blonden Locken. »Wenn das so ist, hilfst du mir, Hudson zu finden? Er geht mir wieder aus dem Weg.«

»Meine Güte. Was hast du heute damit, Leute zu finden?«

Ich werde mit einem genervten Blick belohnt, als Kade die Geduld ausgeht. Aus irgendeinem Grund rennt er immer hinter Hudson her.

Das heißt, wenn sie sich nicht gerade streiten oder versuchen, einander umzubringen. Es ist bestenfalls eine Hassliebe, aber das hält Kade nicht davon ab, sich zu kümmern.

»Du weißt ja, wie er ist. Eine Zeit lang schien es ihm besser zu gehen, aber die letzten Wochen waren hart«, sagt Kade besorgt. »Wir verlieren ihn wieder.«

»Ich weiß nicht … er mag es nicht gerade, wenn du ihm nachspionierst.«

Fluchend wendet er sich zum Gehen. »Wie gesagt, es ist mein Job.«

»Das muss es nicht sein!«, rufe ich ihm hinterher.

Das Zuschlagen der Tür ist meine Antwort. Das ist die

Sache mit Kade – er ist unerbittlich stur. Wenn er sich an jemandem festgebissen hat, ist es fast unmöglich, ihn umzustimmen.

So war es auch bei mir und dann bei Eli. Wir wurden beide durch sein Bedürfnis nach Kontrolle und Schutz in die Familie gebracht. Hudson ist eine ganz andere Geschichte.

Ich nehme mein Handy wieder in die Hand und tippe aus einer Laune heraus Brooklyns Namen ein. Ich muss etwas tun, um die Fantasie in mir zu befriedigen. Ich bin enttäuscht, als ich auf keiner der Social-Media-Plattformen ein Ergebnis finde.

Es gibt nichts.

Kein einziges Profil oder Foto.

Sie ist ein verdammter Geist. Es ist fast so, als wäre sie aus jedem Zentimeter des Internets getilgt worden. Es ist unmöglich, dass sie ihr ganzes Leben lang keine Accounts erstellt hat. Jemand muss systematisch alles gelöscht haben.

Aus Frustration wende ich mich an Google. Dieses Mal werde ich nicht enttäuscht. Eine ganze Reihe von Nachrichten erscheint, die Schlagzeilen für die ganze Welt bösartig aufgedruckt. Ich scrolle mich durch, und mit jedem Wort wächst ein schweres Gewicht in meinem Bauch.

Irgendetwas sagt mir, dass ich wegschauen sollte, aber morbide Neugierde überwältigt mein Gewissen. Niemand hier ist unschuldig. Man landet nicht an einem Ort wie diesem, ohne irgendeinen Schaden zu haben. Aber dieses Mädchen?

Sie hat sich ihren Platz redlich verdient.

Verdammt noch mal, ich sollte in die entgegengesetzte Richtung laufen. Meine Akte hier ist fast makellos. Ich habe mir den Arsch aufgerissen, um clean zu werden und einen weiteren Entzug zu vermeiden.

Als ich ankam, unterstützten mich die Jungs bei all dem. Sicher, ich ficke wie ein Degenerierter und missachte jedes Anzeichen von Verpflichtung oder emotionaler Bindung. Trotzdem ist es besser als Heroin, oder?

Dieses Mädchen ist wirklich am Arsch. Daran gibt es keinen Zweifel. Wir sollten alle zu unserem eigenen Schutz einen großen Bogen um sie machen. Aber verdammt, ich mag Herausforderungen.

KAPITEL 7

BROOKLYN

GASOLINE – HALSEY

ES IST DER ERSTE UNTERRICHTSTAG, und ich habe schon die Schnauze voll. Es fühlt sich an, als würde ich wieder mit der Schule beginnen, so wie damals, als ich in einer Pflegefamilie war und in einer geliehenen Uniform hingehen musste. Die Erinnerung an diese Tage ist verdammt toxisch, und ich schiebe sie beiseite.

Ich bin einundzwanzig Jahre alt, verdammt noch mal. Ich habe meine Schulzeit abgesessen. Und doch bin ich hier und suche nach einem T-Shirt, das nicht abgenutzt und abgewetzt ist, und sorge mich um die Risse in meinen Jeans, von denen ich hoffe, dass andere sie für eine modische Entscheidung und nicht für die traurige Wahrheit halten.

Ganz ehrlich?

Die können mich mal.

Mein blondes Haar ist zerzaust und schlaff, die aschfahlen Strähnen fallen mir über den Rücken. Ich habe mir nicht die Mühe gemacht, es nach meinem morgendlichen Lauf zu waschen. Es ist nicht so, als müsste ich hier irgendjemanden beeindrucken, also bleibt es bei einem halbherzigen, unordentlichen Dutt.

Als die Sonne heute Morgen aufging, bin ich um das

Institut herumgelaufen, weil ich dachte, es sei an der Zeit, einen Fluchtplan zu haben, falls alles zum Teufel geht. Der aufragende Sicherheitszaun und die Kameras waren ein einschüchternder Anblick.

Der Luxus und das weitläufige Gelände von Blackwood gaukeln einem Freiheit vor, aber es gibt trotzdem Vorsichtsmaßnahmen. Nichts an diesem Ort ist normal.

An jedem Ein- und Ausgang gibt es Sicherheitsposten, und alle Gebäude sind nur mit einem Ausweis zugänglich. Es gibt auch ein blödsinnig kompliziertes Verfahren, um einen Besuch oder Urlaub zu buchen, aber das werde ich in nächster Zeit wohl nicht tun.

Es ist clever, wie sie uns gerade genug Unabhängigkeit geben, um ein Gefühl von Normalität zu schaffen, aber es ist alles eine Illusion. Wir sind überhaupt nicht frei. Irgendjemand beobachtet uns hier drinnen immer.

Das ist wahrscheinlich eine gute Sache.

Monster wie ich sind nicht gesellschaftsfähig.

»Brooklyn, Zeit zum Aufwachen!«

Ein enthusiastisches Klopfen lässt mich aufschrecken. Ich schwinge die Tür auf, bereit, denjenigen zu schlagen, der meinen Frieden stört. Ich werde von dem blauhaarigen Energiebündel erschreckt, das auf mich wartet.

Phoenix sieht viel zu glücklich aus für so früh am Morgen. Eli steht hinter ihm, eingehüllt in einen weiteren dunklen Kapuzenpulli, der sein Gesicht verdeckt.

»Guten Morgen, Süße. Bist du bereit?«

Phoenix geht direkt an mir vorbei und lädt sich ohne eine Sorge auf der Welt in mein Zimmer ein. Ich stehe fassungslos da, als er beginnt, in meinem spärlichen Kleiderschrank herumzustöbern, als wäre er hier zu Hause. Er kennt wirklich keine Grenzen.

Eli kommt als Nächster und nickt mir zaghaft zur Begrüßung zu. Natürlich ohne Worte, nur mit seinem typischen Schweigen und seinem durchdringenden Blick.

Leuchtend grüne Augen treffen auf meine, und das winzige Lächeln auf seinem Gesicht macht meinen Ärger fast vergessen.

Verdammt noch mal, er ist süß, auf eine unverstandene Emo-Art, bei der sich meine Schenkel verkrampfen.

»Du musst einkaufen gehen«, verkündet Phoenix.

Ich starre ihn an, während er breit grinsend einen verblassten BH an seinen Fingern baumeln lässt. Scheißkerl. Ich nehme ihm das Kleidungsstück ab. Der Bastard lacht über mich und genießt meine Verlegenheit viel zu sehr.

»Mit meinen Kleidern ist alles in Ordnung«, argumentiere ich.

»Klar. Du würdest ohne sie sowieso besser aussehen.«

Ich beobachte ihn ungläubig. »Funktioniert das normalerweise bei Mädchen?«

»Jedes verdammte Mal.«

Offensichtlich hat er noch nie ein Mädchen wie mich kennengelernt.

»So verlockend dein armseliger Flirt auch ist, könntest du mir sagen, was zum Teufel du um acht Uhr in meinem Zimmer machst?«, fordere ich.

Sein daraus resultierendes Grinsen ist zufrieden. Das Arschloch genießt es eindeutig, mir unter die Haut zu gehen.

»Der allmächtige Kade hat uns für diesen Tag das Sorgerecht für dich gegeben. Deine Schnupperkurse beginnen.«

Ich schaue ihn finster an. »Ich brauche keinen Babysitter.«

»Sieht nicht so aus, als hättest du eine Wahl. Was Kade will, bekommt er normalerweise auch. Also musst du heute mit uns vorliebnehmen. Keine Sorge, wir werden sanft mit dir umgehen.« Er zwinkert mir zu und schenkt mir ein dreckiges Grinsen. »Zumindest für den Moment.«

Du willst spielen, Witzbold?

Ich kann Paroli bieten. Und warum nicht etwas Spaß haben, solange ich noch hier bin? Ich schlendere hinüber und schwinge die Hüften, während ich in seinen Raum eindringe. Seine Augen weiten sich, als ich mit meinen Fingern über seinen muskulösen Arm streiche und durch meine Wimpern schaue.

Ich streife sein Ohr mit meinen Lippen. »Wie kommst du darauf, dass ich es sanft mag, hmm?«

Bevor er reagieren kann, beiße ich in sein samtiges Ohrläppchen und sorge dafür, dass es ihm wehtut. Das Stöhnen aus geöffneten Lippen jagt mir ein Kribbeln über den Rücken.

»Verdammt, Brooklyn. Wo hast du die ganze Zeit gesteckt?«

Ich lecke die Stelle schnell, bevor ich ihm in die Augen schaue und ihm ebenfalls einen dunklen Blick schenke. »Willst du immer noch mit mir spielen, Phoen? Du könntest dich verletzen.«

»Und ob ich das will, Süße.«

Er versucht, meine Hand zu ergreifen, aber ich trete zurück und schaffe wieder Abstand zwischen uns. Ich schnappe mir meinen Pullover, meine Zigaretten und meinen Ausweis und verlasse hocherhobenen Hauptes den Raum.

Manchmal macht es Spaß, am Leben zu sein, aber nur gelegentlich. Ich kann diese Ausgelassenheit nicht zur Gewohnheit werden lassen.

Die Tür fällt hinter ihnen zu, und die beiden Jungs folgen mir dicht auf den Fersen. Als wir draußen ankommen, bin ich zwischen den beiden eingeklemmt. Phoenix ist für meinen Geschmack etwas zu nah dran, während der schweigsame Eli in einem vernünftigen Abstand hinterherläuft.

Ich ziehe eine Zigarette aus meiner Schachtel, zünde sie an und atme tief ein. Ich kann keine Wärter in der Nähe sehen, also genieße ich jeden Zug. Ich habe nur noch ein paar übrig. Ich muss herausfinden, wer hier für den Schmuggel zuständig ist. Es gibt immer jemanden – einen Zuhälter, der uns Kriminelle mit den nötigen Substanzen versorgt.

Elis Augen sind auf den glühenden Stummel meiner Zigarette gerichtet. Der Hunger ist in seinem starren Blick deutlich zu erkennen. Ich schockiere mich selbst, indem ich sie ihm anbiete. Er schaut ebenso unsicher, nimmt sie aber schließlich mit einem dankbaren Nicken an.

Phoenix redet auf dem Weg über den Hof ununterbrochen und springt wahllos von einem Thema zum anderen. Er ist fast schon rasend. Als wir ein hohes Gebäude erreichen, bin ich kurz davor, einen Rückzieher zu machen und den Tag allein zu verbringen. Es kündigen sich bereits Kopfschmerzen an.

»Vielleicht solltest du dir eine Scheibe von Eli abschneiden. Es ist noch zu früh, um so geschwätzig zu sein«, beschwere ich mich, woraufhin er lacht.

»Auf keinen Fall. Du würdest meine prickelnde Unterhaltung verpassen.«

Ich unterdrücke mein eigenes Kichern. »Unwahrscheinlich.«

Nachdem wir unsere Ausweise gescannt haben, gehen wir durch weitere, mit dicken Teppichen ausgelegte Gänge, die mit schönen Landschaftsgemälden gesäumt sind. Ich würde gern denjenigen treffen, der diesen Ort entworfen hat, und ihm ins Gesicht sagen, dass er ein hochnäsiges Arschloch ist. Das wäre ein Spaß.

Wir erreichen einen belebten Klassenraum, in dem viele leblose, betäubte Patienten Platz genommen haben. Ich erstarre sofort an Ort und Stelle, als mich eine giftige Panik überfällt.

Es gibt so viele von ihnen. Was, wenn mich jemand erkennt? Ich kann mir schon vorstellen, wie sie flüstern, ihre hasserfüllten Blicke auf mich richten, schwer vor Abscheu.

Vielleicht werden sie Fotos machen und sie an die Presse verkaufen. Oder sie setzen sich dafür ein, dass ich rausgeschmissen und in das Höllenloch von Clearview zurückgeschickt werde. Schlimmer noch, diesmal könnte ich im Gefängnis landen, wo mein krimineller Arsch eigentlich hingehört.

In der Ecke des Raumes breitet sich eine wachsende schwarze Präsenz aus, hervorgerufen durch meine Panik. Meine zunehmende Paranoia raubt mir jeden Rest an Mut, während ich langsam zurückweiche und beobachte, wie die imaginären Schatten wachsen.

Es wird nicht lange dauern, bis die Stimmen zu sprechen beginnen. Meine Halluzinationen sind immer die gleichen.

»Brooklyn? Geht es dir gut?«

Phoenix steht vor mir, seine Finger gleiten unter mein Kinn und heben meinen gesenkten Kopf. Er blendet den Albtraum hinter ihm aus.

Ich starre ihn an und hoffe verzweifelt, dass er etwas tut. Irgendetwas. Er nickt und murmelt Eli etwas zu, der sich auf den Weg macht, um unsere Plätze zu sichern. Er ergreift meine Hand und verschränkt unsere Finger miteinander.

»Komm mit mir.«

Anstatt vor der Berührung zurückzuschrecken, lasse ich mich von ihm in ein leeres Klassenzimmer in der Nähe ziehen. Es ist kein einziger Schatten in Sicht, als wir uns hineinschleichen. Phoenix knipst das Licht an und schließt die Tür, bevor er sich zu mir umdreht.

»Was ist los?«

Ich ringe die Hände und schaue weg. Das ist so peinlich. Die Stimme der Irrationalität ist zu laut. Das ist das Problem mit Wahnvorstellungen, sie sind so verdammt glaubwürdig, dass es unmöglich ist, zwischen Realität und Fiktion zu unterscheiden.

»Es ist nur … es sind so viele.«

»Was, Patienten?«

Ich summe zur Antwort und kaue auf meiner geschundenen Lippe.

»Nun, ich denke, das wirst du in jeder Klasse haben, um ehrlich zu sein.«

Ich rolle mit den Augen. »Danke. Das ist wirklich hilfreich.«

Mit verschränkten Armen und hervortretendem Bizeps wirft Phoenix mir einen ernsten Blick zu. »Sie sind Patienten, genau wie du und ich. Du brauchst keine Angst vor ihnen zu haben.«

Angst vor ihnen haben? Ist das sein Ernst?

»Ich habe keine Angst vor ihnen«, flüstere ich.

Er runzelt die Stirn. »Nicht?«

Ich schüttle den Kopf und schlucke die Wahrheit hinunter. Er darf nie erfahren, was ich getan habe – oder von den Dämonen, die ich bis heute mit mir herumtrage. Das ist ein Geheimnis, das ich mit in mein unheiliges Grab nehmen werde.

»Was ist es dann?«

Behalte es drin. Behalte es drin.

Behalte es drin, verdammt.

Phoenix kommt näher und streicht mit einer Hand an meinem Kiefer entlang. Ich kneife die Augen zusammen und versuche, seine Berührung nicht zu genießen. Das war nicht Teil des Plans. Keine Annäherungen und keine Ablenkungen von meinem Ziel, das ist der Deal. Was zum Teufel mache ich hier mit ihm?

»Sag es mir«, fordert er leise.

»Nein.«

Phoenix' Atem kitzelt mein Gesicht. Er ist viel näher, als mir lieb ist, aber dennoch kann ich mich nicht von ihm lösen.

»Du wirst es mir sagen, Brooklyn«, befiehlt er.

»Nein.«

Meine Augen bleiben geschlossen, und als seine Lippen für eine verlockende Sekunde die meinen berühren, ist das ein völliger Schock. Der Kuss ist federleicht und schmeichelnd und hält einen Moment an, bevor er sich zurückzieht. Er lässt mich erzittern und mehr wollen.

»Hast du deine Meinung schon geändert?«

Ich schüttle den Kopf und schaffe es, zu ihm hochzuschauen. Seine Gesichtszüge sind von Frustration geprägt, aber er bemüht sich um ein beruhigendes Lächeln und entscheidet sich, den Guten zu spielen.

»Du kannst mir vertrauen.«

»Nicht damit«, zische ich.

Aber es gibt noch etwas, wofür er nützlich sein könnte. Ich nutze die Ablenkung und drücke ihn gegen die Wand, um ihn mit meinem Körper festzuhalten. Das ist Wahnsinn. Keiner von uns kennt den anderen wirklich.

Aber das ist mir scheißegal. Ich befinde mich auf der Einbahnstraße ins Jenseits. Das ist nur ein bisschen Unterhaltung für unterwegs.

»Warte mal«, beginnt Phoenix zu protestieren.

Ich bringe ihn mit meinen Lippen zum Schweigen und schlinge meine Arme um seinen Hals. Mein Körper ist an seinen gepresst, und innerhalb von Sekunden erwidert er den Kuss mit plötzlicher Dringlichkeit.

Seine Hände landen auf meinen Hüften und drücken so fest zu, dass ich unwillkürlich zusammenzucke. Mehr. Ich brauche mehr. Die Gedanken sind immer noch zu laut.

Ich greife an seinem durchtrainierten Körper hinunter und finde seinen harten Schwanz, der gegen seine Jeans drückt. Jemand freut sich, mich zu sehen, und das erregt mich. Ich hatte vergessen, wie aufregend es ist, mit jemandem rumzumachen.

Phoenix stöhnt gegen meinen Mund. Er beißt auf meine Lippe, verletzt die Haut und lässt Blut zwischen unsere zusammengepressten Lippen fließen. Ich bin so verdammt erregt, dass alles andere zur Bedeutungslosigkeit verblasst.

Der feste Griff der Hysterie löst sich stillschweigend von mir und weicht zurück. Seine Zunge streicht über meinen Mund, und ich gebe sofort nach. Der Kuss vertieft sich, und das kühle Metall eines Piercings streicht durch meinen Mund. Scheiße, das fühlt sich unglaublich an.

Anderswo würde es sich noch besser anfühlen.

Draußen gibt es einen Knall, gefolgt von schrillem Gelächter und Geschrei. Der Moment zerbricht, als sich die Realität wieder einschleicht. Wir sind völlig Fremde in einem Klassenzimmer, die es wie geile Teenager treiben. Was ist nur los mit mir? Phoenix zieht sich langsam zurück und schenkt mir ein Grinsen. Arschloch.

»Das wollte ich machen, seit du Rio in der Cafeteria geschlagen hast.«

Als könne er nicht widerstehen, beugt er sich vor und saugt an meiner Unterlippe, aus der noch immer Blut tropft. Er stiehlt es für sich selbst, seine Augen sind von schamlosem Verlangen erfüllt. Mit einem Finger streicht er über meinen Mundwinkel, um alle Spuren zu beseitigen.

»Glaub nicht, dass ich nicht zurückkomme, um die Sache ein anderes Mal zu beenden«, warnt er düster. »Du spielst ein gefährliches Spiel.«

Das Grinsen, das meine Lippen umspielt, ist ungewohnt. Was ist das für ein Gefühl? Zufriedenheit? Erleichterung? Mein Körper fühlt sich leicht an – wie diese glückseligen Sekunden, nachdem ich mir die Haut aufgeschnitten und den purpurnen Fluss beobachtet habe. Es ist euphorisch. Ich sehne mich bereits nach dem nächsten Mal.

»Wirst du jetzt zum Unterricht kommen?«, fragt Phoenix.

Die sofortige Ablehnung bleibt mir auf der Zunge liegen. Ich will nicht mehr weglaufen. Ich habe keine Lust, mich in mein Zimmer zu verkriechen und mit meinen Klingen zu spielen, bis ich wieder klar denken kann. Hier hat etwas anderes stattgefunden. Ein Austausch von gegenseitiger Dunkelheit.

Stattdessen rutscht eine andere Antwort heraus.

»Ja, das werde ich. Geh voran.«

KAPITEL 8
HUDSON

ICH STOSSE einen schlaksigen Jungen aus dem Weg. »Weg da.«

Verdammte Scheiße. Der Laden ist voll. Ich habe Kade gesagt, dass ich nicht in der Stimmung bin, aber der hartnäckige Bastard hat sich geweigert, mein Zimmer zu verlassen, bis ich versprochen habe, zum Abendessen herunterzukommen.

Er stand buchstäblich da, starrte mich an und verlangte meine Anwesenheit wie eine Art Bewährungshelfer. Dieser vieräugige Wichser. Eines Tages wird er aufgeben. Bis dahin ist er eine Nervensäge.

Ich nehme mir etwas von dem beschissen aussehenden Essen und eine Flasche Wasser. Wenn ich schon mal hier bin, kann ich auch gleich auftanken, denn das Fitnessstudio ruft nach mir. Ich habe einen regelmäßigen überwachten Termin im Rahmen meiner Aggressionsbewältigung.

Im Moment habe ich das Bedürfnis, etwas zu verprügeln. Offenbar ist Gewalt kein gesunder Bewältigungsmechanismus.

Danke, Mariam.

Danke, verdammt.

Die Leute fragen sich, warum manche Menschen

diejenigen verspotten, die eine Therapie machen. Das ist nicht verwunderlich. Die ganze Sache ist ein Witz. Die größte Verschwendung von drei Stunden pro Woche.

Das ist Zeit, die man damit verbringen könnte, einen Boxsack oder eine süße Muschi zu bearbeiten. Ich frage mich, ob Britt immer noch sauer auf mich ist, denn ich könnte ein oder zwei Runden vertragen.

»Hudson!«

Kade winkt mich zu sich herüber und sieht erleichterter aus, als mir lieb ist. Wie schafft er es, dieses Schauspiel rund um die Uhr aufrechtzuerhalten? Es ist schon anstrengend, ihm zuzusehen.

Mr Perfekt, mit Hemd und Manieren, der herumstolziert und sich beim Management einschmeichelt. Durchschaut es denn niemand sonst? Diesen ganzen falschen Schwachsinn? Es macht mich krank.

Ich weiche seinem hoffnungsvollen Blick aus. »Ja, ich bin hier.«

Er beruhigt sich und versucht offensichtlich, sich zu beherrschen. Seien wir ehrlich, ich weiß, dass ich furchtbar zu ihm bin. Es ist mehr, als er verdient, aber er ist nicht verpflichtet, zu bleiben. Nicht mehr. Ich übernehme keine Verantwortung dafür, seine dummen Gefühle zu verletzen, bis er endlich geht.

»Danke, dass du gekommen bist«, sagt er.

Ich schrecke innerlich zurück. Seine Worte sind nur eine weitere emotionale Manipulation, durch die ich mich wie der schlechteste Mensch der Welt fühle. Was ich offensichtlich auch bin. Warum sonst wäre ich weitere achtzehn Monate in diesem Drecksloch gefangen?

»Vielleicht lässt du mich dann endlich in Ruhe.«

»Ich passe nur auf dich auf, Hud.«

Das ist verdammt unwahrscheinlich.

»Wie oft hat sie diese Woche angerufen?«, frage ich.

Er wendet den Blick ab. »Mum sorgt sich um dich. Das tun wir alle.«

»Ist das so? Ich bin mir nicht sicher, ob dein Vater dir da zustimmen würde.«

»Komm schon, lass das«, schnauzt Kade. »Ich will nicht über ihn reden.«

Ich bin versucht, ihm meine Faust ins Gesicht zu schlagen. Mehr als versucht. Aber wenn ich noch mehr Fehler mache, droht mir der Gefängnisdirektor, mich ins Loch zu stecken. Selbst ich habe genug Verstand, um das zu vermeiden. Mein Kopf ist kaputt genug.

Ich habe die Kinder gesehen, die aus dem Kellergeschoss kamen, die wie Espenlaub zitterten und Mist murmelten, der keinen Sinn ergab. Das sind nicht mehr dieselben Leute, die reingegangen sind.

»Was willst du, Kade? Ich habe dir nichts zu sagen.«

Kade lässt seine Gabel klappernd fallen und sackt in seinem Sitz zurück. »Ernsthaft? Spielen wir immer noch dieses blöde Spiel?«

»Welches Spiel?« Ich täusche Unwissenheit vor.

Seine haselnussbraunen Augen brennen auf meiner Haut, geladen mit Verachtung. Die Hoffnung in ihm ist völlig erloschen. Als er ankam, brannte sie noch hell. Ich habe sie für immer ausgelöscht.

Ich ziehe es vor, wenn er mich hasst.

So ist es einfacher, als wenn er ständig versucht, mich zu retten. Ich bin auf dem Weg zur Selbstzerstörung und liebe es verdammt noch mal. Unrettbar, Baby. Zur Hölle mit ihnen allen.

»Nun, du solltest wissen, dass nächste Woche ein Anwalt zu dir kommt. Du wirst diesen Ort nicht verlassen, bis du Fortschritte machst.«

»Nicht nötig. Sag es ab.«

Kade reibt sich das Gesicht und atmet tief durch. »Du bist unmöglich.«

Ich trinke mein Wasser aus und zerdrücke die Plastikflasche in einer Hand, ohne auch nur zu blinzeln. »Du bist derjenige, der verdammt stur ist, großer Bruder. Wie immer.«

Leider ist es wahr. Dieser Bastard mit dem sauberen Hemd ist mein verdammter Bruder. Wer hätte das gedacht? Wir sind so verschieden wie Tag und Nacht.

Und doch sind wir hier. Aneinandergefesselt, in guten wie in schlechten Zeiten. Und es ist alles seine verdammte Schuld. Ich sollte hier drin allein verrotten.

Es herrscht eine peinliche Stille, die mit all den Worten gefüllt ist, die wir nicht sagen können. Wenn ich ein guter Mensch wäre, würde ich sie mit Versprechen und aufrichtigen Plattitüden füllen.

Ich sollte ihm dafür danken, dass er es all die Jahre mit mir ausgehalten hat, oder ihm versprechen, dass ich mich bessern werde, damit wir beide nach Hause gehen können. Aber das wird nie passieren. Je eher er das begreift, desto besser. Für uns alle.

»Ich versuche, dich zu beschützen«, sagt Kade monoton.

An der Art und Weise, wie seine kantigen Lippen aufeinandergepresst sind, kann ich erkennen, dass er noch mehr sagen will. Verdammt, wahrscheinlich will er mich auch schlagen. Mir ins Gesicht schreien. Mich dafür bestrafen, dass ich unsere Familie im Stich gelassen und das perfekte Leben, das mir geschenkt wurde, ruiniert habe.

Wütend zu sein ist nicht sein Standardverhalten, aber ich weiß, dass es ihn innerlich auffrisst. Ich muss ihn dazu bringen, mich gehen zu lassen. Kade muss aufhören, sich um mich und die Platzverschwendung, die ich bin, zu kümmern.

Er sitzt hier fest, jagt mir hinterher und versucht, ein Chaos zu beseitigen, das er nicht verursacht hat. Er ist die Erfolgsgeschichte. Der gute Junge, der zu einem großartigen Mann herangewachsen ist. Ihn zu verletzen ist der einzige Weg, ihn zu befreien.

»Es ist nicht deine Aufgabe, mich zu beschützen. Das war es nie«, sage ich kalt und sehe, wie er zusammenzuckt. »Wir sind keine Familie. Wir sind keine Brüder. Wir sind nicht einmal Freunde. Krieg das in deinen Kopf, bevor es zu spät ist.«

Er starrt mich mit großen, schmerzerfüllten Augen an. Ich kämpfe gegen den Drang an, mir die Brust zu reiben. Allein diese schrecklichen Dinge laut auszusprechen, tut weh, und das ist das Schlimmste daran.

Ich bin nicht so ein Mensch. Nicht tief im Inneren. Ja, ich bin ein Arschloch, aber Kade und seine Mutter sind das Beste, was mir je passiert ist. Sein Vater kann sich selbst mit einem Kaktus ficken.

»Das waren wir aber … irgendwann einmal.«

Kades Stimme ist ein raues Flüstern, erstickt vor Emotionen. Ich stehe abrupt auf, werfe die zerdrückte Wasserflasche weg und stürme davon. Ich kann nicht zu ihm und seinem gebrochenen Gesichtsausdruck zurückschauen. Ein Ausdruck, den ich verursacht habe. Es würde mich fertigmachen.

Ich bin schon fast aus der Tür und renne praktisch, als zwei bekannte Gesichter meine Schritte verlangsamen. Verdammte Scheiße, heute Abend gibt es kein Entrinnen. Diese Typen sind überall und tauchen auf, um mir noch mehr Schuld für mein beschissenes Verhalten in letzter Zeit aufzuladen.

»Hud! Warte mal!«, brüllt Phoenix.

Er betritt das Gebäude mit Eli im Schlepptau, beide überrascht, mich zu sehen. Ich fahre mir mit der Hand durch mein dichtes schwarzes Haar und suche nach einer Ausrede, um ihnen aus dem Weg zu gehen.

Ich fühle mich beschissen. Sie sind meine Freunde, aber ich kann es heute Abend einfach nicht mehr. Nicht nach diesem Gespräch.

»Hey«, antworte ich zögernd.

»Wohin gehst du? Wir wollen dir jemanden vorstellen.«

»Nicht heute Abend. Ich … ich habe zu arbeiten.«

Phoenix runzelt die Stirn, und auch Eli schaut misstrauisch. Manchmal kennen sie mich zu gut. Ich habe mich nie für Blackwoods sinnloses Bildungsprogramm interessiert. Die meisten Patienten tun das nicht. Es ist nur ein Vorwand, um uns zu beschäftigen und aus Schwierigkeiten herauszuhalten.

»Bist du sicher? Glaub mir, das willst du nicht verpassen. Sie ist wie ein frischer Wind.«

Ich bewege mich langsam weg. »Nein, schon gut. Wir sehen uns später.«

Phoenix zuckt mit den Schultern und wendet mir den Rücken zu, während Eli schwach lächelt. Meine Ausreden sind durchschaubar, aber sie sind gut genug, dass sie nicht weiter darauf eingehen. Im Gegensatz zu Kade, der ein Nein nicht akzeptieren kann.

Ich jogge los, mit nur einem Ziel vor Augen. Im Nieselregen laufe ich durch die dunkle Nacht und in ein anderes Gebäude, das von Wärtern mit eisiger Miene bewacht wird.

Britt muss ein Projekt abgeben, also ist der Kunstraum ein guter Startpunkt. Ich habe natürlich recht, aber sobald ich den Raum betrete, verfinstert sich ihr Gesicht.

»Im Ernst, Hudson, verpiss dich. Nicht heute.«

»Komm schon, Britt. Es tut mir leid, dass ich ein Trottel war«, lüge ich.

»Ach ja?«, gibt sie zurück.

Ich weiß genau, was ich sagen muss, mittlerweile ist es schon wie eine Routine. Wir ficken, streiten, diskutieren und ficken dann noch mehr. Ehrlich gesagt hasse ich es. Britt benutzt mich genauso, wie ich sie benutze.

Es ist nichts Tiefgreifendes daran, aber wenn sie versucht, mehr von mir zu verlangen, geraten wir in Schwierigkeiten. Das letzte Mal habe ich sie buchstäblich hinausgeworfen. Ich konnte ihren Anblick nicht eine Sekunde länger als nötig ertragen.

»Wirklich, Baby. Verzeihst du mir?« Ich stoße die Worte hervor.

Einmal mehr gebe ich meine Moral zugunsten einer vorübergehenden Erleichterung auf. Ich glaube nicht, dass ich etwas Besseres als das hier verdient habe. Nicht nach den Dingen, die ich gesagt und getan habe. Dieses Elend ist alles, was mir zugestanden wird, und nicht mehr. Es ist mein Todesurteil.

Britt hüpft auf die Werkbank und spreizt schnell ihre Beine. Ohne zu zögern stürze ich quer durch den Raum. Ich stelle mich über sie, schiebe das blöde geblümte Kleid bis zu ihrer Taille und ziehe den Tanga an ihren Beinen herunter.

Ich sollte mir Sorgen machen, dass ich sie eines Tages verletzen könnte, aber wie gesagt, das ist nicht mein Problem. Es ist mir egal, ob ich sie zerstöre. Es könnte sogar Spaß machen.

»Ach, übrigens …«

Ich befreie meinen steinharten Schwanz. »Musst du gerade jetzt reden?«

»Kein Grund, ein Arsch zu sein. Ich wollte dir gerade von dem neuen Mädchen erzählen.«

Ich lege meine Hand um ihre Kehle und drücke so fest zu, dass sie verstummt. »Das neue Mädchen ist mir scheißegal. Hast du das verstanden?«

Britt gelingt ein zaghaftes Nicken. Ich löse meinen Griff und packe stattdessen ihre Hüften. Bevor eine weitere sinnlose Unterhaltung beginnen kann, stoße ich in sie hinein und genieße den Aufschrei, der ihrem Mund entweicht.

Britt tut ganz unschuldig, aber sie ist verdammt feucht. Sie liebt es hart und grob. Es ist mehr eine Bestrafung als etwas Romantisches. Sie gedeiht in diesem toxischen Arrangement, genau wie ich. Genau wie wir alle.

»Oh, Hudson«, stöhnt sie.

Ich blende sie aus und schalte mit jedem brutalen Stoß völlig ab. Unbekümmert in sie zu gleiten ist eine besonders kranke Form der Selbstquälerei.

Ich ficke ein Mädchen, das ich buchstäblich verachte, anstatt mir die Chance auf etwas mehr zu geben. Mariam hätte einen Heidenspaß, wenn sie von dieser Scheiße hören würde. Sie sieht wahrscheinlich gerade zu.

Es ist nicht so, als gäbe es nicht überall Kameras. Den Wärtern draußen ist es auch scheißegal, was wir treiben. Ich habe keine Ahnung, wie wir mit der Hälfte der Scheiße, die hier abläuft, durchkommen.

Ich stöhne während meines Höhepunkts, ohne mich darum zu kümmern, ob Britt befriedigt ist oder nicht. Entfernt frage ich mich, wie es wohl wäre, geliebt zu werden. Etwas mit einem besonderen Menschen zu teilen. Ich hatte das einmal, vor einer Ewigkeit. Kurz und flüchtig, eine stürmische Liebesaffäre, die so explosiv endete, wie sie begann. Bei mir ist es immer dasselbe.

Ich zerstöre alles Gute, das in mein Leben tritt, und ich verdiene es vielleicht nicht, aber ich würde alles tun, um dieses Gute wieder zu spüren.

KAPITEL 9

BROOKLYN

LET ME BE SAD – I PREVAIL

ICH WINKE Phoenix und Eli vom Eingang aus halbherzig zu und beobachte, wie sie zögernd zu ihrer Klasse gehen. Sie können mir nicht die ganze Zeit hinterherlaufen. Ich bin ein großes Mädchen und mehr als fähig, diesen Scheiß allein zu bewältigen.

Der morgendliche Unterricht ist irgendein Wissenschaftsmist. Ich richte meinen Rücken auf und folge dem Verkehrsfluss zum Klassenzimmer, in dem verstreut Arbeitsbänke und Hocker stehen.

Zögernd schaue ich mich nach einem geeigneten Platz um. Jeder scheint schon einen zu haben. Hierherzukommen war wirklich ein Fehler. Ich war noch nie so nervös.

Die Erinnerung an Phoenix' Zähne, die meine Haut durchbrechen, schießt mir durch den Kopf. Verdammt, das war ein heißer Fehler. Ich muss das Kribbeln unterdrücken, das bei dem Gedanken an diese Begegnung aufzusteigen droht.

Was zum Teufel ist in mich gefahren? Er ist nur ein weiteres Arschloch auf der Suche nach einer schnellen Dröhnung. Ich sollte mich nicht auf sein Niveau herablassen, egal wie lebendig ich mich dabei fühle.

In der hinteren Ecke ist ein Platz frei, direkt neben einem Mädchen, das mit dem Kopf auf dem Tisch liegt. Die Kopfhörer auf ihren Ohren machen die Sache klar. Hoffentlich kann ich ein paar Stunden durchhalten, ohne einem Gespräch oder Small Talk ausweichen zu müssen.

Ich setze mich hin und schaue mich kurz im Raum um. Es gibt ein paar bekannte Gesichter, die ich schon gesehen habe, meistens in der Cafeteria oder im Hof. Auch ein paar aus meinem Wohnheim.

Soweit ich weiß, gibt es in diesem Ort zwei Wohnblöcke: Oakridge und Pinehill. In jedem sind fünfzig Patienten untergebracht, die alle in diese sogenannte experimentelle Behandlung eingeschrieben sind.

Es ist ein riesiger Betrieb, nicht zu vergleichen mit der engmaschigen Zehnerstation, aus der ich stamme, wo jeder deinen Namen und deine Diagnose kannte. Ich habe das gehasst – Leute, die ihre Nase in meine Angelegenheiten steckten, die sich austauschen und reden wollten wie in einer Art Gruppentherapie.

Glücklicherweise hatten die meisten von ihnen Angst vor mir, sobald sie meine Identität herausfanden.

»Hallo.«

Es ist das Mädchen, das die Kopfhörer abnimmt.

»Hi.«

»Bist du neu?«, fragt sie.

»Ja, ich bin vor ein paar Tagen angekommen.«

Sie begutachtet mich unverhohlen. Ich nehme mir einen Moment Zeit, um sie zu mustern. Sie ist niedlich, aber ihre runden Gesichtszüge wirken durch ihr rot gefärbtes Haar, die schwarz geschminkten Lippen und den glänzenden Nasenring härter. Das schmuddelige *Nickelback*-T-Shirt, das sie trägt, gefällt mir auf Anhieb. Sie hat einen guten Geschmack.

»Bist du sicher, dass du hier sitzen willst?«, fragt sie zögerlich.

»Ziemlich sicher. Warum nicht?«

Sie hebt die Augenbrauen, zuckt mit den Schultern und schenkt mir ein schiefes Lächeln. »Die Leute gehen mir eher aus dem Weg. Ich mache ihnen Stress.«

»Warum?«, frage ich beiläufig.

»Willst du das wirklich wissen?«

Ich nicke zustimmend. Es gibt nicht viel, was mich abschreckt.

»Nun, zunächst einmal bin ich jeden Tag eine Stunde früher hier, um alle Tische in einen perfekten Neunzig-Grad-Winkel zu bringen. Alle Hocker müssen viermal gedreht werden, bevor sich jemand darauf setzen kann. Es sei denn, du willst morgen von einem Auto angefahren werden.«

»Ist das so?«

»Ja. Es wird noch besser. Wenn ich die Fenster nicht genau sieben Mal ver- und entriegle, wird mein Bruder krank werden und sterben. Ich werde also nicht beleidigt sein, wenn du den Platz wechselst.«

Nervös zupft sie an der schorfigen Haut um ihre schwarz lackierten Fingernägel herum, während sie auf meine Antwort wartet. Ich starre sie eine wortlose Sekunde lang an, bis ein leichtes Lächeln den Weg zu meinen Lippen findet. Scheiße, ich werde weich.

»Wie heißt du?«

»Teegan. Und du?«

»Brooklyn. Ich mag meinen Platz hier, danke.«

Sie erwidert mein Lächeln enthusiastisch, wobei ihr Hals rot wird. Die Aufmerksamkeit der Klasse richtet sich auf den Lehrer, der alle zur Ordnung ruft und mit einem Vortrag beginnt, bei dem mir die Augen zufallen.

Seine Stimme bohrt sich buchstäblich in meinen Kopf. Wahrscheinlich hilft es auch nicht, dass ich mich wieder eine Nacht lang in verschwitzten Laken zu einem Chor von zischenden Stimmen gewälzt habe, bevor ich joggen ging, ohne vorher etwas zu essen.

Ich verblasse langsam mit jedem Tag.

Was würde passieren, wenn ich einfach aufhöre?

Wenn ich nicht esse, schlafe oder trinke, würde ich dann Stück für Stück verschwinden? Oder würde ich vor Hunger wahnsinnig werden, weil mein Geist nachgibt, bevor mein Körper es tut? Vielleicht würde ich wieder in die Klauen der Psychose fallen.

Dieser Gedanke hinterlässt einen sauren Geschmack in meinem Mund, als ich schwer schlucke. Ich würde mich eher von einem Dach stürzen, als das noch einmal durchzumachen.

»Hey, warum starrt dich der Assistent an?«

Schnell schaue ich auf und folge Teegans Blickrichtung. Tatsächlich starren mich haselnussbraune Augen hinter der vertrauten schwarzen Brille an, die einen Kontrast zu seinem gebügelten weißen Hemd bilden.

Kade sieht rau aus, im Gegensatz zu seinem sonst so perfekten Auftreten. Sein sandblondes Haar ist eher zerzaust als ordentlich gekämmt, sein Kragen ist offen und seine Ärmel sind hochgekrempelt, sodass gebräunte, muskulöse Unterarme zum Vorschein kommen.

»Er ist der Assistent?«, flüstere ich zurück.

»Ja, er lebt auch hier. Er hilft in den unteren Klassen und bei den Büroarbeiten. Es ist seltsam.«

Wie praktisch. Warum wird Kade so viel Spielraum eingeräumt? Er wird mehr wie ein Gast als wie ein Patient behandelt. Das macht keinen Sinn.

Das hier ist ein Behandlungsprogramm für Hochsicherheitsgefangene und kein Hippie-Lager, in dem wir alle Hakuna Matata singen, während wir uns im Kreis an den Händen halten.

»Hast du eine Ahnung, warum er hier ist?«, frage ich.

»Nö. Aber sein Bruder ist eine tickende Zeitbombe.«

Bruder? Das hat er verschwiegen, und die beiden anderen Idioten auch. Wie stehen die Chancen, dass zwei Brüder hier drin landen? Wir sind weit weg von der Zivilisation und der normalen Gesellschaft, also ist es verdammt unwahrscheinlich. Es sei denn, es liegt in der Familie, ein Spinner zu sein. In diesem Fall geht es mir nicht anders.

Die sinnlose Stunde vergeht völlig verschwommen, während Teegan sich vorbeugt, um meine Antworten zu kopieren und mich mit weiteren ihrer Zwänge zu betören. Als sie dreimal um den Raum herumläuft, bevor sie unsere Blätter abgibt, zuckt niemand mit der Wimper. Bald tut sie es mit einem Lachen ab.

Zur Mittagszeit habe ich ihr gegenüber einen gewissen Beschützerinstinkt entwickelt. All die grausamen Spitznamen, die ihr an den Kopf geworfen werden, scheinen mich mehr aufzuregen als sie. Teegan ist an das Mobbing gewöhnt, wohingegen ich darüber nachdenke, all diesen Wichsern in den Arsch zu treten, um ihnen eine Lektion in Sachen Respekt zu erteilen.

Dies ist kaum der richtige Ort, um andere für ihre Probleme zu verurteilen. Ich meine, komm schon. Keiner von uns ist ein funktionierender Erwachsener, sonst wären wir ja nicht hier. Dieses ganze Institut ist ein Sündenpfuhl des Versagens und der Dysfunktion.

»Brooklyn, können wir reden?«

Kade kommt vorbei, während wir unsere Sachen zusammenpacken, was überwiegend daraus besteht, dass ich unbeholfen dastehe. Mein Blick ist auf Teegans schicken Rucksack und die Schreibwaren gerichtet.

Verlegenheit und Neid sind vertraute Gefühle. Ich habe die meiste Zeit meiner Ausbildung damit verbracht, auf andere neidisch zu sein, auf ihre glänzenden, neuen Telefone und ihre lochfreie Kleidung.

Ich verschränke die Arme, als wir uns gegenüberstehen. »Worüber?«

»Einfach nur plaudern. Es ist schon ein paar Tage her.«

Seine Augen sind weit aufgerissen, fast flehend.

»Ich bin beschäftigt, Kade.«

»Bitte, es dauert nur eine Sekunde.«

Seufzend nicke ich Teegan zur Beruhigung zu. Sie ist zappelig, tritt von einem Fuß auf den anderen und versucht, Kade nicht zu offensichtlich zu beäugen.

Wir verabschieden uns unbeholfen, und dann schlurft sie davon, wobei sie im Vorbeigehen nacheinander jeden Sitz berührt. Ich kann sehen, wie ihre Angst dabei nachlässt. Das Klassenzimmer leert sich langsam, bis nur noch wir übrig sind.

»Worum geht es hier?« Ich seufze schwer.

»Ich wollte mich vergewissern, dass du dich gut eingelebt hast.«

Kade scheint sich aufrichtig zu sorgen, aber ich kann nicht anders, als an seinen Absichten zu zweifeln. Vertrauen fällt mir nicht gerade leicht, schon gar nicht, wenn es um das andere Geschlecht geht.

Ich habe gelernt, keinem Mann zu trauen, auch nicht den netten. Sie werden dich am Ende genauso verbrennen.

»Ja, mir geht's gut.«

»Hast du schon ein Fach gewählt, auf das du dich konzentrieren willst?«, fragt er.

Ich zucke mit den Schultern und weiche der Frage aus. »Nicht ganz.«

Kade scheint darüber nachzudenken und fährt sich mit der Hand durch sein wirres Haar.

»Geht es dir gut?«, platze ich heraus.

»Mir? Oh, sicher. Mir geht's gut«, murmelt er, aber seine Antwort ist lustlos. »Ich habe nur ein paar Sachen am Laufen. Du weißt ja, wie das ist.«

»Klar, was auch immer.«

Warum stehe ich überhaupt hier?

Kade räuspert sich. »Phoenix sagte, du magst Geschichte?«

Er versucht, das Thema zu wechseln. Ich sollte wohl nicht verraten, dass ich es nur genossen habe, weil ich vorher mit seinem besten Freund rumgemacht habe, ohne den ich einen totalen Zusammenbruch erlitten hätte.

»Es war okay. Ich finde es nicht schlecht.«

Er nickt abwesend und schaut auf seine Uhr. »Nun, du musst dich bis morgen entscheiden. Sag mir einfach Bescheid, dann kann ich den Papierkram für dich erledigen.«

»Äh, okay. Danke.«

Er klopft kurz mit den Fingern auf den Tisch, während sein besorgter Blick über mich huscht. Ich schlucke und behaupte mich. Da ist dieses Gefühl zwischen uns, als sollte ich noch mehr sagen.

Was will er von mir? Läuft er einfach allen Streunern hinterher, die es hier gibt? Das muss anstrengend sein.

»Gut, ich gehe dann mal. Bis dann.«

Kade wendet sich zum Gehen, seine breiten Schultern hängen herab. Ich fühle mich schuldig, aber es ist nur zu seinem Besten. Je mehr Menschen mit mir zu tun haben, desto mehr werden sie von meinem Tod betroffen sein. Ich will nicht, dass man sich an mich erinnert.

Abgeschrieben, vergessen, bevor meine Akten geschreddert werden – das ist mein Ziel. Die Leute predigen immer, keine weitere Statistik zu werden, aber ich kann es kaum erwarten, bis mein Leben nur noch eine Nummer ist. Dann werde ich frei sein.

»Es sei denn, du willst zusammen essen gehen?«, schlägt Kade vor.

Er steht in der Tür und schaut mich durch seine sexy Brille an, ein charmantes Lächeln im Gesicht.

Warum kann er nicht ein beschissener Mensch sein? Das würde es so viel einfacher machen, und es hilft nicht, dass ich mich auch zu ihm hingezogen fühle. Ich bin nicht blind.

»Ich weiß nicht …«, sage ich unbeholfen.

»Komm schon, es ist doch nur eine halbe Stunde. Du siehst aus, als könntest du etwas Gesellschaft gebrauchen.«

Wie aufs Stichwort beschließt mein Magen, laut zu

knurren. Verdammter Verräter. Ich weiß, dass Kade es hört. Seine hochgezogene Augenbraue und sein wissendes Grinsen lassen mir keine andere Wahl, als sein Angebot anzunehmen.

»Gut. Aber wenn du mich weiter mit der Wahl des Fachs nervst, wirst du allein essen. Abgemacht?«

Kade nickt. »Abgemacht.«

KAPITEL 10
ELI

FOLLOW YOU – BRING ME THE HORIZON

ICH STEHLE PHOENIX' Kopfhörer, stecke sie mir in die Ohren und ziehe meine Kapuze wieder hoch. Er hat einen beschissenen Musikgeschmack, also suche ich nach *Bring Me The Horizon*, von denen ich weiß, dass er sie nur für mich heruntergeladen hat. Schnell tauche ich in den schweren Beat ein.

Musik ist ein guter Bewältigungsmechanismus, weil sie den Rest meiner Sinne betäubt. Je lauter und wütender sie ist, desto besser. Nichts anderes dringt durch, wenn mein Gehirn mit Klängen beschäftigt ist.

Ich sitze zusammengekauert in der Ecke des Fußballplatzes und sehe zu, wie Phoenix und Kade lustlos einen Ball herumkicken. Sie scheinen beide abgelenkt und mit ihren eigenen Gedanken beschäftigt zu sein. Ich habe keine Lust zu spielen und vergrabe meine Nase lieber in einem Buch.

Laufen ist mein Ding, aber allein. Es ist meine Zeit, in der ich die Welt in Ruhe erleben kann, während alle anderen noch schlafen. Es gibt keine Stimmen oder Gerüche, die mich in der Morgendämmerung überwältigen.

Auf dem benachbarten Spielfeld herrscht ein unruhiges Treiben. Die obligatorische Sportstunde ist in vollem Gange, trotz des eisigen Wetters. Die meisten Patienten hüpfen umher, um sich zu wärmen, kauern zusammen und beschweren sich.

Ich suche die Leute ab und halte Ausschau nach vertrautem, glänzend blondem Haar. Mein steigender Herzschlag verlangsamt sich, als ich schließlich Brooklyn entdecke, die ganz allein hinten steht.

Es scheint sie nicht einmal zu interessieren. Sie hat die Arme verschränkt, die Hüfte zur Seite gestreckt und sieht mehr als gelangweilt aus. Verdammt, wie macht sie das nur?

Die meisten Neuen würden weinen oder schmollen, weil sie so ausgegrenzt werden. Aber sie steht da, als gehöre ihr die ganze verdammte Welt. Was für ein Anblick das ist.

Ich konzentriere mich wieder auf meine Lektüre und versuche, meinen Blick nicht abschweifen zu lassen. Sie so nah bei mir zu haben, lenkt mich ab. Ich habe bereits eine ungesunde Bindung entwickelt.

Mein Verstand hat sich an ihrer souveränen Präsenz festgebissen. Noch nie hat mich jemand so angesehen, wie sie es während des Mittagessens an ihrem ersten Tag getan hat. Sie war so verdammt rein und respektvoll, anstatt mich wie eine Art schiefgelaufenes Laborexperiment zu behandeln.

Realistisch betrachtet gibt es einen Grund, warum ich so besessen bin. Es ist, weil ich das schon einmal durchgemacht habe. In der Hölle der Clearview Psychiatric Unit war ich besessen davon, Brooklyn zu beobachten. Ich war von ihr fasziniert.

An dem Tag, an dem sie schreiend ankam, in Handschellen, die ihr die Polizei angelegt hatte, endeten Jahre der Langeweile. Sie war ein Funke des Interesses in der tristen Landschaft meines Lebens.

Ich habe ihr nie ein einziges Wort ins Gesicht gesagt, sondern sie nur aus der Ferne beobachtet. Wenn sie das jemals mitbekommt, wird sie mich wahrscheinlich für einen kranken Stalker halten.

Der Ball rollt neben mich, bringt meinen Stapel geordneter Papiere durcheinander und lässt Blätter fliegen. Phoenix grinst mich teuflisch an. *Arschloch.* Es sind seine Hausaufgaben, die ich hier mache.

Er ist ein fauler Mistkerl, der es liebt, meine Schwäche für ihn auszunutzen. Ich werfe den Ball zurück und wage noch einen Blick zur Seite.

Während die anderen Mädchen nach drinnen gehen, um sich anzuziehen, wird Brooklyn angeschrien, weil sie dasteht und sich weigert, mitzumachen. Die erfolglose Lehrerin will Patienten immer mit einbeziehen, aber Brooklyn lässt sich nichts gefallen und zuckt nur mit den Schultern.

»Eli! Kommst du rein?«

Ich ziehe die Kopfhörer heraus und nicke den Jungs zu.

»Meinst du, du kannst den Filmabend kapern? Etwas Anständiges spielen?«

Phoenix umschmeichelt Kade, der von dem Vorschlag entsprechend unbeeindruckt aussieht.

»Phoen, das kann ich nicht machen. Willst du, dass ich gefeuert werde? Zufällig mag ich meinen Job.«

»Komm schon, Mann. Es ist ein verdammter Film, kaum der Gipfel der Kriminalität.«

Er wird nicht weit kommen. Kade ist durch und durch ein anständiger Kerl. Er hält sich an die Regeln und beugt sie nie und nimmer. Das ist eines der Dinge, die ich am meisten an ihm bewundere. Er hat keinen bösen Funken in sich.

Er gehört wirklich nicht hierher.

Der Rest von uns hat seine Seele schon vor langer Zeit an den Teufel verkauft.

Ich geselle mich zu den anderen und beobachte, wie Brooklyn beauftragt wird, alle Bälle einzusammeln. Sie murmelt vor sich hin und flucht wahrscheinlich mit ihrem schmutzigen Mundwerk. Es ist verdammt heiß, wenn man mich fragt. Ich würde sie gern zum Fluchen und Schreien bringen.

Eine Gruppe von Mädchen bleibt zurück und hält immer noch ihre Bälle. Ich erkenne Britt unter ihnen. Sie ist Hudsons schleimige Fickfreundin und die Anführerin einer Gruppe von Mädchen, die ihre Tage damit verbringen, zum Spaß auf anderen Patienten herumzuhacken.

»Warum dauert das so lange? Beeil dich, ich friere mir den Arsch ab.« Phoenix zieht mich in eine seitliche Umarmung. »Hast du meine Hausaufgaben gemacht? Crawley wird mich umbringen, wenn ich sie wieder zu spät abgebe. Ich werde dich für deine Arbeit belohnen, keine Sorge.«

Ich achte nicht auf sein Flirten, weil ich mich zu sehr auf die Situation konzentriere, die sich entwickelt. Brooklyn versucht, die Bälle einzusammeln, während sie von einem Rudel Hyänen in die Zange genommen wird.

Diese Szene habe ich schon unzählige Male gesehen. Sie finden immer ein Ziel, auf das sie ihren Hass richten können. Normalerweise sind es die Neuen. Mädchen können so gottverdammt grausam sein, besonders an diesem Ort.

Ich schreie fast laut auf, als der erste Schlag in ihre Richtung fliegt. Das Bedürfnis, Brooklyn zu warnen, kocht in mir hoch. Sie hat nicht die geringste Chance. Die Faust des Mädchens trifft ihren Kiefer und lässt sie vor Schreck zurücktaumeln.

»Ernsthaft, was ist mit dir los?«, fragt Phoenix.

Ich zeige verzweifelt darauf. Anstatt wegzulaufen oder sich zu ducken, wie ich erwartet hatte, stürmt Brooklyn ohne einen Funken Angst auf die Mädchen zu. Mit brutalen Schlägen streckt sie zwei von ihnen nieder, und ihre schrillen Schreie sind selbst aus der Entfernung zu hören.

»Wir müssen das beenden!«, ruft Kade und läuft los.

Phoenix bleibt ruhig, sein Arm legt sich um meine schmale Taille. Er schaut mit einer Art morbider Faszination auf dieses brillant gewalttätige Mädchen, das definitiv Paroli bieten kann.

Ich weiß, er ist ein kranker Wichser wie ich. Wahrscheinlich wird er beim Anblick ihrer blutigen Nase und ihrer aufgeschürften Knöchel hart. Wir denken in ähnlich verdorbenen Bahnen.

»Verdammt, sie weiß sich zu wehren«, murmelt er.

Britt hält sich aus dem Kampf zurück und überlässt es ihren Lakaien, zu kratzen und zu krallen. Sie sind Brooklyn jedoch nicht gewachsen. Sie steckt die zahllosen Schläge ein und teilt selbst aus.

Als Kade mehrere Wärter in der Nähe alarmiert, die den Kampf beenden, muss ich meine Jeans richten, weil sie ein wenig eng sitzt.

Phoenix schenkt mir ein sinnliches Grinsen und fährt mir mit dem Daumen über die Unterlippe. Ich widerstehe dem Drang, meine Zunge herauszustrecken und daran zu lecken.

»Ich weiß nicht, wie es dir geht, aber ich hätte nichts dagegen, etwas Zeit mit unserer süßen Neuen zu verbringen. Mit oder ohne deine Gesellschaft, obwohl es mir mit dir lieber wäre. Das hat bei uns schon mal funktioniert.«

Ich spüre, wie meine Wangen rot werden.

Es hat auf jeden Fall funktioniert.

Verdammt gut.

Schließlich gesellen wir uns zu Kade auf das andere Spielfeld. Wir drei beobachten, wie Taggert und Jackson, zwei der furchterregendsten Wärter, sich zwischen die streitende Gruppe stellen.

Sie trennen Brooklyn von einem lädierten Mädchen. Sie schäumt sichtlich vor Wut, während Blut an ihrem Gesicht und Kinn herunterläuft. Ein Auge ist bereits angeschwollen.

Wer geht schon wegen einer Handvoll Bälle auf jemanden los? Brooklyn war fünf zu eins in der Unterzahl. Willkommen im Irrenhaus.

»Bist du okay? Was zum Teufel ist passiert?«, blafft Kade.

Brooklyn winkt ab und wischt sich das Gesicht an ihrem Ärmel ab, wobei sie noch mehr Blut verschmiert. »Ja, alles bestens. Ich habe gerade einer Fotze die Nase gebrochen, also ist mein Tag gerettet.«

Nach einer Runde unangebrachter High-Fives von Phoenix verlassen wir das Spielfeld und gehen zurück durch den Hof. Brooklyn humpelt, versucht aber, ihre Schmerzen zu verbergen. Wir machen uns auf den Weg zum Wohnheim.

In meinem Blickfeld sehe ich, wie Kade versucht, ihr einen Arm anzubieten, von Brooklyn jedoch mit einem *Verpiss dich* weggestoßen wird. Wir erreichen das Wohnheim ohne weitere Zwischenfälle und folgen Brooklyn in den vierten Stock.

Wir biegen alle nach rechts ab, anstatt in unsere eigenen Zimmer zu gehen. Sie fummelt mit ihrer Schlüsselkarte herum und murmelt, bevor sie merkt, dass wir alle noch hier sind.

»Ähm, was macht ihr da?«

»Wir stellen sicher, dass es dir gut geht«, antwortet Kade.

»Du könntest etwas Hilfe beim Saubermachen brauchen«, fügt Phoenix anzüglich hinzu.

Brooklyns silbergraue Augen treffen die meinen, und ich zucke zusammen. Sie stemmt ihre blutverschmierten Hände in die Hüften und sieht verdammt grimmig aus, mit zusammengekniffenen Augenbrauen und purpurroten Spuren in ihrem wütenden Gesicht.

»Ihr kommt nicht mit rein.«

»Doch«, sagt Kade trocken.

»Nein.«

»Brooklyn …«

»Auf gar keinen Fall!«

Sie und Kade starren einander einige angespannte Sekunden lang an. Sie sind beide gleichermaßen stur. Um die Sache zu vereinfachen, ziehe ich schnell ihre Schlüsselkarte durch und öffne die Tür, dann werfe ich sie über meine Schulter zurück, damit sie sie auffangen kann.

»Hartnäckige Arschlöcher«, zischt Brooklyn.

Drinnen angekommen, bin ich erstaunt über die Leere ihres Zimmers. Es gibt nichts Persönliches. Gar nichts. Keine Fotos, kein Krimskrams, keine Kissen, Decken oder Lichterketten, wie sie die anderen Mädchen haben.

Eine einzige schwarze Tasche ragt ein wenig unter dem Bett hervor. Ein kurzer Blick in den Kleiderschrank offenbart noch weniger Kleidung als ich besitze.

Phoenix wirft mir einen Blick zu, bevor er sich auf dem ungemachten Bett ausstreckt und die Füße hochlegt, als gehöre ihm das Zimmer. Er studiert den Raum genau und katalogisiert den schieren Mangel an Persönlichkeit. Ich kann sehen, wie er besorgt die Stirn runzelt.

»Natürlich, fühl dich wie zu Hause.«

Brooklyn funkelt ihn an und beachtet Kade nicht. Er macht sich selbst ein Bild von ihren Sachen und wirft auch einen Blick in den Kleiderschrank. Angesichts seiner Entdeckungen zeichnet sich ein entsprechendes Stirnrunzeln auf seinem Gesicht ab.

»Wird gemacht, Süße«, zwitschert Phoenix zurück.

Kade geht an mir vorbei und setzt sich auf den Schreibtischstuhl. Seine Augen sind immer noch prüfend und seine professionelle Maske sitzt fest an ihrem Platz. Ich kann sehen, wie unwohl sich Brooklyn mit unserer Anwesenheit fühlt. Sie blickt sich ängstlich um, während wir in ihre Privatsphäre eindringen.

Mit einem letzten verärgerten Augenrollen verschwindet sie schließlich im Badezimmer, um sich sauber zu machen. Kaum ist die Tür zugefallen, setzt sich Phoenix aufrecht hin, sein Schalk bereits vergessen. Es ist seltsam, ihn so ernst und angespannt zu sehen.

»Was zum Teufel ist hier los? Hast du dich nicht um ihre Ankunft gekümmert?«

»Natürlich! Sie hat sich die verdammte Schlüsselkarte geschnappt und ist allein reingegangen«, antwortet Kade schroff. »Ich wusste nicht, dass sie so lebt und nichts hatte.«

»Was ist aus *Das ist mein Job* geworden, hm? Das ist doch Schwachsinn.«

»Sie ist erwachsen. Ich bin kaum dafür verantwortlich, auf sie aufzupassen!«

»Du arbeitest für Blackwood«, schimpft Phoenix. »Komm mir nicht mit diesem Scheiß.«

»Ich mache das ehrenamtlich! Ich habe genug Sorgen mit euch drei!«, knurrt Kade zurück, sichtlich wütend über Phoenix' Anschuldigungen.

Ihr Streit geht weiter. Ich wende mich von ihnen ab, weil ich mich nicht einmischen möchte. Die lauten Stimmen überwältigen sofort meine Sinne.

Ich muss fliehen, bevor ich eine Panikattacke bekomme. Ich schleiche zur Badezimmertür und spähe durch den Spalt, um nach Brooklyn zu sehen.

Ihr Anblick, wie sie über dem Waschbecken steht, die Hände auf dem Porzellan geballt, während sie leise schluchzt, zerschmettert die armseligen Reste meines Herzens. Dicke Tränen laufen ihr über die Wangen und vermischen sich mit Blutspritzern.

Sie schrubbt sie wütend weg und verflucht sich im Stillen für ihre Dummheit. Was macht sie mit mir? Wie mache ich, dass es aufhört?

Gefühle sind Gift für mich. Gefühllosigkeit ist mein bevorzugter Seinszustand. Aber in den wenigen Tagen, seit sie einfach so hereingeplatzt ist, bin ich überempfindlicher denn je. Meine fadenscheinige Kontrolle ist bereits völlig verschwunden.

Sie ist auf eine Art und Weise zerbrochen, die mir sonnenklar ist und meine eigenen gierigen Dämonen auf den Plan ruft. Ich habe es immer geliebt, Dinge kaputt zu machen, und sie steht am Rande der Zerstörung.

Ich möchte nichts weiter, als sie vom Abgrund stoßen und ihr bis in die Tiefen der Hölle folgen.

Vorsichtig öffne ich die Tür und schlüpfe in den engen Raum. Sie erschrickt, weicht zurück und wischt sich die rosa Tränen aus dem Gesicht.

»Eli, was zum …«

Soziale Kompetenz ist nicht gerade meine Stärke. Ich bin verdammt noch mal stumm, also tue ich mich mit dieser Scheiße schwer. Aber ich tue das, was sich richtig anfühlt. Mit einer Handfläche berühre ich ihre fleckige Wange und zeichne mit dem Daumen die Linie ihres Kiefers nach.

Ich streiche über ihr rasch anschwellendes Auge, das um die Augenhöhle herum bereits Blutergüsse aufweist. Ich liebe es, wie sich ihre Haut verfärbt und in Schwarz- und Violetttönen erblüht. Ich würde sie am liebsten selbst markieren.

Brooklyn zuckt vor Schmerz zusammen, als ich ihre aufgeplatzte Lippe erreiche. Sie will keine Schwäche zeigen, kann sie aber auch nicht unterdrücken. Ich kann nicht anders, drücke auf die blutigen Wunde und lasse sie noch mehr zusammenzucken.

Ihr Schmerz hat etwas Faszinierendes an sich. Ich möchte ihr unbedingt wehtun, aber etwas hält mich davon ab. Dieser Mensch kann ich bei ihr nicht sein. Das ist nicht normal.

Stattdessen stopfe ich die verdrehten Sehnsüchte in mich hinein und beschließe, ausnahmsweise einmal etwas in Ordnung zu bringen. Ihr Blick trifft auf meinen − silbrige Gewitterwolken, unterbrochen von hellsten blauen Streifen, die kaum wahrnehmbar sind, es sei denn, man steht ganz nah dran.

Meine Hand ruht auf ihrer Haut, und sie lehnt sich unbewusst dagegen und genießt meine Berührung, ohne es zu merken. Ich nehme ein Handtuch und biete ihr leise meine Hilfe an.

»Okay«, lenkt sie ein.

Sie lässt sich auf den Toilettendeckel sinken und sieht mich erwartungsvoll an. Worauf lasse ich mich hier ein? Ich bin kein Heiliger. Allein der Anblick ihres frischen Blutes lässt mein Herz gegen meinen Brustkorb hämmern und meinen Schwanz zucken.

Sie sieht aus wie eine wunderschöne Katastrophe, deren Entfaltung ich kaum erwarten kann.

Ich tränke das Handtuch mit warmem Wasser, lasse mich auf die Knie sinken und beginne, ihr Gesicht zu reinigen. Vorsichtig wische ich die dunklen Spritzer weg und entblöße die blasse, durchscheinende Haut unter der Sauerei.

Ich arbeite in geladener Stille, und die Intensität des Augenblicks lässt meine Hand zittern. Sie weigert sich, den Blick abzuwenden, und das bringt mich um. Fühlt es sich so an, wenn man gesehen wird?

Die meiste Zeit fühle ich mich, als wäre ich schon tot. Keiner sieht mich mehr, weil ich schon so lange unsichtbar bin. Sogar die Jungs haben sich angewöhnt, mich zu ignorieren.

Ich kann es ihnen nicht verübeln, denn es ist einfach. Ich bin einfach da und dümple im Hintergrund vor mich hin. Für immer allein. Als ich fertig bin, drehe ich mich um. Eine Hand ergreift mein Handgelenk und fordert meine Aufmerksamkeit.

»Eli …«

Es gibt keine Möglichkeit, den Geschmack dieser Emotion zu beschreiben. Ich habe es noch nie zuvor erlebt.

»Wenn du mit mir reden willst, kannst du das. Nur damit du es weißt.«

Brooklyn löst ihren Griff. Sofort vermisse ich den Druck ihrer Finger um mein Handgelenk. Ich wünsche mir nichts sehnlicher, als sie gegen die Wand zu stoßen und sie den gleichen Schmerz spüren zu lassen wie ich.

Ich werde sie am Haar ziehen, ihre Haut verletzen und sie mit mir in die Tiefen der Hölle hinabziehen, egal wie sehr es sie innerlich umbringen wird. Das Leben tut verdammt weh, und ich will, dass sie es mit mir erlebt.

Zum ersten Mal möchte ich nicht allein sein. Kein bisschen. Mit einem flüchtigen Nicken gehe ich weg.

Böse, Elijah.

Du trägst den Teufel in dir.

Sie ist bereits beschädigt. Ich würde sie ruinieren.

KAPITEL 11
BROOKLYN

I'M NOT WELL – BLACK FOXXES

»WILLST DU MIR ERZÄHLEN, was im Sportunterricht passiert ist?«

Mariam fixiert mich mit einem autoritären Blick. Ihr Stift tippt gegen den Notizblock, während die Sekunden vergehen und mich zwingen, zu antworten und das Schweigen zu brechen.

»Nö. Nicht wirklich.«

Mit einem Seufzer kritzelt sie etwas auf. Was zur Hölle ist daran so erwähnenswert? Ich möchte mir das Papier schnappen und sie verdammt noch mal daran ersticken lassen.

Vielleicht würde sie schreien und um Gnade betteln und endlich verstehen, wie es sich anfühlt, von jemandem kontrolliert zu werden.

»Brooklyn. Wenn dich jemand belästigt, muss ich das wissen.«

»Ich sagte, es geht mir gut«, wiederhole ich.

Ich bin keine Petze. Außerdem bin ich diejenige, die jemandem Knochen gebrochen hat. Zwei, um genau zu sein. Die Nasen dieser Mädchen zerbrachen mit blutiger Genugtuung. Blöde Schlampen.

Sie hätten meine Warnung beherzigen sollen, bevor sie

auf mich losgegangen sind. Ich habe ihnen ausdrücklich gesagt, dass ich keinen Ärger will, aber alles für ein bisschen Drama, oder? Das ist es, was Mädchen tun.

»Gewalt ist niemals die Antwort. Sie löst nichts.«

Mein Gott, sie sitzt heute auf ihrem hohen Ross, und ich habe wenig Geduld dafür. Ich möchte schreien: *Lies meine Akte, Schlampe!* Gewalt ist mein zweiter Vorname.

»Ich kann dich nicht zwingen, es mir zu sagen, aber ich bin hier, wenn du es besprechen willst.«

Ich antworte nicht, sondern starre aus dem Fenster in die späte Nachmittagssonne. Die letzten Tage sind wie im Fluge vergangen, ohne langweiligen Unterricht.

Die meiste Zeit habe ich damit verbracht, mich unter meiner Bettdecke zu verstecken, Medikamente zu bunkern und so zu tun, als würde ich nicht existieren. Nach dem Ende meiner Schnupperkurse kam niemand, um mich zu stören, und ich musste allein sein.

»Hast du deine Fächerwahl eingereicht? Mir ist aufgefallen, dass deine Schnupperkurse vorbei sind. Du musst am Unterricht teilnehmen, Brooke. Das ist wichtig für deine Genesung.«

Sie ist buchstäblich die weibliche Version von Kade. Ihm würde dieser Vergleich wahrscheinlich nicht gefallen, egal wie witzig und treffend er ist.

»Noch nicht«, stoße ich hervor.

In meinem Vorrat befinden sich jetzt eine ganze Reihe von Pillen, die ich mir unter die Zunge geschoben habe, anstatt sie zu schlucken, als sie mir gegeben wurden.

Wie lange kann ich das noch ertragen? Jede Sekunde, die ich mit Atmen, Denken, Fühlen verbringe … ist eine Qual. Selbst das Sprechen kostet Kraft.

Meine Lippen sind taub, und mein Gehirn ist abgeschaltet. Mehr und mehr höre ich Geflüster, vor dem ich nicht weglaufen kann. Das Bunkern der Medikamente fordert langsam seinen Tribut an meiner geistigen Gesundheit.

»Die Uhr tickt, Brooklyn. Du musst dich für etwas entscheiden.«

Tod.

Ich wähle den verdammten Tod.

Wenn sie noch eine Sekunde länger weitermacht, werde ich sie mitnehmen. Ich werfe einen Blick auf die blinkende Überwachungskamera. Schauen die gerade zu? Wer auch immer *die* sind. Ich habe noch keinen einzigen Raum ohne Kameras gefunden, außer in den Schlafzimmern. Es muss Tausende Stunden an Überwachung geben.

Was passiert mit all dem?

Wer beobachtet, wie sich unser Leben entwickelt?

Wenn ich Mariam jetzt töten würde, würden sie einen Blick auf das Video werfen und mich in ein Hochsicherheitsgefängnis stecken. Technisch gesehen hätte ich dort sowieso landen müssen, wenn man der Staatsanwaltschaft glauben darf.

Mein Verteidiger argumentierte anders, angesichts der Umstände meines … *Verbrechens.* Wenn man das Wort Unzurechnungsfähigkeit hinzufügt, ändert sich alles.

»Warum probierst du nicht ein paar Kurse aus?«, schlägt sie vor. »Das gibt dir etwas Flexibilität.«

»Muss ich wirklich am Unterricht teilnehmen?«

»Ja, sonst kannst du nicht in diesem Institut bleiben«, antwortet Mariam streng.

Mist. Ich kann jetzt nicht nach Clearview zurückkehren.

»Englisch und Geschichte.« Ich biete meinen ersten Gedanken an.

Bei all der Langeweile waren das die beiden erträglichsten Kurse. Ich will nur, dass sie mich wieder in Ruhe lässt. Wenigstens einer von ihnen bietet etwas Unterhaltung.

Ich erinnere mich daran, wie Elis Blick über mich wanderte, seine grünen Iriden vor Verlangen verdunkelt, als er auf meine Wunde drückte. Er war von meinem Schmerz fasziniert. Verdammt, ich habe das Brennen genossen, obwohl es nicht von meiner eigenen Hand kam.

Mariam klatscht enthusiastisch. »Ausgezeichnet! Eine gute Wahl.«

Ich nicke und versuche mitzuspielen, auch wenn jede Faser meines Körpers etwas anderes behauptet. Nächste Woche um diese Zeit sollte ich einen Vorrat an Pillen haben, der so groß ist, dass ich einen Herzstillstand erleide.

Ich muss noch ein bisschen länger konzentriert bleiben, ohne mich mit diesen Jungs und ihren verlockenden Sünden abzulenken. Es macht Spaß, solange es anhält, aber nichts kann mich von meinem Ziel abbringen. Niemand ist es wert, hierzubleiben und diese Krankheit zu ertragen.

Denk daran, was mit der letzten Person passiert ist, in die du dich verliebt hast. Du bist Gift, Brooklyn. Tödlich.

Ich stehe abrupt auf und stoße dabei fast den Couchtisch um. Angst ergreift mich, während ich mir die Brust halte und um Luft ringe. Die Stimme flüstert durch den Raum und klingt viel zu real.

»Was hast du gerade zu mir gesagt?«, schreie ich.

Mariam zuckt zurück, den Mund vor Schreck geöffnet. »Nur … gut, dass du dich entschieden hast. Ist alles in Ordnung?«

Ich drehe meinen Kopf und schaue mich im Raum um. Nichts. Da ist niemand. Nur wir beide.

»Entschuldigung. Mein Fehler.«

Ich lasse mich in meinen Sitz zurücksinken und erschlaffe schnell. Die Stimme … sie war so real. Kein inneres Geplapper, sondern tatsächlich hörbar. Und mein größter Fehler? Zu reagieren. Sie sieht mich verwirrt an, als wäre ich eine tickende Zeitbombe, die gleich explodieren und uns alle dezimieren wird.

»Hörst du Stimmen, Brooklyn?«

Ich schlucke schwer. »Nicht mehr seit Clearview. Ich habe dich nur falsch verstanden.«

Was für ein dummer Fehler. Niemals reagieren – das ist der Trick. Alles runterschlucken. Habe ich alles vermasselt? Was, wenn sie mich nicht rauslässt oder mich in Einzelhaft steckt? Scheiße, ich muss das in Ordnung bringen. Ich überlege mir etwas Überzeugendes, auch wenn es Blödsinn ist.

»Ich freue mich darauf, mit dem Lernen zu beginnen. Ich möchte mein Leben wirklich umkrempeln.«

Ich setze meine beste optimistische Stimme auf und zwinge ein strahlendes Lächeln auf mein Gesicht. Währenddessen graben sich meine Fingernägel in meine Handflächen.

»Nun, das ist gut.«

Sie beäugt mich immer noch misstrauisch.

»Also … ich muss mit dem Lesen weitermachen«, sage ich.

»Ja, natürlich. Ich will dich nicht länger aufhalten.«

Ich renne zur Tür. Nichts wird das in Ordnung bringen, und ich muss fliehen, bevor ich mich noch mehr in die Scheiße reite. Das ist nicht wirklich überraschend.

Ich hatte alle anderen Symptome des Medikamentenmissbrauchs: Übelkeit, Schweißausbrüche, Schlaflosigkeit. Die Stimmen mussten zwangsläufig auch wiederkommen, sobald ich die Medikamente absetze.

Einfach atmen.

Nur noch eine Woche.

Es wird bald vorbei sein.

Ich schaffe es, nach draußen zu kommen, bevor ich mich vornüberbeuge und nach Luft schnappe. Das war knapp. Zu knapp. Ich muss weitermachen und das Bild aufrechterhalten, dass ich mich bessern will. Ich bin so nah dran, zu bekommen, was ich will.

Was die Leute einem nicht sagen, ist, dass man den Psychiatern keine Schwäche zeigen darf. An solchen Orten stürzen sie sich auf jede Ausrede. Ehe man sich versieht, ist man gefesselt und betäubt, während sie einen den Korridor hinunter in die Einzelhaft rollen.

Einsamkeit ist ein fremdes Konzept, bis man dieses einschüchternde Stück Hölle erlebt hat.

Nach einem schnellen Lauf über den leeren Hof bin ich zurück in Oakridge und sprinte in die Sicherheit meines Zimmers. Mit unkontrolliert zitternden Händen schaffe ich es, die Tür aufzusperren und hineinzuschlüpfen, bevor ich gegen das Holz sacke.

»Äh, hey.«

Ich fahre fast aus der Haut, weil ich damit rechne, dass mich eine erschütternde Halluzination erwartet. Als ich erschrocken aufschaue, entdecke ich Kade, der lässig auf meinem Schreibtischstuhl sitzt. Ein strahlendes Lächeln klebt förmlich auf seinem Gesicht.

»Verdammte Scheiße, was machst du denn hier?«

Er zuckt nur mit den Schultern. »Ich warte auf dich.«

»In meinem Zimmer? Wie bist du überhaupt reingekommen?«

Er wedelt mit einer Ersatzschlüsselkarte. »Ein Vorteil des Jobs.«

Ernsthaft? Dieser Typ hat auf alles eine Antwort. Ich ziehe meine Lederjacke aus und lege sie auf das Bett. Erst dann bemerke ich die Papiertüten, die auf der Matratze warten. Es sind zwei Stück, und sie sind vollgestopft mit Sachen.

»Willst du das erklären?«, frage ich.

Kade räuspert sich. »Reg dich nicht auf. Uns ist aufgefallen, dass du kaum etwas hast, also haben wir ein paar Sachen für dich aussortiert. Es ist nicht viel, aber wir fühlen uns dadurch besser.«

Verzweifelt versuche ich zu begreifen, was er sagt.

»Wie … äh, w-was?«, stottere ich.

»Nur ein paar Kleinigkeiten. Nichts Besonderes, keine Sorge.« Er lacht nervös und reibt sich mit der Hand den

Nacken. »Hör zu, wir wollen dir helfen, okay? Es ist nichts Zwielichtiges. Versprochen.«

Das ist unglaublich. Haben sie alle Mitleid mit mir? Oh Gott, sie sind gestern hier hereinkommen und haben die Wahrheit darüber gesehen, wie traurig und leer mein Leben wirklich ist. Wahrscheinlich saßen sie danach da und haben über mich gelacht.

Ist das ein Trick? Eine Art krankes Spiel? Erwartet er, dass ich auf die Knie falle und ihm einen blase, so wie Paul?

»Nicht ausrasten, Brooklyn.«

Kade steht auf und hebt kapitulierend die Hände, während er näher kommt. Ich trete sofort einen Schritt zurück und bringe Abstand zwischen uns, während meine Gedanken kreisen.

»Warum tut ihr das?«

»Wir versuchen zu helfen, das ist alles«, versucht er zu beschwichtigen.

Das kann nicht wahr sein. Niemand tut jemals etwas aus reiner Herzensgüte. Nicht in dieser Welt, und schon gar nicht an einem Ort wie diesem.

Alles hat seinen Preis – unsichtbare Bedingungen, die einem später in den Arsch beißen. Er versucht, mich zu manipulieren, damit ich ihm einen Gefallen schulde.

»Geh«, befehle ich.

»Was? Wir kümmern uns doch nur um dich.«

»Ich sagte, geh! Nimm euren Scheiß mit und lass mich in Ruhe! Ihr alle.«

Ich zeige auf die Tür. Jeder Zentimeter meines Körpers fühlt sich heiß an, strahlt Empörung und Wut aus. Jeder Rest von Verstand hat meinen Geist verlassen. Kade starrt mich einen langen Moment an, bevor er nickt und seinen marineblauen Mantel nimmt.

»Wenn du die Leute immer weiter von dir stößt, bist du am Ende allein. Du würdest gut daran tun, das zu begreifen.«

»Erspar mir den verdammten Vortrag, Kade. Ich habe nie darum gebeten.«

Er hält in der Tür inne und wirft mir einen traurigen Blick zu. »Ich auch nicht.«

Als er auf dem Weg nach draußen die Tür zuschlägt, merke ich, dass er eindeutig wütend auf mich ist, aber kein Wort mehr sagen kann, ohne die Beherrschung zu verlieren. Ich stehe zwischen ihren verpackten Geschenken und fühle mich wie der schlechteste Mensch auf der ganzen Welt.

KAPITEL 12

KADE

DADDY – BADFLOWER

ICH STÜRME nach draußen in den fallenden Regen, dann erstarre ich und drehe mich sofort wieder um. Ich gehe wieder hinein, erstarre erneut und drehe mich wieder um. Einmal, zweimal, dreimal. Ich wiederhole diesen unentschlossenen Unsinn, während ich versuche, meine Gefühle zu beherrschen.

»Scheiße!«, schreie ich.

Sie ist so ärgerlich.

Ihre Ablehnung schmerzt so sehr wie zuvor. Warum kümmert es mich überhaupt? Ich bringe mich selbst in diesen Schlamassel, weil ich immer versuche, den Leuten den Arsch zu retten, obwohl sie das gar nicht brauchen oder wollen. Brooklyn braucht es jedoch, und das ist das Ärgerlichste daran.

Gott, sie braucht es. Das Mädchen schreit förmlich danach, dass man ihr hilft, und da ich ein blutendes Herz habe, kann ich nicht anders, als zuzuhören. Eines Tages werde ich zum letzten Mal verarscht.

Aber nicht heute.

Als ich endlich eine Entscheidung getroffen habe, renne ich ein letztes Mal die Treppe hinauf und stapfe bis in den vierten Stock. Mein Kiefer ist hart, und das Blut rauscht in meinen Ohren. Sie kann mich nicht wegstoßen.

Ich habe bereits mit Hudsons Drang zur Selbstzerstörung zu kämpfen, und ich kann im Moment keine weiteren Krisen ertragen. Ich weiß vielleicht nichts über sie, aber ich habe genug gesehen, um zu wissen, dass sie es wert ist, gerettet zu werden. Hinter ihrem eiskalten Äußeren und ihrer scharfen Zunge verbirgt sich noch mehr.

Ich hämmere an die Tür, zu verblendet vor Wut, um einfach reinzugehen. Brooklyn macht nicht auf. Bald schlage ich meine Faust noch fester gegen die Tür. Wut ist normalerweise nicht meine erste Reaktion, aber es war eine lange Woche, und dies ist der letzte Tropfen, der das Fass zum Überlaufen bringt.

»Meine Güte, sei leise!«

Ich werfe einen Blick zur Seite. Hudsons Tür schwingt auf, als er schreit und mit zerzaustem Haar und nackter tätowierter Brust herausstolpert.

Als er merkt, dass ich im Flur stehe, sieht er plötzlich viel wacher aus und reibt sich verwirrt die Augen.

»Kade? Was zum Teufel machst du da?«

»Das geht dich nichts an«, schnauze ich wütend.

Ich kann mit diesem Arschloch im Moment auch nicht umgehen. Wir haben seit dem Austausch beim Abendessen immer noch nicht miteinander gesprochen. Ich habe keine Lust, ein Gespräch mit dem Idioten zu beginnen, bis er sich zusammenreißt und den Kopf aus dem Arsch zieht.

»Im Ernst, was soll das?«

»Geh zurück in dein Zimmer, kleiner Bruder. Das geht dich nichts an.«

Eine weitere Stimme meldet sich zu Wort, diesmal eine weibliche.

»Hud, Baby. Komm zurück ins Bett. Lass ihn in Ruhe.«

Ich sehe Britt in meinem peripheren Blickfeld auftauchen, mit dem Standard-Bettlaken um ihren nackten Körper gewickelt. Als sie die Tür sieht, an der ich warte, zeichnet sich ein hasserfüllter Blick auf ihren Zügen ab.

»Nicht diese verdammte Hure. Sie hat Maya die Nase gebrochen. Das weißt du doch, oder?«

»Das ist urkomisch«, prustet Hudson und erntet einen Schlag auf die Schulter.

»Das ist es nicht! Sie ist eine Psychoschlampe. Du gehst besser weg, Kade.«

Ich ignoriere die beiden und klopfe beharrlich weiter. Schließlich schlüpfen sie wieder in den Raum und lassen mich zum Glück in Ruhe. Ganz ehrlich? Sie haben einander verdient.

Britt ist eine hässliche Persönlichkeit, verpackt in einer brüchigen Schale. Ich hoffe, sie bricht Hudson das Herz und verlässt ihn. Das wird ihm eine Lehre sein. Oder besser gesagt, das würde es. Wenn er ein Herz hätte, das man brechen könnte.

Ich komme so weit zur Vernunft, dass ich mir mit meiner Schlüsselkarte Zutritt verschaffe, um Brooklyn eine Standpauke zu halten, bis sie einlenkt und meine Hilfe annimmt. Stattdessen bleibe ich unbeholfen stehen und weiß nicht, worauf ich mich eingelassen habe.

Die untergehende Sonne brennt durch den Raum und hebt das Bild der Verzweiflung hervor, das in der Ecke hockt. Sie hat sich zusammengekauert, die Knie an die Brust gepresst und beide Hände über die Ohren gedrückt.

Ich kann von hier aus sehen, wie ihre Schultern zittern und sich unter heftigem Schluchzen heben und senken. Der Anblick ist definitiv nicht das, was ich erwartet habe. Ich schleiche mich heran, unsicher, wie ich diese Situation angehen soll, aber in dem Wissen, dass ich etwas tun muss.

Umkehren ist nicht möglich.

Ich gehe in die Hocke und streiche ihr über den Kopf. Ihr Haar ist wie Satin unter meiner Berührung. Sie regt sich und lugt zwischen den blassen Vorhängen hindurch, die ihr Gesicht umrahmen.

»Ich habe dir gesagt, du sollst gehen«, krächzt Brooklyn.

»Du weißt, dass ich das nicht tun kann.«

Ich streiche mit meinen Daumen über ihre geröteten Wangen und wische ihr die Tränen weg. Langsam lockern sich ihre Hände und lösen den Todesgriff, mit dem sie ihren Kopf festgehalten hat.

»Tut mir leid, dass ich so laut geklopft habe.«

Sie schüttelt den Kopf und senkt den Blick. »Es liegt nicht an dir.«

Ich schiebe einen Finger unter ihr Kinn und hebe ihr Gesicht wieder an. »Was ist es dann?«

Sie presst die Lippen zusammen, schüttelt den Kopf und weigert sich wie üblich, zu antworten. Sie versucht mit aller Kraft zu verhindern, dass die Worte aus ihr heraussickern.

»Warum tust du mir das an?«, flüstert sie schließlich.

»Weil es mein Job ist, Menschen zu helfen, Liebes.«

Brooklyn reißt meine Hände von ihrem Gesicht weg und stößt mich sanft zurück. Schon wieder lehnt sie mich ab, das sture Miststück.

»Mir nicht. Ich will nicht, dass man mir hilft.«

»Warum nicht?«, frage ich.

Sie drückt sich weiter in die Ecke. »Nein.«

Mein Geduldsfaden reißt. Ich halte sie fest und zwinge sie, mir zuzuhören. »Bitte lass mich rein. Sieh dir Eli an. Er war ein Wrack, als er vor sechs Monaten hier ankam.«

Damit habe ich ihre Aufmerksamkeit erregt. Sie hört mir zu.

»Und Phoenix? Als ich ihn das erste Mal traf, hat er mir auf die Schuhe gekotzt, weil er von einer einwöchigen Sauftour kam, und gezittert hat wie Espenlaub. Du brauchst dich nicht zu schämen.«

Ein bitteres Lachen entweicht ihren Lippen. »Nicht? Du kennst mich doch gar nicht.«

»Du hast recht, ich kenne dich nicht. Aber ich würde es gerne. Wenn du mich nur lassen würdest.«

Ich weiche zurück und halte Abstand, um ihr den Raum zu lassen, den sie offensichtlich will. Ich weiß, wie das geht. Am Anfang ist es, als würde man sich einem wilden Tier nähern. Man muss sich langsam herantasten und es an seine Anwesenheit gewöhnen.

Verdammt, Eli hat einen Monat gebraucht, bis er mich so nah an sich herangelassen hat. Der arme Kerl war so traumatisiert, dass er sich kaum bewegte, geschweige denn sprach. Bis zum heutigen Tag habe ich seine Stimme nie gehört.

»Ich werde dir wehtun«, wimmert Brooklyn.

»Das wirst du nicht«, versichere ich ihr.

»Das ist es, was ich tue.«

Ganz vorsichtig strecke ich eine Hand aus. Ich drehe meine Handfläche nach oben und achte darauf, Abstand zwischen uns zu lassen. Ich muss ihr die Möglichkeit geben, sie zu nehmen, anstatt sie ihr aufzuzwingen.

»Komm schon, Brooke. Vertrau mir. Nur einen Moment lang.«

Sie erdolcht mich mit diesen stählernen Augen. Metallisch grau und voller trostloser Niederlage.

»Und wenn ich Nein sage?«, murmelt sie.

»Dann werde ich gehen.«

Die Spannung droht mein Selbstvertrauen zu erschüttern, aber sie streckt blindlings die Hand aus und ergreift die meine. Ich umklammere sie fester, sobald sie an Bord ist. Ich weigere mich, sie loszulassen, aus Angst, sie würde mir davonlaufen.

Wir landen auf dem Bett, wo ich die Papiertüten ohne ein weiteres Wort zur Seite werfe. Brooklyns Körper rollt sich instinktiv zusammen, die Arme vor der Brust verschränkt.

Ich werfe alle Vorbehalte beiseite und strecke mich ihr gegenüber aus. Unsere Köpfe sind nur wenige Zentimeter voneinander entfernt, und ich achte darauf, dass meine Beine ihre nicht berühren. Ich will sie nicht verschrecken, nachdem wir so weit gekommen sind.

»Warum bist du hier?«, fragt sie.

Mein Instinkt sagt mir, dass ich lügen muss, sei es absichtlich oder durch Unterlassung. Das wäre für uns beide unendlich viel einfacher und unkomplizierter. Aber das ist nicht der Sinn der Sache. Es gibt nur eine Handvoll Menschen an diesem gottverlassenen Ort, die von meiner wahren Aufgabe hier wissen.

»Wegen meines Bruders«, verrate ich.

»Hudson?«

»Du kennst ihn?«

»Nein, ich habe seinen Namen nur schon mal gehört.« Sie runzelt die Stirn, als würde der Name schlechte Erinnerungen wachrufen, aber sie wischt den Ausdruck schnell wieder weg. »Er ist hier?«

Ich atme seufzend aus. »Ja, er ist hier. Es ist kompliziert, aber als er verhaftet und angeklagt wurde, wollte ich ihn unbedingt schützen.«

»Ich verstehe.«

»Es war hart, dass mir diese Macht entzogen wurde. Ich war damals Student und machte meinen Master-Abschluss in Mathematik.«

»Was ist passiert?«, fragt sie.

»Um es kurz zu machen, ich habe einen Deal mit unseren Eltern gemacht. Mein Vater ist in der lokalen Regierung sehr aktiv und konnte einen Deal mit den Behörden aushandeln, im Austausch für einige ziemlich beträchtliche Spenden für das Blackwood-Programm.«

»Ernsthaft?«

»Ja. Ich hatte einen Freifahrtschein für diesen Ort, konnte mein Studium online fortsetzen und außerdem ein Auge auf Hudson werfen. Ich wollte versuchen, ihm zu helfen, gesund zu werden.«

Ihre Augen sind groß. »Das hast du für ihn getan?«

Ich schaue weg und spüre, wie Röte unter meinem Hemdkragen hochsteigt. »Er würde es für mich tun. Es ist nicht so schlimm, ich helfe in der Verwaltung und in ein paar Klassen aus, wie du weißt. Es ist es wert, für ihn da zu sein, auch wenn er mich wie Scheiße behandelt.«

»Deshalb hast du freie Hand.«

»So ziemlich. Aber das bleibt unter uns, okay?«

Brooklyn nickt zustimmend, was meine Nerven etwas beruhigt. »Du bist also … äh, normal?«

»Nun, ich mag dieses Wort nicht wirklich, aber sicher. Ich bin freiwillig hier.«

Sie starrt mich an, als wäre ich ein Rätsel, das sie nicht lösen kann, wobei ihr analysierender Blick mich nervös macht.

»Du nimmst keine Medikamente? Oder gehst zur Therapie?«

»Ah, nicht so sehr.«

Ich warte auf ihre Antwort, aber es kommt keine.

»Was ist mit dir?«, frage ich sanft.

»Mit mir? Hast du meine Akte nicht gelesen?«

Scheiße, sie hat mich erwischt.

»Das habe ich tatsächlich nicht.«

»Aber du hättest es tun können?«

Ich nicke zur Bestätigung. Es hat keinen Sinn, zu lügen. Bei den anderen habe ich es getan, aber etwas an ihr hat mich bisher zurückgehalten. Vielleicht ist es eine schwache Hoffnung, dass sie es mir vielleicht selbst sagt.

»Ich … ich habe etwas getan«, sagt Brooklyn. »Etwas Unverzeihliches.« Ein unwillkürliches Schaudern scheint sie zu überkommen. »Bitte zwing mich nicht, es zu sagen.«

»Das musst du nicht.«

Ich nutze die Gelegenheit und nehme ihre Hand. Unsere Finger verschränken sich automatisch auf eine Weise, die sich fast natürlich anfühlt.

»Du bist ein guter Mensch. Ich bin es nicht.«

Ich schüttle entschlossen den Kopf. »Ich weigere mich, das

zu glauben. Sieh dir an, wie du Eli an deinem ersten Tag behandelt hast. Und wie du dich Rio gestellt hast? Das war ein herrlicher Anblick. Er hat schon viel zu lange alle herumgeschubst und ist damit durchgekommen.«

»Diese Dinge befreien mich nicht von meinen Sünden.«

Das ist weit mehr, als ich bestreiten kann. Diese Überzeugung, die ebenso zersetzend wie falsch ist, ist ihr eindeutig eingeimpft worden.

Sie hat sie so sehr verinnerlicht, dass ich keine Chance habe, den schwärenden Hass aus ihr herauszuholen. Aber das wird mich nicht davon abhalten, es zu versuchen.

»Niemand ist nur gut, Brooke. Wir befinden uns alle irgendwo auf dem Spektrum der Moral und tummeln uns in Grautönen. So etwas wie Gut und Böse gibt es nicht. Nicht wirklich.«

Brooklyn hört mir aufmerksam zu und lässt ihren Blick über mein Gesicht gleiten. Dann schiebt sie ihren Körper näher heran und schließt allmählich die Lücke zwischen uns. Ich traue mich nicht, mich zu bewegen, besonders jetzt, da ich schon so weit gekommen bin. Ihre Knie streifen meine, und ich kann ihren Atem auf meiner Haut spüren.

»Dann sag es mir.«

»Dir was sagen?«, murmle ich zurück.

»Das Schlimmste, was du je getan hast. Ich will es wissen.« Ihre Finger drücken meine. »Ich verspreche, ich kann ein Geheimnis bewahren. Ich werde es mit ins Grab nehmen.«

Es drängt sich mir leicht ins Gedächtnis. Zu leicht. Meine schrecklichste Quelle der Scham. Sie muss es in meinem Gesicht sehen, und ein dunkles, fast schon erregtes Lächeln umspielt ihre vollen Lippen.

Ich möchte es ihr sagen, auf einer ursprünglichen Ebene. Sie ruft etwas in mir hervor, eine Schicht meiner Persönlichkeit, die ich so tief wie möglich vergraben habe, in der Hoffnung, sie nie wieder zu wecken.

Wie hat sie es in mir gefunden?

»Es ist sieben Jahre her«, gebe ich zu. »Kurz vor meinem sechzehnten Geburtstag.«

Die Worte platzen heraus. Während ich spreche, legt Brooklyn ein Bein über meines und verschränkt sich mit mir, um mich zu fixieren. Ihre Wärme treibt mich an den Abgrund, und noch mehr schändliche Geheimnisse entweichen meinen Lippen.

»Da war dieses Mädchen, Amy. Sie war ein paar Monate älter als ich. Wir waren noch Kinder, küssten uns hinter Gebäuden und tauschten endlose SMS aus. Innerhalb weniger Wochen waren wir beide vernarrt ineinander.«

Sie hängt an meinen Lippen, und ihre Aufmerksamkeit ist fast zu groß, um sie zu ertragen. Es ist, als würde sie meine Geheimnisse gierig verschlingen und sie für sich selbst verstecken.

Das ist so lange ein Geheimnis geblieben, aber sie zieht die schmutzigen Schatten in die Freiheit. Ich kann es nicht aufhalten.

»Sie wurde krank. Sie hat sich in der Schule übergeben.« Ich schlucke schwer und zwinge Feuchtigkeit in meinen trockenen Mund. »Ich hatte schreckliche Angst. Als der Test positiv ausfiel und bestätigte, dass sie schwanger war, war es, als ginge die Welt unter.«

Brooklyns Augen scheinen weicher zu werden.

»Rückblickend war ich so oberflächlich.« Ich schnaube über mich selbst. »Das war egal, die Welt ging ja nicht unter. Aber mein Vater verlangt Perfektion von mir. Das hat er immer getan. Ich wusste, wenn er es herausfindet, war es das für mich. Für meine Zukunft.«

»Was hast du getan?«

Ich halte inne, Amys Gesicht füllt meinen Blick. Sie hatte süße, rosige Wangen und braune Locken, mit einem breiten Lächeln, das alle und jeden bezauberte.

Als Klassenbeste war sie eine Meisterin der Violine. Ihr

Talent war unübertroffen. Schon mit sechzehn Jahren war ihre glänzende Zukunft gesichert.

»Ich habe ihr gedroht und gesagt, dass keine Musikschule jemals eine Mutter im Teenageralter mit einem schreienden Baby aufnehmen würde. Ihre Eltern waren besessen von ihrem Image und ihrem Ruf.«

Brooklyn nickt und hängt an jedem Wort, auch wenn mir schlecht wird, weil ich diese schmutzige Wahrheit laut ausspreche.

»Ich habe ihr Angst und sie mürbe gemacht, dass es keine andere Möglichkeit gibt, als es loszuwerden. Sie weinte, flehte mich um Hilfe an und sagte mir, dass wir es schaffen könnten … eine Familie zu sein.«

»Und?«, hakt sie nach.

»Ich sagte: ›Nein. Das wird nie passieren.‹«

Ich schließe kurz die Augen. Die Trauer ist überwältigend, selbst jetzt. Es ist, als würde ich von einem Fremden sprechen, obwohl ich in Wirklichkeit der Bastard in dieser Geschichte bin. Mein arrogantes jüngeres Ich. Wie Brooklyn sagte, *unverzeihlich.* Dieses Wort haben wir uns beide verdient, wie es scheint.

»Wo ist Amy jetzt?«

Ich bereite mich darauf vor, die Wahrheit zum ersten Mal laut auszusprechen. »Sie ist tot. Und das schon seit sieben Jahren. Sie hat es nicht einmal bis zur Musikschule geschafft.«

»Wie ist sie gestorben, Kade?«

Brooklyns Stimme ist sanft und hypnotisierend, sie verlockt mich, weiterzumachen. Sie stiehlt meine Sünden und schluckt sie ganz, aber sie ist immer noch gierig nach mehr.

»Komplikationen bei einer illegalen Abtreibung. Tot innerhalb weniger Tage nach diesem verdammten Test.«

Es gibt eine lange Pause, in der wir beide in den Blick des anderen vertieft sind. Der Schmerz in meiner Brust erreicht seinen Höhepunkt und ebbt ab, zusammen mit den Worten, die ich gerade ausgesprochen habe. Ich kann sie jetzt nicht mehr zurücknehmen, sie sind da draußen und außerhalb meiner Kontrolle.

»Ich habe mich nie gemeldet und das Kind als meines anerkannt«, fahre ich fort. »Alle haben gehört, was passiert ist, und sie verurteilt. Sie haben böse Gerüchte in die Welt gesetzt, aber unsere Affäre war immer ein Geheimnis.«

»Wie kommt das?«, drängt Brooklyn.

»Wir hatten beide Angst, dass unsere Familien es herausfinden würden. Bis heute wissen sie nicht, dass ich es war, der sie geschwängert hat.«

Ich bin bereit, dass Brooklyn sich zurückzieht oder mich angewidert aus ihrem Zimmer wirft. Sie hat das Recht dazu, nachdem sie diese Geschichte gehört hat. Ich wäre auch angewidert. Zum Teufel, das bin ich jeden Tag, wenn ich in den Spiegel schaue und mich an die Vergangenheit erinnere.

»Wie du siehst, habe ich es wohl wirklich verdient, hier zu sein«, sage ich schließlich.

»Nein, hast du nicht. Kein bisschen. Du warst ein Arschloch, aber wer ist das nicht?«

Ich kann mir das gebrochene Lachen nicht verkneifen, das aus mir herausbricht. »Ich war ein verdammter Feigling.«

Ihre Lippen verziehen sich zu einem kleinen Lächeln. »Wir sind alle Feiglinge, Kade. Wir rennen aus Angst vor unserer Vergangenheit davon, vermeiden das Unvermeidliche. Am Ende findet es immer zu uns zurück.«

Ihr Kopf sinkt auf das Kissen und ihre Augen fallen zu. Sie schmiegt sich enger an mich, fast so, als würde sie von den Leichen in meinem Keller getröstet, die ich gerade enthüllt habe.

Als ich den Guten gespielt habe, hat sie mich hartnäckig weggestoßen. Aber jetzt, da ich mir meine Fehler eingestehe und meine Dunkelheit mit ihr teile? Sie kuschelt sich an mich wie ein verdammtes Hündchen und badet in der Trauer.

Dieses Mädchen ist nicht richtig. Kein bisschen.

Ich konnte Amy nicht retten, und ich werde den Rest

meines Lebens damit verbringen, das wiedergutzumachen und all die anderen hoffnungslosen Opfer an ihrer Stelle zu retten. Es spielt keine Rolle, wie sehr es mich jeden Tag innerlich umbringt.

Hudson. Phoenix. Eli. Und jetzt? Brooklyn auch. Wir sind eine Familie, und niemand wird unter meiner Aufsicht untergehen.

KAPITEL 13
BROOKLYN

TEARS DON'T FALL – BULLET FOR
MY VALENTINE

ICH HABE meine ersten Wochen in Blackwood überlebt. Die Anpassung an den regulären Unterricht ist gut gelungen, vor allem, weil die Jungs mir Gesellschaft leisten und mir bei der Arbeit helfen.

Ich habe nicht die Absicht, die Bücherstapel auf meinem Schreibtisch in Angriff zu nehmen. Die Gruppentherapie beginnt erst nächste Woche, also muss ich diese Horrorshow noch nicht über mich ergehen lassen.

Ich gehe im Zimmer auf und ab, während sich das Abendlicht durch den kleinen Raum streckt. Kade kommt mich bald zum Abendessen abholen. Ich schlage nur die Zeit tot. Die Papiertüten mit den Sachen, die er mir gegeben hat, liegen immer noch unter dem Schreibtisch, wo ich sie hingeworfen habe, nachdem er gegangen ist.

Wie ich es geschafft habe, in dieser Nacht vor ihm einzuschlafen, werde ich nie erfahren. Es ist schon schwer genug, allein zu schlafen, geschweige denn in Gegenwart eines anderen. Ich fange an zu glauben, dass ich ihn vorschnell verurteilt habe.

Mit einem geschlagenen Seufzer leere ich die Tüten auf dem Bett aus. Habe ich mich überhaupt bedankt, bevor ich ihn wegen der Geschenke angefahren habe? Ich bin ein Arschloch. Sie haben mir eine Reihe von Dingen geschenkt, nichts davon neu.

Diese Sachen gehören eindeutig ihnen, und sie haben sie … mir gegeben? Die Band-T-Shirts sind definitiv von Eli. Er ist der Kleinste, und ich sehe keinen der anderen, der *Iron Maiden*-Sachen trägt.

Ich fahre mit den Fingern über den weichen Kapuzenpullover, der darunter verborgen ist. Es ist ein hellerer Grauton als sein üblicher. Mein Herz schlägt Purzelbäume, als ich die Auswirkungen dieser Geste spüre. Ich hebe ihn an meine Nase und schnuppere daran, genieße den vertrauten Zitrusduft, den ich mit ihm verbinde.

Verdammt noch mal.

Wann habe ich angefangen, mich dafür zu interessieren?

Phoenix' Geschenke bestehen aus einer süßen Mütze und einer indigoblauen Decke für das Bett. Ich breite sie sofort aus und lächle über das gemütliche Arrangement.

Es gibt auch ein paar Biere, was mich zum Lachen bringt. Woher hat er die? Das kann ich mir nicht einmal ansatzweise vorstellen. Aber ich bin dankbar, ich habe schon viel zu lange nichts mehr getrunken.

Zu guter Letzt: Kade. Er hat mir ein paar neue Toilettenartikel gegeben, um die konfiszierten zu ersetzen, sowie einen einfachen Rucksack, gefüllt mit Schreibwaren und neuen Notizbüchern. Ich halte inne und das verdammte Gefühl in meiner Brust bläht sich auf.

Mein Gott, was machen diese Typen nur mit mir? Sie schleichen sich ein, egal wie sehr ich versuche, die Gefühle zu verdrängen. So etwas hat noch nie jemand für mich getan, nicht, seit meine Eltern gestorben sind und mich in der Welt allein gelassen haben. Mein Blick wandert hinüber zum Nachttisch.

Die Polaroid-Fotos sind in der Schublade vergraben. Die Versuchung, sie anzusehen, kehrt zurück. Meine Finger nähern sich dem Griff, aber ich halte mich zurück, weil ich die Konsequenzen fürchte.

Als ich das letzte Mal auf ihre Gesichter geschaut habe, musste ich mit drei Stichen genäht werden. Wenn das so ist, sollte ich vielleicht hinschauen, damit ich aufhöre, Pillen zu zählen, und die Dinge auf die altmodische Art und Weise erledige.

Aber ich weiß besser als jeder andere, dass man es richtig machen muss, um Erfolg zu haben. Deshalb habe ich mir in der letzten Woche etwas mehr Zeit genommen, um meinen Vorrat noch weiter aufzustocken. Es ist leicht, bewusstlos zu werden und nur die Hälfte der Arbeit zu erledigen. Dann bekomme ich nie wieder eine Chance.

Ich ziehe mir eines der neuen T-Shirts an, auf dem vorn *Red Hot Chili Peppers* draufsteht. Ich erlaube mir ein kleines Lächeln, ziehe meine neonpinken Docs an, schnappe mir meine Lederjacke und setze aus einer Laune heraus die Mütze von Phoenix auf.

Ich ziehe es normalerweise vor, das Abendessen auszulassen, da mein Magen zu unruhig ist, um sich mit Essen zu beschäftigen. Es hat sich herausgestellt, dass das Absetzen von Medikamenten kein Spaß ist. Aber Kade hat es offenbar auf sich genommen, das in Ordnung zu bringen, deshalb werde ich heute Abend in die Cafeteria begleitet.

Ich gehe die Treppe hinunter und halte Ausschau nach Wärtern, bevor ich mir auf dem Rasen eine Zigarette anstecke und mich an eine blöde dekorative Statue lehne.

Patienten auf dem Weg nach draußen werfen mir neugierige Blicke zu, aber ich ignoriere sie alle und rauche weiter. Der Vorfall in der Sportstunde hat mir einen gewissen Ruf eingebracht.

»Hey, Brooklyn!«

Phoenix joggt mit seinem typischen strahlenden Lächeln herüber. Er kommt viel zu nahe, schnappt sich die Zigarette zwischen meinen Fingern und tritt zurück, als er einen Zug nimmt.

»Du schließt dich uns ausnahmsweise an, was für ein Vergnügen. Schöne Mütze.«

»Gewöhne dich nicht daran. Und danke, irgendein Spinner hat sie mir gegeben.«

»Er hat eindeutig einen guten Geschmack«, stichelt er.

»So weit würde ich nicht gehen.«

»Autsch.«

Er zwinkert mir zu, als die anderen zu uns stoßen. Eli schlurft an meine Seite und nickt mir zu. Seine dunklen Locken sind frisch und schwungvoll. Er muss gerade geduscht haben.

Sein Blick wandert über das Shirt, das unter meiner Jacke hervorschaut, und er lächelt so, dass sich meine Zehen krümmen. Mein Gott, ich spiele hier mit dem Feuer.

»Kommt ihr Idioten?«, ruft Kade.

Mir fällt fast die Kinnlade herunter, als ich sein legeres Outfit betrachte. Das übliche Hemd und die schicke Hose sind nirgends zu finden. Stattdessen trägt er eine graue Jogginghose und ein enges schwarzes T-Shirt, das mehr Muskeln zeigt, als mein Gehirn verarbeiten kann.

Heiliger Strohsack.

Ich bin am Arsch.

Phoenix hakt seinen Arm bei mir ein und zieht mich mit, um sich den Horden von Menschen anzuschließen, die über den Platz laufen. Ich spüre Kades Blick auf mir, aber ich reagiere nicht, sondern halte bewusst Abstand.

Die Dinge zwischen uns sind nach jener Nacht immer noch seltsam. Er ist anmaßender denn je und mustert mich ständig. Ich kann nur daran denken, wie er mir gegenüber auf dem Bett liegt und seine dichten Wimpern traurige haselnussbraune Augen umrahmen.

Oder das Gefühl seines Beines auf meinem, und sein Gesicht so nah, dass ich seinen Atem hören konnte, als er seine Sünden beichtete. Ich kann diese Nacht nicht hinter mir lassen. Sie hat etwas mit mir gemacht.

Verstrick dich nicht, erinnere ich mich.

Ich kann es mir nicht leisten, mich um diese Leute zu sorgen.

In der belebten Cafeteria reihen wir uns in die Warteschlange ein und laden unsere Tabletts auf. Ich wähle einen kleinen Salat aus, der für meinen Magen nicht allzu bedrohlich aussieht, aber Phoenix stiehlt mir meinen Teller und murmelt, während er eine riesige Portion Lasagne darauf kippt.

»Iss das, verdammt noch mal«, befiehlt er.

»Meine Güte. Ja, Sir.«

»Braves Mädchen.«

Irgendwie mag ich diese herrische Version von ihm, knurrig und schroff. Wir drängen uns um ihren üblichen Tisch, und die Konversation kommt leicht in Gang. Die Leichtigkeit, mit der sie mich trotz meines Verhaltens in die Gruppe aufgenommen haben, hat etwas Beruhigendes.

»Aufgepasst, Kade. Hudson und Britt sind gerade reingekommen.«

Phoenix' leises Flüstern entlockt seinem Freund ein Stöhnen.

»Das ist einfach großartig.«

»Hey, wenigstens haben sie dieses Mal etwas an.«

»Das ist mal was anderes«, grummelt Kade.

Ich halte meinen Kopf gesenkt und schiebe das Essen auf meinem Teller hin und her. Verdammter Hudson. Dieser Name ist verflucht. Ich bin nicht gerade scharf darauf, jemanden zu treffen, der mich nur an die Vergangenheit erinnern wird.

Selbst wenn er ein anständiger Mensch ist − was er nach allem, was ich gehört habe, nicht ist −, werde ich diesen verdammten Namen nicht vergessen können. Es sind zu viele schlechte Erinnerungen damit verbunden.

»Kade! Hatte ich nicht gesagt, du sollst den verdammten Termin absagen?«

Er muss ganz in der Nähe sein und marschiert mit wütenden Schritten auf den Tisch zu. Diese Stimme jagt mir einen Schauer über den Rücken. Sie ist erschütternd vertraut in ihrer Schroffheit.

Mein Blut gefriert, während mir das Herz in die Hose rutscht. Oh, verdammte Scheiße. Das kann doch nicht sein. Das Universum hasst mich doch nicht so sehr? Mit dem letzten Quäntchen Willenskraft, das mir zur Verfügung steht, sehe ich auf und erblicke den Mann, der neben seinem Bruder zum Stehen kommt.

Er trägt dunkle zerrissene Jeans und ein enges T-Shirt, und sein Outfit offenbart die gemeißelten Bauchmuskeln, die ich nur zu gut kenne. Ich bin mehrmals mit meiner Zunge darübergefahren und habe den salzigen Geruch seines Schweißes geschmeckt, nachdem wir im Dunkeln wie die Karnickel gefickt haben.

Seit unserem letzten Gespräch vor fünf Jahren hat er zugelegt und ist in sein Aussehen hineingewachsen. Es tut immer noch weh, als wäre es gestern gewesen.

Alle Geräusche verschwinden.

Die Wasserflasche in Hudsons Hand fällt zu Boden, und sein Gesicht erschlafft vor lauter Schock. Seine kristallklaren blauen Augen weiten sich so sehr, dass es fast schon komisch ist. Ein neues Augenbrauenpiercing verschwindet in seinem pechschwarzen Haarschopf.

Ich erkenne die Strähnen, in denen ich früher meine Finger vergraben habe. Volle Lippen, die mich mitten in der Nacht anbeteten, wenn sie nicht gerade Lügen und Manipulationen flüsterten, um mich weiter zu kontrollieren. Seine verdorbene Seele hat mir alles genommen.

Das kann doch nicht wahr sein.

Vorsichtig lege ich meine Gabel ab. Ein seltsames Gefühl der Ruhe macht sich breit. Ich habe auf diesen Tag gewartet, habe Nacht für Nacht davon geträumt, während ich mein gebrochenes Herz wieder zusammensetzte und meine Rache plante, falls ich sein Gesicht jemals wiedersehen sollte.

Ich habe die Gefühle so verdammt tief in mich hineingestopft, dass sie in die Gruben meines Herzens gesunken sind und alles um sie herum vergiftet haben. Die Erinnerungen verfolgten mich noch jahrelang in jedem Kerl, der nach ihm kam. Er hat sie alle für mich ruiniert.

»W-was … Brooke?«

Am Tisch herrscht betretenes Schweigen, und alle Augen sind auf mich gerichtet. Kade blickt besorgt zwischen uns beiden hin und her. Phoenix ist bereit, näher zu kommen.

Sogar Eli ist aufmerksam, hat die Kapuze ab- und die Kopfhörer herausgenommen. Sie beobachten den Autounfall in Zeitlupe und sind nicht in der Lage, das Unglück aufzuhalten, das geradeaus auf sie zurast.

»Hallo, Hudson.«

Meine Stimme klingt nicht wie meine eigene. Sie ist dunkel, wütend und anklagend. Natürlich ist er hier. Hier gehören Monster hin. Ich sollte nicht überrascht sein.

Er wird genau zu den anderen verräterischen Bastarden passen, die sich in diesen Hallen aufhalten. Während er mich weiter anstarrt, ballen sich seine Hände schnell zu festen Fäusten.

»Du bist hier.«

»Ich denke, das ist verdammt offensichtlich«, gebe ich zurück.

Er schluckt schwer. »Wie? Warum?«

Ich richte mich langsam auf, schiebe mein Tafelmesser in meinen Ärmel und halte den Augenkontakt aufrecht, ohne ihm einen Blick auf das Chaos unter meinem stählernen Äußeren zu gewähren. Ich bin eiskalt und messerscharf, bereit, ihm eine Kostprobe seiner eigenen Medizin zu geben.

»Ich weiß nicht, ob es dich etwas angeht, warum ich hier bin.«

»Das ist … Meine Güte. Ich kann nicht glauben, dass du es bist«, stammelt Hudson.

»Ich wette, du wolltest mich nie wiedersehen.«

Mit vor Wut verkrampftem Kiefer wendet Hudson schließlich den Blick ab. Er sieht seinen Bruder flehend an und bittet ihn im Stillen um Hilfe. Anscheinend liegt Feigheit in der verdammten Familie.

»Ich habe nie aufgehört zu hoffen, dich zu sehen«, murmelt er mit tiefer, kehliger Stimme. »Ich habe versucht, dich zu finden.«

»Erspar mir die Lügen, Hud. Ehrlich gesagt bin ich froh, dass du mich nicht gefunden hast.«

Eine verdrehte Erinnerung kehrt zurück, füllt meine Vision und verfestigt meine Wut. Mein Körper war auf ihm, während er einen Gürtel um meinen Arm wickelte und eine Spritze füllte.

Er sah hungrig zu, wie ich mir den Schuss setzte, mich schnell entspannte und auf die dünne Matratze sank. Wärme und Adrenalin strömten mit der Substanz in meinen Adern durch mich hindurch.

Ficken und zudröhnen – das war alles, wofür er je gut war, und das war es, was uns unweigerlich auf ein katastrophales Ende zusteuerte.

»Brooklyn?«

Kade steht auf und sieht so verwirrt und verloren aus. Ich habe fast Mitleid mit ihm. Er hat wirklich keine Ahnung, mit was für einem Monster er verwandt ist.

»Ich wusste nicht, dass dein Bruder *dieser Typ* ist.«

»Woher kennt ihr beiden euch eigentlich?«, wirft Phoenix ein.

Ein verbittertes Lachen steigt in mir auf. »Willst du es ihnen sagen oder soll ich?«

Hudsons Mund klappt mehrmals auf und zu. Er ist blass, zu blass. Er sieht aus, als wäre ihm schlecht, und das gefällt mir verdammt gut.

Ich möchte auf seinen Körper einschlagen, bis seine Knochen brechen und seine Haut aufplatzt und nichts als ein blutiger, verkrüppelter Sack mit toten Organen zurückbleibt. Selbst dann würde ich ihm nicht verzeihen.

»Ich … äh. Nun …«

Er stolpert über seine Worte wie ein verängstigtes Kind. Er sieht mich gebrochen an, und die Verzweiflung in seinem Gesicht ist so deutlich, dass mir das Wasser im Munde zusammenläuft vor Verlangen. Genau so will ich ihn sehen. So und noch schlimmer. Viel schlimmer.

Ich vergewissere mich, dass das Messer sicher versteckt ist, verlasse den Tisch und stelle mich vor sein stoppeliges, kantiges Gesicht, sodass nur wenige Zentimeter zwischen uns liegen.

Ich bin nah genug, um in seinem berauschenden männlichen Duft zu baden. Er ist so schmerzhaft vertraut, dass ich mir die Haut abziehen möchte, um ihn loszuwerden.

»Sag es, Hud. Sag es, verdammt noch mal.«

Er schüttelt den Kopf und versucht, meine Hand zu ergreifen, was ihm nicht gelingt, da ich sie zurückreiße. Er fleht mich stumm an, nachzugeben. Ihn vom Haken zu lassen. Wie auch immer.

Das wird auf gar keinen Fall passieren. Nicht nach dem, was er mir damals angetan hat. Ich werde ihn seine Sünden nie vergessen lassen.

»Brooke, Amsel. Es tut mir so leid …«

Bevor er zu Ende sprechen kann, verpasse ich ihm eine schallende Ohrfeige. »Wie kannst du es wagen! Ich bin nicht deine verdammte Amsel. Nicht mehr.«

Ich lasse der Ohrfeige eine weitere folgen und schlage ihn immer wieder, bis er zu Boden fällt. Er weicht meinem wilden Angriff aus und versucht, mich zurückzuhalten, ohne mich körperlich zu verletzen, als würde seine Sanftheit jetzt einen Unterschied machen.

Der Schaden, den er vor langer Zeit angerichtet hat, kann

nicht mehr rückgängig gemacht werden. Ich möchte fast, dass er mir körperlich wehtut, um die Wunden zu bestätigen, die er verursacht hat und die niemand außer mir je sehen kann.

»Brooklyn! Hör auf!«

»Jemand muss sie festhalten!«

»Schnell, der Sicherheitsdienst kommt!«

Ich sehe nur rot. Nicht die Realität, auch nicht die aufblühenden Freundschaften um mich herum oder die Fürsorge, die mir entgegengebracht wird. Nur das pure, unverfälschte Bedürfnis, diesem Bastard wehzutun. Ihn auch nur einen Hauch von dem spüren zu lassen, was ich durchgemacht habe.

Ich verdiene vielleicht nicht zu leben, aber er auch nicht.

Lass ihn bezahlen. Lass ihn leiden.

Schlitz ihn auf, befiehlt der Teufel in meinem Kopf.

Das Messer gleitet in meine Hand, und ich lege los. Ich setze meine ganze Kraft in die Bewegungen und hoffe, maximalen Schaden anzurichten. Mein Körper ist im Vergleich zu seinem schwach, aber mit jedem Stich, der mir gelingt, fließt Blut.

Es blüht durch den dünnen Stoff seines weißen T-Shirts wie ein Aquarell. Verdammt schön. So fühlt es sich an.

Hände greifen nach meinem Körper und ziehen mich hoch, um mich von Hudson loszureißen. Kade stellt sich zwischen uns, ganz der Friedensstifter. Scheiß drauf. Ich werde ihn verletzen, um an seinen Bruder heranzukommen, wenn es sein muss.

Phoenix drückt mich mit Armen wie Stahlbänder an seinen Körper und sagt mir, ich solle mich beruhigen, aber es ist vergeblich. Wut durchströmt mich, stärker als jede Droge, die mir je injiziert wurde. Feurige Wut besiegelt meine Entschlossenheit.

Ich werfe meinen Kopf zurück und höre Phoenix vor Schmerz aufschreien. Ich entziehe mich seinem Griff und stürze mich auf Kade. Ich knurre und fluche wie ein tollwütiges Tier. So fühlt es sich an, wenn man die Kontrolle verliert, und es ist so verdammt befriedigend.

Letztendlich sind es die Wärter, die uns auseinanderbringen. Wie unsichtbare Wachen, die aus dem Nichts auftauchen, erinnern sie uns alle daran, dass dies nicht die echte Welt ist. Man kommt nicht einfach ungestraft davon und kann seine Wunden lecken.

Sie sind immer auf der Hut, bereit einzugreifen, wenn es nötig ist. Ich bin zwischen den stämmigen Männern eingeklemmt, wobei einer meine Arme nach hinten reißt und meine Finger quetscht, bis ich die Waffe loslasse.

Heiße Tränen fließen in Strömen, während mein Gesicht auf den Boden gedrückt wird. Es ist genau wie in den guten alten Zeiten. Das Clearview-Special, fixieren und bestrafen.

»Verabschiede dich, du Psycho. Nach dieser Aktion werden sie dich nie wieder rauslassen.«

Der Wärter schreit, aber das ist mir egal. Völlig egal. In den Sekunden, bevor ich weggezerrt werde, sehe ich Kade, der neben seinem Bruder auf dem Boden kniet. Phoenix und Eli stehen wie erstarrt da und sehen mich hilflos an.

Dann ist da noch Hudson. Seine Hand ist auf seinen Unterleib gepresst, aber die blutenden Verletzungen, die ich ihm zugefügt habe, scheinen ihn nicht einmal zu stören. Seine Aufmerksamkeit ist auf mich gerichtet, als ich weggebracht werde, sein Gesichtsausdruck ist irgendwo zwischen Unglauben und Mitleid gefangen.

Ich hasse sie. Ich hasse sie alle.

Ich hoffe, mein Tod *bringt sie um*.

KAPITEL 14
HUDSON

LET YOU GO – MACHINE GUN
KELLY

ICH KNÜLLE das Papier in meiner Hand zusammen und werfe es über den Schreibtisch zu den anderen. Sechs Versuche, und ich kann immer noch kein einziges Wort schreiben. Kade sieht mir schweigend von seinem Platz gegenüber zu, bevor er wieder auf seinen Laptop-Bildschirm blickt.

Ich nehme ein neues Blatt Papier und halte meinen Stift bereit. Richtig. Verbrauchermarketing. Als ich die Spitze nach unten drücke, verliere ich schnell die Konzentration und kritzle wütend vor mich hin, sodass ein großes Loch in die Mitte des Blattes gerissen und überall Tinte verschüttet wird.

In meinem Kopf blicken mich die vertrauten Sturmwolkenaugen an. Ihre Pupillen sind geweitet, während ihre Lippen meinen Schwanz umschließen und ihn so verdammt tief in sich aufnehmen, dass ich mich kaum noch zurückhalten kann.

Sie wusste immer genau, wie ich es mag, und hat mich nie enttäuscht. Meine schmutzige kleine Amsel. Eine weitere Fantasie kommt.

Ihre Hände sind mit meinem Gürtel am Bettgestell befestigt, und ihr Körper ist offen und entblößt. Perfekte

Titten, die nach mir rufen, aber ich wende den Blick ab und konzentriere mich auf das Bein, das auf meiner Schulter ruht.

Meine Finger suchen nach einer Vene, die ich anzapfen kann. Sie windet sich und fleht mich an, ihre süße Muschi zu kosten, während die Drogen ihren Zauber auf sie ausüben. Wir waren zusammen so krank und verdorben.

»Hudson?«

Kades Hand landet auf meinem Arm. Ich öffne die Augen, und die Bilder schmelzen dahin. Er sieht mich mit gerunzelter Stirn an, seine schwarz gerahmte Brille sitzt leicht schief unter seinem hellblonden Haar.

Wir alle befinden uns im Moment in einem ewigen Zustand der Angst. Sie ist seit einer ganzen Woche weg. Menschen, die in den Keller gehen, in Einzelhaft, bis sie stabil genug sind, um zurückzukehren … sie kommen anders zurück. Kaputter, als sie reingegangen sind.

Die vier Wände rücken näher, und die Zeit schmilzt zur Bedeutungslosigkeit. Das schreit nach Wahnsinn. Ich mache mir keine Illusionen. Ich war schon einmal dort. Zwei Tage reichten aus, um mir eine Heidenangst einzujagen.

»Wann wirst du mit mir reden?«, seufzt Kade.

Kopfschüttelnd sammle ich meine zerstörten Papiere ein und gehe zum Mülleimer, um sie mit all meinem Frust hineinzuschmeißen. Um sicherzugehen, trete ich auch noch dagegen. Dämlicher verdammter Mülleimer.

»Werde ich nicht. Niemals.«

Er zuckt mit den Schultern. »Ich werde sie erst nach eurer Geschichte fragen, wenn sie zurückkommt.«

Falls sie es jemals tut.

»Wage es ja nicht. Lass sie aus dem Spiel, Kade.«

»Wie? Brooklyn ist der Grund, warum du in diesem Zustand bist. Sie hat versucht, dich zu erstechen! Das ist eine große Sache. Was ist zwischen euch beiden passiert? Was hat sie getan?«

»Nichts. Es geht nicht darum, was *sie* getan hat, du Idiot.«

Es ist das, was ich getan habe. Das Undenkbare.

Kade klappt seinen Laptop zu und lehnt sich in seinem Stuhl zurück. Er verschränkt die Arme über seinem üblichen Hemd, während er mich begutachtet.

»War das bevor oder nachdem du zu uns gekommen bist?«

»Vorher.«

»Im Pflegekinderwesen?«, hakt er nach.

Die dunklen Erinnerungen überfallen mich. St. Anne's war ein katholisch geführtes Kinderheim, in dem ich meine Amsel zum ersten Mal traf. Es lag in einer abgelegenen Stadt auf dem Land und war weit entfernt von dem Luxus der Londoner Vorstädte, in denen ich schließlich landete.

Kades Familie adoptierte mich, als ich sechzehn war. Ich ließ das Elend des Kinderheims hinter mir. Ich ließ sie zurück, allein und völlig zerstört von allem, was ich getan hatte. Meine Amsel war gebrochen.

»Ja, ich kannte sie damals.«

Das ist alles, was ich sagen kann. Der Rest ist zu schrecklich.

»Was ist passiert?«

Ich schlage meine Handfläche auf den Schreibtisch. »Hörst du jemals auf?«

»Ich versuche nur, dir zu helfen, Hud. Du musst darüber reden.«

»Nein, muss ich nicht. Denn nichts wird jemals wiedergutmachen, was ich getan habe.«

Kade hält zum Glück die Klappe. Die ganze Woche ist er mir wie ein Wachmann gefolgt, und das ist einfach zu viel.

Ich verstehe schon. Er will helfen, aber es ist völlig unerwünscht. Er sollte im Büro der Direktorin sein, um sie zu überzeugen, Brooklyn freizulassen.

Außerdem gebe ich ihr nicht die Schuld für das, was in der Cafeteria passiert ist. Ich habe es verdient. Aber die Art, wie sie auf mich zukam … Sie ist nicht mehr das schüchterne, aber überraschend feurige Mädchen, das ich einmal kannte. Das ist nicht der Ort, an den sie Engel schicken. Wir sind hier alle verdammte Teufel.

»Du musst dich fernhalten, wenn sie zurückkommt.« Kade zeigt mit dem Finger auf mich, seine Stimme ist knallhart. »Ich meine es ernst.«

»Ich kann nicht«, murmle ich.

»Das wirst du. Sie braucht dich nicht und mag dich offensichtlich nicht.«

Das Schlimmste daran ist, dass es mich nicht einmal interessiert. Jetzt, da ich sie gesehen habe, ihre durchscheinende Haut und ihr Haar, das heller ist als frischer Schnee, bin ich wieder völlig verzaubert.

Wie zuvor habe ich mich Hals über Kopf verliebt, ohne auch nur innezuhalten. Ich werde sie nur verletzen, wenn ich hierbleibe. Warum kann ich also nicht loslassen?

Die Tür zur Bibliothek öffnet sich. Ich blicke auf und suche sofort nach ihr. Enttäuschung macht sich in mir breit, als stattdessen Phoenix und Eli auftauchen. Verdammt noch mal, sie kommt nicht.

Selbst wenn sie sie rauslassen, bin ich die letzte Person, die sie sehen will. Aber sie wird mir noch früh genug gegenübertreten müssen. Wenn sie wieder schreien und auf mich einschlagen muss, dann soll es so sein. Ich werde es hinnehmen. Was auch immer sie zu mir zurückbringt.

»Irgendetwas?«, fragt Kade verzweifelt.

Phoenix schüttelt den Kopf. »Nein. Keine Spur von ihr.«

»Scheiße. Das ist lächerlich.«

All ihre Augen sind auf mich gerichtet und Zorn verzerrt ihre Züge. Mit geballten Fäusten wende ich meine Aufmerksamkeit wieder dem Lehrbuch zu und lese die Worte, ohne sie zu verarbeiten. Mein Gehirn ist in einem Zustand völliger Taubheit gefangen, denn ich weiß, dass das alles meine Schuld ist.

»Und was machen wir jetzt?«, brummt Phoenix.

»Niemand will mit mir über sie reden«, antwortet Kade. »Ich wurde ausgeschlossen.«

»Du musst etwas wissen!«

»Ich bin genauso frustriert wie ihr alle. Es gibt nichts, was wir tun können.«

Phoenix lässt niedergeschlagen die Schultern hängen und flucht. »Ich hasse das.«

»Was kümmert euch das überhaupt?«, zische ich sie an.

Finstere Blicke werden in meine Richtung geworfen, was mir sagt, dass es eindeutig die falschen Worte waren. Sogar meine sogenannten Freunde hassen mich im Moment. Das ist kein schönes Gefühl, aber ich bin es gewohnt, hier der Bösewicht zu sein.

»Während du Britt gevögelt hast und der beschissenste Mensch der Welt warst, haben wir Brooklyn kennengelernt und ihr beim Einleben geholfen«, schimpft Kade. »Also hör auf, dich so anzustellen, und wach auf, Hud. Du bist nicht der Einzige, der stinksauer ist.«

Ich möchte ihm fast auf die Schulter klopfen, dass er es endlich einmal so sagt, wie es ist.

»Uns liegt genauso viel daran wie dir, wenn nicht sogar mehr«, mischt sich Phoenix ein.

Auch Eli nickt und kaut ängstlich auf seiner Lippe. Er sieht nicht gut aus, noch verwaschener und nervöser als sonst, während er sich verstohlen umsieht.

Alle drei sorgen sich. Es ist völlig offensichtlich, und ich kann nichts gegen die Eifersucht tun, die diese Erkenntnis mit sich bringt. Es liegt nicht an ihnen, sich um sie zu sorgen.

»Gut, dann helft mir, das in Ordnung zu bringen«, flehe ich.

»Wie?«, blafft Kade.

»Ich weiß es nicht. Wir vier müssen uns etwas einfallen lassen.«

Ein Klingeln ertönt, und Kade drückt mehrere Tasten auf seinem Handy, um es schnell zum Schweigen zu bringen. Er muss vorsichtiger sein. Technisch gesehen dürfen wir zwar telefonieren, aber der Internetzugang wird streng überwacht, ebenso wie alle eingehenden Anrufe.

»Es geht um deinen Termin heute Nachmittag mit dem Anwalt.«

Er wirft mir einen geladenen Blick zu. Gerade als ich ihn zum millionsten Mal einen Vortrag halten will, kommt mir eine Idee. Das Management wird nie auf uns hören.

Wir sind eine Gruppe von verdammten Straftätern mit einem Vorstrafenregister, das die meisten Gefangenen in den Schatten stellt. Offenbar hören sie nicht einmal auf Kade, der hier offensichtlich weniger Einfluss hat als bisher angenommen.

»Das ist es«, rufe ich aus.

Kade ist natürlich der Erste, der es versteht. »Verdammt. Du hast recht!«

»Kann mich jemand aufklären?«, jammert Phoenix.

»Der Anwalt. Er ist hier, um mich über meinen Fall zu informieren, aber wir werden ihn stattdessen benutzen, um Brooklyn zu befreien.«

»Was? Wie?«

»Wir könnten sagen, dass sie sie ohne Grund festhalten oder was auch immer. Er wird genau wissen, was er zu tun hat, und die Strafe wird keinen Bestand haben.«

Die Worte sprudeln nur so aus mir heraus, während meine Erleichterung wächst. Das könnte funktionieren. Wenn wir sie zurücklassen, werden sie sie verrotten lassen, ungeachtet des Tributs, den die Einzelhaft unweigerlich auf ihren Geist erheben wird. Ich kann nicht einfach hier sitzen, während sie sie langsam, Tag für Tag, kaputtmachen.

Kade schreitet davon. »Ich werde den Anruf tätigen.«

»Was dann?«, fragt Phoenix.

»Hm?« Ich drehe mich zu ihm um.

»Sie hasst dich abgrundtief, Hud. Du musst das in Ordnung bringen.«

Ich schaue weg und spüre die heiße, klammernde Umarmung der Scham. Was ist mein Plan hier? Auf den Knien um Vergebung betteln? Ich glaube, ich habe mich in meinem ganzen Leben noch nie für irgendetwas entschuldigt. Das ist es, was sie von vornherein vertrieben hat – die Unfähigkeit, zu meiner Scheiße zu stehen.

»Ich werde mir was einfallen lassen«, murmle ich.

»Versprochen?«

»Mein Gott, Mann. Ich verspreche es, okay?«

Phoenix nickt, immer noch unglücklich, aber für den Moment einverstanden. Ich mache mir nicht die Mühe, Eli anzuschauen, die totenstille Statue in der Ecke. Ich bin sicher, dass er genau das Gleiche denkt, während er mich mit Augen beurteilt, die viel zu viel sehen.

Wie macht man das Schlimmste, was man je in seinem Leben getan hat, wieder gut?

»Du musst uns sagen, was zwischen euch beiden passiert ist.« Phoenix lehnt sich in seinem Stuhl zurück, als wäre er ein Verhörspezialist oder so ein Scheiß und nicht mein Freund.

»Haben wir das nicht schon besprochen, Scheißkerl? Das wird nicht passieren.«

»Wir haben ein Recht darauf, es zu erfahren.«

Abrupt schiebe ich meinen Stuhl zurück und packe meine Sachen zusammen, während er mich genau beobachtet. Die Wut gleitet mir unter die Haut und brennt heiß, verbrüht alle Nervenenden, bis ich sie nicht mehr zurückhalten kann.

Mein leerer Stuhl zerbricht, als ich ihn gegen die Wand schlage. Das Gebrüll meiner Frustration lässt die Patienten in der Nähe aufschrecken, die sich zwischen den Bücherstapeln vor den Sicherheitsleuten verstecken.

Phoenix springt schockiert auf. »Scheiße, Hud. Beruhige dich, bevor der Sicherheitsdienst kommt! Du musst dich beruhigen.«

Während ich zwischen dem zersplitterten Holz stehe, atme ich schwer und meine Wangen brennen. Selbst das

Zertrümmern des Stuhls hat mich nicht von der schweren Last in meinem Kopf befreit, von den Schuldgefühlen, die mich erdrücken.

Könnte ich doch nur zurückgehen, meinem jüngeren Ich ins Gesicht schlagen und ihm sagen, dass er das Richtige tun soll, ungeachtet der Konsequenzen. Stattdessen habe ich uns beide ruiniert.

KAPITEL 15

BROOKLYN

MONSTER (UNDER MY BED) –
CALL ME KARIZMA

VIC STÖHNT, *sein Körper an meinen gepresst, sodass unsere Hüften aneinanderkleben. Er gleitet mit zärtlichen Stößen in mich, stöhnt und küsst meinen Hals. Mir ist übel, aber ich kann mich nicht zurückziehen. Er muss nicht wissen, was mir durch den Kopf geht, wenn wir Liebe machen.*

Es würde ihm das Herz brechen.

»Du bist so verdammt eng. Gott, ich liebe dich. Ich liebe dich so sehr.«

»Ich liebe dich auch«, stoße ich hervor.

Die Worte bringen mich langsam um, Stück für Stück.

Es ist nicht seine Schuld. Vic … er ist gestört. Freundlich und süß, wenn er will, aber erschreckend schnell wütend. Er hasst die Distanz, die zwischen uns wächst.

Wenn wir uns wegen Alkohol und Drogen streiten, kommt er erst zu mir, um sich zu entschuldigen, bevor er Glasscherben auffegt oder zerbrochene Bilderrahmen repariert. Aber er ist auch immer der Erste, der zum Schlag ausholt.

Wir sind nicht gut füreinander. Die Geister und Schatten in meinem Kopf reißen uns beide auseinander. Vic rollt sich von mir herunter, sein Atem geht rasend schnell, während kalte Luft auf meine Haut trifft.

Die Erleichterung ist akut, aber schnell gefolgt von Scham. Das sollte mir Freude bereiten, mir das Gefühl geben, geliebt und gewollt zu sein —

und mich nicht abstoßen, während ich die Geräusche und einen eventuellen Orgasmus vortäusche.

»Hast du das Kleid anprobiert, das ich dir gekauft habe?«

»Äh, das bin nicht wirklich ich.«

»Zieh das Kleid an«, zischt er. »Es ist die Hochzeit meiner Schwester, verdammt noch mal.«

Ich werde wie ein geschätztes Hündchen gekleidet sein. Scheiß drauf. Aber wenn ich mich weigere, bin ich die Böse.

»Ich … kann es nicht tragen, Vic.«

Er sieht mich an, die Augen weit aufgerissen und verärgert. Die Emotion geht schnell in Wut über, die nie weit unter der Oberfläche liegt. Er ist immer wütend auf mich, wegen der einen oder anderen Sache.

»Warum nicht? Hast du es wieder getan?«

Ich schüttle den Kopf und werde ignoriert, als er mich mit seinem beträchtlichen Gewicht niederdrückt und die Ärmel meines Hemdes hochreißt. Er keucht und flucht über das Chaos, das er vorfindet, was mich dazu bringt, in die Kissen zurück zu kriechen, um seinem unvermeidlichen Zorn zu entgehen.

»Brooke! Was zum Teufel tust du dir da an? Verdammter Freak.«

Seine Finger graben sich in meine Haut und verschlimmern die pochenden Wunden, als wolle er mich bestrafen. Ich versuche, meinen Arm wegzuziehen, aber sein Griff wird fester.

Er ist wütend, und die Enttäuschung schmerzt. In meiner Kehle sammelt sich die Galle. Ich möchte weglaufen und mich verstecken. Die sind nicht für ihn bestimmt. Sie sind privat. Persönlich.

»Du hast es versprochen.«

»Scheiß auf Versprechen. Das ist dumm«, murmle ich beschämt.

»Wie können wir zusammen sein, wenn du immer nur lügst? Bedeutet dir der Scheiß, der aus deinem Mund kommt, nichts? Du brichst mir das Herz.«

Nein. Das spielt für mich keine Rolle. Ich bin mir nicht einmal sicher, ob er ein Herz hat, das gebrochen werden kann, nur ein verdrehtes, klaffendes Loch, wo es sein sollte. Wir sind beide Arschlöcher, aber ich würde lügen, betrügen und manipulieren, ohne mit der Wimper zu zucken.

Das ist die Wahrheit. Diese Rolle des braven Mädchens, die er für *mich konstruiert hat, ist nicht echt. Er macht sich etwas vor und bestraft mich dafür, dass ich diesen Standard nicht erfülle.*

»Lass mich in Ruhe.« Ich weiche ihm aus.

»Das kannst du nicht machen, Brooke!«

Er zieht mich zurück und weigert sich, mich loszulassen. Ich wehre mich und kämpfe, aber es ist sinnlos. Er ist stärker als ich, größer als ich. Er ist entschlossen, mich zu retten – oder zumindest die Version von mir zu retten, von der er glaubt, dass sie existiert.

Was wäre, wenn ich ihm sagen würde, wo ich letzte Nacht war?

Was wäre, wenn er wüsste, dass ich vor weniger als zwölf Stunden noch einen anderen Mann gefickt habe? Ich habe es dem Koch im Diner hart und grob besorgt, im Austausch für eine Tüte Koks. Ich habe ihn nicht einmal gebeten, ein Kondom zu benutzen, so wenig sorge ich mich um mich selbst.

Alles, nur um etwas zu fühlen.

Ganz gleich, wie sehr es meine Seele zerstört.

Der Drang, ihm die hässliche Wahrheit ins Gesicht zu schleudern, ist überwältigend. Aber tief drinnen bin ich verdammt egoistisch. Ich will nicht allein sein. Insgeheim möchte ich die Person sein, für die er mich hält, egal wie toxisch diese Sache zwischen uns ist.

Sie ist besser als ich, zehnmal besser. Egal, wie lange ich in dieser gefährlichen Beziehungsmüllhalde bleibe … die Chancen, dass ich jemals so werde wie sie?

Null.

Ich bin zu verloren.

Ich schubse Vic und breche seinen Griff. Mein Kopf schwirrt und meine Ohren klingeln vor Panik. Die schreienden Stimmen werden mit jeder Sekunde lauter, angeheizt durch meine Wut und immer bereit, mich noch mehr zu verhöhnen. Die begleitenden Schatten werden immer größer, bis sie mich aus dem Schlafzimmer jagen, aber ich kann den dunklen Vorschlägen nicht entkommen, die folgen.

Töte ihn. Brich ihm das Genick.

Schlitz ihm die Kehle auf. Stoß ihn die Treppe hinunter.

Ich höre nicht zu. Ich höre nie zu. Ich habe jahrelang Stimmen gehört und Schatten gesehen, lange vor meiner beschissenen Beziehung mit Vic.

Ich wuchs mit unsichtbaren Freunden auf, die niemand sehen konnte, bis die Freunde zu Schatten wurden, die mich jeden wachen Moment verfolgten.

Das ständige Versagen, die unmöglichen Erwartungen von Vic zu erfüllen? Das gefällt ihnen nicht. Sie wollen, dass wir handeln, um ihn dafür zu bestrafen, dass er mich vergöttert, obwohl ich in Wirklichkeit nur eine wertlose Schlampe bin.

Ich taumle von einer Katastrophe zur nächsten. Es ist seine Schuld, dass ich mich schlecht fühle, weil ich mein wahres, gebrochenes Ich bin.

Töte ihn. Töte ihn. Töte ihn.

Töte ihn. Töte ihn. Töte ihn.

Ich stürme aus dem Zimmer und schließe mich im Badezimmer ein. Ich suche verzweifelt nach dem Ersatzrasierer und schlage ihn auf dem Waschbecken kaputt, um die verlockenden Klingen freizugeben. Vic schmeißt sie weg, und ich kaufe neue. Es ist ein nicht enden wollender Kampf des Willens.

Selbst wenn ich verspreche, mich zu bessern, und wir einen kurzen Blick auf eine normale, glückliche Beziehung werfen ... ist alles nur heiße Luft. Falsche Worte und einfache Lügen, um seine eigenen Dämonen zu besänftigen. Nichts kann mich aufhalten.

Töte ihn. Töte ihn. Töte ihn.

Töte ihn. Töte ihn. Töte ihn.

»Nein«, schreie ich als Antwort.

Die Schatten schmelzen die Wände herunter, blubbern und spucken vor Wut. Sie kommen von Sekunde zu Sekunde näher und flüstern mir ihre giftigen Befehle zu. Egal wie laut ich schreie, sie weigern sich zu gehen. Sie weigern sich, den Mund zu halten. Manchmal antworte ich ihnen, nur um sie zu besänftigen.

Ich kann ihn nicht töten.

Bitte zwingt mich nicht.

Ich kann es nicht tun.

Ich schneide und schlitze meine Arme auf, am Boden zerstört durch die unaufhörliche Wut. Der Schmerz ist nicht einmal Vics Schuld. Ich trug die Narben jahrelang in mir, bevor wir uns in einem Nachtclub kennenlernten.

Ich schneide mich heftig, bis die Stimmen wieder verstummen, und lasse mich auf den Boden fallen. Ich bin plötzlich müde und habe keine Hoffnung mehr. Das ist meine Routine. Sie funktioniert immer.

Aber meine größte Angst?

Dass es eines Tages nicht mehr ausreichen wird. Selbst das wird mich nicht aufhalten.

Und die Schatten werden gewinnen.

———

Ein metallischer Knall ertönt, als der Wärter das Essenstablett hineinschiebt. Er weckt mich aus dem Albtraum meiner Vergangenheit und schickt mich direkt in den Albtraum meiner Gegenwart.

Er knallt die Luke wieder zu, ohne ein Wort zu sagen. Sprechen ist nicht erlaubt. Selbst wenn ich etwas zu sagen hätte, würde mein Körper nicht mitmachen. Nichts kommt mir in diesem Moment über die Lippen.

Sie sind taub, glitschig vor Sabber. Jeder Zentimeter meines Körpers ist leer. Unbeweglich. Wie lange bin ich schon hier? Eine Woche? Einen Monat? Ein Jahr? Ist das überhaupt wichtig?

Ich habe einmal ein Wochenende im Loch in Clearview verbracht. Das war Folter genug, und es fühlte sich kürzer an als das hier. Aber wer weiß? Zeit ist sowieso nicht real, nicht mehr.

Das Leben hat für mich vor langer Zeit aufgehört zu existieren, als diese Krankheit Wurzeln schlug, in mein Gehirn eindrang und meine Seele verdarb. Seitdem ist alles trügerisch und schleppt sich ohne Bedeutung dahin.

Der Schlaf kehrt zurück, als der schwarze Smog herabsteigt und mich einhüllt. Mein Essen wird kalt, und das Sonnenlicht verblasst. Es dringt durch das hohe vergitterte Fenster in den Raum und erhellt das Untergeschoss des Instituts, während sie untergeht.

Dort kann ich nicht durchkommen.

Glaubst du nicht, dass ich das schon versucht habe?

Ein neuer Tag beginnt. Ein weiteres Tablett mit Essen. Mehr Sonnenlicht, mehr Regen, mehr Taubheit. Dann wieder von vorn. Tablett für Tablett. Tag für Tag.

Ich liege da, verblassend und verwelkend. Gequält von Geistern und Erinnerungen in meinem Kopf. Stimmen und Geflüster aus einer längst vergangenen Zeit, die dennoch unwiderruflich mit meiner Gegenwart verbunden ist.

Wirklich, ich beneide die Menschen, die einfach weitermachen können, als wäre es so verdammt einfach, das zu tun. Jeder sollte solche Schmerzen haben wie ich. Jeder sollte so leiden wie ich.

Das ist alles, woran ich denken kann. Es ist bitter und sinnlos, und ich weiß, dass ich mich wie ein wütendes Kind verhalte. Aber tief im Inneren bin ich immer noch dieses wütende Kind.

Die Tage verschwimmen ineinander.

Als meine endlose Einsamkeit schließlich gestört wird, bin ich mir nicht einmal mehr sicher, was real ist und was nicht. Die Drogen sind durch eine Infusion in mich eingedrungen und haben alle kostbaren, mühsam errichteten Grenzen in meinem Kopf untergraben.

Das Medikament bringt mich aus dem Gleichgewicht und destabilisiert mich, bis ich schwöre, dass die Gummizelle mich beobachtet, lacht und spottet. Die Medikamente sollen doch das Gegenteil bewirken, oder?

Verdammte Psychiater.

Das ist alles Blödsinn.

»Brooklyn? Kannst du mich hören?«

Ich werde auf den Rücken gedreht, und die dünnen weißen Laken werden zurückgezogen, während kalte Luft auf meine Haut trifft. Unter einem weißen Haarschopf und einer Brille mit Drahtbügeln blicken mich glasige Augen an. Seine

Haut ist zerknittert wie altes Pergament und duftet nach teurem Parfüm.

»Zeit aufzustehen«, gurrt er. »Du kannst gehen.«

Ein Wärter wird hinzugezogen, um meinen schlaffen Körper anzuheben und mich zu zwingen, auf Beinen zu stehen, die mein Gewicht nicht halten können. Ich werde aus der Zelle geholt und in einen düsteren Korridor geschleppt.

Er ist schattig und endlos, mit weiteren Zellen und vergitterten Türen, die sich in die Ferne erstrecken. Ich glaube, ich höre Stimmen, als wir vorbeigehen, aber das Flüstern hinter den anderen Türen ist nicht zu entziffern.

Mein Verstand ist benebelt, instabil und hat einen Kurzschluss. Ich kann nichts verarbeiten und nicht einmal ansatzweise hinterfragen, was um mich herum in der düsteren Dunkelheit dieses Ortes geschieht. Die Szenerie verschwindet im Hintergrund, während wir vorbeigehen.

»Es hat eine Weile gedauert, aber jetzt sind wir froh, dass du gehst und dich wieder der normalen Bevölkerung anschließen kannst. Mit den neuen Medikamenten siehst du viel stabiler aus.«

Der seltsam aussehende Mann redet mit königlicher Stimme weiter und weiter. Er unterschreibt Entlassungspapiere, während er vor mir hergeht, und steckt einen schicken Füllfederhalter wieder in seinen weißen Kittel, sobald er fertig ist.

Die Worte schwirren in meinem Kopf umher, die Bedeutung geht in der Übersetzung verloren. Eine Sache schreit mich durch den schweren Nebel an. So fühlt es sich nicht besser an.

Was haben sie mit mir gemacht?

Ich betrete ein nahe gelegenes Büro im Untergeschoss und werde in einen Sessel gesetzt. Mein Kopf ist aufgestützt, sodass ich sehen kann, wie der Arzt an seinem Schreibtisch Platz nimmt und vor sich hin summt.

Er ist klein und rundlich, eindeutig Mitte sechzig. Die

gestreifte Fliege und die Hosenträger unter seinem Kittel lassen ihn wie eine verdammte Zeichentrickfigur aussehen. Wenn ich mein Gesicht spüren könnte, würde ich lachen.

»Hmm, mal sehen. Na, na. Interessantes Zeug.«

Während er weiter murmelt und grübelt, humpelt er zu einem nahe gelegenen Mini-Kühlschrank und wühlt sich durch die winzigen beschrifteten Flaschen mit Drogencocktails, als wäre er ein Barkeeper und ich ein hilfloser Gast.

Als er sich mit einer Injektionsnadel neben meinen Sessel stellt, versuche ich mich zu bewegen, aber es gelingt mir nicht. Nichts reagiert auf mich, nicht einmal meine Zehen. Ich kann nur hilflos und starr dasitzen, während er eine geeignete Vene findet und hineinsticht.

»Sehr gut. Das sollte dich aufmuntern, Liebes. So ein braves Mädchen.«

Er setzt sich wieder hin und mustert mich eingehend. In der Ecke seines prächtigen, mit Teppich ausgelegten Büros tickt eine laute Standuhr. Dicke Perserteppiche treffen auf goldgerahmte Gemälde, die Landschaftsszenen in tadelloser Detailtreue abbilden. Hier drin sieht es aus wie in einem Museum.

Allmählich kehrt das Gefühl in meinen Körper zurück. Meine Finger krampfen schmerzhaft, während meine Extremitäten kribbeln. Erst durchdringt lähmende Kälte meine Zellen, dann brennende Hitze. Als ich auf meine nackten Füße hinunterschaue, schaffe ich es langsam, mit den Zehen zu wackeln.

Innerhalb einer halben Stunde kann ich wieder einigermaßen aufrecht sitzen und Worte bilden. Ich wische mir den Sabber vom Mund und lecke mir über die Lippen, während sich meine Zunge in meinem wunden Mund schwer und fremd anfühlt.

Was auch immer er mir gegeben hat, es scheint meinen Körper in Schwung gebracht zu haben. War es Adrenalin?

Eine experimentelle Droge? Ich habe aufgehört zu zählen, was für einen Scheiß sie in mich reingepumpt haben. Das ist nicht richtig. Es ist nicht normal.

»W-wie lange?«, bringe ich hervor.

»Zwei Wochen. Dein Anwalt hat uns einige Schwierigkeiten bereitet, Fräulein.«

»Mein A-Anwalt?«

Ich habe keinen.

Das alles macht keinen Sinn.

Ich möchte einfach nur wieder schlafen.

»Ja, Anwalt. Ein furchtbar unhöflicher Herr aus der Stadt. Sie lieben es, hier hereinzustolzieren und Forderungen zu stellen.«

»W-warum?«, stottere ich.

»Nun, wir haben darauf bestanden, dass du gesund wirst, bevor wir eine Rückkehr in die Allgemeinheit in Betracht ziehen. Dies ist schließlich eine psychiatrische Anstalt. Die Behandlung hat für uns oberste Priorität, ebenso wie die Zufriedenheit unserer Kunden.«

Sein Lächeln ist breit, fast wild, und ich fühle mich zutiefst unwohl dabei. Ich muss ihm widersprechen, ihm klarmachen, dass es keine Behandlung ist, mich zu Tode zu betäuben. Es ist eine verdammte Sedierung und ein Missbrauch ihrer Macht.

»Ich w-will nach Hause.«

Die Bitte rutscht mir unaufgefordert heraus. Meine Stimme ist brüchig und verrät mehr Emotionen, als ich irgendjemandem zeigen möchte. Ich hasse diese Verletzlichkeit, aber ich bin jetzt nicht in der Lage, Spielchen zu spielen. Dann trifft es mich, direkt ins verdammte Herz.

Ich habe kein Zuhause.

Der ältere Mann lächelt und nickt, was eigentlich Freundlichkeit sein sollte, aber eher wie Faszination aussieht. Die verhaltene Neugier ist so deutlich in seinem Blick zu erkennen, dass ich eine Gänsehaut bekomme. Als wäre ich nur ein weiteres soziales Experiment, das bereit ist, sich für die Sache zu opfern.

»Du kannst wieder nach oben gehen.« Er strahlt mich stolz an.

»Ich kann g-gehen?«

»Ja. Ich übernehme von nun an deine Behandlung. Du kommst einmal pro Woche zu mir für deine Spritze und zur Therapie, nicht zu Mariam. Sie ist nicht in der Lage, mit deinen … *speziellen Herausforderungen* umzugehen. Ich habe da mehr Erfahrung.«

»Erfahrung?«, wiederhole ich.

»Ja. Es gibt viel, woran wir gemeinsam arbeiten werden. Spannende Pläne.«

Eis fließt durch meine Adern, und ich möchte weinen. Schreien, mich weigern und fliehen. Alles in mir sagt mir, dass dieser Kerl Ärger bedeutet.

Aber es gibt keine Beweise oder greifbaren Anhaltspunkte dafür, dass es sich nicht um eine weitere meiner Wahnvorstellungen handelt. Ich versuche, mir das Hirn zu zermartern, aber die zwei Wochen sind nur noch verschwommen. Eine verdrehte, amorphe Wolke in meiner Psyche.

Geh einfach zurück in dein Zimmer.
Geh weg von diesem Mann, von dieser Etage.
Von allem.

Er ruft den Wärter zurück und gibt ihm Anweisungen, mich sicher nach Hause zu bringen. Ich kann jetzt besser gehen, aber alles zittert und brennt, denn jeder Muskel ist nach so langer Zeit in einer vergitterten Zelle an plötzliche Bewegungen nicht mehr gewöhnt.

Als wir gehen, schaue ich ein letztes Mal auf den verdorbenen kleinen Mann zurück, und mein Herz hämmert in meiner Brust. Die letzte Frage kann ich mir nicht verkneifen.

»Wer sind Sie?«

Er neigt seinen Kopf zu mir und setzt ein charmantes Lächeln auf, das jeden Geschworenen überzeugen würde.

»Professor Lazlo, meine Liebe. Es ist mir ein Vergnügen, dich richtig kennenzulernen. Ich freue mich auf unser Treffen am Montagmorgen. Ruh dich aus, wir haben viel zu tun. Eine ganze Menge.«

KAPITEL 16
PHOENIX

CATHEDRALS – ANIMAL FLAG

ICH SCHIESSE den Ball ein wenig härter als nötig zu Hudson. Der Ball fliegt an ihm vorbei und aus dem Spielfeld, was lautstarke Beschwerden auslöst. Er zeigt mir den Mittelfinger und jagt dem Ball hinterher, was mir einen Anflug von Genugtuung verschafft. *Gut.*

Allein der Anblick seines Gesichts ist im Moment zu viel für mich. Ich bin kein besonders gewalttätiger Mensch. Worte sind bessere Waffen als alles andere. Man kann jemanden mit der Wahrheit viel tiefer schneiden als mit jeder Klinge.

Aber was er getan hat? Ich bin stinksauer. Verdammt, ich bin rasend vor Wut. Alles lief gut, bis er auftauchte und alles den Bach runterging.

Zwei Wochen.

Brooklyn ist schon seit zwei verdammten Wochen weg. Egal, was für ein juristischer Präzedenzfall hier geschaffen wird, sie ist in der Obhut der Psychiater. Ihr Leben wurde an sie überschrieben.

Es gibt nicht mehr viel zu tun, und der Angriff auf Hudson hat ihr Schicksal besiegelt. Da es genügend Zeugen gibt, die den Vorfall bestätigen, konnte selbst der verdammte Anwalt aus London sie nicht aus der Einzelhaft befreien.

Ich werde noch verrückt. Dieses Mädchen, sie geht mir unter die Haut. Ich weiß nicht wie oder warum, aber zu wissen, dass sie in diesem Keller ist, ganz allein … das macht Dinge mit mir. Es löst Gefühle aus, von denen ich nicht einmal dachte, dass ich dazu fähig wäre.

Eli und ich haben neulich versucht, einzubrechen, aber wir wären fast selbst hineingeworfen worden. Zum Glück bin ich blitzsauber und er ist zu verrückt, um das Loch zu überleben, also haben wir nur eine Verwarnung bekommen.

Wie auch immer, wenn sie bis zum Wochenende nicht zurück ist, gehen wir wieder hin. Zum Teufel mit den Konsequenzen. Für die Chance, sie wiederzusehen, würde ich meine makellose Bilanz gern aufgeben.

»Wenn du ein Arschloch sein willst, können wir genauso gut aufhören«, schreit Hudson.

Nun, das ist so gut wie garantiert.

Ich gehe hinüber und hasse es, wie wütend ich gerade bin. Das bin nicht ich. Ich *fühle* mich nicht so beschissen. Er scheint zu denken, dass ich komme, um zu reden.

Sobald ich nah genug bin, schlage ich ihm meine Faust in den Magen. Er krümmt sich und stöhnt vor Schmerz. Ich glaube, ich weiß jetzt den Reiz der Gewalt zu schätzen.

»Ich denke, ich habe mir das Recht verdient, ein Arschloch zu sein«, rufe ich zurück. »Fick dich, Kumpel.«

Ihm den Rücken zuzuwenden ist ein Fehler. Als Nächstes werden mir die Beine unter den Füßen weggezogen, und mein Kopf schlägt auf dem harten Boden auf. Hudson steht über mir, sein Gesicht zu einer Maske der Wut verzerrt.

»Fick dich, Phoen. Denkst du, mir geht es nicht genauso?«

»Ja, aber ich sehe nicht, dass du etwas dagegen unternimmst!«

Hudson packt mich am Kragen meines Hemdes, sein Gesicht so nah, dass seine Spucke meine Wange trifft. »Du hast keine verdammte Ahnung. Überhaupt keine. Rede nicht über Dinge, die du nicht verstehst, sonst bekommen wir ein Problem.«

»Leute, kommt schon.« Kade seufzt. »Lasst uns das nicht schon wieder tun.«

»Verpiss dich«, antworten wir beide gleichzeitig.

Ein paar Schläge und Beleidigungen später gehen wir voneinander weg und klopfen uns ab. Es hat keinen Sinn, es in die Länge zu ziehen, wir brauchten beide einfach ein Ventil.

Kade zieht es vor, im Stillen zu leiden und sinnlos im Internet nach rechtlichen Argumenten und Schlupflöchern zu stöbern. Das ist Zeitverschwendung, wenn man mich fragt. Eli ist ein ganz anderer Schlag.

Für einen im Allgemeinen ungeselligen Typen bricht er im Moment Rekorde. Er zieht sich völlig in sich selbst zurück und vergräbt seine Nase immer in einem Buch. Und doch scheint er es nie zu Ende zu lesen. Ich glaube sogar, dass er seit einiger Zeit immer die gleiche Seite liest.

»Lasst uns zurück ins Zimmer gehen«, schlage ich vor. »Wir haben noch ein paar Biere von Rio.«

»Du solltest wirklich aufhören, mit ihm zu verhandeln«, schimpft Kade.

»Ich zahle es ihm zurück, keine Sorge. Er weiß, dass er sich darauf verlassen kann.«

»Das ist nicht der Punkt, Phoen.«

»Ich könnte einen Drink gebrauchen«, mischt sich Hudson launisch ein.

Wir gehen in unangenehmem Schweigen zurück nach Oakridge. Die Lage zwischen uns war noch nie so angespannt. Die Auswirkungen von Brooklyns Angriff auf Hudson haben uns alle schwer getroffen, aber niemand weiß, wie man dieses Chaos beheben kann.

Nicht, solange wir in Angst davor leben, was mit dem kleinen Hitzkopf passiert, der in unser Leben getreten ist. Ich bin mir bewusst, dass ich mich zu schnell an sie gewöhnt habe.

Aber das ändert nichts. Jede Nacht dringen ihre

stürmischen Augen in meine Träume ein. Ich sehe ihre Lippen auf meinen und ihren Körper, der sich perfekt an meinen schmiegt, während ihre süße Muschi fest um meinen Schwanz gewickelt ist.

Sie war der beste Kuss meines Lebens, und das will schon was heißen. Sobald sie raus ist, wird mich nichts davon abhalten, das wieder zu tun und mehr. Alles, um sie zum Leben zu erwecken. Ich muss ihr zögerliches Lächeln sehen, damit es mein Herz mit einem einzigen Blick zerstört.

»Hudson! Baby!«

Britts schrille Stimme schallt über den Hof. Sie hat unsere Gruppe entdeckt und ist hinter uns her. *Blöde Schlampe.* Sie stürzt sich auf Hudson, und er ist gezwungen, sie abzuschütteln und einen großen Schritt zurück zu machen. Sein Gesichtsausdruck sagt alles.

»Wo warst du denn? Ich habe dich überall gesucht. Ich vermisse dich.«

Sie jammert wieder. Eli verabschiedet sich schnell und schreitet buchstäblich ohne einen zweiten Blick davon. Ich weiß, dass er ihre Stimme nicht ausstehen kann, aber jetzt sitzen Kade und ich fest.

Wir drehen uns unbeholfen um, als sie Eli auf dem Rückzug anstarrt und sich umdreht, um Hudsons offensichtlicher Ablehnung zu begegnen. Ihr dabei zuzusehen, wie sie in eine Million erbärmliche Stücke zerquetscht wird, ist eigentlich ziemlich unterhaltsam.

Sehe nur ich das so? Tja.

Hudson fährt sich mit der Hand durchs Haar, die Lippen geschürzt. »Ich dachte, ich hätte dir gesagt, du sollst mich in Ruhe lassen, Britt. Wir sind fertig, für immer. Es ist vorbei.«

»Baby, wovon redest du? Hör endlich auf, herumzualbern.« Ihre Stimme wird allmählich hysterischer, während sie seinen Arm packt. »Tu das nicht, Hud. Du brauchst mich.«

»Hör mir zu«, blafft Hudson. »Wir sind fertig. Das war's. Nie wieder.«

Fette Tränen kullern über ihre Wangen und glitzern zufriedenstellend, während ihr Herzschmerz Wurzeln schlägt. Es ist verdammt lustig, wenn man mich fragt.

»Sag das nicht. Bitte«, wimmert sie.

Hudson knirscht mit den Zähnen und zwingt sich zu etwas Geduld. »Das ist die Wahrheit.«

Mit lauten, widerhallenden Schluchzern hängt Britt an seinem Körper. Sie krallt sich an seinem Hemd fest wie ein gestörtes Kätzchen, während sie ihr jämmerliches Flehen miaut.

Verdammte Scheiße, ich hätte weglaufen sollen, als ich noch die Chance dazu hatte. Mit ihren hervorstehenden Knochen wiegt sie kaum etwas, also stellt Hudson sie schnell wieder auf die Füße.

»Lass mich in Ruhe«, befiehlt er. »Zieh weiter.«

Ihr Schmerz verwandelt sich schnell in Wut, ihr Gesicht verzieht sich und ihre Hände ballen sich zu festen Fäusten. Die Ohrfeige kommt so schnell wie erwartet und hinterlässt einen großen roten Handabdruck auf seiner Wange.

»Fick dich, Hudson Knight«, faucht sie. »Du bist ein Mistkerl.«

Er zuckt einfach nur mit den Schultern, ohne auch nur eine Regung zu zeigen. Er schaut ihr nicht einmal in die Augen und tut so, als sei sie nichts weiter als Scheiße an seiner Schuhsohle. Es ist unerträglich, ihm zuzusehen, aber gleichzeitig auch morbide faszinierend.

Nach weiteren Schreien und Flüchen stürmt Britt wutentbrannt davon und lässt Hudson zurück, der sich seine Wange reibt. Er blickt ihr verärgert hinterher.

»Mann, ist die anstrengend.«

»Das sagen wir dir schon seit Monaten«, betont Kade.

»Wie auch immer, jetzt ist es erledigt.«

»Ein weiteres Opfer«, bemerke ich.

Er sieht aus, als wolle er mich umbringen.

»Was soll das heißen?«

Ich schnaube. »Du weißt genau, was es bedeutet.«

»Tut mir leid, wie viele Typen hast du letzte Woche gefickt?«, gibt Hudson zurück. »Oder im letzten Monat, was das betrifft? Kannst du dich überhaupt erinnern?«

Wir streiten uns den ganzen Weg zurück zum Wohnheim und tauschen brutale Beleidigungen aus. In vielerlei Hinsicht sind Hudson und ich uns viel zu ähnlich. Mir fehlt seine Wut, aber wir neigen beide dazu, eine Spur von gebrochenen Herzen hinter uns zu lassen.

Wir ficken und verschwinden, als gäbe es kein Morgen. So ist es einfacher, und eine Bindung ist zu riskant. Sich zu binden führt hier nie zu etwas Gutem.

Wir erreichen den vierten Stock des Gebäudes. Ich gehe voran, sodass ich einen freien Blick auf den makellosen Korridor habe. Mein Blick fällt als Erstes auf sie. Ich muss blinzeln, um mich zu vergewissern, dass sie es wirklich ist, aber ich bin so schockiert und erleichtert.

Der Wärter gibt ihr einen aggressiven Schubs und stürmt davon, ohne sich umzudrehen. Brooklyn sackt gegen die Tür, als ihre Knie nachgeben.

»Heilige Scheiße«, hauche ich.

Bevor die anderen reagieren können, eile ich blitzschnell zu ihrer Tür, und die Vorfreude beschleunigt meine Schritte. Es kommt mir vor, als wäre eine Ewigkeit vergangen, seit ich sie das letzte Mal gesehen habe. Sie wiederzusehen fühlt sich an wie ein Traum nach den vielen Nächten, in denen ich mir ihr helles Haar um meine Fingerspitzen gewickelt vorgestellt habe.

»Brooklyn«, rufe ich.

Sie hebt nicht den Kopf, und ich halte inne, plötzlich unsicher.

»Brooke?«

Sie lehnt sich gegen die Tür und versucht verzweifelt,

hineinzukommen. Ihre Hand zittert so heftig, dass sie die Schlüsselkarte nicht einlesen kann.

»Ich kann es nicht«, weint Brooklyn.

Ihre leise Stimme versetzt mir einen tödlichen Stich ins Herz. Ich beuge mich vor, streiche ihr Haar zur Seite und schaue mir das darunter verborgene Gesicht genau an. Wenn sie vorher wie ein Geist aussah, ist sie jetzt nichts weiter als eine Leiche.

Sie ist totenblass und gezeichnet, ihre Augen sind vom Weinen geschwollen. Ich kann das Blau ihrer Adern unter der Haut sehen, während sie heftig blinzelt und anscheinend verarbeitet, wer ich bin.

»Hey, Hitzkopf. Ich bin's, Phoen«, murmle ich leise.

Als sie ihren Kopf hebt, treffen Brooklyns silberne Augen endlich auf meine. Ihre Pupillen sind verblasst und verwaschen, und ihre Augen sind unvorstellbar geweitet. Ich kann praktisch die Drogen sehen, die in ihrem Körper schwimmen. Mein Daumen streicht über ihre wunde Unterlippe, so verdammt sanft, dass ich sogar mich selbst überrasche.

»Es ist schön, dein Gesicht zu sehen«, flüstere ich.

Meine Worte brechen den Bann. Sie nimmt meine Finger aus ihrem Gesicht und lässt ihre Miene hart werden. Die gezeigte Verletzlichkeit wird in die Tiefe gestopft, und sture Wut nimmt ihren Platz ein.

»Lass mich in Ruhe«, faucht sie.

»Was? Nein.«

»Ihr alle … lasst mich einfach in Ruhe.«

Wir starren einander an, als die anderen beiden endlich zu uns aufschließen. Kade kommt sofort an meine Seite und schlüpft nahtlos in den Beschützermodus, während er die Situation mit besorgten haselnussbraunen Augen beurteilt und einschätzt.

Er sieht ungefähr so glücklich aus, wie ich mich fühle angesichts des Chaos, das sie aus unserem Mädchen gemacht haben. Sie kann kaum aufstehen, geschweige denn ihre Tür öffnen. Ich habe keine Ahnung, was mit ihr in diesem verdammten Keller passiert ist.

Hudson hält sich weit zurück, sein Gesicht von donnernden Falten gezeichnet. Jetzt, da sie hier ist, ist er plötzlich still. Ich kann die Spannung, die sich zwischen ihnen entlädt, förmlich schmecken, aber er scheint einmal in seinem Leben das Richtige zu tun, indem er den Mund hält.

»Brooklyn! Wir haben uns solche Sorgen gemacht«, stößt Kade hervor.

Ich kann sehen, wie sich seine Hände verkrampfen, wie sie sich danach sehnen, sie zu berühren. Ich kenne dieses Gefühl nur zu gut. Brooklyn senkt den Kopf und ignoriert unsere Anwesenheit, während sie weiter an der Tür rüttelt, obwohl ihre Hände immer noch heftig zittern.

Kade tauscht einen Blick mit mir aus. »Was ist hier los?«

Ich zucke wortlos mit den Schultern. »Keine Ahnung.«

All der Stress, zwei Wochen schlaflose Nächte und Schuldgefühle … und sie will uns nicht einmal sehen. Was ist da unten im Keller passiert? Sie hat sich verändert. Nichts von ihrem Geist und ihrem Feuer ist mehr da, nur noch diese geschlagene Hülle, die versucht, uns wegzustoßen.

»Ich will euch nicht sehen«, murmelt Brooklyn.

»Gib mir die Schlüsselkarte«, fordere ich und versuche, sie ihren zitternden Fingern zu entreißen. »Gib sie mir sofort!«

Sie versucht, mich abzuwehren. »Nein! Verpiss dich, Phoen.«

»Gib mir die verdammte Karte, Brooke. Das ist lächerlich.«

»Nein. Mir geht's g-gut.«

In ihrer verdammten Sturheit weist sie mich erneut zurück. Kade und ich werden plötzlich zur Seite geschoben, als Hudsons Geduldsfaden reißt. Schnell reißt er Brooklyn die Karte aus der Hand und schließt die Tür auf.

Hudson steckt sie in die Gesäßtasche seiner zerrissenen

schwarzen Jeans, und bevor sie eine Beleidigung aussprechen kann, hebt er ihren kleinen Körper hoch und drückt sie an seine breite Brust.

»Lass mich runter! Verdammtes Arschloch«, schreit sie.

»Halt die Klappe und tu, was man dir sagt«, schießt er zurück.

Er stürmt ins Schlafzimmer, und wir folgen ihm dicht auf den Fersen. Kade scheint leicht entsetzt über die grobe Behandlung durch seinen Bruder zu sein, als er die Tür zuschlägt.

Hudson lässt Brooklyn auf ihr ungemachtes Bett sinken, wo sie mit einem Keuchen landet. Sie wehrt sich weiter gegen ihn, während er versucht, sie zuzudecken.

»Welchen Teil von *Fass mich nie wieder an* hast du nicht verstanden?«

Hudson schüttelt den Kopf. »Ich habe diesem Blödsinn nie zugestimmt, und das weißt du auch. Hör auf, dich wie ein Kind zu benehmen.«

»Du hast recht, das sollte mich nicht überraschen.« Brooklyns Stimme trieft vor Säure. »Einverständnis hat dir sowieso nie viel bedeutet.«

Hudson zuckt so heftig zusammen, dass es aussieht, als würde es wehtun. Er vermeidet es absichtlich, uns anzuschauen. Ich kann fast sehen, wie die Scham über sein plötzlich leeres Gesicht kriecht, während er von uns allen wegschaut.

Wovon zum Teufel redet sie?

Was genau hat er getan?

»Wenn du mich noch einmal anfasst, ziele ich das nächste Mal auf dein Herz«, verspricht sie düster. »Letzte verdammte Warnung, Hud.«

»Ist gut jetzt. Du kannst mich morgen wieder hassen«, bittet er. »Lass uns wenigstens nachsehen, ob es dir gut geht.«

»Bitte«, fügt Kade mit Nachdruck hinzu.

Brooklyn überlegt eine lange, hasserfüllte Sekunde, nickt

dann und sinkt zurück in die Kissen. »Mir geht's gut. Ich bin nur müde, okay?«

»Nein, nicht okay«, stoße ich hervor. »Wir haben dich zwei ganze Wochen lang nicht gesehen. Ich werde mehr brauchen als das.«

Das Bedürfnis, sie zu schütteln, damit sie begreift, was hier vor sich geht, wächst. Wir können nicht einfach so weggestoßen werden.

»Lasst es einfach sein.«

Brooklyn fleht mich mit ihren Augen an. Bei mir bekommt niemand, was er will, ich habe Freude an Ablehnung. Aber sofort will ich nachgeben, nur um sie glücklich zu machen.

Sie sieht beschissen aus, aber mich beunruhigt das, was unter der Oberfläche liegt, etwas, das wir vorsichtig aus ihr werden herausholen müssen.

»Vielleicht sollten wir sie ausruhen lassen«, gebe ich zu.

»Auf keinen Fall«, erwidert Hudson.

Sie wirft ihm einen furchterregenden Blick zu, der jeden weiteren Kommentar erstickt. Ihr kaltes Starren lässt mich erschaudern.

»Du bist der letzte Mensch, den ich hier haben will. Lerne, wenn du nicht erwünscht bist.«

»Ich werde nicht weggehen«, beharrt Hudson.

Brooklyn funkelt ihn an. »Das hat dich vorher auch nicht aufgehalten.«

»Ich wollte dir nie wehtun, Amsel.«

Tränen laufen ihr über das Gesicht, während sie noch wütender zu werden scheint. »Du wolltest es nicht, was?«

»Nein.«

Sie schüttelt ungläubig den Kopf und schafft es, sich aufzusetzen. »Ich will keine Ausreden oder Entschuldigungen von dir, Hud. Das wollte ich nie.«

»Ich kann nicht, verdammt … ich kann nicht …«, stammelt Hudson.

Brooklyns Stimme trieft vor Verachtung, als sie mit dem

Finger auf ihre Brust zeigt. »Du hast mir das angetan. Du bist der Grund, warum ich hier bin, warum ich völlig verkorkst bin. Nichts, *absolut gar nichts*, wird das je wieder in Ordnung bringen. Geh weg und komm nie wieder.«

Sie legt sich wieder hin und entlässt uns alle. Hudson erstarrt einen Sekundenbruchteil lang, bevor er sich umdreht und davonstürmt, wobei er auf dem Weg nach draußen so heftig gegen den Schreibtischstuhl tritt, dass die Rückenlehne mit einem dramatischen Knall zerspringt. Wir starren ihm mit offenem Mund und völlig verwirrt hinterher.

»Ihr auch«, schreit Brooklyn uns an. »Ich meine es ernst, verpisst euch endlich.«

Ich werfe einen Blick auf Kade, der in Richtung Ausgang gestikuliert und offenbar bereit ist, nachzugeben. Ich bin versucht, zurückzubleiben und weiter zu streiten, aber ehrlich gesagt ist sie in keinem guten Zustand. Für jemanden, der so unwillig ist, kann ich nicht viel tun.

»Bist du sicher?«, fragt Kade sanft.

Ihre harte, knappe Antwort folgt. »Du bist immer noch hier?«

Er lässt die Schultern sinken und geht davon. Ich sorge dafür, dass die Bettdecke bis zu Brooklyns Kinn hochgezogen ist und kämme sanft ihr verwirrtes platinblondes Haar. Ich brenne darauf, mehr zu tun, ungeachtet ihrer Gefühle.

»Du weißt, wo wir sind, wenn du uns brauchst«, biete ich an.

»Das werde ich nicht. Geht einfach und kommt nicht wieder, ja?«

Wir tun widerwillig, wie uns befohlen wird, und es kostet mich jedes Quäntchen Respekt vor ihrer Privatsphäre, das ich habe. Was auch immer die Psychiater in diesem Keller für eine Behandlung durchgeführt haben, sie hat sie für immer verkrüppelt.

KAPITEL 17
BROOKLYN

TWISTED – MISSIO

ICH ZWINGE MEINE GEFÜHLLOSEN BEINE, sich zu bewegen, und nehme zwei Treppenstufen auf einmal. Es ist schmerzhaft, aber ich treibe mich trotzdem an und wärme meinen Körper auf, um mich auf den anstrengenden Lauf vorzubereiten.

Ich werde alles tun, um das Rauschen in meinem Kopf loszuwerden, das nicht verschwinden will, egal wie laut ich nachts in mein Kissen schreie. Seit ich vor ein paar Tagen zurückgekehrt bin, ist nichts mehr so, wie es war.

Zugegeben, ich habe mein Zimmer in dieser Zeit nicht wirklich verlassen, nur um die Schwesternstation für Medikamente aufzusuchen. Sie haben mir gedroht, mich sonst direkt wieder in Einzelhaft zu stecken. Lazlo hat mir ein strenges neues Regime auferlegt.

Ich bekomme jetzt jede Woche eine Spritze, zusammen mit meinen täglichen Tabletten wie vorher. Schummeln ist nicht möglich. Es wird direkt injiziert, und anstatt mir zu vertrauen, werde ich jetzt wie eine verdammte Gefangene beobachtet, während ich jeden Tag schlucke.

Anschließend wird mein Mund inspiziert, um

sicherzugehen, dass ich sie auch wirklich schlucke und nicht getrickst habe. Was für ein beschissener Witz.

Das Ergebnis ist, dass alle Pläne, die ich geschmiedet habe, zerfleddert und zerstört sind. Ich bin seit über einem Monat hier und irgendwie stehe ich immer noch am Anfang. So sollte es nicht laufen, als ich der Versetzung von Clearview zugestimmt habe.

Ich kann mich an keine einzige Sache erinnern, die im Keller passiert ist. Es ist alles nur ein großer, hässlicher Fleck in meinem Kopf, unterbrochen von schrecklichen Erinnerungen an eine Zeit, an die ich mich wirklich nicht erinnern will. Die endlosen Tage der Einsamkeit haben alle meine Dämonen wieder an die Oberfläche gebracht, und jetzt weigern sie sich, wieder unterdrückt zu werden.

Ich werde heute wieder im Unterricht erwartet. Wenn man bedenkt, wie weit ich schon im Rückstand bin, scheint sich das kaum zu lohnen. Ich sollte eigentlich schon tot sein. Wenn ich Hudson nicht angegriffen hätte, wäre ich jetzt frei. Nach all der Zeit war ich endlich so nah dran, zu bekommen, was ich wollte. Ich weiß nicht, auf wen ich wütender bin: auf mich oder auf ihn.

Ich mache mich auf den Weg in den frühen Morgennebel. Die erneute Gewöhnung an die Einnahme von Medikamenten und das Trauma der Einzelhaft haben mich körperlich und seelisch zermürbt. Ich habe keine Ahnung, wie ich den Unterricht überstehen soll.

Ich brauche einen neuen Plan, um von hier zu verschwinden. Der November rückt schnell näher. Während meiner Zeit im Loch fand eine offizielle Durchsuchung aller Wohnheime statt.

Hier gibt es ein großes Problem mit Schmuggelware. Jeder weiß es. Sie haben die Schlafzimmer auseinandergenommen, um die Schuldigen zu finden. Ich habe schnell herausgefunden, dass sie nicht nur meinen Pillenvorrat gefunden und beschlagnahmt haben, sondern auch meine Messer und alles andere, was als riskant galt.

Ich drehe zweimal eine Runde um das Gelände und zähle dabei die Wärter und Überwachungskameras. Ich bin immer noch nicht bereit, den Rückweg anzutreten. Was früher für mich funktioniert hat, ist jetzt nicht mehr hilfreich. Ich schaffe es nicht, die erstickende Dunkelheit in meinem Kopf zu vertreiben.

Ich entscheide mich für eine andere Route und laufe hinter dem etwas kleineren Pinehill-Wohnheim durch die hinteren Gärten. Das unberührte Grün schmilzt allmählich dahin, je weiter ich laufe, und wird ungepflegt und vergessen.

Hoch aufragende Birken hüllen mich bald in das dichte Unterholz ein. Als ich zu einem Sicherheitszaun komme, der die Grenze des Grundstücks markiert, suche ich frustriert das Gelände ab und bin bereit, mich geschlagen zu geben.

Ich erwarte nicht, dass sich in der Ecke ein winziges, passierbares Loch befindet. Ich quetsche mich durch den Stacheldraht, halte die Luft an und schaffe es auf die andere Seite, wobei ich in einen Sprint ausbreche, falls mich jemand beobachtet.

Je weiter ich laufe, desto distanzierter fühle ich mich. Es ist, als wäre ich in eine andere Welt eingetreten, weit weg von den Albträumen von Blackwood.

Hier draußen in der Ungewissheit kann ich fast die Falle vergessen, in der ich stecke, und die erschütternde Realität, dass ich tatsächlich *leben* muss. Ich habe noch vier Wochen, um es zu schaffen. Vier Wochen bis zum Jahrestag.

Ich jogge auf eine Lichtung und finde einen verlassenen Friedhof in der walisischen Wildnis. Schwarze schmiedeeiserne Tore umschließen den Platz, der mit bröckelnden Grabsteinen und Statuen gefüllt ist. Auf der Rückseite befindet sich ein Mausoleum, das in seiner ganzen gotischen Schönheit imposant wirkt.

Weidenbäume wiegen sich in der leichten Brise, und

goldene Blätter bedecken den Weg, der mich hineinführt. Ich fahre mit den Fingern über die verblassten Namen, überwältigt von sinnloser Bosheit und Eifersucht.

Warum sind sie tot und ich nicht? Warum kann ich nicht in dieser Erde begraben werden, kalt und leer? Es ist nur fair, dass wir wählen können, ob wir leben oder nicht. Wenn jemand sterben will, ist das seine Entscheidung. Nicht jeder will gerettet werden.

Ich lasse mich auf den frostigen Boden sinken, lehne mich an einen der Grabsteine und genieße den Frieden und die Stille, die mir unter die Haut gehen. Aber es ist nicht still. Irgendwo gibt es ein Geräusch. Es ist blechern, fast wie ein gedämpfter Lautsprecher.

Ich schaue mich um, und mein Blick fällt auf eine zusammengekauerte Gestalt vor den Türen des Mausoleums, gekleidet in einen vertrauten schwarzen Kapuzenpulli und abgewetzte Jeans. Aus Elis Kopfhörern dröhnt schwere Rockmusik, während er in seinem Rucksack kramt. Sein lockiges Haar ist unordentlich und fällt aus der schmuddeligen Mütze, die er trägt.

Ich kann meinen Blick nicht abwenden, als er eine Tabakdose herauszieht und ein kleines, rasiermesserscharfes Taschenmesser offenbart. Er nimmt sich die Zeit, es methodisch zu reinigen und zu desinfizieren, mit einer Art ritueller Liebe zum Detail.

Dann krempelt er langsam seinen Ärmel hoch, das Gesicht vor Konzentration angespannt, während er seinen Arm untersucht. Ich kann meinen Blick nicht abwenden.

Mir läuft das Wasser im Munde zusammen, als er die Klinge auf seine Haut drückt und sie quer durchzieht, was eine sofortige Erleichterung hervorruft. Seine Schultern sacken zusammen und sein Gesicht entspannt sich, als das Blut fließt.

Während ich fasziniert zusehe, bewegt er sich einen Zentimeter nach unten und wiederholt den Vorgang. Es ist, als würde ich einem Künstler zusehen, die Klinge ist sein Pinsel und sein Arm die Leinwand, auf der er eine wunderschöne, blutige Szene von morbidem Ausmaß erschafft.

Ich bin von dem Anblick so hingerissen, dass mein Griff um den Grabstein abrutscht und ein Stück auf den Boden fällt. Sein Kopf schnellt nach oben, und unsere Blicke treffen sich sofort.

Angst und Panik lösen sich schnell in etwas anderes auf, das ich nicht beschreiben kann. Er sieht mich direkt an und seine Lippen verziehen sich zu einem heimlichen Lächeln. Es ist, als wäre ich eine Art Voyeur in seinem intimsten Moment, und er genießt den Nervenkitzel, ein Publikum zu haben.

Scheiß drauf.

Er ist sichtlich froh, mich zu sehen. Ich setze mich zu ihm auf die moosbewachsenen Stufen, aber keiner von uns beiden spricht. Es gibt kein peinliches Wiedersehen oder aufdringliche Fragen wie bei den anderen.

Unsere Aufmerksamkeit ist auf das Messer konzentriert, das er fest in seiner Hand hält. Das Blut fließt in karmesinroten Rinnsalen von seinem Handgelenk bis zu seinem Ellbogen, und meine Finger schmerzen vor Verlangen, es ihm zu entreißen.

Aber nicht, um ihn aufzuhalten.

Scheiße, nein, ich will es für mich selbst.

Ich möchte etwas fühlen, diese süße, euphorische Erleichterung für nur eine Sekunde hervorrufen. Wie ein Alkoholiker auf dem Weg der Besserung starre ich ihn mit unverhohlenem Verlangen an, während ich den Preis im Auge habe und mich frage, wie ich etwas davon für mein eigenes Vergnügen bekommen kann.

So krank es auch ist, ich bin nicht daran interessiert, ihn davon abzuhalten, sich selbst zu verletzen. Ich verstehe das Bedürfnis, mit dieser heiklen Grenze zu spielen, irgendwo zwischen Leben und Tod. Zu tief, und das war's. Nicht tief genug, und man will mehr.

Es ist ein Teufelskreis, der süchtig macht.

Ich liebe es verdammt noch mal.

Leuchtende smaragdgrüne Augen starren mich neugierig an, als ich mit dem Finger über seine Handfläche fahre und es wage, höher zu gehen. Ich umkreise sein Handgelenk und die dortigen blauen Adern und folge der Spur bis zu seinen blutenden Wunden.

Ich verschmiere das Blut unter meiner Berührung und schaffe eine Spur aus purpurnen Pinselstrichen. Jetzt sind wir beide Künstler, die von dieser kranken Faszination gefangen gehalten werden.

»Es tut mir leid«, murmle ich und versuche, mich von ihm zu lösen.

Seine Hand hält mich fest, während er den Kopf schüttelt. Dieses dunkle Lächeln ist schief und wissend. Scheiße, er will das genauso sehr wie ich. Wie verkorkst ist das denn?

Aber das spielt keine Rolle. Es hält mich nicht auf. Dieses Gefühl zwischen uns, die Ranken der Dunkelheit und der puren verdammten Krankheit, die uns näher zusammenrücken lassen, es ist unwiderruflich. Unkontrollierbar. Nichts existiert außerhalb dieses Moments.

Eli hält mir das Messer hin, und mein Herz schlägt schneller als je zuvor. Ich kann meinen Blick nicht von dem glitzernden Stahl losreißen, während er es reinigt und desinfiziert. Ehe ich mich versehe, haben sich meine Finger um den Griff gelegt. Meine Hand zittert immer noch erbärmlich, aber er urteilt nicht.

Nicht mein Eli.

Als ich den Ärmel meines Pullovers hochkremple, kommen unzählige silbrige Narben und knorrige Hautstellen zum Vorschein. Sein Blick brennt wie Feuer, und ich genieße es sogar.

Erfüllt von diesem seltsamen Gefühl des Stolzes, möchte ich, dass er meine Kunstwerke sieht und sie für sich selbst zu schätzen weiß, von einem Ritzer zum anderen. Es ist wie ein

Übergangsritus, dieses intime Teilen unserer Kampfnarben, die uns der größte Feind zugefügt hat – wir selbst.

Alles an dieser Sache ist falsch.

Ungesund. Toxisch. Verkorkst.

Aber gleichzeitig auch *so richtig*.

Die gezackte Kante trifft auf mein empfindliches Fleisch. Ein Seufzer entweicht meinen Lippen bei diesem vertrauten Gefühl, Sekunden bevor ich den verlockenden Schnitt mache.

Dann bewege ich das Messer und versuche, Blut hervorzulocken, aber meine zitternde Hand nimmt mir die Fähigkeit, genügend Druck aufzubauen. Ich schnaufe und verfluche die verdammten Medikamente, mit denen ich bis obenhin vollgepumpt bin.

Nach ein paar weiteren Fehlversuchen drohen frustrierte Tränen zu fließen. »Beschissene Hand.«

Eli schluckt schwer und beißt sich auf die Unterlippe. Sanft nimmt er das Messer aus meiner krampfenden Hand. Er wirft mir einen langen, strengen Blick zu und stellt stumm die Frage, von der ich weiß, dass er sie nicht laut aussprechen kann.

Meine Zustimmung.

Dieser komplizierte, gebrochene Mann will mir auf die einzige Weise helfen, die er kennt. Er ist sogar so nett, mich zu fragen, bevor er es tut. Ich nicke, ohne nachzudenken, da ich ihm intuitiv mit jeder Faser meines Wesens vertraue. Er hebt seine Augenbrauen, um eine Bestätigung zu erhalten.

Anstatt zu antworten, lege ich meine Lippen auf seine. Nur ein geflüsterter Moment der Zuneigung, der ihm einen Blick unter die Oberfläche des verletzten Mädchens gewährt, das sich hinter Schichten von Sarkasmus und Wut verbirgt und das will, dass er sie schneidet, wenn *sie es verdammt noch mal nicht selbst tun kann.*

»Bitte«, wimmere ich. »Mach es besser, Eli. Bitte.«

Als er es über mein Handgelenk zieht, frage ich mich, ob er es auch spürt – dieses unerklärliche Band zwischen uns, als wären wir endlich wiedervereinte Seelen. Wir sind zwei einsame Wölfe, die sich gegenseitig umkreisen, beide fasziniert und ein wenig ängstlich. Ich frage mich, wie dieses Gefühl für ihn schmeckt.

Meine Augen fallen zu, als die Erlösung kommt, heiß und scharf, mit einem scharfen Schmerz. Ich kann das Stöhnen der Befriedigung nicht unterdrücken, als er diese Aktion viermal wiederholt. Methodisch, präzise. Er nimmt sich Zeit und lässt Sorgfalt walten.

Sobald er fertig ist, setzt ein anderes Gefühl ein. *Heilige Scheiße.* Es ist seine Zunge, die über die Haut meines Handgelenks gleitet, während er sein Werk küsst. Er leckt an dem Blut, seine Finger graben sich schmerzhaft in meinen Arm.

Schickt mich in die Hölle, es ist mir egal. Ich bin so feucht, wie ich es noch nie war. Meine Schenkel krampfen sich vor lauter Erregung zusammen.

»Eli«, flüstere ich wie ein Gebet.

Ich vergrabe meine Finger in seinen widerspenstigen Locken und ziehe kräftig daran, bis ich seine blutigen Lippen für mich beanspruchen kann. Unsere Zähne kollidieren mit der Gewalt unseres Kusses, und er ist genauso fasziniert wie ich.

Er ergreift mein Gesicht und erforscht jeden Zentimeter meines Mundes, seine Zunge markiert sein Revier. Das Verlangen brennt in mir, als ich in Elis Schoß klettere und meine Beine um seine schlanke Taille schlinge.

Ich presse unsere Körper aneinander, weil ich ihn überall spüren muss. Jetzt, da ich auf den Geschmack gekommen bin, kann ich nicht genug bekommen. Ich stürze schnell ab, und er ist da, um mich aufzufangen, bevor ich ertrinke.

Unsere Hüften reiben sich aneinander, als seine Hand unter meinen Pullover gleitet und über meinen Bauch und meine Rippen fährt. Zweifellos spüren seine Finger auch dort die Furchen und die erhabene Haut.

Er macht kurzen Prozess mit meinem BH und reizt meine steifen Brustwarzen. Ich reibe mich noch fester an ihm, der Druck seines steinharten Schwanzes macht mich wild.

»Mehr«, keuche ich.

Eli sieht mich an, seine Augen funkeln schelmisch, während er sich auf die Lippe beißt. So lebendig habe ich ihn noch nie gesehen, so wach und präsent in der Realität. Sonst versteckt er sich immer vor der Welt, um sich selbst zu schützen. Aber in diesem Moment ist Eli hier bei mir.

Schnell öffne ich seine Jeans und greife nach der harten Länge, die darin gefangen ist. Sein Schwanz ist bereit für mich, heiß und pulsierend. Eli reißt mein Hemd hoch, und ich verlagere meine Position, damit er den Rest meiner Kleidung ausziehen kann.

Dann gleiten seine Finger über meine Haut, umkreisen meine Schenkel, bis er zwischen meine tropfenden Schamlippen gleitet. Als er das Nervenbündel dort kitzelt, erschaudere ich kurz. Er schenkt mir noch ein freches Lächeln, bevor er mit zwei Fingern in meine Muschi eindringt und mich weit spreizt.

»Verdammt, ja«, stöhne ich.

Eli hält inne und überlegt eine teuflische Sekunde lang, bevor er sich zurückzieht und seine Finger in meinen blutenden Arm reibt. Kribbelnder Schmerz beißt sich in meine Haut.

Mit dem gesammelten Blut kehrt er zu meiner Muschi zurück und schiebt seine Finger wieder hinein. Heißes, klebriges Blut befeuchtet meine Schamlippen, während ich aufschreie. So verdammt falsch und doch so richtig zur gleichen Zeit.

Er beschleunigt das Tempo und fickt mich grob mit seinen Fingern, während ich beginne, seinen samtigen Schaft zu bearbeiten. Ich kann seinen rasselnden Atem hören und genieße das Vergnügen, das ich ihm bereite.

Während sich das Gefühl aufbaut und ich mich immer

mehr anspanne, wird mir klar, dass ich nach Jahren des Leidens durch beschissene Beziehungen genau das mag. Verkommen. Blutig. Verdorben. Aber letztendlich verdammt unglaublich.

Eli arbeitet sich mit seinen Lippen über meine Kieferpartie und meinen Hals hinunter, wobei er saugt und Markierungen hinterlässt. Ich liebe es. Ich gehöre ihm, und ich kann nicht genug bekommen. Ich lasse mich ganz auf seinen Schoß sinken und spreize meine Beine.

Ich sitze perfekt auf ihm, als die Spitze seines Schwanzes gegen meine rotgefärbte Öffnung drückt. Eli zögert und legt eine Hand um meinen Hals, um meine Aufmerksamkeit zu gewinnen.

Er drückt auf meine Kehle, bis ich nach Luft schnappe, und die Frage in seinen Augen ist eindeutig. Selbst nach all dem will er immer noch mein Einverständnis. Das ist ein echter verdammter Gentleman. Derselbe Gentleman, der gerade in meine Haut geschnitten und es *genossen* hat.

»Bitte«, flehe ich verlegen.

Er verschwendet keine Zeit und stößt seinen Schwanz so tief in mich hinein, dass ich aufschreie. Ich bin so voll, dass alle Nervenenden in Flammen stehen, als seine Stirn auf meine trifft.

Als ich mein Gleichgewicht finde und mich zu bewegen beginne, wird die Euphorie nur noch größer. Ich reite ihn hart und lege meine Arme zur Unterstützung um seinen Hals.

Er umklammert immer noch meine Kehle und drückt fest genug zu, um mich weiter zu erregen, während das Atmen noch schwieriger wird. Ich jage dem Hochgefühl hinterher, unersättlich und verzweifelt auf der Suche nach mehr von diesem Gefühl.

Unsere Körper prallen aufeinander, während wir beide stöhnen und keuchen. Sobald ich meine erste Erlösung hinausgeschrien habe, übernimmt Eli die Dominanz und zieht mich von seinem Schoß.

Ich werde auf die kalten Stufen des Mausoleums hinuntergelassen. Seine Hände umklammern meine Oberschenkel, während er über mir hängt, und sein zerzaustes Haar fällt ihm ins Gesicht und stört meine Sicht. Ich streiche es zurück.

Die Art, wie er mich ansieht, macht verdammt süchtig, als wäre ich der Sauerstoff, den er atmet. Meine ganze Welt beginnt und endet mit dem Blick der Ehrfurcht, der seine smaragdgrünen Augen in genau diesem Moment erfüllt.

Eli gleitet wieder in mich hinein und vergräbt sein Gesicht an meinem Hals, während ich mich winde und schreie. Er fickt mich hart und schnell, als hinge sein Leben davon ab. Dass es im Freien ist, macht es nur noch heißer.

Es hat etwas Verbotenes, neben den Toten auf diesem Friedhof zu vögeln, während uns beiden Blut über die Arme läuft und unsere gemeinsame Faszination für die Kunst der Selbstzerstörung beweist. Wir sind Zwillingsflammen, die für die Vergessenheit bestimmt sind.

Keiner von uns beiden kann es lange aushalten. Er ist so tief in mir drin, dass ich das Gefühl habe, ich würde explodieren. Ich komme erneut zum Höhepunkt und reite auf den Wellen meiner Erlösung, während Eli ein paar letzte Stöße macht, bevor er aufhört und sich gegen meine Brust sinken lässt.

Sein Haar kitzelt meine Wange, während er nach Luft schnappt und mich mit diesen verdammt wissenden Augen anschaut. Es ist, als könne er meine Gedanken hören, trotz der Stille zwischen uns.

»Eli«, beginne ich.

Eine laute Stimme unterbricht uns und unsere Köpfe schnellen erschrocken hoch. Ich greife nach meinen Kleidern, Eli tut dasselbe und versucht, sich zu bedecken, als die Stimme sich uns nähert.

Ich ergreife seine Hand, dann springen wir die Stufen hinunter und schleichen um die Seite des Mausoleums herum, gerade noch rechtzeitig. Ein paar säuerlich dreinblickende Wärter stürmen auf den Friedhof, suchen eilig die Umgebung ab und melden sich über ihre Funkgeräte.

»Hier ist nichts. Sind Sie sicher, dass sie hier lang gegangen ist?«

Das Funkgerät knistert. »Ja, Leutnant. Benutzen Sie Ihre Augen.«

»Er ist leer. Überprüfen Sie Ihren Computer noch einmal.«

Ein Knistern ertönt aus dem Funkgerät, dann eine Art Handgemenge, bevor sich eine neue Stimme meldet. »Hier ist Augustus. Bringen Sie die Zielperson zurück in Reichweite oder packen Sie Ihre Koffer.«

Die beiden Wärter nehmen die Suche schnell wieder auf, ducken sich hinter Grabsteinen und schauen in den Bäumen nach. Eli klammert sich an meine Hand, als einer von ihnen gefährlich nahe kommt und seine schweren schwarzen Stiefel die Stufen zum Mausoleum hinaufstampfen. Uns beiden stockt der Atem.

Ein lautes Ächzen ertönt, als der Wärter die Tür aufstößt und den alten Stein beiseiteschiebt, um einen Blick in die Dunkelheit zu werfen. Wir nutzen die Gelegenheit, fliehen um die Rückseite des Friedhofs und sprinten den ganzen Weg zurück zum Sicherheitszaun.

Eli lässt meine Hand nicht los, bis wir wieder in Oakridge sind.

Verschwitzt, blutig und zufrieden.

KAPITEL 18

KADE

HURRICANE – HALSEY

ICH BIN in meiner üblichen Montagsschicht, tippe voller Vorfreude auf meinem Laptop und vergewissere mich, dass die Direktorin in ihrem Büro ist, bevor ich Brooklyns Institutsunterlagen aufrufe.

Abgesehen von moralischen Erwägungen könnte ich für diese Tat leicht meine Privilegien verlieren, aber das ist mir ehrlich gesagt egal. Ich muss wissen, was in diesem Keller passiert ist. Brooklyn ist ein Geist geworden. Das ganze Wochenende hat niemand sie gesehen, und ich verliere den Verstand.

Nach unseren ersten Kontakten habe ich mir die Akten von Phoenix und Eli angesehen und wusste, dass ich etwas tun musste, um ihnen zu helfen. Nicht jeder, der hierherkommt, ist ein Krimineller, und nicht alle werden vom Gericht zu einer Behandlung verurteilt.

Manche sind einfach nur verrückt und von besonderem Interesse für die Psychiater. Technisch gesehen drohte Phoenix eine Gefängnisstrafe wegen Drogenhandels. Soviel ich gehört habe, war er der Anführer einer berüchtigten Bande in London.

Wenn er nicht hierhergekommen wäre, um sich zu bessern, wäre er hinter Gittern gelandet. Die Diagnose der bipolaren Störung hat ihm diese Unannehmlichkeiten erspart, ebenso wie die Tatsache, dass er zum Zeitpunkt seiner Verhaftung ein labiles Chaos war.

Eli ist der Unschuldigste von uns allen. Es ist nicht das, was er getan hat, sondern das, was andere ihm angetan haben, was ihn nach Blackwood geführt hat. Über ein Jahrzehnt lang ist er zwischen verschiedenen Einrichtungen hin und her gewechselt und in Heimen und unter Medikamenteneinfluss aufgewachsen. Zuletzt wurde er von Clearview verlegt, demselben Ort, an dem Brooklyn zuvor gelandet war.

»Kade? Hast du die Liste für den Ausflug zum Weihnachtsmarkt?«

Mike bleibt an meinem Schreibtisch stehen und stützt sich auf seinen Ellbogen. Der stellvertretende Direktor ist ein wenig anmaßend, aber er ist recht anständig. Verdammt viel umgänglicher als die Direktorin, Elizabeth White, selbst.

Sie beaufsichtigt das Tagesgeschäft und verbringt die meiste Zeit in Vorstandssitzungen, aber sie ist hier die eigentliche Autorität. Die Psychiater sind nur ihre Schoßhündchen.

»Sicher, ich gebe sie dir sofort. Der Anfang Dezember?«

»Ja. Wir müssen anfangen, Vorbereitungen zu treffen. Elizabeth hat mir schon wieder gesagt, dass sie diejenigen belohnen will, die sich gut benehmen.«

»Klingt richtig.«

Er rollt dramatisch mit den Augen. »Kommst du mit? Ich habe deinen Namen aufgeschrieben, und ich könnte Hilfe gebrauchen.«

Achselzuckend öffne ich die lange Akte und werfe einen Blick auf die Details. Es ist eine kleine Liste von Zustimmungen. Nur sehr wenige haben eine makellose Akte und keine Disziplinarmaßnahmen. Zu meiner großen Erleichterung steht auch Phoenix' Name darauf. Seit er von den Drogen weg ist, ist er sauber geblieben.

»Warum nicht?«, beschließe ich. »Meine Online-Prüfungen sollten bis dahin sowieso alle erledigt sein.«

Mike strahlt mich an. »Das bringt dich wenigstens raus aus diesem Ort.«

»Ich werde mir auf jeden Fall einen Tag freinehmen.«

»Guter Junge.«

Während Mike mit seinem Telefon herumfummelt, wage ich einen Seitenblick. Sein Kopf ist teilweise gedreht, sodass ich die Möglichkeit habe, einen Blick auf die anderen aufgelisteten Namen zu werfen.

Die Gruppe ist in Ordnung, niemand ist zu schwierig oder zu gefährlich, als dass er die Vorbereitungen erschweren würde. Natürlich sind Hudson und Eli nirgends zu sehen.

»Hast du die Namen von den Psychiatern?«, frage ich beiläufig.

»Ja, wir mussten eine Sicherheitsfreigabe einholen. Liz hat sie bereits genehmigt, aber sie hat sie sich kaum angeschaut«, beschwert er sich mit einem Stirnrunzeln. »Die verdammte Frau ist mehr an ihren E-Mails interessiert, als hier wirklich etwas Sinnvolles zu tun.«

Ich summe eine Antwort und tue so, als würde ich sie druckfertig machen. Ein verlockender Gedanke formt sich in meinem Kopf, als ich höre, dass es bereits durch die Direktorin gegangen ist.

Mit hämmerndem Herzen tippe ich unten einen weiteren Namen ein und ändere den automatischen Status von rot auf grün, um anzuzeigen, dass sie ein geringes Risiko darstellt und eine Sicherheitsfreigabe erhalten hat.

Was kann schon schiefgehen?

Brooklyn wird mit uns beiden zusammen sein, weit weg von der erdrückenden Überwachung in Blackwood. Ich bin verdammt ekstatisch, wenn ich nur daran denke, und gierig auf jede Gelegenheit, sie allein zu erwischen, auch wenn sie im Moment nicht mit uns reden will.

Wir sind nicht alle wie Hudson. Ich muss mir eine zweite Chance bei ihr verdienen. Sie muss wissen, dass mein Arschloch-Bruder nicht für unsere Gruppe spricht und dass wir nicht alle aus dem gleichen Holz geschnitzt sind.

»Bitte sehr.« Ich schenke ihm ein höfliches Lächeln.

»Danke, Kade. Du bist ein guter Kerl.«

»Kein Problem.«

Mike sammelt den Papierkram ein und geht zurück in sein Büro, sodass ich mich wieder meinen Nachforschungen widmen kann. Es war einfach genug, an Brooklyns Akten heranzukommen – ein Vorteil des Jobs und so.

Es hat seine Vorteile, kein echter Patient zu sein, auch wenn ich für dieses Privileg meine Freiheit aufgegeben habe. Niemand kann verstehen, warum ich freiwillig helfe, aber es gibt einen Grund dafür. Ich möchte wissen, worauf ich mich einlasse.

Kontrolle ist Macht in dieser Welt.

Das hat mir mein Vater beigebracht.

Brooklyns Foto in den Akten ist ein erschreckender Anblick. Schlaffes, ungewaschenes Haar und hohle Wangen umrahmen ihre toten Augen. Sie sieht noch schlimmer aus als nach ihrer Einzelhaft.

Es ist elf Monate zurückdatiert, von ihrer ersten Einweisung in Clearview. Ich scrolle nach unten und versuche, so viele Informationen wie möglich zu sammeln, während ich mein schlechtes Gewissen, in ihre Privatsphäre eingedrungen zu sein, unterdrücke.

Brooklyn West, einundzwanzig, weiblich.

Vorgestellt in einer akuten Phase der Psychose. Vorbestehende Diagnose einer Schizophrenie. Sofortige Beurteilung erforderlich, Fall wird R. Zimmerman zur Triage zugewiesen.

Ich lese weiter, und die Neugierde brennt in mir, während ich die kurzen Notizen des psychiatrischen Teams überfliege, das sie begutachtet hat, bevor sie überhaupt nach Clearview kam.

Nach ihrer Festnahme am Bahnhof St. Pancras wurde die Patientin nach einer achtundvierzigstündigen Verfolgungsjagd von der Polizei festgenommen. Sie wurde in Gewahrsam genommen, um auf eine psychologische Beurteilung zu warten. Sie hat Wahnvorstellungen, visuelle und auditive Halluzinationen, Gewaltbereitschaft und eine instabile Persönlichkeit.

Weitere Einzelheiten in dem beigefügten Bericht über den Vorfall.

Der Cursor schwebt über der angehängten Datei, aber als ich draufklicke, erscheint ein Feld, das einen Sicherheitscode anfordert. Es sieht so aus, als sei die Datei aus Gründen der Vertraulichkeit gesperrt und nur die Direktorin kann die Erlaubnis zum Zugriff darauf geben.

Ich schließe schnell den Bildschirm, nehme einen zittrigen Atemzug und werfe einen Blick auf ihre Tür. Das ist der Grund, warum ich mich um meine eigenen Angelegenheiten kümmern sollte. Mit meinen sorgfältig kultivierten Computerkenntnissen lösche ich schnell meine Anwesenheit aus dem System und sichere alle versteckten Einträge.

Das ist nicht das erste Mal, dass ich das mache, und was auch immer in dieser Akte steht, es ist nichts Gutes. Während ich versuche, meine Spuren zu verwischen, brennt eine Frage in meinem Kopf. Was genau hat sie getan?

Trotzdem ist die Wahrscheinlichkeit gering, dass es diese seltsame Besessenheit beeinträchtigt, die ich für sie empfinde. Ich kann mir nicht erklären, wie ich mich an Menschen binde. Es ist, als würde mein Herz sie einfordern, lange bevor mein Verstand die Chance hat, aufzuholen. Ganz gleich, wer sie sind oder was sie getan haben, wenn ich einmal interessiert bin, gibt es kein Zurück mehr.

Ein scharfer Schlag auf die Empfangsklingel lässt mich in meinem Sitz aufspringen. Vor lauter Panik schlägt mir das Herz bis zum Hals. Ich blicke auf und sehe Hudson, der mich amüsiert angrinst, sein schwarzes Haar zerzaust und verschwitzt vom Training. Er muss wieder im Fitnessstudio gewesen sein.

»Hey, Bruder. Hast du Post für mich?«

»War das wirklich nötig?«, frage ich.

»Ja, das war es. Verdammter Angsthase. Was hast du zu verbergen?«

»Nichts.«

Ich zucke mit den Schultern und bin erleichtert, dass ich meinen Laptop bereits bereinigt habe. Ich greife in meine Tasche, die unter dem Schreibtisch verstaut ist, ziehe den teuren cremefarbenen Umschlag heraus und schiebe ihn rüber.

»Ich wollte es dir nach der Arbeit bringen.«

»Mach dir keine Mühe«, murmelt Hudson.

Ich beobachte, wie er den Brief aufreißt und mit seinen blauen Augen die elegante Schrift meiner Mutter überfliegt. Sie verwendet personalisiertes Briefpapier, auf dem das politische Wahlkampfzeichen meines Vaters prangt.

Unsere Eltern sind ziemlich imagebesessen, aber verdammt, wenn Mum Hudson nicht liebt, als wäre er ihr eigenes Kind. Egal, wie sehr er darauf besteht, uns alle wegzustoßen.

»Irgendetwas Gutes?«, frage ich hoffnungsvoll.

»Derselbe Mist. Vermisst mich und will mich besuchen.«

Ich zwinge mich, einen vernünftigen Tonfall beizubehalten, und halte meine Frustration zurück. »Sie bittet schon seit achtzehn Monaten darum. Du könntest der armen Frau entgegenkommen, Hud. Ein Besuch wird dich nicht umbringen. Das hat sie sich wenigstens verdient.«

Er knüllt den Brief zusammen, wirft ihn in Richtung Mülleimer und landet einen perfekten Treffer. »Ich habe ihr gesagt, sie soll mich vergessen. Wenn ich ihr jetzt einen Besuch erlaube, wird sie mich nie wieder gehen lassen.«

Ich starre ihn ungläubig an, verblüfft über den schieren Mangel an menschlichen Gefühlen. »Sie ist deine Mutter, um Himmels willen.«

»Nein. Sie ist deine«, argumentiert Hudson, und sein Gesichtsausdruck wird düster. »Ich bin nur der Abschaum, der hergebracht wurde und sie beschämt hat.«

Seine Hände ballen sich zu Fäusten, während er mich anstarrt. Er ist völlig ahnungslos gegenüber der Spur von kaputten Körpern, die er hinterlässt. Ihr ist es völlig egal, was er getan hat, und Mum liebt ihn immer noch, wie es alle guten Eltern tun würden, ob er nun adoptiert ist oder nicht. Er ist zu geblendet von der Vergangenheit, um das zu sehen.

»Sie schämt sich nicht für dich. Kein bisschen«, stoße ich hervor. »Sie sorgt sich um dich, und das solltest du akzeptieren lernen. Wenn du so weitermachst, wird es eines Tages niemand mehr tun.«

Ehe ich mich versehe, packt Hudson mein makelloses blaues Hemd und zerrt mich hoch. Sein wütendes Gesicht ist direkt vor meinem, und seine zornigen aquamarinblauen Augen starren mich an.

»Ich habe nicht darum gebeten, dass du mir hierher folgst, Bruder«, zischt er. »Und ich will es auch nicht. Ich habe das Verbrechen begangen, jetzt sitze ich die Zeit ab.«

»Hud ...«

»Nein. Erzähl mir nichts von Akzeptanz, solange du hier bist und dein verdammtes Leben vergeudest, während du da draußen leben könntest. Es reicht schon, dass ich mein Leben ruiniert habe, aber muss ich jetzt auch noch deins auf dem Gewissen haben?«

Ich gebe Hudson einen harten Stoß, woraufhin er zurückstolpert und mich loslässt. Er ist so ein Arschloch, und ich weigere mich, ihm die Genugtuung zu geben, mich einzuschüchtern.

»Ich will dir nur helfen. Ich habe keine Hintergedanken. Weißt du, was mein erster Gedanke war, als ich hörte, was du getan hast?«

Hudson wendet den Blick ab und spannt den Kiefer an, während er mit den Achseln zuckt.

»Ich habe mir keine Sorgen um den anderen Kerl gemacht. Ich habe mir Sorgen um dich gemacht. Was das für dein Leben und deine Zukunft bedeutet. Und was noch wichtiger ist? Ich habe mir Sorgen darüber gemacht, was ich ohne meinen kleinen Bruder machen würde. Jemanden, der in mein Leben getreten ist, als ich schon erwachsen war, und es trotzdem geschafft hat, Familie zu werden.«

»Lass es einfach, Kade.«

Ich atme tief ein und versuche, mein Temperament zu zügeln. »Nein. Du tätest gut daran, an deine Familie zu denken, wenn du Leute verprügelst oder dich in den Wahnsinn vögelst und säufst. Es gibt Menschen, die sich um dich sorgen, auch wenn du es nicht tust.«

Er hört widerwillig zu, während ich schimpfe, denn ich habe die Nase voll von seinem Blödsinn. Als ich fertig bin, macht er einfach auf dem Absatz kehrt und schlendert davon. Es ist, als ob ich gar nicht existiere und meine Worte nichts bedeuten.

Ich habe die besten Jahre meines Lebens aufgegeben, um hier zu sein. Um ihn zu unterstützen und sicherzustellen, dass er in dieser Welt nicht allein ist. Und was bekomme ich für meine Loyalität? Gar nichts. Verdammt noch mal nichts.

Ich schaue wieder auf meinen Laptop-Bildschirm und rufe das Ausweisfoto auf, das ich für Brooklyn gemacht habe. Sie hat tatsächlich gelächelt, als ich das Haar hinter ihr Ohr gestrichen habe, wenn auch nur für eine kurze Sekunde.

Ihre großen Augen flackerten mit etwas anderem als Schmerz, bevor sie sich wieder verschloss, aber ich habe es gesehen. Irgendetwas ist da, vergraben unter der Oberfläche. Ich werde es wiederfinden, koste es, was es wolle.

Hudson will meine Hilfe nicht? *Na schön.* Mal sehen, wie es ihm gefällt, wenn ich ihm das Mädchen wegnehme. Dann weiß er, wie es sich anfühlt, nicht beachtet zu werden.

KAPITEL 19
BROOKLYN

HIGHER – SLEEP TOKEN

ICH BETRETE das Klassenzimmer und weiche den Dutzenden von Blicken aus, die sofort auf mich gerichtet sind. In den letzten paar Tagen haben sich alle für mich interessiert. Seit ich allmählich in den Unterricht zurückgekehrt bin, scheine ich eine Art Berühmtheit zu sein. Alle schauen mich mit Angst und Faszination an.

Meinen ersten Tag im Englischunterricht habe ich nur knapp überlebt, wo ich allein hinten saß, während die anderen um mich herum tuschelten und tratschten. Gestern bin ich in einer Wolke aus Wut herumgestampft und habe mich geweigert, mit jemandem zu sprechen, um nicht spektakulär zu explodieren.

Sogar die Jungs scheinen entschlossen zu sein, in meinen Kopf einzudringen. Irgendwann werden sie aufgeben und mich in Ruhe lassen. Ich kann mir keine Ablenkungen leisten, nicht jetzt, da Lazlo mich fest im Griff hat.

Ich kann an nichts anderes denken, als vor dem nächsten Monat von hier zu verschwinden. Ich habe alle möglichen Methoden in meinem Tagebuch aufgelistet, dessen tintenverschmierte Seiten mit Hass und Bedauern gefüllt sind. Meine Möglichkeiten sind bestenfalls begrenzt.

Als ich zum Sicherheitszaun zurücklief, um ihn näher zu untersuchen, in der Hoffnung, dass sich dort eine Gelegenheit ergeben würde, stellte ich fest, dass er repariert und elektrifiziert worden war. Jetzt kommt niemand mehr für einen kleinen Spaziergang hinaus.

Während ich durch den überfüllten Klassenraum gehe, komme ich an Tischen vorbei, an denen interessierte Schaulustige sitzen. Einige Patienten scheinen wach und bei klarem Verstand zu sein, während andere eindeutig unter starken Medikamenteneinfluss stehen, da sie sich einsabbern. Dieser Ort ist verdammt deprimierend.

Jemand hustet. »Verrückte Schlampe.«

Ich muss den Drang zum Lächeln unterdrücken. *Da hast du recht.* Wenn jemand es verdient hat, mit einem stumpfen Tafelmesser niedergestochen zu werden, dann Hudson. Ich bedaure nur, dass ich nichts Schärferes zur Hand hatte, mit dem ich seine Organe hätte entfernen können.

Ich gehe hocherhobenen Hauptes an den Arschlöchern vorbei. Phoenix und Eli sitzen an unserem üblichen Platz und warten auf mich. Ich kann meinen Blick nicht von Elis unordentlichen braunen Locken, seinem scharfen, kantigen Gesicht und seinen errötenden Wangen losreißen, während er es vermeidet, mich anzuschauen.

Hält ihn die Erinnerung daran, wie er mich gefickt hat, auch nachts wach? Die Art, wie er mich angesehen hat, als das Messer über meine Haut glitt, war pure Magie.

Ich setze wieder meinen ausdruckslosen Blick auf und nehme am Ende des Tisches Platz. Eli trägt seinen üblichen abgetragenen Kapuzenpulli und ein Paar zerrissene Jeans, die die trainierten Muskeln seiner Beine zur Geltung bringen.

Neben ihm hebt Phoenix' dramatisch blaues Haar sein schwarzes T-Shirt und sein graues Flanellhemd hervor, während es die schokoladenfarbenen Tiefen seiner Iriden betont. Sie sehen beide köstlich aus.

»Hallo, Leute.«

Phoenix muss zweimal hinschauen. »Na, sieh mal an, wer sich uns angeschlossen hat.«

Ich spüre seine Aufmerksamkeit deutlich, als ich mir die geschenkte Mütze vom Kopf ziehe und mein noch leicht feuchtes blondes Haar zum Vorschein kommt. Ein Lächeln umspielt seine vollen Lippen, und es macht mich wahnsinnig.

»Du siehst schon besser aus«, lobt er und mustert mich schamlos. »Hast du dich endlich entschlossen, wieder unter uns Lebenden zu wandeln?«

»Wie auch immer.«

Das reizt ihn noch mehr, genau wie ich es beabsichtigt habe.

»Wann wirst du endlich mit uns reden? Komm schon, Brooke. Ich habe die Nase voll von dieser blöden Schweigebestrafung, die du an den Tag legst. Was auch immer zwischen dir und Hudson passiert ist, es hat nichts mit mir zu tun.«

Ich kann nicht anders als beim Anblick von Phoenix' praller Unterlippe, die er für den dramatischen Effekt vorschiebt, ein wenig dahinzuschmelzen. Verdammt, ich würde gern auf diese Lippe beißen, weil ich genau weiß, wie sie sich an meiner anfühlt.

»Hör zu, das ist mir völlig egal. Er ist dein Freund und das ist für mich Grund genug, mich fernzuhalten«, erkläre ich schlicht. »Sobald ich einen Sitzplatzwechsel beantragen kann, verschwinde ich von euch allen. Ich brauche nicht noch mehr Ärger in meinem Leben, als ich ohnehin schon habe.«

Ich genieße das Aufblitzen des Schmerzes in Phoenix' Augen. Es ist ein gutes Gefühl, hier die Kontrolle zu haben. Egal, was passiert, ich bin diejenige, die das Sagen hat. Andere in meine Nähe zu lassen, ist ein Ding der Unmöglichkeit.

»Du bist ein stures Miststück«, jammert Phoenix.

»Finde dich damit ab und lass mich in Ruhe.«

Wir verstummen, als der Lehrer hereinkommt und sofort

in die Hände klatscht, um die Aufmerksamkeit aller zu erhalten. Crawley ist groß, spindeldürr und mehr als unheimlich, aber er ist anständig.

Nach zwei Wochen Abwesenheit stehe ich eindeutig auf seiner schwarzen Liste. Während die anderen mit ihren Aufgaben weitermachen, lädt er einen Haufen Arbeit auf meinem Schreibtisch ab und verlangt, dass ich alles vor den Prüfungen nächste Woche nachhole.

Nächste verdammte Woche.

Ich mache mir nicht die Mühe, ihm zu widersprechen, sondern nicke und starre ihm in den Rücken, als er sich zum Gehen wendet.

»Brauchst du Hilfe?«, bietet Phoenix an.

Ich schüttle den Kopf, bevor er überhaupt zu Ende gesprochen hat.

»Nein, alles in Ordnung.«

Mit einem frustrierten Knurren streicht er sich mit der Hand durchs Haar. »Weißt du was? Du kannst mich mal. Mach, was du verdammt noch mal willst. Es ist deine Entscheidung.«

»Verdammt richtig, das ist es.«

Phoenix' ätzender Blick brennt sich in meinen Kopf, aber ich mache mir nicht die Mühe, hinzusehen, als er loslegt. »Wenn du so weitermachst, bleibst du die nächsten drei Jahre allein. Das ist alles, was ich sagen will.«

»Wie kommst du darauf, dass mich das stört?«

»Du bist wirklich ein harter Brocken, nicht wahr?« Er lehnt sich näher heran und versucht absichtlich, mich zu verunsichern. »Kein Wunder, dass du keine verdammten Freunde hast. Allein geboren, allein sterben, richtig? Viel Glück dabei, verrückte Schlampe.«

»Danke.«

Er scheint zu glauben, dass ich ein Herz habe, das er verletzen kann.

Nun, er wird eine verdammte Überraschung erleben.

Ich lecke mir über die Lippen und schenke ihm ein amüsiertes Lächeln. »Ich bin lieber allein, als mit Leuten wie euch befreundet zu sein. Hast du eine Ahnung, wer Hudson wirklich ist? Was er getan hat? Setz dich erstmal damit auseinander, Arschloch. Das Gras ist nicht immer grüner.«

»Hudson ist ein guter Kerl … die meiste Zeit«, verteidigt Phoenix sich.

Ich lache und schnappe mir ein paar Papiere, um meine Hände zu beschäftigen, anstatt ihm in sein hübsches Gesicht zu schlagen, bis er blutet.

»Richtig. Und du wirfst mir vor, ich erzähle nur Mist.«

Offenbar trifft das einen Nerv, denn Phoenix dreht den Kopf und weist mich ab, indem er Kopfhörer aufsetzt. Ich knirsche mit den Zähnen und sage mir im Geiste, dass ich bald weg sein werde, egal was es kostet.

Ich muss weg von diesen Typen und ihren kleinlichen Gefühlen. Der Anblick von Hudson an meiner Schlafzimmertür hat mich an den Preis erinnert, den man zahlt, wenn man Menschen an sich heranlässt. Niemand hat Zutritt zu meinem toten Herzen.

Ich werde es nicht überleben.

Sie werden es nicht überleben.

Den Rest der Stunde überstehe ich, indem ich alle ignoriere, weil ich zu sehr damit beschäftigt bin, kleine Schlingen in die Ecken meines Lehrbuchs zu kritzeln. Die Liste der Materialien, die ich lesen sollte, um aufzuholen, ist lang, aber ich werfe sie ohne einen zweiten Blick in meine Tasche.

Scheiß drauf. Ich gebe einen Dreck auf diesen Kurs, die Prüfung oder die Arschlöcher, die diesen Zirkus leiten. Die können mich am Arsch lecken, bevor ich einen verdammten Aufsatz schreibe.

»Was machst du …« Phoenix bricht ab.

Sein Blick ist auf mein Buch gerichtet. Schnell blättere ich die Seiten um und verberge die Kritzeleien vor ihm. Er fordert sein Glück wirklich heraus. Gerade als ich meine Sachen packen und hinausstürmen will, ertönt ein lauter Alarm.

Er schrillt durch die Luft, und alle setzen sich in Bewegung, um ihre Taschen zu holen. Phoenix flucht und fängt an, lose Blätter einzusammeln, aber meine Aufmerksamkeit ist auf Eli gerichtet.

Plötzlich ist er zusammengekauert, die Stirn auf den Schreibtisch gepresst und die Hände über die Ohren geklemmt. Ich kann von hier aus sehen, wie sein Körper unter der dicken Kapuze zittert.

»Komm schon, das ist eine Feuerübung«, befiehlt Phoenix.

Ich ignoriere ihn völlig und diskutiere kurz mit mir selbst, bevor ich mich an Elis Seite begebe. Ich kann ihm helfen, ohne mich zu kümmern, oder? Als ich mit meiner Hand über seine Wirbelsäule streiche, versteift er sich augenblicklich und dreht sein Gesicht zur Seite. Schrecken tanzt in seinen Augen, als er mich anstarrt und leise um Hilfe bittet.

So wie auf dem Friedhof, wo er ohne Frage gehandelt hat. Mit diesem Moment im Hinterkopf reiche ich ihm zaghaft die Hand.

»Bringen wir dich hier raus.«

Eli hält einen Moment lang inne, völlig losgelöst und von seiner Angst kontrolliert. Ich schaue nicht weg, sondern warte darauf, dass er einen Anschein von Stärke entwickelt. Als sich seine zitternden Finger mit meinen verschränken, schenke ich ihm ein kleines Lächeln.

»Vertrau mir«, sage ich einfach.

Ich warte eine Ewigkeit auf sein Nicken.

»Lass uns gehen.«

Gemeinsam gehen wir aus dem Klassenzimmer und die polierte Treppe hinunter, immer zwei Stufen auf einmal. Hier draußen schrillt der Alarm noch lauter. Eli umklammert meine Hand schmerzhaft fest.

Als der erste Hauch von Rauch durch die Luft dringt,

werden wir schneller und rennen praktisch, um zu entkommen. Die Luft wird dick und der beißende Brandgeruch wird stärker.

»Nur eine Übung, was?«, zische ich Phoenix an.

»Woher sollte ich wissen, dass es echt ist?«

Plötzlich wird mir Elis Hand entrissen. Ich stolpere und pralle gegen Phoenix' Rücken. Er stützt mich, bevor ich die Treppe hinunterfalle, und wir drehen uns beide um, um die Treppe hinaufzuschauen.

Eli hat sich zusammengekauert, den Kopf gesenkt und vor Blicken verborgen, und die Arme um den Körper geschlungen, während das Zittern immer stärker wird.

»Oh Mann.« Phoenix seufzt.

»Was ist?«

»Er mag kein Feuer.«

»Was meinst du?«, blaffe ich.

Aber er hört nicht auf mich.

»Scheiße, okay«, murmelt er.

Phoenix geht in die Hocke, schiebt einen Finger unter Elis Kinn und neigt seinen Kopf gerade so weit, dass sie einander in die Augen sehen können. Ihre Lippen sind nur Zentimeter voneinander entfernt, ihre Gesichter auf intime Weise nah. Wenn ich es nicht besser wüsste, würde ich sagen, sie sind ein Liebespaar.

»Ich pass auf dich auf, E. Ich lasse dich nicht im Stich«, verspricht er.

Eli starrt atemlos vor sich hin, das tief verwurzelte Misstrauen ist deutlich zu spüren.

»Du bist nicht allein, Kumpel«, fügt Phoenix hinzu. »Komm schon.«

Ich stehe wie gebannt da und beobachte den Austausch mit angehaltenem Atem. Meine Augen tränen von dem Rauch, der von Sekunde zu Sekunde stärker und giftiger wird. Eli sieht Phoenix mit leeren Augen zu, die Lippen aufeinandergepresst, während er mit seinen Dämonen kämpft.

Es ist fast so, als würde er seinem Freund kein Wort glauben, obwohl wir ihn nie verlassen würden. Kein Mensch würde das tun, wenn in der Nähe ein Feuer wütet.

Phoenix wiederholt dieselben Beteuerungen, nur ein wenig eindringlicher. Er fleht Eli praktisch im Sprechgesang an, ihm zu vertrauen. Es ist herzzerreißend, die Angst zu sehen, die Eli als Geisel hält, als wäre er in seinem eigenen Kopf gefangen und könnte keinen Muskel bewegen, geschweige denn sprechen.

Mir kommt eine Idee, und ich lasse mich neben Phoenix nieder, um ihn aus dem Weg zu schieben. Eli kann nicht zuhören, wenn er unter dem Einfluss seiner Angst steht. Diese grausame Schlampe hört nicht auf Vernunft und Verstand. Ich muss zu ihm durchdringen, und ich weiß genau, wie das am besten funktioniert.

»Eli? Ich bin's, Brooke. Wir müssen hier weg, arbeite mit mir zusammen.«

Ich schiebe mit den Fingern den Ärmel seines Kapuzenpullis hoch und halte seinen Blick, während ich nach den Rillen suche, von denen ich weiß, dass ich sie finden werde. Vier horizontale Schnitte, genau dort, wo ich vor ein paar Tagen gesehen habe, wie er sich selbst geschnitten hat.

Sie sind noch frisch und kaum verheilt, sodass es ein Leichtes ist, meine Fingernägel hineinzugraben und den frischen Schorf abzureißen. Ich kratze an Elis Schnitten, bis ich das Blut wieder fließen spüre, warm an meinen Fingerspitzen. Seine Augen weiten sich bei dem Schmerz, seine Zähne geben seine geschundene Lippe frei.

Genau so. Komm zurück zu mir, kleiner Eli.

Ich weiß genau, was du brauchst.

Es vergehen ein paar Sekunden, in denen er langsam wieder auf die Erde zurückkehrt. Er klammert sich an den Trost des Schmerzes, genau wie ich es erwartet habe. Wir sind dieselbe verdammte Person.

Als er leicht mit dem Kopf zuckt, trete ich zurück und

erlaube Phoenix, ihn hochzuziehen, um unseren Abstieg in das verrauchte Foyer fortzusetzen. Ich kann nicht anders, als auf meine rotgefärbten Fingerspitzen zu starren, während ich den Jungs folge.

Der Anblick von Elis Blut auf meiner Haut fasziniert mich zutiefst. Jetzt sind wir quitt, beide in Purpur vom anderen beansprucht. Ich weiß nicht, was das für uns bedeutet, aber ich fühle mich schwindlig.

Wir schaffen es bis zum Eingang des Gebäudes, wo die Patienten nach draußen strömen, um der dicken, drückenden Luft zu entkommen. Ich bedecke meinen Mund mit dem Ärmel, bevor mich ein Hustenanfall überkommt, ducke mich auf den Boden und folge der Menge.

Aus einem der Klassenzimmer steigt Rauch auf, und ich kann den Schein von Flammen erkennen, die Reihen von Lehrbüchern und Papieren angreifen. Eli und Phoenix sind in der Menge verschwunden, während meine Füße erstarren.

Der Anblick des tödlichen Feuers lässt mich wie angewurzelt stehen bleiben. Meine Gedanken werden schnell von einer bösen, durchdringenden Stimme verschlungen.

Geh rein. Gib alles auf und biete dich den Flammen an.

Dies ist dein beste Chance. Tu es. Gib auf.

Es wäre so einfach. Ich stehe mitten im Chaos, also gibt es keine Wärter oder Lehrer, die mich aufhalten könnten. Die Überwachungskameras sind vom Rauch verdeckt. Ein Hauch von Freiheit ist zum Greifen nah. Ich setze einen Fuß vor den anderen.

Jeder Schritt bringt mich gefährlich nahe an die glühende Hitze, die ich auf meinem Gesicht spüre. Meine Hände ballen sich zu Fäusten, meine Fingernägel graben sich tief in meine Handflächen. Die Stimme wird lauter und übertönt alle anderen Geräusche.

Ich kann ihn praktisch auf der Zunge schmecken, den Funken Hoffnung in Form des unvermeidlichen Todes.

Kein Atmen mehr.

Kein Leiden mehr.

Kein Leben mehr.

Zum ersten Mal seit jener schicksalhaften Nacht vor fast einem Jahr, als ich meinen Abstieg in die Hölle beendete, könnte ich wieder frei sein. Gerade als ich nach der Türklinke greifen will, legt sich ein Paar tätowierter, muskulöser Arme um meine Taille.

Mist! Nein.

Nicht er.

Große, vernarbte Hände halten mich fest. Ich werde rückwärts geschleift, immer weiter weg von meiner Rettung. Ich schreie wie am Spieß und flehe meinen Entführer an, mich freizulassen, aber es nützt nichts.

Ich kenne diese Hände.

Ich erinnere mich an die Kämpfe, die diese Knöchel vernarbt haben.

»Was zum Teufel machst du da? Der Raum brennt, verdammt.«

Hudsons Worte lassen mich in die Spirale zurückfallen, in die schmutzige Vergangenheit. Ich sehe die Erinnerungen daran, wie er mir im Kinderheim die Bettdecke wegzieht oder mir die Pillen aus der Hand reißt und dabei böse Worte schreit.

Einmal stürmte er in der Schule in die Toilette, ohne Rücksicht auf die anderen Mädchen, die bei seinem Erscheinen kreischten. Er trat fast die Tür der Kabine ein, nur um an mich heranzukommen, und riss mir die Schere von meinem blutenden Handgelenk.

»Lass mich los!«, schreie ich.

Er fasst mich immer an, wenn er nicht erwünscht ist, und steckt seine arrogante Nase in meine Angelegenheiten, als hätte er das Recht, sich einzumischen, nach dem, was er mir vor fünf Jahren angetan hat.

»Es ist ein Feuer! Du blöde Schlampe. Wir gehen jetzt.«

»Nein! Lass los!«

Hudson zerrt mich den ganzen Weg nach draußen. Wir stolpern in die frische Mittagsluft und brechen in einem Hustenanfall auf dem Boden zusammen. Andere Patienten drängen sich um uns herum und schnappen nach Luft.

Hudson lässt mich los, und ich gehe sofort weg, als hätte er mich verbrannt, nicht das Feuer. Ich zittere wie Espenlaub, Adrenalin und Wut vermischen sich zu einer giftigen Chemikalie in meinem Blut.

»Wie kannst du es wagen, mich anzufassen?«, rufe ich anklagend.

Helle, kühle blaue Augen starren mich mit derselben kaum zu bändigenden Wut an, die jeden unserer gemeinsamen Momente vergiftet hat.

»Du warst nur Sekunden davon entfernt, dieses verdammte Klassenzimmer zu betreten«, schreit Hudson zurück. »Du brauchst es nicht zu leugnen. Du warst schon immer verstört. Ich habe dir gerade dein verdammtes Leben gerettet.«

»Wie kommst du darauf, dass ich gerettet werden will?«

»Ich versuche, dich zu beschützen!«, knurrt er mich an.

Hudson sieht mich an, als wäre ich verrückt, voller Urteil und so etwas wie … Mitleid? Oh, verdammt, nein. Der Hass sitzt mir schwer im Magen, als ich aufstehe und ihm zum zweiten Mal eine Ohrfeige verpasse.

»Wenn du mich nicht in Ruhe lässt, zeige ich dich an und lasse dich in Einzelhaft stecken«, drohe ich. »Wie würde dir das gefallen? Ich kann dir versichern, dass es da unten nicht lustig ist.«

Hudson reibt sich die stoppelige Wange und runzelt verwirrt die Stirn. »Du verarschst mich doch, oder? Bist du so dickköpfig? Gib's auf, Amsel. Ich bin es leid, mit dir zu kämpfen.«

»Ich bin nicht dumm, du hirntoter Wichser. Du scheinst vergessen zu haben, warum wir nicht mehr zusammen sind.«

»Dann klär mich verdammt noch mal auf.«

Ich starre ihn finster an und wünschte, ich hätte ein Messer, das ich ihm wieder in den Bauch rammen könnte. »Du kannst nicht einfach nach all den Jahren hereinspazieren und so tun, als würdest du dich einen Dreck scheren. Das wird nicht passieren. Dafür ist es zu spät.«

Bevor er antworten kann, drehe ich mich um und dränge mich an keuchenden Patienten und hektischen Wärtern vorbei, die ihre Anweisungen rufen. Phoenix versucht, mich zu packen, als ich an ihm vorbeigehe, aber ich stürme schnell davon.

Ich kann keinen von ihnen auch nur eine Sekunde länger ertragen. Ich spüre Hudsons Blicke auf der anderen Seite des Hofes. Aber natürlich hat er nicht den Mut, mir zu folgen.

Hätte er sich früher nur so sehr gekümmert, wären wir jetzt nicht in dieser Lage.

KAPITEL 20

PHOENIX

TOXIC LOVERS – MASS OF MAN & MASETTI

ICH WICKLE das Klebeband fest um Scotts Handgelenke und lasse ihm keinen Spielraum, während ich sie an meinem Bettgestell befestige. Ich ziehe zur Kontrolle an meinem Werk, aber er rührt sich nicht. Er ist fest gefesselt und kann sich ohne meine Erlaubnis keinen Zentimeter bewegen.

Ich starre in seine hellbraunen Augen, seine Wimpern umrahmen Unschuld und Vorfreude. Scott ist viel zu sanftmütig und zerbrechlich, um damit umzugehen, aber das ist mir egal. Ich bin niemand, der sein Gewissen oft beansprucht.

»P-Phoen? Das ist ein bisschen eng«, jammert er und beißt sich auf die Unterlippe.

Ich starre ihn ausdruckslos an. »Sehe ich aus, als ob mich das interessiert?«

Ich wette, Brooklyn würde sich nicht beschweren, wenn sie diejenige wäre, die an mein Bett gefesselt ist. Ich würde sogar mein Leben darauf wetten, dass sie es lieben würde. Aber die engstirnige, sture Schlampe selbst geht uns immer noch aus dem Weg, und ich habe es satt, ignoriert zu werden.

Scott seufzt und klimpert mit seinen dicken Wimpern.

»Ich bin gekommen, um Spaß zu haben, aber du bist ein Arsch. Entspann dich, ja?«

Ich ziehe meine Hand zurück und gebe ihm eine kräftige Ohrfeige. Ich genieße die Tränen, die ihm in die Augen steigen, und den herrlichen roten Fleck, der entsteht.

»Halt die Klappe, Mann. Du bist gekommen, weil dir langweilig ist. Wir haben eine Ausgangssperre wegen des Feuers. Benimm dich, oder ich werde heute Nacht weder dich noch deinen Schwanz anfassen. Hast du das verstanden?«

Er nickt gehorsam. »Ja, Phoen.«

Der kleine Freak liebt es, aufgemischt zu werden, und ich bin mehr als glücklich, die ganze Bestrafung zu übernehmen. Ich tue ihm weh, weil er darauf reagiert, und es ist herrlich. Wenigstens kann ich das aus jemandem herausholen, auch wenn es nicht die Person ist, von der ich wirklich will, dass sie sich mir hingibt.

»Sag kein Wort mehr«, warne ich.

Scott lächelt weiter, nickt und atmet scharf ein. Ich befreie meinen Schwanz und halte ihn in der Hand, während ich zusehe, wie Scotts Blick nach unten wandert.

Er leckt sich die Lippen, während ich mich reibe und das Gefühl seines Blickes auf meiner Haut genieße, während er sich nicht bewegen kann. Ich habe ihn so, dass er nirgendwohin kann. Das ist das Gute an einem Metallbettgestell.

»Bitte, Phoen … Bitte …«

»Was habe ich gesagt? Halt die verdammte Klappe.«

Um meinen Standpunkt zu verdeutlichen, bringe ich ihn zum Schweigen, indem ich meinen Schwanz tief in seinen einladenden Rachen schiebe. Er würgt und stöhnt, ein paar Tränen laufen über sein Gesicht, während ich ihm meinen harten Schwanz noch tiefer hineinschiebe.

Ich merke, dass es ihm trotz meiner Grobheit Spaß macht. Das ist die kranke Wahrheit. Die Leute lieben es, Opfer zu schreien und die Unschuldskarte zu spielen, obwohl wir in

Wirklichkeit alle auf unsere eigene Art und Weise gleich verkorkst sind.

Der einzige Unterschied besteht darin, dass einige von uns es offen zeigen, während andere eine Lüge leben und sich das Vergnügen versagen, sich genau das zu nehmen, was sie wollen, wann sie es wollen. Was für ein trauriges Dasein.

Als mein Schwanz seine Kehle trifft, stöhne ich unter den Schockwellen der Lust. Ich genieße das Vergnügen, auch wenn es sich falsch anfühlt, als würde ich meine eigenen Gefühle irgendwie verletzen, indem ich ihn ficke.

»Scheiße, ja …«, murmle ich.

Scott bedeutet mir nichts, genau wie der Rest von ihnen nichts bedeutet. Er ist ein Mittel zum Zweck. Ich nehme alles, was ich kriegen kann, um dieser Welt zu entkommen. Früher, als ich noch in London lebte, waren es Drogen. Aber jetzt, da ich nüchtern bin, muss ich mich stattdessen auf Sex verlassen.

Verdammt, es gibt Nächte, da würde ich für einen Schuss töten.

Nur noch ein einziges Mal.

Ich lockere die Fesseln so weit, dass ich ihn grob umdrehen kann, und drücke Scotts Gesicht in mein Kissen. Er stöhnt und zittert am ganzen Körper, als ich mit dem Finger über den Muskelring fahre, der auf mich wartet. Die ganze Zeit über bleiben Brooklyns graue Augen in meinem Kopf hängen.

Sie wird mich nicht in Ruhe lassen.

Bin ich krank, weil ich am liebsten in ihr Zimmer marschieren und ihr die Vergangenheit direkt ins hübsche Gesicht schleudern würde? Ihr den Hintern versohlen, bis sie blutet, und ihr sagen, dass sie eine dreckige, verdammte Sünderin ist? Das würde eine Reaktion hervorrufen.

Ich will, dass sie meine Existenz anerkennt. Ich brauche unbedingt eine Dröhnung, und nichts anderes wird mir helfen. Sie hat mich mit ihrem traurigen Lächeln und ihrem

Blutdurst angelockt und mich dann weggestoßen, als wäre in dem Klassenzimmer an ihrem ersten Tag nichts passiert.

Ich entledige mich der Menschen, wenn ich mit ihnen fertig bin.

Nicht andersherum.

Nachdem ich etwas Gleitmittel geholt und ihn vorbereitet habe, stöhnt Scott, während ich ihn grob von hinten ficke. Meine Fingernägel kratzen über seinen Rücken und hinterlassen rote Spuren.

Ich muss meine Augen schließen, um ihn auszublenden und so zu tun, als wäre es Brooklyn, die sich unter mir windet, stöhnt und schwitzt, während ich ihr etwas gebe, das sie nicht ignorieren kann.

Dieser Gedanke reicht aus, um mich zum Höhepunkt zu bringen, und ich gebe meine Ladung ab. Als ich fertig bin, schiebe ich Scott beiseite und lasse ihn nach Luft schnappen, während ich das Klebeband löse, das ihn fixiert. Danach weiche ich seinen suchenden Augen aus.

Ich erlaube keine Gefühle.

Es ist nichts Persönliches.

»Soll ich morgen wiederkommen?«, fragt er hoffnungsvoll.

Ich lasse mich in meinen Schreibtischstuhl fallen und hole mir ein Bier aus dem Vorrat, der im falschen Boden versteckt ist, ohne ihm eins anzubieten.

»Nö. Einmal ist genug. Ich suche mir dann jemand anderen.«

Er schluckt schwer und steht auf, zieht sich seinen Pullover wieder an und macht sich bereit zu fliehen. »Gut. Du weißt, wo du mich findest, falls du deine Meinung änderst.«

»Ja, werde ich nicht.«

Mit einem letzten verweilenden Blick geht Scott zur Tür. Er schlüpft in den dunklen Korridor und rennt schnell, um nicht von den Wärtern erwischt zu werden, die jede Stunde patrouillieren, während wir Ausgangssperre haben. Ich mache mir nicht die Mühe, ein weiteres Wort zu sagen. Meine Gedanken werden von einem anderen verschlungen.

Ich fühle mich verdammt schuldig, was mich nur noch wütender macht. Warum sollte es mir leidtun? Es ist ihre Schuld. Ich habe nichts falsch gemacht, aber Brooklyn straft mich trotzdem mit Schweigen. Wir wurden alle zusammen in die unanständige Ecke gesteckt.

Ich brauche Antworten.

Ich dusche schnell, bevor ich mir bequeme Kleidung anziehe, wobei ich mich in meiner eigenen Haut gefangen fühle. Selbst der Quickie mit Scott hat mich nicht beruhigt. Wenn überhaupt, fühle ich mich noch aufgewühlter und aufgeregter als vorher.

So geht es mir manchmal, meine Stimmungen schwanken schneller als der verdammte Ozean. Ich schlüpfe in den Korridor und warte darauf, dass der patrouillierende Wärter mir den Rücken zudreht und in die andere Richtung marschiert.

Wir sind für die Nacht komplett abgeriegelt, aber das hält mich nicht von meiner Suche nach Antworten ab. Ich kann leicht in den Schatten verschwinden und mich bewegen, ohne gesehen zu werden. Es ist mir in Fleisch und Blut übergegangen, eins zu werden mit der Dunkelheit, die mich begierig nach Hause bringt.

Im Vorbeigehen werfe ich einen Blick auf Brooklyns Zimmer und bemerke, dass unter der Tür Licht herausscheint. Sie ist also noch wach. Die Versuchung, hineinzugehen, steigt ins Unermessliche, aber ich unterlasse es und zwinge mich stattdessen, zu Hudsons Tür zu gehen.

Eli öffnet die Tür, als ich klopfe, und schenkt mir ein heimliches Lächeln, bei dem sich meine Zehen krümmen. Drinnen spielen die beiden anderen Karten und sehen sich Fußball auf Hudsons großem Fernseher an. Es zahlt sich aus, reiche Adoptiveltern zu haben, schätze ich. Er ist doppelt so groß wie meiner.

»Hey«, grüße ich.

»Was gibt's?«, fragt Kade.

»Nicht viel. Gelangweilt.«

Ich schnappe mir eine Tüte Chips vom Schreibtisch und lasse mich neben Eli auf das Bett fallen. Kade und Hudson nehmen ihr Pokerspiel schnell wieder auf.

Während ich auf der Matratze Platz für mich mache, setzt sich Eli wieder auf seinen Platz. Er ist in ein Buch vertieft und nach dem Drama von heute Morgen noch ruhiger als sonst.

»Ich dachte, du hättest Besuch?«, fragt Kade spitz.

»Er ist weg. Ich dachte, ich komme stattdessen und ärgere euch.«

Hudson wirft seine Karten weg und grinst seinen Bruder süffisant an. »Royal Flush, Arschloch. Du verlierst. Schon wieder.«

Kade runzelt die Stirn. »Du bist ein Betrüger.«

»Nein, nur besser als du. Du denkst zu viel darüber nach, und das ist das Problem. Müsst ihr Mathematiker nicht schlau sein und so?«

»Fang nicht wieder damit an. Ich bin nicht in der Stimmung.«

»Nicht meine Schuld, dass du ein schlechter Verlierer bist.«

Kade steht mit einem verärgerten Schnauben auf. »Wie auch immer.«

Er geht zu dem vollgepackten Bücherregal neben dem Bett und schiebt ein paar Lehrbücher beiseite, um sich eine der dahinter versteckten Dosen zu schnappen. Wir mussten nach der großen Säuberungsaktion von neulich Abend wieder auffüllen.

Hin und wieder werden die Wärter nervös und versuchen, ihre Macht auszuüben. Das Management stachelt sie auf und lässt sie auf uns los. Meistens ist es ihnen scheißegal. Dann werden wir durchsucht, und sie tun so, als wären sie verantwortungsvoll, indem sie all unsere Sachen stehlen.

Hudson mischt die Karten neu. »Bist du dabei?«

Ich betrachte ihn einen Moment lang. »Was ist der Einsatz?«

»Kade schreibt eine Woche lang meine Aufsätze. Was hast du zu bieten?«

»Ich weiß, was ich will, aber es wird dir nicht gefallen.«

»Nur zu«, entgegnet er.

»Ich möchte wissen, was zwischen dir und Brooklyn passiert ist.«

Hudson hält inne und kaut einen Moment auf seiner Lippe. Seine eisblauen Augen sind auf die Karten in seinen Händen gerichtet.

Ich weiß, dass ich einen wunden Punkt getroffen habe, aber das ist mir egal. Ich muss wissen, was passiert ist. Es macht mich schon seit Wochen verrückt und ich kann keine Sekunde länger warten.

»Nö. Es ist nicht meine Geschichte«, antwortet er schließlich.

»Kumpel, das ist es irgendwie. Du bist derjenige, den sie angegriffen hat.«

»Wenn sie wüsste, dass ich es euch gesagt habe, würden wir sie nie wieder sehen.«

Ich musste lachen. »Wir sehen sie sowieso nicht, dank dir.«

»Ernsthaft, Phoen, treib es nicht zu weit. Such dir etwas anderes aus.«

Mit einem Seufzer nehme ich meinen Kartenstapel entgegen. »Gut, fang an.«

Hudson bietet Kade Karten zum Spielen an, aber er lehnt höflich ab und sieht lieber zu. Es sind nur wir beide, und ich bin entschlossen, zumindest eine Vorstellung davon zu bekommen, womit wir es zu tun haben.

»Ich möchte wissen, warum du sie Amsel nennst.«

Hudson schaut überrascht, aber das wandelt sich schnell in Verärgerung. »Verdammte Scheiße. Du wirst das nicht fallen lassen, oder?«

»Nö. Zeit, zu beichten.«

Ich merke, dass auch die anderen interessiert sind. Sie werden hellhörig, als wir zu spielen beginnen. Sogar Eli passt auf und schaut über sein Buch hinweg, wenn er denkt, dass niemand zuschaut. Ich habe ein ziemlich gutes Blatt.

Trotz Hudsons Selbstvertrauen verrät sein Gesicht zu viel. Er ist immer heißblütig, voller Emotionen und Wut. Wo ich kühl und gefühllos bin, ist er Feuer und Flamme. Das kann ich gegen ihn verwenden.

»Gut«, gibt er launisch zu. »Aber wenn ich gewinne, musst du Brooklyn überzeugen, mit mir unter vier Augen zu reden.«

Ich schnaube bei seiner Forderung. »Glaubst du wirklich, dass sie sich darauf einlässt?«

»Ich habe nicht gesagt, dass du ihr die Wahrheit sagen sollst. Bring sie mit allen Mitteln dorthin. Lüge, wenn es sein muss.«

Es sieht so aus, als sei Hudson bereit, schmutzig zu spielen. Diesbezüglich habe ich keine Skrupel. Wir spielen in völliger Stille, beide angespornt von der Aussicht auf unsere jeweiligen Gewinne. Als ich schließlich gewinne, wirft er die Karten mit einem enttäuschten Seufzer weg.

»Du verlierst«, prahle ich selbstgefällig.

»Ja, wie auch immer. Haben wir etwas zu trinken?«

Kade hebelt ein loses Bodenbrett hoch und gibt ein verstecktes Fach voller Schmuggelware frei. Er reicht Hudson ein Bier, bevor er das Holz über unserem Geheimversteck wieder an seinen Platz schiebt.

»Wir müssen unsere Rechnung mit Rio begleichen, bevor er die Tür aufbricht und uns alle umbringt.« Kade kaut auf seiner Lippe und wirkt besorgt. »Ihr wisst, wie er mit verspäteten Zahlungen umgeht.«

Hudson nimmt einen langen Schluck und nickt. »Ich werde mich morgen darum kümmern.«

Wir machen es uns alle für die Geschichte gemütlich. Kades Gesicht ist stürmisch. Er weiß, dass uns eine höllische

Geschichte bevorsteht, und so wie ich Hudson kenne, wird es keine gute sein. Eli konzentriert sich wieder auf sein Buch, aber die Neigung seines Kopfes zeigt, dass er aufmerksam zuhört.

Hudson dreht die Bierflasche in seinen Händen und wählt seine Worte sorgfältig aus. »Ihr wisst, dass Kades Eltern mich vor fünf Jahren adoptiert haben, als ich sechzehn war. Davor lebte ich bei Pflegefamilien. Ich wurde eine Weile herumgereicht und landete schließlich in einem Heim namens St. Anne's.«

»Was ist mit deiner Mutter?«, frage ich ihn.

»Zu high oder zu betrunken, um für das Sorgerecht für mich zu kämpfen. St. Anne's war die Alternative. Es war ein Höllenloch voller Missbrauch. Nichts an diesem Ort war heilig.«

Hudson leert sein Bier in ein paar verzweifelten Schlucken. Mit einem charakteristischen Seufzer holt Kade ihm ein neues und reicht es ihm.

»Hier. Mach weiter.«

»Ich war nur ein paar Monate dort, bevor ich adoptiert wurde.« Hudson nimmt das Getränk an. »Das war Glück, verglichen mit anderen, die vom System verschluckt und vergessen wurden. Wir gingen alle auf dieselbe Schule, ein paar Kilometer entfernt. Am ersten Tag wurde ich von ein paar Arschlöchern erwischt. Ich landete mit einem blauen Auge im Büro der Krankenschwester.«

Hört sich richtig an. Er war schon immer ein Hitzkopf und ist nie vor einem Kampf davongelaufen. Hudson lacht kalt, als wäre die Erinnerung irgendwie lustig.

»Brooklyn war auch da, ausgestreckt auf den Stühlen mit einer blutigen Nase und einer dicken, fetten Lippe. Als ich mich mit dem Eisbeutel hinsetzte, schaute sie mir in die Augen und sagte: *Ich hoffe, der andere Typ sieht schlimmer aus als du.*«

Kade schnaubt und schüttelt amüsiert den Kopf. Ich werfe

einen kurzen Blick auf Eli neben mir. Seine verstohlenen Augen verstecken sich immer noch hinter dem Buch, während er an jedem Wort hängt. Wir alle haben uns viel zu sehr an dieses Mädchen gebunden.

Hudson nimmt noch einen Schluck. »Ich hatte sie in dem Kinderheim gesehen, in dem wir wohnten, aber wir hatten noch nie miteinander gesprochen. Nach dieser ersten Begegnung konnte ich sie nicht mehr aus den Augen lassen. Wir waren unzertrennlich.«

»So schnell?« Kade runzelt die Stirn.

»Die Dinge entwickelten sich schnell. Sie war so verdammt hartnäckig. Zerbrechlich, unschuldig … aber verdammt feurig, wenn sie es sein musste.«

Oh Gott. Er lässt mich sie noch mehr vermissen.

»Wenn sie jemals sah, wie ein Kind schikaniert wurde oder einer der Angestellten jemanden schlug, war sie die Erste, die sich in den Kampf stürzte. Selbst wenn es sie in Schwierigkeiten brachte. Verdammt, es hat ihr einen Nervenkitzel bereitet.«

»Klingt richtig«, murmelt Kade.

Hudsons Stimme versiegt. »So ziemlich.«

»Was noch?«, dränge ich, da ich mit meiner Geduld am Ende bin.

»Die Wahrheit ist, ich … bewunderte sie. Alles an ihr. Ich schlich mich nachts in ihr Zimmer, wenn ich sie schreien hörte, und kroch in das winzige Etagenbett, nur um sie in die Arme zu schließen. Mann, sie war so verlockend und verdammt schön.«

Ich kenne das Gefühl. Dieses Mädchen ist die personifizierte Sünde.

Hudson lächelt bei der Erinnerung daran. »Sie spreizte ihre Beine für mich, und es war, als wäre nichts anderes als wir beide wichtig. Ich konnte nicht genug von ihr bekommen.«

»Wie ist sie dort gelandet?«, frage ich müde.

»Die anderen sagten, sie sei eines der ersten Kinder in St.

Anne's. Sie war dort, seit sie zehn Jahre alt war. Niemand wusste warum, und sie weigerte sich, über ihre Familie zu sprechen.«

Ich trommle mit den Fingern auf meinem Bein und werde von Sekunde zu Sekunde wütender. Warum stört mich Brooklyns beschissene Kindheit so sehr? Oder ist es die Vorstellung, dass Hudson ein geschädigtes Mädchen ausnutzt, das sich so verzweifelt nach Liebe sehnt?

Das lässt mich mit den Zähnen knirschen. Ich versuche, die Gefühle zu verdrängen, aber ihr mürrisches Gesicht weigert sich, mir aus dem Kopf zu gehen. Sie verfolgt mich im Grunde jeden wachen Moment.

»Was ist mit dem Spitznamen?«, dränge ich weiter.

Hudson fährt sich mit der Hand durch sein rabenschwarzes Haar. »Eines Tages kam ich von der Schule nach Hause und fand Mrs Dane, die Betreuerin, wie sie sie verprügelte. Sie lag zusammengerollt auf dem Küchenboden, blutig und mit blauen Flecken.«

Wir lehnen uns alle näher heran, bereit für die Wahrheit.

»Später fand ich heraus, dass man sie dabei erwischt hatte, wie sie Essen stahl und sich damit davonschlich. Als ich Brooklyn an diesem Abend danach fragte, musste ich ihr schwören, dass ich ein Geheimnis bewahren kann.«

Jetzt kommt's.

Hudson schluckt schwer. »Die Antwort war in der Schublade neben ihrem Bett. Darin fand ich eine kleine, verletzte Amsel. Sie war in einer Streichholzschachtel versteckt, die sie Mr Dane entwendet hatte. Brooklyn hat sie mit Krümeln gefüttert, die sie gestohlen hatte und für die sie geschlagen wurde.«

Wenn das überhaupt möglich ist, wird der Raum noch stiller. Eli legt sein Buch ganz beiseite und schenkt Hudson seine volle Aufmerksamkeit. Kade spielt nervös mit den Ärmeln seines Hemdes und entwickelt ein ängstliches Zucken.

Ich habe das Gefühl, dass etwas Schreckliches bevorsteht,

denn ich kenne Hudson verdammt gut. Die Person, die er beschreibt, ist nicht sein wahres Ich.

Er holt zittrig Luft und hebt den Kartenstapel wieder auf, um seine Hände zu beschäftigen. »Die Flügel waren gebrochen, und sie hat mit Streichhölzern versucht, sie zu richten. Ich habe ihr gesagt, dass sie ihre Zeit verschwendet und dass es nur ein dummer Vogel ist … aber sie wollte nicht hören. Sie weigerte sich, die kleine Kreatur aufzugeben.«

Ich beobachte, wie sich Hudsons Gesichtsausdruck in roher, hässlicher Wut verzieht.

»Warum war das wichtig? Der Vogel?«, fragt Kade ahnungslos.

»Dieses Mädchen war innerhalb weniger Wochen mein einziger Grund zu existieren geworden, und sie ignorierte mich, um sich um diesen Vogel zu kümmern«, spottet Hudson.

»Und?«, frage ich verwirrt.

»Es wurde zu einer Besessenheit. Sie klammerte sich an dieses Ding, als wäre es das Zentrum ihres gesamten Universums. Ihre ganze Aufmerksamkeit wurde davon gestohlen. Ich war so verdammt wütend.«

»Was hast du getan?«

»Was glaubst du, was ich getan habe? Ich nahm die Streichholzschachtel und tötete das Ding, das sie mir weggenommen hatte«, offenbart er. »Ich habe ihr gesagt, dass Hoffnung ein sinnloses Gefühl ist, als ich ihm vor ihren Augen das Genick brach und den Kadaver zur Seite warf.«

Kades Kinnlade fällt vor Schreck und Abscheu herunter. Der wahre Hudson kommt jetzt zum Vorschein, und Bitterkeit macht sich in seinem schattenhaften Gesicht breit.

»Sie war mein verdammtes Mädchen, und niemand durfte sie mir wegnehmen. Nicht einmal ein dummer Vogel. Danach … nannte ich sie jeden Tag Amsel. Nur um sie daran zu erinnern, wem genau sie gehörte und dass nichts anderes für sie zählen durfte. Nur ich.«

Wir alle starren ihn sprachlos an. Die beiden anderen wirken genauso entsetzt über die Wahrheit. Ich schätze, wir sind jetzt alle auf derselben Seite. Ich bin ein verdorbenes Arschloch, daran gibt es keinen Zweifel.

Aber diese Geschichte war eine ganz andere Ebene. Was kann man schon zu so etwas sagen? Kade bringt es wie immer auf den Punkt.

»Nun, sie hat sich das Recht verdient, dich niederzustechen.«

KAPITEL 21
BROOKLYN

EVERYBODY GETS HIGH – MISSIO

»ICH KONNTE ES NICHT GLAUBEN, als Todd mich fragte.« Teegan plappert drauflos, ohne sich darum zu kümmern, ob ich zuhöre. »Ich habe es definitiv schon vermasselt. Ein Blick, und ich bin in die andere Richtung gelaufen. Ich meine, es ist nur ein Date. Keine große Sache. Aber an diesem Ort?«

Ich rolle einen Stift in meinen Händen und tue so, als würde ich zuhören, während ich in meinem eigenen Kopf versunken bin. Ihre Worte überschwemmen mich, obwohl keines von ihnen greift.

»Und ein Filmabend! Es werden jede Menge Leute da sein, praktisch der ganze Block. Erwartet er wirklich, dass es romantisch wird?«

»Sicher«, brumme ich abwesend.

»Ich kann mich nicht auf einen Platz setzen, ohne eine Panikattacke zu bekommen. Es gibt auch kein Organisationssystem, egal wie früh man kommt. Es gibt nur Sitzsäcke und so einen Mist. Vielleicht sollte ich absagen. Hörst du mir überhaupt zu?«

Ein scharfer Ellbogenstoß in die Rippen weckt mich.

»Tut mir leid, harte Nacht. Ich höre zu, versprochen.«

Sie sieht nicht überzeugt aus. »Was ist los mit dir?«

»Nichts. Ich habe nur nicht gut geschlafen. Die ganze Sache mit dem Feuer und dem Lockdown war ein bisschen viel diese Woche. Hast du gestern Abend auch das ganze Geschrei gehört?«

Oder war das nur in meinem Kopf?

Teegan richtet ihr Notizbuch so aus, dass es in einem perfekten rechten Winkel zum Bibliothekstisch liegt. »Was du nicht sagst. Wir haben es sogar im ersten Stock gehört. Anscheinend haben sie herausgefunden, wer das Feuer gelegt hat, und haben ihn in Einzelhaft gesteckt. Ich habe gehört, es war Owen, der Pyromane aus dem obersten Stockwerk.«

»Ernsthaft?«

»Ich meine, er wurde schon öfter dabei erwischt, wie er mit Streichhölzern gespielt und Leute verbrannt hat. Das ist irgendwie sein Ding.«

Allein die Erwähnung, dass jemand in Einzelhaft genommen wird, treibt mir den Schweiß auf die Stirn. Ich kann die neuen Informationen über einen durchgeknallten Pyromanen, der Menschen angreift, nicht einmal ansatzweise verarbeiten.

Ein ganz normaler Tag im Paradies, oder?

Nein. Dieser Ort ist ein Zirkus.

»Wie ist das überhaupt möglich?«

Teegan lacht. »Die Leute finden einen Weg, um etwas zu tun, besonders an diesem Ort. Nimmt man jemandem die Freiheit, findet er einfach neue Wege, das zu tun, was er will, und einer ist kreativer als der andere.«

»Ist so etwas schon einmal passiert?«

Sie hält inne und runzelt die Stirn. »Ich erinnere mich, als ich vor etwas mehr als sechs Monaten hier ankam, war da dieses Mädchen, Tiffany. Sie hatte über die Jahre so viel LSD genommen, dass ihr Mund wie ein klaffendes Loch war. Keine verdammten Zähne.«

Ich rümpfe die Nase. »Charmant.«

»Jedenfalls hat sie einen kalten Entzug gemacht, so wie alle anderen Süchtigen auch, wenn sie hierherkommen. Wie sich herausstellte, war die Realität ein wenig zu viel für sie. Am Ende des Monats wurde sie tot aufgefunden.«

»Wie hat sie das gemacht?«, frage ich beiläufig.

Nicht dass ich auf der Suche nach Ideen wäre oder so.

»Sie ist im Schwimmbad gestorben. Irgendwie ist sie in den Besitz von etwas Amphetamin gekommen. Man kann hier fast alles bekommen, wenn man die richtigen Leute kennt und bezahlt. Tiffany ging schwimmen und ertränkte ihren bekifften Arsch.«

Teegan nimmt einen Schluck aus ihrer Wasserflasche, als würden wir nicht über den brutalen Tod einer Mitgefangenen sprechen. Tut mir leid, *Patientin*. Hier sind alle so desensibilisiert.

Das ist es, was Geisteskrankheiten mit einem machen. Sie dringen in den Kopf ein und lassen die Grenze zwischen Leben und Tod so klein erscheinen, dass man keine Angst mehr hat, sie zu überschreiten.

Rufe und Pfiffe unterbrechen unser Gespräch, als wir beide in die Realität zurückkehren. Der Lärm kommt aus dem hinteren Teil der Bibliothek, wo Rio und seine Kumpels meine Aufmerksamkeit zu erregen versuchen.

Sie stoßen in einer erbärmlichen Demonstration mit den Hüften, die sie wohl für reizvoll halten. Finden Mädchen das wirklich attraktiv? Igitt.

»Ignoriere sie. Die blöden Trottel werden ihre Prüfungen sowieso nicht bestehen«, murmelt Teegan. »Ich werde auch nicht viel besser abschneiden. Ich bin so am Arsch.«

Sie fängt an, sich unruhig an den Händen zu kratzen, und ich kann sehen, dass die Haut bereits von geplatzten Blutgefäßen übersät ist. Die Nervosität strömt förmlich aus ihr heraus.

Zu meiner eigenen Überraschung möchte ich sie umarmen. Sie ist vorhin zu meiner Tür marschiert und hat mich hierher gezerrt, um zu lernen, wobei sie kein Nein als Antwort akzeptiert hat. Unter den Sorgen und Ängsten, die ihr Leben bestimmen, steckt einiges an Frechheit.

»Du schaffst das schon«, biete ich an.

»Ja, sicher. Seitdem ich in ein anderes Fach gewechselt habe, bin ich verloren. Die Lehrer rasen durch den Inhalt, und ich sitze da und versuche zu zählen, wie viele Dachziegel es gibt, nur um ruhig zu bleiben. Ich vermisse Naturwissenschaften.«

»Dann wechsle zurück. Was hält dich davon ab?«, merke ich an.

»Meine Eltern sind diejenigen, die dafür bezahlt haben, dass ich hier sein kann. Sie haben mich unter Druck gesetzt, etwas *Konstruktives* mit meiner Zeit anzufangen. Ich hatte das Gefühl, dass ich mich nicht weigern kann. Geld und all das … es geht mit Bedingungen einher, weißt du? Verpflichtungen und so.«

Ich sehe Teegan einen Moment lang an, betrachte ihr schulterlanges glänzendes rotes Haar und ihre verschiedenen Piercings im Gesicht. Sie ist wahrscheinlich der sanfteste und freundlichste Goth, den ich je getroffen habe.

Unter der ängstlichen Zuckerschicht ist sie im Grunde ihres Herzens ein absoluter Softie. Am liebsten würde ich ihren Eltern das Geld für sie ins Gesicht werfen. Niemand sollte für jemand anderen leben.

»Wenn du etwas anderes machen willst, dann mach es verdammt noch mal. Scheiß auf deine Eltern und ihr Geld. Was für grausame Arschlöcher schicken dich überhaupt an einen Ort wie diesen?«

»Entweder hier oder die Psychiatrie in Birmingham. Offenbar gilt man nicht als stabil, wenn man nachts um drei Uhr in das Haus seines Nachbarn einbricht, um dessen Möbel umzustellen.«

Ich verschlucke mich an meinem Wasser und stelle meine Flasche ab, während sie mich anstarrt und sich ein Lächeln verkneift. »Wow, warte mal. Du bist in ihr Haus eingebrochen?«

»Ähm, irgendwie schon. Ich konnte nicht schlafen, nachdem ich beim Sommergrillfest in der Woche zuvor einen Blick hineingeworfen hatte. Wenn ich die Dinge nicht in Ordnung gebracht hätte, wäre ich wohl vor Angst implodiert. Verrückt, oder? Du kannst es sagen. Ich weiß, dass ich es bin.«

Ich vergewissere mich, dass sie mir in die Augen schaut, und antworte mit fester Stimme: »Nein. Kein bisschen. Nur ein bisschen schrullig, das ist alles. Keine Sorge, das sind die besten Leute. Normal zu sein wird überbewertet, Tee.«

Sie strahlt mich mit einem echten Lächeln an, bei dem ich grinsen muss. Verdammt, dieses Mädchen gräbt sich mit jeder Sekunde weiter unter meine Abwehrmechanismen.

Seit wann kümmert mich das plötzlich? Als ich sah, wie sie schikaniert wurde, während sie eine Panikattacke hatte, wusste ich, dass sie es wert ist, verteidigt zu werden.

»Egal, die Prüfungen. Du hast keinen Freifahrtschein bekommen?«, vermutet sie und wechselt das Thema, während wir beide wegschauen, da wir das Gefühl der Freundschaft nicht gewohnt sind.

»Nö. Nicht dass es wichtig wäre«, antworte ich, ohne nachzudenken.

»Warum bist du so entspannt? Sie stehen vor der Tür. Das ist ein obligatorischer Teil des Behandlungsplans, weißt du. Die denken, Lernen sei therapeutisch oder so ein Quatsch.«

Ich überlege mir eine Ausrede und verfluche meine Dummheit. Ich kann nicht gerade sagen, dass ich vorhabe, mich mit allen Mitteln umzubringen, und mir einige sinnlose Prüfungen nichts bedeuten. Die können sich ihre Theorien und Behandlungspläne dorthin stecken, wo die Sonne nicht scheint.

»Ich habe aufgeholt, also ist es entspannt«, lüge ich leichthin.

»Nun, du hast Köpfchen. Du wirst es schaffen. Aber ich?

Nee, ich bin hier oben nichts als Luft.« Teegan deutet auf ihren Kopf. »Ich habe ungefähr so viel Hoffnung wie das Arschgesicht da drüben mit seinen idiotischen Kumpels.«

Wir drehen uns beide um und sehen Rio an. Er erzählt so laut wie möglich schmutzige Witze, während seine Freunde lachen und spotten.

Mir dreht sich der Magen um, wenn ich höre, wie er mit null Respekt oder Feingefühl über seine Affären spricht. Er ist ein reinrassiges Arschloch, wenn ich jemals eines gesehen habe.

»Ich verstehe das nicht. Wieso ist er so beliebt?«

Teegan rückt näher heran, damit sie flüstern kann, ohne belauscht zu werden, und ihr Blick huscht umher. »Weißt du noch, was ich darüber gesagt habe, dass Tiffany hier Zeug bekommen hat? Nun, wenn du Schmuggelware willst, ist er dein Mann. Alles, was du willst. Er besorgt das Zeug.«

»Wie bekommt er es an den Sicherheitsleuten vorbei?«

Sie rümpft angewidert die Nase, als würde es sie beleidigen, über Rio und seine illegalen Unternehmungen zu sprechen. »Da bin ich überfragt. Aber eines weiß ich. Geld regiert die Welt. Ich habe inoffiziell gehört, dass seine Eltern Investoren sind. Sie besitzen Herrenhäuser und Titel oder so einen Scheiß.«

»Was zum Teufel macht er dann hier?«

»Mit Geld kann man offensichtlich keine geistige Gesundheit kaufen.« Teegan schnaubt. »Es ist ihnen völlig egal, was ihr labiler, straffälliger Sohn mit seinem Notgroschen macht, solange er sich ruhig verhält und ihre Urlaubspläne nicht durchkreuzt.«

Ich nicke abwesend und speichere die Information für später ab. Bingo, ich habe meine Quelle. Klingt, als müsste ich meine Moral beiseiteschieben und den Idioten ansprechen.

Es ist verdammt entwürdigend, aber ich bin verzweifelt. Es ist nicht so, als wäre ich noch lange da, um es zu bereuen.

»Also, Filmabend. Was hältst du davon? Soll ich mit Todd hingehen?«

»Ja, warum nicht. Er scheint süß zu sein.« Ich zwinkere ihr zu. »Nur zu.«

»Du hast recht, ich werde es tun. Was könnte schlimmstenfalls passieren? Mit wem aus dem Wohnheim gehst du denn? Mit dem Emo-Typen?«

»Wie ich schon sagte, das war eine einmalige Sache«, verteidige ich mich schnell.

Es ertönen noch mehr Pfiffe in meine Richtung, was die Aufmerksamkeit der restlichen Bibliothek auf sich zieht. Leblose Blicke richten sich auf uns.

Ich funkle sie an, in der Hoffnung, die neugierigen Patienten zu verscheuchen. Um uns herum wird geflüstert und getratscht, sehr zu meinem Ärger. Ich werde ihnen die verdammten Beine brechen, wenn es sein muss.

»Ignoriere sie. Irgendwann wird es ihnen langweilig«, murmelt Teegan.

Sie widmet sich wieder ihrem Studium und lässt mich tagträumen, während ich aus dem Fenster starre. Eine lange und quälende Stunde später packen wir für den Tag zusammen.

Ich habe heute Nachmittag eine freie Stunde. Ich war bereits bei Lazlo für meine wöchentliche Spritze, und er hat meine Therapiesitzung verschoben, um sich um eine dringende, patientenbezogene Angelegenheit zu kümmern. Das ist für mich in Ordnung.

Ich habe es nicht eilig, wieder Zeit mit ihm zu verbringen. Allein der Gedanke, mit Lazlo für längere Zeit in einem Raum zu sitzen, ist fast zu viel für mich. Ich muss tief durchatmen, um mich zu beruhigen.

Dir läuft die Zeit davon.

Der Jahrestag steht vor der Tür.

Du solltest besser sterben, bevor er kommt.

Ich verberge das Zittern in meinen Händen, indem ich am

Reißverschluss meines Mantels herumfummle und versuche, die Stimme zu ignorieren. Sie ist nicht real. Die Geister in meinem Kopf beobachten meine innere Uhr, die jede einzelne Sekunde heruntertickt.

Teegan packt langsam ihre Sachen zusammen und dreht jeden Gegenstand viermal in ihren Händen, bevor sie ihn ordentlich in ihren Rucksack steckt. Ich bleibe zurück und bewege mich absichtlich langsam, während mein Blick zu Rio wandert.

»Wir sehen uns morgen zum Film«, sagt sie hoffnungsvoll.

»Vielleicht.« Ich erschaudere bei dem Gedanken an einen Filmabend. »Ich werde sehen. Ich bin mir nicht sicher, ob das wirklich mein Ding ist. Aber viel Spaß mit Todd.«

Sie wird knallrot. »So ist es nicht, ehrlich.«

»Klar, was auch immer. Hab Spaß und tu nichts, was ich nicht auch tun würde.«

Teegan schnappt sich ihren Rucksack und geht los, wobei sie sich umdreht und über meine Worte lacht. »Da bleibt nicht viel übrig, Brooke!«

Ich schaue weg, als sie die Bibliothek verlässt, und spüre wieder eine seltsame Wärme in meiner Brust. Es ist schon lange her, dass ich in meinem Leben auch nur annähernd so etwas wie Freundschaft hatte.

Ein Teil von mir findet die Vorstellung, jemanden zu haben, der mir nahe genug steht, um sich zu kümmern, schrecklich. Wenn ich sterbe … wird sie nur leiden. Und nicht falsch verstehen, ich werde sterben. Das Leben ist verdammt überbewertet.

Ich werfe mir meinen Rucksack über die Schulter, überblicke den Raum und gehe langsam in die hinterste Ecke. Es ist so weit. Jetzt oder nie.

Als ich Rios Blick begegne, rucke ich mit dem Kopf in Richtung der hoch aufragenden Bücherregale, die ein hervorragendes Versteck bieten. Er schaut sich kurz um, bevor er mir mit einem breiten, schmierigen Lächeln im Gesicht folgt.

»Na, du bist ja eine Augenweide.«

»Hör auf damit. Ich will ein Geschäft machen und mir nicht dein erbärmliches Geflirte anhören.«

»Du kommst gleich zur Sache, wie ich sehe. Du weißt doch, dass die meisten Mädchen hier für einen Blick auf mich töten würden, oder?« Er lässt seinen Bizeps spielen, während er spricht, und ich muss fast würgen.

Rio ist groß und blond und hat straffe Muskeln, weil er täglich trainiert, wie die anderen Patienten in der Aggressionsbewältigung. Darüber hinaus ist er ein schleimiger Fiesling.

Ich würde ihm lieber die Nase brechen, als mit ihm zu verhandeln. Aber das ist der Preis, den man für die Scheiße in dieser Welt zahlt. Clearview hat mich sehr schnell gelehrt, dass alles möglich ist, wenn man bereit ist, dafür zu zahlen.

»Die meisten Mädchen sind verdammt dumm«, sage ich. »Ich habe gehört, dass du hier der Schmuggler bist. Ich habe eine Liste. Was wird es mich kosten?«

Ich ziehe den zerknüllten Zettel aus meiner Tasche, drücke ihn ihm in die Hand und schaue mich um, um sicherzugehen, dass wir immer noch nicht gesehen werden. Rio liest kurz meine Liste und pfeift leise vor sich hin.

»Soll ich dir auch ein verdammtes Einhorn besorgen?«

Ich gehe einen Schritt näher an ihn heran und halte Blickkontakt. Seine muskulöse Brust drückt fast gegen meine. Der Trick ist Selbstvertrauen. Man muss ihnen zeigen, dass man es ernst meint und sie sich nicht mit einem anlegen sollten. Einen guten Ruf verdient man sich, man bekommt ihn nicht geschenkt.

»Ich bin bereit, einen hohen Preis zu zahlen. Verarsch mich nicht. Ich bin nicht irgendeine naive Schlampe, die nach Nagellack fragt. Besorg mir mein Zeug, und es wird sich für dich lohnen. Oder soll ich mein Geschäft woanders machen?«

Ich ziehe einen übertriebenen Schmollmund. »Ich dachte, du wärst der Boss in diesem Laden.«

Das bringt ihn zum Lächeln. Meine Worte treffen genau ins Schwarze. Rio kommt noch näher, sein starker Geruch nach Deodorant lässt meine Brust brennen. Ich bleibe stehen und zwinge mich, gleichmäßig zu atmen, als er eine Haarsträhne von mir nimmt und sie um seinen Finger wickelt.

»Ich verstehe dich, aber ich nehme keine leeren Versprechungen an.«

»Was nimmst du?« Ich zwinge meine geballten Hände, sich zu lösen.

Rio grinst. »Einen Zahlungsnachweis. Jetzt sofort.«

Verdammter arroganter Mistkerl.

Ich muss den roten Dunst zurückdrängen und mich daran erinnern, dass ich die Sachen auf der Liste haben will. Unbedingt. Es ist nichts, was ich nicht schon einmal getan habe.

Auf meiner alten Arbeitsstelle habe ich mich von Männern über die Theke ficken lassen, ohne auch nur ihre Namen zu erfahren. Damals ging es nur darum, für eine verdammte Sekunde etwas zu spüren. Wenn ich das tue, bin ich bereit und gerüstet, für immer auszuchecken.

»Hast du die Mittel, um meinen Auftrag auszuführen?« Ich nicke in Richtung des Papiers, das jetzt in seiner Tasche steckt.

»Ich stehe zu meinem Wort, ob du es glaubst oder nicht«, antwortet er hochnäsig. »Ich kann dich gut versorgen. Vertrau mir, meine Versorgungslinien sind gut.«

Er ist todernst, alle Anzeichen von Humor sind ausgelöscht. Das alberne Arschloch, das herumtänzelt, als gehöre ihm der Laden, ist verschwunden. An seine Stelle ist ein gewiefter Geschäftsmann getreten, der aus einer Marktlücke Kapital schlägt.

Es ist ziemlich beängstigend, aber jedes Gefängnis braucht einen Lieferanten. Schmuggel ist eine heiße Sache, wenn man wenig zu verlieren und viel zu gewinnen hat, indem man die Regeln missachtet.

Ich werfe einen weiteren misstrauischen Blick in die Runde und vergewissere mich, dass die Luft rein ist. Rios Schläger bewachen die Umgebung und die wenigen Patienten, die sich noch in der Bibliothek befinden.

Als wären sie seine verdammten Leibwächter oder so. Wieso habe ich das nicht vorher gesehen? Die Machtdynamik hinter der ganzen Angeberei? Es ist sonnenklar, dass er hier das Sagen hat.

»Ich habe nicht den ganzen Tag Zeit«, spottet er.

Wird schon schiefgehen.

Ich falle auf die Knie, öffne seinen Gürtel und lecke mir die Lippen. Ich kann sehen, wie sich sein steinharter Schaft gegen seine schwarze Boxershorts drückt. Ich will gerade meine Lippen um seinen Schwanz legen, als ein Handgemenge ausbricht.

Flüche und Diskussionen lassen mich erstarren, seinen Schwanz immer noch in der Hand. Wir drehen uns beide um, als ein riesiger Schatten um die Ecke des Bücherregals kommt. Dichtes schwarzes Haar, schillernde ozeanblaue Augen und ein leuchtendes Augenbrauenpiercing umrahmen ein apokalyptisch zorniges Gesicht.

»Was zum Teufel, Mann? Hau ab«, blafft Rio.

Keine gute Idee.

Hudson mustert meine Position, von meinen Knien auf dem Boden bis zu meinen Händen an einer sehr verdächtigen Stelle. Mein Mund ist nur wenige Zentimeter von Rios Erektion entfernt.

Diese Szene ist eindeutig. Er sollte gut genug wissen, was ich vorhabe – ich habe einst viel Zeit auf meinen Knien vor ihm verbracht, sowohl öffentlich als auch privat.

Mit einem selbstgefälligen Lächeln beuge ich mich vor und drücke einen sanften Kuss auf Rios Schwanz. Ich verhöhne Hudson mit meinen Augen, während er die Show beobachtet und sein Gesicht vor Wut lila wird.

Fühlt sich nicht so gut an, oder, Mistkerl? Er hat schon mal zugesehen, in einer nicht so unterschiedlichen Situation. Nur damals hatte er etwas davon, der egoistische Wichser.

Ich übernehme wieder die Kontrolle.

Einen Blowjob nach dem anderen.

»Stimmt etwas nicht?«, frage ich unschuldig.

Hudson sagt kein einziges verdammtes Wort. Das ist auch nicht nötig. Ich sehe den Angriff schon von Weitem kommen, als seine Faust in Rios Gesicht fliegt. Der Schlag schleudert ihn zurück in ein Bücherregal.

Ohne eine Atempause einzulegen, stößt Hudson vor und versetzt ihm einen brutalen Schlag nach dem anderen. Knochen knacken und Blut spritzt, als die beiden wie Käfigkämpfer aufeinander einschlagen.

Alles, was ich höre, ist ihr Knurren und das Geräusch von Fäusten, die ihr Ziel treffen. Es braucht alle drei von Rios Leuten, um die beiden Männer auseinander zu ziehen, die beide Verletzungen und bald blaue Augen haben.

»Du bist ja völlig durchgeknallt!«, schreit Rio.

Hudson lacht kurz auf, spuckt Blut auf den Boden und wischt sich die Lippe ab. »Was willst du damit sagen, Arschloch? Halt dich verdammt noch mal von ihr fern. Hast du mich verstanden? Das nächste Mal bring ich dich um. Das ist ein Versprechen.«

Kristallklare blaue Augen blicken mich an, mit einem Hauch von Wut und Enttäuschung. Wie kann er es wagen, mich zu verurteilen? Als Hudson versucht, meinen Arm zu ergreifen, weiche ich aus und stürme davon. Bald holt er mich ein, reißt mich am Arm und schlägt die Ausgangstür auf.

»Lass mich los, du Mistkerl!«

Hudsons Finger umklammern meinen Arm noch fester, während er mich mit sich zieht. Er fasst mich so fest an, dass ich weiß, dass ich morgen einen blauen Fleck haben werde. Es ist nicht das erste Mal, dass seine Berührung meine Haut befleckt.

»Halt die Klappe, Brooke. Ich schwöre bei Gott, wenn du noch ein Wort sagst, wird die Hölle los sein.«

Ich werfe einen letzten Blick über die Schulter, als wir aus der Bibliothek fliehen, und sehe den Blick, den Rio mir zuwirft. Seine Jungs rennen los, um die Wärter in der Nähe zu alarmieren. Verdammte Petze, als wäre er der Unschuldige in dieser Situation.

Der Blick, den er mir zuwirft, ist geradezu kalt und ganz anders als der vor Hudsons kleiner Vorstellung. Er zieht meinen Zettel aus seiner Tasche. Ich beobachte, wie er ihn in Stücke reißt – langsam, bedächtig, die Drohung überdeutlich.

KAPITEL 22
HUDSON

11 MINUTES – YUNGBLUD, HALSEY & TRAVIS BARKER

VERDAMMTE HURE.

Dreckige Schlampe.

Ich verliere gerade die Fassung und drehe durch, aber zum Teufel noch mal, als ob ich mich darum schere, ruhig zu bleiben. Diese Scheiße hat Gewalt verdient, ungeachtet der Konsequenzen.

Ich würde es immer wieder tun, egal, was sie mir antun. Rio wird es an seine korrupten Wärter weitergeben, nur um mich zu ärgern. Er kann mich mal.

Was ist mit meiner Amsel passiert?

Das ist nicht das Mädchen, an das ich mich aus St. Anne's erinnere. Wenn ich sie nicht wiedererkennen würde, würde ich sagen, sie ist eine ganz andere Person. Wo ist das gestörte Waisenkind, das einen gebrauchten Pyjama trug und sich beim Einschlafen an alte Fotos seiner Eltern klammerte? Oder das Mädchen, das sich nachts mit gestohlenen Pflastern in mein Zimmer schlich, um mich zu verarzten, nachdem die älteren Kinder mich verprügelt hatten?

Mein kostbares Mädchen würde nicht auf den Knien hocken, ihren Mund am Schwanz eines anderen Mannes und wie eine verzweifelte Schlampe Gefallen eintauschen. Mein

Gott, wem mache ich was vor? Ich weiß, was mit ihr passiert ist. Es ist alles meine Schuld. Ich habe sie verdammt noch mal ruiniert.

Ich schiebe Brooklyn aus der Tür und beobachte, wie sie stolpert und auf die Knie fällt. Gut, das geschieht ihr recht. Was wäre passiert, wenn ich nicht genau in dieser Sekunde hereingekommen wäre? Hätte sie sich von Rio an der Wand ficken lassen?

Allein der Gedanke daran macht mich krank. Als ich sie grob auf die Beine ziehe, wehrt sie sich gegen meinen Griff und schleudert mir jede nur erdenkliche Beleidigung ins Gesicht.

»Halt die Klappe«, knurre ich und packe ihr Haar.

Ich hoffe, es tut weh. Sie hat es verdient. Ich sollte sie jetzt übers Knie legen für den Scheiß da hinten. Wenn ich mit ihr fertig bin, kann sie sich eine Woche lang nicht mehr hinsetzen.

»Lass mich los oder ich zeige dich an«, schreit Brooklyn.

Ich ignoriere ihre Drohungen und gehe weiter über den Hof zurück zu den Wohnheimen. Ich weigere mich, sie loszulassen, egal wie sehr sie sich wehrt.

Ich habe genug davon, ihr dabei zuzusehen, wie sie hier herumtänzelt und so tut, als würde sie mich nicht einmal kennen. Ich werde sie wieder brechen, wenn es sein muss, einen dummen Vogel nach dem anderen. Was immer nötig ist, um sie zu mir zurückzubringen.

»Was hat er für dich besorgt? Schnaps? Zigaretten?«

»Das geht dich nichts an.«

Ich bleibe stehen und schleudere ihren Körper gegen eine nahe gelegene Backsteinmauer. Sie schreit vor Schreck auf, als ich sie dagegen drücke und in ihren Raum eindringe, bis wir Nase an Nase sind. Ihre grauen Augen glänzen mit Tränen, Wut und Angst vermischen sich zu einem verlockenden Strudel.

»Wenn du noch einmal so mit mir sprichst, wirst du es bereuen«, warne ich düster. »Ich habe dir eine Frage gestellt.«

Sie atmet schnell. »Und ich habe gesagt, verpiss dich.«

Ihr Trotz ist nicht neu für mich, aber sie ist jetzt noch sturer als früher. Scheiße, wenn ich das nicht heiß finde. Das Schulmädchen, das ich einmal kannte, gibt es nicht mehr. Meine Amsel ist erwachsen geworden.

»Ich sagte, was hat er für dich besorgt?« Ich packe grob ihr Kinn. »Du wirst mir antworten, Brooke. Ich will wissen, was so wichtig war, dass sein Schwanz in deinem Mund war und nicht meiner.«

Sie starrt zu mir hoch, ihre Augen brennen. »Nimm sofort deine Hände von mir. Letzte Warnung.«

Nachdem ich mich vergewissert habe, dass wir immer noch allein sind, gebe ich ein frustriertes Knurren von mir. Ich reiße ihr die Arme über den Kopf und halte sie dort fest, damit sie sich nicht bewegen oder wehren kann. Ich halte sie jetzt gefangen.

»Du willst, dass ich loslasse, ja? Das ist es, was du willst?«

Ich beuge mich vor, stehle ihre hektischen Atemzüge und atme ihren Duft ein. Ich möchte in ihrer reinen, verdammten Essenz baden. Sie ist schmerzlich vertraut und erinnert mich an das zerrüttete Zuhause, das wir geteilt haben. Sie darf nicht atmen, wenn es nicht für mich ist.

»Lass los«, wiederholt Brooklyn.

»Damit du zu diesem Arschloch zurücklaufen und auf den Knien betteln kannst?«, spotte ich.

»Wenn ich das tun will, bist du der Letzte, der sich beschweren sollte«, erwidert Brooklyn wütend. »Du hast ein beschissenes Gedächtnis, Hud. Die ganze Zeit, die wir zusammen verbracht haben … wer hat mir eigentlich beigebracht, auf den Knien zu betteln, hm?«

Sie bewegt sich so schnell, dass ich dem Kopfstoß, der auf mich zukommt, nicht ausweichen kann. Ihre Stirn trifft meine Nase, die augenblicklich knackt. Heißes Blut strömt in meinen Mund. Sie beobachtet mich genau und wartet auf meine

Reaktion. Ich weiß, dass sie unbedingt meinen Schmerz sehen will.

Diese Genugtuung gönne ich ihr nicht.

Ich lecke mir über die Lippen und halte den Augenkontakt aufrecht, damit sie das chaotische Gefühlswirrwarr sieht, das sich unter der Oberfläche zusammenbraut. Es gibt nichts mehr vor ihr zu verbergen. Sie hat das absolut Schlimmste in mir gesehen und hasst mich dafür abgrundtief. Schlimmer kann es nicht mehr werden.

»Ich lasse dich nicht gehen, bevor du nicht mit mir geredet hast«, sage ich schlicht. »Du hast einen Blick auf mich geworfen und bist mit einem Messer auf mich losgegangen. Ich mache dir keine Vorwürfe, das habe ich verdient. Aber es waren zwei von uns nötig, um unsere Beziehung zu ruinieren, Amsel. Steh endlich zu deinem Scheiß.«

Brooklyn zappelt in meinen Armen und versucht, sich zu befreien, während ihre Augen vor Tränen glänzen. »Zu meinem Scheiß stehen? Du machst Witze, nicht wahr? Du solltest im Gefängnis sein, für das, was du ihnen erlaubt hast, mit mir zu machen. Ich war sechzehn Jahre alt! Gottverdammt noch mal. *Gottverdammt noch mal.*«

Ihre Worte brennen wie Säure, als die vergrabenen Erinnerungen durch meinen Kopf rollen. Brooklyn gefesselt und fixiert, während ich Koks von ihren nackten Brüsten schnupfte. Ihre Knie, die zusammenschlugen, als wir zum ersten Mal gemeinsam einen Schuss setzten, bevor ich sie gut und hart von hinten fickte, wobei ich an ihren perlweißen Zöpfen zog, so fest, dass ich ihr die Haare ausriss.

Das war genau die Art, wie sie es damals mochte. Unsere nächtlichen Schäferstündchen waren für uns beide mehr Strafe als Vergnügen. Wir klammerten uns beide an einen einzigen Moment, in dem das Leben keine Last war.

»Hasse mich, so viel du willst. Aber du kannst mich nicht ewig ignorieren.«

Sie fletscht die Zähne. »Du bist weggelaufen, nicht ich.«

»Ich bin nicht weggelaufen. Ich wurde adoptiert.«

»Eine halbherzige Entschuldigung und du bist aus dem Schneider? Hast du wirklich geglaubt, das reicht? Fünf Jahre warst du weg!«

»Brooke …«

»Nein! Fünf verdammte Jahre, und du willst behaupten, dass du hier das Opfer bist«, schreit sie. »Du hast mich in dieser Hölle allein gelassen und bist mit deiner perfekten neuen Familie in den Sonnenuntergang geschwebt. Hast du eine Vorstellung von dem Schaden, den du hinterlassen hast?«

Die Wut schleicht sich wie ein stiller Mörder in meinen Kopf zurück. Sie ist mein ständiger Begleiter. Ich kann bei diesem Gespräch nicht länger einen kühlen Kopf bewahren. Ich muss ihr eine Lektion erteilen und sie daran erinnern, wem genau ihr Arsch gehört.

Ich lege eine Hand um ihren zarten Hals. Ich streiche über ihren Pulspunkt und finde ihren unruhigen Herzschlag. Gerade als sich ihre Lippen zu einem scharfen Atemzug öffnen, drücke ich fest zu und quetsche mühelos ihre Luftröhre.

»Ich bin gegangen, als das Mädchen, das ich liebte, eine Fremde wurde«, flüstere ich barsch. »Du warst wie ein Geist. Bleiben war keine Option, nach dem, was passiert war. Also, ja, ich bin weggelaufen.«

Sie versucht zu antworten, würgt aber stattdessen.

»Gib mir die Schuld, so viel du willst, Brooke. Aber du bist diejenige, die mich abserviert hat, als du mir den Rücken zugekehrt und gesagt hast, dass du mich nicht mehr liebst. Ich bin an diesem Tag gestorben, genau dann und dort. So hat es sich angefühlt.«

Mit all meiner Kraft würge ich sie noch fester, genieße ihre tränenden Augen und den krampfenden Brustkorb. Sie versucht verzweifelt, einen Atemzug zu nehmen, der ihr gestohlen wird.

Ich könnte sie mit meinen bloßen Händen töten, ohne mit

der Wimper zu zucken. Ich löse meinen Griff gerade so weit, dass sie nach Luft schnappen kann, bevor ich ihn wieder fester ziehe und ihr das Privileg des Atmens raube, während sie sich nicht wehren kann.

»Tut es weh, Baby? Brennt deine Brust? Verschwimmt deine Sicht? Gut! Ich will, dass es dir verdammt noch mal wehtut, du kleine Hure«, zische ich. »Als du mir den Rücken zugedreht hast und weggegangen bist, als wäre nichts zwischen uns je von Bedeutung gewesen, fühlte ich mich, als hättest du ein Messer in meinen gottverdammten Bauch gerammt und mich ausgeweidet.«

Während ich spreche, schiebe ich eine Hand unter Brooklyns T-Shirt, obwohl sie vor meiner Berührung zurückschreckt. Ich streiche über die weichen Narben, die ihre Hüften übersäen, um ihr zu zeigen, wie gut ich ihre dunklen Geheimnisse kenne.

»Du hast mich tiefer geschnitten, als du dich jemals geschnitten hast«, murmle ich und kitzle ihre weiche Haut. »Deshalb habe ich nie zurückgeblickt. Du hast mein Herz genommen und es in erbärmliche kleine Stücke zermahlen. Bist du jetzt glücklich?«

Als ich dieses Mal ihre Kehle loslasse, hustet und prustet sie heftig. Tränen laufen ihr über die Wangen, während sie tiefe, rasselnde Atemzüge nimmt, die sich gequält anhören.

»Ob ich jetzt glücklich bin? Ich hasse dich«, schluchzt sie. »Ich bin froh, dass du gegangen bist. Das Einzige, wozu du je gut warst, war, mein Leben zu ruinieren. Von dem Tag an, an dem du das Büro der Krankenschwester betreten hast, war ich dem Untergang geweiht.«

»Das ist nicht wahr.«

»Geh weg, Hud. Das ist das Einzige, was du kannst. Lass mich in Ruhe.«

Ich stolpere, als es ihr gelingt, sich aus meinem Griff zu befreien. Sie reibt sich die bereits verfärbte Kehle, während ihr Blick meine Haut durchschneidet und in meine tote Seele eindringt.

Nennt mich krank, aber ich kann nicht anders, als sie anzulächeln. Das Geschrei und der Hass zeigen, dass sie noch nicht ganz abgeschlossen hat. Irgendwo, tief in ihrem Inneren, gibt es Gefühle. Damit kann ich arbeiten.

»Was grinst du so, du Psycho?«

Ich zucke gleichgültig mit den Schultern. »Willkommen im Club. Willst du mir sagen, was du in Blackwood machst? Oder willst du wieder weglaufen wie ein verängstigtes kleines Kind?«

»Halt die Klappe. Was ich hier mache, geht dich nichts an. Du hast dieses Privileg schon vor langer Zeit verloren und nach dem, was ich von deinem *Bruder* gehört habe, enttäuschst du weiterhin. Hier gehörst du hin, Arschloch.«

Mein Herzschlag dröhnt in meinen Ohren, als sie spricht. Ihre ruinierte Stimme ist keine einzige Oktave über einem Flüstern, aber es ist, als würde sie mir in den Kopf schreien, mich verhöhnen und mir die Tatsache, dass Kade und ich Adoptivbrüder sind, unter die Nase reiben, als sei es allgemein bekannt.

Die verdammte Frechheit dieser Schlampe. Ich weiß, dass ich eine Enttäuschung bin, aber ich muss nicht daran erinnert werden. Schon gar nicht von ihr. Sie war der Anfang vom Ende für mich.

»Du warst schon immer verkorkst im Kopf«, zische ich und drehe den Spieß wieder um. »Wenn ich hierhergehöre, dann ist es bei dir nicht anders.«

Ich beobachte, wie Brooklyns Fassade bröckelt. *Es ist nicht schön, wenn einem die Vergangenheit ins Gesicht geschleudert wird, oder?* Gerade als sie etwas erwidern will, wird unsere Pattsituation unterbrochen. Die Tür, durch die wir geflohen sind, öffnet sich mit einem Knall.

Zwei Wärter tauchen auf und sehen sich um, bis sie uns entdecken. Ich erkenne sie sofort als Rios Männer. Jeder weiß, dass sie ein ordentliches Gehalt kassieren, um sein Leben hier zu einem Luxus zu machen. Der Bastard selbst deutet mit einem süffisanten Grinsen in unsere Richtung.

Brooklyn macht sich bereit zu fliehen. »Ich gehe nicht zurück in das Loch.«

»Es gibt keinen Grund, warum wir beide dort landen sollten. Ich mache das, du gehst.«

Ich rucke mit dem Kopf in Richtung der Wohnheime in der Ferne und gebe ihr ein Zeichen, dass sie weglaufen soll. Sie starrt mich völlig verwirrt an, als hätte ich ihr nicht gerade angeboten, ihre verdammte Haut zu retten. Dieses Mädchen ist unerträglich.

»Das würdest du für mich tun? Warum?«

»Ich bin derjenige, der ihn geschlagen hat.« Ich zucke mit den Schultern. »Werde jetzt nicht weich. Ich will nicht, dass du wieder in den Keller gehst und nie wieder rauskommst. Geh Kade suchen. Er ist in seinem Zimmer und wird sie davon abhalten, dich wegzuschleppen.«

»Aber …«

»Kein Aber. Tu nur einmal in deinem Leben, was man dir sagt.«

Ich gebe ihr einen sanften Schubs, um sie in Bewegung zu setzen, wobei ich mich bemühe, Nachdruck in meine Stimme zu legen. Zweifellos werde ich nach dem Fiasko in der Bibliothek in Einzelhaft genommen, vor allem, wenn Rio mich schon verpetzt hat.

Die Ärzte wissen alle, dass ich ein Hitzkopf bin. Sie suchen nach jedem Vorwand, um mich wieder in eine Einzelzelle zu stecken.

»Damit sind wir nicht quitt«, antwortet Brooklyn mit zusammengekniffenen Augen. »Bei Weitem nicht.«

»Ja, das hatte ich auch nicht erwartet. Du bist ein stures Miststück, weißt du das?«

»Ich habe von dem Besten gelernt«, schnauzt sie.

»Verdammt richtig, das hast du.«

Ich werfe ihr einen Blick zu und konzentriere mich auf ihre weichen rosa Lippen, die zu einem leichten Lächeln verzogen sind. Scheiße, ich würde alles dafür geben, sie noch einmal zu küssen. Selbst wenn sie mich danach schlagen würde, wäre es das wert. Ich beschließe, ein Risiko einzugehen, und ignoriere den näher kommenden Ärger.

Ich ziehe ihren Körper näher an mich heran, sodass er an meinen gepresst ist, und greife mit einer Hand nach ihrer scharfen Kieferpartie. Brooklyn erstarrt in meinen tätowierten Armen, ihr Körper ist unwillig, sich zu bewegen. Es gibt eine magnetische Kraft, die uns zusammenzieht, zu stark, als dass wir widerstehen könnten.

»Um der alten Zeiten willen.«

Ich drücke meine Lippen auf ihre. Sie ist immer noch sauer auf mich, aber sie hat nichts dagegen, denn ihre Lippen öffnen sich, als wären sie darauf trainiert, auf mich zu reagieren, nachdem wir genau das schon tausendmal gemacht haben.

Ihre Zunge kommt heraus, um sich mit meiner zu duellieren, und der Geschmack von Tabak in ihrem Atem macht mich wild. Ich küsse sie mit jedem Funken Reue, der zwischen uns steht, und versuche, die Entschuldigung zu übermitteln, die sich hohl anfühlt, wenn sie laut ausgesprochen wird.

Worte reichen nicht aus. Ich muss ihr körperlich zeigen, was ich fühle. Ihre Zähne prallen auf meine, als sie mir Paroli bietet und eine Botschaft des Hasses zurücksendet.

»Fick dich, Hud. Du kannst mich nicht küssen, als hätte sich nichts geändert«, murmelt sie gegen meine Lippen. »Ich hasse dich immer noch, verdammt.«

»Und ich will dir immer noch den Hintern versohlen für den Scheiß, den du vorhin abgezogen hast. Du versteckst dich besser, wenn ich rauskomme, denn ich werde dich holen. Dieses Mal läufst du nicht wieder weg. Ich habe es satt, dich zu jagen.«

Brooklyn starrt mich an, aber ich schwöre, dass der Hauch eines Lächelns ihre Mundwinkel umspielt. Viel zu schnell holen mich die Wärter ein und zerren mich weg. Sie greifen ins Leere, als sie mit voller Geschwindigkeit davonläuft, ohne sich umzudrehen.

Braves Mädchen. Sie sind weniger an ihr interessiert und ringen stattdessen mit mir. Ich werde in das Verderben geführt, von dem ich weiß, dass es mich erwartet. Es ist ein geringer Preis, um meine gebrochene Amsel zu kosten.

Genau wie damals, als wir Kinder waren, bin ich wieder süchtig. Es brauchte nur einen Zug ihres Giftes, um mich in den Bann zu ziehen. Eine winzige Kostprobe, und ich bin genau dort auf den Knien, wo sie mich zurückgelassen hat, gebrochen und um eine weitere Chance bettelnd.

Aber dieses Mal werde ich nicht von ihr weggehen. Sie gehört mir seit dem Tag, an dem ich sie vor fünf langen Jahren zum ersten Mal gesehen habe. Wenn ich zurückkomme, werde ich dafür sorgen, dass sie das weiß.

KAPITEL 23

BROOKLYN

HEROIN – BADFLOWER

ICH LIEGE auf dem Bett ausgestreckt auf dem Rücken und starre an die leere Decke. Das Licht des rasch verblassenden Sonnenuntergangs färbt alles ein, aber ich drehe mich nicht um, um ihn zu sehen, auch wenn die Worte meiner Mutter in meinem Hinterkopf herumschwirren. Ich höre sie jede Nacht.

Wenn sie sich nicht selbst umgebracht hätte, könnte sie sich den verdammten Sonnenuntergang selbst ansehen. Ich müsste ihn nicht für sie anschauen und das Ritual wie eine Art verdrehte Widmung an ihr Andenken durchführen.

Zumindest die guten Andenken. Es gibt viele schlechte, die ich am liebsten für immer auslöschen würde. Die Wahrheit ist, dass jeder irgendwann stirbt. Eine Enttäuschung nach der anderen.

Ich drehe mich auf den Bauch, wickle Phoenix' marineblaue Decke fester um meinen Körper und nehme halbherzig meine Ausgabe von *The Handmaid's Tale*. Eigentlich sollte ich es für den Unterricht lesen, aber ich habe das Buch nur in die Hand genommen, um Seiten herauszureißen und zu sehen, ob ich mich an den Kanten schneiden kann.

Es hat natürlich nicht funktioniert, aber die Worte fielen

mir auf. Ich las weiter und fiel in eine tiefe Spirale. Meine Finger fahren über den Satz, den ich so stark eingekreist habe, dass mein Stift die Seite zerrissen hat.

Es sind die anderen Fluchtwege, die, die wir in uns selbst öffnen können, sofern ein scharfer Gegenstand zur Hand ist.

Was würde ich nicht dafür geben, mich aus diesem Leben herauszuschneiden. Ich möchte ein Loch reißen, das groß genug ist, um mich hindurchzuzwängen und aus der Realität zu verschwinden. Das ist die Sache mit dem Sterben.

Diejenigen, die am härtesten dagegen ankämpfen, haben Angst vor dem, was sie zurücklassen. Aber wenn man nichts hat – niemanden, der um einen trauert oder die Lücke bemerkt, die man in der Welt hinterlässt –, dann hat der Tod nichts Schreckliches an sich. Letztendlich ist er reizvoller als das Leben.

Ich höre Phoenix' laute Stimme, bevor es klopft.

»Brooklyn! Bist du da?«, brüllt er.

Seufzend stehe ich auf und öffne die Tür. »Ja?«

Phoenix und Eli warten auf der anderen Seite, beide leger für den Abend gekleidet. Mir läuft das Wasser im Mund zusammen, als ich die Jogginghose und das enge grafische T-Shirt betrachte, die Phoenix trägt.

Es bringt seine ausgeprägten Muskeln und breiten Schultern zur Geltung. Sein blaues Haar verblasst allmählich, aber im hellen Licht des Korridors wirkt es immer noch intensiv.

Eli sieht in seinen engen zerrissenen Jeans und seinem typischen Kapuzenpulli mit dem *Metallica*-Schriftzug auf der Brust genauso gut aus. Seine dunklen Locken sind schwungvoll, wieder frisch gewaschen und duften leicht nach Zitrusfrüchten. Sie lugen unter der grünen Mütze hervor, die er trägt.

Verdammt noch mal, es sollte illegal sein, so gut auszusehen.

»Wir sind hier, um dich zu befreien«, erklärt Phoenix stolz.

Ich starre sie an und verweigere ihnen den Zutritt. »Mich befreien?«

»Samstag ist Filmabend im Block. Du kannst hier nicht allein sitzen. Ich habe Kade bestochen, damit er etwas Anständiges organisiert. Normalerweise werden wir mit irgendeinem Kinderkram zugeschüttet, aber ich habe etwas Besseres ausgehandelt.«

»Ist das so?«

Er zieht eine Augenbraue hoch und lehnt sich gegen den Türrahmen, um den Abstand zwischen uns zu verringern. »Komm schon, du weißt, dass du es willst.«

Ich rühre mich nicht, verschränke die Arme und schenke ihm ein gemeines Lächeln. »Wie kommst du darauf, dass ich mit Leuten wie euch mitgehen will?«

Phoenix legt dramatisch eine Hand auf sein Herz und seufzt. »Du hast mich verletzt! Sagen wir es mal so: Komm mit nach unten, und es wird sich für dich lohnen. Wir können sehr gentlemanlike sein, wenn die Stimmung passt, Hitzkopf.«

Er zwinkert mir zu, und die sexuelle Spannung ist elektrisierend. Sein Flirten ist unerbittlich und geht über bloßes Geplänkel hinaus. Ich beiße mir auf die Lippe und spüre, wie Hitze durch meinen Körper strömt.

Eli starrt mich an, seine intelligenten grünen Augen sind von noch dunkleren Absichten durchdrungen. Er muss kein Wort sagen, damit ich das Knistern des Blitzes zwischen uns spüre.

Es juckt mir in den Fingern, seinen Körper wieder zu berühren. Aber wenn Phoenix dabei ist? Die beiden werden mein Tod sein. Wie praktisch.

»Gut. Mir ist sowieso langweilig.« Ich seufze dramatisch. »Aber ich erwarte, dass ich gut unterhalten werde.«

»Natürlich. Los geht's.«

Wir gehen zu dritt die Treppe hinunter. Phoenix bleibt dicht an meiner Seite. Seine Hand ruht spielerisch auf meinem unteren Rücken, aber ich mache mir nicht die Mühe, sie zu entfernen.

Ich habe meine Gefühle deutlich gemacht, und wenn er ein gefährliches Spiel spielen will, ist das seine Sache. Ich kann nicht für das verantwortlich gemacht werden, was als Nächstes kommt.

»Schließt sich Kade uns an?«

»Nö. Er ist übers Wochenende weg, um seine Familie zu besuchen. Irgendein Familiengeburtstagsscheiß«, antwortet Phoenix mit einem Achselzucken. »Blackwoods Schlampe zu sein hat seine Vorteile, schätze ich. Der Rest von uns kommt nicht zu den Geburtstagen nach Hause.«

»Höre ich da Verbitterung?« Ich lache.

Tief in meinem Inneren macht sich ein schlechtes Gewissen breit. Hat Hudson meinetwegen seine Familie nicht gesehen? Nein, damit brauch ich gar nicht anfangen. Er hat sich entschieden, den Streit mit Rio anzufangen. Ich habe ihn nicht gebeten, sich einzumischen.

Phoenix räuspert sich, da ihm meine Frage offenbar unangenehm ist. »Ich habe keine Eltern, die ich vermissen könnte. Also, nein, nicht verbittert. Aber meine Schwester wird in ein paar Wochen vierzehn, und ich werde nicht dabei sein. Obwohl meine Akte makellos ist.«

»Du hast eine Schwester?«

»Ja. Meine Oma hat uns beide großgezogen, als Mum mit ihrem letzten Macker durchgebrannt ist. Ich habe diese Schlampe seit fast acht Jahren nicht mehr gesehen. Charlie erinnert sich nicht einmal an sie.«

»Das ist scheiße. Beschissene Eltern braucht niemand.«

Er lacht sofort. »Allerdings.«

Wir gehen durch das Foyer hinunter und an der Wachstation vorbei, wobei wir absichtlich die Dummköpfe meiden, die drinnen sitzen und jeden mustern, der vorbeikommt.

Ich habe Phoenix nichts anderes Konstruktives anzubieten. Shit happens. Eltern enttäuschen nur, und wir Kinder müssen immer die Scherben aufsammeln.

Wir erreichen den Kinosaal, in den die Patienten langsam und paarweise strömen. Wir reihen uns am Ende der Warteschlange ein und gelangen in einen großen, relativ modernen Raum.

Dieser Teil des Gebäudes scheint ein Anbau zu sein, der dem Rest des alten Instituts hinzugefügt wurde. Große, bequeme Sofas und Sitzsäcke sind in dem schwach beleuchteten Raum verstreut, dazu bunte Decken und Kissen.

Ein Projektor hängt von der Decke und strahlt direkt auf eine schwarze Wand an der Stirnseite. Es ist warm und geräumig, perfekt für eine kleine Gruppe.

Ich betrachte das beeindruckende Arrangement. »Das ist schick.«

»Hier gibt es nichts von dieser öffentlichen Krankenhausscheiße.« Phoenix ergreift meine Hand. »Wir sind in der Oberliga, Baby.«

Ich werde in den hinteren Teil des Raumes geleitet und komme auf dem Weg dorthin an Teegan vorbei. Sie zwinkert mir von ihrem Platz neben ihrem Date zu. Eli folgt uns dicht auf den Fersen.

Wir nehmen die oberste Ecke, wo zwei Sitzsäcke unbesetzt sind. Alle scheinen sich automatisch auf ihre gewohnten Plätze zu verteilen.

»Irgendwie muss man uns ja bestechen, damit wir uns benehmen, oder? Das ist alles nur Show«, sagt Phoenix zu mir. »Man bekommt nur Gehorsam, wenn man die Massen mit Leckereien bei Laune hält. Lass dich davon nicht täuschen.«

Er nimmt einen der Sitzsäcke, streckt sich aus und reicht mir die Hand. Seine Finger krümmen sich nach innen, um mich näher zu sich zu locken. Ich starre ihn mit einer herausfordernd hochgezogenen Augenbraue an. Er ist heute Abend in Topform.

»Ich beiße nicht.« Phoenix fletscht die Zähne auf eine Weise, dass sich meine Schenkel zusammenkrampfen. »Jedenfalls nicht viel. Komm und spiel mit uns.«

»Vielleicht habe ich nichts gegen das Beißen.«

»Zum Teufel, Hitzkopf. Mach keine Versprechungen, die du nicht halten kannst.«

Ich lande zwischen den beiden, und mein Hintern nimmt beide Sitzsäcke ein. Phoenix legt mir sofort den Arm um die Schultern.

»Alles in Ordnung?«, flüstere ich Eli zu.

Sein Blick gleitet zu mir herüber, gefolgt von einem winzigen Nicken. Ich will noch mehr fragen, aber da kommt eine elegant gekleidete Frau mittleren Alters herein, flankiert von zwei Wärtern, die todernst aussehen.

Ihre Hände ruhen auf Schlagstöcken, die an ihre Gürtel geschnallt sind. Phoenix' Lippen berühren mein Ohr, während seine Stimme zu einem leisen Flüstern sinkt.

»Das ist die Direktorin, Miss White. Man sieht sie nicht oft, obwohl sie das Sagen hat. Sie lässt andere ihre Drecksarbeit machen.«

Miss White sieht aus wie eine verdammte Sadistin. Sie trägt einen sauber gebügelten Hosenanzug, ihr perfektes blondes Haar ist zu einem strengen Dutt zurückgekämmt, der ihr schönes grausames Gesicht betont. Sie schreitet zum vorderen Teil des Raumes und tippt ungeduldig mit ihrem Schuh.

»Dies ist eine Erinnerung daran, dass in diesem Raum nur ordnungsgemäßes Verhalten erlaubt ist. Macht keine Dummheiten«, sagt sie barsch. »Nach den jüngsten Ereignissen ist meine Geduld erschöpft.«

Phoenix lacht leise. »Darauf würde ich wetten.«

»Unerlaubte Handlungen werden schnell geahndet«, fährt

Miss White mit ihrem Vortrag fort. »Keine mündlichen Verwarnungen mehr. Habe ich mich klar ausgedrückt?«

Ich schwöre, dass ihr Blick zu uns herüberwandert und unsere Position im hinteren Teil des Raums erfasst. Eli verkrampft sich neben mir, sein Bein zuckt, um seinen ständigen Strom an nervöser Energie abzulassen. Ich lege eine Hand auf seinen jeansbekleideten Oberschenkel und fordere ihn leise auf, durchzuatmen.

»Taggert und Jackson werden hierbleiben, um die Dinge im Auge zu behalten.« Miss White deutet auf die beiden unfreundlichen Wärter. »Wenn ihr dieses Privileg missbraucht, wird es euch entzogen. Viel Spaß mit dem Film.«

Sie dreht sich auf ihren Designerabsätzen um und schlendert davon, und die beiden Wärter schließen die Tür hinter ihr. Sie stellen sich dort auf, mit perfektem Blick auf den Raum, und studieren uns aufmerksam, was eindeutig eine beschissene Einschüchterungstaktik ist.

Phoenix flucht leise vor sich hin. »Bald werden sie uns auch auf der Toilette beobachten. Was ist mit den Menschenrechten?«

Ich unterdrücke den Drang, in sein hübsches Gesicht zu lachen. »Ihr seid alle viel zu verwöhnt hier. Da, wo ich herkomme, war eine Badezimmertür ein seltenes Gut.«

Ich schwöre, ich sehe den Hauch eines Lächelns auf Elis Lippen, als wüsste er genau, wovon ich rede, aber meine Aufmerksamkeit wird von Phoenix' heißem Atem auf meiner Haut gestohlen.

»Wir sind nicht alle so knallharte Kerle wie du. Entschuldige, dass ich beim Scheißen etwas Privatsphäre brauche. Es ist meine Zeit zum Nachdenken.«

»Charmant. Danke für dieses Bild.«

»Du hast angefangen.«

Wir zanken uns weiter, während der Vorspann läuft. Irgendein blöder Science-Fiction-Film läuft auf der Leinwand. Alle scheinen ziemlich glücklich darüber zu sein, als sie sich niederlassen, aber ich werfe Phoenix einen ungläubigen Blick zu.

»Ich dachte, du hättest für etwas Anständiges gesorgt?«

»Hey, normalerweise ist es kindischer Scheiß. Das ist das Beste, was ich tun konnte.«

Wir verfallen in Schweigen, während der Film im Hintergrund läuft. Alles, was ich spüre, ist die erstickende Wärme ihrer Körper um mich herum. Meine Hand ruht immer noch auf Elis Bein.

Irgendwann legt er seine darauf und zieht träge Kreise auf meiner Haut. Phoenix geht es nicht viel besser. Er schmiegt seinen Körper enger an meinen, bis wir praktisch Löffelchen liegen.

Seine muskulösen Beine passen perfekt um meine, und etwas verdächtig Hartes drückt gegen meinen unteren Rücken.

»Problem?«, flüstert Phoenix.

Seine Hand streicht über meine Hüfte, während er weiter mit mir spielt. Ich räche mich, indem ich mit meinem Hintern wackle und seine Erektion an mir reibe, woraufhin er nach Luft schnappt.

»Nein, ich mache es mir nur bequem. Danke der Nachfrage.«

»Dann hör auf, dich zu bewegen. Du bringst mich noch um.«

Ich habe das Gefühl, dass ich jeden Moment zu einer Pfütze zerfließen könnte. Es ist schon viel zu lange her seit meinem heißen Kuss mit Phoenix oder dem Rendezvous auf dem Friedhof mit dem schweigsamen Mann zu meiner Linken.

Ich schäme mich nicht, zuzugeben, dass ich sie beide will. Wen kümmert das schon? Das Leben ist kurz, und ich habe vor, es noch kürzer zu machen. Ich kann es genauso gut genießen, solange es andauert.

Nach der Hälfte des Films bin ich kurz davor zu platzen.

Die Wärter haben es sich längst gemütlich gemacht und konzentrieren sich beide nur noch auf die Leinwand.

Da wir uns im hinteren Teil des Raumes befinden, haben wir die perfekte Privatsphäre, und die beiden Teufel, die mich umzingeln, sind bereit zu spielen. Phoenix nutzt die Gelegenheit, um eine Hand unter meinen Pullover zu schieben, seine Fingerspitzen gleiten über meine Rippen.

Sanft reibt er mit dem Daumen über meine Brustwarze, die selbst durch den dünnen Stoff meines BHs steinhart ist. Ich beiße mir auf die Lippe, um ein Keuchen zu unterdrücken.

»Jetzt ignorierst du mich nicht mehr, oder?«, sagt er leise, während er an meinem Ohrläppchen knabbert. »Du warst ein richtiges Miststück, Hitzkopf. Ich denke, das verdient eine Bestrafung, nicht wahr?«

Seine Zunge ist heiß an meinem Hals und wandert hinunter bis zu meinem Schlüsselbein. Er drückt Küsse auf meine Haut und seine Berührung hinterlässt eine Spur des Feuers, die mein Innerstes entzündet.

»Ich ignoriere dich nicht«, stöhne ich.

»Hör schön auf. Seit Hudson aufgetaucht ist, behandelst du uns, als hätten wir die verdammte Pest.«

»Habe ich nicht.«

»Doch! Aber das ist in Ordnung, ich denke, wir müssen dir zeigen, was du verpasst. Nicht wahr, Eli?«

Plötzlich landet ein weiterer Mund auf meiner Kehle. Eli verteilt Küsse auf meiner Ohrmuschel und wirft mir einen schmutzigen Blick zu.

Seine Augen glitzern verschmitzt, während er an meiner empfindlichen Haut saugt. Er muss kaum etwas tun, schon ist meine Muschi feucht und bettelt darum, wieder von ihm gefüllt zu werden.

»Ich habe nichts dergleichen getan«, verteidige ich mich. »Du bist ein Weichei.«

Phoenix zieht die Schale meines BHs beiseite und verdreht

schmerzhaft meine Brustwarze. »Lüg nicht. Du bestrafst uns alle für Hudsons Fehler. Ich nehme so etwas nicht auf die leichte Schulter, Baby. Du solltest dich besser daran erinnern, wer an deinem ersten Tag für dich da war.«

Wie Soldaten, die ein koordiniertes Manöver durchführen, greifen beide meinen Körper an. Ich winde mich zwischen ihnen, gefangen in der Lust.

Eli zieht an meinem Haar und kämpft mit meinen Jeans, während Phoenix meine Brüste mit seiner charakteristischen Mischung aus grenzwertig-schmerzhaftem Vergnügen verwöhnt.

Eine Hand presst sich auf meinen Mund und bringt mich schnell zum Schweigen. »Nicht ein Wort. Sei ein braves Mädchen und wir lassen dich kommen.«

Meine Muschi krampft sich bei Phoenix' Worten zusammen und schreit nach Erleichterung. Ich stöhne leise und unterdrücke die Reaktion, die entweichen will.

Er lacht und beißt wieder in mein Ohrläppchen. »So ist es gut, braves Mädchen. Jetzt sei still.«

Eli bahnt sich schließlich einen Weg in mein Höschen, und seine Finger streichen über meine geschwollene Klitoris. Langsam und sanft macht er mich wild vor Verlangen. Er spielt mit mir, und ich werde brennen, wenn er nicht bald etwas tut.

»Zeig unserem Mädchen, warum wir es wert sind«, befiehlt Phoenix ihm.

Eli schiebt ohne Vorwarnung zwei Finger in mich hinein. Er dringt in meinen Körper ein, woraufhin ich fest auf meine Lippe beiße. Während er mich mit seiner Hand fickt, beobachtet er genau, wie er meine Nerven quält.

Phoenix beschließt, mich noch weiter zu bestrafen. Er küsst mich und seine Zunge fegt durch meinen Mund. Ich habe keine andere Wahl, als mich seinen Lippen hinzugeben und mich verschlingen zu lassen.

»Du schmeckst so verdammt süß«, murmelt er.

Sein Zungenpiercing ist köstlich kalt und befriedigend. Ich kann kaum atmen zwischen seinen erfahrenen Lippen und Eli, der mich über den Abgrund stößt.

Die Spannung in meinem Inneren steigt, und ich hebe meine Hüften, um mehr Reibung zu erzeugen. Alles, um die Sehnsucht zu lindern, die sich in mir aufbaut.

»Genug, Eli«, befiehlt Phoenix.

Dann ist Elis Hand verschwunden. Er verlässt mich an der Schwelle zum Orgasmus, reißt seine Finger aus meiner Pussy und verhindert auf grausame Weise mein endgültiges Eintauchen in die Vergessenheit. Ich wimmere gegen Phoenix' Mund, während er wie ein verdammter Perverser kichert.

»Fühlt sich nicht gut an, wenn man in der Luft hängt, oder?«, spottet er.

Er saugt so fest an meiner Unterlippe, dass es weh tut, beißt zu und lindert den Schmerz mit seiner Zunge. Das macht er immer wieder, während er sich über meinen Kiefer und meinen Hals hermacht.

Ich werde markiert.

»Beende, was du hier angefangen hast«, zische ich.

Ich kann das Vergnügen in seinem Gesicht sehen. Er liebt es, mich zu quälen, seine Macht und Kontrolle auszuüben.

»Warum sollten wir? Du bist doch diejenige, die sich uns gegenüber völlig danebenbenommen hat. Ich dachte, du magst Schmerzen, was?« Phoenix' Finger gleiten an meinem Ärmel hinauf und graben sich in meine frischen Schnitte. »Schön zu wissen, dass du dir selbst genauso wehtust wie anderen.«

»Fick dich, das geht dich nichts an«, stöhne ich.

Phoenix beißt mir in die Kehle, genau über meinem springenden Puls, während sich seine Fingernägel in meinen Arm graben. Ich schwöre, dass ich auf der Stelle sterbe, als er weiter seine Zähne einsetzt und brennenden Schmerz in mir auslöst.

»Darf ich dir nicht wehtun? Oder ist es nur Hudson, der diese Ehre hat?«

»Mach, was du willst«, zische ich. »Aber zieh ihn nicht mit rein.«

Phoenix lacht und zieht sich zurück, um mir in die Augen zu sehen. »Dieses Arschloch spricht nicht für die Gruppe. Wenn du das willst, dann wirst du dein Drama mit ihm beiseitelegen. Wenn du aufhörst, uns zu ignorieren, werde ich dir wehtun, du Hitzkopf. Ich mache dich so fertig, wie du willst.«

Die beiden Perversen tauschen einen geladenen Blick aus, während ich mich darauf vorbereite, nachzugeben. Denn seien wir ehrlich, ich bin verdammt noch mal erledigt. Ich habe mir etwas vorgemacht, als ich dachte, ich könnte mich von den beiden fernhalten.

»Gut«, knurre ich.

»Ist das ein Ja?«

»Verdammte Scheiße, Phoen. Das ist ein Ja.«

Eli packt mein Kinn mit seiner freien Hand und lässt mich nicht wegsehen. Seine smaragdgrünen Augen sagen mehr als tausend Worte, während er mich genauso intensiv küsst, wie Phoenix es getan hat.

Seine weichen Locken kitzeln mein Gesicht, während seine Hand mich weiter in den Wahnsinn treibt. Gerade als ich denke, dass es nicht mehr besser werden kann, bewegt sich Phoenix hinter mir. Er zieht meine Jeans tiefer und sorgt dafür, dass ich von ihren Körpern verdeckt werde.

»Gefällt dir das, Hitzkopf? Dass Eli dich fingert wie die dreckige Schlampe, die du bist?«

»Ja.« Ich erschaudere und hebe meine Hüften höher.

»Wir werden Dinge mit dir machen, die deine Grenzen überschreiten. Erwarte nichts Süßes und Rührseliges, denn darum geht es uns nicht. Willst du es immer noch?«

Ich nicke verzweifelt und beobachte Phoenix' zufriedenes Grinsen. Er hat das die ganze Zeit geplant, und ich bin in seine ruchlose Falle getappt. Er führt seine Finger zu meinem Mund und schiebt sie zwischen meine Lippen.

»Dann lass uns hier anfangen. Saugen«, fordert er.

Ich öffne meinen Mund, ohne zu protestieren, nehme seine schlanken Finger auf und befeuchte sie mit meiner Zunge.

Er drückt weiter in meinen Mund, seine Finger gleiten kurz in meine Kehle und lassen mich würgen. Phoenix' Lächeln wird breiter. Er ist wirklich sadistisch veranlagt.

Nach ein paar Sekunden zieht er sie heraus und lässt seine Hand wieder in meine Jeans gleiten. Ich muss ein überraschtes Quieken unterdrücken, als er die hochsensiblen Nervenenden meines Arschlochs findet.

Mein ganzer Körper spannt sich vorbereitend an. Damit habe ich nicht gerechnet. Phoenix umkreist den engen Muskelring.

»Sag bitte.«

Ich schlucke einen Schrei hinunter, als Eli einen weiteren feuchten Finger hinzufügt, der meine Muschi noch weiter dehnt. Phoenix spielt weiter gnadenlos mit mir und verteilt meinen Speichel um meinen Hintereingang.

Ein weiterer Höhepunkt schraubt sich in mir empor, bereit, höher zu steigen, während sie mich wie ein Instrument spielen, perfekt aufeinander abgestimmt.

»Bitte …«, stöhne ich, unfähig zu widerstehen.

Phoenix schiebt die Spitze seines Fingers hinein. »Bitte was?«

Ich möchte ihn anschreien und ihm sagen, dass er zur Hölle fahren soll, aber jeder Rest meiner Selbstbeherrschung hat das Gebäude verlassen. Ich will, dass sie mich beide ficken. Genau hier, genau jetzt.

Ungeachtet des Raumes voller Menschen würde ich mich vorbeugen und es ohne Frage nehmen, wenn sie es wollten. Phoenix packt mich am Haar und dreht meinen Kopf zu ihm zurück.

Meine Augen tränen angesichts der Härte, und ein selbstgefälliges Lächeln tanzt über seine Lippen. Er genießt meinen Schmerz in vollen Zügen. Arschloch.

»Ich sagte, bitte was?«, drängt er. »Beantworte die Frage oder Eli lässt dich wieder hängen.«

Die Finger, die sich in meiner Muschi bewegen, halten inne, während er spricht, und ein weiteres gequältes Wimmern droht meinen Lippen zu entweichen. Eli ist sein stiller Assistent, der Phoenix' verkorksten Willen durchsetzt.

»Bitte fick mich«, murmle ich und werde rot.

Verdammt noch mal, der Mistkerl grinst mich an.

»Noch nicht«, antwortet Phoenix kurz. »Aber bald, Brooke. Ich kann es kaum erwarten, dass du meinen Namen schreist, während wir dich beide bis zur Besinnungslosigkeit ficken. Ist es das, was du willst? Wir werden alle deine Grenzen ausreizen und noch mehr. Letzte Warnung.«

Er beißt mir erneut in die Lippe, schmeckt Blut und leckt es ab.

»Ja«, antworte ich gehorsam.

»Jetzt benimmst du dich«, lobt er. »Wenn du noch einmal so frech wirst, versohle ich dir den Hintern.«

Phoenix nickt Eli zu. Meine Stimme wird von seinem Finger gestohlen, der in meinen Arsch eindringt, während Eli seine Finger wieder in mich gleiten lässt. Jetzt, da beide in mir sind, glaube ich, dass ich in Millionen Stücke zerspringen werde.

Ich fühle mich so voll. Es ist schon lange her, dass mich jemand dort unten berührt hat. Während sie mit mir spielen, kann ich nicht anders, als mich zu fragen, was passieren wird, wenn sie mich beide gleichzeitig ficken. Denn das wird auf jeden Fall passieren.

»Das gehört mir, hörst du?«, sagt Phoenix und fingert meinen Arsch. »Eine Nacht mit uns und du wirst eine Woche lang nicht geradeaus laufen können. Ich kann es kaum erwarten, deine perfekte Haut zu markieren.«

Elis Mund wandert an meinem Pullover hinunter, bis seine Lippen meine freiliegende Brustwarze umschließen. Verdammt, die Vorstellung, zwischen ihnen gefangen zu sein, lässt mich einen Schrei unterdrücken, als meine Erregung überhandnimmt.

Ich vergrabe mein Gesicht in Elis Haar und atme seinen köstlichen Duft ein. Ich muss meine Geräusche dämpfen, damit uns niemand hört. Als ich einige atemlose Sekunden später den Kopf hebe, bin ich wieder verdammt feucht bei dem Anblick, der mich erwartet.

Verdammte sadistische Bastarde.

Phoenix und Eli küssen sich leidenschaftlich, ihre Münder kleben aneinander wie hungrige Tiere. Ich bin hingerissen von diesem Anblick, während die Nachbeben meines Orgasmus meine Beine weiter zittern lassen.

Phoenix packt eine Handvoll von Elis Locken, während seine Zunge über seine Lippen tanzt. Er reißt kräftig daran und entblößt Elis Kehle, in die er seine Zähne wie ein verdammtes Raubtier versenkt.

Eli reibt die feste Beule in seinen Jeans, seine Atemzüge sind ein gequältes Schaudern. Als die beiden Männer sich trennen, starren sie mich mit schweren Lidern an.

»Verdammt«, murmle ich atemlos.

Elis Brust vibriert mit einem Lachen, das sonst niemand hört. Der Mistkerl sieht äußerst selbstzufrieden aus.

Langsam hebt er seine Finger zum Mund und vergewissert sich, dass wir beide zusehen, bevor er sich die Zeit nimmt, auch den letzten Tropfen meiner Erregung abzulecken.

»Schmeckt unser Mädchen gut?«, fragt Phoenix neugierig.

Sie unterhalten sich stumm, ohne ein einziges Wort zu sprechen. Ich schaue mich um, aber der laute Film verdeckt unser schmutziges Gespräch.

Keiner hat etwas gesehen, alle sind von der Leinwand fasziniert. Selbst die Wärter haben nichts bemerkt, da sie auf den Film fixiert sind wie die nachlässigen Idioten, die sie sind.

Ich verschränke die Arme und tue so, als wäre ich verärgert. »Seid ihr beide schon fertig?«

Zwischen den beiden gefangen, ist es unmöglich, lange wütend zu bleiben. Schon jetzt bin ich feucht und zittere, mein Körper brennt nach mehr Aufmerksamkeit. Als Phoenix mir zuzwinkert, bin ich wie Wachs in seinen Händen.

»Nein. Wir fangen gerade erst an, Baby.«

KAPITEL 24

KADE

HOLY NIGHT – LANDON TEWERS

HINTER DEM ALTEN Porsche 911 meines Vaters bin ich gut versteckt, während ich mir eine Zigarette anzünde. Ich nehme einen langen Zug und blase den Rauch aus, als sich mein Körper zu entspannen beginnt.

Es brennt in der Lunge, aber das ist mir egal. Ich brauche die Erleichterung, die es mir im Moment bringt. Ich bin kein großer Raucher, aber wenn man von hochnäsigen Arschlöchern umgeben ist, die sich zu Dingen äußern, die sie nichts angehen, ist es nötig.

Warum habe ich es für eine gute Idee gehalten, nach Hause zu kommen?

»Kade! Bist du hier draußen?«

Ich lasse den Kopf zwischen meine Beine sinken, bevor ich seufze und hoffe, dass sie die Suche nach mir aufgeben wird. Aber so viel Glück habe ich nicht.

Cece späht um das Auto herum und ihr Blick fällt auf mich. Sie schnaubt, setzt sich neben mich und streckt ihre Hand aus, um einen Zug an meiner Zigarette zu verlangen.

»Komm schon, her damit. Du weißt, dass Mum mich nicht lässt.«

»Na gut«, brumme ich und reiche sie an meine kleine Schwester weiter.

Während Hudson adoptiert ist, ist Cece meine leibliche Schwester. Sie ist einige Jahre jünger als ich, hat die gleiche Intelligenz und hellblondes Haar, das ihr bis zum unteren Rücken reicht.

Von allen ist sie im Grunde die Einzige, in deren Nähe ich mich wohlfühle, weil sie auf eine Weise bodenständig und besonnen ist, wie es unsere Eltern nicht sind.

»War es das, was Onkel Terrence gesagt hat?«, vermutet sie.

Mir gelingt ein Nicken.

»Scheiß auf ihn. Er hat kein Recht, etwas über Hudson oder seine Lebensentscheidungen zu sagen. Was ist damit, dass Blut dicker als Wasser ist, hm? Blöder alter Bastard.«

Ich schnappe mir die Zigarette zurück. »Er wird die Toleranzkarte zücken, wenn es ihm passt. Wir alle wissen, was er wirklich von Hudson hält. Dad auch. Das gibt ihnen aber nicht das Recht, vor der ganzen Familie über ihn zu lästern.«

»Stimmt. Zumindest versucht er nicht so zu tun, als ob es ihn interessiert.«

Ich denke, das wäre noch schlimmer. Wir können uns darauf verlassen, dass unser Vater und seine Familie Mistkerle sind. Meine Mutter ist die einzig Anständige von ihnen.

Wir sitzen schweigend da, bis die Zigarette aus ist, und starren über das neblige Gelände, das unser Familienanwesen umgibt. Drei Hektar Gras, Bäume und Pferde säumen das Anwesen, mit einer riesigen kreisförmigen Auffahrt, in die Dads umfangreiche Autosammlung passt.

Das Haus selbst ist ein millionenschweres Monstrum, voll mit antikem Kram, den Mutter stolz sammelt und zur Schau stellt, als wolle sie damit andeuten, dass ihre Tage als Hausfrau tatsächlich etwas wert sind.

Ich hasse es hier.

Ich hasse alles an diesem Leben und die Erwartungen, die

damit verbunden sind. Ich bin mir bewusst, wie sehr mich das als privilegierten Scheißer erscheinen lässt.

Die Wahrheit ist, dass ich lieber verdammt arm wäre und mein Schicksal selbst in der Hand hätte als in diesem Gefängnis der Oberflächlichkeit zu sitzen. Mein ganzes Leben lang wurde ich von den Plänen und Idealen anderer Leute kontrolliert.

Dad weiß genau, was er für uns will, ob es uns gefällt oder nicht. Ich muss versuchen, meinen abgelehnten Adoptivbruder vor Verwandten zu verteidigen, deren Kinder in Oxbridge studiert haben und mehrere Doktortitel vorweisen können.

»Wie ist es im Internat?« Ich lege einen Arm um meine Schwester.

»Scheiße, wie immer. Ich hasse es dort so sehr. Ich kann es kaum erwarten, meinen Abschluss zu machen, aber jetzt will Dad nicht, dass ich mich für die Kunstschule bewerbe. Kannst du das glauben?«

»Ja«, antworte ich trocken.

Ihm ist der Anstand wichtiger als alles andere. Warum sonst hat er ein Vermögen gezahlt, um Hudsons Verhaftung zu vertuschen und ihn an einen Ort wie Blackwood zu verfrachten?

Nur damit die Peinlichkeit unbemerkt unter dem Radar verschwindet, ohne seine letzte politische Kampagne zu ruinieren. Bis heute glaubt unsere Großfamilie, ich würde im Ausland studieren, um meine ständige Abwesenheit zu erklären.

»Wie geht es ihm?«, fragt Cece.

Sie zupft unruhig an ihrem blassrosa Kleid. Ich kann ihr nicht die Wahrheit sagen – dass Hudson ein Wrack ist, sich kaum durchschlägt, keine Fortschritte macht und kurz davorsteht, dass ihm die Entlassung verweigert wird.

Sein Vorstrafenregister ist länger als mein Arm und er hat mehr Vorfälle zu verzeichnen als die meisten Häftlinge. Im

Moment verbringt er den Rest seines Wochenendes in einer Einzelzelle, weil er in eine Schlägerei geraten ist.

»Du kennst Hudson, die Probleme sind nie weit.«

»Aber du kümmerst dich doch um ihn, oder?«, stößt sie hervor und kaut auf ihrer Lippe. »So wie du es versprochen hast?«

Ich räuspere mich und zwinge mich zu einem Lächeln. »Natürlich. Ich habe es doch versprochen, oder? Ich bringe ihn nach Hause, Cece. Wir sind schon halb fertig.«

»Ich kann es kaum erwarten, bis ihr beide zurück seid. Diese blöden Familienessen sind nicht dasselbe, wenn ihr keinen Ärger macht.«

Ich drücke sie an mich und versuche, ihr den Trost zu vermitteln, den ich nicht in Worte zu fassen vermag. Es gibt so viele leere Versprechen, dass sie mich auf Schritt und Tritt zu ertränken drohen.

Werde ich jemals hierher zurückkehren, in das Leben, dem ich so verzweifelt entkommen möchte? Und selbst wenn ich es tue, wird Hudson bei mir sein?

»Ich vermisse dich auch, Kleines. Wir sind wieder da, bevor du es merkst«, lüge ich.

»Ich bin nicht mehr klein, Kade. Das bin ich schon lange nicht mehr.«

Ich streiche ihr über die Haare, auch wenn sie leise flucht. »Du wirst für mich immer klein sein.«

Aus der Ferne ruft jemand unsere Namen. Wir werfen uns einen grimmigen Blick zu, bevor wir aufstehen und zum Haus zurückgehen.

Mum steht in der Tür, hat die Hände in die Hüften gestemmt und sieht entsprechend unbeeindruckt aus. Für meine Abwesenheit bekomme ich mit einem Geschirrtuch einen Klaps auf den Kopf.

»Was macht ihr zwei hier draußen?«, schimpft sie mit einem Stirnrunzeln. »Euer Vater hat Geburtstag, da könnt ihr doch wenigstens mitfeiern. Rieche ich da etwa

Zigarettenrauch? Verdammte Kinder … wenn ich herausfinde …«

»Mum«, unterbreche ich. »Wir haben uns nur unterhalten, okay? Beruhige dich. Es läuft doch alles gut. Du machst dir wieder Sorgen.«

Ihr Lächeln ist angespannt. »Du weißt doch, wie euer Vater ist, wenn es darum geht, dass alles perfekt ist, wenn die Familie zu Besuch kommt.«

»Ja, ich weiß.«

»Geh wieder rein und verbring etwas Zeit mit deinen Cousins. Ich werde bald das Dessert servieren.« Sie gibt Cece ein Zeichen zu gehen und legt eine Hand auf meinen Arm, um mich aufzuhalten, bevor ich fliehen kann. »Du nicht. Wir müssen uns unterhalten.«

Großartig. Die universellen Worte des garantierten Untergangs.

»Sicher. Geh voraus.« Ich seufze.

Sie führt mich durch den großen Empfangsbereich, vorbei an Reihen von unbezahlbaren Kunstwerken und zarten Vasen. Lautes Gelächter und das Klirren von Gläsern ertönen aus dem formellen Essbereich, als wir vorbeigehen.

Mum schweigt, bis wir das Arbeitszimmer meines Vaters erreichen. Ich hasse diesen Raum. Im offenen Kamin lodern Flammen, und auf dem riesigen Mahagonischreibtisch stapeln sich fein säuberlich die Papiere.

Ich lasse mich in einen der Sessel mit den hohen Lehnen sinken und bereite mich auf eine sicher schlechte Nachricht vor. Ihr Gesichtsausdruck spricht Bände.

»Wie ist es in Blackwood? Kommst du mit deinem Studium voran?«

Ich weiche ihrem Blick aus und suche nach etwas Begeisterung. »Ja, ich schätze schon. Es ist nicht gerade das Paradies, aber wir kommen zurecht. Du weißt ja, wie Hudson sein kann.«

Sie berührt ihren Hals und seufzt erleichtert auf. »Gut, gut.«

»Mum?«

»Ja, Liebling?«, sagt sie abwesend.

»Was ist? Was ist los?«

Mit einer zitternden Hand wischt sie sich die Tränen aus den Augen. »Es tut mir leid, dass ich das an deinem Wochenende zu Hause mache, aber ich konnte es dir nicht am Telefon sagen. Es geht um Hudson.«

»Was ist mit ihm?«

»Es wurde ein neuer gerichtlicher Antrag gegen ihn gestellt. Sie drängen auf eine Wiederaufnahme des Verfahrens im neuen Jahr, um dieses Mal eine Verurteilung zu erreichen.«

Ein schweres Gewicht setzt sich in meiner Magengrube fest, und ich schlucke schwer. »Für ... eine Verurteilung? Ich dachte, er wäre aus dem Schneider. Es war Notwehr. Der Richter stimmte drei Jahren in Blackwood zu, und er kommt frei. Das ist der Deal, den wir gemacht haben.«

Mum schüttelt den Kopf und fährt mit den Fingern über den Saum ihres Kleides. »Das war die ursprüngliche Entscheidung, um zu verhindern, dass er das nächste Jahr in einer Zelle verrottet, während er auf seinen Prozess wartet.«

»Das weiß ich. Was hat sich geändert?«

»Jetzt ist eine Zeugin mit neuen Beweisen gegen ihn aufgetaucht. Sie können nicht mehr rechtfertigen, dass sie nicht mit einer Gefängnisstrafe fortfahren. Die Dinge sind ein wenig kompliziert, aber wir haben einen Plan ...«

Mum redet weiter, nennt Namen von schicken Anwaltskanzleien und extravaganten Geldsummen, aber ich höre nur meinen Herzschlag in meinen Ohren rauschen.

Es ist, als wäre der Boden unter mir zusammengebrochen und ich befinde mich im freien Fall. Achtzehn Monate meines Lebens habe ich geopfert, um Hudson wieder auf die Beine zu bringen und ihn nach Hause zu holen.

War das alles umsonst?

Ich kann ihn nicht verlieren. Nicht auf diese Weise.

»Wer ist die Zeugin?« Ich unterbreche ihren Redefluss.

»Hör zu, Kade. Ich glaube nicht, dass …«

»Sag mir, wer es ist!«

»Ich wollte dich nicht verärgern …«

Ich ergreife ihre Hand und drücke sie fest, während sich meine Augen mit Tränen füllen. Wir sind beide am Rande des Zusammenbruchs angesichts der Aussicht, dass Hudson für immer aus unserem Leben verschwindet.

Man kann über meine oberflächlichen Eltern sagen, was man will, aber an Mums Hingabe zu meinem Adoptivbruder gibt es nichts auszusetzen. Sie liebt dieses Arschloch bis aufs Mark und das schon seit fünf Jahren, seit er zu unserer Familie gehört.

Auch wenn er ihr das Herz gebrochen hat.

»Bitte. Wer ist es? Ich werde es ihm nicht sagen«, dränge ich.

Sie nickt entschlossen. »Gib mir eine.«

»Hm?«

»Stell dich nicht dumm, Junge. Ich bin deine Mutter, um Himmels willen. Ich habe in deiner Teenagerzeit oft genug dein Zimmer geputzt, um zu wissen, was du da drin getrieben hast. Und jetzt gib mir eine Zigarette, bevor ich den Verstand verliere.«

Widerwillig übergebe ich die Packung und zünde ihr eine an. Sie lehnt sich zurück, atmet tief ein und scheint sich leicht zu entspannen.

»Dein Vater würde mich umbringen, wenn er das sieht.«

Ich zucke mit den Schultern und beobachte sie aufmerksam. »Ich werde nichts sagen, wenn du nichts sagst.«

»Abgemacht.«

Wir sitzen einen Moment lang schweigend da, während sie ihre Zigarette genießt. In der Zwischenzeit verliere ich den Verstand und versuche verzweifelt zu verstehen, was es bringen könnte, Hudson für ein Verbrechen zu verurteilen, das nicht seine Schuld war.

Der Richter stimmte zu, dass Blackwood die beste Lösung sei. Hudson war nicht bei klarem Verstand und ist es immer noch nicht. Er braucht keine Strafe, er braucht Hilfe. Wer hätte sich nach all der Zeit noch melden können?

»Ich muss es wissen«, sage ich und breche Mums kleinen Bann.

Ihre momentane Erleichterung verblasst schnell, als ihr Gesichtsausdruck wieder ernst wird. »Es gab eine Person, die bei den Polizeibefragungen fehlte, Kade. Eine Person, die nicht geredet und die Lücken gefüllt hat.«

»Ich verstehe das nicht … Ich dachte, es gäbe keine Zeugen. Hudson war der Einzige, der da war.«

»Das ist … nicht ganz richtig.« Mum zögert, ihre Wangen rot vor Verlegenheit. »Wir haben diese Geschichte erfunden, um die Sache für Hudson besser zu machen.«

»Ihr habt *was* getan?«, rufe ich aus.

»Die Anwälte haben sich die ganze Sache ausgedacht. Sie ließen es so klingen, als wäre es unsere einzige Möglichkeit, wenn Hudson eine lebenslange Haftstrafe vermeiden wollte. Wer kann schon eine Anklage erheben, wenn es niemanden gibt, der bezeugen kann, was passiert ist, außer eines Toten?«

Ich kneife mir in den Nasenrücken und kämpfe mit meinem Temperament. »Also war jemand in dieser Nacht dort? Jemand hat gesehen, was Hudson ihm … angetan hat?«

»Deshalb ist er noch glimpflich davongekommen.« Mum nickt zur Bestätigung. »Seine Stimme war die einzige, die gehört wurde. Die Zeugin hat so getan, als wäre das Ganze ein Albtraum gewesen, und das haben wir zu unserem Vorteil genutzt.«

Scheiße. Mir ist schlecht.

»Wir haben so getan, als wäre sie in dieser Nacht gar nicht da gewesen. Die Frau war bis oben hin mit Drogen vollgepumpt, es brauchte also nicht viel Überzeugungskraft. Aber jetzt … wird seine Darstellung angezweifelt.«

Der Groschen fällt.

Es ist eine hässliche Erkenntnis, als ich mich an die Wochen der Angst erinnere, als sie die Daten des Tatorts analysierten und die Aussagen von Hudson, uns, seinen Freunden und Kommilitonen aufnahmen.

Sie setzten den Verstand eines Mannes zusammen, der durch die Umstände seiner Kindheit so zerrüttet war, dass er das Bedürfnis hatte, sich aus seinem idealen Leben bei uns zu seiner Mutter zu schleichen, die ihn stattdessen wegen Drogen verlassen hatte.

Er wollte sie retten, aber stattdessen hat er sein Leben zerstört.

»Es ist seine Mutter, Stephanie«, sage ich angewidert.

Mum nickt. »Ja.«

Stephanie war in dieser Nacht dort. Die ganze Zeit wurde ich mit einer großen, fetten Lüge abgespeist. Sie sagten, Hudson habe sich nach Hause geschlichen, doch sie sei bereits verschwunden gewesen und habe ihren Vergewaltiger zurückgelassen, der Hudsons Rückkehr nicht gerade freundlich aufnahm.

Es war Notwehr, zumindest dachte ich das. Das war die Geschichte, die mir erzählt wurde. Oder besser gesagt … *die Lüge*.

»Sie hat die ganze Sache gesehen, Kade. Er hat ihren Freund vor ihren Augen getötet. Sie hat sich nur bis jetzt geweigert, es zuzugeben.«

Das Bild von Hudsons Mutter schwimmt in meinem Kopf. Ich habe immer nur Fotos gesehen, die kleinen Schnipsel, die ich von meinem traumatisierten Bruder aufschnappen konnte, der sich weigerte, den Missbrauch in seiner Kindheit zuzugeben, der seinen Verstand verzerrte.

»Und jetzt?«, dränge ich in dem Wissen, dass das Schlimmste noch bevorsteht.

»Stephanie will gegen ihren eigenen Sohn aussagen. Sie droht damit, die ganze Sache auf uns abzuwälzen. Was in dieser Nacht wirklich passiert ist … Sie wird alles aufdecken.«

Ich kann nur in Mums schmerzerfüllte Augen starren. Die Last der Verantwortung legt sich auf meine Schultern und drückt mich langsam zu Boden. Die ganze Zeit über habe ich darum gekämpft, Hudson vor sich selbst zu schützen.

Ich konnte nicht erkennen, dass die wahre Bedrohung in den Startlöchern stand, verstrickt in Lügen und bereit, im richtigen Moment zuzuschlagen.

Hudson hat für sie getötet.

Jetzt wird sie ihn dafür begraben.

KAPITEL 25

BROOKLYN

DARK SIGNS – SLEEP TOKEN

ICH STEHE in der langen Schlange vor der Schwesternstation und warte darauf, meine Medikamente abzuholen. Um mich herum schwanken und stolpern unzählige Zombie-Patienten, die auf ihre nächste Dosis Beruhigungsmittel warten, die sie durch den Tag bringen soll.

Mir geht es genauso schlecht. Meine Hände zittern, und mein Körper ist schweißnass. Ich bin genauso abhängig von den Medikamenten geworden, die Lazlo mir verschrieben hat und die ich täglich nehmen muss.

»Elijah Woods!«, ruft die Krankenschwester aus ihrer Luke.

Ich sehe schnell auf und entdecke Eli in der Menge. Er schleicht sich nach vorn und nimmt den kleinen Pappbecher mit den Pillen entgegen. Er kippt sie schnell zurück, bevor er seine Zunge zur Kontrolle herausstreckt.

»Alles klar. Weitergehen.«

Eli wirft den Becher weg, als er geht, und macht sich auf den Weg in die Cafeteria. Ich beobachte jeden Schritt, den er macht. Seine Beinmuskulatur, gestärkt vom Laufen, wird durch die engen Jeans betont.

Die Jungs gehen mir wieder durch den Kopf – wie sie

meinen Körper wie ein fein abgestimmtes Instrument gespielt haben, als ich am Wochenende zwischen ihnen eingeklemmt war.

»Brooklyn West!«

Ich reiße mich gewaltsam aus dem Tagtraum, hole mir von der graugesichtigen Krankenschwester meine Medikamente und schlucke die zahlreichen bunten Pillen. Es ist fast unmöglich, sie hinunterzuschlucken, ohne zu würgen, aber ich habe im Laufe der Zeit eine Menge Übung darin bekommen.

»Zunge«, befiehlt sie.

Ihre Augenbraue ist herausfordernd hochgezogen. Ich öffne den Mund und strecke wie gefordert die Zunge heraus, werde aber bald mit einem knappen Nicken entlassen.

»Gut. Du wirst um zehn Uhr in Professor Lazlos Büro erwartet, um deine Spritze zu bekommen.«

Mein Magen krampft sich zusammen, als mich das Grauen überkommt. Ich schlurfe von der Warteschlange weg und kämpfe darum, meine Atmung ruhig zu halten. Jeder Zentimeter meines Körpers zittert unwillkürlich, obwohl ich mich bemühe, ruhig zu bleiben.

Warum habe ich solche Angst vor ihm?

Die Stimmen um mich herum verschwimmen, während ich wie erstarrt dastehe und in meinen Gedanken versunken bin. Ich rede mir ein, dass es nur die anderen sind, die reden, aber trotzdem läuft mir die Angst über den Rücken.

Egal, wie viele Pillen ich schlucke, die Schatten und Stimmen lassen mich nicht in Ruhe. Sie weigern sich, in die kleine Kiste in meinem Kopf zurückzukehren, und schleichen sich stattdessen wieder ein, wenn ich es am wenigsten erwarte.

Eine Hand legt sich um mein Handgelenk. Ich blicke auf und sehe, dass Rio mich höhnisch anschaut. Ich trete einen Schritt zurück und versuche, Abstand zwischen uns zu bringen, was er schnell ignoriert.

»Dein Freund hat neulich eine ziemliche Show abgezogen.

Ich hoffe, er genießt seinen Aufenthalt im Loch. Grüß ihn von mir, ja?«

»Du kannst mich mal.« Ich versuche, mich aus seiner Umklammerung zu befreien.

»Nicht ganz. Er hat uns unterbrochen, weißt du noch? So unhöflich und rücksichtslos. Wie auch immer, ich liefere nicht ohne volle Bezahlung, Brooklyn. Du schuldest mir was. Wir hatten eine Abmachung.«

»Ich schulde dir einen Scheißdreck. Du hast die Liste schon vor Tagen zerrissen. Wir sind fertig.«

Rios Hand scheint fester zu werden, seine Fingernägel graben sich tief in mein Fleisch. »Wir sind nicht fertig, bis ich es sage. Habe ich dir nicht gesagt, wie die Dinge hier laufen? Ich dulde keine Unhöflichkeit. Bezahl, oder es gibt Ärger.«

»Wofür genau bezahlen? Du bist ein verdammter Verrückter. Ich wüsste nicht, worum ich gebeten hätte.«

Ich stoße Rio an die Schulter, woraufhin er zurückstolpert und sich seine Augen verhärten.

»Du musst endlich lernen, wo dein Platz ist. Niemand atmet in diesem Haus ohne meine Erlaubnis. Hast du mich verstanden, Schlampe? Wenn du mich verärgerst, wirst du deinen kostbaren Hudson nicht wiedersehen.«

Er blickt sich um und nickt dem Wärter in der Nähe zu, der unseren Austausch beobachtet. Ich kann den wissenden Blick, den die beiden einander zuwerfen, gerade noch erkennen, bevor Rio mich gegen die Wand stößt.

Etwas Kaltes und Hartes wird an meinen Brustkorb gepresst. Der stechende Schmerz verrät mir genau, was es ist, als Rio die Klinge über meine Haut zieht.

»Gefällt es dir?«

»Niedlich. Ich hätte dich nie für einen Knastschläger gehalten«, zische ich. »Wie viele Wärter hast du denn mit Daddys Kreditkarte bezahlt? Oder bläst du ihnen einen im Vorratsschrank?«

Er lehnt sich gefährlich nahe heran. »Mit deiner großen

Klappe tust du dir keinen Gefallen. Es sieht folgendermaßen aus. Ich habe etwas Koks für dich, aber mein Preis ist gerade gestiegen. Nennen wir es Zinsen für das Herumalbern. Nimm es oder lass es.«

Ich bin so versucht, ihm zu sagen, dass er es sich in den Arsch stecken soll, aber meine Verzweiflung ist stärker. Sie löst bald jedes Selbstwertgefühl auf, das ich noch habe.

»Ich nehme es. Was ist mit dem Rest?«

Bitte, möchte ich betteln.

»Das war's fürs Erste«, bestätigt Rio, der immer noch wie ein Verrückter grinst. »Sorg dafür, dass es meine Zeit wert ist, dann überlege ich mir den Rest.«

Seine Klinge verschwindet, und das eingebildete Arschloch tänzelt rückwärts, als gehöre ihm der Laden, ohne eine einzige Sorge.

Niemand sagt auch nur ein verdammtes Wort über die Auseinandersetzung. Sein diensthabender Kollege schaut buchstäblich in die andere Richtung und tut so, als wüsste er nicht, was passiert ist.

»Triff mich heute Abend um acht auf dem Dach. Komm nicht zu spät.«

»Auf dem Dach?«, wiederhole ich verwirrt.

Rio zwinkert mir zu und zeigt mir, wie die Klinge in seine Tasche gleitet. Ich nicke nur zustimmend, wende mich ab und schlucke den Kloß in meinem Hals hinunter. Ich kann den Jungs jetzt nicht beim Frühstück gegenübertreten.

Nicht, nachdem ich dieser Sache zugestimmt habe.

Das wäre nicht richtig.

Stattdessen schleiche ich zurück nach draußen in die kalte Luft und suche mir eine Bank, auf der ich zusammenbrechen kann. Mit zitternden Händen greife ich in meine Manteltasche und merke schnell, dass ich keine Zigaretten mehr habe, mit denen ich mich beschäftigen könnte.

Ich möchte schreien.

Mir das Haar ausreißen, die Handgelenke aufschneiden

und verdammt noch mal in Millionen Stücke zerbrechen. So ist es, wenn man sich wie ein Fremder im eigenen Leben fühlt. Die Leute reden mit dir, rufen deinen Namen … aber nichts davon fühlt sich real an. Du bist hinter Glas gefangen und siehst zu, wie dein Leben einfach an dir vorbeizieht, eine Katastrophe nach der anderen.

Ich sitze dort in der eisigen Herbstluft, bis die Glocke läutet und die Patienten aus ihren ersten Kursen strömen, was bedeutet, dass es fast zehn Uhr ist. Die Hölle wartet auf mich.

Ich schaffe es, mich durch die Menschenmassen zu drängen, und melde mich an der Rezeption an, die den Eingang zum Behandlungstrakt markiert.

»Brooklyn, hier für Lazlo.« Ich zeige meinen Ausweis.

Nach den Therapieräumen gehe ich mit einem wehmütigen Seufzer an Mariams Tür vorbei. Ich hätte nie gedacht, dass ich diese übereifrige Schlampe vermissen würde, aber da sind wir nun.

Der schweigsame Wärter führt mich durch mehrere verschlossene Türen, bis wir eine breite Treppe erreichen, die nach unten führt. In meinem drogengeschwängerten Zustand vom letzten Mal habe ich das Schild nicht bemerkt.

Untergeschoss eins – Therapieräume 20-35
Untergeschoss zwei – Isolationshaft
Keller – Z-Flügel

Als ich die Treppe zum zweiten Untergeschoss hinuntersteige, werde ich an endlosen Türen vorbeigeführt – ein vertrauter Anblick von meinem letzten Besuch im Loch. Gedämpfte Schreie und Stimmen erfüllen die Luft, flüsternde Geister, die hinter verschlossenen Türen Geschichten des Wahnsinns erzählen.

Ich habe Mühe, den Schauer zu unterdrücken, der meinen Körper durchfährt. Wir kommen an einer offenen Tür vorbei, die in einen der Räume für Einzelhaft führt, und ich bekomme einen Blick, der mir das Blut in den Adern gefrieren lässt.

Zwei Psychiater in ihren makellosen weißen Kitteln kämpfen mit einem langhaarigen Patienten. Der eine fesselt ihn, während der andere mit einer tödlich aussehenden Nadel hantiert.

Ich schaue hastig weg, als es ihnen gelingt, den schreienden Mann zu betäuben. Der Anblick weckt viel zu viele schlechte Erinnerungen, sowohl an die Vergangenheit als auch an die Gegenwart.

Wir eilen den Rest des Weges durch den endlosen Korridor und steigen in den Keller hinab. Es gibt eine letzte Sicherheitsstufe, bevor wir den Z-Flügel erreichen.

Lazlos Büro befindet sich am Ende des Ganges. Es ist schwülwarm und in erdrückende Schatten gehüllt. Als Lazlo auf das erste Klopfen des Wärters hin die Tür öffnet, lockt er mich zurück in die Dunkelheit.

»Guten Morgen, Brooklyn. Komm rein, schnell. Wir haben viel zu tun.«

Ich setze mich auf den Sessel ihm gegenüber, die Arme um meinen zitternden Körper geschlungen. Lazlo nimmt hinter seinem beengten Schreibtisch Platz und mustert mich einen Moment lang. Ich beiße die Zähne aufeinander.

Als er zum Mini-Kühlschrank geht, um meine Spritze zu holen, muss ich die Proteste hinunterschlucken, die in meiner Kehle brodeln.

»Da haben wir's, noch eine Dosis. Wie kommst du damit zurecht?«

Schauen wir mal.

Ich kann verdammt noch mal nicht schlafen. Mein Geist fühlt sich fremd an. Meine Haut juckt, und ich fühle mich wie eine Fremde in meinem eigenen Körper. Das Zittern bringt mich um, und Wahnvorstellungen plagen mich jeden wachen Moment. Stimmen verhöhnen mich, Schatten verfolgen mich und ich verliere jeden Tag mehr und mehr den Verstand.

Ich nicke einfach. »Gut.«

»Gut. Keine Stimmen mehr?«

Mit einem stummen Kopfschütteln drehe ich mich um und studiere seine Bücherregale. Ich würde alles tun, um seinem durchdringenden Blick zu entgehen, der meine dunkelsten Geheimnisse zu enthüllen droht.

Ich darf ihm nicht noch mehr Munition geben, die er gegen mich verwenden kann. Ich würde für den Rest meines elenden Daseins in eine Gummizelle gesteckt werden.

»Na dann sind das ja gute Nachrichten.« Lazlo strahlt. »Jetzt nur noch ein kleiner Piks. Es wird vorbei sein, bevor du es merkst.«

Er sticht mir die Nadel in den Hals, und ich zucke zusammen.

»Was ist das?« Lazlo fährt mit einem Finger über meine empfindliche Stirn, wo sich ein dunkler Bluterguss bildet. »Hast du dir den Kopf an der Wand angeschlagen? Tsk, tsk.«

»Nein«, stoße ich hervor und schlucke schwer.

Verdammte Idiotin, Brooke. Zu offensichtlich.

»Ich arbeite seit vierzig Jahren in der Psychiatrie, Brooklyn. Ich erkenne einen Selbstverletzer, wenn ich einen sehe. Hast du wegen der Stimmen gelogen? Oder sind es dieses Mal die Intrusionen?«

Ich zupfe an meinen Jeans und weiche seinem Blick immer noch aus. Scheiß auf ihn. Scheiß auf diesen Raum. Scheiß auf Blackwood. Ich bin mit all dem fertig.

Lazlo gluckst leise vor sich hin. »Okay, wir können das später besprechen. Wir kennen uns schließlich kaum.«

Erleichterung durchströmt mich.

»Jetzt, da ich dein Therapeut bin, habe ich mich mit deinem Fall vertraut gemacht. Wir werden in den nächsten drei Jahren viel Zeit miteinander verbringen.«

Er sieht mich wieder an, fast so, als würde er etwas erwarten. Ich bleibe still, unvorbereitet auf seine nächsten Worte.

»Erzähl mir von Victor Brunel.«

»Auf keinen Fall«, platze ich automatisch heraus.

»Wie bitte?«

Ich begegne seinem neugierigen Blick. »Ich sagte, auf keinen Fall.«

Lazlo legt meine dicke Akte hin, seufzt und klappt seine hässliche Brille zusammen. Ich spüre die Belehrung schon von Weitem, als er sein bestes Therapeutenlächeln aufsetzt und bereit ist, herablassenden Schwachsinn zu erzählen.

»Brooklyn, wir wissen beide, warum du hier bist. Ich habe deine Aufzeichnungen aus Clearview und die verschiedenen dort durchgeführten Beurteilungen gelesen. Ich bin mit den Einzelheiten deines Falles vertraut.«

»Na und?«

»Schizophrenie ist an sich schon ein gewichtiges Etikett, ganz zu schweigen von den anderen. Deine destruktive Persönlichkeit ist etwas, an dem wir gemeinsam arbeiten können.«

Ich stehe abrupt auf. »Kann ich gehen?«

»Nein. Setz dich.«

Ich ignoriere ihn völlig und beginne, durch das abgedunkelte Büro zu gehen. Während ich meine Hände ringe, beobachtet mich Lazlo aufmerksam und macht sich subtile Notizen, von denen er glaubt, dass ich sie nicht sehen kann.

Es ist mir scheißegal, ob ich verrückt aussehe. Meine Gedankenspirale nimmt alles in Beschlag und ich muss mich *bewegen.*

»Sag mir, was du im Moment fühlst«, schlägt Lazlo vor.

»Gehen Sie mir aus dem Kopf.«

»Es ist mein Job, in deinem Kopf zu sein«, antwortet er knapp. »Komm schon, was kann schon passieren?«

Er könnte mich für den Rest meines Lebens einsperren und mich daran hindern, meine erbärmliche Existenz zu beenden. Oder er wird mich zwingen, über den bevorstehenden Jahrestag hinaus zu leben, und mein Verstand wird das einfach nicht verkraften.

Er wird implodieren. Die Erinnerungen werden zu viel sein, und ich habe eine Scheißangst davor, was mein Verstand tut, wenn er genug hat.

»Ich bin … sauer«, gebe ich zögernd zu.

Lazlo schlägt die Beine übereinander und macht es sich bequem. »Warum ist das so?«

»Ich mag es nicht, analysiert zu werden.«

»Hast du Angst vor dem, was ich finden könnte?«

Verdammter selbstgefälliger Wichser.

Natürlich habe ich Angst davor.

»Nein«, lüge ich leichthin, aber es klingt nicht ganz wahr.

Lazlo tippt mit seinem Stift. »Es ist unser natürlicher Instinkt, das zu schützen, wofür wir uns schämen. Aber in diesem Raum sind wir nichts weiter als Therapeut und Patientin. Du brauchst dich nicht zu schämen.«

Verärgert reiße ich die Arme hoch. »Ich schäme mich nicht, verdammt!«

»Dann sag mir, was dich im Moment so antreibt.«

Ich gebe auf, lasse mich auf den Teppichboden sinken und schlage die Beine übereinander. Ich weigere mich, auf den blöden Sessel zurückzukehren, wo er mich wie ein verdammtes Exemplar studieren kann.

»Die Etiketten«, murmle ich.

Das Verständnis dämmert, als Lazlo mit seinem Füllfederhalter klickt und etwas anderes aufschreibt. Ich widerstehe dem Drang, hinüberzumarschieren und ihm das Notizbuch wegzunehmen oder es ihm so weit in den Arsch zu schieben, dass er Papier spuckt.

»Schizophrenie?«

In meiner Kehle bildet sich ein dicker Kloß, den ich nicht hinunterschlucken kann. Alte Erinnerungen kitzeln meinen Geist, und ich habe nicht die Kraft, sie angesichts seines prüfenden Blicks zu unterdrücken. Es ist schon lange her, als die Familienkrankheit zum ersten Mal ihr hässliches Haupt erhob.

Das Auto schleudert zur Seite, während meine Eltern sich gegenseitig anschreien. Meine Mutter kämpft gegen einen unsichtbaren Feind, den keiner von uns sehen kann. Sie redet die ganze Zeit mit ihm.

Wir segeln geradewegs in einen Baum, verbogenes Metall und Rauch füllen den Raum. Airbags verbrennen meine Haut, und zischende Flammen übertönen Dads sterbende Schreie. Gebrochene Rippen schneiden mir die Luft ab, während ich gegen den Sicherheitsgurt ankämpfe. Das Blut unter meinen Fingern ist glitschig, mein eigenes und ihres vermischt sich.

»Brooklyn? Bist du bei mir?«, hakt Lazlo nach.

Ich räuspere mich, meine Sicht ist voller Rauch. »Ja.«

Ich blinzle schnell und versuche, die Bilder zu verdrängen. Realität und Fantasie verschwimmen, während ihre Schreie in meinem Kopf widerhallen und sich mit den allgegenwärtigen Schatten vermischen, die mich immer weiter zu quälen scheinen.

Ich kann fast spüren, wie sie mich jetzt beide beobachten. Lazlo lässt mir einen Moment Zeit und beobachtet meinen Gesichtsausdruck genau.

»Ich möchte ein wenig über deine Diagnosen sprechen. Ich glaube, du bist dir dieser Probleme schon seit einiger Zeit bewusst.« Er sucht erneut in seinen Unterlagen. »Ich sehe, dass du in deiner Kindheit mehrere psychologische Gutachten erhalten hast und damals auch einen Aufenthalt in einer stationären Einrichtung hattest.«

Ja, als die blöde Kinderheimangestellte reingestolpert ist und mich von der Schlinge geschnitten hat. Einmischendes Miststück.

»Wann haben die Stimmen angefangen?«, fragt er im Plauderton, als wolle er nicht in die tiefsten Abgründe meines Geistes eindringen und ein Licht dorthin leuchten lassen, wo es nicht erwünscht ist.

»Mehrere Jahre lang mit Unterbrechungen. Je älter ich wurde, desto schlimmer wurde es«, antworte ich in der

Hoffnung, ihn zu beruhigen und weitere Fragen zu vermeiden.

Die Schatten, die mich verfolgen, erwähne ich absichtlich nicht. Stimmen sind schon verrückt genug, ohne dass man dem Schmelztiegel des Wahnsinns noch schreckliche Halluzinationen hinzufügt.

»Die Drogen haben dein Leiden verschlimmert, nehme ich an?«

Ich werfe ihm einen frustrierten Blick zu. »Bringen Sie die Drogen nicht ins Spiel.«

Lazlo ignoriert meine Worte und verschränkt seine faltigen Hände ineinander. »Der Zusammenhang zwischen Drogenkonsum und Psychose ist gut dokumentiert. Narkotika verstärken nachweislich Paranoia, Halluzinationen und sprunghafte Emotionen. Ich habe sogar an einer Studie teilgenommen, die …«

»Nein«, werfe ich entschieden ein. »Ich sagte, schieben Sie es nicht auf die Drogen. Wir wissen beide, woher es kommt.«

»Deine Krankheit?«, stellt er klar, als er es registriert. »Ich verstehe. Nun, es gibt eine genetische Komponente der Schizophrenie, ein familiäres Muster, das ebenfalls gut belegt ist. Obwohl eine Unzahl von Faktoren ebenfalls eine Rolle spielt …«

Abrupt stehe ich wieder auf, mein Körper verkrampft sich vor Anspannung. »Ich bin fertig damit, darüber zu reden.«

»Wir haben noch eine Stunde Zeit, Brooklyn.«

»Bitte, nicht jetzt«, flehe ich und bin dabei ausnahmsweise ehrlich.

»Ich fürchte, das ist nicht deine Entscheidung.« Dunkelheit dringt in seinen Gesichtsausdruck und verwandelt ihn in etwas Schreckliches. »Ich habe eine Aufgabe zu erfüllen. Du wirst kooperieren und mir sagen, was ich wissen will.«

»Ich werde Ihnen nichts sagen. Sie können mich mal.«

»So funktioniert das nicht, fürchte ich. Möchtest du

zurück in die Einzelhaft? Vielleicht wird es sich als nützlich erweisen.«

»Sie können mir nicht drohen!«

»Nicht?«, erwidert Lazlo trocken.

Ein Schauer läuft mir über den Rücken, als ich mich auf die Tür zubewege. Irgendetwas in mir schreit, dass dieser Mann kein normaler Arzt ist.

Mein Überlebensinstinkt sagt mir, dass ich vor diesem Reptil weglaufen muss, bevor es mir das bisschen Freiheit nimmt, das mir noch bleibt.

»Brooklyn!«, schreit Lazlo mir hinterher.

Ich ignoriere ihn völlig und schreite aus dem Büro, vorbei an einem erschrockenen Wärter, der draußen wartet. Während er wütend mit Lazlo flüstert, renne ich praktisch aus dem Gebäude.

Jeder Schritt spiegelt den schweren Schlag meines Herzens wider. Als ich oben im Empfangsbereich ankomme, renne ich hektisch zum Ausgang. Ich höre den Wärter hinter mir, aber ich bin zu schnell, als dass er mich einholen könnte.

Als ich an die frische Luft gelange, stolpere ich und falle im Hof auf die Knie. Harter Kies zerreißt meine schwarzen Jeans und zerschneidet mein Bein. Durch den tiefen Kratzer schießt ein heißer Schmerz durch mein System, aber ich reagiere nicht.

Das Einziehen von Luft nimmt meine ganze Aufmerksamkeit in Anspruch. Ein völliger Zusammenbruch bahnt sich an. Lazlos Drohungen haben mich erschüttert.

»Brooklyn?«

Eine warme Hand legt sich auf meine Schulter und streicht mein langes Haar zur Seite. Ich nehme seinen vertrauten Duft wahr – frische Minze, Zigaretten und Kaffee, die in meine Nase steigen.

Kade geht in die Hocke und schaut mich mit besorgten haselnussbraunen Augen hinter seiner schwarzen Brille an. »Hallo, Liebes. Was ist los?«

Ich stoße seine Hand weg und versuche, mich zu beruhigen. »Was willst du?«

»Hey, ganz ruhig. Ich wollte nur sichergehen, dass es dir gut geht.«

Mein Kopf sinkt, während ich meine Gefühle verdränge und mir die kleine Schachtel in meinem Kopf vorstelle, in die all meine Monster und Dämonen kaum hineinpassen. Sie platzt aus allen Nähten. Eines Tages wird sie spektakulär explodieren.

Ich schenke Kade ein schwaches Lächeln, das sich nicht besonders echt anfühlt. »Sorry. Schlechtes Timing.«

»Offensichtlich. Alles klar bei dir? Soll ich dir helfen?«

Er hilft mir auf die Beine und legt einen Arm um meine Schultern. Für eine kurze, glorreiche Sekunde entspanne ich mich an seinem schlanken Körper.

Ich möchte mich in der Wärme und dem Trost vergraben, den er mir bietet, ohne zu urteilen, auch wenn ich wochenlang davor weggelaufen bin, genau das zu tun.

»Willst du reden?«, murmelt er.

Ich spüre, wie er seine Nase in meinem Haar vergräbt.

»Nein.«

Kade zieht sich zurück und starrt auf mich herab. In typischer Beschützer-Manier sucht er im Stillen nach meinen Geheimnissen. Aber ausnahmsweise drängt er mich nicht noch weiter. Er zwingt sich zu einem Lächeln und geht einen Schritt zurück, um mir den dringend benötigten Freiraum zu geben.

»Okay. Ich lasse dich in Ruhe. Du weißt, wo ich bin.«

»Danke.«

Als ich mich umdrehe, um von ihm wegzurennen, ruft Kade wieder meinen Namen. »Fast hätte ich es vergessen, ich habe etwas für dich. Sag es aber nicht den Jungs, denn ich habe nicht für jeden ein Souvenir von zu Hause mitgebracht.«

Nach einem kurzen Blick in die Runde, um sich zu

vergewissern, dass die Luft rein ist, drückt er mir unauffällig eine brandneue Zigarettenschachtel in die Hand.

»Für mich?«, frage ich mit einem Stirnrunzeln.

Kades Wangen werden rot. »Ja. Komm nachher zu mir, wenn du etwas Gesellschaft willst. Kein Druck.«

Mit diesem verwirrenden Angebot schreitet er schnell davon. Ich bin verblüfft, als sich die bittere Umklammerung der Verzweiflung um mein Herz lockert. Etwas anderes nimmt ihren Platz ein.

Warm, ungewohnt, wohlig.

Das ist so etwas wie Dankbarkeit.

KAPITEL 26

ELI

BEAUTIFUL WAY – YOU ME AT SIX

ICH STEHE im Schatten einer großen Eiche und lasse die Regentropfen gegen mein Gesicht prasseln. Es ist eiskalt, die Feuchtigkeit brennt auf meiner Haut, während der Wind um mich herum heult. Die Zigarette zwischen meinen Fingern verglimmt.

Unbekümmert werfe ich sie beiseite. Ausnahmsweise gibt es einen einzigen Geschmack in meinem Kopf. Unbeeinflusst von dem üblichen Chaos. Regen schmeckt wie Reue. Bitter, beißend und scharf wie Batteriesäure oder der Rauch eines wütenden Hausbrandes.

»Mir ist verdammt kalt. Kommst du rein?« Phoenix erschaudert.

Er wartet nur eine Sekunde, als ich nicht antworte, und nimmt mein Schweigen als Zustimmung, anstatt wirklich mit mir zu kommunizieren. Das ist nicht seine Schuld. Ich würde den Versuch, mit mir zu reden, auch aufgeben.

Phoenix wirft seine Zigarette beiseite und joggt zurück ins Wohnheim, sodass ich und der Regen unser unausgesprochenes Gespräch fortsetzen können.

Nach einer weiteren vergeblichen Gesprächstherapiesitzung bin ich angespannt wie eine Feder und bereit zu explodieren. Es kommen immer viel zu viele Erinnerungen hoch, die ich jeden Tag zu verdrängen versuche.

Rio und seine Schläger sprinten eilig an mir vorbei und verschonen mich ausnahmsweise vor ihrem grausamen Spott, während sie versuchen, dem Regen zu entkommen. Ich muss wahnsinnig aussehen, durchnässt und in die unergründlichen Wolken starrend.

Es ist nicht so, als wäre mir die Meinung von unterlegenen Menschen wichtig. Sie müssen mich nicht verstehen. Niemand wird das jemals tun.

Viel später gehe ich wieder hinein, beruhigt von dem heftigen Gewitter, das mich frösteln lässt. Heftige Blitze und Donner rütteln an unbezahlbaren Kunstwerken, die in goldenen Bilderrahmen gefangen sind.

Ich schleiche die Treppe hinauf, in der Absicht, eine heiße Dusche mit meinem Taschenmesser zu nehmen. Ein kurzer Blick auf die Uhr verrät mir, dass es halb neun ist.

»Hey, Eli! Kommst du mit zu einer Runde Poker?«

Kade und Phoenix kommen die Treppe herunter, um mich auf halbem Weg zu treffen. Sie sind leger in dunklen Jogginghosen und T-Shirts gekleidet, beide auf einen langen, stürmischen Abend eingestellt. Ich schüttle den Kopf und möchte am liebsten fliehen.

»Bist du sicher, Mann?«, hakt Kade nach. »Wir sind im Aufenthaltsraum, falls du es dir anders überlegst.«

Ich überlasse sie ihrem Spiel und nehme zwei Treppenstufen auf einmal. Als ich die vierte Etage erreiche, fällt mir etwas ins Auge und hält meine eiligen Schritte an. Brooklyn kommt von der oberen Etage in ihr Stockwerk. Mit zerknittertem Gesicht und tränenverschmierten Wangen sieht sie am Boden zerstört aus.

Wer zum Teufel hat sie verärgert?

Ich werde denjenigen eigenhändig umbringen.

Sie erstarrt, ihre Augen sind unstet und voller Schuldgefühle. »Eli?«

Ich rühre mich nicht. Sie so gebrochen zu sehen, ist fast zu viel für mich nach einem endlos beschissenen Tag. Ich lasse sie näher an mich herankommen, das Kinn nach unten geneigt und die zitternden Hände um ihre Körpermitte geschlungen.

»Was machst du hier?«

Ich werfe einen Blick nach oben, wo sich mein Zimmer befindet.

»Oh. Nun, wir sehen uns später.«

Brooklyn versucht, an mir vorbeizukommen, aber ich stütze mich plötzlich mit der Hand auf das Geländer. Als ich ihr den Weg versperre, schluckt sie sichtlich, den Blick auf ihre Füße gerichtet.

»Eli … bitte. Ich muss jetzt allein sein.«

Sie ist völlig durchnässt, genau wie ich. War sie mitten in einem Sturm auf dem Dach? Wie ist sie überhaupt durch die Außentür gekommen? Die einzigen Personen, die ich je nach oben habe schleichen sehen, sind Rio und seine Schläger, da sie die Mittel haben, die Sicherheitsvorkehrungen zu umgehen.

Ich wage einen zaghaften Schritt auf sie zu und lasse meine Finger über die tropfenden Ärmel meines Hoodies gleiten. Sie hat ihn also noch an, ich habe sie ihn noch nicht ausziehen sehen. Das erregt mich ein bisschen zu sehr.

»Bitte geh«, wimmert sie.

Ich werde weiter hineingezogen. Ihr trauriger Gesichtsausdruck spricht mich auf einer grundlegenden Ebene an. Ich streichle ihre blasse, tränenverschmierte Wange und fahre mit meinem Daumen über ihre Unterlippe, um dann langsam zu dem blauen Fleck auf ihrer Stirn zu gleiten.

Als ich die empfindliche Stelle berühre, entweicht ihrem Mund ein zischender Atemzug. Mein schönes, gebrochenes Mädchen. Wir sind uns viel ähnlicher, als Brooklyn je wissen wird.

Wenn sie sich nur an mich erinnern würde, und wenn ich nur den Mut gehabt hätte, sie in Clearview anzusprechen. Ich verschränke unsere Finger und beschließe, etwas zu unternehmen.

Ich kann das klaffende Loch in meiner Brust nicht ertragen, das ihre Anwesenheit verursacht. Sie hinterlässt in mir ein Gefühl der Leere, ausgehöhlt durch Begierde und Verlangen. Ich muss sie berühren. Sie schmecken. Von ihr gesehen werden, von ihr *gehört* werden, auf jede erdenkliche Weise. Auch wenn ich nicht sprechen kann.

»Eli, nicht.«

Ich ignoriere sie und fahre mit den Fingern durch ihr nasses Haar. Wassertropfen kleben an ihren dunklen Wimpern und laufen über ihre durchscheinende Haut.

Es gibt einen unsichtbaren Faden zwischen uns, der an meinem Herzen zerrt und die Dämonen in meinem Kopf zum Schweigen bringt. Alles, was ich schmecken kann, ist mein eigenes Verlangen.

Es ist dick, berauschend und überwältigend konzentriert. Ich ziehe sie mit mir, direkt zu ihrer Tür, und Brooklyn gibt widerwillig ihre Schlüsselkarte ab.

Bald stolpern wir hinein. Da reißt mir der Geduldsfaden. Ich stoße sie gegen die Wand und spreize ihre Beine mit meinem Knie, während mein Mund den ihren angreift, aber sie erwidert meinen Kuss zunächst nicht.

»Eli, nein. Ich kann nicht. Du weißt nicht …«

Ich unterbreche sie, lasse unsere Zungen miteinander duellieren und erobere ihren Mund. Ich spüre, wie ihre Zähne auf die meinen prallen. Ihre Finger vergraben sich in meinem durchnässten Haar, während ich meinen Körper an sie drücke und darum kämpfe, ein Knurren zu unterdrücken.

Brooklyn schubst mich plötzlich nach hinten, sodass ich gegen ihren leeren Schreibtisch stolpere. Ihre silbergrauen Augen leuchten vor Empörung und noch etwas anderem. Unbegreiflich. Alles verzehrend. Trostlos.

Es ist Reue, glaube ich.

Der Regen hat uns beiden heute Abend zugeflüstert.

»Warum besteht ihr alle darauf, euch um mich zu kümmern?«, knurrt sie, kaum lauter als ein Flüstern. »Seht ihr nicht, dass ich wertlos bin? Ich bin eine verdammte Versagerin und eine Verschwendung von Luft.«

Ich versuche, näher zu kommen, aber sie hebt warnend die Hand.

»Nein. Ich sagte Nein.«

Worte kratzen in meinem Hals, so verdammt nah, aber sie stecken hinter einer unsichtbaren Barriere fest. Brooklyn schüttelt den Kopf und verschwindet im Badezimmer. Sie knallt die Tür hinter sich zu und lässt mich in ihrem dunklen Zimmer stehen.

Wut erfüllt die Stille und passt zu dem sich zusammenbrauenden Sturm in meinem Kopf. Ich höre die Dusche. Ich sollte nicht hineingehen, denn ihre Ablehnung war eindeutig.

Die Tür zum Verlassen ihres Zimmers ist genau dort. Ein besserer Mann würde hindurchgehen und nie wiederkommen, genau wie sie es will. Aber scheiß drauf. Ich habe nie behauptet, ein guter Mensch zu sein.

Wider besseres Wissen schlüpfe ich in den dampfgefüllten Raum. Brooklyn steht unter dem heißen Wasserstrahl und stützt sich mit den Händen an der gefliesten Wand ab, während Schluchzer ihren Körper erschüttern.

Ich stehe da, starre sie an und bin hingerissen von ihrem Schmerz. Sie dreht sich um und sieht mich durch das Glas an, irgendwie nicht überrascht, dass ich ihr gefolgt bin.

»Verpiss dich, Eli«, krächzt sie.

Ich schüttle den Kopf.

»Lass mich in Ruhe! Ich will dich hier nicht haben.«

Ich schüttle wieder den Kopf.

»Warum willst du nicht mit mir reden? Sag es einfach! Sag, dass du dich vor mir ekelst.« Brooklyn holt tief Luft, ihre Wut steigt rasant an. »Sag, dass du mich hasst. Steh nicht da und schau mich so mitleidig an.«

Ich gehe zögernd auf die Dusche zu. Sanft schiebe ich die Tür auf und trete unter das warme Wasser, immer noch vollständig bekleidet. Ihr Rücken stößt an die Wand, als ich mich in den kleinen Raum dränge, und ihre nackten Brüste streifen mein durchnässtes T-Shirt.

»Du gibst einfach nicht auf, oder?«

Diesmal antwortete ich mit einem Kuss. Ich drücke meine Lippen auf ihre, und es fühlt sich an, als würde sie bei nur einer falschen Bewegung zerbrechen. Ich will, dass sie zerbricht. Dass sie in meinen Armen auseinanderfällt. Sich an mich klammert wie an ein Rettungsboot.

Mich hat noch nie jemand gebraucht.

Wie würde es sich anfühlen, begehrt zu werden?

Brooklyn greift in mein dunkles Haar, ihre Lippen sind fest auf meinen. Unsere Zungen duellieren sich, während meine Hände über ihren Körper wandern, über die vernarbte Haut gleiten und ihren Hintern berühren.

Sie küsst mich, als wäre ich die Luft, die sie atmet, und ich habe mich noch nie so verdammt lebendig gefühlt.

»Ausziehen«, befiehlt sie.

Alle Anzeichen von Widerstand sind verschwunden, als sie an meinem nassen T-Shirt zupft. Ich erstarre, mein Körper errötet vor eiskaltem Entsetzen. Ich kann nicht zulassen, dass sie sieht, was sich unter dem Stoff verbirgt. Sie darf nie erfahren, wie beschädigt ich wirklich bin.

Ich weiche zurück und versuche, der Dusche zu entkommen, während sie mich verfolgt, nicht länger auf der Flucht oder voller Angst. Ich bin die Beute, und sie ist hier, um mich ganz zu verschlingen.

»Ich sagte *ausziehen*.«

Meine Hand kämpft mit dem Griff.

»Ich dachte, du wolltest das?«

Wir haben schon mal gefickt, aber sie hat noch nie mein wahres Ich gesehen. Nicht vollständig. Es gibt kein Zurück mehr. Ich kann nur in ihre schweren Augen starren und hoffen, dass sie die Angst in mir spüren kann.

Brooklyns geprellte Stirn trifft auf meine. Nase an Nase atmen wir einander in einem Moment ein, der sich unendlich anfühlt.

»Du brauchst keine Angst zu haben, Eli. Nicht vor mir. Bitte, vertrau mir.«

Sie greift den Saum meines T-Shirts und zieht es Zentimeter für Zentimeter nach oben. Ich stehe am Abgrund und bin kurz davor, in mein Verderben zu stürzen, als sie mich sanft auszieht.

Ihr Blick verschlingt mein verkorkstes Fleisch, das mehr Narbengewebe als echte Haut ist. Ich muss nicht hinsehen, um zu wissen, dass es sich um meinen ganzen Oberkörper schlängelt, über meine Schultern und in den Bund meiner Jeans eintaucht.

Verständnis flackert über ihr Gesicht.

»Feuer?«, murmelt sie.

Ich schlucke. Versuche zu atmen. Lecke mir über die Lippen. Nicke mit dem Kopf.

Du bist ein Sünder, Elijah.

Das ist es, was Sünder verdienen.

Feuer reinigt alles.

Der Rauch in meiner Nase ist zu real, er infiziert meine Sinne und verdrängt die Realität. Erst als sie mir die durchnässten Jeans auszieht und meinen Schwanz befreit, komme ich ein wenig zurück.

Brooklyn wirft mir einen wissenden Blick zu, als sie in der Dusche auf die Knie sinkt, ihren Mund auf meinem harten Glied. Sie überflutet meinen Geist mit Empfindungen, die sich nicht ignorieren lassen.

Das mentale Feuer zieht sich zurück, als ich mich auf das Gefühl ihres perfekten Mundes um meinen Schwanz konzentriere. Ich stütze mich mit den Armen an der Wand ab, als ich hinten in ihrer Kehle ankomme. Mein Atem zischt zwischen meinen Zähnen hindurch.

Scheiße, das fühlt sich unglaublich an.

Als ich kurz davor bin, in ihrem hübschen Hals zu kommen, reiße ich sie hoch und drücke sie gegen die Wand. Instinktiv schlingt sie ihre Beine um meine schmale Taille.

Brooklyn atmet schwer, und ihre Lippen glänzen. Meine Finger gleiten über ihren Bauch und finden ihre pochende Klitoris. Sie ist so verdammt feucht. Ihre Muschi ist ein tropfender Schmelztiegel, der darum bettelt, berührt zu werden.

»Eli ...«

Ich bringe ihr Wimmern zum Schweigen, bringe mich in Position und stoße mit einer einzigen Bewegung in ihre Muschi. Ich kann mich nicht länger zurückhalten. Unsere Hüften prallen aufeinander, eingebettet in eine Blase frenetischen Verlangens. Ihre Wände sind so eng, dass sie meinen Schwanz umklammern. Es ist eng. Verdammt, sie ist zu perfekt, als dass ich sie beschreiben könnte.

Ich beginne mich zu bewegen und stoße in sie hinein, ohne darauf zu achten, dass es lange dauert. Ich will sie verzehren. Ihre Seele verschlingen und sie hinter meinem Brustkorb festhalten, wo sie nicht entkommen kann.

Ihre Fingernägel graben sich in meinen Rücken, als sie mich wieder küsst. Grob. Brutal. Mit ihrer Zunge, die in meinen Mund eindringt, stoße ich ihre Muschi in die Besinnungslosigkeit.

Als sie nach Luft schnappt, neige ich den Kopf und sauge an ihrer harten linken Brustwarze. Mit den Zähnen ziehe ich an ihrer Knospe, beiße und sauge ihre perfekte Titte hart genug, um einen hellvioletten Fleck zu hinterlassen, bevor ich mich allmählich zu ihrem Hals hochbewege.

Ich will meine Markierungen auf ihrem ganzen verdammten Körper sehen. Ich will ihr wehtun, ihren

Schmerz sehen und sie auf die verdorbenste Art und Weise besitzen.

Unsere Bewegungen werden immer hektischer, während wir beide einem schwer fassbaren Rausch nachjagen. Wir stöhnen und klammern uns aneinander, als der Druck immer größer wird, bis wir beide bereit sind, zu Scherben zu zerfallen.

Brooklyn bricht zuerst zusammen und schreit meinen Namen. Ihre Muschi krampft sich um mich, und Sekunden später ergieße ich mich in ihr.

»Scheiße, Eli«, keucht sie.

Selbst wenn ich sprechen könnte, bezweifle ich, dass ich jetzt noch Worte bilden könnte. Ein Teil von mir wollte diesen Moment auskosten, aber sobald ich spürte, wie ihre engen Wände meinen Schwanz umklammerten, war es aus mit mir.

Wir atmen schwer, während das heiße Wasser weiter auf uns herabprasselt. Ich schnappe mir eine Flasche Duschgel, wasche mich schnell und spüle mich ab, bevor ich die Dusche verlasse, um ihrem Blick zu entgehen.

Mein verkorkster Körper ist immer noch voll zur Schau gestellt. Ich trockne mich ab und reiche ihr dann das Handtuch, bevor ich in Panik gerate. Meine Klamotten liegen in einem durchnässten Haufen auf dem Boden.

Brooklyn ergreift meine Hand. »Bleibst du?«

Mit ihrer rissigen Lippe, die sie zwischen den Zähnen eingeklemmt hat, sieht sie unfassbar jung aus. Ihr platinblondes Haar ist nass und zerzaust, und unter ihren Augen sind Ringe, in denen sich mehr Kummer verbirgt, als jemand allein tragen sollte.

Ich folge ihr ins Schlafzimmer wie ein Sterbender, der einer Fata Morgana nachjagt. Sie klettert ins Bett, immer noch völlig nackt, und lockt mich mit einem gekrümmten Finger zu sich.

»Ich bin nicht, äh …« Brooklyn schluckt und fährt sich

mit der Hand übers Gesicht. »Darin bin ich nicht sehr gut. Die Danach-bleiben-Sache. Aber bei dir möchte ich es sein.«

Meine Füße tragen mich vorwärts und ich klettere zu ihr ins Bett. Unsere Körper sind ineinander verschlungen, unsere Haut feucht und unser Atem vermischt. Meine Finger vergraben sich in ihren nassen blonden Strähnen, während ihre Hand über meinen Unterbauch fährt und die empfindlichen Stellen des verbrannten Narbengewebes dort kitzelt.

Ich habe das noch nie jemanden machen lassen.

Nicht einmal Phoenix.

»Ich wünschte, du könntest mit mir reden«, platzt sie heraus.

Das Geräusch von krachendem Donner erfüllt den Raum, als es hinter den zugezogenen Vorhängen blitzt. Brooklyn klammert sich noch fester an mich, ihr Bein hängt über meinem und ihre narbenübersäten Arme legen sich um meine nackte Brust. Ich weiß nicht, wo ich aufhöre und sie beginnt.

Brooklyn seufzt. »Sag mir etwas. Bitte.«

Verdammt noch mal, ich will es. Mehr als je zuvor in meinem Leben wünschte ich, ich könnte etwas sagen. *Irgendetwas.* Aber ich kriege kein verdammtes Wort heraus, nicht einmal, als ihre Lippen an meinem Kiefer entlang streifen.

»Du kannst es wirklich nicht, oder? Kein einziges Wort?«

Mein Kopf schlägt verärgert auf die Kissen.

»Ist schon gut. Mach dir keine Sorgen.«

Brooklyn starrt mich noch eine Sekunde länger an, bevor sie sich von mir loslöst. Sie verlässt das Bett, um in ihrer Manteltasche zu kramen, kehrt mit einer Schachtel Zigaretten zurück und öffnet das Fenster durch die Sicherheitsgitter, um sich eine anzuzünden.

Verdammte dumme Worte.

Ich brauche sie nicht.

Nicht mit ihr.

Wenn sie von meinem Schmerz wissen will, werde ich ihr verdammt noch mal selbst wehtun, ihr Blut vergießen und ihre ungläubige Seele einfordern.

Dann wird sie es verstehen. Ich packe sie grob am Arm und ziehe sie zurück zum Bett, bevor ich sie auf den Rücken drehe.

»Was hast du vor?«, haucht sie.

Ich erzähle dir etwas, Baby Girl.

Wenn es das ist, was du willst.

Brooklyns üppige, zitternde Beine gleiten auseinander. Ich lasse mich zwischen ihnen nieder und starre sie entschlossen an, während kalte Luft den Raum durchströmt und das Gewitter wütet.

Ich küsse mich an ihren weichen Schenkeln hinunter und streiche mit der Zunge über ihre Klitoris, woraufhin sie den Rücken krümmt. Sie ist schon wieder feucht und verrät mir ihre Vorfreude.

»Verdammt … Eli. Hör nicht auf.«

Ich koste ihre süße kleine Muschi und schiebe einen Finger hinein, während ich mit meinem Daumen ihre Klitoris reibe. Sie ist wieder klatschnass, ihre Beine zittern bei meiner bloßen Berührung.

Sobald sie wimmert und bereit ist zu platzen, nehme ich meinen Mund von ihrer Muschi. Ich hebe meinen Kopf und lecke mir langsam über die feuchten Lippen. Dieses Mädchen. Wir sind aus dem gleichen Holz geschnitzt.

Ich lasse sie zitternd zurück und suche nach etwas, das ich benutzen kann, um meinen Willen durchzusetzen. Mein Blick fällt auf ihre ramponierten Chucks neben dem Bett. Schnell klaue ich die Schnürsenkel, während sie mich aufmerksam beobachtet.

Zurück im Bett packe ich Brooklyns dünne Handgelenke, schlinge die Schnürsenkel herum und binde ihre Hände fest zusammen. Jetzt gibt es kein Entrinnen mehr.

Weglaufen ist nicht erlaubt.

Ich reiße ihr die noch brennende Zigarette aus den Fingern und bringe mich in Position, sodass mein Schwanz gegen ihre feuchten Schamlippen stößt.

Sie stöhnt auf, als ich ihre glitschige Öffnung reize, und ich nutze die Gelegenheit, um die Zigarette auf ihren Unterarm zu legen.

»Oh verdammt …«

Sie zischt, als ich sie gnadenlos verbrenne.

»Verdammt noch mal. Wage es ja nicht aufzuhören.«

Ich gleite ganz in sie hinein und fülle ihre enge Muschi aus, während ich ihren Arm erneut verbrenne. Diesmal mache ich es länger und beobachte, wie ihre Haut schmilzt und schöne rote Striemen bildet.

Ihre Wände umschließen meinen Schwanz, und sie stöhnt und beißt sich erneut auf die Lippe, was mich in den Wahnsinn treibt.

»B-bitte … Eli. Mehr.«

Ihre Beine umschlingen meine Taille und ziehen mich näher heran, wodurch ich noch tiefer hineingleite. Ihre runden Titten hüpfen bei jedem Stoß. Ich ziehe ihre Handgelenke über ihren Kopf und entblöße so noch mehr verletzliche Haut, die ich vernarben kann.

Ich verbrenne sie erneut und bin fasziniert von den blutigen Wunden, die meinen Weg über ihre Haut markieren. Brooklyn zischt vor Schmerz und bewegt ihre Hüften, um mir noch mehr verdorbene Lust zu stehlen.

Ich werfe die Zigarette in einen Plastikbecher mit Wasser auf ihrem Nachttisch, nachdem ich ihr mehrere Brandwunden zugefügt habe. Sie zu verletzen hat mich nur noch mehr erregt. Ich will es wieder tun.

Ich will sie schneiden.

Sie bluten lassen.

Sie zum Schreien bringen.

Wir sind beide völlig verkorkst, und deshalb weiß ich, dass sie es nehmen würde. Brooklyn packt mich mit ihren gefesselten Händen am Haar und manövriert meinen Körper in Position.

Sie landet auf mir und setzt sich auf meinen Schwanz wie die verdammte Königin, die sie ist. Ich packe ihre Hüften, als sie anfängt, sich zu bewegen. Sie reitet mich hart und zieht so fest an meinen Locken, dass es brennt.

»Du machst mich wahnsinnig«, stöhnt sie.

Wir ficken wild in der Dunkelheit, unser Keuchen begleitet vom Prasseln des starken Regens und dem gelegentlichen Blitz. Als ich bereit bin, meine Ladung ein zweites Mal abzulassen, packe ich sie an der Kehle.

Sie gehört mir in diesem Moment. Ihr Atem. Ihr Geist. Ihre Muschi. Es gehört alles mir. Mein verdammtes Eigentum. Ich kann sie zerstören, wie ich will.

Ich ziehe ihr wunderschönes Gesicht näher an mich heran, mein Griff wird fester, und ihre Augen weiten sich. Ich drücke fest zu, mein Daumen kitzelt ihren kribbelnden Pulsschlag, während sie nach Atem ringt.

Die Sekunden dehnen sich, während sie ihren Körper auf den meinen presst. Ich lasse sie nicht zu Atem kommen, bis alles in spektakuläre Stücke zerfällt.

Brooklyn lässt sich auf mich fallen und atmet tief durch, während sich unser Schweiß vermischt. Wärme sickert über meinen Schritt, als sie schließlich von meinem Schoß herunterklettert.

»Keine Sorge, ich habe ein Implantat. Es ist alles in Ordnung.«

Ich hasse die schnell wachsende Distanz zwischen uns. Ich möchte in jede Zelle von Brooklyn eindringen und sie besitzen, bis sich ihre ganze Welt nur noch um mich dreht.

Der Gedanke, sie vollständig zu fesseln und mit meinem Messer zu spielen, kitzelt meinen Geist. Vielleicht könnte ich sie in einer blutigen Sauerei besinnungslos ficken, während sie meinen Namen schreit. Es lässt meinen Schwanz bereits vor Erregung zucken.

»Hast du mir immer noch nichts zu sagen?« Brooklyn grinst.

Ich ziehe sie zu mir heran und schlinge meine Arme um ihren klebrigen Körper. Ich kann ihren rasenden Herzschlag hören, während sie sich an meiner Seite vergräbt und sich perfekt an mich schmiegt, als wären wir in den tiefsten Abgründen der Hölle füreinander geschaffen worden.

»Vielleicht müssen wir gar nicht reden«, fügt sie hinzu und reibt ihr Bein an meinem. »Das war gut genug für mich.«

Sie lässt sich in einer bequemen Position nieder und seufzt zufrieden. Ich habe nicht vor zu bleiben. Am schlimmsten sind die Nächte, wenn sich die Träume, mit einer Bibel geschlagen zu werden und von Feuer, das meinen Körper verzehrt, wieder einschleichen.

Das ist der Moment, in dem ich nicht mehr schweigen kann. Die Schreie brechen los, ob ich will oder nicht. Ich will nicht, dass sie das mitbekommt.

Als Brooklyns Atmung ruhiger wird und ihr Haar meine Brust kitzelt, werden meine Augen schwer. Zum ersten Mal, seit ich meine Narben habe, habe ich keine Angst, dass jemand sie sieht.

KAPITEL 27

BROOKLYN

BLASPHEMY – BRING ME THE HORIZON

ICH STARRE auf die Auswahl an tristem Frühstückszeug. Obst, Müsli und Toast. Nichts davon sieht auch nur annähernd ansprechend aus.

Sogar der Kaffee ist koffeinfrei, als würde Koffein uns noch verrückter machen. Ein Teller mit Eiern fällt auf mein Tablett und erschreckt mich.

»Starr so viel du willst«, sagt Phoenix mit einem breiten Lächeln. »Es wird in der Zwischenzeit nicht besser werden.«

Er gibt mir noch etwas zu essen auf den Teller. Dann ergreift er meine Hand und zieht mich weiter die Schlange hinunter. Ich lasse mich von ihm mitziehen, da ich keine Kraft zum Protestieren habe.

Die ersten paar Tage nach meiner Spritze sind die schlimmsten. Ich fühle mich so verdammt taub, dass selbst sein aggressives Bedürfnis, mich zu füttern, keine Rolle spielt.

Er scannt unsere beiden Ausweise, um das Essen zu registrieren, und steuert mich durch die geschäftige Cafeteria. Ich genieße das Gefühl, wie sich seine warme Hand um meinen Bizeps legt.

Wir setzen uns an den üblichen Tisch, der bis auf Kade menschenleer ist. Er trägt sein übliches gebügeltes weiße

Hemd und seine Hose und hat die Nase in ein erschreckend dickes Lehrbuch gesteckt.

Phoenix rutscht näher an mich heran und presst seine Lippen auf mein Ohr. »Netter Knutschfleck, den du da hast, Hitzkopf. Hast du noch mehr unter deinem süßen Pulli?«

Ich erröte vor Verlegenheit. »Geht dich das etwas an?«

»Das könnte es«, murmelt er, sein Blick voller Hitze. »Ich glaube, ich habe mir etwas Zeit allein mit dir verdient, meinst du nicht?«

Schnaubend stochere ich im Essen auf meinem Teller herum. »Seit wann?«

Phoenix lehnt sich zurück und rollt mit den Augen. »So willst du also spielen, was?«

»Vielleicht.«

Seine Hand landet unter dem Tisch auf meinem Bein und drückt es fest zusammen. »Ich weiß, was du gestern Abend mit Eli getrieben hast. Ich muss sagen, ich bin ein wenig enttäuscht, dass ich nicht eingeladen wurde. Komm heute Abend zu mir.«

»Ist das ein Befehl oder eine Einladung?«, brumme ich frech.

Seine Hand gleitet höher und streift zwischen meine Schenkel. »Ein Befehl.«

Mit einem Fluch lässt Kade sein Lehrbuch fallen und unterbricht den Moment. Er wischt den verschütteten Orangensaft auf, der sich über den Tisch verteilt hat, und bemerkt schnell, dass wir uns zu ihm gesellt haben.

»Seid ihr schon lange hier?«

Phoenix lehnt sich zurück und lässt wieder Platz zwischen uns. »Nein, Intelligenzbestie. Was steht denn so Interessantes in deinem Buch?«

Kade zuckt mit den Schultern und wirft das Lehrbuch zur Seite. »Ich habe morgen eine Online-Prüfung, für die ich lerne, das ist alles.«

»Viel Glück. Klingt verdammt langweilig.«

Sein Blick flackert zu mir, und sein warmes Lächeln lässt mich innerlich kribbeln. »Wie geht es dir, Brooke?«

»Wie immer. Viel Glück bei deiner Prüfung.«

»Danke. Ich kann es kaum erwarten, bis sie vorbei ist und ich mich wieder entspannen kann. Kommt ihr zu der Party am Wochenende? Ich plane sie schon seit Monaten.«

Ich ziehe eine Augenbraue hoch. »Eine … Party? Hier?«

Kade zuckt mit den Schultern und verstaut sein Buch in seiner Tasche. »Halloween. Das ist diesen Samstag. Wenn ich Party sage, meine ich die institutsfreundliche Ausgabe. Nicht gerade ein wilder Rave, aber es ist das, was Spaß hier am nächsten kommt.«

Ich erschaudere, als er Halloween erwähnt. Es ist eine weitere Erinnerung daran, dass die Uhr heruntertickt und der drohende Untergang mit jedem Tag näher rückt.

Rio hat mich mit der Bestellung verarscht. Mit einem einzigen Beutel Koks kann ich nichts anfangen. Keine Klingen, keine Pillen. Ich bin langsam verzweifelt.

Phoenix lacht um einen Bissen Toast herum und unterbricht damit meine morbiden Gedanken. »Letztes Jahr gab es ein Zombie-Thema.«

»Ernsthaft?«

»Alle passen perfekt hierher.« Er deutet auf die Patienten um uns herum und ihren unterschiedlichen Grad der Wachsamkeit. »Besonders die Irren.«

»Hey«, werfe ich mit einem Stirnrunzeln ein. »Du nennst mich eine Irre?«

»Offensichtlich. Du bist die Königin der Irren, Mädchen. Akzeptiere es.«

Er wackelt mit den Augenbrauen und sein jungenhaftes Gesicht unter dem blauen Haarschopf strahlt vor Humor.

Ich verpasse ihm einen Tritt unter den Tisch, woraufhin er sich an seinem Frühstück verschluckt. Kade lacht in seinen Plastikbecher, während ich süffisant grinse. Meine schwankenden Emotionen bescheren mir manchmal ein Schleudertrauma.

»Hat jemand Eli gesehen?«, fragt Kade, nachdem er sich wieder gefasst hat.

»Er ist zurück in sein Zimmer gegangen, um sich umzuziehen«, platze ich heraus, bevor ich merke, was ich gesagt habe.

»Ist das so?«, schnaubt Phoenix.

Alle Augen sind auf mich gerichtet, und ich habe Mühe, meine Verlegenheit zu zügeln. »Ich … glaube. Ich habe ihn in diese Richtung gehen sehen.«

»Natürlich hast du das.«

Ich werfe ihm einen bösen Blick zu. »Ich weiß es nicht. Frag ihn selbst.«

Sein Blick wandert zurück zu meinem markierten Hals, und seine Lippen zucken. »Oh, mach dir keine Sorgen. Das habe ich vor.«

Wir verfallen während des Essens in Schweigen, bis ein weiteres Tablett auf den Tisch kommt. Das Geflüster um uns herum versetzt mich in höchste Alarmbereitschaft, als ich aufschaue. Mein Herz schlägt mir sofort bis zum Hals. Hudson lässt sich nieder und nickt seinem Bruder zur Begrüßung kurz zu.

Dann richtet er seine ozeanblauen Augen auf mich.

»Scheiße, Mann, du bist wieder da!«, ruft Phoenix aus.

Sie tauschen einen Faustgruß aus, während ich in Hudsons müde Augen blicke. Die makellose blaue Farbe ist unter der Last der Erschöpfung verblasst. Sein Augenbrauenpiercing ist schief, und sein zerzaustes schwarzes Haar ist unordentlich und steht in alle Richtungen ab.

Ich habe Mühe, meine Wut hinunterzuschlucken. »Hallo.«

Er nimmt einen halbherzigen Bissen von einem Apfel und nickt. »Hey.«

Kades Blick schnellt zwischen uns hin und her, während er

die unbeholfene Interaktion beobachtet, bevor er sich erwartungsvoll räuspert.

»Schön, dass du wieder da bist, Bruder.«

Hudson antwortet nicht und kaut leblos auf seinem Apfel herum. Er ist ausgelaugt und extrem blass. Genau wie ich nach meinem Ausflug ins Loch. Irgendetwas an diesem Ort saugt das Leben aus einem heraus.

Kade zwingt sich zu einem Lächeln. »Also, Halloween. Sind wir alle dabei?«

Ich werfe meine Serviette weg und zucke wenig begeistert mit den Schultern. »Ich denke schon. Obwohl ich hier nicht gerade ein Kostüm zusammenbekomme.«

»Das kriegen wir schon hin«, antwortet Kade schnell und hält eine Hand hoch, als ich zu protestieren beginne. »Im Ernst, mach dir keine Sorgen. Ich kümmere mich um dich, Liebes.«

Das warme Gefühl in meiner Brust kehrt zurück. Im Geiste schimpfe ich über mich selbst, weil ich den Nervenkitzel genieße. *Er kümmert sich um mich.* Warum fühlt sich das so verdammt gut an? Wie kann ich dieses Gefühl abstellen?

Phoenix und Kade plaudern vor sich hin, während ich auf meinen Teller starre und mich mit der dunklen Präsenz an unserem Tisch überhaupt nicht wohlfühle. Hudsons Blick fährt über meine Haut wie Eli mit seiner Zigarette.

Ich kaue weiter auf meiner Lippe und weiche seinem Blick aus. Er ist meinetwegen ins Loch gegangen. *Aus freien Stücken.* Was bedeutet das für uns? Ich kann ihm nicht verzeihen. Ich werde meinen Groll mit ins Grab nehmen.

In meine Gedanken vertieft, höre ich die Schritte hinter mir erst, als es zu spät ist. Kochend heiße Flüssigkeit trifft zuerst meinen Nacken, brennt und läuft mir den Rücken hinunter. Ich kann den Schreckensschrei nicht unterdrücken, der mir entweicht.

Ich springe auf, stolpere und lande flach auf dem Hintern. Ein grinsendes, hageres Gesicht blickt auf mich herab.

»Oh Gott, es tut mir so leid. Ich bin auf meinem Schnürsenkel ausgerutscht«, sagt Britt und fuchtelt dramatisch mit den Händen herum, als der Raum verstummt.

Alle drei Jungs fluchen und treten in Aktion. Britt starrt mich triumphierend an, mit einem leeren Plastikbecher in der Hand, während der kochend heiße Tee meine Haut verbrennt. Die Wärter der Cafeteria tauchen blitzschnell auf und zerren Britt weit von mir weg.

»Es tut mir leid, es war ein Unfall, ich schwöre!«

Sie drücken sie gegen die Wand und fesseln ihre Arme. Phoenix sinkt neben mir auf die Knie, während Britt übertriebene Schreie von sich gibt und die Unschuldige spielt, obwohl es offensichtlich vorgetäuscht ist.

»Es war ein Unfall, ich schwöre«, protestiert sie. »Diese Böden können so rutschig sein! Ich würde meine Freundin hier niemals absichtlich verletzen.«

Sie schiebt ihre Unterlippe vor und klimpert mit den Wimpern. Phoenix murmelt eine bissige Beleidigung, legt einen Arm um meine Schultern und hebt mich sanft hoch.

Mit einer Hand fährt er über meinen durchnässten Pullover, und ich zische und schiebe ihn wütend von mir weg.

»Mir geht es gut, lass es.«

»Sie hat dich angegriffen. Es ist nicht *gut*.« Er wendet sich an die beiden entnervten Wärter. »Wir haben es alle gesehen. Das war Absicht!«

»Nein! Ich und Brooklyn sind gute Freunde«, verteidigt sich Britt. »Es war nur ein kleiner Unfall.«

Ihre geweiteten Augen blicken auf das absichtlich schweigende Arschloch auf der anderen Seite des Tisches. Hudson beobachtet den Vorfall mit einem leeren Blick.

»Hudson, sag es ihnen! Gib mir Rückendeckung!«

Er starrt sie ausdruckslos an. »Warum?«

Britt starrt ihn an, ihre Augen füllen sich mit Tränen. »Was meinst du, warum? Weil ich es bin!« Ihre Stimme wird schrill. »Ich bin ausgerutscht, okay? Unfälle passieren andauernd!«

In dem Moment, in dem sie mir einen hasserfüllten Blick zuwirft, weiß ich, wie falsch dieses Gefühl ist. Es ist mir scheißegal, was zwischen ihr und Hudson läuft, es hat nichts mit mir zu tun.

Ich stehe auf, schiebe Phoenix' Hände weg und wende mich den verwirrten Wärtern zu. »Es ist in Ordnung. Es war ein Unfall.« Ich schenke Britt ein kaltes Lächeln. »Kein Problem, *Freundin*. Mir geht's gut.«

»Was? Brooklyn, das kann doch nicht dein Ernst sein«, poltert Phoenix.

Ich nehme wieder Platz. Ich bin ganz ruhig, als die Wärter Britt freilassen, über Vorfallberichte brummen und sich widerwillig zurückziehen. Sobald sie uns den Rücken zukehren, drehe ich mich auf meinem Platz und sehe sie an.

»Hast du das Gejammer die ganze Nacht geübt? Deine Schauspielkünste sind scheiße.«

»Ich weiß nicht, was du meinst«, antwortet Britt süßlich.

Als sie weggehen will, lasse ich meine Hand hervorschnellen und packe ihr Handgelenk. Ich werfe einen Blick auf die sich zurückziehenden Wärter, bevor ich sie näher an mich heranziehe, um sicherzustellen, dass sie jedes meiner Worte hört.

»Ich weiß nicht, was du vorhast, aber wenn du das noch einmal versuchst, wirst du den Tag bereuen, an dem du in diesem Höllenloch gelandet bist. Hast du das verstanden, Hure? Oder soll ich es dir demonstrieren?«

Ihr fällt die Kinnlade herunter, als sie mich stirnrunzelnd ansieht, und sie hebt den Blick, um Hudson wieder anzuschauen. »Hör auf, mit meinem Freund herumzuhuren, und du musst mich nie wieder ansehen. Wenn hier jemand eine Hure ist … Schatz, dann bist du es.«

Meine Finger ziehen sich um ihr knochiges Handgelenk

zusammen. Ich grabe meine stumpfen Fingernägel hinein und sie zuckt zusammen, als zufriedenstellende Blutstropfen an die Oberfläche treten.

»Darum geht es also? Du liegst so was von daneben, du blöde Fotze.« Ich werfe einen Blick auf Hudson, der den Austausch mit einem Stirnrunzeln verfolgt. »Er gehört ganz dir. Aber ein kleiner Rat?«

Britt schluckt schwer.

Ich schaue Hudson in die Augen und sorge dafür, dass er meine nächsten Worte hört. »Halte die Augen offen, denn er wird dir bei der ersten Gelegenheit in den Rücken fallen.«

Sein Mund öffnet und schließt sich wieder.

Ich schenke Britt ein falsches Lächeln und genieße den unsicheren Blick auf ihrem Gesicht. »Er wird dir das Herz brechen, ohne mit der Wimper zu zucken. Viel Glück.«

Ich lasse sie los, hebe mein Tablett auf und ignoriere das verblüffte Schweigen der Anwesenden, während ich davonschreite. Kade ruft meinen Namen, aber ich schaue nicht zurück.

Ich stelle mein Tablett ab und verlasse den Raum. Ich wage es, wieder zu atmen, und balle meine Fäuste, während ich versuche, meine Wut zu zügeln.

Dieser verdammte idiotische Bastard.

Ich marschiere hinaus in die eisige Luft des Hofs, drehe mich um und schlage mit einem Schrei gegen eine Wand, wobei die Haut über meinen Knöcheln aufreißt. Sie pocht im Takt mit den frischen Verbrennungen auf meinem Rücken.

Ich genieße den Schmerz. Öffentliche Rache ist nicht mein Stil. Ich lasse Britt zu diesem Arschloch zurücklaufen, und wenn der unvermeidliche Liebeskummer kommt, werde ich auf ihrem verdammten Grab tanzen.

Das nenne ich echte Rache.

»Brooklyn?«

Seine gebrochene Stimme lässt mich auf der Stelle innehalten. Empörung durchflutet meinen Körper, als ich mich umdrehe und dem Mann gegenüberstehe, der mein Herz gestohlen hat, bevor er es in erbärmliche Stücke zerschmettert hat.

Hudson steht in der Tür und fährt sich mit einer Hand durch sein widerspenstiges Haar. Ich wünschte, ich würde diesen Anblick nicht lieben.

»Was?«, blaffe ich.

»Britt … sie ist einfach nur stinksauer.«

»Weil du sie nicht ficken willst, oder weil du aufgehört hast?«

Hudson schaut weg. »Aufgehört.«

Was für ein ekelhaftes mentales Bild das doch ist.

»Sag deiner kleinen Freundin, dass sie keinen Grund hat, eifersüchtig zu sein, und dass sie den Tee in Zukunft für sich behalten kann. Ich habe keinerlei Interesse an dir.«

»Überhaupt keins?«

Ich trete näher und schenke ihm ein höhnisches Lächeln. »Ehrlich gesagt, wenn du morgen sterben würdest, würde ich eine Party feiern.«

Ein kalter Wind peitscht zwischen uns. Hudson starrt mich an, seine Miene verhärtet sich. Ich wusste, dass die Zerknirschung nicht lange anhalten würde.

»Seit wann bist du so ein kaltherziges Miststück?«

»Warum stellst du dir diese Frage nicht selbst?« Ich werfe meine Hände in die Luft. »Ich bin sicher, du findest eine passende Antwort, wenn du dich zurückerinnerst. Was hast du damals zu mir gesagt?«

Hudson schüttelt den Kopf und verweigert die Antwort.

Feigling.

Ich gehe direkt auf ihn zu und umfasse sanft seine Wange. Er holt erschrocken Luft. Seine Augen schließen sich leicht, als ich mit dem Daumen zärtlich über die Bartstoppeln in seinem Gesicht streiche, als würde er meine Berührung auskosten.

Meine Lippen sind nur wenige Zentimeter von seinen

entfernt, sodass er denkt, ich sei für einen Kuss hier, und ich feuere meine letzte Bemerkung ab.

»Du hast gesagt, ich soll dir vertrauen, weil du mich liebst und mir nie wehtun wirst. Sieh nur, was mir das gebracht hat. Halt mir keinen Vortrag über meine Kaltherzigkeit, du mieses Stück Abschaum.«

Ich schwinge mein Bein zurück und trete Hudson direkt in die Eier, so fest, dass er einen gequälten Schrei ausstößt. Er wird starr, verdreht die Augen und fällt auf die Knie. Zur Sicherheit schlage ich ihm auch noch ins Gesicht.

»Das ist dafür, dass du mein verdammtes Leben ruiniert hast!«

Als ich mich zurückziehe, stürmen die beiden anderen nach draußen. Sie halten abrupt inne, als sie unsere Auseinandersetzung sehen.

Hudson sackt auf die Seite, spuckt Blut und fasst sich an seine zweifellos schmerzenden Kronjuwelen. Das war so gottverdammt befriedigend. Ich könnte ihn den ganzen Tag lang so sehen.

»Was zum Teufel?«, schreit Kade.

Er sieht mich an, als hätte ich den Verstand verloren. Phoenix starrt ebenfalls, obwohl er etwas verständnisvoller zu sein scheint. Ich gestikuliere hinunter zu ihrem stöhnenden, bemitleidenswerten Freund.

»Warum fragst du deinen Bruder nicht, wie er seine Sucht abbezahlt hat, bevor du ihn in den Sonnenuntergang gezogen hast? Ich nehme an, dass er dir diesen Teil nicht erzählt hat.«

Kade schweigt und bestätigt damit meinen Verdacht. Sie haben keinen blassen Schimmer, genau wie ich dachte. Hudson wird niemals die Wahrheit zugeben. Er schämt sich zu sehr, um zu seiner Scheiße zu stehen.

»Das dachte ich mir«, fasse ich zusammen. »Ein Ratschlag? Glaub kein Wort von dem, was dieser verlogene Mistkerl sagt. Wenn du die ganze Geschichte gehört hast, kannst du darüber nachdenken, mich zu verurteilen.«

»Brooke …«

Ich genieße den Blick des Grauens auf Kades Gesicht, als er auf seinen stöhnenden Bruder hinunterblickt. »Nein, ich will es nicht hören. Bis dahin kümmere dich um deinen eigenen Kram.«

Ich marschiere erhobenen Hauptes davon und überlasse es Hudson, die Scherben aufzusammeln. Alle drei Männer sehen mir fassungslos nach. Ich muss weggehen, bevor ich jeden einzelnen von ihnen zu meiner eigenen Befriedigung umbringe.

Scheiß auf eine Gefängnisstrafe.

KAPITEL 28
BROOKLYN

HURRICANE – I PREVAIL

ICH HÜPFE auf der Stelle und werfe zum dritten Mal einen Blick auf die Tür zum Gruppentherapieraum. Immer noch geschlossen. Um uns herum schwirren Gespräche, die Patienten stehen in Grüppchen zusammen und plaudern, während sie warten.

Teegan legt mir eine Hand auf die Schulter, um meine Bewegungen zu beruhigen. »Hey, entspann dich. Die Donnerstagsgruppe ist ein anständiger Haufen. Du musst nicht mal was sagen, wenn du nicht willst.«

»Ja, richtig. Es war eine eher unangenehme Erfahrung in Clearview.«

»Wie kommt das?«

Schaudernd umarme ich meinen Bauch fester. »Meistens endete es auf die eine oder andere Weise im Chaos. Obwohl die Leiterin eine der Guten war.«

Nachdem ich bisher aufgrund einiger verschobener Sitzungen und meines langen Aufenthalts im Loch mit der Nichtteilnahme davongekommen bin, ist das Verhängnis der Gruppentherapie nun endlich da.

Die Zimmertüren schwingen auf, und die Reihe der benebelten Patienten setzt sich in Bewegung. In meiner

Magengrube kribbelt es vor Angst. Mit einem mitfühlenden Lächeln drückt Teegan meinen Arm.

»Mach dir keine Sorgen. Es dauert nur vierzig Minuten, dann bist du fertig. Außerdem ist es nicht zu anstrengend. Nur das übliche gemeinsame Schmerzfest und etwas Meditationsmist.«

Entzückend.

Wir schlüpfen in den großen, gut beleuchteten Raum und gehen in den hinteren Teil. Einige Stühle sind in einem groben Kreis aufgereiht.

Ich kann förmlich sehen, wie die Spannung aus Teegan entweicht, als sie sich einen Platz aussucht und ihre Hände genau viermal über die Arme und Beine gleiten lässt, bevor sie sich setzt.

»Hier ist gut«, bestätigt sie.

»Sicher?«

Teegan lächelt. »Ja.«

Um uns herum wird weiter geplaudert, während ich meine Umgebung in Augenschein nehme. Der teure Teppichboden und die Tapeten werden von Kronleuchtern erhellt, die warmes Licht verbreiten.

Einige der Gruppe sind in Jogginghosen oder Schlafanzüge gekleidet, andere tragen Jeans und richtige Kleidung. Diejenigen, die nicht so gut gekleidet sind, scheinen nicht ganz bei der Sache zu sein, ihre Augen sind glasig und ihre Münder sind schlaff.

Und dann sind da noch die wandelnden Skelette, deren Knochen herausragen, während sie das Gewicht der anderen Leute begutachten. Als Britt hereinspaziert und mir einen Blick zuwirft, kämpfe ich gegen den Drang an, aufzustehen und zu gehen.

»Ignoriere sie«, flüstert Teegan. »Wenn ihr die Haare ausfallen und sie eine Magensonde in die Nase geschoben bekommt, wird sie ausnahmsweise mal diejenige sein, die gehasst wird.«

Ich schüttle den Kopf, obwohl sich ein Lächeln auf meine Lippen legt. »Du bist böse.«

»Nur realistisch. Habe ich richtig gehört, dass ihr beide euch gestritten habt?«

»Kaum gestritten.« Ich zucke mit den Schultern und spiele es herunter. »Vor ein paar Tagen hat sie aus sinnloser Eifersucht ihren Tee nach mir geworfen. Ich bezweifle, dass sie es wieder tut, oder ich breche ihr die schlaksigen Beine, um meinen Standpunkt deutlich zu machen.«

Immer mehr Leute strömen herein und füllen nach und nach den Raum. Es ist eine echte Auswahl aus den beiden Wohnheimen, darunter einige neue Patienten, die ich nicht kenne. Teegan lehnt sich näher heran.

»Das gibt's doch nicht! Diese Schlampe. Sind sie und Hudson nicht sowieso ein Paar? Und ich dachte, du bist mit Eli zusammen?«

Ich bringe sie zum Schweigen, bevor es jemand hören kann. »Nein! Wie oft muss ich dir noch sagen, dass es nichts Ernstes ist. Sie ist mit Hudson zusammen, mehr oder weniger. Aber wir haben ... eine Vergangenheit.«

»Oh, Mann, das muss ich mir anhören. Wie kommt es, dass du all die süßen Kerle bekommst?«

»Er ist nicht süß. Hudson ist verdammt wahnsinnig.«

»Wahnsinnig heiß, sicher.«

Ich schaue absichtlich zu Todd, der an der Tür sitzt und seine Brille an seinem losen T-Shirt putzt. »Ich dachte, ihr zwei wärt ... du weißt schon.« Ich sehe Teegan mit wackelnden Augenbrauen an, die daraufhin rot anläuft. »Wart ihr nicht zusammen beim Filmabend?«

»Ja«, gibt sie mit einem nervösen Kichern zu. »Aber es hat sich herausgestellt, dass es fast unmöglich ist, einen Quickie zu haben, wenn man sich mehr Sorgen über die mangelnde Koordination in seinem Schlafzimmer macht.«

»Mädchen, dein Gehirn ist anstrengend.«

»Ich weiß. Urkomisch.«

Todd lächelt sie von der anderen Seite des Raumes an, und Teegan schaut weg und flucht leise vor sich hin, während ihre Hände zittern.

»Vielleicht hast du recht«, flüstert sie.

Im Raum wird es still, als unsere Gruppenleiterin mit Verspätung eintrifft. Eine kleine, kurvenreiche Frau mit erdbeerrosafarbenem Haar kommt herein.

Ihr helles Hemd und die weite Leinenhose sind für mich sofort erkennbar. Als sie sich umdreht, muss ich fast lachen vor Überraschung. Sie hat sich in den Monaten, seit ich sie zuletzt gesehen habe, kein bisschen verändert.

»Guten Morgen, Schlafmützen! Wie geht es uns allen heute?«, zwitschert Sadie, schnappt sich einen Stuhl und setzt sich. »Schön, euch alle wiederzusehen. Lasst uns anfangen, ja?«

Alle scheinen sich zu entspannen, ihre Augen schließen sich automatisch und sie atmen tief durch. Sadie entdeckt mich schließlich. Ihr fällt die Kinnlade herunter, ihre perfekt gezupften Augenbrauen heben sich vor Schreck.

Ich winke ihr unbeholfen zu und lächle. *Später*, murmelt sie tonlos und grinst mich an. Ich kann nicht glauben, dass sie tatsächlich hier ist.

»Gut, beginnen wir mit unserer Achtsamkeitsübung.«

Nach einer Menge sinnlosem Atmen und Dankbarkeitsscheiß werden uns Post-it-Zettel und Kinderstifte gegeben. Sadie stellt sicher, dass jeder einen hat, bevor sie in die Hände klatscht.

»Unseren neuen Mitgliedern zuliebe stellen wir uns kurz vor. Mein Name ist Sadie. Ich bin angehende Psychologin hier bei Blackwood. In diesen Gruppensitzungen arbeiten wir an unseren Bewältigungsfähigkeiten, indem wir Teamwork und Zusammenarbeit einsetzen. Irgendwelche Fragen?«

Es entsteht eine peinliche Stille, aber Sadie lässt sich durch nichts aus der Ruhe bringen. Sie ist ein ständiger Quell der Begeisterung, und das war sie schon immer.

»Gut! Vielleicht möchten sich unsere Neuankömmlinge vorstellen.« Ihr Blick fällt auf mich. »Möchtest du anfangen?«

Ich erdolche sie mit meinem Blick. Sie weiß, wie ich mich fühle, wenn ich in die Enge getrieben werde. Damals, als sie die Gruppensitzungen in Clearview leitete, erinnere ich mich, ihr gesagt zu haben, sie solle zur Hölle fahren, als sie mich bat, ein Gedicht vorzutragen. Nein, danke.

»Sicher«, stoße ich hervor. »Ich bin Brooklyn. Ich bin schon eine Weile hier.«

»Hast du einen interessanten Fakt für uns, Brooklyn?«, drängt sie.

»Ja, sie ist eine verdammte Hure.« Jemand hustet.

Ich begegne sofort Britts bösem Blick. Ein Kichern geht durch den Raum, als alle Augen auf mich gerichtet sind. Ich muss mich körperlich zurückhalten, um nicht aufzustehen und den Kopf dieser Schlampe gegen die Wand zu schlagen.

»Sicher«, sage ich säuerlich. »Entgegen der landläufigen Meinung bin ich *keine* verdammte Hure. Jeder, der das denkt, kann es mir gern ins Gesicht sagen. Ich werde das Loch wie einen Urlaub aussehen lassen.«

Ich schenke ihr ein schwaches Lächeln und verschränke meine Arme. Plötzlich lässt die Aufmerksamkeit auf mir nach und viele lassen ihre Blicke ängstlich sinken. Sadie hustet, um ihr Lachen zu unterdrücken.

»Nun, danke dafür. Nur eine sanfte Erinnerung: Dies ist ein gewaltfreier Raum. Wir sind hier, um zu heilen und zu wachsen. Wer ist der Nächste?«

Heilen und wachsen.

Ich habe nicht vermisst, dass mir diese Worte vorgetragen werden.

Ein paar Mädchen stellen sich vor. Kate und Lana sind beide frisch aus dem Jugendgefängnis verlegt worden. Sie können nicht älter als sechzehn sein, aber sie tragen ihre Aggression wie eine Rüstung.

Lana hat ihr mausbraunes Haar zu einer kurzen Pixie-

Frisur geschnitten und eine dünne Narbe, die ihre Augenbraue halbiert. Sie lässt mir ein respektvolles Nicken zukommen.

Anscheinend hat mir meine Drohung Glaubwürdigkeit verschafft oder so. Sadie bedankt sich bei der Gruppe und führt uns durch eine weitere dumme Übung. Als die Tortur vorbei ist, stößt sie einen erleichterten Seufzer aus.

»Ist das nicht besser?«

Niemand antwortet.

Wir scheinen alle gleichermaßen unbeeindruckt zu sein.

»Okay, heute werden wir uns mit der Angst beschäftigen. Sie ist ein mächtiges Gefühl, das uns auf so viele Arten in die Irre führen kann. Wir werden Folgendes tun.«

»Jetzt geht's los«, bemerkt jemand.

Sadie ignoriert es. »Jeder schreibt etwas auf seinen Post-it-Zettel, wovor er Angst hat. Die Zettel kommen in einen Hut und jeder wählt einen aus. Diese Person muss einen konstruktiven Vorschlag zur Bewältigung der Angst machen.«

Nach einem kollektiven Aufstöhnen der Gruppe schnalzt Sadie missbilligend mit der Zunge. »Kommt schon, lasst es uns versuchen. Denkt daran, ehrlich zu sein. Das ist alles anonym, also fordert euch wirklich heraus. Sucht euch etwas aus, das für eure Genesung wichtig ist.«

Wir haben alle fünf Minuten Zeit zum Nachdenken. Ich verbringe mindestens viereinhalb Minuten damit, auf meinen Bleistift zu starren. Kein einziger Teil von mir hat Lust, diesen Mist zu machen. Auch Teegan scheint festzustecken, denn sie hat das Papier zwischen ihren geballten Händen zerknüllt.

Ohne ein Wort sagen zu müssen, verstehe ich das Problem. Wir alle werden von der Angst beherrscht. Sie ist eine dunkle, amorphe Wolke, die jedes Leben auf die eine oder andere Weise berührt. Sie auf eine einzige Sache einzugrenzen, ist eine unüberwindbare Aufgabe.

»Dreißig Sekunden«, ruft Sadie.

Lüg. Erfinde etwas. Lass es leer.

Die Möglichkeiten gehen mir durch den Kopf, aber in den letzten fünf Sekunden, die mir noch bleiben, entscheide ich mich für ein Wagnis. Ich kritzle so heftig, dass ich fast ein Loch in das Papier reiße, und werfe meine Antwort wütend in den Hut.

»Also gut! Dann wollen wir mal sehen, was wir haben.«

Sadie nimmt den Hut und rührt den Inhalt, dann geht sie im Kreis herum und gibt jedem einen Zettel in die Hand.

»Leon. Warum fängst du nicht an?«

Der blondhaarige, blauäugige Mann am anderen Ende des Kreises schenkt ihr ein charmantes Lächeln. Er ist einer von Rios Jungs, stramm und durchtrainiert, weil er seine Tage im Fitnessstudio verbringt.

Mir ist klar geworden, dass dieser Ort Rios Revier ist. Schon ein einziger Blick dieses Trottels dreht mir den Magen um. Er schreit förmlich nach Gefahr.

»Klar, Sadie. Ich habe Angst, dass mein Schwanz abfällt, wenn ich nicht bald Sex habe. Willst du mir dabei helfen?«

Lautes Gelächter bricht aus. Sadie wirft ihm einen missbilligenden Blick zu, aber selbst ich habe Mühe, das Kichern zu unterdrücken.

»Erstens, denk an die Gruppenregeln, sonst wirst du ein Gespräch mit der Direktorin führen müssen. Zweitens solltest du lesen, was auf dem Papier steht, nicht was du geschrieben hast.«

Er zuckt mit den Schultern und unterdrückt ein Grinsen. »Tut mir leid, mein Fehler.«

»Okay, machen wir weiter. Teegan?«

Teegan holt tief Luft, um sich zu beruhigen, klappt ihr Stück Papier auf und räuspert sich. »Ähm, diese Person hat Angst zu versagen.«

»Gut. Was würdest du dieser Person nun vorschlagen, um ihr bei ihrer Angst zu helfen?«

Teegan sitzt unfassbar still, voller Angst, während die ganze Gruppe sie anschaut. »Äh, ich würde sagen, solange man es weiter versucht, ist es egal, ob man versagt. Die Anstrengung ist das, was zählt.«

Sadie strahlt sie an. »Sehr schön. Ich denke, das ist ein guter Rat.«

»Ja?«

»Wir alle haben Angst, etwas falsch zu machen und die Leute zu enttäuschen. Aber wie Teegan andeutet, ist das manchmal unvermeidlich.« Sadies Blick wandert für einen Moment zu mir. »Manchmal zählt es nur, da zu sein und sich die Hände schmutzig zu machen.«

Subtilität war nie wirklich ihre Stärke. Ein paar weitere kommen zu Wort. Ihre Ängste reichen von tiefgründigen bis hin zu eher schäbigen Witzen der eindeutig sexuell frustrierten Arschlöcher in der Gruppe.

Als Lana ihren Zettel in die Hand nimmt und liest, hält sie einen Moment lang inne, überlegt leise und räuspert sich dann.

»Diese Person sagt … Ich habe Angst davor, das Monster zu werden, für das mich die Welt hält.«

Stille herrscht im Raum. Ich vergewissere mich, dass meine Reaktionen unter der Oberfläche bleiben. Die Spannung liegt schwer in der Luft und Sadie wirft einen Blick in die Runde und zwingt sich zu einem ermutigenden Lächeln.

»Wir sind alle aus einem bestimmten Grund hier, Leute. Einige ernster als andere, aber wir haben ein gemeinsames Ziel. Wir *alle* wollen es besser machen als bisher. Wir wollen mehr sein als das, was unsere Fehler aus uns machen. Lana, was würdest du dieser Person gern sagen?«

Lana zeigt ein langsames, kaltes Lächeln, während sie ihre Beine übereinanderschlägt. »Ich würde sagen, als irgendeine Fotze im Gefängnis auf mich losging, habe ich sie so verdammt hart niedergestochen, dass sie jetzt in eine Tüte scheißt.«

Sadie fällt die Kinnlade herunter.

»Also, scheiß auf jedermanns Meinung. Gegen ein bisschen Blut ist nichts einzuwenden, und das macht dich noch lange nicht zum Monster.« Lana zieht eine Augenbraue hoch und zwinkert mir zu. »Denn das ist alles subjektiv.«

Ich kann nicht anders, als ihr dunkles Lächeln von der anderen Seite des Raumes zu erwidern, während die anderen miteinander tuscheln und kichern. Sadie steht weiterhin der Mund offen, während sie um eine angemessene Antwort ringt.

»Nun, äh. Danke dafür, Lana …«

»Kein Problem«, antwortet sie lässig.

Die Antworten der anderen verblassen im Vergleich dazu. Ich schalte überwiegend ab, weil ich lieber träume, als Sadies dummes Spielchen mitzuspielen.

Als die Sitzung zu Ende ist, entschuldige ich mich bei Teegan und bleibe zurück, während sich der Raum leert. Sadie packt ihre Sachen weg und kommt sofort zu mir, um mich fest zu umarmen.

»Verdammt, Brooke, ist das schön, dein Gesicht zu sehen.«

»Dich auch. Ich hätte nie gedacht, dass ich noch mehr von deinem *Hakuna Matata*-Therapiescheiß erleiden muss, aber so ist es nun mal.«

Sie hat einen seltsam nervösen Ausdruck im Gesicht. »Ich wurde von Manchester hierher versetzt, kurz nachdem ich Clearview verlassen hatte.«

Ich habe das instinktive Gefühl, dass sie lügt.

»Was machst du hier? Wurdest du transferiert?«

»Zimmerman hat mich aufgegeben.« Ich zupfe an den losen Fäden in meinen Jeans. »Er hat mich für das Dreijahresprogramm hierhergeschickt.«

»Werden sie dich rauslassen, wenn du fertig bist?«

Ich habe nicht die Absicht, diesen sinnlosen Mist zu beenden.

»Anscheinend, obwohl es von meinem Verhalten und so abhängt. Ich weiß nicht, wie sie die Verrücktheit in meinem Kopf heilen wollen.«

Sadie legt ihre Hand auf die meine und drückt sie. »Du siehst es jetzt vielleicht nicht, aber als ich dich das letzte Mal gesehen habe, kam dir der Sabber aus dem Mund. Du konntest nicht mal einen Satz bilden, weil sie dich so zugedröhnt haben.«

Ich rolle mit den Augen. »Danke, dass du mich daran erinnerst.«

»Ich will damit sagen, dass eine Genesung möglich ist. Sieh dich an, wie weit du gekommen bist. Ich bin so stolz auf dich.«

Mein Bauch dreht sich vor Wut, egal wie irrational das ist. Regel Nummer eins: Sag niemals einer verrückten Person, dass sie besser aussieht. Wir wollen diesen Scheiß nicht hören. In neun von zehn Fällen wirst du sie dazu bringen, sich noch mehr zu zerstören, nur um dir das Gegenteil zu beweisen. Ganz sicher.

Sadie wechselt rasch das Thema, wird wieder ernst und wirft einen besorgten Blick in den verlassenen Raum. Ich schwöre, sie überprüft die Überwachungskameras, was mich noch mehr verwirrt.

»Brooklyn, versprich mir nur eines.«

Ich nicke langsam. »Was denn?«

»Sei einfach vorsichtig. Blackwood hat einen guten Ruf, aber das heißt nicht, dass hier nicht auch schlimme Dinge passieren können. Pass auf dich auf, okay?«

Bei ihren ominösen Worten läuft mir die Angst über den Rücken. Sie sieht mich flehend an, alle Anzeichen ihres üblichen Optimismus sind verschwunden.

»Was meinst du?«, frage ich mit einem Stirnrunzeln. »Was ist mit Blackwood los?«

Sadie setzt ihr übliches strahlendes Lächeln wieder auf. »Ich habe noch eine andere Gruppe zu leiten, also muss ich gehen. Wenn du etwas brauchst, weißt du ja, wo du mich findest.«

»Danke, schätze ich.«

Sie hält meinen Blick einen Moment lang fest, eine unausgesprochene Botschaft in ihren Augen. »*Egal*, was es ist.«

Ich zwinge mich zu einem Lächeln, obwohl ich ihr am liebsten ins Gesicht schreien und fragen würde, was zum Teufel sie da von sich gibt. Aber es ist klar, dass sie nicht die Absicht hat, das zu erklären, und sich aus unserem Gespräch zurückzieht.

»War schön, dich zu sehen«, stoße ich hervor. »Man sieht sich.«

Als ich aufstehe und die Tür öffne, um zu gehen, ruft Sadie mir hinterher. »Brooke!«

Ich schaue über meine Schulter. »Ja?«

»Du bist kein Monster. Egal, was die Welt denkt oder was die Zeitungen schreiben. Du bist ein gutes Kind, das ein paar schlechte Entscheidungen getroffen hat. Vergiss das nicht.«

Sie packt weiter ihre Sachen zusammen und schaut mich ein letztes Mal an. Mein Herz krampft sich zusammen, und mein ganzes Misstrauen schmilzt bei ihren Worten dahin.

Am meisten bereue ich, dass ich meine größte Angst aufgeschrieben habe. Jetzt ist sie da draußen und ich kann sie nicht mehr zurücknehmen. Die Wahrheit ist, dass es egal ist, was die anderen denken.

Ich hasse mich schon genug für das, was ich getan habe.

KAPITEL 29

HUDSON

IF YOU WANT LOVE – NF

ICH KNALLE die Tür zu und werfe die Handvoll Papiere auf das Bett. Ich raufe mir die Haare und kämpfe gegen den Drang an, laut zu schreien. Glühend heiße Wut erfüllt jeden meiner Gedanken. Blendend, verschwommen, ohne Platz für Rationalität oder Ruhe.

Meine Faust trifft auf die Trockenbauwand, meine Haut platzt auf und Blut verschmiert die Farbe. Ich schreie meine Frustration hinaus und schlage weiter zu, ungeachtet der Schmerzen in meinen verletzten Knöcheln.

Mariam sagt, ich muss meine Wut verarbeiten, wenn ich eine Chance haben will, diesen Ort zu verlassen. Ganz ehrlich? Scheiß auf Mariam. Ich werde niemals aus diesem gottverlassenen Käfig entkommen, denn da gehöre ich verdammt noch mal hin.

Brooklyn hat seit unserem Zerwürfnis nicht mehr mit mir gesprochen. Sie geht in den Gängen an mir vorbei, als würde ich gar nicht existieren und als wäre der Kuss vor der Bibliothek nie passiert.

Ich weiß, dass sie es gespürt hat – die sofortige Elektrizität zwischen uns. Dieser Funke hat uns vor fünf Jahren den Weg ins Verderben geebnet, und wir waren immer dazu bestimmt, gemeinsam zu brennen.

Inzwischen ist unsere Gruppe auseinandergebrochen. Bei den Mahlzeiten sitzen wir schweigend zusammen, die Luft dick vor Groll. Ich verstehe es, die Jungs geben mir die Schuld, dass alles schiefgeht. Der leere Stuhl am Tisch ist schmerzhaft offensichtlich.

Kade schmiedet im Stillen Pläne, um sein neuestes Projekt zurückzugewinnen. Phoenix benimmt sich wie ein Vollidiot, der seinen Schmerz mit allen Mitteln abwehrt, während er gegen eine manische Episode ankämpft.

Von Eli will ich gar nicht erst anfangen. Er ist schlimmer als je zuvor und wild entschlossen, zu zerstören. Ich kann nicht glauben, dass ich das nicht früher erkannt habe. Wir sind alle in ihrer Umlaufbahn gefangen.

Jeder Einzelne von uns.

Ich lasse mich auf den Boden sinken, mit dem Rücken gegen die blutverschmierte Wand. Mein Kopf fällt in meine Hände, während ich gegen das überwältigende Bedürfnis ankämpfe, Brooklyns Tür einzutreten und dieses giftige Chaos ein für alle Mal zu beseitigen.

Ich möchte sie brechen, sie anschreien, ihr sagen, dass ich nicht aufhören kann, an sie zu denken. Alles, um dieses Chaos zu beheben. Ich kann nicht in der Schwebe bleiben, gefangen zwischen dem Lieben und dem Hassen dieser Schlampe.

Es klopft an meiner Tür, kurz bevor sie aufschwingt. Kade schreitet mit seiner gestohlenen Universalschlüsselkarte herein. Er wirft einen Blick auf mich auf dem Boden, runzelt die Stirn und erstarrt auf der Stelle.

»Hud? Was ist hier los?«

Ich schüttle den Kopf und flüchte ins Bad, unfähig, die Intensität meiner Wut auszudrücken. Kade weigert sich, wegzusehen, während ich meine Hände unter dem Wasserhahn abspüle. Rote Blutspritzer laufen den Abfluss hinunter, zusammen mit abgebrochenen Stücken der Wand.

»Nichts. Mir geht es gut«, stoße ich hervor.

Er zögert und scheint seine Worte sorgfältig zu wählen. »Ich dachte, du arbeitest diese Dinge auf und gibst ihnen nicht nach. Was ist in letzter Zeit in dich gefahren? Willst du nicht nach Hause gehen?«

Ich wickle das Handtuch um meine verletzte Hand und erspare ihm einen vernichtenden Blick. »Wer bist du, mein verdammter Therapeut?«

»Nun, nein.«

Ich dränge mich an ihm vorbei und setze mich aufs Bett. »Kümmere dich einfach um deine eigenen Angelegenheiten. Das hat nichts mit dir zu tun.«

Kade stößt einen frustrierten Seufzer aus. »Es hat alles mit mir zu tun.«

Ich kneife mir in den Nasenrücken. *Ernsthaft? Das schon wieder?*

»Wann wirst du lernen, dich zu verpissen, wenn du nicht erwünscht bist? Glaubst du, ich wollte, dass du die Universität aufgibst, um mir hierher zu folgen? Oder dass ich wollte, dass jemand lügt ...«

Ich halte inne, da ich kurz davor bin, zu viel zu verraten. Mit den Lügen mitzuhalten ist anstrengend. Kade macht drei lange Schritte und sinkt vor mir auf die Knie, seine Hand landet auf meinem Bein.

»Ich weiß, Bruder. Ich weiß.«

Mein Blick gleitet nach oben, um seinen zu erwidern. Seine Augen sind weit aufgerissen und sicher, ohne einen einzigen Anflug von Zweifel.

»Du ... weißt es?«, wiederhole ich langsam.

Mein Herz klopft in meinen Ohren, als er nickt. Mit diesem Geständnis geht die ganze Welt unter. Es hat nie eine Rolle gespielt, was alle anderen über meine Verbrechen denken – oder über die halb gare Lüge, die wir mit Geld und Einfluss gesponnen haben, um zu verbergen, was in jener Nacht wirklich passiert ist.

Ich habe mich immer nur für eine Sache interessiert. *Kade.* Er ist meine bessere Hälfte. Alles, was ich sein sollte und mehr.

»Du weißt es nicht«, murmle ich.

»Mum hat mir alles erzählt. Die ganze hässliche Wahrheit.« Er knirscht mit den Zähnen und bemüht sich, ruhig und besonnen zu bleiben. »Du hättest es mir sagen sollen. Ich habe verdient es zu wissen.«

Mein Blick fällt augenblicklich auf den Boden, meine Wangen brennen und mein Herz pocht unregelmäßig. Ich kann immer noch das Blut sehen, das aus dem zerschundenen Körper dieses Arschlochs floss, als ich ihn zu Tode prügelte. Es beschmierte die Wände, gespickt mit Schädelfragmenten.

»Dir was sagen? Dass das, was passiert ist, keine Notwehr war?«

Kade schluckt und kämpft im Stillen gegen sein eigenes Gewissen an. »Ja.«

Die Luft fühlt sich unendlich dick an, während wir uns gegenseitig beobachten und die Schrecklichkeit der Realität uns beide erdrückt.

»Ich wollte nicht, dass du es weißt«, sage ich schließlich.

»Warum? Ich verstehe es nicht, Hud. Nichts davon.«

»Weil ich nicht wollte, dass du schlecht von mir denkst! Das ist der Grund!«

Ich schreite zum vergitterten Fenster und starre hinaus in die dunkle Nacht. Vor Blackwood verbrachten wir jeden Freitagabend auf diese Weise zusammen. Bevor ich zu dieser Person wurde. Wir sind in Clubs gegangen oder haben getrunken und sind mit dem Zug nach London gefahren, um ein paar süße Mädchen zum Anmachen zu finden.

»Du solltest nicht hier sein«, murmle ich bedauernd. »Du vergeudest dein Leben an diesem Ort. Sie werden mich niemals rauslassen, weder in drei Jahren noch in dreißig. Nicht nach dem, was ich getan habe.«

Ich schaue zurück zu Kade und bemerke den Ausdruck

absoluter Verzweiflung in seinem Gesicht. Er kaut auf seiner Lippe und wählt sorgfältig seine nächsten Worte.

»Hud … es gibt etwas, das du wissen solltest.«

Ich warte darauf, dass er ausspricht, denn ich weiß, was auch immer kommen mag, es muss schlimm sein. Genug, um den unerschütterlichen Kade zu erschüttern. Genug, um ihn in mein Zimmer zu treiben, wenn er es kaum noch erträgt, in meiner Nähe zu sein, während ich mein Leben langsam noch weiter ruiniere.

»Sag es mir einfach«, befehle ich. »Sag es mir und geh.«

Kade kommt zu mir ans Fenster, seine Hände zu Fäusten geballt. Er kann mich nicht einmal ansehen und starrt stattdessen entschlossen nach vorn.

»Mum sagt, es gibt eine neue Entwicklung in dem Fall.«

»Richtig … Und?«

»Scheiße, Hud«, flucht er und lockert ängstlich seinen Hemdkragen. »Deine Ma ist aufgetaucht und will gegen dich aussagen.«

Mir rutscht das Herz in die Hose. Eis durchflutet meinen Körper und Übelkeit verwirrt meinen Verstand. Ich höre, wie Kade meinen Namen sagt, spüre seine Hand auf meiner Schulter, aber ich begreife nichts. Nichts davon fühlt sich real an, als wäre ich in einem verdrehten Albtraum gefangen, der mich kaputtmachen soll.

»Sie will … aussagen. Gegen mich«, sage ich emotionslos.

»Ja. Du weißt, was das bedeutet, oder?«

Ich stolpere zum Bett, setze mich hin und stütze meinen Kopf in die Hände. »Natürlich weiß ich das, verdammt. Sie wird die Lüge aufdecken. Deine Eltern werden darin verwickelt sein. Wir werden alle ins Gefängnis gehen.«

Ich sage die Aussichten tonlos auf, zu überwältigt, um den gewaltigen Shitstorm zu begreifen, der auf uns zukommt. Kade setzt sich zu mir aufs Bett und sieht ebenso angespannt aus.

»Sie sind auch *deine* Eltern. Sie haben diesen Schlamassel

angerichtet, um dich zu beschützen, verdammt. Jetzt werden sie mit dir untergehen.« Er schluckt laut. »Wir brauchen einen Plan. Es muss einen Ausweg aus der Sache geben.«

»Das ist Meineid, Kade. Wir haben alle gelogen.«

Ich schlage meine geballte Hand gegen die Stirn, um die Wahrheit zu vertreiben. Wie konnte ich nur so dumm sein, das mitzumachen?

Verdammte Scheiße, ich verdiene diese Gefängnisstrafe. Ich kann nicht zulassen, dass Kades Mutter für meine Fehler auch untergeht. Sein Vater verdient es, im Gefängnis zu sitzen, aber ich werde ihn nicht dorthin bringen.

»Wie können wir sie schützen?«, frage ich mit zusammengebissenen Zähnen. »Ich gehe zum Richter und gestehe, wenn es sein muss. Sie können mit mir machen, was sie wollen. Ich kann nicht zulassen …« Meine Stimme versagt, als ich schwer schlucke. »Ich kann das nicht zulassen. Deine Familie hat mir das Leben gerettet.«

Von allen Antworten … Kade lacht.

»Worüber zum Teufel lachst du?«

»Nichts.« Er gluckst schwach. »Es ist nur … ich glaube, das ist das Netteste, was du je gesagt hast.«

Ich werfe ihm einen ungläubigen Blick zu. »Du machst Witze, richtig? Das ist es, was du gerade denkst?«

Ernüchtert steht Kade auf und blickt auf mich herab. »Wir sind eine Familie, ob es dir gefällt oder nicht. Wir werden das *als Familie* in Ordnung bringen. Niemand geht ins Gefängnis. Du gehst nach Hause. Ich habe Versprechungen gemacht und ich werde sie halten.«

»Was genau ist dein Plan?«, rufe ich ihm hinterher.

»Wir überlegen es uns«, antwortet er ausweichend. »Mum kommt in ein paar Wochen, um uns beide zu sehen. Sie hat ein Besuchsrecht beantragt. Hoffentlich gibt es dann ein Update.«

»Abwarten? Das ist dein Plan?« Ich starre ihn an.

»Ja. In der Zwischenzeit hältst du den Mund. Die Anwälte

behindern die Ermittlungen, um die Dinge zu verzögern. Bleib ruhig und verliere nicht den Verstand, Bruder. Wir haben dieses Chaos schon einmal in Ordnung gebracht ...« Er sieht mir direkt in die Augen. »Wir werden es wieder in Ordnung bringen.«

Ich starre die Tür an, lange nachdem sie sich hinter ihm geschlossen hat. Meine Sicht ist durch die Erinnerung an Blut getrübt. Es geschah in einem Sekundenbruchteil, eine Entscheidung, die alles für mich veränderte.

Ich war völlig benommen zu meiner Mutter gefahren, um sie endlich mit dem jahrelangen Missbrauch zu konfrontieren, der dazu geführt hatte, dass ich ins Pflegekinderwesen kam.

Hudson, was machst du hier?

Du kannst nicht hier sein.

Bitte geh. Wenn Ron dich sieht ...

Ich hätte auf Ma hören sollen. Eigentlich hätte ich nie in dieses Höllenloch zurückkehren sollen, voller sinnloser Ideen über den Abschluss und die endgültige Heilung der Vergangenheit.

Ich hatte alles für mich geplant. Dieses perfekte Leben, für das Kades Eltern sorgten. Das College. Freunde. Gute Noten. Eine Zukunft. Ich habe das alles weggeworfen, um zu dieser verrückten Hure zurückzukehren.

Es gibt nur eine Person, die das verstehen könnte. Meine Füße bewegen sich automatisch, als ich den Raum verlasse und durch den Korridor laufe.

Als ich mit der Faust an Brooklyns Tür hämmere, krampft sich meine Brust zusammen und Schweiß rinnt mir über die Stirn. Alles dreht sich und bricht aus den Fugen. Sie ist der einzige Mensch, der mich jemals auch nur annähernd verstanden hat.

Keine Antwort.

Ich rüttle an der Klinke, aber sie ist verschlossen. Dunkelheit schließt sich um meine Sicht, als ich meine Stirn auf das Holz lege. Das darf nicht passieren. Kade und seine

Familie können nicht für meine Fehler und Dummheit untergehen. Das ist alles meine verdammte Schuld.

»Hudson?«

Ich schaue auf und hoffe verzweifelt, dass es mein Mädchen ist. Enttäuschung macht sich breit, als Britt mich stirnrunzelnd anstarrt.

»Geht es dir gut? Was ist denn los?«

Ich verliere jedes Gefühl für richtig und falsch. Ich marschiere zu ihr hinüber und greife nach ihrem Gesicht, meine Lippen direkt auf ihren. Ich will Britt nicht küssen. Ich hasse sie abgrundtief.

Aber wenn ich mich stark konzentriere, kann ich so tun, als sei sie meine Amsel. Dass ihr trockenes Haar lang und üppig ist. Dass ihr dünner Körper sich weich an meinen schmiegt und mit jeder Narbe übersät ist, die ich mir eingeprägt habe.

»Ich wusste, dass du zur Vernunft kommen würdest«, keucht sie.

»Halt die Klappe.«

Wenn sie spricht, erinnere ich mich daran, wer sie wirklich ist.

Ich ziehe Britt in mein Zimmer, stoße sie gegen die Tür und packe ihren Körper, da ich mich nach der Erlösung sehne, die ich dadurch bekommen werde, sie zu vögeln, bis sie schreit.

Gerade als sie wimmert und beginnt, meine Tür zu öffnen, ertönt ein Keuchen aus der Nähe. Ein Geräusch, das wie ein rasiermesserscharfer Dolch in mein Herz sticht. Brooklyn steht wie erstarrt an ihrer Tür.

Ihre Augen sind auf uns gerichtet, mit einem Blick des Entsetzens. Ihr Gesicht zersplittert vor Schmerz und sie wischt den Ausdruck schnell weg, sobald ich aufschaue. Meine Hände fallen von Britts Körper weg, als hätte ich einen Stromschlag bekommen.

»Brooke, warte!«, rufe ich verzweifelt.

Sie dreht sich um und flieht in ihr Zimmer. Ich renne ihr hinterher und pralle gegen die Tür, als sich das Schloss schnell dreht. Es bringt nichts, zu treten und zu schreien, dass sie wieder herauskommen soll.

Sie ist weg und lässt mich im Korridor mit nichts als meinem Bedauern und meinem Selbsthass zurück.

»Was zum Teufel ist los mit dir?« Britt marschiert auf mich zu und verpasst mir eine Ohrfeige, die so hart ist, dass sie brennt. »Was hat sie, was ich nicht habe? Du kannst mich nicht weiter ausnutzen. Ich lasse mich nicht eine Sekunde länger respektlos behandeln!«

»Dann geh«, antworte ich barsch. »Geh mir verdammt noch mal aus den Augen und komm nicht wieder.«

Mit Tränen in den Augen schnieft Britt und nickt entschlossen. »Gut, das werde ich. Das war's, wir sind fertig. Komm nie wieder zu mir, wenn du jemanden brauchst, der die Scherben aufhebt.«

Sie rennt schluchzend davon und lässt mich allein zurück, umgeben von nichts als den Überresten meines kleinlichen Egoismus. Alles, was ich tue, ist Menschen zu verletzen. Ich bin für nichts anderes gut. Brooklyn hat es immer geschafft, das Gute in mir zu sehen, auch wenn ich sie auf die schlimmste Art und Weise verletzt habe.

Jetzt gibt es nichts Gutes mehr zu sehen.

KAPITEL 30
BROOKLYN

WHATEVER LETS YOU COPE – BLACK FOXXES

TEEGAN REICHT mir eine Tube mit schwarzem Eyeliner und kaut auf ihrer Lippe, während sie mich mustert. »Probier das mal. Du wirst noch heißer aussehen.«

»Ich versuche nicht, heiß auszusehen, wenn ich nicht einmal zu dieser blöden Fake-Party gehen will.«

»Hör auf zu jammern.«

Ich rolle den Eyeliner zwischen meinen Fingern. »Warum kann ich nicht einfach zurückbleiben?«

»Du hast die ganze Woche lang nur Trübsal geblasen, und ich habe es satt, das zu sehen. Wo ist die knallharte Frau, die Rio an ihrem ersten Tag verprügelt oder den Mädchen die Nase gebrochen hat?«

»Lass es sein, Tee.«

Sie zieht eine gepiercte Augenbraue hoch. »Nein! Du kannst diesen Typen nur eine Lektion erteilen, indem du wunderschön diese Party besuchst und, wie ich hinzufügen möchte, mit jemandem schläfst, der noch heißer ist als sie.«

Ich lasse mich zurück auf ihr ordentlich gemachtes Bett fallen und zerknittere das blöde Halloween-Kostüm unter mir. »Erstens blase ich kein Trübsal. Zweitens ist es mir scheißegal, was sie denken, und das war es schon immer.«

Teegan schnaubt. »Ja, genau. Du redest so viel Scheiße.«

Mit einem frustrierten Knurren stehe ich auf und schnappe mir den blutverschmierten Schwesternkittel. »Gut! Ich gehe mit dir zu dieser idiotischen Halloween-Party, wenn du dann die Klappe hältst.«

Ich wende mich von ihrem selbstgefälligen, siegreichen Gesicht ab und gehe ins Bad, wobei ich die Tür hinter mir zuschlage. Das ist das Problem, wenn man Freunde hat. Sie wissen nicht, wann sie sich verpissen und einen in Ruhe lassen sollen.

Ich will Halloween verdammt noch mal nicht feiern, denn das bedeutet, dass es noch zwei Wochen sind, bis mich der Jahrestag emotional überfällt. Zwei Wochen, um meinen Arsch hier rauszukriegen, ohne einen Plan und mit begrenzten Möglichkeiten, genau das zu tun.

Ich bin am Arsch.

Gefangen und machtlos.

Vielleicht gehe ich auf die Party und lasse mich so volllaufen, dass ich es vergesse. Ich habe immer noch das Zeug von Rio. Wenn ich Glück habe, wird mein Körper den Forderungen meines kaputten Geistes einfach nachgeben.

Ich packe das schäbige Kostüm aus, schüttle es aus und starre auf das kurze hautenge Kleid. Die Tatsache, dass Kade es ausgesucht hat, lässt meine Handflächen klebrig werden. Obwohl ich sie alle ignoriert habe, hat er es gestern Abend vor meine Tür gelegt.

Die ganze Woche über habe ich mir vorgenommen, diese beschissene Party und die verwirrenden Männer, die zweifellos anwesend sein werden, zu meiden. Allein der Anblick von Hudson mit dieser Schlampe in seinen Armen hat mich ins Trudeln gebracht.

»Muss ich das wirklich tragen?«, schreie ich durch die Tür.

»Ja! Hör auf zu jammern und zieh dich endlich an.«

Fluchend ziehe ich meine üblichen Jeans und mein T-Shirt aus. Im Spiegel ist mein Körper blass und schlank. Auf meinem rechten Arm sind die fast verheilten Schnitte mit wütenden Zigarettenbrandwunden übersät.

Ich habe Eli seit der Nacht des Gewitters nicht mehr gesehen. Er hat sich in sich selbst zurückgezogen und ist in letzter Zeit wie vom Erdboden verschwunden.

Tief im Inneren weiß ich, dass ich so nicht weitermachen kann – sie so nah an mich heranzulassen, dass sie mir wehtun. Wenn ich sie nie getroffen hätte, wäre ich dann schon tot? Ich habe zugelassen, dass diese Männer mich ablenken.

»Beeil dich, bevor ich reinkomme und dich selbst anziehe!«, brüllt Teegan.

Ich werfe einen Blick auf die billige weiße Strumpfhose, die dem Kostüm beilag, und werfe sie zur Seite. Das Kleid ist auch nicht viel besser, als ich es mir über die nackten Beine ziehe, die Druckknöpfe schließe und mein Spiegelbild mit einem finsteren Blick betrachte.

Ich sehe aus wie eine nuttige Krankenschwester, die für diese Aufmachung sicher gefeuert werden würde. Meine Brüste passen kaum hinein und es quillt viel zu viel Dekolleté heraus. Teegans Augen leuchten auf, als ich mich ihr zeige.

»Heilige Scheiße. Kade hat das strategisch gewählt, nicht wahr?«

»Ich kann das nicht in der Öffentlichkeit tragen«, stoße ich hervor.

»Alter, das musst du. Außerdem nimmt nur das Oakridge-Wohnheim teil. Pinehill hat morgen eine Feier. Zu viele Leute, um alle auf einmal zu verwalten.«

»Das ist nicht sehr beruhigend.«

Teegan runzelt die Stirn, ihr Blick ist auf meine Beine gerichtet. »Obwohl du die Direktorin wahrscheinlich meiden solltest. Ein Blick auf dich und sie wird dir eine Disziplinarmaßnahme verpassen.«

Sie reicht mir den Eyeliner und eine Tube geschmuggelten roten Lippenstift und schiebt mich zurück ins Bad. »Bring dein Gesicht in Ordnung und lass uns abhauen. Ich habe

Todd gesagt, dass wir ihn um neunzehn Uhr draußen treffen.«

»Wer bist du, dass du mir einen Vortrag über Männer halten kannst, wenn du den armen Kerl gerade in der Friendzone hast?«, frage ich schnippisch.

Teegan knallt mir die Tür vor der Nase zu. »Du kommst über dein Beziehungsdrama hinweg und ich über meins!«

»Keine Beziehung«, murmle ich zurück.

Ich bürste mein platinblondes Haar und trage den Eyeliner auf, dann denke ich über den Lippenstift nach. In diesem Aufzug werde ich bestimmt die falschen Blicke auf mich ziehen. Mit einem Grinsen trage ich ihn auf und schmiede einen teuflischen Plan.

Nach heute Abend werden diese hartnäckigen Kerle vielleicht endlich den Wink mit dem Zaunpfahl verstehen und mich mit meinen Plänen in Ruhe lassen. Sogar Eli. Ich habe es satt, in seiner Nähe zu leiden und verletzlich zu sein.

Es ist an der Zeit, zu beenden, was ich begonnen habe.

Während Teegan unsere Mäntel und Schlüsselkarten holt, hebe ich den Deckel von der Toilette. Ich greife in den Tank und suche nach dem wasserdichten Beutel, den ich darin verstaut habe. Das ist die einzige Möglichkeit, die Nacht zu überstehen.

Ich lasse ihn unter dem Wasserhahn laufen, kippe eine Portion schneeweißes Pulver auf den Rand des Waschbeckens und kneife die Augen zusammen. Ich ziehe es in meine Nase und nehme die ganze Line, dann noch eine als Glücksbringer.

Bitterkeit dringt in meine Kehle, ich zucke zurück und reibe mir die Nasenlöcher. Ich kann es noch nicht spüren, aber diese Scheiße wird den Preis wert sein, den ich bezahlt habe. Ich will heute Nacht nichts mehr fühlen.

Die Türklinke klappert. Teegan streckt ihren Kopf herein und ihre Augen weiten sich vor Überraschung, als sie sieht, wie ich das überschüssige Kokain wegwische und die Tüte in meinem BH verstaue.

»Meine Güte, was machst du da?«

»Nichts. Lass uns gehen.«

Ich gehe an ihr vorbei und nehme ihr meine Lederjacke aus den Händen, bevor ich meine neonpinken Docs anziehe. Wir gehen hinaus und steigen schweigend die Treppe hinunter.

Draußen ist es eiskalt. Als wir durch den Nieselregen joggen, um die Cafeteria zu erreichen, steht Todd am Eingang und wartet auf uns.

»Hey, Teegan! Es ist so schön, dich …« Sein Blick fällt auf mich und seine Kinnlade fällt herunter. »Oh, ähm. Hi, Brooklyn.« Er winkt mir schlaff zu.

Ich beschließe, ihn zu ignorieren, zünde mir eine Zigarette an und hüpfe auf der Stelle, während ich in der Kälte zittere. Zum Glück gibt es hier keine Wärter, die mich beim Rauchen erwischen könnten. Teegan steht unbeholfen zwischen uns, und ich gebe ihr einen dezenten Schubs.

»Sieht sie nicht heiß aus?« Ich sehe Todd an und wackle mit den Augenbrauen.

»J-ja, natürlich. Tee, du siehst … wirklich, ähm, süß aus.«

Einer ist schlimmer als der andere. Mit dem Blut, das durch meinen Kopf rauscht, und dem Koks, das meine Manieren auflöst, greife ich nach Teegans Gesicht und presse meine Lippen auf ihre.

Ich küsse sie ordentlich, bevor ich mich zurückziehe, und wende mich wieder Todd zu. Er beobachtet den Austausch aufgeregt. Männer sind so leicht zu manipulieren. Ich ergreife seine Hand und lege sie in die von Teegan.

»Viel Spaß, Kinder.«

Ich stolziere hinein, werfe einen Blick zurück und sehe, wie sie an der Wand knutschen und sich begrapschen wie geile Teenager. Dieser Scheiß funktioniert jedes Mal. Ich freue mich für sie.

Die Gänge scheinen sich zu biegen und zu bewegen, während ich in Richtung Cafeteria marschiere und an einer

Stelle geradewegs gegen die Wand stolpere. Als sich ein zu freundlicher Arm um meine Taille schlingt, richte ich mich auf und blicke in unangenehme Augen.

»Hey, du siehst gut aus, hast du mich vermisst?«, spottet Rio.

»Den Teufel habe ich getan«, lalle ich.

»Leck mich. Du bist zugedröhnt. Wie ist es? Guter Shit, oder?«

Ich greife nach seinem kräftigen Bizeps und schenke ihm ein Grinsen. »Fast den Preis wert, den ich bezahlt habe.«

Er lacht, hakt seinen Arm bei mir ein und führt mich den Korridor entlang. Wir kommen an mehreren Wärtern vorbei, die mich misstrauisch anstarren, aber Rio nickt ihnen nur dezent zu und hält mich fest. Niemand sagt ein Wort, und sie lassen uns einfach gehen.

»Überhaupt nicht verdächtig«, bemerke ich.

»Babe, ich habe noch mehr davon, wo das herkommt.«

Rios Lippen streifen meinen Hals, sein Atem ist heiß und klebrig. Ich erschaudere, mir ist plötzlich kalt, obwohl das narkotische Feuer unter meiner Haut brennt. Vorsichtig löse ich unsere Arme und schaue ihm mit Gewissheit in die Augen.

»Du weißt, was ich will. Schade, dass du die Liste zerrissen hast.«

Er flucht leise vor sich hin und greift mit einer Hand nach meinem Handgelenk. »Ich bin ganz Ohr. Erzähl es mir noch einmal.«

Als meine Brüste seine Brust berühren, muss ich grinsen, denn seine Augen weiten sich vor Überraschung. Meine Lippen wandern an seinem Kiefer entlang, bevor ich sein Ohr erreiche und leise flüstere.

»Ich will deinen Schlüssel für das Dach.«

Rio lacht. »Du bist wirklich immer für eine Überraschung gut. Das wird dich mehr kosten als einen Blowjob, Süße. Bist du wahnsinnig?«

Ich recke trotzig mein Kinn in die Höhe. »Ich will den Schlüssel.«

»Wozu? Ich nehme nicht die Schuld auf mich, wenn du deinen hübschen kleinen Arsch vom Dach stürzt.«

»Du hast genügend Fäden in der Hand, um deine Beteiligung zu verbergen. Es sei denn, du hast aus einem anderen Grund Einwände?«

Ich ziehe herausfordernd die Augenbrauen hoch, ohne die Andeutung zu leugnen. Es ist nicht so, als könnte er mich davon abhalten. Das Arschloch kümmert sich um niemanden außer um seine zwielichtigen Geschäfte.

Rio schaut mir kurz in die Augen, bevor er ungläubig den Kopf schüttelt. »Verdammte Scheiße. Du bist wirklich verrückt. Ich verschwinde.«

Er dreht sich um und schreitet davon, wobei er von Verrückten murmelt, die seine Zeit verschwenden. Verdammter Feigling. Ich werde mir den verdammten Schlüssel holen, und es wird das Letzte sein, was ich tue.

Auf wackeligen Beinen betrete ich die Cafeteria und werfe meinen Mantel weg. Das Licht ist gedämpft und farbige Stroboskoplichter werden von der in der Ecke aufgestellten Stereoanlage auf den Boden geworfen.

Es gibt mehrere Tische voller Essen, die Pappschalen übervoll mit bewährten Snacks, die interessant aufgemacht sind.

Trotz der vielen Patienten, die tanzen und sich amüsieren, gibt es auch einen Unterton der Realität. Die Getränke sind alle alkoholfrei. Die Wärter stehen zu Dutzenden am Rand.

Kameras fangen alles ein, und zugedröhnte Patienten starren und sabbern. Ich laufe an einer Kürbisschnitzstation vorbei, die mit Plastikwerkzeug für Kinder und falschen Kerzen ausgestattet ist.

Die Party ist gut besucht, viel besser als ich dachte. Verschiedene Kostüme von Vampiren bis hin zu Zombies sind zu sehen, obwohl die meisten selbst gemacht und ziemlich beschissen aussehen, wenn ich ehrlich bin.

Ich hole mir eine Limonade vom Getränkestand und lächle den säuerlichen Wärter frech an, der mich mit einem Stirnrunzeln ansieht. Er ist einer von Rios Kumpels. Ich erkenne ihn von dem Vorfall in der Bibliothek.

»Ist dir nicht kalt, Mädchen? Ich habe schon mehr Klamotten an einer Stripperin gesehen.« Er sieht mich lüstern an und mustert mich ein wenig zu offensichtlich, als dass es angemessen wäre. »Kann ich dir bei irgendetwas helfen?«

»Nein.« Ich zwinkere ihm im Vorbeigehen zu.

Ich schließe mich der Tanzfläche an, schlängle mich zwischen den verschiedenen Körpern hindurch und schwinge meine Hüften, als würde niemand zusehen. Für eine kurze Sekunde fühlt sich das fast wie das echte Leben an.

Ich könnte in einem Club sein und die Nacht durchtanzen wie alle anderen in meinem Alter auch. Mein Rücken stößt plötzlich auf eine feste, muskulöse Brust.

Ich werfe einen Blick über die Schulter und entdecke zerzaustes strahlend blaues Haar, das unordentlich über amüsierte schokoladenbraune Augen hängt, und ein bemaltes Skelettgesicht, das mich anschaut.

»Dass ich dich hier treffe«, spottet Phoenix.

Er ist ganz in Schwarz gekleidet, einschließlich eines T-Shirts, das mit weißen Knochen bedruckt ist. Als sich sein Arm um meine Taille legt, zieht er mich dicht an seinen Körper, und seine andere Hand landet fest auf meiner Hüfte. Er drückt fest zu.

»Was hast du da an, Hitzkopf?«

»Ein Outfit. Frag Kade.« Ich grinse.

Phoenix' Hand gleitet noch tiefer und seine Finger streichen über die Haut meines Innenschenkels. Er kommt gefährlich nahe an meine pochende Muschi heran.

Ich reibe meinen Hintern an ihm und genieße das Gefühl

seiner Lippen an meinem Ohr. Er schnappt nach Luft, als sein Schwanz an meinem Hintern hart wird.

»Was ist in dich gefahren?«

Ich ziehe mein Kleid ein wenig höher und schaue mich um, um sicherzugehen, dass uns niemand beobachtet. Meine Hemmungen sind unter dem Einfluss der Drogen verschwunden.

Alles, woran ich denken kann, ist, dass er mich vornüberbeugt und genau hier und jetzt fickt. Ohne Rücksicht auf die, die zusehen.

»Nichts. Ich habe nur etwas Spaß. Hast du ein Problem damit?«

»Auf keinen Fall«, antwortet er schnell.

»Gut.«

Verdeckt von den dicht gedrängten Körpern auf der Tanzfläche, trifft Phoenix' Hand auf meine feuchte Muschi. Mit einem Stöhnen fährt er über die feuchte Baumwolle meines Höschens und neckt sie sanft. Mit den Zähnen knabbert er an meinem Ohrläppchen, als ich stöhne und meinen Hintern noch fester gegen seinen Schritt drücke.

»Meine Güte, wurdest du ausgetauscht oder so?«

Ich drehe mich zu ihm um und sehe ihm schließlich durch meine dichten Wimpern in die Augen. Er mustert mich, seine vollen Lippen sind geschürzt.

Er ist wenige Sekunden davon entfernt, mich zu küssen, als der Groschen schließlich fällt. Sein Gesichtsausdruck verhärtet sich augenblicklich, die ganze Ausgelassenheit ist verflogen.

»Verdammt … bist du etwa high?«, zischt Phoenix.

Ich fahre mit meiner Hand über seine harten Brustmuskeln und rolle mit den Augen, anstatt zu antworten. Der Drang, hysterisch zu lachen, steigt in mir auf. Ich kann nicht anders, als zu kichern, was ihn nur noch wütender macht. Jetzt stecke ich in Schwierigkeiten.

»Ich wusste es. Deine Augen sehen aus wie fliegende Untertassen. Verdammt, Brooke!«

Mit seiner Hand, die mein Handgelenk umklammert, zerrt Phoenix mich gewaltsam durch die dicht gedrängten Körper, egal wie laut ich protestiere. Ich lache immer noch und Tränen versuchen sich ihren Weg an die Freiheit zu bahnen.

»Niiiix, sei kein Langweiler. Lass uns tanzen und dann ficken, hmm?« Als ich meine Hand losreiße und die Fersen in den Boden grabe, gerät er fast aus dem Gleichgewicht. »Du weißt, dass du es willst.«

Er packt mein Kinn noch fester und reißt meinen Kopf hoch. »Du bist ein verdammtes Chaos. Ich nehme keine Drogen mehr. Das solltest du verdammt noch mal wissen. Komm, wir holen dir etwas Wasser.«

Ich werde in die hintere Ecke geführt, wo die Küchen geöffnet sind. Kade ist als Sensenmann verkleidet und unterhält sich mit ein paar ahnungslosen Angestellten, wobei er die Wertschätzung für seine Partyplanung genießt.

Sobald wir uns nähern, verzieht sich sein weiß geschminktes Gesicht. Phoenix ruckt mit dem Kopf in Richtung Küche.

»Äh, entschuldigt mich. Ich muss nur nach dem Nachtisch sehen«, lügt Kade schnell.

Er joggt zu uns herüber und ergreift meinen anderen Arm, wobei er mühelos lächelt, um jeden Verdacht abzulenken. Mit vereinten Kräften schieben sie mich durch die Tür und direkt nach hinten in die Küche.

Ein weiteres vertrautes Gesicht erwartet uns. Elis Kopf schießt nach oben, wo er seine Nase in einem Buch vergraben hat. Er sieht schlimm aus, sogar in meiner verschwommenen Sicht. Viel hagerer und blasser als beim letzten Mal – wie Casper das Gespenst, nur ohne Kostüm.

»Was in aller Welt ist hier los?«, fragt Kade.

Phoenix setzt mich auf einen Stuhl und schnaubt. »Was

los ist? Brooklyn ist verdammt noch mal bekifft. Ich musste sie da rausholen. Schau dir an, wie sie aussieht!«

»Nicht bekifft«, korrigiere ich ihn und hebe eine Augenbraue. »Ich rauche kein Gras.«

Eli starrt mich wortlos an und wirft sein Buch schnell zur Seite. Seine smaragdgrünen Augen mustern mein Gesicht und er runzelt die Stirn, als würde er versuchen, unter der Oberfläche nach der Wahrheit zu graben.

Kade rauft sich vor Verzweiflung die Haare und kann mich nicht einmal ansehen, und Phoenix flucht vor sich hin. Diesmal habe ich sie wirklich verärgert. Wie unterhaltsam.

»Warum seid ihr alle so mürrische Arschlöcher?«, schmolle ich. »Soll das hier nicht eine Party sein?«

Ich taumle auf die Beine und ziehe mein knappes Kleid wieder herunter, um meine nackten Schenkel zu bedecken. Kade sieht mich endlich an und schluckt sichtlich, als sein Blick über meine nackte Haut gleitet.

»Danke für das Kleid.«

Ich dringe in seinen Raum ein und schenke ihm ein schiefes Lächeln. Seine Hände gleiten über meine Schultern und meine fleckigen Arme hinunter. Es entgeht mir nicht, wie er die Verwüstungen auf meiner Haut katalogisiert, sowohl die neuen als auch die alten. Kade schaut über meine Schulter zu Eli, bevor er seinen strengen Blick wieder auf mich richtet.

»Was hast du genommen?«

»Das geht dich nichts an«, erwidere ich.

»Ich meine es ernst, Brooklyn. Du kannst hier nicht einfach machen, was du willst. Das hat Konsequenzen.«

»Sagt wer? Das interessiert doch keinen.«

Kade stößt mich auf einen Stuhl. »Ich sage das, in Ordnung?«

Ich schiebe seine aufmerksamen Hände weg. »Eilmeldung. Ich kann tun, was immer ich will, wann ich will, und ihr könnt nichts dagegen tun.«

»Du machst dich lächerlich.«

Ich lasse meinen Blick über Phoenix und Eli schweifen und schließe sie in die Aussage ein. »Hört auf, mich in eure abgefuckte kleine Familiendynamik hier hineinzuziehen. Ich bin fertig.«

Ich taumle auf die Beine und gehe auf die Tür zu, direkt an Phoenix' Händen vorbei. Meine gute Laune ist verflogen, als mein High langsam nachlässt.

Im Moment brauche ich eine weitere Dröhnung, die mich wieder munter macht. Zu viele Gefühle drohen die Oberhand zu gewinnen. Als ich mich meiner Flucht nähere, lässt mich Kades kalte Stimme auf der Stelle erstarren.

»Was hat mein Bruder dir angetan, dass du so verkorkst bist?«

Mein Herzschlag dröhnt in meinen Ohren. Hitze durchflutet meine kribbelnde Haut, und die Belustigung rinnt aus meinem Körper wie Blut aus einem Abflussrohr.

Ich kralle meine Fingernägel in meine Handflächen und drehe mich zu Kade um. Scheiß auf Hudson. Ich habe es satt, sein schmutziges Geheimnis vor ihnen zu verbergen. Sie sollten genau wissen, was für ein Mensch er ist.

»Hast du ihn jemals gefragt, wie er seine Drogenschulden abbezahlt hat, bevor er zu euch kam?«

Die daraus resultierende Stille ist von Verwirrung geprägt.

»Das dachte ich mir.« Ich schnaube und wende mich an Phoenix. »Du warst doch früher ein Dealer, oder? Okay, dann sag mir, was passiert, wenn jemand nicht zahlt. Klär uns auf.«

Er schweigt.

Ich lache wieder. »Jetzt sei nicht schüchtern. Was passiert?«

Es kommt mir wie eine Ewigkeit vor, bis er endlich antwortet.

»Man droht ihm«, murmelt Phoenix und reibt sich beschämt den Nacken.

»Ganz genau. Und wenn das nicht klappt?«

Er versucht, auf mich zuzugehen, aber ich hebe eine

zitternde Hand, um seine Schritte zu stoppen. »Beantworte die verdammte Frage.«

»Brooke …«

Ich sehe ihn an und weigere mich, einen Rückzieher zu machen. »Sag Kade genau, was sein Bruder mir angetan hat. Warum ich so bin. Warum ich *hier* festsitze und gezwungen bin, mein verdammtes High vor Abschaum wie euch zu rechtfertigen.«

»Brooklyn, bitte«, fleht Kade, dessen hübsches Gesicht von Schmerz gezeichnet ist. »Wir wollen dir nur helfen.«

Ich schüttle angewidert den Kopf. Sie haben es immer noch nicht verstanden.

»Ich will eure Hilfe nicht. Ich will niemandes Hilfe!«

Eli schießt auf die Beine, fast so unsicher wie ich. Sein kantiges Gesicht ist besorgt, und seine Schritte sind eilig. Wir brechen beide aus den Fugen, aber das bedeutet nicht, dass ich seine Hilfe will. Ich gehe weiter zurück.

»Kann jemand meine Frage beantworten?«, schreie ich sie an. »Oder habt ihr alle zu viel Angst, der Wahrheit ins Auge zu sehen?«

»Man bezahlt mit dem, was man hat«, gibt Phoenix zu.

Bingo. Wir vier stehen uns gegenüber und liefern uns einen tödlichen Kampf des Willens, während die Musik durch den Raum pulsiert. Niemand will mir in die Augen sehen.

Die Wahrheit lastet schwer und erdrückend auf uns, ebenso wie die bemerkenswerte Abwesenheit des besagten Mannes.

»Du wolltest die Wahrheit. Da hast du sie«, zische ich Kade an. »Du willst wissen, warum ich so verkorkst bin? Die Antwort ist einfach. Dein Bruder hat seine Schulden mit dem Einzigen bezahlt, was er hatte.«

Er zuckt zurück und schweigt.

Ich wende mich an Phoenix und hasse das Mitleid in seinem Gesicht. »Mit mir. Er hat mit mir bezahlt.«

»Brooke …«, beginnt Kade und bricht entsetzt ab.

Er sieht mich mit unvorstellbarem Schmerz in seinen Augen an. Ich wische mir die verirrten Tränen weg, davon überzeugt, dass meine Augen das gleiche Gefühl widerspiegeln.

Selbst fünf Jahre später ist die Wunde noch tief und eitrig, weil ich keinen Abschluss mit dem Mann finden konnte, der mich ruiniert hat.

»Die verdammte Amsel ist nicht das Einzige, was er getötet hat«, zische ich, während meine Gefühle außer Kontrolle geraten. »Da ist deine Wahrheit.«

Ich marschiere hinaus, während ich nach dem Beutel in meinem BH suche, dazu entschlossen, die Qualen zu beseitigen, die meinen Geist und meinen Körper zerreißen. Die verdrehten Gefühle des Hasses und der Wut, die irgendwie aus ihrem Gefängnis entkommen sind, um mich weiter zu quälen.

Niemand folgt mir.

KAPITEL 31
BROOKLYN

GUEST ROOM – ECHOS

TAUB. Süße, bedeutungslose, unwiderlegbare Taubheit. All der Zorn, die Empörung, die kalte Wut … sie sind weg. Ich nehme meine zweite Line und wische mir die Nase ab, dann stehe ich auf.

Der Toilettendeckel ist staubig und mit weißen Flecken übersät. Ich mache mir nicht die Mühe, hinter mir aufzuräumen. Auf den Knien im Bad Kokain zu schnupfen, ist ein neuer Tiefpunkt, aber zum Glück ist mir das jetzt egal.

»Lass mich in Ruhe!«

Eine Tür knallt zu, gefolgt von gedämpftem Weinen und dem Klicken eines Schlosses in der Nachbarkabine. Ich klopfe mich ab und schleiche hinaus, um mir das Gesicht zu waschen.

Eyeliner läuft mir über die Wangen, der rote Lippenstift ist verschmiert, ich sehe aus wie ein gestörter Clown. Ich starre in meine eigenen Augen und beobachte, wie mein zugedröhntes Lächeln verblasst.

Ich bin meine eigene Zerstörerin.

In jedem einzelnen Moment meines Lebens wurde ich verarscht, verlassen, vergessen und benutzt. Von allen und allem. Und irgendwie fällt das alles auf mich zurück. Es gibt niemanden, dem ich die Schuld gebe, außer mir selbst. Ich bin eine Versagerin, eine gottverdammte Versagerin.

»Ich hasse dich«, schreie ich mir selbst zu.

Noch immer zeichnet sich tiefes Stirnrunzeln über meinen Augenbrauen ab. Der Druck in meiner Brust lässt immer noch nicht nach, also schreie ich noch lauter.

»Ich hasse dich, verdammt!«

Meine Faust fliegt gegen den Spiegel. Er zerbricht in der Mitte und mein Blut hinterlässt wunderschöne Spuren. Bei all dem Koks, das in meinen Adern schwimmt, spüre ich den Schmerz meiner verletzten Hand nicht.

Karmesinrote Rinnsale ergießen sich über meine Haut, und ich starre wie gebannt auf den Anblick. Ich habe das verdient. Menschen wie ich sollten nicht leben. Ich bin eine Verschwendung von Luft, und wenn ich jetzt sterben würde, täte ich der Welt einen Gefallen. Niemand würde es überhaupt bemerken.

»Was machst du da?«

Britt kommt aus der Kabine, mit verlaufener Wimperntusche und rosa Wangen. Sie schaut ungläubig von dem zertrümmerten Spiegel zu mir und traut sich nicht, auch nur einen Schritt näher zu kommen, als hätte sie Angst vor mir.

»Ernsthaft, Brooklyn? Hallo?« Sie wedelt mit einer Hand in der Luft, als wolle sie meine Aufmerksamkeit erregen.

»Ich … ich …«, stottere ich und blinzle schnell.

Was mache ich eigentlich? Warum bin ich hier?

Nichts macht mehr Sinn. Schatten schleichen sich an den Rand meiner Sicht und beginnen zu murmeln, was die Realität auf den Kopf stellt. Die Stimmen werden nicht mehr lange auf sich warten lassen. Ich spüre nur noch meinen Herzschlag, der mir den Brustkorb aufzubrechen droht.

»Du siehst gerade verdammt verrückt aus.« Britt durchquert langsam das Badezimmer und hüpft neben mir auf den Tresen. »Aber wer bin ich schon, dass ich urteile, oder?«

»Richtig«, krächze ich und bespritze mein Gesicht ein zweites Mal.

Ich versuche, das Crescendo der unsichtbaren Stimmen aus meinem Kopf zu verdrängen, um mich einigermaßen unter Kontrolle zu halten, während Britt mich mit kritischen Augen beobachtet, die viel zu viel sehen.

Sie schnalzt mit der Zunge und schenkt mir ein wissendes Lächeln, während ich erwäge, ihr den Kiefer zu brechen.

»Woher hast du es?«

»Warum sollte ich dir das sagen?«, erwidere ich.

Sie hüpft vom Tresen herunter und kommt mit zusammengepressten Lippen auf mich zu. »Sei kein Arschloch. Sag es mir einfach. Hast du noch mehr?« Ihr Blick wandert über mein knappes Outfit. »Obwohl ich mir nicht vorstellen kann, wo du es in dieser Aufmachung aufbewahren würdest.«

Die Beleidigung löscht meine verbliebene Selbstbeherrschung aus. Ich stoße sie zurück und beobachte mit Vergnügen, wie sie stolpert und auf den Hintern fällt. Etwas, das wie Angst aussieht, blitzt in ihren Augen auf. Ich trete näher an sie heran, die Fäuste fest geballt.

»Wen genau nennst du eine Hure? Sag es mir, Britt.« Ich spucke ihren Namen hasserfüllt aus. »Wie oft hast du deine kleinen Beine für Hudson gespreizt, hmm? Ich wette, du hast jedes bisschen Aufmerksamkeit, das er dir zugeworfen hat, wie die verzweifelte Hure angenommen, die du bist.«

»Du weißt nicht, wovon du redest.«

Ich schenke ihr ein Grinsen. »Wie fühlt es sich an, jetzt da er weg ist?«

»Verpiss dich! Wenn du nicht wärst, wäre er noch mit mir zusammen.«

Ich klimpere unschuldig mit den Wimpern, um sie weiter zu reizen. »Das hat nichts mit mir zu tun, Schätzchen. Ich schätze, es war ihm einfach zu langweilig, dich immer wieder zu brechen. Nach einer Weile verliert es seinen Reiz. Glaub mir.« Ich sehe ihr ohne Scham in die Augen. »Ich weiß es.«

Die Schatten haben fast meine gesamte Sichtlinie eingenommen. Sie werden nicht aufhören, bis ich ihr etwas viel Schlimmeres angetan habe. Als ich mich umdrehe, um zu gehen, bevor ich die Schlampe töte, hält mich ihre erstickte Stimme auf.

»Weißt du was? Du und Hudson, ihr habt einander verdient. Ihr seid beide verkorkste, egoistische, verabscheuenswerte Psychopathen.«

»Charmant. Danke für das Kompliment.«

Ihre Stimme wird leiser und sie starrt mich düster an. »Ich hoffe, ihr bringt euch gegenseitig um. Oder besser noch, beeil dich und bring dich selbst um. Gott weiß, dass man dich nicht vermissen wird.«

Britt wendet den Blick ab, um sich im Spiegel zu betrachten. Mir dreht sich der Magen um, als ich das Spiegelbild in dem zerbrochenen Glas sehe. Ein Geist wartet auf mich.

Er steht neben ihr, durchtränkt von vergossenem Blut. Seine Kleidung ist zerrissen und mit Rot getränkt, sein Körper ist bis zur Unkenntlichkeit aufgeschlitzt. Er sieht so echt aus, dass ich überzeugt bin, ich könnte seine gebrochene Gestalt berühren, wenn ich die Hand ausstrecke.

Vic. Er ist da.

Ich habe Angst, dass er aus dem Spiegel entkommt und mich selbst tötet. Als ich sehe, wie sich ein langsames Lächeln auf seinen blauen Lippen ausbreitet, renne ich los und fliehe verzweifelt aus dem Badezimmer und den Dämonen darin.

Die Party in der Cafeteria ist immer noch in vollem Gange. Ich höre, wie der Kürbiswettbewerb über das Mikrofon ausgerufen wird.

Ich kann nicht zurückgehen und mich den Männern

stellen, die das Gute in mir sehen, was ich nicht kann. Sie sind sicherer, wenn sie weit weg von mir sind.

Mit zitterndem Körper von der Dröhnung, die durch mein System rast, renne ich den verlassenen Korridor zurück. Britts Worte hallen in einer Schleife in meinem Kopf nach.

Ich kann nur daran denken, eine Vene weit genug zu öffnen, um diese Scheiße für immer zu beenden. Ich kann die Blutlache vor meinem geistigen Auge sehen, die einen dunklen Heiligenschein des Todes um meine Leiche bildet.

Vics Stimme flüstert durch meine Gedanken.

Beeil dich und bring dich verdammt noch mal um.

Ich schüttle den Kopf, aber er weigert sich, zu schweigen.

Du weißt, dass du es willst. Komm zu mir.

»Brooklyn!«, ruft Teegan.

Ich laufe im Flur an ihr vorbei, ohne sie und Todd auch nur eines Blickes zu würdigen. Sie beobachten mich besorgt und rufen immer wieder meinen Namen, während ich mit der Realität kämpfe.

Ich renne mit voller Geschwindigkeit und bleibe erst stehen, als ich wieder im Wohnheim bin. Ich nehme zwei Stufen auf einmal, stolpere und schürfe mir die Hände am Teppich auf.

Aber ich gehe weiter, bis ich schließlich den vierten Stock erreiche und zum Stillstand komme. Ein Schatten ist gegen die Mahagonitür gelehnt.

Sein schwarzes Haar ist wild und ungezähmt, sein Kopf hängt tief zwischen seinen Beinen. Meine Füße geraten ins Stocken, als er den Kopf hebt. Zwei strahlend blaue Augen mustern mich. Sie lösen alles um mich herum auf, bis nur noch die Distanz zwischen uns bleibt.

»Amsel«, flüstert Hudson ehrfürchtig.

Ich sollte weglaufen. Mich umdrehen und fliehen. Mich verstecken. Schreien. Alles, um dem Teufel an meiner Tür zu entkommen. Aber meine Füße bewegen sich von selbst und führen mich mit der magnetischen Anziehungskraft von Hudsons niedergeschlagenen Augen vorwärts.

Ich bleibe vor ihm stehen, die Lippen spöttisch geschürzt. »Geh mir aus dem Weg.«

Hudson springt auf und überragt mich mit seiner imposanten Körpergröße. Mit angespanntem Kiefer und hartem Gesichtsausdruck verwandelt sich sein Kummer in etwas Dunkleres, Ursprünglicheres.

»Die Jungs haben mich geschickt, um nach dir zu suchen. Ich habe gewartet.«

Der Gestank von Alkohol strahlt in Wellen von ihm ab. Offensichtlich bin ich nicht die Einzige, die Rios kleine Schmuggelaktion finanziert.

»Du bist betrunken, Hud. Geh in dein Zimmer und lass mich in Ruhe.«

»Ich bin betrunken. Du bist high. Was gibt es für einen besseren Zeitpunkt, um dieses Gespräch zu führen?«

Damit beugt Hudson sich vor und hebt mich hoch. Ein erschrockener Schrei entweicht meinen Lippen, als er mich mit einer geschmeidigen Bewegung über seine breite Schulter wirft.

»Lass mich runter! Lass mich sofort runter!«

»Halt die Klappe, bevor du alle aufweckst«, knurrt Hudson und gibt mir einen Klaps auf den Hintern, während er zu seinem Zimmer schlendert.

Er scannt mit einer Hand seine Schlüsselkarte, stößt die Tür auf und marschiert in die Dunkelheit. Ein deutliches Klicken ertönt, als das Schloss zuschlägt. Ich werde grob auf sein unordentliches Bett geschleudert.

»Ich habe es satt, um dich herumzulaufen.« Hudson wirft sein Telefon und seine Schlüsselkarte zur Seite und wendet mir seinen unergründlichen Blick zu. »Du vergisst immer noch die Lektion, die ich dir als Kind erteilt habe.«

Er steht am Ende seines Bettes und sein strahlender Blick

streift über meinen ausgestreckten, verletzlichen Körper. Er schenkt mir ein düsteres Lächeln.

»Du gehörst mir, verdammt. Du hast mir schon immer gehört.«

»Du irrst dich.« Ich schüttle den Kopf und krieche verzweifelt rückwärts, um ihm zu entkommen. »Ich habe dir nie gehört. Du hast mir alles gestohlen. Meinen Verstand, meine Nüchternheit, meine Bildung. Alles.«

»Du bist diejenige, die sich irrt, Amsel!«

Ich greife nach einem Lampenschirm in der Nähe und werfe ihn so hart wie möglich nach ihm. »Alles, verdammt noch mal!«

Die Lampe verfehlt nur knapp seinen Kopf und prallt gegen die Wand. Hudson zuckt nicht einmal bei den spitzen Scherben zusammen, die um uns herum herunterfallen.

Er schnaubt nur und reißt die Bettdecke zu sich, holt mich näher an sich heran, während ich darum kämpfe, seinem Gewicht zu entkommen, das über mir aufragt.

»Du bist ein Monster«, schreie ich.

Er packt meine Knöchel und zieht, bis ich hoffnungslos unter ihm am Ende des Bettes gefangen bin. Er klemmt meinen Körper zwischen seinen kräftigen Beinen ein und fixiert meine Handgelenke über meinem Kopf. Schwelende blaue Augen brennen einen Weg direkt in meine verdammte Seele.

»Glaubst du, ich weiß das nicht?«, zischt Hudson. »In den letzten fünf Jahren musste ich jeden einzelnen Tag mit dem Wissen leben, was sie dir angetan haben.« Sein Adamsapfel bebt und verrät seine Gefühle. »Mit dem, was ich ihnen *erlaubt* habe, dir anzutun.«

Er lässt mich los, um meine Wange zu umfassen. Schwarz glänzendes Haar fällt ihm in die Augen. Anstatt es zärtlich beiseite zu streichen, wie es mein altes Ich getan hätte, nutze ich die Gelegenheit und schlage ihm mit der Faust direkt ins Gesicht.

»Fick dich!«

Hudson stolpert zurück und wischt sich die aufgeplatzte Lippe. Meine Brust krampft sich zusammen, als er mich anstarrt und seine sehr begrenzte Geduld in Trümmer zerbröckelt.

»Warum wehrst du dich weiter gegen mich?«, fragt er.

Als er wieder versucht, näher zu kommen, trete ich mit einem Bein, sodass es seinen Kiefer trifft. Er taumelt zurück.

Ich springe auf und stoße ihn gegen das Bücherregal. Es ächzt und wackelt eine Sekunde lang bedenklich, bevor es umkippt. Bücher, Bilderrahmen und Trümmer fliegen überall hin, prasseln auf uns beide nieder und verletzen uns.

»Weil du mir die Fähigkeit zu kämpfen genommen hast«, schreie ich zurück.

Wir kämpfen weiter gegeneinander und landen beide auf dem Boden. Wir ringen nach Luft und sind von Zerstörung umgeben.

Bevor ich einen weiteren Angriff starten kann, kriecht Hudson über den Boden und stürzt sich auf mich. Als sein schweres Gewicht auf mich drückt, winde ich mich und schreie.

»Komm zurück zu mir«, fordert er.

In dem Moment, in dem seine Lippen auf meinen liegen, gibt etwas in mir nach. Es zerbricht und löst sich verdammt noch mal auf, als sich meine Lippen öffnen und ich automatisch auf seinen vertrauten Mund reagiere.

Sein Kuss ist verzweifelt, unverzeihlich und voller Trauer. Eine Sekunde lang erlaube ich mir, etwas zu fühlen, und dann kommt alles wieder zurück.

Jeder Grund, warum dies eine schreckliche Idee ist, die uns beiden nur wieder wehtun wird. Als ich wieder zur Vernunft komme, beiße ich ihm auf die Lippe, bis er aufschreit und mich loslässt.

»Du hast mich verdammt noch mal gebissen.« Hudson runzelt die Stirn.

»Du hast mich verdammt noch mal geküsst«, erwidere ich wütend.

Dann verschlingen seine Lippen wieder meine, verschmieren das frische Blut zwischen uns, während Kupfer über meine Zunge tanzt. Hudson ergreift die billigen Druckknöpfe meines Kostüms und reißt sie mit einer schnellen Bewegung auf.

Bald verschwindet mein BH und entblößt meine nackten Brüste. Er stöhnt, wandert mit dem Mund meinen Hals hinunter und mein Schlüsselbein entlang und kommt meinen harten Brustwarzen immer näher.

»Wage es nicht«, protestiere ich.

Er nimmt eine rosige Knospe in den Mund und kitzelt die weiche Haut mit den Zähnen. Mein Atem stockt, meine Hüften zucken, ich kann die Reaktion nicht unterdrücken.

»Stopp. Bitte hör auf.«

»Nein«, antwortet Hudson schlicht und küsst sich über meinen flachen, vernarbten Bauch. »Ich werde nicht aufhören, verdammt.«

Er löst die restlichen Druckknöpfe und entblößt meine mit Stoff bedeckte Muschi. Seine Augen schließen sich kurz, als würde er sich diesen Moment einprägen, unfähig zu glauben, dass er tatsächlich real ist.

Mit einer Hand hält er meinen Arm fest und zieht den Stoff nach unten, wobei seine Finger über meine pulsierende Klitoris streichen.

»Ich sagte Stopp …«, flehe ich erneut.

Hudsons Lippen streichen über meine Muschi, seine Zunge gleitet zwischen meine Schamlippen, während heiße Erregung meine Wirbelsäule hochschnellt. Er verwöhnt mich mit seinem Mund, leckt und saugt, während ich um jeden Atemzug kämpfe.

Der Protest bleibt mir in der Kehle stecken. Als seine Zähne an meinem empfindlichen Nippel ziehen, schreie ich gegen meinen Handrücken.

»Stopp?«, fragt er unschuldig, und seine teuflischen Augen treffen meine.

»Ja«, stoße ich hervor.

Ich bin mir nicht mehr sicher, ob ich mich streiten oder zustimmen soll. Hudson ignoriert mich und sein Blick wandert zu meinem zur Seite geworfenen Kleid mit der Tüte, die ich darin verstaut hatte.

»Was ist das?« Er untersucht das restliche Pulver.

Ich versuche, es ihm wegzunehmen. »Das gehört dir nicht!«

Der Blick, den Hudson mir zuwirft, würde selbst einen erwachsenen Mann erschrecken. Ich bin so verdammt tot. Er wird mich lebendig begraben.

»Ich dachte, ich hätte eure kleine Sitzung in der Bibliothek gestört. Wie hast du dafür bezahlt, Brooke?«

Ich versuche verzweifelt zu entkommen, aber Hudson setzt sich auf meine Beine und hält mich unter seinem erdrückenden Gewicht fest. Er lässt die Tüte vor mir baumeln, als wäre sie eine verdammte Mordwaffe und ich stünde vor Gericht.

»Ich sagte, wie hast du dafür bezahlt?« Seine Finger wandern nach unten und treffen auf meine triefenden Schamlippen, spielen mit meinem Schlitz. »Mit deiner engen kleinen Muschi oder mit deinem süßen Mund? Verdammte Hure.«

Die Wut in seinem Gesicht ist so vertraut, dass ich das Gefühl habe, in der Zeit zurückgereist zu sein. Mit einem heftigen Kopfschütteln stößt er seine Finger tief in mich hinein.

Ich schnappe nach Luft und reagiere auf seine fachmännischen Berührungen. Mit der anderen Hand kippt er vorsichtig eine Line Koks auf meinem Bauch aus, die bis zu meinem Bauchnabel hinunterläuft.

»Du benimmst dich wie eine Schlampe«, bemerkt er schroff.

Meine Finger krallen sich in sein drahtiges Haar, während er über mir schwebt. Gierig verschlingt er die Line, wobei seine Nase meine heiße Haut kitzelt, und stöhnt vor Vergnügen, als die Drogen wirken.

»Vom Besten gelernt, du arrogantes Arschloch.«

Hasserfüllte Augen mustern mein Gesicht. »Du erinnerst dich also doch.«

»Wie könnte ich das vergessen?«

Ich starre Hudson an, als er meine vernarbten Hüften küsst und seine Lippen wieder auf meine feuchte Hitze treffen. Ich bin schockiert und verstumme, als er das restliche Koks direkt auf meine Klitoris kippt.

»Aber du scheinst vergessen zu haben, wem dein Arsch gehört.«

Mein ganzer Körper brennt vor Stimulation durch die Drogen, die sich mit meiner Erregung vermischen. Ich ziehe an seinem Haar, und er zieht das Pulver direkt von meiner Muschi.

Er leckt den Rest mit seiner perfekten Zunge weg und grinst zu mir hoch. Das Verlangen dreht sich in meinem Inneren, verräterisches, verdammtes Verlangen, das er nicht verdient hat.

»Genau wie in den guten alten Zeiten, was, Amsel?«

»Ich hasse dich«, stöhne ich.

Als die Lust zunimmt, zittern meine Knie. Beim Klirren seines Gürtels reiße ich meine halb geschlossenen Augen auf und mein Blick fällt auf seine engen Boxershorts. Scheiße, er ist immer noch so groß.

Hudson packt sein T-Shirt und zieht es sich über den Kopf, woraufhin seine köstlich gemeißelten Muskeln und endlose Zentimeter schwarzer Tätowierungen auf seiner Haut zum Vorschein kommen. Die Tattoos sind neu, aber ich habe keine Zeit, sie zu studieren, denn er bereitet sich darauf vor, mich zu fesseln.

»Du darfst noch nicht kommen«, sagt er knapp. »Nicht bevor du meine Frage beantwortet hast.«

Mein Fuß trifft auf seine nackte Brust. Ich trete ihn von mir weg und hebe mein Kleid auf, um es wieder anzuziehen.

»Ich will nichts von dir. Nicht mehr.«

Als ich aufstehe und mich zur Flucht bereit mache, vergräbt sich eine Hand in meinem langen Haar. Ohne eine Entschuldigung zerrt Hudson mich zurück. Er reißt mir Haarsträhnen aus, so wie er es früher getan hat.

»Pech gehabt. Du kannst nicht einfach abhauen.« Er verstärkt den Zug an meiner Kopfhaut, seine Hand legt sich um meine Kehle. »Ich werde dich nicht noch einmal verlieren.«

»Du … bist … weggegangen«, stottere ich.

Er führt mich rückwärts, bis meine Beine das Bett berühren, und wir sinken auf die Matratze. Sein harter Schwanz stößt durch seine Boxershorts gegen mich und streift über meine feuchte Pussy. Es fühlt sich einfach zu gut an.

Hudson nutzt die Gelegenheit, um seinen Ledergürtel um meine Handgelenke zu legen. Mit schnellen Bewegungen fesselt er mich schnell an sein Bettgestell, und das mit so viel Geschick, dass es eindeutig nicht sein erstes Mal ist.

»Perfekt. Du sahst immer am besten aus, wenn du mir ausgeliefert warst.«

Ich ziehe an der Lederfessel und versuche, meine Handgelenke zu befreien. Es ist sinnlos. Er hat mich völlig gefangen.

Als sein Schwanz gegen meinen Innenschenkel drückt, zucken meine Hüften unwillkürlich, um mehr Reibung zu erzeugen. Egal wie laut mein Kopf mir sagt, dass ich schreien soll, mein Körper verrät mich.

»Du hast mir keine andere Wahl gelassen, als zu gehen«, murmelt er.

Sein Mund gleitet über meinen Oberkörper, bis er sich über mir befindet, in einer Position der vollständigen

Kontrolle. Hudson ergreift wieder meine Kehle, drückt unglaublich fest zu und lässt mir kaum noch Luft.

»Du gehörst mir«, sagt er besitzergreifend.

»Du b-besitzt mich nicht. Das hast du nie.«

»Das ist eine Lüge, und du weißt es. Lass mich dich daran erinnern.«

Sein Schwanz streichelt meine Schamlippen, ohne einzudringen, reizt die glitschige Öffnung und macht mich wahnsinnig. Meine Lunge brennt aufgrund des Sauerstoffmangels, als seine Hand noch fester zupackt.

Ich krümme mich unter ihm, versuche immer noch zu entkommen. Alles, um diese kranke, vertraute Folter zu beenden. Die Art von Folter, die ich unbedingt erleben möchte, immer und immer wieder.

»Hast du etwas zu sagen, Brooke?«

Hudsons Zähne streifen mein Ohr und der Schmerz schießt durch mich hindurch, als er zubeißt. Trotz meiner inneren Proteste und meiner rasenden Wut sammelt sich Hitze in meinem Inneren.

Als er meine Kehle gerade so weit freigibt, dass ich reagieren kann, sauge ich verzweifelt kostbare Luft ein.

»Nur … F-Feiglinge … l-laufen weg …«, stottere ich.

Hudson zieht sich zurück und sieht mich an. Ich gebe ihm einen so harten Kopfstoß, dass meine Zähne zusammenschlagen. Schließlich befreie ich meine Hände aus dem Gürtel.

Ich schubse seinen tätowierten Körper von mir und genieße seinen Schmerzensschrei. Ich fliehe mit der Absicht aus dem Bett, den Weg des Feiglings zu beschreiten und selbst wegzulaufen.

»Du bist verdammt verrückt«, schnauze ich ihn an.

Ich werfe Hudson einen letzten Blick zu, und sein Anblick lässt meinen Plan in Rauch aufgehen. Er hat aufgegeben, ist in die Kissen gesunken und hat einen schuldbewussten, beschämten Blick.

Hudson nickt nur und reibt sich den schmerzenden Kopf. »Ich war ein Feigling. Wenn du mich fragst, hätte ich nie gehen dürfen. Egal, wie sehr du mich weggestoßen hast. Wegzugehen war der größte Fehler meines Lebens.«

Seine ozeanblauen Augen blitzen auf und durchbohren meinen Schädel mit der Intensität seines Blicks. Er sieht so gebrochen aus, so völlig am Boden zerstört.

»Amsel … *Es tut mir leid.*«

Der Drogendunst löst sich auf, als wir einander wie fremde Exemplare studieren, gefangen in einer Blase aus bösartigem, schwärendem Bedauern. Zwischen uns pulsiert so viel gegenseitiges Leid und Hass, aber da ist auch etwas anderes.

Ich kann es nicht genau benennen. Keine verdammte Vergebung, so dumm bin ich nicht. Aber etwas anderes.

»Es tut dir leid?«

Hudson schluckt. Nickt. Fleht mich mit seinen Augen leise an. Er ist ein verdammtes Monster … genau wie ich. Ich kann seiner Dunkelheit nicht widerstehen.

Innerhalb weniger Sekunden sind die Rollen vertauscht. Ich klettere auf ihn und setzte mich selbstbewusst auf seinen großzügig tätowierten Körper. Er brummt schockiert, beschwert sich aber nicht, als meine Lippen auf seinen landen.

Ich werde von einer wortlosen Begierde angetrieben. Reiner, verzweifelter Begierde, einfach wieder von jemandem *besessen* zu werden. Die hohle Leere in meiner Brust verlangt nach Erleichterung.

»Ich verzeihe dir nicht«, knurre ich und positioniere seinen Schwanz an meinem Eingang.

»Das hätte ich nicht erwartet.«

Hudsons Augen rollen zurück, als ich mich auf ihn sinken lasse. Er füllt meine Muschi so sehr aus, dass ich mir auf die Lippe beißen muss, um das Stöhnen zu unterdrücken. Ich bewege mich und reite ihn in einem Tempo, das mich innerhalb weniger Minuten an den Abgrund treibt.

Es ist nichts Sanftes oder Zärtliches dabei. Seine Hände liegen fest auf meinen Hüften und führen unseren Schwung. Wir sind wie zwei zerbrochene Glasscherben, zertrümmert und nicht mehr zu reparieren.

Wenn sich die Stücke zusammenfügen, lässt sich nicht mehr sagen, welches Stück von woher stammt. Es spielt nicht einmal mehr eine Rolle. Man hat nur ein wertloses Durcheinander, aber es ist dennoch unersetzlich.

Hudson ist zu gebrochen für jemand anderen. Ich bin zu gebrochen für jemand anderen. Ich hasse ihn verdammt noch mal, aber es gibt einen höllischen Teil meines Gehirns, der noch süchtig ist.

Wir brauchen einander, und diese hässliche Wahrheit lässt sich nicht leugnen. Ich brauche seine toxische Liebe, wie ein Heroinsüchtiger seinen nächsten Schuss braucht.

»Komm für mich, Baby«, befiehlt er.

Meine Erregung erreicht ihren Höhepunkt und durchflutet meinen Körper mit Hitze und Gefühlen. Hudson nutzt die kurze Pause, um die Oberhand zu gewinnen. Er dreht mich auf den Bauch und drückt mein Gesicht in das Kissen.

Er reißt meinen Arsch hoch und stößt seinen Schwanz wieder in mich. Ich zische und genieße das Brennen seiner Handfläche auf meiner Pobacke.

»Genau so, nimm deine Strafe wie die dreckige Schlampe, die du bist«, spottet er. »Wenn du das nächste Mal beschließt, durchzudrehen und dich zuzudröhnen, erwarte ich, dass du mich einlädst.«

Hudson fickt mich grob und hart von hinten, seine Fingernägel graben sich schmerzhaft in meinen Rücken. Ein langer, schlanker Finger streicht neckisch über meine Klitoris und befeuchtet ihn, bevor er mein Arschloch findet.

Der Finger gleitet in mich hinein und ich schreie in das Kissen, auch wenn ich das Eindringen begrüße. Hudson versohlt mich ein weiteres Mal, was den Finger tief in meinem Arsch erschüttert.

»Du mochtest es schon immer schmutzig. Deine Muschi gehört mir, egal was du sagst. Vergiss das verdammt noch mal nie, sonst wirst du es bereuen.«

Seine Geschwindigkeit nimmt zu, jede rasende Bewegung wird wilder. Das Verlangen dreht sich in mir wie ein Güterzug, der direkt auf die Zerstörung zusteuert.

Als seine Hand wieder auf meiner Kehle landet, unterbricht er meine Schreie. Es ist alles zu viel. Kurz darauf falle ich überreizt auseinander, während Hudson mir den Orgasmus raubt.

»Sag meinen verdammten Namen«, befiehlt er. »Sag ihn.«

»Hudson«, stöhne ich, unfähig, mich zurückzuhalten.

Er brüllt heiser und seine heiße Erlösung breitet sich in mir aus. Wir brechen gleichzeitig zusammen, unsere verschwitzten Körper sacken in sich zusammen und unsere Beine verschränken sich. Ich schnappe nach Luft, aber mir fehlt die Kraft, ihn wegzustoßen.

Nach einigen stillen Minuten streicht Hudson mir das Haar hinters Ohr und fährt über meine rissigen Lippen. Er ist viel zu sanft, als dass mein Verstand es ertragen könnte.

»Hör auf, mich so anzuschauen«, flüstere ich.

Er streift mit seinen Lippen sanft über meine. »Ich kann nicht.«

Als ich versuche, mich zu bewegen und seinen Körper loszuwerden, schnaubt er und drückt mich zurück in die Laken. »Geh nicht. Bitte, Amsel, verlass mich nicht.«

Federleichte Finger streichen meinen Arm hinunter und kitzeln die harten Schwielen und Narben. Er umkreist kurz die unübersehbaren Zigarettenverbrennungen und hält inne, um sie zu betrachten, bevor er seine Finger mit meinen verschränkt. Trotz allem habe ich nicht die Kraft, mich loszureißen.

»Ich muss.« Ich seufze, was auf eine Art und Weise widerwillig klingt, die mir völlig fremd ist.

Hudson greift nach der Bettdecke und zieht sie wieder hoch, um unsere nackten, ineinander verschlungenen Körper zu bedecken. Dann legt er die Arme um mich und zieht mich an sich, bis meine Wange an seiner festen Brust ruht.

»Nur einmal … vergiss es einfach. Bleib eine Nacht lang bei mir.«

Ich habe nichts mehr in mir, um mich gegen ihn zu wehren. Millionen von Gründen, warum ich gehen sollte, schwirren mir durch den Kopf, aber kein einziger von ihnen zählt.

Das Gefühl seiner Haut und sein vertrauter Duft lösen meine Kontrolle auf, bis ich mein Bein über seins lege und mich dichter an ihn schmiege.

»Eine Nacht. Das ist alles, was du bekommst«, grummle ich.

»Einverstanden.«

KAPITEL 32

KADE

THE KILL – THIRTY SECONDS TO MARS

ICH TIPPE UNGEDULDIG mit dem Fuß, während Phoenix sich seine Jeansjacke schnappt und im Spiegel versucht, sein blaues Haar zu zähmen. Eli steht neben mir, ebenso unbeeindruckt, aber weiterhin schweigend.

»Kumpel, komm schon. Wir verpassen sonst das Frühstück.«

»Ich komme, verdammt noch mal. Ich bin müde«, beschwert er sich. »Es ist Sonntag. Keiner sollte so früh wach sein.«

»Du warst derjenige, der angeboten hat, zu bleiben und nach der Party gestern Abend aufzuräumen«, sage ich.

Er zieht sich die Jacke über. »Ich habe es nicht durchdacht.«

Wir treten auf den Korridor, reiben uns die Augen und gähnen. Ich bezweifle, dass jemand nach dem Streit mit Brooklyn gut geschlafen hat. Sie verschwand und kam nicht mehr zurück.

Ich schlendere zu Hudsons Tür und klopfe an das massive Holz. »Hud. Schwing deinen Hintern aus dem Bett. Wir müssen uns unterhalten.«

Er antwortet nicht. Ich weiß, dass er wach ist, ich kann das verräterische Rascheln von Kleidung aus dem Zimmer hören. Er muss in dieses Gespräch einbezogen werden.

Ich klopfe erneut und will gerade eintreten, als er schließlich die Tür aufreißt, während er mit einer Hand eine Jogginghose hochzieht.

»Was?«, knurrt er.

Phoenix lässt sich müde gegen den Türrahmen fallen. »Essen. Diktator Kade hier schleppt uns zu einem Familientreffen.«

Er wirft mir einen verärgerten, müden Blick zu.

»Wir müssen über Brooklyn reden«, sage ich schlicht.

Hudson fährt sich mit der Hand durch sein wildes Haar und senkt verlegen den Blick. Er tritt weiter in den Korridor und zieht die Tür hinter sich zu.

»Hör zu, jetzt ist kein guter Zeitpunkt. Ehrlich gesagt gibt es nichts mehr zu besprechen. Sie ist ein großes Mädchen.«

»Hast du sie letzte Nacht gefunden? Hast du sie zur Vernunft gebracht?«

Phoenix schnaubt. »Ja, sicher. Sie hört auf niemanden, schon gar nicht auf ihn.«

Das Geräusch von jemandem, der sich die Seele aus dem Leib kotzt, und einer Toilettenspülung ertönt aus seinem Zimmer. Alle unsere Augen weiten sich. Phoenix grinst und sieht viel zu amüsiert aus.

»Ich wusste, dass du dich nicht lange von Britt fernhalten würdest«, spottet er. »Sieht so aus, als hätten wir Hudsons morgendliches Vergnügen gestört.«

Ich schaue misstrauisch um ihn herum, aber Hudson versperrt mir die Sicht. Ich wusste, dass es ein Fehler war, ihm von der bevorstehenden Gerichtsverhandlung zu erzählen, aber ich hätte nicht gedacht, dass es ihn zurück zu dieser Schlampe treiben würde.

Ich will ihm gerade einen Vortrag halten, als die Tür aufschwingt. Ich glaube, uns fällt allen die Kinnlade herunter, als die Person erscheint.

»Oh Scheiße«, ruft Brooklyn aus.

Sie steht da in Hudsons T-Shirt und sonst nichts. Ich kann die Wölbung ihrer Brüste durch den Stoff sehen, der tief genug hängt, um ihren Hintern zu verdecken und dennoch ihre üppigen Beine zur Schau zu stellen.

Hudson starrt mich an und versucht offensichtlich, mir etwas Wichtiges mitzuteilen. Wir drei schweigen, völlig verwirrt von Brooklyns Anblick in Hudsons Schlafzimmer, die äußerst mitgenommen aussieht.

Eli ist der Erste, der reagiert. Er dreht sich einfach um und geht ohne ein einziges Wort weg, seine Schritte schwer vor Verärgerung. Brooklyn sieht ihm mit gequälten Augen hinterher.

Ich spüre, wie Phoenix sich neben mir bewegt, sich aufrichtet und seine starken Arme vor der Brust verschränkt. Er sieht genauso wütend aus wie Eli.

»Ich verstehe. Na, das ist ja gemütlich«, bemerkt er abfällig.

Brooklyn sieht ihn mit zusammengekniffenen Augen an. »Mir etwas Vernunft einreden? Habt ihr ihn deshalb auf mich gehetzt? Verdammt erwachsen. Haben wir das Thema nicht gestern Abend schon besprochen?«

Ich erzwinge ein kontrolliertes Lächeln und versuche, mit ihrer Sturheit gleichzuziehen. »Wir haben uns Sorgen um dich gemacht, das ist alles. Kommst du zum Frühstück, damit wir alle reden können?«

Brooklyn lacht leise, schnappt sich ihre Sachen und schlüpft an uns allen dreien vorbei. Sie geht zurück in ihr Schlafzimmer. Ich werfe Hudson einen unbeeindruckten Blick zu und folge ihr dicht auf den Fersen.

»Warte, hör mir zu. Wir wollen nur helfen«, rufe ich.

»Lasst mich in Ruhe. Wie ich schon sagte, ich will und brauche eure Hilfe nicht.«

»Aber unseren Freund fickst du gern?«, erwidert Phoenix.

Brooklyn wirbelt herum und wirft ihm einen wütenden

Blick zu. Ich will gerade versuchen, die Situation zu deeskalieren, als Phoenix ihr Handgelenk ergreift und sie an sich zieht, um ihr Kinn mit seinen Fingern nach oben zu neigen.

»Du spielst hier ein gefährliches Spiel, Hitzkopf. Fang nichts an, was du nicht zu Ende bringen kannst. Hudson ist nicht der Einzige, der hier involviert ist.«

Sie schlägt seine Hand weg und schnaubt ungläubig. »Seit wann geht es dich etwas an, wen ich ficke?« Ihre Lippen verziehen sich zu einem langsamen, verzerrten Lächeln. »Bist du eifersüchtig?«

Phoenix nimmt ihre Herausforderung an und zuckt lässig mit den Schultern. »Du hast es so gewollt. Alles ist möglich.«

Sie reißt unsere Gruppe in Stücke und genießt jede Sekunde davon. Ich muss eingreifen und das stoppen, bevor es zu spät und der Schaden irreversibel ist. Wir können uns nicht von einer durchgeknallten Tussi ohne jegliche Moral zerstören lassen.

Ich ergreife Phoenix' Arm und schiebe ihn weg. »Lass es. Wir gehen jetzt.«

Brooklyn beobachtet uns, während wir den Korridor zurückgehen und einen halb nackten Hudson in sein Zimmer zurückkehren lassen. Ihre Tür schlägt zu, als wir die Treppe erreichen, und ich lasse Phoenix schließlich los.

»Was zum Teufel, Mann?«

»Ich habe dir einen Gefallen getan.« Ich zucke mit den Schultern.

»Misch dich da nicht ein. Sie hat sowohl mit Eli als auch mit Hudson geschlafen, und du findest das in Ordnung? Ist das dein Ernst?« Er wirft wütend die Hände in die Luft. »Ich kann meine Gefühle nicht ignorieren.«

Phoenix stürmt davon, lässt mich im Stich und kehrt in unser Zimmer zurück. Ich bleibe allein auf der Treppe zurück, völlig frustriert und unsicher, wie wir überhaupt an diesen Punkt gekommen sind.

Wir streiten uns wie Kinder um ein verdammtes *Mädchen* – einen Niemand –, das hier hereinspaziert ist, als gehöre ihm der Laden und das kein Problem damit hat, uns zu verletzen.

Ich darf sie nicht verlieren.

Keiner von uns wird diesen Ort allein überleben.

Seit dem ersten Tag bin ich dafür verantwortlich, dass wir zusammenbleiben, also werde ich genau das tun. Sie ist nicht die Einzige, die schmutzig spielen kann.

Meine nächsten Schritte werden über Leben und Tod entscheiden, aber ich sehe keine anderen Möglichkeiten. Jemand muss sich einmischen und dieses Chaos in Ordnung bringen. Ich marschiere den Korridor zurück und stürme in Brooklyns Zimmer, ohne anzuklopfen.

Genau aus diesem Grund habe ich die Ersatzschlüsselkarte behalten. Sie steht mit gesenktem Kopf an die Wand gelehnt und atmet schwer. Gerade als sie aufschaut und zu protestieren beginnt, packe ich sie an den Schultern. Ich drehe sie herum und drücke ihren Körper gegen die Wand.

»Du hast mich und meine besten Freunde ins Chaos gestürzt«, knurre ich, überrascht von der Aggressivität in meiner Stimme. »Meine Familie bedeutet mir alles. Ich weigere mich, sie deinetwegen zu verlieren.«

Sie quiekt überrascht und versucht, sich aus meinem Griff zu winden. Ich drücke sie noch fester gegen die Wand und halte sie gefangen.

»Es geht um alles oder nichts, Liebes. Du darfst uns nicht gegeneinander ausspielen.«

Ich kann mich nicht davon abhalten, endlich das zu tun, wovon ich in den letzten Monaten geträumt habe. Ich lege meine Lippen auf ihre, umfasse ihre Wange und beanspruche ihren Mund. Brooklyn schmeckt so verdammt süß, ihre weichen Lippen verschmelzen mit meinen, als gehörten sie dorthin.

Ich vergrabe meine Finger in ihrem zerzausten Haar und

verliere mich in dem Kuss. Unsere Zungen streicheln sich, unser Atem vermischt sich, unsere Körper reiben sich aneinander. Mein ganzer Instinkt sagt mir, dass ich diese Katastrophe von Mensch so weit wie möglich von meiner Familie fernhalten sollte.

Sie wird uns alle umbringen, aber als ich meinen schmerzhaft harten Schwanz an ihren Körper drücke und dieses gehauchte kleine Stöhnen höre, schere ich mich nicht länger darum.

Brooklyn unterbricht den wilden Kuss als Erste. »Kade, ich kann nicht …«

»Hör auf, uns zu verarschen. Du spielst mit dem Feuer. Ich will nicht, dass sich jemand verbrennt.«

»Das will ich auch nicht, glaub mir.«

Ich trete von ihrem begierigen, zitternden Körper zurück und hebe eine Augenbraue. »Du bist dabei oder du bist raus. So einfach ist es. Entscheide dich für uns oder geh weg und schau nicht zurück.«

»Für uns entscheiden? Dich und mich?«, fragt sie.

»Nein, für uns alle. Seit dem Tag, an dem ich dich an diesem Ort willkommen geheißen habe, habe ich versucht, dich in die Herde zu bringen. Du hast mich immer wieder bekämpft und hinter meinem Rücken meine Freunde gevögelt.«

Ihr Blick senkt sich mit etwas, das wie Scham aussieht, aber ich neige ihren Kopf wieder nach oben. Sie kann sich jetzt nicht mehr verstecken. Zum Weglaufen ist es zu spät.

»Wir sind keine Familie durch Blutsverwandtschaft, sondern aus Notwendigkeit. Du darfst uns nicht bevorzugen oder gegeneinander aufhetzen. Wir sorgen uns alle um dich.«

»Ich verstehe das nicht«, murmelt sie.

»Dann will ich es dir einfach machen. Ich bin ein netter Kerl, aber wenn jemand diejenigen bedroht, die mir etwas bedeuten, kann ich dein schlimmster Albtraum sein. Entweder du reißt dich zusammen und schließt dich der Gruppe an oder du verschwindest von uns allen. Keine kindischen Spielchen mehr.«

Das ist das Einzige, was ich tun kann. Sie kann sich nicht nur für einen von uns entscheiden. Das würde uns alle vor Eifersucht umbringen. Wie auch immer, die Wahrheit ist, ich will nicht, dass sie sich entscheidet. Wir alle brauchen sie, nur auf unterschiedliche Weise. Sie ist das fehlende Teil des Puzzles.

Brooklyns stahlgraue Augen durchdringen die meinen, ohne den ganzen Mist, was sie offen und verletzlich macht. Sie leckt sich über die Lippen und wählt ihre nächsten Worte sorgfältig aus.

»Was, wenn ich euch nicht verdiene? Was ist, wenn ihr alle ohne mich besser dran wärt?«

»Blödsinn«, erwidere ich. »Jeder Einzelne von uns hat in irgendeiner Weise Probleme. Was glaubst du denn, warum wir hier sind?«

Mein Knie gleitet zwischen ihre Beine und spreizt sie weit. Ich fahre mit meinen Lippen über ihre weiche Haut, mein Herz rast.

»Phoenix ist ein Dealer, der süchtig geworden ist und seine Seele an den Teufel verkauft hat, um seine Familie zu ernähren. Du hast ihn noch nicht in einer manischen Episode gesehen, aber glaub mir, es ist nicht schön.«

Brooklyn schluckt schwer.

»Dann ist da Hudson«, fahre ich fort. »Das hitzköpfige Arschloch, das keinen Tag verbringt, ohne jemanden zu verprügeln oder zu ficken, um mit seinen Schuldgefühlen fertigzuwerden.«

Sie kennt seine Dämonen noch besser als ich.

»Dann gibt es da noch Eli, die stille, gequälte Seele, der von seiner Vergangenheit so traumatisiert ist, dass er kein Streichholz ansehen kann, ohne zusammenzubrechen und sich zu schneiden. Er hat nicht mehr gesprochen, seit er ein Kind war.«

Ich streiche mit meinen Lippen über ihre, diesmal sanfter, um sie zum Einlenken zu bewegen. Ich habe sie langsam, aber sicher umgarnt. Dies ist jetzt meine letzte Chance.

»Du weißt, wie weit meine Dämonen zurückreichen, Brooke. Ich bin ein Kontrollfreak, der nicht anders kann, als verlorene Fälle aufzugreifen und zu versuchen, sie zu reparieren, egal wie erbärmlich und verzweifelt nach Liebe mich das macht.«

»Du bist nicht erbärmlich«, flüstert sie.

Ich drücke meine Stirn an ihre, meine Brust vor Rührung zugeschnürt. »Bin ich das nicht? Keiner von uns ist perfekt, aber das muss man auch nicht sein, um einen Platz auf der Welt zu haben. Keiner von uns kommt hier raus, wenn wir uns nicht gegenseitig den Rücken freihalten. Ich biete dir die Chance, dazuzugehören.«

Ich trete zurück und lasse Brooklyns Körper gegen die Wand sinken. Ihre Wangen sind feucht, als sie zu mir aufblickt. Ihr Gesicht ist auf eine Art und Weise zerknittert und besorgt, die ich nie wirklich in Ordnung bringen kann.

Aber ich werde verdammt noch mal mein Bestes geben, denn sie ist wie ich. Sie tritt verzweifelt auf der Stelle, in der Hoffnung, dass jemand auftaucht und sie aus der Hölle holt.

Ich werde diese starrköpfige Schlampe retten, und wenn es das Letzte ist, was ich tue. Ich warte. Beobachte. Hoffe und bete. Als sie ihr Kinn entschlossen hebt, blüht die Hoffnung in meiner Brust auf.

Brooklyn nickt einmal. Es ist knapp und gezwungen, aber es ist ein verdammtes Nicken der Zustimmung.

»Zieh dich an«, befehle ich sofort, ohne meine Erleichterung zu verraten. »Beweg deinen Arsch zum Frühstück, dann gehen wir in die Bibliothek zum Lernen. Du wirst nächste Woche die Prüfung bestehen. Komm schon, beweg dich. Du hast fünf Minuten Zeit.«

Ich verlasse ihr Schlafzimmer und schlage die Tür hinter mir zu, während ich mich auf den Weg zu den anderen mache. Ich werde ihre jämmerlichen Ärsche auch nach unten schleifen.

Auf die eine oder andere Weise werde ich diese Familie zusammenhalten. Wenn Brooklyn meine Jungs vögeln will, wird es keine Sonderbehandlung geben.

Wir sind eine verdammte Familie, und Familien *teilen*.

KAPITEL 33
BROOKLYN

THE HILLS – THE WEEKND

»DIE ZEIT IST UM! Den Test vorn auf euren Tisch legen.«

Ich beende meine letzten Worte, staple die Papiere und schiebe sie zu Phoenix hinüber. Er grinst mich an und legt sie an den Rand unseres Tisches.

Crawley sammelt sie sofort ein. Eli ist schon längst fertig, die Arme verschränkt, während er gedankenverloren aus dem Fenster starrt.

»Wie ist es gelaufen?«, fragt Phoenix.

»In Ordnung. Kades Nachhilfeunterricht in der letzten Woche hat geholfen, denke ich.«

»Ich bin sicher, du warst fantastisch.« Er stößt mir mit einem Zwinkern gegen die Schulter und zerzaust spielerisch mein blondes Haar. »Komm, lass uns hier verschwinden. Es ist Zeit zum Feiern.«

Wir packen unsere Taschen zusammen und machen uns zum Aufbruch bereit, wobei die beiden Jungs mich zwischen sich einklemmen. Phoenix legt lässig seinen Arm um meine Schultern und Eli ergreift meine Hand.

Keiner von beiden sagt ein Wort darüber, dass sie mich in der Öffentlichkeit berühren. Meine Wangen brennen heiß, als wir an mehreren starrenden Patienten vorbeikommen, aber ich verdränge meine Verlegenheit.

Ich habe keine Ahnung, was die beiden da treiben, aber ich werde mich nicht beschweren. Kade hat offenbar letzte Woche ein kleines Gespräch mit ihnen geführt, nach dem demütigenden Vorfall mit Hudson.

Seitdem sind die Dinge anders.

»Wo treffen wir die anderen beiden?«

Phoenix und Eli werfen sich einen Blick zu, als wir die Treppe hinuntergehen und uns durch die Menge der Patienten schieben, die ihren Nachmittagsunterricht verlassen.

»Sie haben ein Treffen oder so. Im Moment sind nur wir da. Ich glaube, sie werden später zu uns stoßen.«

Ich zucke mit den Schultern und richte die schwere Tasche auf meiner Schulter. »Klar, was auch immer. Ich weiß, wie ich feiern will.« Ich lächle Phoenix zuckersüß an und zwinkere ihm zu. »Du versprichst mir schon die ganze Woche, dass ich bei deinem Spiel mitmachen darf. Zeit, das einzulösen.«

Er schnaubt, da er offenbar etwas völlig anderes von mir erwartet hat. »Ich verstehe. Gut, dann eben Videospiele. Aber heul nicht rum, wenn ich dir den Arsch versohle.«

Wir gehen zurück zum Wohnheim, um der Kälte zu entkommen, und machen uns auf den Weg zu Phoenix und Kades Zimmer. Drinnen angekommen, werfe ich meine schwere, mit Büchern beladene Tasche zur Seite und lasse mich auf das ordentlich gemachte Bett fallen.

Kades Duft dringt sofort in meine Nase, der Geruch von Pfefferminze und teurem Aftershave, der an seinem weichen Bettlaken haftet. Phoenix entledigt sich seiner Jeansjacke und seiner abgewetzten Chucks und lächelt, während sein Blick über mich wandert, wo ich ausgestreckt auf dem Bett liege, als würde mir das Zimmer gehören.

»Ich lade das Spiel. Eli, kümmere dich um die Snacks.«

Während sich die beiden Jungs auf das Abendprogramm

vorbereiten, drücke ich meine Nase unauffällig in das Kissen und atme tief ein. Meine Augen fallen zu. Kades schroffe Worte, die mich seit letzter Woche plagen, kommen mir wieder in den Sinn.

Ich biete dir die Chance, dazuzugehören.

Das ist falsch. Ich tue so, als würde ich hierher passen, als würde ich sein Angebot annehmen, während in Wirklichkeit mein verzweifeltes Bedürfnis, mich selbst zu zerstören, von Tag zu Tag wächst. Ich sollte sie alle wegstoßen und ihnen das Herz brechen, das würde sie wenigstens vor dem unvermeidlichen Schmerz schützen.

»Yo, Brooke. Beweg deinen Arsch und komm hierher.«

Ich werde weggehen, aber jetzt noch nicht.

Ich möchte noch ein wenig länger so tun, als ob.

Ich verdränge die Dunkelheit in meinem Kopf und wende mich Phoenix zu. Er hat zwei Sitzsäcke vor dem großen Flachbildfernseher aufgestellt. Er tätschelt den Platz neben sich, und ich schüttle den Kopf, um den Dunst zu vertreiben und nicht zu intensiv nachzudenken.

Ich setze mich neben ihn, er reicht mir einen Controller und lädt das Spiel. Ich kann hören, wie Eli in ihrem Geheimversteck herumwühlt. Er kommt mit Snacks zurück und verteilt Tüten mit Chips, Brezeln und Süßigkeiten.

»Wie alt sind wir, zwölf?« Ich deute auf das Essen.

Eli zuckt mit den Schultern und stupst mich leise an, damit ich näher an Phoenix heranrücke. Er ist in letzter Zeit noch isolierter als sonst. Ich sehne mich danach zu fragen, was in seinem wirren kleinen Kopf vor sich geht.

Leider ist das ein schwieriges Unterfangen. Ich darf mir selbst nicht in die Karten schauen lassen. Er kann seine Geheimnisse vorerst für sich behalten.

Sobald ich zwischen den beiden sitze, stockt mir der Atem, als die intriganten Arschlöcher mich unvorstellbar eng einklemmen. Ich bin mir nicht sicher, was sie vorhaben, aber ich bin mir sicher, dass es einen Plan gibt.

»Willst du es interessant machen?« Phoenix grinst.

»Woran denkst du?«

»Wer zuerst zweimal gewinnt?«

Ich zucke mit den Schultern und betrachte die Tasten des schlanken Controllers. »Das ist wohl kaum fair. Ich habe noch nie gespielt. Außerdem wirst du wahrscheinlich schummeln.«

Er lacht und sein Bein streift neckisch das meine. »Pfadfinderehrenwort! Ich verspreche, dass ich nicht schummeln werde. Zum Teufel, Eli kann dir sogar helfen. Ich bin ein echter Gentleman.«

Ja, sicher.

Ich verliere das erste Spiel innerhalb weniger Minuten. Mein kleiner verpixelter Kopf wird in Stücke gerissen, während Phoenix siegreich jubelt. Eli ignoriert ihn völlig, zupft an meinem Ärmel und spreizt seine Beine mit einer hochgezogenen Augenbraue.

Während das nächste Spiel lädt, springe ich auf seinen Schoß und lehne mich an seinen festen Körper. »Benimm dich.« Schlanke, aber muskulöse Arme legen sich um meinen Oberkörper. Er hält den Controller über meinen Händen. »Keine Versprechungen.«

Mit seiner Hilfe kann ich Phoenix in der nächsten Runde mühelos besiegen. Er sitzt schmollend da und murmelt irgendetwas von Betrug.

Ich grinse ihn an. »Wer zuerst zwei Spiele gewinnt. Du kannst es immer noch schaffen.«

»Game on.«

Elis Lippen wandern meinen Hals hinunter und verursachen einen Schauer in meinem Körper, während wir uns auf das letzte Spiel vorbereiten. Ich rutsche auf seinem Schoß hin und her und mein Hintern reibt an der schnell härter werdenden Beule in seinen zerrissenen Jeans.

Als seine Zähne meine Haut zwicken, entweicht ein Seufzer meinen Lippen, woraufhin Phoenix uns beide einen erhitzten Blick zuwirft.

»Hör auf, mich abzulenken«, beschwere ich mich.

Elis freie Hand streicht sanft über meine Brüste. Ich zucke ein wenig zusammen, woraufhin meine Spielfigur auf dem Bildschirm sofort stirbt. Phoenix jubelt und schwenkt den Controller über seinem Kopf.

Das zufriedene Lächeln, das er mir schenkt, ist so verdammt selbstgefällig, dass ich fast Lust hätte, aus unserem Deal auszusteigen, nur um ihn zu ärgern.

»Wer schummelt jetzt?« Ich zeige auf Eli, der mit seinen Fingern in einem neckischen Rhythmus meinen Arm auf und ab fährt. »Es ist nicht fair, ihn zu benutzen. Das ist unsportlich.«

»Es hat funktioniert, oder nicht?«, erwidert Phoenix.

Verärgert klettere ich von Elis Schoß, schnappe mir eine Tüte Chips und lege mich wieder auf Kades Bett. Die beiden Jungs beobachten mich mit Adleraugen.

Die Luft ist plötzlich schwer von sexueller Spannung. Trotz der Pattsituation, in der wir uns nach meinem kleinen Ausrutscher mit Hudson die ganze Woche über befunden haben, sind ihre Absichten alles andere als ehrenhaft.

»Die Frage ist also, was willst du als Preis?«

Ich stecke mir einen Chip in den Mund, und sie beraten sich schweigend und scheinen zu einer Entscheidung zu kommen, ohne ein einziges Wort zu sagen.

Lesen sie die Gedanken des anderen oder so?

Mein Puls rast, aber ich lasse mir meine Aufregung nicht anmerken. Sie sind nicht die Einzigen, die Spielchen spielen können.

»Spiel Wahrheit oder Pflicht mit uns.« Phoenix entspannt sich in dem Sitzsack.

Ich schüttle den Kopf und kaue einen Mundvoll salziger Leckereien. »Ihr seid wirklich Kindsköpfe, nicht wahr? Wir sind keine verdammten Teenager bei einer Pyjamaparty.«

»Technisch gesehen bin ich immer noch neunzehn, also hätten wir schon mal das. Du hast wirklich keine große Wahl.

Der Gewinner darf wählen.« Phoenix mustert mich grinsend und sieht dabei viel zu selbstzufrieden aus.

Ich lasse mich auf den Rücken fallen und bedeute mit der Hand, dass er anfangen soll. »Gut. Ich nehme Wahrheit.«

»Fangen wir ganz einfach an. Lieblingsalkohol?«

»Tequila«.

»Essen?«

»Sushi.«

Phoenix lacht. »Ernsthaft? Diese fischige Scheiße?«

»Was? Es ist gut. Gegenüber von dem Diner, in dem ich früher gearbeitet habe, gab es eine Sushi-Bar.« Ich zucke mit den Schultern und werfe die halb leere Chipstüte zur Seite. »Wie auch immer, das waren zwei. Ich bin dran.«

Er wartet, während ich mir voller Neugierde den Kopf zerbreche. Es gibt zu viele Fragen, um sie zu zählen, also entscheide ich mich für die dringendste.

»Was hat Kade letzte Woche zu dir gesagt?«

Ich erwarte fast nicht, dass er antwortet, aber Phoenix enttäuscht mich nicht. »Dass du schlafen kannst, mit wem du willst, und dass es uns nichts angeht.«

»Und was hast du gesagt?«

Phoenix wackelt mit dem Finger in meine Richtung. »Nein, du bist dran.«

»Ach, meinetwegen. Eli?« Ich halte inne und überlege, wie genau ich das machen soll, da er nicht in der Lage ist, irgendetwas zu sagen. »Pflicht?«

Er nickt einfach. Ich kann mir das Lächeln nicht verkneifen, das sich auf meinem Gesicht ausbreitet. Ich drehe mich auf die Seite und lege meinen Kopf hoch, damit ich den perfekten Blickwinkel habe, um die beiden zu beobachten. Ich brenne darauf, das zu sehen.

»Du musst Phoenix küssen. Und keine halben Sachen, ich will gut unterhalten werden.«

Keiner von ihnen zögert. Innerhalb weniger Sekunden

werden sie zum anderen hingezogen. Die Chemie zwischen ihnen ist elektrisch.

Eli greift nach Phoenix' mitternachtsblauem Haar, zieht sein Gesicht näher heran und positioniert seinen Körper so, dass sie sich richtig küssen können.

»So?«

Phoenix wimmert, als Elis Lippen an seinem Kiefer entlangfahren und sich zu seinen vollen, verletzlichen Lippen hocharbeiten. Ich beobachte den einfachen Kuss mit angehaltenem Atem, während sich meine Schenkel automatisch anspannen. Der Anblick, wie sie sich berühren, macht mich so verdammt feucht.

»Zu nett«, antworte ich trocken. »Komm schon, Eli. Ich weiß, dass du viel mehr geben kannst als das. Küss ihn, als ob du es ernst meinst, und ich werde dafür sorgen, dass deine Bemühungen nicht umsonst waren.«

Seine leuchtend grünen Augen blicken zu mir herüber und er hebt herausfordernd eine Augenbraue. Bevor ich ihn weiter reizen kann, sitzt er rittlings auf Phoenix und küsst ihn so heftig, dass meine Muschi bebt.

Phoenix hält Elis schmale Hüften fest und erwidert den Kuss. Ihre Zungen duellieren sich, während sie einander mit den Händen erforschen. Als sie sich voneinander lösen, kann ich keinen Moment länger still sitzen.

»Mehr nach Ihrem Geschmack, Ma'am?«, scherzt Phoenix.

Beide drehen sich um und sehen mich an, ihre Blicke voll aufgestauter Lust und Frustration. Ich räuspere mich und nicke einmal, da ich meiner Stimme nicht traue.

Sie lassen sich beide zusammen in den Sitzsack fallen, ohne sich voneinander zu lösen. Mein Blick folgt Phoenix' Hand, die auf Elis Oberschenkel landet, gefährlich nahe an der Beule zwischen seinen Beinen.

»Hitzkopf, Wahrheit oder Pflicht?«

»Pflicht.« Ich lächle.

Phoenix schaut mich eine Sekunde lang an, bevor er mit dem Finger wackelt und mich auffordert, näher zu kommen. »Eli ist in letzter Zeit ein bisschen deprimiert. Warum kommst du nicht her und munterst ihn auf?«

Ich verdrehe die Augen und mein Herzschlag beschleunigt sich plötzlich. »Gut.«

Ich krieche über das Bett zu ihnen auf den Boden, betrachte einen Moment lang den Sitzsack und lege mich dann auf die beiden. Sie sind unter meinem Gewicht gefangen.

»Habt ihr noch Platz für einen mehr?«

»Immer.« Phoenix grinst.

Er löst sich von Eli und lässt mich zwischen sie schlüpfen. Ich starre hungrig auf den dunkelhaarigen Geist vor mir, sein Brustkorb ist verkrampft und sein Mund geöffnet. Ich wandere mit den Fingern sein Bein hinauf, öffne seine Jeans und streife über die Haut seiner vernarbten Bauchmuskeln.

»So?«, frage ich unschuldig.

Meine Hand gleitet in Elis Boxershorts und umschließt seinen harten Schwanz. Scheiße, sein heißes Glied pulsiert, so erregt ist er. Ich spüre, wie Phoenix sich hinter mir bewegt und mich auf meine Knie drückt, während er meinen Körper zwischen ihnen festhält.

»Genau so, Baby«, lobt er.

Ich befreie Elis Schwanz und schaue ihn durch meine Wimpern an, um seine Zustimmung zu erhalten, so wie er es bei mir getan hat. Sein ruckartiges Nicken ist alles, was ich brauche, um meine Lippen um die Spitze seines Schafts zu legen und meine Zunge über seine samtige Haut gleiten zu lassen.

Ich wippe einen Moment mit dem Kopf, um mich mit ihm vertraut zu machen, bevor ich den Rest seiner Länge gierig aufnehme. Finger tauchen in mein Haar und halten mich fest, während sein Schwanz hinten in meinem Rachen ankommt.

»So verdammt schön«, stöhnt Phoenix.

Während ich Eli einen blase, kann ich nicht reagieren, als Phoenix nach meinem Hosenbund greift und langsam meine eigenen Jeans herunterzieht. Ich hebe den Hintern in die Luft, und er schiebt sich hinter mich und zieht auch mein Höschen herunter. Pochendes Verlangen erfüllt meinen Körper.

»Mach weiter, Hitzkopf. Du darfst nicht aufhören.«

Ich drehe meinen Kopf und bearbeite Elis Schwanz mit meinen Lippen, eine Hand auf seinem Unterbauch und die andere weiter unten, um seine Eier zu umfassen.

Eine Sekunde lang schwöre ich, dass ich Eli laut stöhnen höre, ein echtes Geräusch, das aus seinem Mund kommt. Dann ist Phoenix' Mund zwischen meinen Beinen und seine erfahrene Zunge dringt in mich ein. Ich keuche um Eli herum und kneife die Augen zusammen, als Tränen darin brennen.

Sein Zungenpiercing ist kalt gegen meine empfindlichen Nerven und verstärkt jedes Gefühl, das mich durchströmt. Als er meinen Hintereingang küsst und seine Zunge den engen Muskel dort kitzelt, schwöre ich, dass ich Sterne sehe.

»Hast du jemals …?«, fragt Phoenix.

Ich wackle mit dem Hintern, in der Hoffnung, dass er meine Begeisterung spürt. Das ist nicht mein erstes Mal. Phoenix hält einen Moment inne und gibt mir einen strafenden Klaps auf den Hintern.

Sein feuchter Daumen drückt gegen mein Arschloch. Ich kann nicht anders, als zu stöhnen, und würge für eine Sekunde an Elis beträchtlicher Länge, während er weiter in meinen Mund stößt.

Phoenix schlingt seine Hand um meinen losen Pferdeschwanz, reißt meinen Kopf zurück und beraubt Eli seiner Erfahrung. Er drückt mich von hinten an seinen Körper, während er mich schnell von meinem T-Shirt befreit. Ich beobachte, wie der Stoff durch die Luft fliegt und Phoenix' geschickte Finger sich als Nächstes an meinem BH zu schaffen machen.

»Küss diese perfekten Titten«, befiehlt er Eli, seine Hand immer noch in meinem Haar. »Ich will es sehen.«

Zähne und Zunge treffen auf meine Brüste und knabbern an den festen Spitzen. Ich beiße mir auf die Lippe, meine Augen rollen vor Vergnügen zurück, als Phoenix den Rest seiner Kleidung auszieht. Seine Hand landet auf meinem unteren Rücken und drückt mich zurück in die perfekte Doggystyle-Position.

»Eli ist einsam. Bring es zu Ende«, befiehlt er.

Ich nehme Elis Schwanz wieder in meinen Mund und blase ihn mit allem, was ich habe. Phoenix beginnt von hinten mit meiner Klitoris zu spielen.

Sobald sein harter Schwanz die Innenseiten meiner Oberschenkel berührt, krampft meine Muschi in Erwartung, ihn endlich in mir zu haben. Seine Länge reizt meine Öffnung für eine Sekunde und die Vorfreude baut sich auf.

»Bitte«, wimmere ich.

Das ist die einzige Ermutigung, die er braucht.

»Verdammt«, stöhnt Phoenix, als er in mich eindringt.

Wenn ich mit Elis Schwanz in meinem Mund stöhnen könnte, würde ich es tun. Ich bewege meinen Körper im Takt von Phoenix' kräftigen Stößen. Jeder einzelne schickt Schockwellen durch mein Inneres.

Eli verkrampft sich unter mir, zuckt mit den Hüften und jagt seiner eigenen Erlösung nach. Sein heißer Samen ergießt sich in meinen Mund und rinnt mir die Kehle hinunter. Gehorsam schlucke ich jeden einzelnen Tropfen.

Kaum ist Eli fertig, bricht er zusammen. Phoenix zieht sich mit einer strafenden Bewegung aus mir zurück.

»Ah«, zische ich, verärgert über den plötzlichen Rückzug. »Reiz mich nicht.«

»Halt die Klappe, oder ich kneble dich.«

Eli legt eine Hand um meinen Hals und schneidet mir die bissige Antwort ab. Ich funkle ihn an und lecke mir über die

Lippen, während sich seine Augen angesichts dieser Anspielung weiten.

Er küsst mich, dringt in meinen Mund ein und belohnt mich für meine Bemühungen, obwohl ich erst vor wenigen Sekunden sein Sperma geschluckt habe. Er muss sich selbst auf meiner Zunge schmecken können. Das ist so heiß.

»Verdammt, ihr zwei«, zischt Phoenix.

Fingernägel graben sich in meine Arschbacken, als er sich wieder bewegt und sein Schwanz meinen Hintereingang findet. Ich vergesse für eine Sekunde zu atmen, auch wenn Eli mich immer noch würgt, und gebe mir innerlich einen High-Five.

So sollte ich meine letzte Lebenswoche verbringen.

Phoenix reibt wieder meine feuchte Muschi und sammelt die Feuchtigkeit auf seinen Fingerspitzen. Er überträgt sie auf meinen Hintern und schiebt einen Finger hinein, um mich zur Vorbereitung weiter zu dehnen. Ich unterdrücke ein Knurren, als er einen weiteren Finger hinzufügt, um den Muskel zu lockern.

»So eng«, bemerkt er.

Ich kann hören, wie er auf seine Länge spuckt, um sie zu befeuchten. Er lässt seine Finger aus meinem Arschloch gleiten und drückt seinen Schwanz sanft gegen den engen Muskel. Es dauert eine Weile, aber er dringt langsam Zentimeter für Zentimeter in mich ein. Eli verschluckt meine Schreie mit seiner eindringlichen Zunge und lässt mir einen Hauch von Luft.

»Du gehörst verdammt noch mal uns«, zischt Phoenix.

Er beginnt, sich schneller zu bewegen, und hämmert in mich hinein. Ich spüre, wie er sich in die Höhe schraubt, seine Bewegungen immer wilder werden, während er die Aussage wie ein Gebet wiederholt.

»Du gehörst nur uns, Brooke.«

Eli lässt meine Kehle los und fährt mit seinen Fingernägeln über meinen Arm. Seine Finger drücken gegen die heilenden Zigarettenverbrennungen, die er mir zugefügt hat. Mein Höhepunkt durchströmt mich mit dem explodierenden Schmerz und stößt mich geradewegs über den Abgrund.

Ich schwöre, ich höre ihn etwas flüstern, das sich sehr nach *unsere* anhört. Phoenix quetscht meine Hüften mit seinem Griff und stößt immer noch verzweifelt in mich hinein. Als er kommt, ergießt er sich mit einem Brüllen in mich.

Sein Körper sackt auf mich, und ich falle nach vorn, direkt in Elis offene Arme. Wir brechen alle zu einem keuchenden Haufen zusammen, der kaum noch auf einen Sitzsack passt.

»Nächstes Mal werde ich dich fesseln und wir ficken beide deine süße kleine Muschi«, flüstert Phoenix in mein Ohr und knabbert an meinem Ohrläppchen. »Wie würde dir das gefallen? Wir beide in dir?«

Wenn ich dann noch am Leben bin.

»Sicher«, antworte ich stattdessen. »Nächstes Mal wähle ich aber vielleicht Wahrheit. Man weiß ja nie.«

Er schnaubt, schafft es aufzustehen und bietet mir seine Hand an. Wir schlurfen ins Bad und waschen uns getrennt ab, um alle Spuren des schmutzigen Schäferstündchens zu beseitigen.

Ich klaue ein Hemd aus Phoenix' Kleiderschrank und ziehe es mir über den nackten Körper, ohne Höschen oder BH. Das Bett ruft nach mir. Eli hat sich bereits unter der Decke verkrochen, seine Arme sind ausgebreitet und warten auf mich.

Wir machen es uns zu dritt gemütlich und beanspruchen die Matratze bis zum Anschlag. Phoenix schaltet einen Film ein und legt einen Arm um uns beide, seine Finger streicheln abwesend Elis Locken.

Es dauert nur wenige Sekunden, bis das schweigsame Mitglied unserer Gruppe einschläft und seiner Erschöpfung erliegt.

»Phoenix?«

»Ja, Baby?«

Ich schaue auf den friedlichen Ausdruck auf Elis schlafendem Gesicht hinunter, wo er sonst so gequält von der Welt aussieht.

»Was ist mit ihm los?«

Phoenix macht es sich gemütlich und zieht die Decke fester über uns, seine starken Beine verschränken sich mit meinen. »Du darfst nichts sagen, aber ich habe gehört, dass sein Papa krank ist. Krebs im Endstadium.«

»Scheiße, das ist ja furchtbar.«

Phoenix zieht die Augenbrauen hoch und schüttelt langsam den Kopf. »Nein, das ist es nicht. Was glaubst du, wer ihm diese Verbrennungen zugefügt hat? Der Mann ist ein Kinderschänder und religiöser Spinner.«

»Warte, was?«

»Er stirbt im Gefängnis, während wir sprechen. Sie schätzen, dass er bestenfalls noch ein paar Tage hat.«

Ich streiche leicht über Elis Schulter und lasse mich von dem sanften Heben und Senken seiner Brust beruhigen. »Sein Vater hat ihm das angetan?«

»Als er acht Jahre alt war. Er hat ihn in die Sündenkammer gesperrt und das verdammte Ding angezündet.«

»Warum in aller Welt sollte er das tun?«

»Offenbar dachte er, Eli sei von einem Dämon besessen. Er schlug ihn immer, wenn er sprach. Irgendwann hörte er auf zu reden und hat seitdem kein Wort mehr gesagt.«

Galle steigt in meiner Kehle auf. Meine Finger zucken mit dem Bedürfnis, etwas zu schlagen. Er hat buchstäblich die Stimme aus Eli herausgeprügelt. Das ist verdammt krank. Es bricht mir das Herz. Er war noch ein Kind, und sie haben ihm die Zunge gestohlen, bevor sie versucht haben, auch den Rest von ihm zu stehlen.

»Wurde er verurteilt?«

»Ja. Kindesmissbrauch, Freiheitsberaubung und versuchter Mord. Eli hat offensichtlich überlebt. Er verbrachte Jahre im Krankenhaus zur Behandlung seiner Verbrennungen, bevor er schließlich entlassen wurde. Kade sagt, dass mindestens fünf Selbstmordversuche in seiner Akte stehen, möglicherweise mehr. Seitdem war er nicht mehr frei.«

Ich umarme Elis Körper noch fester, während wütende Tränen meine Augen füllen. Es hat keinen Sinn zu leugnen, was ich für ihn empfinde. Der Gedanke an all das, was er durchgemacht hat, erschüttert mich. Kein Wunder, dass er nicht sprechen oder normal funktionieren kann und stattdessen auf Selbstverletzungen angewiesen ist.

Er hat mich verbrannt ... genau wie er verbrannt wurde.

Wir verfallen in Schweigen, während der Film im Hintergrund läuft. Ich bezweifle, dass einer von uns beiden hinsieht. Ich ertrinke in Schuldgefühlen, weil ich keinerlei Intention habe, nächste Woche um diese Zeit hier zu sein.

Auf die eine oder andere Weise werde ich diese wunderbar gebrochenen Seelen zurücklassen. Das ist der Deal, den ich mit dem Teufel in meinem Kopf gemacht habe. Eine Abmachung mit der Dunkelheit, die mir endlos zuflüstert.

Du darfst nicht leben. Selbst wenn es sie umbringt.
Selbst wenn sie dir in die Hölle folgen wollen.

KAPITEL 34

HUDSON

WAITING GAME – BANKS

ICH STREICHE mir das dichte Haar aus der Stirn und betrachte meine müden blauen Augen im Spiegel. Sie sind von Ringen und mehr Lasten gezeichnet, als ich zugeben möchte.

Mein Blick flackert zurück zum Bett, dessen Laken zerknittert und unordentlich sind. Es sah verdammt viel besser aus, als Brooklyn darin lag. Verdammt, die Art, wie sie unter meiner Berührung auseinanderfiel.

Die Erinnerung daran hat sich seitdem in mein Gedächtnis eingebrannt. Jeder gestohlene Kuss und jeder nächtliche Fick, als wir Teenager waren, verblasst im Vergleich dazu. Sie hat so getan, als wollte sie es nicht, aber in dem Moment, als ich ihre triefende Muschi berührte, wusste ich die Wahrheit.

Brooklyn hängt genauso an der Vergangenheit wie ich. Keiner von uns beiden hat sich in den letzten fünf Jahren weiterentwickelt. Ich kann nicht aufhören, an sie zu denken. Jeder Tag, an dem sie mich ignoriert, ist eine verdammte Folter.

Ich hasse sie und hasse, wie machtlos ich mich durch sie

fühle. Ich bin nicht mehr als ein Welpe, der ihr hinterherläuft und um jeden Krümel Aufmerksamkeit bettelt.

Doch seit sie in meinem Bett lag, wichse ich jede Nacht bei der Erinnerung an sie und denke darüber nach, wie ich sie zurücklocken kann. Ausreden, um mit ihr zu reden. Wie ich in ihr Zimmer kommen kann. Gesprächsanfänge und Szenarien, in denen wir tatsächlich gut füreinander sein könnten.

Jedes Mal stehe ich mit leeren Händen da.

Während ich versuche, mein Haar zu bändigen, erschrecke ich, als Kade ohne zu klopfen ins Zimmer stürmt.

»Hey, bist du bereit? Es ist fast vier.«

»Seit wann klopfst du nicht mehr an?«, stöhne ich.

»Seit du nicht mehr aufgemacht hast, wenn ich geklopft habe. Na los, wir kommen zu spät.«

Ich richte meinen Hemdkragen und ziehe an dem unbequemen Stoff, der mich zu ersticken droht. Kade sieht mich von oben bis unten an und schenkt mir ein anerkennendes Lächeln.

»Du siehst gut aus. Mum wird sich freuen.«

»Ich kann nicht glauben, dass du mich dazu zwingst.«

»Sie hat dich seit über einem Jahr nicht mehr gesehen. Bei dem juristischen Shitstorm, der auf uns zukommt, kannst du wenigstens so tun, als würde es dich interessieren«, kritisiert er, woraufhin Schuldgefühle in meiner Brust aufkeimen.

Ich folge ihm nach draußen und lasse mein Handy liegen, schnappe mir aber meinen Ausweis. Es gibt nicht viel, was ich zu meiner Verteidigung vorbringen kann, denn ich habe mich wie ein verdammtes Arschloch benommen. Gegenüber meiner Adoptivmutter und vielen anderen.

Wir gehen in angespanntem Schweigen zum Empfang, wobei sich keiner von uns um Small Talk bemüht. Drinnen angekommen, gehen wir durch mehrere hell erleuchtete Korridore. Die Wände sind mit Kunstwerken gesäumt, die wahrscheinlich mehr kosten als meine gesamten Tattoos.

Je näher wir dem Besucherbereich kommen, desto

sauberer und aufgeräumter ist alles, mit noch mehr Schmuck als in den anderen Gebäuden. Als wäre der Reichtum dieses Ortes nicht schon deutlich genug, müssen sie ihn noch ein bisschen mehr herausstreichen.

An einer anderen Rezeption, umgeben von gleicher Pracht, checken wir ein und lassen unsere Ausweise scannen. Ein stämmiger Wärter mustert uns beide. Er filzt uns und sucht nach versteckter Schmuggelware, nach allem, was wir hinausschaffen oder mit dem Besucher tauschen könnten.

»Raus damit«, befiehlt er und legt seine Hand unter mein Kinn.

Ich spucke den Kaugummi aus. »Sind wir fertig? Wir haben einen Termin.«

Nach einigen weiteren Sekunden aggressiven Abtastens dürfen wir endlich den Raum betreten. Es ist eine Art Restaurant, mit Tischen und Stühlen, die überall verteilt sind.

Erfrischungen sind an der Durchreiche erhältlich, und im Hintergrund spielt Fahrstuhlmusik. Der einzige Unterschied besteht in den vergitterten Fenstern, der starken Sicherheitspräsenz und den zahlreichen Kameras, die überall angebracht sind.

»Lächeln«, befiehlt Kade, als wir uns setzen.

»Ich bin erwachsen. Ich weiß, wie man sich verdammt noch mal benimmt.«

»Wirklich? Das ist neu für mich.«

Mein Bein hüpft unter dem Tisch und verrät meine Unruhe, während wir auf unseren Besuch warten.

»Kein Grund, ein Arschloch zu sein. Ich weiß, dass du eifersüchtig bist.«

Kade schnaubt ungläubig. »Worauf genau?«

»Ich bin der Einzige, der sie in seinem Bett hatte.« Ich grinse ihn an. »Und das macht dich verrückt. Mach dir keine Sorgen, Bruder. Ich werde mich gut um Brooklyn kümmern.«

Das Lachen, das er ausstößt, verletzt mein Selbstvertrauen ein wenig, es ist so voller Humor und Ungläubigkeit. »Du hast wirklich Wahnvorstellungen. Glaubst du, du bist der Einzige?«

»Nun, ja.«

Kade dreht sich in seinem Stuhl um und schenkt mir seine volle Aufmerksamkeit. »Sie hat zugestimmt, hierzubleiben, aber das bedeutet nicht, dass sie ganz dir gehört. Die anderen beiden sind gerade bei ihr und machen Gott weiß was.«

Ich schlucke den Kloß in meinem Hals hinunter und weigere mich, darüber nachzudenken, was genau in diesem Moment mit meinem verdammten Mädchen passieren könnte.

»Also was, teilen wir sie uns jetzt? Als wäre sie ein Stück Fleisch, das wir untereinander austauschen?«

Kade lehnt sich in seinem Stuhl zurück und schüttelt den Kopf. »Hör zu … Ich weiß es nicht. Wir kümmern uns umeinander, das ist alles.«

»Das ist alles, hm?«

»Du weißt, dass sie uns allen am Herzen liegt, deshalb haben wir sie in unsere Gemeinschaft aufgenommen.« Er zögert und zappelt nervös herum. »Der Rest hängt von ihr ab.«

»Ich teile nicht«, knurre ich automatisch.

Auf keinen Fall.

»Sie schläft bereits mit Eli, Hud. Wahrscheinlich auch mit Phoenix. Wirst du Nein sagen, wenn sie zu dir kommt?«, fragt Kade schlicht. »Mir geht es nur darum, dass wir alle hier lebend rauskommen und dann neu anfangen. Alles andere ist unwichtig. Wir halten zusammen.«

Ich zögere und spüre ein kurzes Aufblühen der Hoffnung, das jedoch schnell wieder zunichtegemacht wird. Ich will die Jungs nicht verlieren, und ich kann nicht daran denken, Brooklyn zu verlieren, jetzt da ich sie wiedergefunden habe.

Aber sie *zu teilen*?

Wie soll das überhaupt funktionieren?

»Du fickst gern jemanden, der auch deine besten Freunde vögelt?«, schnaube ich.

»Würdest du lieber alles verlieren?«, gibt Kade zurück. »Mach die Augen auf. Nichts in unserem Leben ist normal oder vernünftig. Ich schlage nur einen alternativen Weg nach vorn vor.«

Gerade als ich ihm eine weitere abfällige Bemerkung an den Kopf werfen will, surrt die Eingangstür und öffnet sich. Wir stehen beide auf, als Janet hereinkommt und ihre teuren Absatzschuhe auf dem Boden klacken. Sie hat sich im letzten Jahr nicht verändert, seit ich sie das letzte Mal gesehen habe, als sie weinend im Gerichtssaal saß, während ich in Handschellen abgeführt wurde.

Ihr frisiertes blondes Haar ist von Grau durchzogen und umrahmt ihre freundlichen Augen und das perfekt aufgetragene Make-up. Sie trägt immer noch das silberne Medaillon um den Hals, das Kade ihr zu ihrem fünfzigsten Geburtstag geschenkt hat, mit Fotos von uns dreien darin.

»Oh, Hudson … mein Junge«, schreit sie.

Ich richte mein Hemd, als Janet auf mich zukommt, der bereits silbrige Tränen über die Wangen laufen. Sie stürzt sich auf mich und zieht mich in eine heftige Umarmung. Ihr kleiner Körper hält mich fest, obwohl ich sie um mindestens einen Kopf überrage.

»Hi, Janet«, antworte ich schließlich.

»Lass mich dich ansehen.« Ihre Hände fahren über meine Schultern und mein Haar, bevor sie mir in die Wangen kneift. »Du siehst zu dünn aus. Bekommst du nicht genug zu essen?«

»Mir geht es gut«, erwidere ich und schiebe ihre Hände weg.

»Komm mir nicht damit. Ich habe dich seit über einem Jahr nicht mehr gesehen, junger Mann!«

Ich erschaudere über die Wut in ihrer Stimme und lasse mich in meinen Sitz sinken. Sie zieht Kade zu einer kurzen

Umarmung heran, diesmal nicht so lange, da die Wärter kommen und sie trennen würden.

Sobald wir alle sitzen, richtet sich ihre Aufmerksamkeit wieder auf mich, sie studiert und analysiert mich, genau wie es ihr Sohn tut. Kade durchbricht die schwere Stille.

»Wie war die Fahrt?«

»Gut. Ich musste eure Schwester zurück nach Warwick bringen. Sie lässt euch grüßen. Euer Vater ist auf Geschäftsreise, sonst wäre er gekommen.« Janet schenkt mir ein kleines Lächeln. »Er lässt euch auch grüßen.«

Ich nicke angespannt. Irgendwie bezweifle ich sehr, dass er das gesagt hat. Leroy Knight ist kein guter Mensch. Janet war diejenige, die mich wirklich in ihre Familie aufgenommen hat.

Sie hat sich meinen ganzen Scheiß gefallen lassen, für Tattoos bezahlt, um mich für sich zu gewinnen, und im Grunde alles getan, damit ich mich willkommen fühle. Sie hat alles für mich getan.

»Dein Studium? Läuft es gut?«, fragt sie mich.

»Ja, es ist in Ordnung.« Ich zucke gleichgültig mit den Schultern.

Ich versuche, ihre spürbare Enttäuschung zu ignorieren. Was hat sie denn noch erwartet? Dieser Ort ist kein Sommercamp. Ich bin nicht aus freien Stücken hier.

»Wie geht es den anderen Jungs? Phoenix und Eli?«

Kade verschränkt seine Hand mit ihrer und wirft mir einen ungeduldigen Blick zu, während ich nach Worten ringe.

»Es geht allen gut, Mum. Wir haben alle viel zu tun.«

»Gut, gut. Hör zu, wir haben nicht viel Zeit.« Ihr Blick flackert zu mir, voller Traurigkeit und Bedauern. »Ich weiß, dass dein Bruder dich über das … *kleine Problem* informiert hat, das wir haben.«

»Ja, er hat es mir gesagt.« Ich senke meine Stimme und zwinge mich, die Worte auszusprechen, obwohl ich mich schuldig fühle. »Ich denke, ich sollte einfach reinen Tisch machen. Ihnen die Wahrheit sagen.«

»Nein!«, ruft Janet und fährt sich mit der Hand an die Kehle. »Du wirst dich nicht so in Gefahr begeben. Was glaubst du, warum wir in dieser Lage sind?« Ihr Blick schweift umher, um sich zu vergewissern, dass niemand zuhört. »Ich konnte nicht zusehen, wie du für etwas untergehst, das nicht deine Schuld war.«

Ich nehme ihre andere faltige Hand, als sie sie mir reicht, damit wir drei miteinander verbunden sind. Weitere Tränen laufen ihr über das Gesicht, während ich mir auf die Lippe beiße und darum kämpfe, meine eigenen Gefühle unter Kontrolle zu halten. Es war meine Schuld, aber sie sieht es immer noch nicht so.

»Was jetzt?«, fragt Kade schroff.

»Wir versuchen, Stephanie mit rechtlichen Anfechtungen links, rechts und in der Mitte zu diskreditieren. Wir behaupten, sie sei verwirrt oder wüsste nicht, was sie sagt.« Janet nickt sich selbst zu, um sich zu beruhigen. »Das verschafft uns etwas Zeit. Fürs Erste haltet ihr beide eure Nasen sauber und die Köpfe unten. Wir werden uns schon etwas einfallen lassen.«

Ihr Blick trifft den von Kade. Er nickt, aber ich bin zu sehr in Gedanken versunken, um den Blick zu hinterfragen, den die beiden austauschen. Die Erwähnung von Ma's Namen lässt mich in die Vergangenheit abtauchen, in die schwarze Grube der Erinnerungen, die ich erfolglos aus meiner Seele zu löschen versucht habe.

»Sie ist nicht ganz richtig im Kopf, Hudson. Ihren eigenen Sohn zu beschuldigen … das ist ekelhaft. Damit wird sie nicht durchkommen. Ich werde es nicht zulassen.«

»Aber es ist die Wahrheit, nicht wahr?«, antworte ich tonlos. »Ich habe es getan. Ich habe …«

»Stopp«, unterbricht sie schnell. »Wir werden das nicht noch einmal durchmachen. Ich weigere mich, hier zu sitzen und zuzusehen, wie du dich quälst.«

»Warum nicht?«

Sie lässt meine Hand los, greift mein Kinn und zwingt mich, ihr in die Augen zu sehen. »Du bist mein Junge, nicht der von dieser Hexe. Behalte einen klaren Kopf, und ich bringe dieses Chaos in Ordnung.«

Ich starre sie an, und der Schmerz umschließt mein Herz. Trotz allem, trotz der ganzen Scheiße, die ich ihr angetan habe ... steht Janet immer noch hinter mir. Das habe ich verdammt noch mal nicht verdient. Ich kann nur daran denken, mich zu stellen und es hinter mich zu bringen. Niemand sonst sollte für meine Fehler leiden.

»Ich werde meinen Mund halten«, stimme ich widerwillig zu, bevor ich ihre Erleichterung schnell wieder stoppe. »*Für den Moment.* Sobald du oder jemand anderes bedroht wird, war's das. Ich werde die Wahrheit sagen. Es ist mir egal, was sie mit mir machen und wo sie mich hinschicken.«

»Wir kommen schon zurecht«, argumentiert sie.

Ich nicke vor mich hin. »Ich will meine Familie beschützen, egal was es kostet. Du kannst mich nicht daran hindern.«

»So weit wird es nicht kommen.«

Wir klammern uns alle für eine Sekunde aneinander und genießen den Kontakt, bis der Timer an der Vorderseite des Raumes surrt. Janet drückt uns beiden einen schnellen Kuss auf den Kopf. Ihre Augen glänzen vor Tränen, als sie wieder ein strahlendes Lächeln aufsetzt.

»Ich werde bald mit mehr Informationen zurückkommen. Kade, pass auf deinen Bruder auf und melde dich wieder.«

»Ja, immer. Tschüss, Mum«, antwortet er.

Sie wendet sich mir zu und ihr Blick wird sanfter. »Du bist ein guter Mann, Hudson. Das darfst du nicht vergessen. Ich liebe dich so sehr.«

Als sie geht, schauen wir beide schweigend zu und nehmen uns eine Sekunde Zeit, um uns zu sammeln. Ihre Worte bleiben mir im Gedächtnis, so geschmacklos sie mir auch erscheinen mögen.

Guter Mann.

Ich bin nicht annähernd der Mensch, für den sie mich hält. Nicht einmal an einem guten Tag. Aber ich werde verdammt noch mal versuchen, es zu sein, nur um sie stolz zu machen.

»Komm schon.« Kade räuspert sich. »Lass uns die anderen suchen.«

Er übernimmt das Kommando, meldet uns aus dem Besucherraum ab und geht voran. Ich bewege mich wie betäubt. Jeder Schritt fühlt sich an, als würde er mein Schicksal besiegeln, während die Vereinbarung, die wir gerade getroffen haben, auf mir lastet. Ich hätte mich weigern sollen, verlangen sollen, dass sie mich beide aufgeben.

»Hör auf«, befiehlt Kade.

»Hm?«

»Hör auf, dich zu quälen. Du weißt, wie sie ist. Du hättest diesen Streit auf keinen Fall gewinnen können.«

Ich scanne meinen Ausweis und lasse uns in das Wohnheim, wobei ich Kade die Tür aufhalte, damit er hinter mir eintreten kann.

»Ja, ich weiß. Ich wünschte nur, sie würde ab und zu mal eine Niederlage eingestehen.«

»Sie sorgt sich um dich.« Er zuckt mit den Schultern, als wäre die Erklärung einfach. »Das tun wir alle, auch wenn du dich wie ein arrogantes, selbstverliebtes Arschloch benimmst.«

»Das ist wahrscheinlich das Netteste, was du je gesagt hast.« Ich lache finster und schleudere ihm seine eigenen Worte entgegen. »Ich liebe dich auch, Bruder.«

Wir gehen zurück zu seinem Schlafzimmer und gehen hinein. Die Geräusche eines Films kommen aus der Ecke, wo die Dunkelheit von der Leinwand erhellt wird. Ich brauche einen Moment, um die Form der schlafenden Körper zu erkennen, die in Phoenix' Bett liegen.

»Sieht aus, als hätten wir den Spaß verpasst«, bemerkt Kade.

Er knipst eine Nachttischlampe an und vertreibt damit die Schatten. Mein Blick fällt sofort auf Brooklyn. Sie schnarcht leise und hat sich wie ein Klammeräffchen um Eli geschlungen.

»Schön, dass ihr euch uns anschließt«, murmelt Phoenix unter der Bettdecke.

»Was hast du mit ihnen gemacht?« Kade lacht und setzt sich auf das Bett gegenüber, um seine Schuhe auszuziehen. »Sie sind völlig fertig.«

»Nichts, es ist nur gemütlich.« Er grinst mich an.

Kade schaut zu den beiden schnarchenden Kuschelkameraden. »Das sehe ich.«

Phoenix zieht die Decke fester um Brooklyn und streicht Eli sanft das Haar aus dem Gesicht. »Es ist gut zu sehen, dass sie sich anständig ausruht.«

Ich bleibe in der Tür stehen, meine Hände zu Fäusten geballt. Allein der Anblick, wie er sie berührt, lässt kochend heiße Wut durch meine Adern rasen, zusammen mit roher Besitzgier und dem Bedürfnis, sein selbstgefälliges Gesicht zu zertrümmern.

Sie ist *mein* verdammtes Mädchen.

Ich sollte derjenige sein, der sich um sie kümmert.

»Willst du die ganze Nacht da stehen?«, fragt Kade müde.

»Was genau schlägst du vor?«, gebe ich zurück. »Ihr seht mir alle verdammt gemütlich aus.«

Phoenix rollt mit den Augen und spricht leise, um sie nicht zu wecken. »Lass es sein, Hud. Du bist schon die ganze Woche eine Nervensäge. Meinst du, sie merkt das nicht?« Er wirft einen Blick auf die schlafende Schönheit, die nur wenige Zentimeter entfernt ist. »Wenn du nicht aufpasst, vergraulst du sie noch völlig.«

Kade nickt und steht auf, um seine Jogginghose zu holen und sich umzuziehen. »In den losen Dachziegeln ist Bier versteckt. Entspann dich und sieh dir den Film an, bevor du ein Aneurysma bekommst.«

Er verschwindet im Bad und lässt mich zurück, um die Sachen zu holen und mich auf den Boden zu setzen. Ich stütze mich mit dem Rücken am Bett ab.

Ich ignoriere entschlossen die auf dem Boden verstreuten Kleidungsstücke und weigere mich, darüber nachzudenken, was passiert ist, während wir Besuch hatten.

Sie hat zugestimmt, hierzubleiben, aber das bedeutet nicht, dass sie dir gehört.

Scheiß auf Kade, wenn er das denkt.

Ich kenne die Wahrheit.

Ich bin nah genug, um meine Amsel atmen zu hören. Ich klammere mich an das Geräusch, so wie Mariam es mir beigebracht hat, und benutze es, um mich zu zentrieren. Brooklyn war immer mein Anker, auch in den Jahren, in denen wir getrennt waren.

Ich kehrte immer wieder zu ihr zurück – die Erinnerung an ihre weiche Haut und ihre scharfen Augen, zusammen mit der schrecklichen Nacht, die uns schließlich auseinanderriss.

Phoenix fängt an, Snacks zu mampfen, kuschelt sich an sie und achtet darauf, dass ich ihm dabei zuschaue. Das Arschloch hat eindeutig einen Todeswunsch. Ich werde ihn ins Krankenhaus befördern, wenn er so weitermacht.

»Wenn du sie noch einmal anfasst, bin ich nicht verantwortlich für das, was passiert«, warne ich.

»Sie ist nicht dein verdammtes Eigentum. Außerdem hat sie sich vorhin nicht beschwert. Du bist nicht der Einzige, der sich um Brooklyn sorgt. Es ist Zeit, den Tatsachen ins Auge zu sehen.«

Der Film läuft weiter. Mein Körper beginnt sich durch das Bier zu entspannen, jeder Schluck beruhigt meine unaufhörliche Wut. Ich schaffe es, dem blauhaarigen Wichser nicht die Beine zu brechen, selbst als er einschläft und sich zu dem schnarchenden Haufen im Bett gesellt.

Ich betrachte das als einen Sieg.

Aber sie gehört immer noch mir.

KAPITEL 35

BROOKLYN
CRAZY – LOWBORN

HÄLT IRGENDJEMAND JEMALS INNE, um darüber nachzudenken, wie die Vergangenheit ihn definiert? Die meisten Menschen tun das nicht. Sie schütteln sie einfach ab und machen weiter. Ich war noch nie so.

Ich kann mich an jedes einzelne Ereignis erinnern, das mich genau hierhergeführt hat. Schlag für Schlag, langsam meine Vernunft abtragend, allmählich das Mosaik meines zerbrechlichen Geistes erweiternd. Jede Erinnerung, jedes verdrehte Geheimnis und jede schmutzige Sünde.

Als die Uhr acht schlägt, beginnt die letzte Woche meines Lebens. Ich starre nachdenklich an die Decke. Das ist es. Das Ende, auf das ich die ganze Zeit gewartet habe.

Warum schmerzt der Gedanke ans Sterben so sehr?

Ich ziehe mich methodisch an, meine Bewegungen sind steif wie bei einem Roboter. Zwei Outfits liegen auf meinem Bett. Eines für jeden verbleibenden Tag bis zum großen Finale. Das letzte Outfit ist mein Lieblings-T-Shirt und meine Lieblings-Jeans, die ich morgen für den großen Tag anziehen werde. Ich habe einen Plan.

Phoenix' Gürtel liegt gestohlen unter meiner Matratze.

Das ist die Notlösung, wenn ich nicht eine von Elis Klingen stehlen kann. Ich weiß genau, wo er sie aufbewahrt.

Ich sollte mich schämen, von ihnen zu stehlen, um mein eigenes Leben zu beenden. Es wird das Messer nur noch tiefer stoßen, wenn ich nicht mehr bin, aber ich habe nie behauptet, ein guter Mensch zu sein. Kein einziges Mal.

Ich schlüpfe in meine Docs und bringe ein Lächeln zustande, als ich das pinkfarbene Material betrachte. Schade, dass sie nicht mit mir kommen können. Ich werde darauf achten, alle meine Geheimnisse vorher loszuwerden. Mein Tagebuch, die Fotos und alle anderen persönlichen Gegenstände. Ich kann nicht zulassen, dass die Geier nachher über meine Leiche herfallen.

Ich verlasse das Wohnheim und gehe über den Hof, wobei ich mich vergewissere, dass keiner der Jungs in der Nähe ist. Das Abendessen gestern war seltsam. Niemand wusste so recht, was er nach den Eskapaden von Freitagabend sagen sollte.

Ich habe mich weit nach Mitternacht rausgeschlichen, um mich vor ihnen zu verstecken, nachdem ich mit Phoenix und Eli geschlafen hatte. Mein stummer Sünder ist noch gebrochener, als ich dachte. Ich kann den Gedanken nicht ertragen, dass ich diesen Schmerz nur noch schlimmer mache, aber der Schmerz des Lebens ist viel schwerer.

Es gibt keine einfachen Entscheidungen mehr, nur noch beschissene Optionen und eine Menge Schuldgefühle.

Ich melde mich an der Rezeption an und warte darauf, für meine wöchentliche Spritze zu Lazlos Büro begleitet zu werden. Die Flure scheinen heute noch düsterer zu sein, und hinter den zahlreichen Türen dringt geflüstertes Stöhnen und Schreien hervor.

Eine Dame, die ich aus der Cafeteria kenne, bringt den Servierwagen von Tür zu Tür, begleitet von einem Wärter, der die Einzelzellen aufschließt und ein Tablett hineinschiebt.

Mein Blick fällt auf einen skelettartigen, geisterhaft weißen Körper, der auf eine Pritsche geschnallt ist.

Er hat eine Infusion, die ihm die nötige Flüssigkeit zuführt, um das Leben zu verlängern. Sein Haar ist lang und ungepflegt, als wäre er schon sehr lange von der Gesellschaft abgeschottet. Unsere Blicke treffen sich durch die Tür. Ich schaue schnell weg und habe plötzlich Angst.

Das werde ich sein, wenn ich nicht von hier verschwinde.

»Brooklyn! Guten Morgen«, grüßt Lazlo, als wir in seinem Büro ankommen, und drängt mich hinein, während er auf seine Uhr schaut. »Neun Uhr fünfzig. Du bist früh dran, ich bin beeindruckt. Du kannst es wohl kaum erwarten, was?«

»Was machen Sie mit den Leuten hier?«, blaffe ich ihn an. »In Einzelhaft?«

Ich nicke angespannt und setze mich steif in meinen üblichen Sessel. Gänsehaut macht sich auf meinem Körper breit, als er meine übliche Dosis aus dem Mini-Kühlschrank holt. Kristallklare Flüssigkeit tropft in die Spritze. Lazlo betrachtet sie aufmerksam und klopft auf das Glas, um Luftblasen zu entfernen.

»Sie sind aus vielen Gründen hier, Brooklyn. Schlechtes Benehmen, Gewalt, Selbstmordversuche, um nur ein paar zu nennen. Du warst selbst zwei Wochen hier, oder hast du das vergessen?«

Ich erschaudere und kämpfe gegen die dunkle Wolke des Schreckens an. »Ich habe es nicht vergessen. Aber es ist alles … ein bisschen verschwommen.«

Lazlo lehnt an seinem Schreibtisch, die kurzen Beine gekreuzt und ein sadistisch breites Lächeln im Gesicht. Ich betrachte sein dichtes graues Haar und seine Brille, die den Geist eines Mannes umrahmt, der denkt, dass Bestrafung für psychisch Kranke akzeptabel ist. Verdammte Psychiater. Ich werde nie über meine Verachtung für sie hinwegkommen.

»Du warst akut erkrankt. Deshalb ist es verschwommen«, antwortet er schlicht.

Das ist eine Lüge, flüstert mir mein Verstand zu.

Ich zucke in meinem Sessel zurück und kneife die Augen zusammen, um die Stimme zu verdrängen. Diese verdammte Nadel nähert sich, und ich habe irrationale Angst, sogar noch mehr als zuvor.

Was hat sich geändert? Für die Spritze nächste Woche werde ich nicht hier sein. Es spielt keine Rolle, was er mir verabreicht.

»Welche Medikamente nehme ich?«

Die Nadel gleitet unter meine Haut, eisige Flüssigkeit breitet sich schnell aus, während Lazlo meine Reaktion beobachtet. »Experimentelle Antipsychotika, Liebes. Blackwood ist eine Pioniereinrichtung in der psychiatrischen Gemeinschaft. Ihr alle treibt den Fortschritt der Wissenschaft voran. Ist das nicht gut?«

Lazlo setzt sich wieder hinter den Schreibtisch und blättert in meiner schweren Akte. Wenn ich doch nur hierherkommen könnte, um sie vor meinem Ableben zu verbrennen. Ein letztes Lebewohl an die Bastarde, die mich die letzten zwölf Monate meines Lebens geplagt haben. *Und den Rest.*

»Letztes Mal haben wir über deine Diagnosen gesprochen und du hast deine Familie erwähnt. Könnten wir darüber noch ein wenig sprechen?« Er wirft einen kurzen Blick auf seine Notizen. »Deine Mutter, im Besonderen.«

»Ich sagte doch, es gibt nichts zu bereden«, schnauze ich.

»Es ist wichtig, die Vergangenheit anzuerkennen. Diese Dinge bleiben nicht ruhig in ihren kleinen Schachteln. Was hast du mit dir herumgetragen, Brooklyn?«

Tod.

Drogen.

Überfall.

Mord.

»Nichts«, sage ich kühl.

»Wie alt warst du, als sie starben? Zehn?«

Ich kneife die Augen zusammen und presse meine Finger

in meine Augenlider, bis ich Sterne sehe. Ich tue alles, um die vertrauten Gesichter zu vermeiden, die an die Oberfläche schwimmen, obwohl sie tief begraben und bis ins Mark verrottet sind. Meine ursprüngliche Wunde ist alt, aber immer noch tragisch präsent.

»Deine Mutter hat unter paranoider Schizophrenie gelitten«, drängt er.

»Sie war krank und hat ihre imaginären Kinder mehr geliebt als mich«, platze ich heraus und verkrampfe meine Hände in Elis weichem Kapuzenpullover, um das Zittern zu verbergen. »Sie hat ihren verdammten Verstand verloren und ist gestorben, das war's.«

»Wie kommst du darauf, dass sie ihre Halluzinationen geliebt hat?«

Ich schlage meine Beine übereinander und schlucke schwer.

»Du gibst zu, dass sie krank war«, sagt Lazlo und tippt mit seinem Stift.

»Aber sie hat nicht dagegen angekämpft. Sie hat einfach aufgegeben und wurde von ihrem Wahnsinn verschlungen. Das ist es, was sie mir genommen hat«, stoße ich mit zittriger Stimme hervor. »Sie wollte nicht mehr leben, konnte uns aber nicht zurücklassen.«

Wir machen einen Ausflug, Brooke.
Du, ich und Daddy.
Eine schöne, lange gemeinsame Fahrt.

»Kämpfst du dagegen an, Brooklyn? Im Gegensatz zu ihr?«

Lazlo sieht mich ganz ruhig an, während ich das Gefühl habe, von einem Tornado zerrissen zu werden. Was gibt diesem Arschloch das Recht, mich das zu fragen? Seit diesem Autounfall habe ich jeden Tag damit verbracht, *dagegen anzukämpfen.* Seit meine Mutter ihren Kampf verloren und versucht hat, uns alle zu töten, nur um die Monster in ihrem Kopf zu besänftigen.

»Ja«, murmle ich mit glühenden Wangen.

Das ist eine verdammte Lüge.

Ich bin fertig mit dem Kämpfen.

Völlig und unbestreitbar fertig.

»Was würde passieren, wenn du einfach aufgibst?«, überlegt Lazlo.

Er stützt sein Kinn auf die gefalteten Hände. Er legt den Kopf schief, die Augen hinter seiner dicken Brille sind viel zu groß.

»Was … was meinen Sie?« Ich schlucke.

»Sag du es mir. Was ist das Schlimmste, was passieren kann?«

Er hält seinen Stift in der Hand, bereit für meine Antwort.

»Nichts. Ich werde einfach … verschwinden. Wie Asche im Wind.«

»Hmm. Das ist fast zu einfach, nicht wahr?« Lazlo lächelt mich an.

Angst durchflutet mich. Keine irrationale, sinnlose Angst, sondern viszeraler Terror. Das Gefühl, das man hat, wenn man weiß, dass etwas nicht stimmt, ohne dass es dafür Beweise oder Belege gibt, die erklären, warum. Ich werfe einen Blick auf die Kamera, die in der Ecke blinkt und unseren Austausch festhält.

»Was machen Sie da?«, frage ich mit leiser, schüchterner Stimme.

Ich klinge ganz anders als ich bin. Er geht mir unter die Haut und bringt mich aus dem Gleichgewicht.

»Ich erforsche nur deine Gedankengänge. Sag mir, wie würdest du es machen?«

Die Kamera blinkt. Lazlo starrt. Entfernte Rufe und Schreie hallen durch den Raum. Meine Haut fängt an zu jucken, und ich ziehe meine Knie an meine Brust, um den inneren Trost zu suchen, wie es ein bedrohtes Kind tun würde.

»Ich will nicht darüber reden.«

»Hast du Angst vor den Gefühlen, die du dabei hast?«

Ich schüttle den Kopf, als wolle ich ihn loswerden. »Nein, ich … Nein.«

»Willst du deine Eltern nicht wiedersehen?«

»Nein«, wimmere ich und durchbreche die Haut, als ich mir auf die Lippe beiße. »Ich will nicht …«

»Was nicht?«

»Ich will nicht sterben!«, schreie ich und spüre, wie meine Tränen überschwappen. »Ich habe eine Scheißangst. Ich will nicht sterben! Aber ich habe keine andere Wahl. Ich muss tun, was sie mir sagen. Das war immer der Plan.«

Lazlo trommelt mit den Fingern auf dem Tisch und zieht damit meinen Blick in seinen Bann. Sein Gesicht wirkt jetzt ganz anders auf mich. Der zerbrechliche alte Mann ist verschwunden, stattdessen ist er ein Wolf in Menschenhaut. Ich blinzle und versuche, das Bild zu verdrängen. Aus der Ecke des Raumes kriechen Schatten heran.

»Wer? Die Stimmen?«, vermutet er.

Ich schlucke den bitteren Kloß in meinem Hals hinunter. »Ich … ich bin mir nicht sicher. Warum reden wir darüber?«

»Weil heute der dreizehnte November ist.«

Der Raum scheint um mich herum zu erstarren, sich von der Realität zu lösen und in einer ganz eigenen, dunklen Welt zu existieren. Lazlo blättert durch die Papiere und brummt vor sich hin. Als er ein Hochglanzfoto herauszieht und es über den Schreibtisch schiebt, bricht meine Welt zusammen.

Vics Gesicht starrt mich an.

Hell, fröhlich und *lebendig.*

»Sieht er so aus, wie du ihn in Erinnerung hast?«

»Warum tun Sie das?«, wimmere ich.

Das Foto scheint mich anzustarren, seine verpixelten Augen sind groß und erschreckend. Als ich es schaffe, den Blick abzuwenden, steht jemand hinter Lazlo.

Nachdem er aus dem Spiegel entkommen ist, verteilt sich sein Blut auf dem cremefarbenen Teppich. Perlweiße Zähne reflektieren das funkelnde Licht, seine Finger strecken sich aus, um auf mich zu zeigen.

Du wirst dich mir anschließen, Brooklyn.

Ich habe ein Jahr gewartet, und deine Zeit ist abgelaufen.

Ich kann nicht anders. Ich schreie wie am Spieß, springe auf und stolpere über den Couchtisch. Ich lande auf dem Boden, rapple mich auf Händen und Knien auf und versuche verzweifelt, Abstand zwischen mich und den schattenhaften Geist zu bringen, den meine Gedanken erschaffen haben.

»Er ist deinetwegen da, Brooklyn.« Lazlo lächelt mich aufmunternd an. »Alle Schulden müssen am Ende beglichen werden. Es ist Zeit, dem Teufel ins Gesicht zu sehen und deine Strafe zu akzeptieren.«

»Bitte helfen Sie mir«, flehe ich. »Lassen Sie nicht zu, dass er mir wehtut. B-bitte.«

»Ich kann dir nicht helfen. Menschen wie du können nicht geheilt werden.«

Die Welt schließt sich um mich herum, die blinkende Kamera scheint meinen Kopf zu durchdringen, ebenso wie Lazlos aufmerksamer Blick.

»Beeil dich. Die Uhr tickt«, fügt er hinzu.

Ich kämpfe gegen den Drang an, mich zu übergeben. Verwirrung und Angst herrschen in mir vor. Ich schaffe es, mich aufzurappeln und aus dem Raum zu fliehen, wobei mir Vics blutige Fußspuren den Weg weisen.

Ich sprinte durch die verwinkelten Gänge, vorbei an den Wärtern, die so tun, als würde ich nicht existieren. Ich bin nur ein Geist, der durch diese schäbigen Gänge geht, verborgen vor den Blicken und geschützt durch meinen Wahnsinn.

Bin ich am Leben?

Ist das überhaupt real?

Schluchzen durchzuckt meine Brust. Ich kämpfe darum, präsent zu bleiben, so kurz davor, mich völlig zu distanzieren, um der drohenden Hölle zu entkommen. Die grausame Halluzination meines Dämons folgt mir den ganzen Weg zurück nach oben, bis ich in den Empfangsbereich stürme und zum Stehen komme.

Ich muss mir einen Moment Zeit nehmen, da meine Seite sticht. Atmen ist völlig unmöglich. Ich vergewissere mich mehrmals, dass mir niemand gefolgt ist, stütze meine Hände auf die Knie und breche zusammen.

Irgendetwas stimmt mit diesem Ort nicht.

Sadie hatte recht.

Hier passieren schlimme Dinge.

»Brooklyn? Geht es dir gut?«

Jemand hockt sich vor mich. Ich weiche zurück, meine Fäuste schützend geballt. Kade weicht zurück und hebt die Hände, als wolle er mich festhalten. Seine warmen haselnussbraunen Augen wirken beruhigend, aber ich stecke zu tief drin. Ich treibe jenseits der Rettung in die Katastrophe des Todes, die mich erwartet.

»Was ist los? Ist etwas passiert?«

»Lazlo«, keuche ich und kämpfe um jeden Atemzug.

»Ja … Deine Sitzung beginnt in einer halben Stunde. Du bist zu früh dran.«

Mein Gehirn droht zu implodieren, Schmerzen stechen hinter meinen Augen und Schweiß bedeckt meine Handflächen. Meine Knie fühlen sich schwach an und ich bin bereit, zusammenzubrechen, mich zu übergeben oder beides. Kade starrt mich nur unwissend an und analysiert jede meiner Bewegungen, aber er findet nichts.

»Machst du dir Sorgen wegen der Sitzung? Ist es das, worum es hier geht?«

»Aber ich habe doch gerade …« Ich drehe mich und finde mich auf der falschen Seite des Raumes wieder, als wäre ich durch die Tür gekommen, um mich auf die Sitzung vorzubereiten. »Wie spät ist es?«

Seine Augen weiten sich noch mehr, und Angst scheint in seinen Gesichtsausdruck zu dringen. Kade versucht, näher zu kommen, was mich zwingt, einen zittrigen Schritt zurückzutreten. Er sieht mich an wie ein verletztes Tier, das eingeschläfert werden soll.

»Es ist neun Uhr dreißig, Brooklyn.«

Er hat keine Chance, mich zu packen, als ich weglaufe. Mit jedem Schritt entferne ich mich mehr und mehr von diesem verdrehten Albtraum. Ich verliere den Kampf mit meinem Magen und muss mich draußen heftig übergeben. Ich halte inne, um mir den Mund abzuwischen, bevor ich zurück zum Wohnheim sprinte.

Ich brauche sofort eine verschlossene Tür zwischen mir und der Welt, damit ich herausfinden kann, ob ich den verdammten Verstand verliere oder ob ich schon tot bin und dies nur meine Strafe in der Hölle ist.

KAPITEL 36

ELI

SNUFF – SLIPKNOT

»DAS GEFÄNGNIS WIRD sich um die Beerdigung kümmern.« Miss White wirft mir kaum einen Blick zu. »Es gibt keinen großen Nachlass, aber ich nehme an, ein Anwalt wird sich rechtzeitig melden. Hast du noch Fragen?«

Ich starre auf den Teppich und weigere mich, ihr zu antworten. Ausnahmsweise gibt es keine Worte, die herauskommen wollen. Ich habe nichts zu sagen, keinen einzigen Gedanken oder Geschmack als Reaktion auf die plötzliche Nachricht.

Es dauert nicht lange, bis die kaltherzige Schlampe mich entlässt, bereit, sich um dringendere Dinge zu kümmern als um den unvermeidlichen Tod eines kranken alten Bastards.

Als ich das Büro der Direktorin so schnell wie möglich verlasse, falte ich den Brief, der mir übergeben wurde, sorgfältig und achte darauf, dass die Kanten gerade sind, bevor ich ihn in meine Tasche stecke. Seine letzten Worte werden mir für immer im Gedächtnis bleiben.

Der Umschlag wird in meiner Faust zerknüllt, Papier auf violettem Fleisch, blaue Flecke auf meinen Knöcheln von den Schlägen gegen die Wand. Sanft und mit mehr Selbstbeherrschung, als ich empfinde, gehe ich mit vorsichtigen Schritten zurück zum Empfang. Kade wartet auf mich und studiert bereits mein Gesicht.

»Ist es …?« Er bricht ab.

Ich nicke einmal. Es ist vorbei. Er ist tot.

Ich habe den Teufel überlebt, wieder einmal.

»Es tut mir so leid, Eli. Ich kann mir nicht vorstellen, wie du dich fühlen musst.«

Seine Worte sitzen schwer in meinem Kopf und schmecken äußerst unangenehm und sinnlos. Wie ausgespültes Spülwasser, das in einem Abflussloch versickert, Trümmer und Überreste in einem Strudel aus Abfall.

»Du hast doch jetzt einen Termin bei Mariam, oder? Vielleicht kann sie dir helfen?«, versucht Kade hoffnungsvoll.

Ich reagiere nicht. Nicht einmal ein Blick. Es gibt keine Möglichkeit zu beschreiben, wie ich mich nach dem Tod meines Vaters fühle.

»Hör zu, wir sind für dich da. Okay?«

Ich stütze die Hände auf dem Tresen ab. Ich schaffe es, ihm in die Augen zu sehen. Kade zuckt zusammen, als hätte er Angst, ich würde ihn angreifen oder so.

Ich schaue weg, heiße Scham durchflutet jeden Nerv. Es ist nicht seine Schuld, er hat sich nur alle hoffnungslosen Fälle ausgesucht und hat keine Hoffnung, uns zu reparieren.

»Hast du zufällig Brooklyn auf deinem Weg hierher gesehen? Laufend?«

Kopfschüttelnd rolle ich mit den Schultern, bis sie knacken. Die Erwähnung von Brooklyn kratzt nicht einmal an der Oberfläche. Ich bin zu sehr in meinen verwirrenden Kummer vertieft, um seine Worte wahrzunehmen.

Kade seufzt und klickt auf seinen Computer, als der Wärter kommt, um mich zu Mariam zu begleiten. Ich schaue ihn nicht mehr an. Ich kann die Enttäuschung und den Mangel an Hoffnung nicht ertragen, die ich dort finden werde.

Zurück in Mariams Büro, beginnt sie mit einer lustlosen

Beileidsbekundung und bietet mir den Raum an, über ihn zu sprechen. Ich lehne ab, meine zusammengepressten Lippen und meine harten Augen zeigen meine Ablehnung.

Selbst wenn ich reden könnte, gibt es nichts zu sagen. Nichts kann dies besser machen. Mariam redet unaufhörlich weiter, ohne mir Aufmerksamkeit zu schenken.

Die Worte gehen einfach über meinen Kopf hinweg, wie immer. Ich habe Monate damit verbracht, diese sinnlose Therapie zu ertragen, die meine Stummheit heilen soll. Was für ein Witz. Manche Menschen sind einfach nicht heilbar, das ist eine Tatsache. Wir sind zu kaputt, um geheilt zu werden.

»Der Himmel ist blau. Ja oder nein?«

Mariam sieht mich erwartungsvoll an, ihr Lächeln ein schwacher Versuch, mich zu trösten. Der Geschmack von ekliger, saurer, verdorbener Milch liegt mir schwer auf der Zunge und bezeichnet die Angst, die an meiner Haut zerrt.

Es vermischt sich mit meinen flüchtigen Emotionen. Wie kann er es wagen, verdammt noch mal zu sterben und seiner Strafe vorzeitig zu entkommen? Ich sitze immer noch fest, der wahre Gefangene in dieser verkorksten Situation.

»Nimm deine Karten, Eli. Komm schon, wir können das schaffen.«

Widerwillig studiere ich die beiden Zettel, auf denen in großen Buchstaben die Worte *Ja* und *Nein* stehen. Mein ganzer Körper bebt, ein Kribbeln breitet sich aus, Angst pulsiert durch jeden Nerv. Es dauert fast eine ganze Minute, bis ich den Mut finde, die *Ja*-Karte zu heben.

»Ausgezeichnet. Gut gemacht.«

Ich erschaudere innerlich über ihre sinnlose Verstärkung, und der vorgetäuschte Enthusiasmus verstärkt nur den Sturm, der sich unter der Oberfläche meines Geistes zusammenbraut.

Früher war er auch begeistert, diese erbärmliche Ausrede eines Elternteils. Er schlug mich und hungerte mich mit

Vergnügen aus, alles im Namen der Austreibung eines Teufels, der nicht existierte.

»Die nächste Aussage … Morgen ist Dienstag.«

Ich studiere die Wand hinter ihr und beobachte Flammen in meinem Kopf, die nicht existieren.

»Versuch es. Es gibt Bonuspunkte zu gewinnen.«

Meine Hand zittert, als ich die *Nein*-Karte hebe und mich zwinge, ihrem Wunsch nachzukommen. Je eher sie aufgibt, desto eher kann ich entkommen. Ich muss eine ruhige Ecke finden, in der ich mich schneiden kann, diesmal allein. Ich will keine Zeugen für meinen bevorstehenden Zusammenbruch. Vor allem nicht *sie*.

»Wie wäre es, wenn du es mir selbst sagst? Kannst du das tun?«

Verdammt hartnäckiges Miststück. Sie hat es immer noch nicht kapiert, auch nach all der Zeit nicht. Mariam glaubt, dass man mich behandeln kann und dass ich wieder sprechen werde, wenn ich genug Therapie mache.

Sie versteht es einfach nicht. Es ist nicht so, dass ich nicht sprechen kann. Ich habe mich entschieden, nicht zu sprechen. Worte bringen nur Bestrafung. Schmerz. Fäuste und Blut. Feuer und Asche. Das ist es, was er mich gelehrt hat. Sei still, oder du wirst den Preis dafür bezahlen.

Ich werde für den Rest meines Lebens schweigen, bevor ich mich dieser besonderen Form des Bösen wieder aussetze. Ich habe die Narben, die das beweisen. Mein Schlüsselbein knackt, als ich meinen Kopf neige und mich an den Bruch erinnere, der meine Lippen für immer versiegelt hat.

Der Baseballschläger traf meinen kleinen Körper, während ich die Schreie hinunterschluckte und seine Schmerzenspredigt mich unendlich quälte. Jeder Laut hätte nur eine weitere Bestrafung zur Folge gehabt. Das wusste ich schon als Kind zur Genüge.

»Versuch es hiermit … Mein Name ist Elijah. Ja oder nein?«

Ich erschaudere, der Name knallt wie eine Peitsche auf meiner Haut. Mariam versucht wieder zu lächeln, immer die liebevolle Mutter, die ich nie hatte.

Während ich auf den dicken Teppich starre und sie entschlossen ignoriere, dringen weitere Aromen in meinen überforderten Geist ein. Erwartung und Hoffnung schmecken wie reife Früchte. Süß, aber mit etwas Fauligem unterlegt.

Ich bin in einem verdammten Teufelskreis gefangen. Die Stille nährt meine Synästhesie, meine Sinne sind angespannt von all den Worten, die in mir gefangen sind. Doch je mehr mein Geist überwältigt wird, desto weniger kann ich kommunizieren.

Ich kann der ewigen Hölle nicht entkommen.

Nicht so, wie er es getan hat. Er ist jetzt frei.

»Hör zu, Eli. Du weißt, dass ich dir helfen will. Es fällt mir nur schwer, einen Weg zu sehen, der zum Fortschritt führt. Du wirst nicht wieder in die Gemeinschaft aufgenommen, bevor du nicht Anzeichen von Besserung zeigst. Willst du nicht nach Hause gehen?«

Ich habe kein Zuhause.

Nicht mehr, seit es niedergebrannt ist.

»Sag mir, was du denkst.« Mariam seufzt und versucht, in dieser Situation etwas Hoffnung zu finden. »Gib mir etwas, womit ich arbeiten kann.«

Ich werde immer wütender und zeige ihr die *Nein*-Karte. Sie starrt mich an, die Hände ineinander verschränkt und die Lippen geschürzt. Wir sind beide frustriert und mit unserer Geduld am Ende.

»Nun, ich habe einen Kollegen gebeten, sich deinen Fall anzuschauen. Vielleicht wird sich eine Traumatherapie als nützlich erweisen. Es ist klar, dass das hier nicht funktioniert. Wie hört sich das an?«

Ich betrachte den Kristallkronleuchter, der von der Decke hängt. Ich stelle mir vor, wie er herabstürzt und mich zerquetscht, wie das Glas meine Halsschlagader durchschneidet und das Blut herausspritzt. Wie Metall meine Brust durchbohrt und mein Herz durchstößt. Alles, um die Zeit der Verzweiflung zu beenden, die mein Leben ist.

»Ich melde mich wegen der Einzelheiten. Bitte denk darüber nach, was ich gesagt habe. Du musst anfangen, dich zu engagieren, oder ich fürchte, dass Blackwood als ungeeignet für dich angesehen werden könnte. Du wirst nach Clearview zurückgeschickt, ohne die Möglichkeit, zu gehen. Dies ist deine letzte Chance.«

Eis wickelt sich um mein Herz, kalte Finger des Todes und des Elends. Nicht dieser Ort. Ich werde es nicht noch einmal überleben. Vor allem nicht ohne sie dort. Mein verstörtes Mädchen mit ihren dunklen, gequälten Augen. Ich nehme Mariams Entlassung an und fliehe, wobei ich auf dem Weg nach draußen die blinkende Kamera über der Tür beobachte.

Blackwood, Clearview.

Es ist alles das Gleiche. Menschen wie ich, wir sind zum Sterben geboren. Versager, vom ersten Atemzug an. Ich würde draußen niemals überleben.

Seit ich meine Narben habe, bin ich so oft in Anstalten ein- und ausgegangen, dass ich vergessen habe, wie es sich anfühlt, einen freien Willen zu haben. Normalität zu erleben. Zu atmen, ohne beobachtet zu werden. Sehnsüchte, Träume oder Hoffnung zu haben.

Ich mache mich auf den Weg zum Unterricht, bleibe aber stattdessen auf dem nieseligen Hof stehen. Ich kann ihnen nicht ins Gesicht sehen. Phoenix. Brooklyn. Die Menschen, die sich tatsächlich für mich interessieren und hinter die Mauern blicken, die ich errichtet habe.

Die Mauern, zu deren Errichtung *er* mich gezwungen hat.

Ich muss die dunkle Energie vertreiben, die in meiner Brust brodelt. Ich muss verdammt noch mal bestraft werden, weil ich nicht am Leben sein sollte. Was für ein grausamer Scherz ist das, dass ich hier festsitze und mein gottverdammter Schänder in Frieden im Tod liegt?

Ich sehe Brooklyn vor meinem geistigen Auge. Zusammengerollt zwischen uns, ihr Gesicht locker und entspannt. Vertrauensvoll. Sie lässt ihre unglaublich hohe Wachsamkeit gerade lange genug fallen, damit ich mich hineinschleichen kann.

Ich werde ihr nie sagen können, was ich fühle. Nicht jetzt, niemals. Die anderen werden sie zum Lachen bringen, ihr sagen, dass sie sie lieben, sich über ihr mürrisches Morgengesicht und ihre frechen Antworten lustig machen.

Ich werde immer der Außenseiter sein. Der Kümmerling im Rudel. Das wertlose Stück Scheiße, das mein durchgeknallter Vater erschaffen hat. Wenn alles vorbei ist, werde ich derjenige sein, der hier zurückbleibt. Hudson und Kade werden zuerst gehen. Dann Phoenix, Brooklyn und jeder andere Wichser, der seine Karten richtig ausspielt.

Ich werde allein sein. Immer allein.

Ich hätte in diesem Feuer sterben sollen.

Du wurdest gebrochen geboren, Elijah. Halt dein unheiliges Maul, oder ich werde dir eine Woche lang kein Essen mehr geben.

Seine Stimme ist laut und schrecklich in meinen Ohren, zusammen mit dem Knistern der Flammen. Es ist zu tief verwurzelt, als dass ich es entfernen könnte, egal wie sehr ich es versuche. Er ist immer da.

Ich stolpere blindlings durch den Nachmittagsregen, und meine Füße führen mich zum Fußballplatz. Ich kann nicht klar denken. Mein einziger Gedanke ist, mich zu bestrafen, so wie man es mir beigebracht hat.

Er ist nicht hier, um es zu tun, aber ich weiß, wie es läuft. Der böse Eli verdient es, für seine Sünden bestraft zu werden. Rios Jungs kicken einen Ball und spielen auf dem nassen Gras, genau wie ich es erwartet habe.

»Runter vom Spielfeld, Freak!«

»Verpiss dich, bevor wir dich zwingen.«

»Willst du dir den Arsch aufreißen lassen?«

»Seht mal, Jungs, das ist der ansässige Soziopath.«

Die Beleidigungen fliegen und schneiden meine Haut so sehr wie eine Rasierklinge. Ich weiß nicht, was ich da tue. Es ist mir auch egal. Nach all diesen Monaten bin ich unter dem Berg meines Versagens begraben.

Brooklyn so nah an mich heranzulassen, hat mich nur noch mehr verwundet. Es ist eine ständige Erinnerung an das, was mir fehlt, eine Zukunft, die mir gestohlen wurde, bevor ich überhaupt wusste, was sie bedeutet.

Meine Faust trifft auf einen Kiefer, ich weiß nicht, wessen. Die Provokation bleibt nicht ohne Antwort, so wie ich es geplant hatte. Die Arschlöcher umkreisen mich, keilen mich ein.

Ich nutze den toten Winkel der Überwachungskamera, und das höhnische Gelächter lässt das Adrenalin in meinem Körper ansteigen.

Tut mir verdammt noch mal weh, möchte ich ihnen ins Gesicht schreien.

»Du bist lebensmüde, du Psycho!«

Ich erlaube mir ein krankes Lächeln, als die vielen Schläge landen, meine Haut bricht und meine Knochen knirschen. Der Schmerz explodiert in alle Richtungen. Ich lasse mich auf den Boden fallen und nehme die Schläge mit offenen Armen an.

Ich könnte lachen, so gut fühlt es sich an. Schöne, bittersüße Qualen. Blut rinnt meine Kehle hinunter. Ich huste und spucke karmesinrote Klumpen aus.

»Kommt, Jungs, lassen wir ihn liegen.«

Sie beginnen sich zurückzuziehen, aber das reicht nicht. Mein Geist schwirrt immer noch vor frenetischer, zerstörerischer Energie. Ich muss sie loswerden, dieses verzweifelte Bedürfnis zerfrisst mich von innen heraus.

Meine Finger suchen nach einem Stein. Ich werfe ihn mit meiner verbliebenen Kraft und beobachte, wie er jemanden am Hinterkopf trifft.

»Au! Verdammt, das Arschloch ist auf einem Trip. Du

blöder Wichser.«

Wieder umzingelt, blinzle ich durch das Blut, als sie mein Bein in einem merkwürdigen Winkel ziehen und genau richtig daran reißen. Etwas bricht, der Knochen splittert und schickt eine Welle der Übelkeit durch mich hindurch.

Aber trotzdem gebe ich keinen Laut von mir. Selbst als sie mir das verdammte Bein brechen und die letzte Luft aus meiner Lunge entweicht. Vater hat mich gut ausgebildet.

Stille ist gut. Heilig. *Rein.*

»Bleib am Boden, sonst brechen wir das andere auch noch.«

Ich zwinge mich, die Augen zu öffnen, und sehe Rio, der hinter seinen Schlägern steht und die Show amüsiert beobachtet. Er war schon immer der Anführer und wird durch sein Privileg geschützt. Er verkörpert das Böse in Blackwoods Zentrum.

Als ich einen letzten Tritt in die Rippen bekomme, krümme ich mich wie ein Kind zusammen und bin endlich zufrieden, als der Tsunami aus Schmerzen meinen blutverschmierten Körper überwältigt. Endlich kommt die Erleichterung. Wie eine dressierte Laborratte bin ich süchtig nach dem Schmerz. Meine Angreifer lachen mich aus und gehen ohne einen zweiten Blick davon.

Ich schäme mich, dich meinen Sohn zu nennen, Elijah.

Du hast den Teufel in dir.

Aber keine Sorge, ich treibe ihn dir schon aus.

Nennen wir es eine Feuertaufe, was, Junge?

Ich starre in den wütenden Himmel, während mein Bewusstsein schwindet, zusammen mit dem ständigen Flüstern der Albträume in meinem Kopf. Niemand sucht nach mir oder kümmert sich überhaupt um mich.

Nicht wirklich. Ich bin verdammt dankbar, denn ich will nur hier liegen, gebrochen und geschlagen, bis es meinem jämmerlichen Arsch endlich erlaubt wird, diese Welt hinter sich zu lassen.

Manche Menschen hinterlassen leere Räume, wo sie einmal waren. Ich bin bereits leer. Ich existiere nicht.

Es regnet in Strömen, schwere Wolken donnern auf meinen gebrochenen Körper herab, die fallenden Tropfen färben sich langsam rot um mich herum. Ein Heiligenschein des Todes umgibt meine entweihten Überreste.

KAPITEL 37

PHOENIX
BLOOD SPORT – SLEEP TOKEN

SUMMENDE GERÄTE und Stimmengewirr wecken mich auf. Ein unangenehmer Schmerz steigt sofort an die Oberfläche. Ich strecke mich, meine Glieder sind steif, weil ich die Nacht zusammengerollt im beschissenen Wartebereich der Krankenstation verbracht habe.

Die anderen sehen ebenso erschöpft aus. Kade ruht sich in einem Sessel aus, während sich Hudsons gewaltige Gestalt über mehrere Stühle erstreckt.

Ich bin so verdammt wütend, dass ich mit meinen bloßen Händen töten könnte. Wer auch immer Eli gestern angegriffen hat, hat ihn dort zum Sterben zurückgelassen. Allein, fast zu Tode geprügelt, sein verdammtes Bein gebrochen.

Erst als der Sportunterricht am Nachmittag begann, wurde er entdeckt. Wenn ich daran denke, wie er da lag, völlig verlassen von der Welt, bekomme ich Lust, ein Streichholz anzuzünden und das ganze Institut niederzubrennen.

Ich werde herausfinden, wer das getan hat.

Dann bringe ich sie dafür um. *Langsam.*

»Verdammt …«, flucht Kade und streckt seine Arme aus. »Irgendwas?«

Ich schüttle den Kopf und starre den Korridor hinunter, hinter dem die Behandlungsräume liegen. »Nichts. Warum dauert das so lange? Warum lassen sie uns nicht rein?«

»Standardverfahren.« Kade erhebt sich. »Ich bin sein Notfallkontakt, aber sie wollten mich gestern trotzdem nicht reinlassen. Das ist verdammt lächerlich.«

Mit untypischer Wut tritt er schnell gegen einen Stuhl. Der laute Knall weckt Hudson auf, der blinzelt und sich das Gesicht reibt.

»Du bist sein Notfallkontakt?« Ich runzle die Stirn.

Kade lässt sich in den Sessel zurückfallen, zuckt mit den Schultern und starrt an die weiße Decke. »Er hat sonst niemanden. Wir sind die Einzigen. Ich habe meinen Namen eingetragen, als wir ihn aufgenommen haben.«

Wenn es eine Sache gibt, die ich an Kade am meisten bewundere, dann ist es seine Entschlossenheit, die ganze verdammte Welt zu verbessern. Ganz ehrlich – das wird ihn eines Tages umbringen.

»Beruhige dich, sie werden uns schon reinlassen«, sagt Hudson mürrisch.

Kade funkelt ihn an. »Sag mir nicht, ich soll mich beruhigen. Ich habe es satt, in dieser blöden Familie der Ruhige zu sein.«

Die Dinge sind definitiv im Arsch, wenn Hudson die neue Stimme der Vernunft sein soll. Wir schweigen alle und sitzen in diesem verdammt leeren Flur, der nach Bleiche und Reinigungsmitteln riecht.

Kade lässt den Kopf in die Hände sinken. Hudson wacht langsam auf und stöhnt über seine Schmerzen. Wir haben uns gestern Abend geweigert, zu gehen. Niemand wollte gehen, ohne vorher Eli zu sehen.

Wir sind eine Familie, und wir tragen gemeinsam die Schuld an seinem Rückfall. Auch wenn es früher oder später wieder passieren musste. Er ist nie weit von einer weiteren

Implosion entfernt, jede schlimmer als die letzte. Dieses Mal hätte er sterben können.

Bei dem Gedanken möchte ich schreien.

»Hat jemand mit Brooklyn gesprochen?«

Kade und Hudson schütteln beide den Kopf. Alles ging so schnell, dass wir die Teufelin mit der vernarbten Haut, die uns unbemerkt um den Finger gewickelt hat, völlig vergessen haben.

»Sie sollte hier sein«, murmle ich.

»Das wird sie nur aufregen. Lass es, bis wir mehr wissen.«

»Sie hat es wahrscheinlich schon gehört«, meint Hudson. »Wahrscheinlich weiß es inzwischen das ganze Institut.«

Wir verfallen wieder in Schweigen, keiner von uns spricht mehr, bis die Eingangstür aufschwingt. Doktor Andrew schreitet herein und schüttelt den Regen von seinem Schirm.

Er wirft einen Blick auf uns, zerknittert und mürrisch nach zwölf Stunden in diesem gottverlassenen Wartebereich, und rollt mit den Augen.

»Seid ihr immer noch hier?«

Kade steht auf und streicht sein zerknittertes Hemd und sein wildes blondes Haar glatt. »Wir haben Ihnen gesagt, dass wir nicht gehen, bevor wir ihn gesehen haben.«

Doktor Andrew legt seinen feuchten Mantel ab, murrt vor sich hin und holt verschiedene medizinische Utensilien aus seiner Tasche. »Das hier ist kein verdammtes Hotel. Ihr solltet nicht hier sein.«

»Lassen Sie uns rein und dann gehen wir«, erwidere ich.

Er dreht sich zu mir um, immer noch mit finsterer Miene, bevor er Hudson mit einem leichten Nicken quittiert. Doktor Andrew hat Hudson schon oft zusammengeflickt, und dies ist nicht die erste Nacht, in der wir hartnäckig auf ein Update warten. Wir stehen alle auf, als er schließlich mit einem frustrierten Seufzer zu uns kommt.

»Nur ein Besucher. Ihr habt zehn Minuten Zeit, macht es kurz.«

»Machen Sie Witze?« Ich schaue den weißen Korridor entlang. »Wir müssen ihn alle sehen.«

»Nun, ihr müsst einfach abwarten«, schimpft er. »Eli hat eine Gehirnerschütterung. Wir müssen ihn um acht Uhr noch einmal zum Röntgen bringen, wegen seines Beins. Trefft eure Entscheidung, und der Rest von euch geht nach Hause.«

Er zeigt auf den Ausgang. Hudson legt mir sofort den Arm um die Schultern und senkt seine Stimme.

»Komm schon, Mann, lassen wir Kade gehen. Wir kommen später wieder.«

»Aber ich bin sein …«

»Notfallkontakt?«, schnauzt Kade.

Bester Freund, Arschloch.

Ich bin sein bester Freund, verdammt.

»Willst du wirklich so sein?«, frage ich ihn wütend.

Kade erwidert den Blick, als wäre ich derjenige, der unvernünftig ist.

»Meinetwegen.« Ich schlucke meine Wut hinunter und versuche, mich stattdessen auf Eli zu konzentrieren. »Sorg einfach dafür, dass man sich um ihn kümmert.«

Hudson und ich gehen widerwillig in Richtung Cafeteria. Wir haben beide ernsthaft beschissene Laune. Ich möchte zurückgehen und Kade eine reinhauen, weil er ein selbstgefälliger Trottel ist, aber anscheinend ist es unhöflich, seine sogenannten Freunde zu schlagen.

Wer hätte das gedacht?

»Hör auf mit den Zähnen zu knirschen«, schnauzt Hudson mich an.

»Sag deinem Bruder, er soll seinen Kopf aus seinem Arsch ziehen, oder ich werde es tun.«

»Als würde er mir jemals zuhören.«

Wir nehmen uns Frühstück und gehen zu unserem üblichen Tisch, wobei wir die Blicke, die uns zugeworfen werden, entschlossen ignorieren. Die Nachricht von dem

Vorfall hat sich offensichtlich herumgesprochen, und die Spannung steigt ins Unermessliche.

Als einer von Rios Schlägern fragt, wie es Eli geht, muss ich Hudson mit Gewalt wegzerren, bevor er uns beide in Einzelhaft befördern kann.

»Sie haben es getan«, protestiert er, als ich mich zu ihm setze.

»Ich habe es gehört«, stoße ich hervor und kämpfe gegen mein eigenes Bedürfnis nach Gewalt an. »Aber wir müssen das klug angehen. Wir können niemandem helfen, wenn wir uns einsperren lassen. Jetzt ist weder die Zeit noch der Ort für so etwas.«

Seine Hände ballen sich unter dem Tisch zu Fäusten. Er hat seine Wut kaum unter Kontrolle. Wir beobachten die zusammengekauerte Gruppe von Arschlöchern, die tuscheln und Witze austauschen. Jedes Lachen lässt die dicke Spannung zwischen uns noch weiter eskalieren.

Das Schlimmste aber ist, dass dieser schleimige Bastard Rio uns anstarrt und uns *genau* wissen lässt, wer für Elis Prügel verantwortlich ist.

»Ich werde ihnen allen die Beine brechen«, knurrt Hudson.

»Du kannst es nicht mit allen aufnehmen.«

»Wollen wir wetten? Ich reiße ihnen die verdammten Köpfe ab, einem nach dem anderen, für das, was sie getan haben.«

»Und landest wieder in Einzelhaft?« Ich beiße in einen Apfel.

»Wen kümmert's? Für die Genugtuung wäre es das wert.«

Ich werfe einen Blick auf die drohende Sicherheitspräsenz an jeder Tür. Die Wärter beobachten mich ständig mit ihren dunklen, glänzenden Augen. Sie registrieren jede Bewegung und jedes Wort, ohne jemanden zu alarmieren.

»Eines Tages werden sie dich dort nicht mehr rauslassen«, murmle ich.

»Sie lassen mich hier nicht raus, Punkt. Finde dich damit ab.«

Wir sind schnell fertig und stellen unsere Tabletts ab, wobei wir darauf achten, mit erhobenem Haupt an den prahlerischen Idioten vorbeizugehen. Ich gehe mit Hudson in den Unterricht und schaue auf meinem Handy nach, finde aber nichts von Kade. Dieser Wichser sollte uns wenigstens auf dem Laufenden halten, nach der Scheiße, die er abgezogen hat.

Als ich am Geschichtsunterrichtsraum ankomme, bin ich zu spät, um unbemerkt hineinzuschlüpfen. Stattdessen werfe ich einen Blick durch die Tür und finde unseren üblichen Tisch verlassen vor. Keine Spur von Brooklyn. Sofort überfällt mich Angst, als ich auf den leeren Tisch starre und sich mir der Magen umdreht.

Wo ist sie?

Ich versuche mich zu erinnern, wann ich Brooklyn das letzte Mal gesehen habe, und stelle mit Schrecken fest, dass es Sonntagabend in der Cafeteria war. Das ist ganze zwei Tage her. Kade hat sie gestern kurz gesehen.

Er erwähnte, dass irgendetwas nicht stimmte, aber wir wurden schnell von dem Drama mitgerissen. Alles ging so schnell. Verdammte Idioten. In unserer Angst um Elis Gesundheit haben wir sie ganz allein gelassen.

Was, wenn sie nach uns gesucht hat?

Wir haben es gründlich vermasselt.

Ich fange an zu joggen, um zurück zum Wohnheim zu kommen. Drinnen angekommen, nehme ich zwei Stufen auf einmal, um Brooklyns Tür zu erreichen. Ich ziehe an der verschlossenen Klinke und drücke mein Ohr an das Holz, um etwas zu hören, aber von drinnen kommt nichts.

Das ungute Gefühl macht sich in meinem Bauch breit. Es scheint völlig irrational zu sein, aber irgendetwas stimmt nicht. Ich weiß es einfach.

»Was zum Teufel machst du da?«

Ich wirble herum und verzweifelte Hoffnung blüht in mir auf, aber sie wird schnell durch Enttäuschung über das ersetzt, was ich vorfinde. Britt steht stirnrunzelnd da, die Hände in die schmalen Hüften gestemmt, als gehöre ihr der Laden.

»Suchst du nach deiner Psycho-Freundin?«

»Geht dich das etwas an?«, schnauze ich.

»Wo ist Hudson?« Sie reckt ihr Kinn hoch und blickt auf seine Tür. »Ich habe auf ihn gewartet.«

»Lass Hudson in Ruhe. Er will dich nicht sehen.«

Britt tritt näher heran und grinst mir höhnisch ins Gesicht. »Was genau seht ihr alle in ihr? Sie muss die engste Muschi Englands haben, damit ihr alle vier den Verstand verliert.«

Meine anwachsende Wut flackert heiß auf. Ich packe sie an der Kehle und drücke sie gegen Brooklyns Tür. Ihre Augen treten vor, und ich lache, als ich mich weit genug vorbeuge, um ihre gelb gefärbten Augen zu sehen.

»Sie ist nicht nur ein Haufen Haut und Knochen, für den Anfang. Ich frage mich, wie lange es noch dauert, bis dein Herz einfach aufgibt.« Ich mustere sie mit Abscheu, während meine Finger mit ihrem brüchigen Haar spielen. »Du bist ein verdammtes Nichts. Hast du das verstanden? *Ein Nichts.*«

In ihren Augen brauen sich glorreiche Tränen zusammen. Ich lehne mich noch näher, meine Nase streift ihren verletzlichen Hals. Ich kann ihre Angst fast riechen.

»Wenn du weiter hungerst, wirst du zu Asche zerfallen, so wie du es verdammt noch mal verdient hast«, flüstere ich ihr ins Ohr.

»Das hast du nicht gesagt, als du mich letzten Monat gefickt hast«, faucht sie und reißt ihr Haar aus meiner Umklammerung. »Ich dachte, ihr Jungs wärt eine Familie und so. Ich frage mich, was Hudson davon halten wird, dass du sein Mädchen gevögelt hast. Oder noch besser«, ein verschlagenes Grinsen erhellt ihr Gesicht, als sie mir zuzwinkert, »*deine kostbare Brooklyn.*«

Niemand bedroht meinen Hitzkopf und kommt damit

davon. Britt versucht zu entkommen, als ich meinen Griff fester ziehe und stolz meine Muskeln anspanne, während sie nach Luft ringt. Ich habe sie komplett gegen die Tür gepresst, unfähig, vor meinem bedrohlichen Lächeln zu fliehen.

»Wenn du es wagst, ihnen das zu sagen, werde ich dich *ruinieren*. Hast du das verstanden?«

»Keine Sorge, Phoen. Unser kleines Geheimnis, richtig?«, würgt sie hervor. »Das hast du doch gesagt.«

Ich grabe meine Fingernägel in ihre Haut und fletsche meine Zähne, als sie zusammenzuckt. »Das stimmt, Schatz. Ich bin das verdammte Monster unter dem Bett. Dein buchstäblich schlimmster Albtraum, wenn du anfängst, Spielchen mit mir zu spielen.«

Schließlich lasse ich sie los und beobachte, wie sie sich umdreht und flieht, wobei ihr gebrochenes Schluchzen den Korridor entlanghallt. Ich kann nicht glauben, dass ich jemals so dumm war, mit dieser Schlampe zu schlafen. Der schlimmste Fehler meines Lebens.

Jetzt versucht sie, uns mit irgendwelchen krummen Sachen zu verarschen. Das wird nicht passieren. Kade ist nicht der Einzige, der alles für seine Familie tun würde.

Ich betrachte Brooklyns Tür einen Moment lang und bin bereit, wieder zu klopfen, als mir ein Gedanke in den Sinn kommt. Meine Füße bringen mich in den nächsten Stock.

Ich erreiche Elis Schlafzimmer, prüfe die Türklinke und stelle fest, dass sie nicht verschlossen ist. Genau wie ich dachte. Wahrscheinlich haben sie das Zimmer von oben bis unten durchsucht, nachdem er ins Krankenhaus eingeliefert wurde. Aus Sicherheitsgründen können sie kein totes Kind gebrauchen.

Das wäre doch schlecht fürs Geschäft, oder?

Als ich ins Zimmer schlüpfe, ist es stockdunkel und die Vorhänge sind vor dem herbstlichen Tag zugezogen. Als ich die Nachttischlampe anknipsen will, lässt mich ein leises Wimmern auf der Stelle erstarren.

Anspannung strahlt über meine Wirbelsäule. Ich zucke zusammen bei dem kaum hörbaren Geräusch, das mit so viel verdammtem Schmerz verbunden ist.

»Hitzkopf?«, flüstere ich in die Dunkelheit.

Das muss sie sein.

Wo sollte sie sonst hingehen?

Ich stolpere über Bücher und schmutzige T-Shirts und taumle zum Bett. Ein kauernder Schatten verrät ihre Anwesenheit. Sie liegt in der Ecke, fest an Elis Kissen geschmiegt, vergraben in dunklen Laken, die ihre Geheimnisse nicht sofort preisgeben. Erleichterung durchflutet meinen Körper.

Sie ist hier. Es geht ihr gut.

»Hey«, sage ich leise.

Ihre Schreie sind die einzige Reaktion.

Meine Erleichterung ist nur von kurzer Dauer. Mein Herzschlag dröhnt in meinen Ohren, als ich näher komme und schließlich die dunklen Flecke auf dem Stoff bemerke. Eisige Ranken dringen in meinen Körper ein, während Kupfer meine Nase füllt. Alles bleibt stehen. Nichts existiert mehr außer dem blanken Entsetzen, das mich beim Anblick von Brooklyn befällt.

Blut.

Überall.

Ein unüberwindbarer purpurner Ozean trennt uns.

»Brooke? Was …« Ich verstumme, meine Finger berühren die nassen Laken. »Oh, heilige Scheiße …«

»Geh weg, Phoen«, murmelt sie undeutlich.

Was hast du getan, Baby?

Ich krieche über das Bett und nehme Brooklyn schnell in die Arme. Ihr klebriges blondes Haar ist rot gefärbt und auf den Kissen ausgebreitet. Sobald ich sie berühre, zuckt sie zusammen und versucht, sich aus meiner Umarmung zu befreien. Sie versucht immer noch, vor mir wegzulaufen, als würde ich sie jemals freiwillig gehen lassen.

Ich drücke sie an meine Brust. »Nicht bewegen.«

»Warum bist du hier?« Sie packt mein T-Shirt, ihre schwache Stimme in einem Schluchzen gefangen. »Lass mich verdammt noch mal in Ruhe. Ihr alle. Ich will allein sein.«

»Damit du sterben kannst? Geht es darum? Verdammt noch mal«, fluche ich wütend. Meine Finger gleiten über blutige Haut und suchen nach der Quelle. »Was zum Teufel hast du dir angetan?«

Ich lege sie auf das Bett und schalte die Nachttischlampe ein. Schreckliche Zerstörung zeigt sich auf ihrer Haut. Mein Mund wird trocken angesichts der tiefen, ungleichmäßigen Schnitte, wo die Klinge ihr Fleisch ohne Gnade zerteilt hat.

Es sind zu viele Schnitte, um sie zu zählen, und aus beiden Armen tropft es rot. Es kann noch nicht so lange her sein, wenn sie noch bei Bewusstsein ist, aber es strömt zu schnell aus ihr heraus.

So viel Blut.

Ich verliere sie.

»Ich habe dafür gesorgt, dass es aufhört.« Sie schnieft.

Ich schlucke schwer. »Dass was aufgehört, Baby?«

Ich ziehe meine Jacke aus, wickle Brooklyn hinein und hebe sie wieder in meine Arme. Panik beherrscht jeden meiner Gedanken. Ich kann nur daran denken, sie zu retten, egal, was es kostet.

Ihr Kopf landet auf meiner Brust, ihre Nase an meinem Hals vergraben, während sie zittrig und schmerzerfüllt atmet.

»Alles. Die Welt. Die Stimmen. Schuldgefühle.«

»Du musst dich für nichts schuldig fühlen!«

Bösartige Zeitungsartikel und dunkle Anschuldigungen drohen mir zu widersprechen, aber ich vertreibe die Gedanken mit Gewalt aus meinem Kopf. Keiner von uns ist hier unschuldig. Sie mag ein Monster sein, aber sie ist *mein verdammtes Monster.* Ich entscheide, ob sie schuldig ist oder nicht.

»Du darfst nicht sterben«, erkläre ich, und meine Entscheidung ist besiegelt.

Ich kann sie nicht zu den Sanitätern des Instituts bringen. Sie werden sie für immer wegsperren. Ich muss das selbst in Ordnung bringen. Ich verlasse den Raum, trete die Tür auf und schaue mich um, um sicherzugehen, dass die Luft rein ist. Ich ziehe den Stoff um ihren Körper und verberge damit das ganze Durcheinander im Inneren.

»Sei still«, sage ich knapp.

Ich jogge die Treppe hinunter und beeile mich. Als wir wieder in meinem und Kades Zimmer sind, bringe ich sie direkt ins Bad. Brooklyns Beine brechen sofort unter ihr zusammen. Ich knurre frustriert und setze sie in der Badewanne ab.

Mein Gott.

Unter dem grellen Badezimmerlicht sieht sie noch schlimmer aus. Ihre ohnehin schon blasse Haut ist wächsern und mit hellrotem Blut verschmiert. Ihre Augen sind kaum geöffnet. Ihr Mund ist schlaff. Ihre Wangen von Tränen befleckt.

Du darfst mir nicht wegsterben.

Nicht heute.

Ich drehe den Wasserhahn auf und lasse kaltes Wasser auf ihren vollständig bekleideten Körper spritzen. Brooklyn schnappt nach Luft, ihr Rücken krümmt sich.

»Was zum … Phoenix?«

»Aufwachen, verdammt. Nicht schlafen«, befehle ich.

Als ich unter dem Waschbecken nach dem versteckten Notfallset suche, finde ich es unter dem doppelten Boden, zusammen mit meinen Zigaretten, etwas Bargeld und ein paar Ersatzhandys.

Wir haben es nach Elis letztem schlimmen Vorfall eingerichtet. Damals musste er auch genäht werden. Das Geräusch, das Brooklyn über die Lippen kommt, durchbohrt mein verdammtes Herz. Gefangen zwischen einem Schluchzer und einem Schrei, lässt sie ihrer Wut freien Lauf.

»Du hättest mich dort lassen sollen«, schreit sie mich schwach an.

»Das wird nicht passieren. Hast du mich verstanden?!« Ich verliere die Geduld und schüttle sie grob, wobei mir die Hysterie in den Ohren dröhnt. »Niemand checkt vorzeitig aus. Sitz deine verdammte Zeit ab und du bist frei. Deine Sünden müssen dich nicht definieren.«

Brooklyns Kopf kippt zur Seite, ihre Augen fallen zu und Panik ergreift meine Lunge. Ich rufe ihren Namen, aber sie bleibt schlaff und kaum ansprechbar. In meiner Verzweiflung nehme ich das Set und steige zu ihr in die Wanne.

Unter der eisigen Gischt reiße ich ihre Augen auf und zwinge sie, mich anzuschauen. Sie hält durch.

»Wie hast du das gemacht? Elis Zimmer wurde vom Sicherheitsdienst durchsucht.«

Ihr halbbewusstes Grinsen verursacht mir eine Gänsehaut. »E-Eli ist gut im V-Verstecken von Sachen. Ich bin g-gut darin, sie zu finden.«

Ich versuche, sanft zu sein, nehme sie in meine Arme und lege meine Hand in ihren Nacken. »Halt die Luft an. Das wird wehtun.«

Eins, zwei … drei.

Ich kippe die Flasche mit dem Antiseptikum auf ihre zerfetzte Haut und beiße die Zähne zusammen, als sie sofort aufschreit.

»Ist ja gut, atme …«, beruhige ich sie und drücke ihren Kopf an meine Brust.

Meine eigenen Hände zittern heftig, während sie mein nasses T-Shirt umklammert. Das Badewasser färbt sich schockierend rot, als es in den Abfluss läuft, und der stechende antiseptische Geruch hängt in der Luft.

Brooklyn wird schlaff, aber ich kann die rasselnden Atemzüge aus ihrer Brust hören. Sie ist noch bei mir. Im

Kampf gegen die Zeit richte ich sie auf, greife nach dem Set und fädle die Nadel in Sekundenschnelle ein.

»Hier.« Ich biete ihr meine Jackenmanschette an und schiebe sie in ihren schlaffen Mund. »Beiß zu und versuch, ruhig zu sein. Wir brauchen im Moment keine Gesellschaft.«

Ich brauche eine Stunde, um die tiefsten Schnitte zu nähen, zu reinigen und zu verbinden. Sie hat die großen Arterien verfehlt, aber es trotzdem geschafft, sich so zu verletzen, dass ihr Leben in Gefahr ist. Sie braucht Blut. Ich bin so wütend, dass ich kaum noch klar denken kann und mich streng diszipliniert auf ein Problem nach dem anderen konzentrieren muss.

Dann werde ich sie dafür bestrafen, dass sie versucht hat, mich zu verlassen.

»Ich würde dir ja etwas gegen die Schmerzen anbieten, aber darum geht es ja auch, oder?«, blaffe ich sie an.

»Fick dich. Ich habe dich nicht darum gebeten, mir zu helfen.«

Behutsam ziehe ich ihren geisterhaften weißen Körper aus der Wanne, ohne auf die blutigen Spuren zu achten. Ich trage sie zu meinem Bett und setze sie dort ab. Große, entnervende Augen starren mich an.

Meine Finger legen sich um ihr Kinn, und ich kämpfe gegen den Drang an, sie hier und jetzt übers Knie zu legen, so wie sie es verdammt noch mal verdient. Dem Tode nahe hin oder her.

»Du bist egoistisch und nimmst keine Rücksicht auf die Gefühle anderer«, werfe ich ihr vor und starre sie an.

Sie lässt sich in die Kissen fallen und betrachtet die dicken Verbände, die ihre Arme umschließen. »Bist du echt?«, fragt Brooklyn mich.

Mir rutscht das Herz in die Hose. »Natürlich bin ich echt.«

Ich streiche ihr über die Wange, damit sie mich spüren kann, und sie lehnt sich automatisch in meine Berührung. Ich bin so erschrocken, wie ich es noch nie in meinem Leben war, als ich ihren betäubten, verwirrten Blick bemerke.

Was ist mit ihr passiert? Erst Eli, jetzt mein Hitzkopf. Die Welt fühlt sich an, als würde sie untergehen.

»Es ist der Jahrestag«, murmelt Brooklyn.

»Wovon, Baby?«

Sie versucht, sich zu beherrschen, aber die Worte sprudeln nur so heraus, gefolgt von fast hysterischen Tränen.

»Vor einem Jahr wurde ich zu einem Monster. Ich werde euch nicht alle mit mir in die Hölle hinunterziehen. Ihr habt etwas Besseres verdient als das. Lass mich jetzt gehen, und es wird für alle einfacher sein.«

Ich breche neben Brooklyn zusammen und ziehe mir das klebrige, befleckte T-Shirt über den Kopf. Ich kann verdammt noch mal nicht denken, wenn ich mit ihrem Blut bedeckt bin. Es raubt mir den Verstand und erinnert mich daran, dass wir sie fast verloren hätten.

»Das ist heute? Scheiße, Baby …«

Brooklyn starrt an die Decke und murmelt ein schwaches *Ja*. Ich kann sehen, wie ihre Augenlider flattern und der Schlaf sie zu sich lockt. Es ist genügend Blut in Elis Zimmer und in der Badewanne, um ihre Bewusstlosigkeit zu rechtfertigen.

Ich beobachte sie, bis sie schließlich nachgibt und sich verkriecht, obwohl sie immer noch ihre durchnässten, ruinierten Klamotten anhat. Dieses Mädchen wird mich und alles zerstören, wofür ich gearbeitet habe.

Ich spüre bereits, wie der drohende Wahnsinn in meinem Kopf brodelt und hinter meinen Augen brennt, während er sich an die Oberfläche kämpft. Es ist alles zu viel, ich kann das nicht mehr tun. Immer und immer wieder die verdammten Scherben von anderen aufsammeln. Ich habe genug mit meinen eigenen Scherben zu kämpfen.

Ich ziehe Brooklyn die Jeans und das T-Shirt aus und gehe dabei so behutsam wie möglich vor. Sie rührt sich kaum, ihr

Körper ist schlaff unter meiner Berührung. Ich ziehe ihr eines meiner Shirts über den Kopf und decke sie zu. Ich überprüfe noch einmal die Verbände, um sicherzugehen, dass sie fest sitzen, und ziehe mich zu Kades Bett zurück, um sie zu betrachten.

Wir brauchen Blut.

Medikamente.

Beruhigungsmittel.

Einen verdammten Psychiater.

Echte medizinische Betreuung, nicht nur von mir. Aber wenn ich sie ausliefere, war's das. Sie werden sie höchstwahrscheinlich nach Clearview zurückschicken, ohne Hoffnung, es jemals wieder verlassen zu können. Oder sie landet in Einzelhaft, wo nie etwas Gutes passiert.

Es gibt hier keine richtige Antwort. Ich bin gezwungen, zwischen dem Verlust meines Hitzkopfes und der Rettung ihres verdammten Lebens zu wählen. Als mein Handy in meiner Tasche vibriert, erschrecke ich und bemerke Hudsons Namen, bevor ich rangehe.

»Wo bist du? Ich sitze allein beim Mittagessen wie ein verdammter Freak.«

Ich kneife mir in den Nasenrücken und seufze. »Lange Geschichte. Komm in mein Zimmer.«

Es gibt eine lange, geladene Pause, bevor er antwortet. »Ich habe ein Treffen mit Mariam. Geht auch in einer Stunde?«

»Nein. Beeil dich, verdammt.«

Ich lege auf und setze meine stille Wache fort. Meine Hände sind fest geballt, während ich mit meinen Gefühlen ringe. Brooklyn kann ihrer Vergangenheit nicht entkommen, während sie sie weiterhin quält.

Das werde ich nie in Ordnung bringen können, egal wie oft ich sie nähe oder sie zum Lächeln bringe. Manche Narben sitzen einfach zu tief. Ich plündere meinen Pillenvorrat, breche zwei Kapseln auf und kippe sie vorsichtig in ein Glas Wasser.

Brooklyn lange genug zu wecken, um es ihr zu verabreichen, ist einfach, und die starke Dosis zeigt bald ihre Wirkung. Sie ist komplett weggetreten. Sicher … für den Moment.

Ich kann meinen Hitzkopf nicht an die Dämonen in ihrem Kopf verlieren.

Keiner von uns wird mit sich selbst leben können.

KAPITEL 38
BROOKLYN

LITTLE MONSTER – ROYAL BLOOD

VOR EINEM JAHR

»DANKE FÜRS MITNEHMEN.«

Grant sieht zu, wie ich nach meiner Handtasche greife und lässt eine Hand in seine Hosentasche gleiten. Mir läuft das Wasser im Mund zusammen, als er die Tüte mit dem weißen Pulver herauszieht und zu mir herüberschiebt.

»Das ist das Mindeste, was ich tun kann. Das sollte für eine Weile reichen. Aber sag Bescheid, wenn du mehr willst.«

Ich presse meine Beine zusammen und versuche, angesichts des Brennens nicht zusammenzuzucken. Sex mit ihm ist nie sanft, aber wenigstens habe ich etwas davon. Auch wenn ich das nächste Woche wiederholen muss, um mir ein paar Drogen zu besorgen, die mich über Wasser halten.

»Klar doch. Wir sehen uns morgen bei der Arbeit.«

»Bis dann, B.«

Ich steige aus und schaue ihm hinterher. Es juckt mich in den Fingern, reinzugehen und meine nächste Dosis zu nehmen. Vic ist nach einem Besuch bei seinen Eltern zu Hause, also muss ich verdammt high sein, um die ganze Nacht seinen besitzergreifenden Scheiß zu ertragen.

Meine Fingernägel graben sich in meine Handflächen, als ich mit dem beschissenen Aufzug den ganzen Weg zu unserer Wohnung hinauffahre, und meine Angst und Beklemmung steigt ins Unermessliche.

Schlitz ihm die Kehle auf und lauf weg, flüstert der Teufel in meinem Kopf.

»Nein«, murmle ich und krame meine Schlüssel hervor. »Ich höre dir nicht zu.«

Sie flüstern mir jetzt ununterbrochen zu, die Schatten. Für immer meine dunklen und unheimlichen Begleiter. Es wird von Tag zu Tag schwieriger, sie auszublenden, aber die Alternative ist noch schrecklicher. Ich weiß, was mit meiner Mutter geschah, als sie aufhörte zu kämpfen. Es ist nicht schön.

Sobald ich die Wohnung betrete, erhebt sich Vic und kommt mir in der Küche entgegen. Sein Hemd ist aufgeknöpft und enthüllt gebräunte Muskeln, die mich nicht mehr reizen.

»Wo warst du?«, fragt er.

Ich lasse meine Schlüssel auf den Tresen fallen und ziehe meine Lederjacke aus. Die kalte Luft kühlt meine nackten Beine und den Schritt unter meiner beschissenen Uniform. Ich konnte dieses Höschen nicht zu Hause tragen, nicht, nachdem ich mich von Grant habe ficken lassen, sobald wir das Diner geschlossen hatten.

»Spätschicht, Kunden«, lüge ich und zucke mit den Schultern. »Ich brauchte die Überstunden.«

»Das ist verdammter Blödsinn! Du lügst mich schon wieder an.«

Vic ringt die Hände, und sein Gesicht leuchtet vor Wut. Er packt mich am Arm und stößt mich gegen die Wand, ohne auf mein schockiertes Quietschen zu achten.

»Hör auf, nach Strich und Faden zu lügen!«

Er schreit und tobt und brüllt mir ins Gesicht, als ob er denkt, dass ich zuhöre. Er hat sich in den letzten Monaten drastisch verändert und wird immer gewalttätiger, je mehr ich ihn wegstoße. Die Wahrheit ist nicht länger ein verborgenes Geheimnis zwischen uns.

Jeden Tag ficke ich und dröhne mich zu, und er erstickt mich mit seinen Forderungen, dass ich aufhören soll, mich langsam umzubringen. Ich habe mich inzwischen an die regelmäßigen Schreikämpfe gewöhnt.

Wenn er so ist, kann ich ihn nur ausdruckslos anstarren, denn die Stimmen in meinem Kopf sind viel lauter. Sie werden mit jeder Sekunde stärker und überwiegen sein erbärmliches Gejammer.

Töte ihn, Brooklyn.

Er ist wertlos. Töte ihn.

Du weißt, dass du es willst.

Ich umklammere meinen Kopf und kneife die Augen zusammen. Vic packt meine Handgelenke und reißt sie weg, um mir direkt ins Gesicht zu schreien. Ich sehe rot, überwältigt von dem Druck in meinem Kopf. Meine Faust trifft seinen Kiefer und er taumelt zurück, seine Augen weit aufgerissen.

»Fass mich nicht an«, schreie ich ihn an.

»Was ist nur in dich gefahren? Ich erkenne dich gar nicht mehr wieder.«

Es wäre so einfach, ihm ein Messer in den Bauch zu rammen und das heiße, befriedigende Blut fließen zu spüren. So verdammt einfach. Ich beiße mir auf die Lippe und weigere mich, seine Frage zu beantworten. Die Säure, die sich ihren Weg durch meine Kehle bahnt, raubt mir die Stimme.

Die Schatten klettern die Wände hoch und infizieren meine Sicht. Sie drehen und schlängeln sich durch die Luft, um mich zu erreichen, größer als ich sie je zuvor gesehen habe. Sie sind wie hoch aufragende Todesengel, die entschlossen sind, sich das zu holen, was von meiner schwarzen Seele übrig ist.

»Nein! Hört auf! Geht weg!« Ich versuche, den Visionen zu entfliehen.

»Lauf nicht vor mir weg, Brooklyn!«, schreit Vic, der meine Reaktion missversteht. »Ich rede mit dir!«

Er stürmt hinter mir her, packt mich am Haar und schleudert meinen Körper auf den Küchentisch. Meine Augen brennen von dem Schmerz auf meiner Kopfhaut, als sein Griff um meine Kehle fester wird.

»Wer ist es, hmmm? Wen vögelst du?«

Seine wütenden Augen suchen meine und lösen jeden Rest an Kontrolle auf, den ich noch habe. Ich kann nicht länger häusliches Glück vortäuschen.

Realistisch betrachtet ist alles zwischen uns verdorben und giftig. Das ist kein Leben. Ich gebe die Vorstellung auf und lasse meinem Hass freien Lauf.

»Jeden. Ich ficke jeden, solange du es nicht bist!«

Das kurze Gefühl des Sieges wird durch den grausamen Schlag in mein Gesicht wieder ausgelöscht. Sterne explodieren hinter meinen Augen, während Blut aus meiner Nase strömt.

»Ich wusste es! Du bist eine Psychoschlampe, weißt du das? All die Monate habe ich dir zugesehen, wie du dich bis zur Besinnungslosigkeit betrunken und zugedröhnt hast.« Vic schüttelt den Kopf, ein widerwärtiges Grinsen umspielt seine Lippen. »Ich hätte dich sterben lassen sollen. Du willst es offensichtlich. Geh zu deinen Eltern.«

»Warum lässt du mich dann nicht sterben? Geh weg.«

»Weil ich dich liebe! Alles, was ich je wollte, war, mein Leben mit dir zu teilen, aber es ist, als wäre das Mädchen, das ich geliebt habe, vom Teufel entführt worden. Aber sie ist immer noch da drin. Ich weiß es.«

»Sie existiert nicht, verdammt!«, schreie ich und gebe ihm eine Ohrfeige.

Ein großer Fehler.

Man kann die Bestie nicht anstacheln und damit davonkommen.

Vic blinzelt, seine bemitleidenswerte Maske verrutscht und enthüllt den verborgenen Dämon in seinem Inneren. Ein gestörter Geist, getarnt durch ein hübsches Gesicht und charmante Worte.

Ich bin nicht die Einzige, die diese Beziehung vergiftet. Er schlägt mich erneut, dieses Mal mit dem Gesicht auf den Tisch. Ich bin vorgebeugt und entblößt, meine nackten Beine zittern von der plötzlichen Welle der Angst.

»Liebst du mich nicht mehr? Willst du lieber einen anderen ficken?«

Ich schreie und wehre mich vergeblich. »Lass mich los. Ich liebe dich nicht!«

»Schade! So etwas darfst du nicht sagen.«

Er spreizt meine Beine mit seinem Knie, woraufhin Übelkeit in meinem Bauch aufsteigt. Ich wehre mich weiter gegen sein Gewicht und versuche, mich zu befreien. Er ist so viel größer als ich, gestärkt durch seine Wut. Ich bin seine Beute, gefangen und verletzlich.

»Bitte nicht«, flehe ich und gebe meiner Angst nach.

»Alles, was ich je getan habe, war, dich zu lieben«, antwortet Vic an meinem Ohr, sein Atem heiß und klebrig. »Das ist alles deine Schuld, Brooke. Du zwingst mich, das zu tun.«

»Es ist vorbei! Hör auf! Hör sofort auf!«

»Nein! Es ist nicht vorbei. Du wirst deine verdammte Lektion lernen und mir Brooklyn zurückgeben«, fordert er. »Nicht diese verkorkste Hure, die seit Kurzem die Leitung übernommen hat. Erwidere meine Liebe!«

Ich kann nicht mehr protestieren, die Tränen fließen mir über die Wangen, als seine Jeans rascheln und der Gürtel sich öffnet. Jede Sekunde fühlt sich wie ein eigener individueller Tod an, der sich in einer endlosen, höllischen Schleife wiederholt.

Die Lähmung hat mich übernommen und hält mich in diesem Albtraum gefangen. Ich beiße mir auf die Zunge und unterdrücke ein schmerzerfülltes Schluchzen, als er seinen Schwanz grob in mich stößt. Qualen zerreißen mein Inneres.

»Genau so, denk daran, wer dich liebt«, spottet Vic, während er seine Finger tief in meine Hüften gräbt.

Töte ihn. Töte ihn. Töte ihn.

Ein wütendes Stimmengewirr füllt meinen Kopf, das all die verschiedenen Monster miteinander verbindet, bis sie zu einem Tsunami mörderischer Wut verschwimmen.

Ich öffne meine tränennassen Augen und beobachte die Schatten, die wie schwarzer Teer an den Wänden herablaufen. Sie kommen immer näher und versprechen Versuchung und Sünde.

Töte ihn. Töte ihn. Töte ihn.

Vic stöhnt mit seinem Höhepunkt und stößt mich zur Seite. Ich sacke entkräftet auf den Boden, rolle mich zum Schutz zusammen und umarme meine Knie. Wärme sickert zwischen meine Beine, Blut vermischt sich mit seinem Sperma.

Plötzlich überkommt mich die Erinnerung an die Vergangenheit und an den letzten Mann, der mich vor vier langen Jahren angegriffen hat. All das, während die Person, die ich am meisten liebte, zusah.

Hudson.

Meine erste Liebe.

Er war nicht gewalttätig wie Vic. Dieser unvollkommene blauäugige Narr wurde von dem Schläger des Drogenbarons an die Wand gedrückt und gezwungen zuzusehen, während ihm die Tränen über das Gesicht liefen. Was passiert ist, hat ihn genauso gebrochen wie mich.

Seitdem habe ich niemanden mehr geliebt, der Schmerz saß zu tief. Er öffnete eine Kluft in meiner Brust, die den Weg für jeden Moment der Qual seither ebnete. Es ist alles auf diesen Moment hinausgelaufen, jede Sünde und jedes Geheimnis hat ein eigenes Monster geschaffen.

Mich. Ich bin das Produkt des Bösen.

Ich bin bereit, selbst etwas Schmerz zuzufügen.

Vic geht in die Küche und holt sich ein Bier. »Wir ziehen um. Es ist mir egal, wohin. Pack deinen Scheiß zusammen und reich deine Kündigung ein. Das ist ein verdammter Befehl, Brooklyn.«

Töte ihn. Töte ihn. Töte ihn.

»Nein«, krächze ich.

Das Wort ist nicht mehr als ein Flüstern. Das ist nicht wichtig. Die Stimmen werden mich beschützen. Sie wissen, was das Beste ist. Ich muss nur tun, was sie mir sagen. Es ist eine unmögliche Aufgabe, meine Beine unter mich zu bekommen, aber ich zwinge meinen gebrochenen Körper, sich zu bewegen. Vic wirft mir einen angewiderten Blick zu und geht zum Sofa, wo er ein Fußballspiel einschaltet, als wäre nichts zwischen uns passiert.

Lass ihn nicht damit durchkommen.

Bestrafe ihn. Bade in seinem Blut.

»Ich gehe nirgendwohin«, sage ich, diesmal ein wenig energischer. Ich greife nach dem Messerblock in der Küche und schnappe mir das Hackbeil. Es liegt schwer in meiner Hand, aber es fühlt sich erschreckend gut an.

»Du redest wieder Unsinn. Geh packen.«

Sein Blick ist auf den Fernseher gerichtet. Er ist völlig abgelenkt, während er mich einfach herumkommandiert. Mein ganzer Körper zittert, als ich hinübergehe, die Waffe hinter meinem Rücken umklammert. Luzifer selbst ruht auf meiner Schulter und lockt mich mit seinen unheiligen Forderungen weiter.

Greif zuerst den Hals an.

Er ist weich, zart, verletzlich.

Dann bring die Arbeit zu Ende.

»Dusch auch, wenn du schon mal dabei bist. Ich kann den

Geruch dieses Diners an dir nicht ertragen.« Vic schnaubt und kippt den Rest seines Biers hinunter. »Schrubb auch deine dreckige Fotze, damit das Arschloch, das dich gevögelt hat, verschwindet. Wir werden nie wieder darüber reden.«

Ich bleibe direkt hinter ihm stehen, nahe genug, um das erdige Bier zu riechen. Eine Bewegung, und das Ganze ist vorbei. *Tu einfach, was die Stimmen sagen,* erinnere ich mich. Der Rest wird sich von selbst regeln.

Mein Herz klopft, mein Brustkorb pocht, der Schweiß rinnt mir übers Gesicht. Die Sekunden dehnen sich endlos. Ich hebe die Klinge, ein triumphierendes Lächeln im Gesicht.

So ist es gut, braves Mädchen.

Gib ihm, was er verdient, weil er dich verletzt hat.

Ich schneide und steche zu, wobei ich schreie wie ein Tier. Vic wehrt sich zuerst, seine Augen vor köstlicher Angst geweitet. Ich habe das Überraschungsmoment.

Die scharfe Klinge durchtrennt sein Fleisch und er fällt auf den Boden, wobei die Bierflasche zerspringt. Blut gurgelt aus seinem Mund, spritzt und fließt aus den freigelegten Arterien in seinem Hals. Langsam erstickt er, klammert sich an die Luft und hofft auf Hilfe, die nie kommt.

Ich lächle süßlich. »Es tut mir leid, Babe. Ich liebe dich, wirklich.«

Die Klinge gleitet in seinen Torso und durchbohrt seine Organe, während ich brutal angreife und keinen Teil von ihm unberührt lasse. Als ich fertig bin und mein Durst nach Rache gestillt ist, sind seine Augen leer.

Nichts als ein geschlachteter Kadaver bleibt übrig, der meinen cremefarbenen Teppich mit einem purpurnen Fluss durchtränkt.

Gut gemacht. Hat sich das nicht gut angefühlt? Die Macht?

Du kannst verletzen, wen du willst.

Nimm ihr Leben und tanze in ihrem Blut.

Du weißt, dass du es willst.

Ich schlendere zum Schlafzimmer und zertrümmere auf

dem Weg dorthin endlose gerahmte Fotos. Dann starre ich auf mein entsetzliches Spiegelbild.

Es gibt jetzt eine neue Version von mir – jemanden, der nicht mehr zu retten und für die Welt unwiderruflich verloren ist. Schatten wickeln sich um meine Knöchel, Stimmen flüstern ihren Beifall in meinem Kopf.

Blut beschmiert meine Uniform und meine Haut. Fasziniert reibe ich Kreise in die klebrige Flüssigkeit. So schön. Vic musste sterben. Genau wie ich. Ich hebe die Klinge an meinen Arm und halte sie in Position, bereit, ein Loch in meine Arterie zu reißen.

Nein, Brooklyn.

Du musst fliehen, nicht sterben. Kümmere dich um die Leiche.

Es gibt noch viel mehr Menschen, die es verdienen zu sterben.

Finde sie.

Kopfschüttelnd diskutiere ich mit den Stimmen und verteidige meinen Fall. Der Tod ist die einzige Option. Ich bin zu weit gegangen, um weiterzumachen. Aber letztendlich kontrollieren mich die Schatten.

Ich hinterlasse blutige Fußspuren auf dem ganzen Weg zurück zu Vics auskühlender Leiche. Er ist zu groß und schwer, als dass ich ihn bewegen könnte. Ich muss kreativ werden. Ich darf nicht enttäuschen, ich habe eine Aufgabe bekommen. Sie muss vollendet werden.

Ich muss die Arbeit zu Ende bringen.

Mit einer Handsäge sollte das kein Problem sein.

KAPITEL 39
HUDSON

THE JESTER – BADFLOWER

»DU WIRST MIR GENAU SAGEN, was hier passiert ist, oder ich werde dir langsam und schmerzhaft jeden einzelnen Knochen in deinem Körper brechen.«

Phoenix bringt mich zum Schweigen und zerrt mich in die Ecke des Zimmers, weiter weg von dem unruhig schlafenden Mädchen in seinem Bett.

»Sei leise, ja? Je länger sie weg ist, desto besser.«

Er fährt sich ängstlich mit der Hand durch sein Haar und schaut wieder zu ihr hinüber. Ich folge seinem Blick, und der Schmerz in meiner Brust blüht bei diesem verheerenden Anblick auf.

Brooklyn ist fest in Laken eingewickelt und stöhnt im Schlaf. Leuchtend weiße Verbände lugen aus der Bettdecke hervor und verraten das Ausmaß unserer derzeitigen misslichen Lage.

»Ich habe ihr eine Ladung meiner Beruhigungsmittel ins Wasser gemischt«, informiert Phoenix mich. »Eine doppelte Dosis. Sie hat es gebraucht.«

»Du hast ihr deine Medikamente in den Drink getan? Kumpel, was soll der Scheiß? Sie ist nicht manisch.«

Er funkelt mich entrüstet an. »Wäre es dir lieber, wenn sie

es noch einmal versucht? Wäre ich nicht reingekommen und hätte sie zusammengeflickt, wäre sie gestorben. Verblutet und verdammt noch mal *gestorben*.«

Mein Mund wird zu Asche, der bittere Geschmack auf meiner Zunge weigert sich, geschluckt zu werden. Es fühlt sich an, als hätte sich eine Schlange um meine Eingeweide gewickelt und würde sie fest zusammendrücken, um mir die Luft zu nehmen.

Gestorben.

Sie hätte mich wieder verlassen, dieses Mal für immer. Der Gedanke daran zerstört mich.

»Wir können sie nicht ausliefern. Sie werden sie zu ihrem eigenen Schutz ins Loch werfen.«

»Oder sie dorthin zurückschicken, wo sie herkommt«, sage ich grimmig. »Wenn sie sie als zu instabil für Blackwoods Programm erachten.«

»Verdammt noch mal!«, flucht Phoenix. »Was zum Teufel machen wir denn jetzt?«

»Wir kümmern uns selbst darum! Wir haben keine andere Wahl!«

»Das können wir nicht. Sie braucht medizinische Hilfe.«

Er starrt mich an und schüttelt den Kopf, als wäre ich derjenige, der instabil ist. Ich kämpfe gegen den Drang an, ihn noch mehr anzuschreien. Er geht zum Bett hinüber und setzt sich, wobei er mit einer Hand über Brooklyns freie Schulter streicht.

»Sag mir ehrlich und auf der Stelle, was du für sie empfindest.«

»Hm?« Ich sehe ihn stirnrunzelnd an.

»Beantworte einfach die verdammte Frage. Leg alle Karten auf den Tisch.«

Ich lasse mich auf den Boden sinken, die Beine ausgestreckt, während ich mich durch das Gedankenchaos in meinem Kopf kämpfe. Es sind zu viele, um sie zu zählen.

Liebe. Hass.

Lust. Scham.

Alles vermischt sich zu einer riesigen Scheiße, bei der mir der Kopf schwirrt. Aber ein Gedanke brennt zu hell, um ihn zu ignorieren.

»Ich kann sie nicht verlieren. Nicht jetzt, wo ich sie wiedergefunden habe«, gebe ich zu. »Sie ist jetzt anders, nicht mehr die Person, die sie vorher war. Aber das spielt keine Rolle, meine Gefühle haben sich nicht geändert.«

Phoenix nickt feierlich, seine ernste Haltung ist so untypisch für ihn. Aber in Krisenzeiten haben wir alle unsere guten Seiten. Er hat Eli schon oft in ähnlichen Situationen gerettet, ohne sich zu beschweren.

»Du solltest wissen, dass ich mich in sie verliebt habe«, fügt er hinzu.

Ich wünschte, ich könnte sagen, dass ich überrascht bin, aber ich habe gesehen, wie sie sie anschauen. Man muss schon ein Narr sein, um das zu übersehen.

Die Jungs sind alle verdammt hingerissen, genau wie ich. Auf unerklärliche Weise angezogen von der schönen, chaotischen Katastrophe, die Brooklyn West und ihr verrückter Kopf ist.

»Wir alle sorgen uns um sie, also müssen wir eine Lösung finden.« Ich schaue wieder zu meinem Mädchen und lasse mich von dem Heben und Senken ihrer Brust beruhigen. »Ich hole Kade, er wird wissen, was zu tun ist.«

Phoenix schnaubt. »Ja, klar. Er ist damit beschäftigt, den anderen Idioten zu reparieren, der auf Selbstzerstörung aus ist.«

»Was genau schlägst du dann vor?«

Er streichelt weiter Brooklyns Haut und kaut auf seiner Lippe. »Sie wird für ein paar Stunden weg sein. Wir müssen alle zusammenbringen, um mit ihr zu reden und sie zur Vernunft zu bringen.«

»Mit ihr reden? Ist das deine Lösung?«, wiederhole ich.

Ist das sein Ernst?

»Wir müssen sie überzeugen, hierzubleiben.«

Ich kämpfe gegen meine erste Reaktion an, denke kurz über seinen Vorschlag nach und schiebe die Eifersucht beiseite. Wird es funktionieren? Unter uns gesagt, vielleicht haben wir eine kleine Chance auf Erfolg. Eine verdammt kleine.

»Ich werde Kade suchen und ihm alles erzählen«, gebe ich nach.

»Gut«, murmelt Phoenix und nickt vor sich hin. »Wir müssen uns zusammenreißen, wenn sie aufwacht. Jetzt oder nie. Wir müssen alle da sein.«

Mit einem Schnauben gehe ich zum Bett und starre auf meine schlafende Amsel hinunter. Sie klammert sich an die Laken, selbst jetzt noch gequält. Umgeben von uns, vorübergehend sicher vor ihren eigenen Gedanken.

Scheiße, das kann nicht funktionieren. Wir können ihr nicht geben, was sie braucht. Wie kann man jemanden überzeugen zu leben, wenn er es nicht will?

»Es wird funktionieren«, versichert Phoenix mir, als könnte er meine Gedanken lesen.

»Wie kannst du so sicher sein?«

»Weil es keine andere Möglichkeit gibt. Entweder das oder wir lassen sie implodieren. Die Psychiater können sie so nicht sehen. Sie werden sie so tief begraben, dass sie nie wieder herauskommt. Wir sind ihre letzte Chance.«

»Ja, ich weiß.«

Er blickt zu mir auf und schenkt mir ein düsteres Lächeln. »Erledige es, Hud. Für sie.«

»Passt du auf sie auf, bis wir nachher alle hier sind? Ich werde die anderen mitbringen. Pass … pass einfach auf sie auf.« Ich schlucke und lasse etwas von meiner Verzweiflung heraus. »Wir können es uns nicht leisten, es zu versauen.«

»Ja, verstanden«, murmelt er.

Ich drücke Brooklyn einen Kuss auf die Stirn, lasse sie zurück und zwinge mich, mich zu konzentrieren. Ich brauche genau die richtigen Worte für sie, damit sie sieht, dass sie einen Grund zum Leben hat.

Phoenix hat recht, es braucht uns alle. Und wenn wir scheitern, will ich mir die Folgen gar nicht ausmalen. Meine Amsel zu verlieren, ist unvorstellbar.

Ich stürme in den Empfangsbereich, nachdem ich wie ein Verrückter hinübergesprintet bin, und ringe nach Atem. Kade hat Dienst und reißt den Kopf hoch, als ich mit voller Geschwindigkeit eintrete.

»Hud? Was ist denn los?«

Ich deute mit dem Kopf nach hinten. Er wirft einen kurzen Blick in die Runde, um sich zu vergewissern, dass die Luft rein ist. Wir schlüpfen in das hintere Büro, damit wir ungestört sind, und ich schlage die Tür zu.

»Ich muss dir etwas sagen.«

»Ähm, okay. Stimmt irgendetwas nicht?«, fragt er besorgt.

»Nur … nicht ausrasten. Es ist Brooklyn.«

Kade hält inne, die Farbe weicht aus seinem Gesicht. »Was ist passiert?«

Ich bin so verdammt wütend und verängstigt, dass ich kaum geradeaus sehen kann. Es kostet mich all meine Selbstbeherrschung, ruhig und vernünftig zu bleiben. Der Gedanke, dass Brooklyn allein in Elis Bett ausblutet, ist ein Albtraum, der sich in meinem Kopf wiederholt. Wir haben jetzt keine Zeit zu verlieren.

»Sie hat versucht, sich umzubringen«, platze ich heraus.

Kade fällt die Kinnlade herunter und er wird blass. »Was?«

»Phoenix hat sie blutend gefunden.« Ich halte inne und verdränge das schaurige Bild aus meiner Vorstellung.

»Geht es ihr gut?«, fragt er eindringlich.

»Sie lebt, ist aber momentan weggetreten. Wir müssen da sein, wenn sie aufwacht. Und sie braucht medizinische Hilfe. Phoenix hat getan, was er konnte.«

Kade rauft sich die Haare, als Panik ihn ergreift. »Bist du

wahnsinnig? Wir sollten sie sofort zu Doktor Andrew bringen, bevor sie es wieder versucht. Mein Gott, wo ist sie?«

Ich schüttle verzweifelt den Kopf. »Nein! Verstehst du denn nicht? Diesmal bringen sie sie für immer weg. Wenn wir sie ausliefern, verlieren wir sie. Für immer. Sei kein Narr.«

Kades Gesicht verzieht sich. Seine Augen bewegen sich, ohne zu sehen, als würden sie nach Möglichkeiten suchen und nichts finden.

»Aber wir können nicht nichts tun! Ist es nicht besser, dass sie lebt, auch wenn es sie von uns wegbringt? Sie ist eine tickende Zeitbombe, und das weißt du.«

Ich kann nicht anders und schlage den Idioten.

»Au! Verdammt, Hud, wofür war das denn?«

»Um dir etwas Verstand in deinen Dickschädel zu hämmern. Sie wird *verrotten*, wenn sie sie mitnehmen. Du weißt, dass Blackwood der einzige Weg aus dem System ist. Wir reden hier über ihr Leben.«

»Und ich versuche, es zu retten«, zischt Kade.

Ich drehe mich um und gehe weg, um ihn nicht noch mehr zu verletzen. Manchmal sieht er die Welt viel zu schlicht in Schwarz und Weiß.

»Was genau war denn deine Idee? Sie zu vögeln, um es besser zu machen?«, fügt er hinzu.

Er ist verdammt noch mal lebensmüde.

»Reiz mich jetzt nicht, sonst breche ich dir deine verdammten Beine. Natürlich geht es nicht darum!« Ich lasse mich in einen Schreibtischstuhl fallen und sammle mich. »Ich weiß nicht, was ich sonst tun soll.«

Kade kniet vor mir, sein Blick ist eine offene Wunde der Scham. »Was geschieht mit uns? Erst Eli, jetzt Brooklyn.« Seine Augen fallen zu, harte Falten zeichnen sich auf seiner Stirn ab. »Ich habe euch alle enttäuscht. Wir brechen alle zusammen.«

Ich lege eine Hand auf die Schulter meines Bruders, wobei ich eine Ruhe heraufbeschwöre, die ich selbst nicht wirklich glaube. »Wir kriegen das schon hin. Das macht die Familie doch so, oder? Du hast es selbst gesagt.«

Er lächelt halbherzig und wirft mir einen abschätzenden Blick zu. »Vorsichtig, Bruder. Du klingst ein wenig zu optimistisch für deinen eigenen Geschmack.«

»Gewöhn dich nicht daran«, murmle ich.

Wir stehen beide auf, fassen uns an den Händen und nicken anerkennend. Es ist wahrscheinlich das erste Mal, dass wir uns in den achtzehn Monaten, die wir hier verbracht haben, über etwas einig sind.

Brooklyn hat uns allen Widrigkeiten zum Trotz zusammengebracht. Jetzt müssen wir beide daran arbeiten, sie zu retten. Kade hält meine Hand eine Sekunde zu lange, übermannt von einem Moment der Klarheit.

»Gut, dich auf meiner Seite zu haben«, bietet er an.

»Nicht weich werden, wir haben viel zu tun.«

Wir verlassen das Büro und gehen zurück zum Empfang. Meine Aufmerksamkeit wird von dem Wärter erregt, der jemanden die Treppe aus dem Untergeschoss hinaufführt. Mein Blick fällt zuerst auf sein stolzes Grinsen, als er uns dort stehen sieht und entgeistert beobachtet.

»Meine Herren«, spottet Rio. »Wie geht es Elis Bein? Tut es etwas weh?«

Ich versuche, mich zu bewegen, dazu entschlossen, ihn in den Boden zu stampfen und die Wut loszulassen, die mich langsam erstickt. Kade packt meinen Arm und murmelt etwas vor sich hin.

»Er ist es nicht wert. Ich habe ihn wegen des Angriffs bei der Direktorin angezeigt. Er wird auf die richtige Weise bestraft werden.«

Rio stolziert an uns vorbei, in Richtung des nahe gelegenen Büros von Miss White. Meine Finger zucken mit dem Drang, ihn selbst zu bestrafen, aber ich konzentriere mich auf die anstehende Aufgabe und behalte Brooklyn im Kopf.

»Ich hoffe, sie begraben dich in Einzelhaft«, schnauzt Kade.

Bevor Rio mit irgendeiner aufrührerischen Antwort reagieren kann, bellt uns eine strenge Stimme an. »Was genau ist hier los?«

Wir drehen uns alle um und sehen die Direktorin selbst aus ihrem Büro kommen, die Hände in die Hüften gestemmt und ihre Miene unbeeindruckt. Sie trägt wieder einen tadellosen Hosenanzug, dazu lockeres, geföhntes blondes Haar.

»Kade, wenn du deinen Job behalten willst, schlage ich vor, dass du wieder an die Arbeit gehst. Du und deine Freunde bewegen sich bereits auf *sehr* dünnem Eis. Meine Geduld ist begrenzt.«

Ihr kalter Blick wandert zu mir herüber und bittere Feindseligkeit macht sich in ihrem Gesicht breit. »Du solltest beten, dass Rio hier keine Anklage gegen Elijah erheben will, weil er den Streit angefangen hat. Das könnte sehr unschön werden.«

»Was zum Teufel?«, keuche ich schockiert. »Das kann nicht Ihr Ernst sein. Sie stellen sich auf seine Seite?«

Kade und ich starren sie angesichts ihrer Worte ungläubig an. Das ist verdammt noch mal unfassbar. Rio und seine Gruppe unantastbarer Abschaum haben Eli buchstäblich die Scheiße aus dem Leib geprügelt, ihm sogar das Bein gebrochen.

Warum verteidigen sie dieses Arschloch?

»Eli ist derjenige, der im Krankenhaus liegt und fast zu Tode geprügelt wurde«, sagt Kade säuerlich.

Rio hält unschuldig die Hände hoch. »Er hat meine Freunde angegriffen. Es war Notwehr.«

»Keiner von euch hat auch nur einen verdammten Kratzer!«

Miss Whites Geduld ist zu Ende, und sie wendet sich an den schweigenden Wärter. »Bitte geleiten Sie Rio in mein

Büro. Ich werde mich darum kümmern und gleich zu Ihnen kommen.«

Wir schweigen beide und sehen, wie Rio an uns vorbeigeht und in ihr Büro schlüpft. Er wirft mir einen hasserfüllten Blick zu, bevor er verschwindet und Vergeltung verspricht. Mir läuft bei dem Gedanken das Wasser im Mund zusammen. Nur zu. Ich werde den eingebildeten Scheißkerl Stück für Stück in Fetzen reißen.

»Kade, deine Privilegien hier können so schnell wieder aufgehoben werden, wie sie erteilt wurden. Vergiss das nicht.« Miss Whites Gesicht ist verkniffen vor Unmut. »Es gibt hier aus einem bestimmten Grund Protokolle. Elijah hat einen anderen Patienten angegriffen, also trägt er die Schuld.«

»Das ist Blödsinn!«, werfe ich ein.

Sie blickt mich drohend an. »Sei still! Oder du wirst den Rest des verdammten Jahres in Einzelhaft verbringen. Ich habe die Nase voll von dir, Hudson Knight!«

Wir stehen beide still und stumm vor Wut da, während die Direktorin uns vielsagende Blicke zuwirft, um ihre Autorität deutlich zu machen.

»Lasst Rio in Ruhe und kümmert euch um euch selbst.«

Sie dreht sich um und marschiert davon, wobei sie ihre Bürotür so heftig zuschlägt, dass die unbezahlbaren Kunstwerke im Flur wackeln. Wir starren einander an, völlig verwirrt von ihrer unverhohlenen Bevorzugung.

Was zum Teufel hat Rio gegen sie in der Hand? Hat er jeden in diesem korrupten Institut bestochen?

Kade reibt sich den Kopf mit einem gequälten Stirnrunzeln, eindeutig unglücklich. »Rio wird eines Tages bekommen, was er verdient. Irgendetwas stimmt nicht mit diesem Ort.«

»Das ist eine Untertreibung.«

»Ich weigere mich, das auch nur eine Sekunde länger zu tolerieren. Nichts an Blackwood ergibt einen Sinn, schon gar nicht die Macht dieses Arschlochs.«

»Was willst du damit sagen?«

»Im Moment? Nichts. Wir müssen unser derzeitiges Chaos in Ordnung bringen und Eli aus ihrer Reichweite halten. Ein Problem nach dem anderen, Hud.«

Er klopft mir auf die Schulter, um mich zu trösten.

»Komm, wir müssen Doktor Andrew davon überzeugen, Eli freizulassen, und versuchen, ein paar Vorräte für die Behandlung von Brooklyn zu stehlen.«

Wir machen uns gemeinsam auf den Weg in die Krankenstation, wobei wir beide mit der Ungerechtigkeit kämpfen. Nichts an diesem unheiligen Ort ist richtig, das war es noch nie.

In einer geschlossenen Welt mit ihren eigenen Regeln und sozialen Normen sind die Dinge natürlich ein wenig seltsam. Aber das erklärt nicht die wachsende Liste besorgniserregender Vorfälle, die sich nicht zusammenfügen lassen. Ich habe das Gefühl, dass wir die Schrecken, die sich hinter verschlossenen Türen abspielen, nur flüchtig gesehen haben.

Selbst wenn wir Brooklyn und Eli retten …

Das Blackwood Institute wird sie ganz verschlingen.

KAPITEL 40
BROOKLYN

BORN TO DIE – LANA DEL REY

ICH LIEGE STILL DA, mein Körper ist taub und kribbelt. Das Geräusch der laufenden Dusche erfüllt meine Ohren und ist das einzige Gefühl von Realität in diesem stockdunklen Raum. Mein Geist ist schwer, erdrückt von einer ewigen Last, die sich nicht verlagern lässt.

Nach dem metallischen Geschmack von Chemikalien auf meiner Zunge zu urteilen, sollte ich jetzt nicht wach sein. Phoenix hat mich gerettet. Hat mich genäht. Mich betäubt. Wenn er nicht gewesen wäre, wäre ich jetzt sicher tot. Er wusste nicht, dass ich nicht gerettet werden wollte.

Ich bin nicht mehr zu retten.

Ich teste meine Gliedmaßen und bewege mich allmählich aus der steifen Position. Sein kleiner Drogencocktail hat mich eine Zeit lang außer Gefecht gesetzt, aber nach zwölf Monaten Haft habe ich eine Toleranz entwickelt. Er hat sich verkalkuliert. Mittlerweile braucht es mehr als eine Handvoll Beruhigungsmittel, um mich ruhigzustellen.

Dies ist meine letzte Chance.

Keine langwierigen Verabschiedungen.

Kein Schmerz und kein Liebeskummer.

Ich werde einfach verschwinden, und sie können alle in ihr

Leben zurückkehren, als hätte ich nie existiert. Vom ersten Tag an, als ich einen Fuß in das Blackwood Institute setzte, hatte ich nie die Absicht zu bleiben. Dies war nur ein kurzer Zwischenstopp, eine Zwischenstation auf meinem unausweichlichen Weg in die vielversprechende Vergessenheit. Ich habe zugelassen, dass die Jungs mich von meinem wahren Ziel ablenken, wenn auch nur kurz.

Verdammt dumm.

Ich werde nie so sein wie sie.

Meine Sünden sind zu groß.

Ich gehe barfuß und schwankend, der Raum schwirrt um mich herum in einem Kaleidoskop der Verwirrung. Ich muss mich sehr anstrengen, um nicht umzufallen, aber ich habe gerade noch genug Verstand, um weiterzugehen, vorbei an den blutigen, ruinierten Kleidern, die Phoenix auf dem Weg zum Badezimmer ausgezogen hat.

Ich habe meine Zeit abgesessen.

Ich habe meine Züge berechnet.

Ich habe darauf gewartet, dass er seine Deckung fallen lässt.

Dies ist mein letzter Zug. Schachmatt. Diesmal keine Fehlschläge. Mir die Pulsadern aufzuschneiden ist zu riskant, denn wir haben bewiesen, dass die Chancen ungünstig sind.

Diese unerbittlichen Männer werden mich immer wieder mit ihren Hoffnungen und ihrer Verzweiflung zusammenflicken. Sie sehen immer wieder etwas in mir, das einfach nicht da ist.

Vic hat es auch gesehen. Auf seine eigene verdrehte, besitzergreifende Art. Er weigerte sich, mich sterben zu lassen, und zahlte den Preis für seine Dummheit. Ich habe ihn getötet, intim, brutal, *glücklich*. Damals waren die Schatten mein Wegweiser. Sie markieren jetzt meine Schritte.

Ich lasse Phoenix und diese verzerrte Realität hinter mir und schließe leise die Tür. Meine Füße gleiten über den dicken Teppich, nackt und blutig. Es gibt noch eine Sache, die ich brauche, meinen Notfallplan.

Es muss reichen, ich habe keine andere Wahl. Ich werde mich aufhängen und ersticken, wenn es das ist, was nötig ist, um zu entkommen, egal wie unschön es sein wird. Ich gehe zurück in mein Zimmer und hebe die lose Deckenplatte an, suche mit meiner Hand in den Spinnweben, bis sie auf Papier trifft.

Das Paket der Anschuldigungen und des Hasses hat mich in den letzten zwei Monaten verhöhnt, seit Mariam es mir übergeben hat. In all der Zeit habe ich kein einziges Mal nachgegeben, sondern alles für diesen Moment aufgespart.

Es ist nur fair, dass ich die Briefe jetzt lese. Am Ende dieser chaotischen Reise ist es ein passendes Denkmal für diesen unvermeidlichen Tag. Ich habe ein ganzes Jahr länger gelebt, als es Vic vergönnt war. Zeit, dieses Unrecht zu korrigieren.

Ich stopfe das Bündel in meine Lederjacke und ziehe sie an, zu benebelt, um daran zu denken, mir richtige Kleidung oder Schuhe anzuziehen. Mein Verstand ist wie betäubt und nicht mehr zu reparieren.

Mein Blick wandert zu dem Phantom-Mädchen im Spiegel. Sie sieht gequält aus. Abgemagert, müde und unbestreitbar *fertig.* Je länger ich hinschaue, desto mehr sehe ich, wie er mich anstarrt.

Der Goldjunge, der sein Böses verbirgt, der mich auf die schlimmste Art und Weise verletzt hat und an seinem eigenen Blut erstickt ist. Ich sehe mich selbst lächeln. Es ist verdreht und krank. Schatten winden sich um meine Glieder und beginnen zu flüstern, werden stärker.

Er hat es verdient. Du auch.

Komm schon, Brooklyn. Die Zeit ist um.

Ich werfe einen letzten Blick in mein Zimmer und schlucke die aufsteigenden Gefühle hinunter, die mich abzulenken drohen. Es ist chaotisch hier drin, Bücher und Kleidung liegen herum. Ich beobachte die Erinnerungen an die vergangenen zwei Monate, Bruchstücke von Normalität und Zugehörigkeit, die mein unvermeidliches Ende hinausgezögert haben.

Phoenix' Mütze.

Elis Kapuzenpulli.

Kades Rucksack.

Hudsons T-Shirt.

Das Leben ist verdammt vorübergehend, flüchtig in seiner Brutalität. Es endet und beginnt, gefangen in einer Endlosschleife, der die meisten nicht entkommen können. Ich mache mich früher auf den Weg, denn ich kann diese Achterbahn nicht mehr ertragen.

Die Jungs werden das bald vergessen und weiterziehen. Was auch immer ich für sie empfinde … es ist jetzt irrelevant. Ich muss die Arbeit beenden, die ich vor einem Jahr begonnen habe, und die ausstehenden Schulden meines Lebens zurückzahlen.

Ich werde es beenden und alle vier Teile meines Herzens von dieser giftigen *Sache* zwischen uns befreien.

Es klopft an meiner Tür, bevor sie weit aufschwingt. Ich bereite mich darauf vor, gegen denjenigen zu kämpfen, der mich dieses Mal retten will. Ich werde sie verletzen, wenn es sein muss. Sie können mich nicht mehr aufhalten.

»Hey, Brooklyn.«

Grauen ergreift mich. Ich zwinge mich aufzublicken und entdecke Rio in meiner Tür. Er grinst mich an, sein Blick wandert langsam über meinen Körper, bemerkt die Verbände an meinen Armen und den ängstlichen Ausdruck auf meinem Gesicht. Mit einem langsamen und finsteren Lächeln gräbt er mit Leichtigkeit die Wahrheit aus meiner Seele.

»Willst du den Schlüssel immer noch?«

Ich versuche zu sprechen, aber mein Mund ist unendlich trocken. Es kommt nichts heraus.

»Einige Leute haben ihren Platz hier vergessen und müssen eine Lektion erhalten.«

Ich kann nur starren.

»Wir dulden hier in Blackwood keine Respektlosigkeit. Sie müssen daran erinnert werden.« Rio gestikuliert nach hinten zum Korridor, wo sich das Zimmer von Kade und Phoenix befindet. »Willst du mir dabei helfen? Unentgeltlich. Nenn es ein Abschiedsgeschenk.«

Ich nicke, aber kein einziger Laut kommt über meine Lippen. Morbide Hoffnung bläht sich in meiner Brust auf.

»Folge mir«, befiehlt er.

Ich lasse mein Zimmer hinter mir und wir steigen gemeinsam die Treppe zum obersten Stockwerk hinauf. Auf dem Weg kommen wir an mehreren Wärtern vorbei, die Rio nur zunicken und seine Autorität anerkennen.

Es ist fast so, als wäre er derjenige, der das Sagen hat, nicht sie, was überhaupt keinen Sinn macht. Ich warte vor seiner Zimmertür und zittere am ganzen Körper, während er den Schlüssel holt.

Das Geräusch einer einrastenden Bodendiele hallt durch den stillen Raum. Ich bin so nah dran, dass ich die Freiheit fast schmecken kann. Lazlos Frage schießt mir durch den Kopf.

Willst du deine Eltern nicht wiedersehen?

In meiner Brust ist ein seltsames Gefühl, das verzweifelt darum kämpft, sich zu befreien.

»Bereit?« Rio hält mir eine schlanke Schlüsselkarte hin.

Ich umklammere sie fest und nicke noch einmal, obwohl mein Körper versucht, sich mir zu widersetzen. Es fühlt sich an, als würde ich in zwei Richtungen gezogen und meine gesamte Psyche zerreißt in der Mitte. Ich starre ihn an, geplagt von Unsicherheit und einer großen Portion Panik.

»Mach dir keine Sorgen, es ist alles für dich geplant«, sagt Rio, und seine Worte gehen trotz der sofortigen Alarmglocken über meinen Kopf hinweg. »Ich werde einen Wärter aussagen lassen, dass du ihm die Karte gestohlen hast. Ich könnte ihn sogar ein bisschen aufmischen, damit es glaubhaft ist.

Schizophrene können so labil sein, weißt du. Ich werde mich um alles kümmern.«

Warum?

Wer bist du?

Warum tust du das?

Fragen steigen an die Oberfläche wie Dämonen, die sich weigern, zu ertrinken. Ich schiebe sie beiseite und ignoriere den Schrecken der Realität. Dies ist meine Chance. Ich werde sie nicht vergeuden. Egal, welche Figuren auf dem Schachbrett mich, den ahnungslosen Bauern, sorgfältig manipulieren.

Wir nehmen die Treppe zum Dach mit feierlicher Verkündigung. Wie der Sensenmann, der sein Opfer führt, versteckt sich Rio und deutet auf die Überwachungskamera. Er zählt die Sekunden herunter und nickt mir aufmunternd zu, als das rote Licht erlischt.

»Es ist so weit.« Rio wirft mir einen langen, strengen Blick zu, als wolle er seinen Sieg auskosten. »Willst du irgendetwas sagen?«

Ich starre ihn an, und ein unergründlicher Druck droht, meinen Verstand zu zerbrechen. Verwirrung und Panik steigen auf wie ein ausbrechender Vulkan, aber sie bleiben durch die gefühllose Wolke, die alles umhüllt, ausgesperrt.

Ich sollte etwas sagen. Irgendetwas. Aber mir fällt kein einziges Wort ein.

»Du hast das Spiel gut gespielt«, bietet er mit einem versöhnlichen Lächeln an. »Ich hätte nicht gedacht, dass du so lange durchhältst.«

Spiel?

Rio lacht, entreißt mir die Schlüsselkarte aus meinen zitternden Händen und scannt sie, um die Außentür zu öffnen. Seine Hand streicht über mein zerzaustes Haar, und seine Lippen verziehen sich vor zufriedener Belustigung.

»Nichts an diesem Ort ist echt, Brooklyn. Verstehst du das

noch nicht? Es ist alles nur …« Er hält inne, grinst und sucht nach dem richtigen Wort. »Eine Illusion.«

Eiskalte Luft strömt durch den Spalt, verwoben mit Stimmen, die mich nach oben locken.

»Los geht's. Ich kann es kaum erwarten, den anderen davon zu erzählen. Ich werde eine verdammte Beförderung bekommen. Du hast dich als sehr interessant erwiesen. Ich bin froh, dass Augustus beschlossen hat, dich in das Programm aufzunehmen.«

»Augustus?«, stoße ich hervor, kaum lauter als ein Flüstern.

Irgendetwas schreit mich tief in meinem Inneren an, protestiert gegen die langsame Einsicht. Das ist nicht richtig, seine Worte bedeuten etwas.

Ich sollte verdammt noch mal weglaufen und nicht auf ein Angebot eingehen, das einfach zu gut ist, um wahr zu sein. Aber alles ist so laut in meinem Kopf, ich bin zu erschöpft und geschlagen, um mich zu wehren.

»Oh, ja. Schade, dass du ihn nie kennenlernen wirst«, spottet Rio.

Sag es, Brooklyn.

Du kennst die Wahrheit. Sag es.

»Du bist kein echter Patient, oder?«

Rio streicht mir mit einer Art Stolz über die Wange und freut sich, mit seinem wahren Status prahlen zu können. »Es war lustig mit dir, aber es ist an der Zeit. Lebwohl, Brooklyn.«

Meine Füße bewegen sich von selbst und lassen mir keine andere Wahl, als zu folgen. Ich nehme die Stufen nach oben und lasse den Teufel hinter mir. Stimmen schreien in meinem Kopf, weiterzugehen.

Wir sind so nah dran und nichts steht uns mehr im Weg. Auch wenn sich die Vernunft in meinem Unterbewusstsein nach einer Flucht sehnt.

Das ist zu einfach.

Der Wind peitscht mein Haar, als ich auf dem Dach

ankomme. Der Himmel ist in Indigo- und Violetttönen gehalten, ein tosender Sonnenuntergang, der gerade am Horizont verschwindet.

Ich denke an meine Mutter, die sich der Schönheit in den Weg stellt. Sie ist jetzt hier bei mir, ihre Arme offen und bereit, mich zu empfangen.

Ich schaffe es bis zum Rand des Gebäudes, wo meine Füße an Backsteine stoßen, die sich in Luft auflösen. Ich bin froh, dass es auf diese Weise endet. Wenn der Tag in die Nacht übergeht, das Leben sich in den Tod verwandelt.

Die Sache ist die, dass ich nie in der Dunkelheit gelebt habe.

Die Dunkelheit lebt in mir.

Ich nehme das Bündel aus der Tasche, löse vorsichtig den Knoten und lasse die endlosen Briefe um mich herum fallen. Allisons Handschrift schreit von den tintenverschmierten Seiten, die Worte werden in meinem Kopf lebendig, während scharfe Stimmen ihren Hass flüstern. Ich öffne den ersten Brief.

Du hast mir meinen Bruder weggenommen.

Ich hoffe, du verrottest in der Hölle, wo du hingehörst.

Er fällt mir aus den Händen. Der nächste ist mit einem Datum der folgenden Woche versehen.

Wir mussten ihn in Stücken begraben.

So hast du ihn zurückgelassen.

Nicht wiederzuerkennen.

Ich knülle ihn zusammen und werfe ihn über den Rand, beobachte, wie das Papier durch die Luft segelt und den Weg markiert, den ich bald gehen werde. So geht es weiter, Woche für Woche, fast zehn Monate lang.

Jeder Brief spuckt Hass aus, den ich mit Sicherheit verdiene. Unzählige Briefe, in denen mir gesagt wird, ich solle sterben und meinen bösen Makel für immer von dieser Erde entfernen.

Ich bin gern bereit, dem nachzukommen.

Ich steige auf die Kante und mein Körper wackelt in der plötzlich dünnen Luft. Nur noch wenige Zentimeter und ich bin frei. Der letzte Brief liegt in meinen Händen und biegt sich unter dem Gewicht meines erwarteten Griffs.

Ich glaube nicht, dass alle Menschen böse sind. Manche verdienen Vergebung, aber du nicht. Was du meinem Bruder angetan hast … das ist keine Krankheit. Das ist Verderbtheit. Du bist ein Monster, kein Opfer.

Meine Augen fallen zu. Mein Atem stockt. Die Stimmen verstummen. Alles wartet auf den endgültigen Fall. Als ich mich bereit mache, mich in die tröstenden Arme des Unbekannten zu werfen, huschen Gesichter durch meinen Kopf.

Helle haselnussbraune Augen und perfektes blondes Haar. Ein stilles, geheimnisvolles Lächeln und weiche braune Locken. Verspielte blaue Wellen und ein optimistisches Grinsen. Tiefschwarze Strähnen und überwältigendes Bedauern.

Ich taumle am Abgrund und antworte den Bildern in meinem Kopf.

Lebt wohl. Es tut mir leid.

In dem Sekundenbruchteil, bevor ich mich vom Dach stürze, durchdringt ein markerschütternder Schrei die Luft. Gefolgt von Rufen. Brüllen. Meinem Namen. Mehreren Stimmen. Verzweiflung.

Ich drehe meinen Kopf und sehe sie, dieses Mal wirklich. Sie rennen mit wild fuchtelnden Händen auf mich zu.

»Kommt nicht näher!«, schreie ich.

Meine Verfolger erstarren vor Schreck, als ich gefährlich am Rande schwanke. Backsteine bröckeln und stürzen vom Dach, da sie mein Gewicht kaum tragen können. Kade tritt vor und hebt beschwichtigend die Hände, sein ganzer Körper ist von Anspannung geprägt.

»Brooklyn, hör mir gut zu …«

»Nein!«, schreie ich zurück.

Kade zuckt zusammen, sein Gesicht verzieht sich vor

Angst. Er sucht nach Hilfe. Phoenix tritt zögernd vor und lässt Hudson hinter sich, während der einen zappelnden Rio im Schwitzkasten hält.

»Hitzkopf … ich bin's«, bietet Phoenix an.

Er nähert sich mir wie einem verschreckten Tier. Sein Gesicht ist blutverschmiert von einem kürzlichen Kampf. Seine Fingerknöchel sind rissig und bluten. Ich kann sehen, dass Rios Nase blutet, während Hudson ihn weiter würgt.

»Beweg dich nicht. Es gibt nichts mehr zu sagen«, sage ich mit roboterhafter Stimme.

»Es gibt noch alles zu sagen. Du musst das nicht tun. Bitte, lass uns dir helfen.«

Ich bewege meinen rechten Fuß. Weitere Backsteine zerbröckeln, und mein Körper schwankt erneut. »Noch ein Schritt und ich gehe«, unterbreche ich ihn. »Hört auf, euch dagegen zu wehren. Ihr alle.«

»Amsel, halt!«

»Brooklyn, nicht!«

»Hitzkopf, bitte!«

Sie alle schreien und flehen, während ich meinen linken Fuß zurückziehe, so verdammt nah dran, zu fallen. Der Wind frischt auf, und ein Quietschen entweicht meinen Lippen, während ich taumle und darum kämpfe, das Gleichgewicht zu halten. Alle rücken näher und ignorieren meine erhobene Hand, die sie zurückhält.

»Nein! Das ist meine Entscheidung und nur meine allein!«, schreie ich und neige meinen Kopf nach hinten, um den fallenden Regen zu spüren. »Ich muss bestraft werden für das, was ich getan habe. Es tut mir leid, das ist der einzige Weg.«

Ich wende mich von ihnen ab, um mich dem gewaltigen Abgrund zu stellen. Ich hebe meinen rechten Fuß, um mich in die Luft zu schleudern, mein Herz bricht mir die Rippen, als es auszubrechen droht, aber eine andere Stimme hält mich auf.

Schroff. Heiser. Roh. Ungenutzt.

»G-geh … nicht.«

Ich zittere auf einem Fuß, als sich das Geräusch von Krücken auf Beton nähert. Tränen laufen mir über die Wangen und gefrieren im allmählich aufkommenden Wind.

In diesem Moment verschwindet der letzte Rest von Licht aus dem Sonnenuntergang. Unendliche Dunkelheit bricht über alles herein.

»B-bleib.«

Gestottert. Gebrochen. Gequält. Ungeübt.

Ich schaue durch den dicken Tränenvorhang über meine Schulter. Er steht nur wenige Meter von mir entfernt, das Bein in einen Gips gehüllt und sein Gesicht in unnatürlichen Farbtönen gezeichnet. Die braunen Locken sind verfilzt und ungewaschen. Seine Lippen öffnen sich bei den Worten, die nur zu mir gesprochen werden und die Jahre des Schweigens brechen.

Eli lässt eine seiner Krücken fallen und hebt die Hand. Seine Finger sind ausgestreckt, um mich zu sich zu locken. Ich blicke in seine großen Augen, die voller Schrecken aus Vergangenheit und Gegenwart sind, und verstehe ihn auf eine Weise, wie es nur Gleichgesinnte tun können.

Mein Fuß senkt sich von selbst, während wir uns dem aufkommenden Sturm entgegenstellen.

»Ich kann nicht … zwing mich nicht«, stoße ich hervor.

Diese perfekten Lippen verziehen sich nur für mich zu einem Lächeln. Dichte Wimpern umrahmen schillernde smaragdgrüne Augen, die mich anflehen, hinunterzusteigen. Eli wackelt mit den Fingern, lockt, ermutigt, fleht mich an, zu ihm zurückzukehren.

»L-leben«, bringt er mühsam hervor. »W-wir … leben.«

Er hüpft einen Schritt, um den Abstand zwischen uns zu verringern.

»Bitte bleib weg«, schluchze ich gebrochen. »Ich … will nicht leben.«

Eli bleibt nur wenige Zentimeter von mir entfernt stehen, aber er kommt nicht näher heran. Seine Hand schwebt in der Luft und ermutigt mich immer noch, die letzte Lücke zu schließen.

Ich strecke automatisch die Hand aus. Ich kann nicht anders, und unsere Finger verschränken sich. Seine Handfläche ist warm und trocken. Ruhig. tröstlich. *Lebendig.*

»Ich auch nicht.«

Seine Stimme ist roh, aber fließt wie Honig durch meine Adern. Ohne nachzudenken weichen meine Füße von der Kante zurück. Nur ein wenig, aber genug, damit er es sehen kann.

Elis vernichtender Blick gräbt sich unter meine Haut und greift die Ranken des Hasses in meinem Herzen an. Ich atme zittrig ein. Weitere Tränen fallen. Mein Körper zittert. Der Wind heult. Elis Hand umklammert meine schmerzhaft fest.

»Lebe … f-für mich. Für uns.«

Seine Worte streichen über meine Haut und streicheln meine zerbrochene Seele. Er dringt auf eine Weise in meinen Geist ein, wie es kein anderer je tun wird. All das, weil Elijah Woods ich ist. Zerbrochene Teile, zusammengehalten von bitterem Groll und der Entschlossenheit, weniger Platz in der Welt zu beanspruchen.

Ein plötzlicher, brutaler Windstoß kommt gerade in dem Moment, als ich mich entschließe, hinunterzukommen. Eine Schrecksekunde lang schwanke ich in der Luft, bevor ich schließlich das Gleichgewicht verliere.

EPILOG

THE FUNERAL – BANDS OF HORSES

ELI

»WENN JEMAND WEITERE Informationen über die tragischen Ereignisse der letzten Nacht hat, bitte ich euch dringend, euch zu melden. Ihr werdet nicht in Schwierigkeiten geraten. Wir brauchen Zeugen, die das Geschehen aufklären können. Und denkt daran: Selbstmord ist nie die Lösung.«

Miss White wirft einen ernsten Blick in die Cafeteria, ihre Dominanz und Autorität erdrückend. In diesem Raum sind mehr Wärter, als man überhaupt zählen kann, eine klare Machtdemonstration nach dem Chaos der letzten vierundzwanzig Stunden.

Phoenix umklammert meine Hand so fest, dass sie weiß wird. Ich berühre sein hektisch wackelndes Bein, um ihm meine stille Unterstützung zu zeigen. Wir müssen uns vor allen Leuten zusammenreißen.

»Ich verstehe, dass ihr alle erschüttert seid über das, was gestern passiert ist. Es wird eine umfassende Untersuchung stattfinden«, fügt sie bedeutungsvoll hinzu. »Ich kann euch versichern, dass wir der Sache auf den Grund gehen werden.«

»Verdammte Lügen«, zischt Phoenix vor sich hin. »Alles davon.«

Seine beißende Wut tanzt über meine Zunge. Ich schlucke, zwinge den bitteren Geschmack beiseite. *Reiß dich zusammen, nur noch für ein paar Sekunden. Du musst ein tapferes Gesicht bewahren. Sie dürfen die Wahrheit nicht sehen.* Es ist qualvoll, hier zu sitzen, als wäre nichts, aber es ist notwendig.

Miss White seufzt und mischt ihre Papiere, wobei sie die Stirn runzelt. »Das ist für den Moment alles. Der Unterricht fällt für den Rest der Woche aus.«

Stühle kratzen über den Boden, als sich eine Handvoll Therapeuten erhebt, darunter Mariam und Sadie. Sie alle beobachten uns aufmerksam, ihre Gesichter von tiefster Traurigkeit gezeichnet. Als ob es irgendjemanden von ihnen wirklich interessiert.

Miss White räuspert sich und zwingt sich zu einem scheußlichen Lächeln, das so gar nicht zu ihr passen will. »Dieses Institut wird den Verlust eines der Seinen betrauern. Seid versichert, wenn jemand daran beteiligt war … wird es eine Bestrafung geben. Ihr seid alle entlassen.«

Der Raum gerät in Bewegung und die Patienten versuchen zu entkommen. Wir lassen zu, dass sich die Menge auflöst, dann zieht Phoenix mich auf die Beine und bietet mir einen Arm an. Ich bringe meine Krücken in Position und ignoriere entschlossen den Schmerz, der meinen Körper durchzuckt.

»Geht es dir gut?«, fragt Phoenix.

Ich nicke knapp und behalte meine neutrale Miene bei. Wir stolpern langsam an der Direktorin vorbei, die sich von ihrem Gespräch abwendet und uns misstrauisch beobachtet. Wir vermeiden jeden Blickkontakt.

»Glaubst du, sie wissen es?«, flüstert Phoenix, sobald wir draußen sind.

Ich schüttle den Kopf.

Wer weiß das zu diesem Zeitpunkt schon?

Es dauert eine Ewigkeit, bis wir in meinem Schneckentempo zum Wohnheim zurückkehren, aber als wir die Treppe hinaufgehen, bemerke ich, dass es in den Zimmern unheimlich still ist. Jeder versucht zu vermeiden, dorthin zurückzukehren, wo sich die Tragödie der letzten Nacht abgespielt hat. Das gesamte Institut ist bis ins Mark erschüttert.

Als wir an seinem Zimmer ankommen, kramt Phoenix in seiner Jeanstasche nach der Schlüsselkarte. Er scannt sie zittrig und lässt uns beide herein. Kade schießt hoch, sobald wir das Schlafzimmer betreten.

»Wie war es? Was ist passiert?«

Ich lasse Phoenix los, woraufhin er zusammensackt und auf den Teppichboden sinkt. Sofort vergräbt er sein Gesicht in den Händen und atmet unregelmäßig.

»Sie suchen händeringend nach Informationen.«

»Aber niemand hat etwas gesagt?«

Ich schüttle den Kopf. Kades Körper erschlafft sichtlich vor Erleichterung. Er fährt sich mit der Hand durch sein unordentliches Haar, sein Gesicht ist blass und erschöpft. Keiner von uns hat letzte Nacht auch nur ein Auge zugetan.

Wir waren zu traumatisiert, um zu schlafen. Wir sind am Ende unserer Kräfte und klammern uns an Strohhalme, während wir versuchen, uns zu schützen.

»Wir müssen unsere Geschichten abstimmen, falls sie uns befragen«, murmelt Phoenix. »Die Direktorin ordnet eine umfassende Untersuchung an.«

»Ich bin dir weit voraus.« Kade seufzt. »Ich werde später alle informieren.«

Ich ignoriere die beiden, ziehe meine Jacke aus und gehe um die Ecke, um Phoenix' Bett zu sehen. Zwei Körper sind sicher darin verstaut, wo wir sie zurückgelassen haben. Hudson liegt schlafend auf dem Rücken, einen Arm fest um

Brooklyns Schultern gelegt, während sie auf seiner Brust schläft. Seit dem Dach ist er nicht mehr von ihrer Seite gewichen und klammert sich aus Angst besitzergreifend an sie.

»Sie sind schon eine Weile weg«, erklärt Kade mit Blick auf das besetzte Bett. »Sadie hat ihr mehr Beruhigungsmittel gegeben, als sie kam, um die Transfusion zu beenden. Fürs Erste sind wir über den Berg.«

Ich nicke erneut und bin dankbar, dass die angehende Psychologin sich bereit erklärt hat, uns zu helfen.

»Es war gut, sie einzubeziehen, sie ist auf unserer Seite«, lobt Kade mich.

Sie ist die einzige Person hier, der ich auch nur im Entferntesten vertraue. Sadie hat sich in Clearview um Brooklyn gekümmert, also wusste ich, dass wir uns ihr nähern können. Es ist nicht so, dass die anderen das wissen. Glücklicherweise hat sie über die Vergangenheit den Mund gehalten.

Phoenix reißt sich zusammen und gesellt sich zu mir ans Bett, wobei er einen Arm um meine Taille legt, um mich zu trösten. Kade kommt als Nächster und vervollständigt unsere Gruppe, seine Aufmerksamkeit dem bewusstlosen Mädchen gewidmet, das vor wenigen Stunden nur knapp dem Tod entgangen ist. Unsere ganze Welt ruht in diesem Bett.

Wir sind jetzt ihre Familie.

Komme, was wolle.

»Was nun?«, fragt Phoenix ängstlich.

Ich antworte nicht, sondern überlasse es unserem Anführer. Er ist derjenige, der die Kontrolle in diesem Chaos hat, obwohl ich davon ausgehe, dass er auch nur mit dem Strom schwimmt. Kade stößt einen weiteren Seufzer aus und sieht uns beide an. Seine haselnussbraunen Augen sind von einer überwältigenden Unsicherheit gezeichnet.

»Wir müssen herausfinden, wie wir sie am Leben erhalten können, was auch immer dafür nötig ist.«

»Was ist mit Blackwood?«

Kade schluckt schwer, von mehr Angst erfüllt, als ich je bei ihm gesehen habe.

»Irgendetwas stimmt mit diesem Ort nicht. Wir müssen herausfinden, was wirklich los ist, und irgendwie die Tatsache verbergen, dass wir es waren, die Rio von diesem verdammten Dach gestoßen haben.«

BONUS-SZENE

STOP TRYING, BE NOTHING –
BOSTON MANOR

ELI – 6 MONATE ZUVOR

EIN SCHNITT.

Böser Elijah.

Zwei Schnitte.

Dreckiger Sünder.

Drei Schnitte.

Teufelskind.

Ich schwimme in meinem eigenen Blut und atme erleichtert auf. Mit jedem Tropfen, der aus mir herausfließt, gewinne ich die Kontrolle zurück. Stück für Stück entledige ich mich der hohlen Überreste dessen, was ich war. Die gebrochene Person, zu der mich mein Vater gemacht hat. Ein gehorsamer kleiner Junge, der immer tat, was man ihm sagte.

Bete.

Flehe um Erlösung.

Halt dein unheiliges Maul, Junge.

Selig sind die Sanftmütigen.

Das hat mir wenig genützt. Er sperrte mich trotzdem in die Sündenkammer. Er zündete trotzdem ein Streichholz an und ließ ein gerechtes Urteil über mein Schicksal entscheiden.

Der Bastard ging mit dem unerschütterlichen Glauben davon, dass er Gottes Werk verrichtete.

Methodisch reinige ich meine Klinge und stecke sie weg, während ich den Ärmel meines Kapuzenpullis herunterziehe, um die Schnitte zu verbergen. Der Friedhof ist still um mich herum, unterbrochen vom Zirpen der Insekten.

Die Nachmittagssonne strahlt auf mich herab. Der Sommer steht vor der Tür, das Frühlingsgeflüster hat sich verflüchtigt.

In den letzten Monaten, seit ich am Blackwood-Institut angekommen bin, bin ich ein einsamer Wolf geblieben. Der Schwächste des beschissenen Rudels. Es ist eine Notwendigkeit, dass ich mich vor der Welt verstecke. Das ist sicherer, einfacher. Die Welt macht mir eine Scheißangst.

Ich atme die sanfte Brise ein.

Genieße die saubere Luft.

Danke dem Universum für die Freiheit.

Die Jahre der Inhaftierung haben meine Perspektive verändert. Wenn das die größte Freiheit ist, die ich je haben werde, bin ich dankbar. Für mich ist es genug. Meine Tage in Zwangsjacken und Gummizellen sind vorbei. Ich lasse den sicheren Hafen des Friedhofs hinter mir und gehe zurück zum Wohnheim.

Die Patienten starren und tuscheln, als ich vorbeigehe. Ich bin der ansässige Freak, sogar an diesem Ort. Ich sprenge die üblichen Grenzen des Wahnsinns und setze einen ganz neuen verrückten Standard.

Der größte Teil der Bewohner tut so, als würde ich nicht existieren. Diejenigen, die mutig genug sind, mit mir zu sprechen, ignoriere ich. Egal, wie hartnäckig sie sind.

»Eli!«

Da ist er. Seine Schritte sind voller Vertrauen.

»Warte mal, Mann. Wie geht es dir?«

Kade, der Entschlossenste von allen. Er ist ein Sammler von hoffnungslosen Fällen. In den ersten Tagen bin ich vor ihm geflohen. Ich hatte Angst und war nicht in der Lage, Augenkontakt herzustellen, geschweige denn etwas anderes.

Jetzt toleriere ich seine Anwesenheit lediglich. Im Gegensatz zum Rest der menschlichen Spezies bedrängt er mich nicht und bereitet mir kein Unbehagen.

»Warte mal. Phoenix holt gerade sein Handy.«

Ich unterdrücke den Drang, mir auf die Stirn zu schlagen. Dieses Bündel aus manischer Energie und schlechten Witzen ist ein ganz anderes Thema. Er kommt um die Ecke gesprungen, mit einem albernen Grinsen im Gesicht.

»Danke fürs Warten. Hey, Eli.«

Ich spüre, wie er mich mustert und wie immer grinst. Er denkt, ich bemerke die heimlichen Blicke nicht, seine Augen voller Hitze. *Narr.* Ich weiß, was er von mir will, aber es ist zu gefährlich. Jemand wird verletzt werden. Ich bin zu beschädigt, um geliebt zu werden.

Ich folge ihnen in die Cafeteria und nehme meinen üblichen Platz in der Ecke ein. Allein, wie immer. Als ich gerade meine Kopfhörer aufsetzen will, kommen drei Tabletts auf den Tisch. Kade schenkt mir ein beruhigendes Lächeln, während Phoenix mich anstarrt, entschlossen, eine Reaktion zu bekommen. Hudson hat sich auch zu uns gesellt und schmort still vor sich hin. Er ist das grüblerische Arschloch in der Gruppe.

Schweiß bedeckt meine Handflächen.

Asche tanzt über meine Zunge.

Das ist Panik – sauer und furchtbar. Alles, was ich schmecken kann, sind ihre Erwartungen, das inhärente Urteil, das meine Existenz plagt. Als ich in eine Spirale gerate und auf der Suche nach Trost zusammensacke, rettet Phoenix mich.

»Habt ihr gehört, dass Rio erwischt wurde, wie er bis zu den Eiern in der Rezeptionistin gesteckt hat?«

Wasser schießt aus Hudsons Nasenlöchern, als er sich verschluckt, hustet und prustet. Kade klopft ihm auf den

Rücken und unterdrückt ein Grinsen. Bevor er antwortet, schaut er sich um, um sicherzugehen, dass niemand zuhört.

»Es ist wahr. Die Direktorin hat sie auf der Stelle entlassen und zum Weinen gebracht.«

Hudson schiebt sein Tablett weg und rümpft angewidert die Nase. »Ja, jetzt ist mir der Appetit vergangen. Danke für dieses Bild. Wie alt ist sie?«

Kade schnaubt. »Alt genug, um seine Mutter zu sein!«

»Hey, in der Not frisst der Teufel Fliegen.«

Phoenix zwinkert mir zu, was mir die Hitze in die Wangen treibt. Das Flirten ist wirklich schamlos. Ich habe keine Ahnung, was er will, aber das Geschlecht spielt offensichtlich keine Rolle. Er sabbert Frauen und Männern gleichermaßen hinterher.

»Sie haben mich gebeten, in der Zwischenzeit einige ihrer Schichten zu übernehmen«, verrät Kade. »Nur grundlegende Verwaltungsaufgaben.«

»Heißt das, du kannst uns Privilegien und so verschaffen? Beziehungen spielen lassen?«

Kade funkelt Phoenix an, sichtlich verärgert. »Nein! Ich tue nichts Illegales, nur damit du dich vor dem obligatorischen Sportunterricht drücken kannst. Träum weiter, Arschloch.«

Sie streiten sich weiter, und Hudson bringt seine Forderungen ein. Kade lehnt jede einzelne ab, weil er sich an die Vorschriften halten will.

Während er sich in einen Streit mit seinem Bruder verstrickt, schenkt Phoenix mir seine ungeteilte Aufmerksamkeit. Seine Lippen sind voll und einladend, sein frisch gefärbtes blaues Haar bettelt darum, berührt zu werden.

Verdammt, Eli.

»Wie lange willst du noch Trübsal blasen?«

Ich starre ihn an und wage es, mit den Schultern zu zucken.

»So wie ich das sehe, hast du die Wahl. Bleib allein sitzen, mach dein eigenes Ding, was auch immer. Oder du kommst heute Abend in mein Zimmer. Ich habe ein Mädchen zu Besuch. Sie will feiern, bevor sie morgen entlassen wird. Bist du dabei?«

Will er das andeuten, was ich denke? Ich sitze wie erstarrt da und mein Herz hämmert, als er seine Hand ausstreckt und mit dem Daumen über meine Unterlippe gleitet. Noch nie hat mich jemand mit etwas anderem als Hass und Abscheu berührt. Der einfache Akt lässt meinen Schwanz hart werden.

Phoenix' Augen funkeln verschmitzt. »Ich teile gern, wenn du nichts dagegen hast, *Elijah*. Ich mag es gern hart, aber irgendetwas sagt mir, dass du da mithalten kannst. Ich habe gesehen, was du auf dem Friedhof tust, wenn du denkst, dass niemand hinsieht. Du spielst mit deinen Klingen, wie der sadistische kleine Scheißer, der du bist. Ich würde lügen, wenn ich sage, dass es nicht heiß ist.«

Seine Stimme wird zu einem tiefen, kehligen Flüstern.

»Zu sehen, wie du dich schneidest, macht mich so verdammt hart.«

Ich drücke meinen Oberschenkel unter dem Tisch und bleibe stumm, als er sich abwendet. Das normale Gespräch geht weiter, als wäre nichts passiert. Als es Zeit ist zu gehen, ändert sich etwas.

Ich werde automatisch in die Gruppe aufgenommen, obwohl ich noch kein einziges Wort gesagt habe. Kade nimmt mein leeres Tablett, Hudson schnappt sich meinen Rucksack und Phoenix legt eine Hand auf meine Taille.

»Komm schon, ich muss einen Aufsatz schreiben. Du bist doch schlau, oder? Kannst du mir vielleicht ein paar Tipps geben?« Phoenix wackelt mit den Augenbrauen.

Überraschenderweise nicke ich. Er grinst und zerrt mich aus der Cafeteria. Eingeklemmt zwischen den drei Jungs bin ich vor den Blicken und dem Getuschel geschützt.

Niemand wagt es, auch nur ein einziges hasserfülltes Wort über mich zu verlieren. Ich wurde beansprucht, aber es fühlt sich richtig an. Leichter als das Atmen. Zum ersten Mal fühle ich etwas anderes als Verzweiflung. Ein unbekanntes, fremdes Gefühl, das meine Sinne nicht verbrennt oder mich mit bitteren Aromen würgt.

Hoffnung. Zugehörigkeit.

Vielleicht sogar … Vertrauen.

PLAYLIST

HIER ANHÖREN: BIT.LY/TWISTEDHEATHENS

Had Enough – Mouth Culture
    Phobia – Nothing But Thieves
    Jaws – Sleep Token
    I Want Out – Lowborn
    Sail – AWOLNATION
    I Fall Apart – Post Malone
    Kiss – Lil Peep
    Gasoline – Halsey
    Serotonin – Call Me Karizma
    Let Me Be Sad – I Prevail
    Follow You – Bring Me The Horizon
    I'm Not Well – Black Foxxes
    Daddy – Badflower
    Tears Don't Fall – Bullet For My Valentine
    Let You Go – Machine Gun Kelly
    Monster (Under My Bed) – Call Me Karizma
    Cathedrals – Animal Flag
    Twisted – MISSIO
    Hurricane – Halsey

Higher – Sleep Token
Toxic Lovers – Mass of Mann & Masetti
Everybody Gets High – MISSIO
11 Minutes – YUNGBLUD, Halsey & Travis Barker
Heroin – Badflower
Holy Night – Landon Tewers
Dark Signs – Sleep Token
Beautiful Way – You Me At Six
Blasphemy – Bring Me The Horizon
Hurricane – I Prevail
If You Want – NF
Whatever Lets You Cope – Black Foxxes
Guest Room – Echos
The Kill – Thirty Seconds To Mars
The Hills – The Weeknd
Waiting Game – BANKS
Crazy – LOWBORN
Snuff – Slipknot
Blood Sport – Sleep Token
Little Monster – Royal Blood
The Jester – Badflower
Born To Die – Lana Del Rey
The Funeral – Bands of Horses
Stop Trying, Be Nothing – Boston Manor

DANKSAGUNG

Dieses Buch ist für jeden einzelnen Menschen, der jemals mit seinem eigenen Verstand kämpfen musste. Es ist ein furchterregender und einsamer Ort, aber ihr seid alle knallharte Arschlöcher, dass ihr es so weit gebracht habt – vergesst das nie.

Wie immer muss ich einer ganzen Reihe von Menschen danken, die mich bei Verstand halten.

Kristen, meine wunderschöne Frau und beste Freundin. Du hast dieses Buch von Anfang an für dich beansprucht. Es ist dein Baby, durch und durch. Ich liebe dich, Arschloch.

Lilith, Zoe, Lola, Kaya und all meine anderen treuen Leser und Freunde. Eure Liebe und Unterstützung sind wirklich von unschätzbarem Wert und ich habe das große Glück, so liebe Menschen kennengelernt zu haben. Ohne euch wäre ich nicht hier, würde immer noch schreiben und meine Seele offenbaren. Ihr habt all meine Liebe.

Schließlich möchte ich Yanina und dem fabelhaften Team von Literary Queens. Ihr seid fantastisch. Vielen Dank dafür!

ÜBER DEN AUTOR

J Rose ist aus Großbritannien und eine unabhängige Autorin für düstere Liebesromane. Sie schreibt anspruchsvolle, handlungsorientierte Geschichten voller Ängste, Herzschmerz und gebrochener Charaktere, die um ihr Happy End kämpfen.

Sie ist im Grunde ihres Herzens ein introvertierter Bücherwurm mit Koffeinsucht, einer Vorliebe fürs Fluchen und einer ungesunden Bindung an fiktive Figuren.
Melde dich gern über die sozialen Medien. J Rose liebt es, mit ihren Lesern zu reden.

Für exklusive Einblicke, Updates und allgemeines Chaos folge bitte J Rose's Bleeding Thorns auf Facebook.

Geschäftsanfragen: j_roseauthor@yahoo.com

Tritt dem Chaos bei. Stalke J Rose hier…
www.jroseauthor.com/socials

NEWSLETTER

Lust auf mehr Wahnsinn? Melde dich für den Newsletter von J Rose an und erhalte monatliche Ankündigungen, exklusive Inhalte, Sneak Peeks, Werbegeschenke und mehr!

Newsletter:
www.jroseauthor.com/newsletter

ALSO BY J ROSE

Hier lesen: www.jroseauthor.com/books

Empfohlene Lesereihenfolge:

www.jroseauthor.com/readingorder

Blackwood Institute

Twisted Heathens

Sacrificial Sinners

Desecrated Saints

Sabre Security

Corpse Roads

Skeletal Hearts

Hollow Veins

Briar Valley

Where Broken Wings Fly

Where Wild Things Grow

Harrowdean Manor

Sin Like The Devil

Burn Like An Angel

Anaconda Tales

Fractured Future

Ravaged Soul

Standalones

Forever Ago

Drown in You

A Crimson Carol

Unter Jessalyn Thorn geschrieben

Departed Whispers

If You Break

9 781915 987389